국역
석계선생문집

國譯 石溪先生文集

역자 신두환

1958년 경북 의성 출생으로 성균관대학교 대학원 한문학과에서 한국한문학을 전공하고 문학박사 학위를 받았다. 성균관대학교, 서울시립대학교, 서경대학교 등에서 강사로 활동했으며, 한국문인협회 회원이면서 시인이자 칼럼니스트이다. 현재 국립 안동대학교 한문학과 교수로 재직중이다. 저서로는 『조선전기 민족예악과 관각문학』, 『남인 사림의 거장 식산 이만부』, 『선비 왕을 꾸짖다』, 『생활한자의 미학산책』, 『한국 한시 미학비평 강의』, 『용재 이종준』, 『한국학과 인문학(공저)』, 『한국학과 현대문화(공저)』, 『우담집』(공역) 외 다수가 있다.

국역 석계선생문집

2019년 8월 30일 초판 1쇄 발행

저자   이시명
역자   신두환
발행인 김흥국
발행처 보고사

등록 1990년 12월 13일 제6-0429호
주소 경기도 파주시 회동길 337-15 보고사 2층
전화 031-955-9797(대표), 02-922-5120~1(편집), 02-922-2246(영업)
팩스 02-922-6990
메일 kanapub3@naver.com/bogosabooks@naver.com
http://www.bogosabooks.co.kr

ISBN 979-11-5516-926-1 93810
ⓒ신두환, 2019

정가 35,000원

국역
석계선생문집

이시명(李時明) 저
신두환(申斗煥) 역

國譯
石溪先生文集

보고사
BOGOSA

석계고택(石溪古宅)
경상북도 영양군 석보면 원리리에 있는 석계 이시명(李時明)이 살던 고택

석계종택(石溪宗宅)

낙기대(樂飢臺)

세심대(洗心臺)

석계선생문집(石溪先生文集)

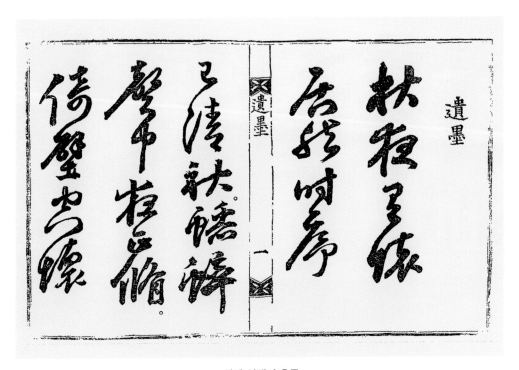

석계 선생의 유묵

수산 유허비 비각

석천서당(石川書堂)

석계 선생 묘소

영산서원(英山書院)

간행사

　　세상에서 석계 이시명 선생과 그의 일곱 아들을 가리켜 동해 바닷가 팔용(八龍)이라 일컫는다. 석계 이시명 선생은 후배 학자들과 제자들에 의해 문장은 사마천의 사기를 계승하여 한서를 지었던 반고(班固)에 비유되었고 유학에 뜻을 펼친 것은 후한시대 유학자로 유학을 국교로 삼게 하였던 동중서(董仲舒)에 비유되었다. 선생은 퇴계학맥을 이었던 경당 장흥효 선생의 사위로서 그 학문을 이어 유림의 영수가 되었고, 여중군자로 일컬어지는 정부인 장 씨(장계향)의 남편이자, 갈암 이현일의 부친이시다. 선생의 업적은 유림의 모범이며 병자호란 시절 보여준 우국애민의 행동은 선비정신의 산실이었다.

　　병자호란 시절 선생은 거처하는 집에 대명초려(大明草廬)라 편액하고 그 벽에다가 시(詩)를 붙여 놓기를,

> 原野蕭條日色寒　들녘은 쓸쓸하고 일색도 차가운데
> 朔風吹雪蔽羣山　북풍한설에 모든 산이 뒤덮였네
> 誰知白首忉忉志　누가 알리오 이 늙은이의 슬픈 뜻이
> 遠在遼陽鴨水間　멀리 요양과 압록강 사이에 있음을

이렇게 읊었고, 또 〈대명동유허비명(大明洞遺墟碑銘)〉에 이르기를

　　마을 선비들을 인솔하여 가서 영산원(英山院)을 창건하여 세우고 이곳에 퇴계와 학봉 두 선생을 봉안(奉安)하였다. 매월 초하루 날이면 여러 유생을 모아서 사서(四書)와 근사록(近思錄) 등 여러 서적을 가지고 가 그 요지들을 가르쳤다. 틈틈이 배우는 사람들에게 말하기를 '우리 동방(조선)은 지금의 사태가 남송

(南宋) 때와 같다. 비록 운수가 다되어서 북쪽을 향해 대의(大義)를 다툴 수는 없으나 후생(後生)들이 적을 토벌하여 복수하는 것이 지금의 급무임을 알지 아니해서는 안 될 것이다.' 하였다. 이어 소매 속에 넣어온 주자(朱子)의 무신봉사(戊申封事)를 꺼내어서 이것을 낭독하기를 끝마친 후 문득 책을 덮고 눈물을 흘리곤 하였다. 하루는 복주(福州)에 대명동(大明洞)이란 마을이 있다는 것을 듣고서 말하기를 '내 그곳에서 명(命)을 마친다면 죽음이 마땅한 바가 될 것이다.' 하고 마침내 그곳으로 가서 살았다. 날로 뜻을 함께하는 사람들과 도의(道義)를 강명(講明)했는데 통상 읊조려 펴낸 것은 모두가 시대를 근심하고 세상을 고민한 뜻을 붙여낸 것이었다. [嘗倡率一鄕士 刱立英山院 奉退溪鶴峯二先生 每月朔會諸生 取四子近思錄諸書 講論旨訣 間語學者曰吳東方今日事勢 如南宋時事 雖詘於氣數 不能北首爭大義 而後生輩不可不知討復之爲今日急務也 因袖出朱子戊申封事 朗讀一過 輒掩卷流涕 一日聞福州地有大明洞者曰 吳畢命於斯 死得其所 遂往居之 日與同志之士 講明道義 其發於尋常吟詠者 皆憂時愍世之意]

라고 하였으니 선생의 업적은 간과할 수 없는 정황이 있다.

영산원을 처음 창건한 사람은 석계 이시명이 분명하다. 이 영산원이 뒤에 1694년(숙종 20)에 '영산(英山)'이라고 사액되었으며, 영산서원으로 된 것이다.

석계 선생이 주자의 〈무신봉사(戊申封事)〉를 학생들에게 읽어주고 눈물을 흘리신 까닭은 무엇일까? 주자의 〈무신봉사〉란 글은 송나라 주희(朱熹)가 효종(孝宗) 15년에 임금에게 올린 상소문으로 국가에 천재지변이 계속되고 병화가 자주 일어나서 민생이 곤란을 겪는 원인은 국가의 기강이 문란함에 있음을 강조하고 그 대책을 제시한 것이다. 그 내용은 첫째 태자를 바르게 인도하고, 둘째 대신(大臣)을 적임자를 선택하며, 셋째 강유(綱維)를 일으키고, 넷째 풍속을 변화시키며, 다섯째 백성의 힘을 기르고, 여섯째 군정(軍政)을 바르게 하며, 끝으로 임금의 마음이 바르면 천하의 일이 모두 바르게 된다는 것이다. 이 상소는 퇴계 선생의 〈무진육조소〉의 근원이 된 상소이기도 하다. 석계 선생은 이 〈무신봉사〉를 소매 속에 넣어 다니시며 매일 학생들에게 낭독하고 눈물을 흘리시며 우국애민의 선비정신을 가슴에 품고 사셨다. 병자호란 시절 그의 우국애민 정신은 후일 선비들의 귀감이 되었다. 이러한 석계 선생의 선비정신은 혼란의 시대를 정화시키는 중요한 역할을 할 수 있을 것이라고 굳게 믿는다.

보라, 석계 이시명 선생의 유학의 뜻을 펼친 것과 충(忠)과 의(義), 그리고 그 위의와 절개를! 위의 글을 볼 때 석계 이시명의 숭정처사로서 은거의 삶을 산 사상적 배경은 유가의 춘추대의인 의리사상에 근본하고 있었던 것이 증명된다. 또 병자호란에 대처하여 나라를 걱정하고 백성을 사랑하는 선비정신이 어떠하였는가에 대해 우리는 과연 선생을 올바로 알고 있는가?

석계 선생의 문집을 국역하여 온 세상에 퍼트리는 일은 학자나 정치가에게 있어서 지극히 마땅한 도리이다. 우리 역사 속에 묻혀있는 훌륭한 조상을 천양하고 그 조상들의 빛난 얼을 오늘에 되살려 인류 공영에 이바지하는 일은 후손들의 책임이자 임무이다.

오늘날 산업화로 유학의 강상이 무너지고 모든 것이 이기주의에 빠져 도덕주의가 혼란스러운 이때에 우국애민의 선비정신이 깃들어 있는 선현들의 문집을 읽어보는 것은 의미 있는 일이다. 이 석계 선생의 선비정신은 혼란의 시대를 정화시키는 중요한 역할을 할 수 있을 것이라고 굳게 믿는다.

현대사회는 산업사회의 발달로 물질적 가치가 정신적 가치를 앞서게 되면서, 황금만능주의와 기술지상주의의 풍조가 만연하게 되었다. 이것에서 유발되는 인간 소외

와 전통문화의 붕괴는 심각한 사회문제들을 야기하고 있다.

최근 산업사회가 빚어낸 끔찍한 사고들을 바라보면서, 인간성 상실의 시대를 극복하기 위해 교육을 재조명하고, 인성교육에서 문제를 해결하려는 다양한 시도가 범세계적으로 이루어지고 있다.

한국에서도 최근 인성에 대한 관심이 사회적으로 확산되면서 논의가 활발하게 전개되고 있다. 이런 시점에서, 끊임없는 반성과 수양을 통해 인격의 완성을 추구하는 동아시아의 유교사상은 훌륭한 인성교육으로, 도덕적인 인간상을 수없이 배출해 왔다. 인성교육이 강조되면서 동아시아의 전통 교육에 대한 관심이 세계인의 관심을 끌고 있다.

세계가 우리 유교문화에 관심을 갖는 이유는 유교의 심오한 철학이 혼란의 극치를 치닫는 지금의 세계를 극복할 수 있다는 희망 때문이다. 이런 세계의 흐름에 비춰 유교문화가 가지는 인성교육의 현재적 의미를 조명해 보는 것은 의미가 크다.《국역 석계선생문집》은 이런 의미에서 그 가치를 발휘할 수 있을 것이다.

영양군은 옛 영산서당을 복원하고 영양 출신의 선비들이 남긴 문집을 중심으로 이들이 남긴 선비정신을 교육하여 영양의 전통문화를 계승하고자 한다. 이에 영양 선비들이 남긴 문집을 쉽게 국역하여 교재를 만들려는 사업을 일으켰다. 이 또한 도덕정신이 상실된 이 혼란을 치유하고 상실되어 가는 인간성을 회복하는 일에 앞장서는 것이 아니겠는가? 옛 유림들도 타락해가는 시대를 바로잡기 위해 얼마나 애쓰고 걱정하였던가? 우리는 반드시 조상의 빛난 얼을 오늘에 되살려 사라져 가는 유학의 장점을 부흥시켜야 한다. 영양군청이 일으킨 이 사업은 우리의 옛 선비정신을 올바로 계승하는 일이 되리라고 확신한다. 그리고 이 성스러운 사업에 국역책임자의 임무를 맡겨온 영양군청의 부탁을 기꺼이 수용하며 이 인간성 상실의 시대를 극복하기 위한 대열에 동참하게 된 것을 영광으로 생각한다.

그 첫 번째로 기획하여 국역한 것이 《회곡집》, 《석문집》, 《석계집》, 《산택재집》 네 책이다. 앞으로도 이 사업을 계속 진행하여 다른 문집들도 국역할 계획이라고 들었다. 이번에는 예산이 적게 책정되어 어렵지만 이 국역을 책임져 주면 다음 국역 때는 예산을 제대로 책정하여 좀 후하게 대접하겠다는 약속도 들었다. 이에 다른 곳에서 국역하는 사업에 비해 비용이 매우 적게 책정되어 있어서 이 번역에 참여한 여러분께 충분히 대우해 주지 못한 것을 죄송스럽게 여긴다. 더욱이 지자체장 선거로 군수가 바뀌고 담당하던 직원이 바뀌어 책을 간행하는 과정에서는 더욱이 예산이 책정되지 않아서 간행이 어려운 처지에 부딪혀서 중도에서 포기할 뻔하였다. 이에 관련된 문중이 힘을 모아 영양군청을 설득하고 평소 알고 있던 보고사 출판사에 양해를 구하고 도움을 받았다. 이 자리를 빌려 보고사 김흥국 사장에게도 감사를 드린다. 이러다가 보니 거의 혼자서 교정하고 간행사를 쓰고 해제를 하느라 고생고생하고 있다. 지역에 봉사하는 것도 이 지역 국립대학의 취지이고 대학교수의 임무이다. 오히려 열심히 공부하는 기회로 삼자. 이 책은 그 일환으로 국역되어 간행된 것이다. 영양군청의 이 성스러운 사업이 중도하차하는 일이 없이 계속되길 바라며 지역 유림들과 함께 관심을 가지고 지켜보겠다. 이 책은 이러한 우여곡절의 과정을 거쳐 그 일환으로 국역되어 간행되는 것이다.

오늘날 산업화로 유학의 강상이 무너지고 모든 것이 이기주의에 빠져 도덕주의가 혼란스러운 이때에 우국애민의 선비정신이 깃들어 있는 선현들의 문집을 읽어보는 것은 의미 있는 일이다. 석계 선생의 선비정신은 혼란의 시대를 정화시키는데 중요한 역할을 할 수 있을 것이라고 굳게 믿는다.

선생의 문집은 유명하여 일찍부터 조명을 받아 이미 국역된 적이 있었고 선현들에 의해 많이 읽히고 있었다. 안동대학교 대학원에서도 퇴계학맥과 영남학맥의 이해를 위해 이 책을 중심으로 수업이 진행된 적도 여러 번 있었다. 이번에 국역한 것은 이 선행 자료들을 하나하나 톺아 가면서 주석을 보충하고 더욱 쉽게 대중에게 다가갈 수 있도록 재번역한 것이다.

이 과정에서 많은 분의 도움이 있었다. 석계 선생의 종손이신 이돈 선생의 가르침과 격려는 용기를 북돋워 주었으며, 정대영 군을 비롯한 안동대 한문학과 학부생들을 비롯하여, 조교 오승원 군은 잔심부름과 궂은일을 도맡아 놓고 도와주었고, 안동대 대학원생들은 직접 번역에 참가하여 문장을 다듬고 주석을 찾는 일에 동원되어 자료를 찾느라 동분서주하며 고생하였다. 이 사람들이 없었으면 간행은 불가하였다. 이 바탕 위에서 원문의 감동을 그대로 독자들에게 전달하기 위해 무척이나 힘을 기울였지만 워낙 천학인 데다가 선생의 학문이 깊고 전고가 넓어 계속해서 문장과 씨름하며 다듬고 수정을 가해도 오류와 명쾌하게 떨어지지 않는 문구는 역부족이었다.

한시의 번역은 특히 어렵다. 시인 정지용(鄭芝溶)은 "옥에 티나 미인의 이마에 사마귀 하나쯤이야 그런대로 봐줄 수는 있겠으나 서정시에 말 한 개 밉게 놓이는 것은 도저히 용서할 수 없다."라고 하였다. 석문 선생의 한시 번역에 있어서 글자 하나 잘못 놓이는 것은 도저히 용서할 수 없다. 이런 취지로 번역에 임하다가 보니 다소 원문의 글자를 뛰어넘는 해석들이 있을 수 있다. 이것은 번역을 책임진 역자의 고집이었다.

이 간행사를 쓰면서 내내 걸리는 것은 이 집안에 이 분야의 기라성 같은 학자들이 너무 많다는 것이다. 한학에 조예가 깊으신 이정섭 선생님은 한국고전번역원의 전신인 민족문화추진회 국역연수원에서 통감을 강의하신 분이다. 역자는 학생시절 그 강의를 직접 들었으며, 또 한 분은 영남대 중문학과 이장우 교수로서 퇴계의 학문을 연구해온 거장이시다. 또 한 분은 삼보컴퓨터 회장을 지내시고 박약회 회장과 퇴계학 연구원의 이사장을 지내시며 퇴계학 연구에 헌신해 오신 이용태 회장이시다. 그리고 소설가 이문열 선생은 석계 선생과 정부인 장 씨에 대해 글을 쓰실 정도로 조상에 대해서도 관심이 많으신 분이다. 이 외에도 석계의 후손 중에는 석학들이 너무 많다. 그런데도 이 번역을 과감하게 맡았으니 붓이 안 떨릴 수가 있겠는가?

《석계선생문집》의 번역과 씨름하고 있던 사이 어느덧 약속한 기한은 다가오고 이제 출간하기에 이르렀다. 제대로 번역되었는지 의문이다. 부끄럽고 두려운 바가 없지 않지만 이제 번역자의 손을 떠나 독자의 품으로 떠나보내야 한다.

소설가 상허 이태준은 책을 여인에 비유하여, "물질 이상인 것이 책이다. 한 표정 고운 소녀와 같이, 한 그윽한 눈매를 보이는 젊은 미망인처럼 매력은 가지가지다. 신간(新刊) 난(欄)에서 새로 뽑을 수 있는 잉크 냄새 새로운 것은 소녀에 비유한다. 소녀라고 해서 어찌 다 그다지 신선하고 상냥스러우랴! 고서점에서 먼지를 털고 겨드랑 땀내 같은 것을 풍기는 것들은 자못 미망인다운 함축미인 것이다. 책은 세수할 줄 모르는 아름다운 미인"이라고 했다.

《국역 석계선생문집》이 신간의 향기를 머금고 퍼져나가 대한민국의 아름다움을 대변하는 한국적 전통 미인의 반열에 들어 많은 대중들로부터 사랑을 받고 인연이 생기게 되기를 바란다.

끝으로 《국역 석계선생문집》이 책으로 나오기까지 물심양면으로 도와주신 권영택 전 영양 군수님과 현 오도창 군수님께 깊은 감사를 드리며, 문화관광과 및 군청 관계자 여러분께도 감사를 표한다.

이 책의 장점은 이 책이 나오기까지 도와준 여러분들의 몫이고 이 책의 결점에 대해서는 역자의 이름을 내건 저의 책임일 수밖에 없다. 석계 선생의 문집에 대한 번역과 연구의 지평이 넓어지기를 기대하며, 삼가 강호제현들의 질정을 촉구한다.

2019년 8월
서울 정릉 북악산 아래 급고재(汲古齋)에서
안동대학교 한문학과 교수 신두환은 서한다.

차 례

시詩, 칠언절구七言絶句 … 76

◇ 석계선생문집 권2 石溪先生文集 卷二

24

◇ 석계선생문집 권3 石溪先生文集 卷三

행장行狀 … 272

◇ 석계선생문집 부록 권1 石溪先生文集附錄 卷一

만사輓詞 … 301

28

◇ 석계선생문집 부록 권2 石溪先生文集附錄 卷二

◇ 影印 石溪先生文集 … 480

해 제

1. 머리말

이 책은 경당 장흥효의 사위이자, 여중군자 정부인 장 씨의 남편이며, 갈암 이현일의 부친인 숭정처사 석계 이시명 선생의 문집을 국역하여 간행한 것이다.

영양군청의 고전 번역 사업의 일환으로 시행된 이 책은 선생의 문집 전부를 우리말로 완전히 옮겨 책을 냄으로써 일반 독자들에게 선생의 생애와 사상을 쉽게 접하고 널리 이해할 수 있도록 번역한 것이다.

석계(石溪) 이시명(李時明, 1590~1674)이 살았던 시기는 대내적으로는 혼란기였으며, 대외적으로는 동아시아의 세계사적인 변화의 정세 속에서 반도국가의 특성상 자주 침공을 받고 있었다.

강성하게 성장한 일본은 아시아 대륙 진출에 야망을 품고 조선을 침공하였다. 임진왜란(1592~1598)은 동아시아의 역사적 흐름을 변형시켜 놓았다. 무방비 속에서 일본의 침공을 당한 조선은 초토화되어 함락의 위기에서 명나라에게 군사를 요청하였다. 그동안 조공을 바쳐온 조선에게 명나라는 의리상 외면할 수 없는 상황이었다. 마침내 임진왜란은 명군의 참여로 조명 연합군의 체제로 수습해 가고 있었다. 명나라는 조선을 침공한 일본군을 맞아 사실상 7년간의 대리전을 치르는 동안 궁정 내부에서는 당파싸움이 치열하게 전개되고 있었고, 밖에서는 농민반란이 일어나 혼란을 거듭하며 쇠퇴하기 시작했다. 이것이 명나라를 망하게 하는 원인이 되고 있었다.

이시명은 일찍이 이황의 양대 문인인 김성일과 유성룡의 학통을 모두 계승한 장흥효(張興孝)의 문하에서 수학하였으며, 이어 장흥효의 따님인 장계향과 결혼하여 그의 사위가 되었다. 학자였던 존재 이휘일과, 훗날 이조 참판과 판서를 역임한 남인의 영수 갈암 이현일(李玄逸)은 그의 아들들이었다.

1612년(광해군 4) 사마시에 합격하여 성균관에 들어갔다가 북인들의 인목대비 폐모론과 영창대군, 임해군을 사형시킨 광해군의 정책에 염증을 느껴 성균관을 중퇴, 과거를 단념하였다. 이후 고향에 돌아와 스승이자 장인인 장흥효에게 계속 학문을 배우다가 나중에 서실을 짓고 후학을 양성, 학문으로 일가를 이루었다. 1623년 인조반정 이후 서인 정권이 들어선 뒤 산림중용 정책에 의해 여러 번 조정의 천거를 받았지만 고사하고 고향에서 학문 연구와 후진 양성에 전심전력하였다.

1636년(인조 14) 병자호란 이후 조정의 패전 소식을 듣고 부끄럽게 여겨 세상과 인연을 끊고 숭정처사(崇禎處士)라 자처하며 은거하였다. 뒤늦게 학행으로 천거되어 다시 관직에 제수, 강릉 참봉(康陵參奉)에 임명되었으나 부임하지 않았다. 1640년(인조 18) 경상북도 영양군의 석보(石保)로 옮겨가 계속 학문 연구에 전념했고, 1653년(효종 4)에는 영양의 수비(首比), 1672년(현종 13)에는 안동의 도솔원(兜率院)으로 이사 다니며 후진양성에 주력하였다.

일찍이 구한말 조홍복이 고종에게 석계 이시명 선생에게 시호를 청하면서 올린 상소를 살펴보자.

> 세월은 비록 오래 되었더라도 잊히지 않는 것은 춘추일통(春秋一統)[1]의 의(義)이다. 병자호란이 일어났던 옛 병자년이 다시 돌아오니 더욱 간정해지는 것은 강수와 한수가 여러 번 꺾여 흘러가도 필경 동쪽 황해로 흘러든다(萬折必東)는 뜻이니 결국은 본 뜻대로 나간다는 말입니다.
>
> 신 등이 가만히 엎드려 생각건대 이조판서에 증직된 고인(古人) 이시명은 우리나라의 일사(逸士)요 대명유신(大明遺臣)으로서 학행, 풍절(風節)이 결연(傑然)히 우뚝했건만 평생토록 본래의 뜻을 스스로 드러내려 한 바가 없었습니다.
>
> 병자호란 때는 남한산성이 포위되었다는 말을 듣고서 의병을 모아 적개(敵愾)를 떨치어 나라 일을 도와야겠다는 생각을 했습니다마는 곧장 나라가 성하지맹(城下之盟)을 했다는 소식을 듣고는 분함과 수치심을 참지 못해 곧 가업을 그만 두고 탄식하기를 '천지가 닫히었으니 구차히 이름 구함이 가(可)하랴' 하고는 가족을 데리고 영양(英陽) 수비산(首比山)

---

1) 춘추일통(春秋一統) : 일명 대일통사상(大一統思想). 국가를 지탱하는 요체로서 정치적·경제적·문화적·제도의 통일을 주장하는 사상. 《춘추공양전(春秋公羊傳)》의 첫머리에 "어찌 하여 왕정월(王正月)이라고 하였는가? 대일통이기 때문이다."라고 한 기사에서 유래된 개념으로 중국의 고대 학교에 있어서 종법의 근간이 된 사상이다.

으로 들어가 스스로 수산거사(首山居士)라 호(號)하고 가만히 백이(伯夷)의 은풍(隱風)을 구하였습니다.

천지는 넓어서 끝이 없고	乾坤浩蕩大無邊
해와 달의 밝음 옛 그대로이네	日月貞明自古然
누가 오랑캐를 보내어 이 더러움 일으켰나	誰遣胡塵生汚穢
남한산성의 한 계책[2] 조선을 망쳤네	南城一計誤朝鮮

라고 읊고는 마침내 진취의 뜻을 끊고서 오로지 강학(講學)만을 일삼았습니다.

영양의 유생들을 인솔하여 거기서 영산서원(英山書院)[3]을 세우고 문순공(文純公) 이황(李滉)과 문충공(文忠公) 김성일(金誠一)을 봉안(奉安)했으며 학전(學田)과 노비들을 제공하여 배우는 사람들을 넉넉하게 해 주었습니다. 매월 초하루가 되면 여러 유생들을 모아서 사자(四子, 四書), 《심경(心經)》, 《근사록(近思錄)》 등의 서적을 통해 그 지결(指訣)을 가르쳤습니다. 틈틈이 배우는 사람들에게 말하기를 '우리 동방의 지금 사태는 남송(南宋) 때의 일[4]과 우연히 들어맞는데 비록 시대의 운수에 눌리어 서쪽을 향해 대의(大義)를 다툴 수는 없지만 후생들은 적을 토벌하고 복수를 해야 함을 금일의 급무(急務)로 알지 아니해서는 안 될 것이다.'고 하고서 소매 속에 넣어 온 주자봉사(朱子封事)[5]를 꺼내어 낭독하기를 다 마친 후 글을 덮고서 눈물을 흘린 적이 여러 번이었습니다.

조정에서 그 이름을 듣고 침랑(寢郞)[6]으로 불렀으나 나가지 아니하였습니다. 이어 응지소(應旨疏)[7]를 올려 나라를 다스리고 적을 물리치는 책략을 극언(極言)했습니다. 그날로 《춘추(春秋)》와 병서(兵書)를 취하여 읽으면서 개연(慨然)히 북쪽을 향하여 오랑캐의 죄를

---

2) 남성의 한 계책[南城一計] : 남한산성의 한 계획이란 뜻으로, 남한산성의 굴욕사를 이름.

3) 영산서원은 석계 이시명이 병자호란 후 영해에서 수비의 수양산 아래에 은거 중, 영산서당 당장(1655)으로 있으면서, 문풍진작과 선비양성에 뜻을 두고 마을의 사림과 함께 영산서당을 영산서원으로 개창(改創)한 바로 그 서원이다. 사서(四書)와 《근사록》 등이 강론되었다. 석계 이시명이 원장으로 재임하면서 배우는 사람들을 경학에 통달하게 하였으며, 강회는 날마다 있었다. 본 서원은 영양읍 현리에 있었는데, 건물은 전하지 않는다.

4) 남송이 금나라에게 굴욕적으로 망한 것을 이름.

5) 여기서 주자봉사(朱子封事)를 인용한 것은 그 내용 가운데 북송을 멸망시킨 금(金)나라에 대해 주전론(主戰論)을 편 주자의 주장이 들어 있기 때문이다. 주지하듯이 주자는 남송(南宋)조에 성리학을 집대성한 유학자이다. 그는 북송이 멸망한 지 3년 후에 태어났으며, 당시에는 금나라에 대한 치욕을 설욕하고 중원(中原)의 옛 땅을 회복하고자 하는 시대적 분위기가 팽배해 있었다. 이러한 시대적 분위기에, 더구나 대금주전론자(對金主戰論者)인 아버지의 영향을 강하게 받았던 그는 금나라에 대한 대결적인 자세를 견지하여, '한(漢) 민족의 주체성을 확립하고 화의(和議)를 배척하며 내치를 닦아 이적(夷狄)을 물리칠 것'을 말하였다.

6) 침랑(寢郞) : 종묘·능·원(園) 등에 딸린 영(令)이나 참봉을 이르는 말.

7) 응지소(應旨疏) : 임금의 명령에 응하여 올리는 소.

문책할 계획을 세웠습니다. 일찍이 충민공(忠愍公) 임경업(林慶業)이 있는 곳에 가서 함께 대의(大義)를 논토(論討)하였는데 경업이 일어나 절을 하면서 말하기를, '선생께서 말한 것은 한마디 한마디가 준칙에 들어맞습니다. 다행히 하늘도 진(秦)[8]을 싫어하니 임금께서 군사를 일으킨다면 창을 잡고 앞장서 말을 달리는 데 내가 그 임무를 감당할 것이요, 계책을 세우고 계획을 짜는 데는 선생의 생각을 한결같이 듣겠습니다.' 하였습니다. 이후 충민공이 죽었다는 소식을 듣고는 늘 마음속에 아픔을 지녔었는데 시에 읊기를,

어느덧 때는 이미 서늘한 가을	居然時序已淸秋
귀뚜라미 울음 속에 밤이 길구나	蟋蟀聲中夜正脩
벽에 기대어 부질없이 천하의 일 생각하니	倚壁空懷天下事
옛 명나라 땅[9]을 회복할 지사는 없는가	無人志復舊神州

라고 읊었습니다. 갑신년(1644, 인조 22)에 의종황제(毅宗皇帝)[10]가 사직(社稷)을 위해 순사(殉死)하였다는 소식을 듣고는 마침내 북쪽을 바라보며 오래도록 슬퍼한 후 말하기를, '해와 달이 어둡고 갓과 신이 전도되었도다. 돌아보건대, 사방의 이 천지에 장차 내 어디로 가랴' 하였습니다. 안동부(安東府)에 지명(地名)이 대명동(大明洞)[11]이라 하는 곳이 있었습니다. 이곳은 황명(皇明)의 옛 명칭과 우연히 일치했는데 백수고신(白首孤臣)[12]은 그가 죽을 마땅한 곳을 얻었다 하여 곧 수산(首山)에서 그곳으로 옮겨가 살았습니다.

교유로는 문정공(文貞公) 김령(金坽)과

대명 천하에 집 없는 나그네요	大明天下無家客
태백산 산 중에 머리 기른 중이로다	太白山中有髮僧[13]

라고 외쳤던 태백오현 중의 한 사람 개절공(介節公) 홍우정(洪宇定)과는 교대로 서로 좇아 노닌 사람이었는데 사귄 벗들은 모두 기절(氣節) 있는 선비들이었습니다.

---

8) 진(秦) : 중국 진나라, 여기서는 청나라를 이름.
9) 신주(神州) : 중국의 별칭이다. 전국시대 제(齊)나라의 추연(鄒衍)이 중국 땅을 적현신주(赤縣神州)라고 칭한 데서 유래하였다. 《사기》 권74 〈孟子荀卿列傳〉.
10) 의종황제(毅宗皇帝) : 명나라 제17대 임금. 재위 기간 1628~1644.
11) 안동부 대명동 : 안동시 풍산읍 수곡리.
12) 백수고신(白首孤臣) : 백발의 외로운 신하.
13) 홍승균(洪承均), 《우리말로 옮긴 두곡선생문집》, 두곡선생문집역간위원회, 2013 참조.

선생은 대명초려(大明草廬)¹⁴⁾라 편액하고 벽상(壁上)에 시(詩)를 읊기를,

들녘은 쓸쓸하고 일색도 차가운데	原野蕭條日色寒
북풍한설에 모든 산이 뒤덮였네	朔風吹雪蔽羣山
누가 알리오 이 늙은이의 슬픈 뜻이	誰知白首忉忉志
멀리 요양과 압록강 사이에 있음을	遠在遼陽鴨水間

이라고 읊었습니다. 죽음에 임박해서는 운남(雲南) 민절(閩浙)의 군사가 연합하여 북벌(北伐)을 한다는 소식을 듣고는 육무관(陸務觀, 陸游)의 시에

〈시아(示兒) ; 아이에게 보이다〉

죽으면 만사가 헛된 것은 원래부터 알았지만	死去元知萬事空
단지 나라가 통일되는 것을 못 보는 것이 슬플 뿐	但悲不見九州同
임금의 군대가 북쪽 중원을 평정하는 날에는	王師北定中原日
집안 제사 때 이 아버지에게 알리는 것 잊지 말라	家祭無忘告乃翁

이 시구를 읊고는 베개를 어루만지며 시대를 근심하였습니다. 그리고 여러 아들에게 이 시구로 유언을 하면서 '장사(葬事)는 대명동(大明洞)을 벗어나서 하지 말라' 했는데 그 정신이 참으로 비장하고 간절했습니다. 오호라! 절의가 사람의 마음속에 있음을 상도(常道)를 굳게 지키는 사람이라면 다 함께 아는 것이지만 그의 절의는 그와 같이 세운 바의 탁절(卓絶)함과 평소의 학문한 유학의 공(功)에서 근본한 것입니다.

선생은 일찍이 사우(師友)들을 좇아 배워 성명(性命)·인의(仁義)의 설(說) 및 주경(主敬)¹⁵⁾과 사성(思誠)¹⁶⁾의 공부 같은 것을 강관(講貫)하여 두루 통하지 아니한 것이 없었습니다.

진사(進士) 조홍복(趙弘複)이 지은 '청시소(請諡疎, 시호를 청하는 상소)'를 재구성함.

보라 석계 이시명 선생의 충(忠)과 의(義), 그리고 위의와 절개를! 위의 글을 볼 때 석계 이시명의 숭정처사로서 은거의 삶을 산 사상적 배경은 유가의 춘추대의인 의리사

---

14) 대명초려(大明草廬) : 대명처사(大明處士)의 띠풀집이란 뜻.

15) 주경(主敬) : 일에 전념함에 있어서 심신이 통일되거나 집중되는 경지. 경(敬)에 전념함.

16) 사성(思誠) : 유가의 철학과 윤리학의 중요 개념으로 성실, 진실무망(眞實無妄), 정성 등과 같은 의미로 쓰인다. 성(誠)을 생각함.

상에 근본하고 있었던 것이 증명된다. 또 병자호란에 대처하여 나라를 걱정하고 백성을 사랑하는 선비정신이 어떠하였는가에 대해 우리는 과연 선생을 올바로 알고 있는가?

그러나 학계에서는 아직 그를 본격적으로 조명한 적은 없다. 선생에 대한 학문과 문학세계는 절개로 보나, 한문학으로 보나, 도학으로 보나, 그냥 간과할 수 없는 정황이 있다.

2. 생애

공은 휘가 시명(時明)이요, 자(字)는 회숙(晦叔)이다. 경주 이씨는 신라의 개국 공신인 알평(謁平) 이래로 비로소 현달하였다. 고려조에 휘 우칭(禹偁)이 재령군에 봉해짐으로써 마침내 재령이 본적이 되었다. 고조인 휘 맹현(孟賢)은 광릉(光廣)조에 경학으로 현달하여 한양에 집이 하사되었다. 증조인 휘 애(璦)는 현령을 지냈으며 영해의 대성(大姓)인 진성 백 씨(眞城白氏)를 부인으로 맞이하였다. 이로 인해 영해에서 살았다. 조부인 휘 은보(殷輔)는 사직을 지냈으며 좌승지에 증직되었다. 아버지인 휘 함(涵)은 현감을 지냈고 이조 참판에 증직되었다. 어머니는 정부인에 추증된 이 씨(李氏)이다.

그의 선대는 원래 한성부의 사대부 가문이었으나 할아버지인 통정대부 이애가 영해에 정착함으로써 경상도에 뿌리내리게 되었다. 학자 이휘일과, 훗날 이조 참판과 판서를 역임한 남인의 영수 갈암 이현일(李玄逸)은 그의 아들들이었다.

선생은 선조 23년 1590년에 11월 14일, 영해부(寧海府) 인량리(仁良里)에서 태어났다. 공은 어려서부터 척당(倜儻)하고 타고난 특이함이 있었으며, 기상이 얽매이는 바가 없어 당세(當世)에 절조를 드러냈으며, 서적 읽기를 좋아하여 의(義)로써 처신함을 잃지 않았다.

선조 40년 1607년 18세 때 부친이 의녕(宜寧) 현감(縣監)이 되었다. 일찍이 참판공의 임소[17]인 의령에 따라 갔을 때는 공은 소년이었지만 그 자신을 단속하기를 스스로 힘써서 한 번도 밖에 나가 노는 일이 없었다. 망우당 곽공이 감탄해서 말하기를 '고을의 자제들은 놀고 방탕함이 많은데, 이 자제는 유독 그 몸을 지키기를 이같이 하니 범상한

---

17) 임소(任所) : 지방관원이 근무하는 직소(職所).

선비는 아니다' 하였다. 하루는 공이 참판공에게 말하기를 "저는 어떤 사람을 쫓아 글 짓는 것은 배웠습니다마는 돌이켜보건대 저의 몸과 마음을 다스리는 일은 잘하지 못합 니다. 청컨대《소학》을 통해 다스리고자 합니다." 하였다. 참판공이 기뻐하여 허락을 해주자 마침내 도굴산에 들어가서《소학》을 읽어 환히 습득(習得)하는 동안에 제자백가 (諸子百家)와 역사서 몇 권을 뽑아 읽으면서 글이 범속하거나 천하게 되지 않게 하길 힘썼다.

광산 김씨(光山金氏) 김해(金垓)의 딸과 결혼했다. 선성(宣城)으로 장가를 듦에 이르러 서는 도산도학(陶山道學)의 가르침을 듣고자 뜻을 먼저 그곳으로 향하였다.

광해군 4년(1612) 23세 때 사마시에 합격하여 성균관에 들어갔다가 북인들의 인목대 비 폐모론과 영창대군, 임해군을 사형시킨 광해군의 정책에 염증을 느껴 성균관을 중 퇴, 과거를 단념하였다.

광해군 6년 1614년 25세 때 부인 김 씨의 상을 당했다. 이후 다시 경당 장공(張公)의 딸을 부인으로 맞이하였다. 장공은 일찍이 학봉, 서애를 좇아서 배운 행실이 독실한 선사(善士)이다. (경당 장공과 함께 경전의 뜻을 논의하기를 좋아하였는데, 마침내는 일찍이 두 선생을 좇아서 배운 것들을 모두 알려주었다.) 석계 공은 도가 담긴 그 말씀들을 전수받아 학문에 나아갈 수 있도록 더욱 열심히 하였다. 석계 이시명은 일찍이 이황의 양대 문인 인 김성일과 유성룡의 학통을 모두 계승한 장흥효(張興孝)의 문하에서 수학하였다.

광해군 8년 1616년 27세 때 스승 장흥효(張興孝)의 딸 장계향(張桂香)과 혼인하였다.

광해군 11년 1619년 30세 이휘일(李徽逸)이 안동(安東) 금계리(金溪里) 처가에서 태어 났다.

1623년 인조반정 이후 서인 정권이 들어선 뒤 산림중용 정책에 의해 여러 번 조정의 천거를 받았지만 고사하고 고향에서 학문 연구와 후진 양성에 전심전력하였다.

계해년(1623, 인조 1)의 인조반정을 맞아서는 석계 공께서 말하기를 '시대가 맑아졌으 니 과거공부를 할 만하다' 하였다. 이로부터 자주 향시에 합격하기를 높은 등급으로 하여 명성이 날로 널리 퍼짐으로써 지방관의 추천을 받아 서울에 가게 되는 향공(鄕貢) 에 천거되었다. 이 무렵 서울에서는 성혼(成渾), 이이(李珥)를 문묘(文廟)에 종사(從祀)해 야 한다는 의론이 일고 있었으므로 바야흐로 사론(士論)을 모으고 있었다. 그 당시의 재신(宰臣)들 가운데서는 공과 친한 사람이 공을 끌어들이려고 사사로이 감언(甘言)하기 를 '당신이 만약 한마디 말씀을 하여 당시의 의론에 따른다고 한다면, 높은 지위에 올라

귀한 벼슬도 곧장 차지할 수 있다'고 하였는데, 공께서는 산처럼 우뚝 버티어 그 말을 따르지 않고 끝내는 과거시험을 보지 않은 채 집으로 돌아갔다.

우복(愚伏) 정 선생(鄭先生)이 이조(吏曹)의 장(長)으로 있을 때는 선생이 공을 만나보고 말하기를, '그대는 재학(才學)으로 이름이 영해간(嶺海間)에 드러난 사람인데 이제 그대를 만나보게 되어서 반갑네. 나의 사위 송(宋)군 준길(浚吉)이 이곳에 있는데, 그대가 그와 더불어 과거 공부할 생각은 없는가' 하였다. 공은 사양하면서 말하기를 '영외(嶺外)의 보잘것없는 저는 진실로 선생의 문하에 나가길 바라오나, 요즈음 선생께서는 전형(銓衡)을 맡고 계시니 선생의 사위를 좇아 교유한다면 곧은 선비들의 비웃음거리가 되지 않겠습니까?'라 하였다. 이 말을 듣고서 정 선생은 더욱 공을 어질다고 생각했으며, 이어 공과 함께 천도(天道)를 논하고서 칭탄(稱歎)하기를 그치지 않았다.

인조 2년 1624년 35세 때 향시와 별과(別科)에 응시하여 1등을 했다.

인조 5년 1627년 38세 1월, 삼남 이현일(李玄逸)이 태어났다. 정묘호란이 일어났다.

인조 7년 1629년 40세 향시에 합격했다.

인조 9년 1631년 42세 8월, 사남 이숭일(李嵩逸)이 태어났다.

임신년(1632, 인조 10) 6월에는 부친상을 당하였다. 장례·제례를 한결같이 《주자가례》를 좇아 행하여 상사(喪事)를 마치니 마을 사람들조차 칭탄하여 본받는 바가 되었다. 병자년(1636) 병자호란을 맞아서는 청나라 사람들이 조선을 탐내어 기(氣)를 빼앗아 감에 공께서는 수치를 느끼고 마침내 세상과는 뜻을 끊었다.

인조 15년 1637년 48세 재신(宰臣)의 천거로 강릉(康陵) 참봉(參奉)이 되었으나 나아가지 않았다. 겨울, 한밭(大田)의 부친 묘소 아래에 기거하였다. 정축년(1637, 인조 15)에는 모부인(母夫人)을 모시고 참판공의 묘 아래로 가서 살았다. 조정에서는 공의 행업(行業)을 듣고 강릉 참봉으로 제수하였으나 나가지 않았다. 이듬해는 영해 수령의 패정(悖政)을 일삼는 바가 많아서 백성들이 놀라 흩어져 나가버림에 고을의 경내(境內)가 텅비었다. 순찰사가 공에게 의심을 두어 공을 먼저 떠나보내는 것이 백성들의 바라는 바라고 계(啓)를 올렸다. 공을 붙잡아 재판을 하였는데 공께서는 곤액(困厄)에 처했으되 그 실정만을 말할 뿐 얼굴에 근심스런 빛이 없었으므로 사람들은 다행한 일이라고 생각하였다. 마침내 대신(大臣)들에 의해 그 사건의 잘못되었음이 마땅하게 처리됨으로써 실로 아무런 일없이 풀려났다.

인조 18년 1640년 51세 봄, 영양현(英陽縣) 석보촌(石保村)으로 이거하여, 계명(溪名)

을 '석계(石溪)'로 이름 지어 호(號)로 삼고 석계초당(石溪草堂)을 지었다.

인조 22년 1644년 55세 7월, 모친상을 당했다.

인조 26년 1648년 59세 한밭에 영모당을 세우고 〈영모당기(永慕堂記)〉를 지었다.

효종 4년 1653년 64세 중춘(仲春)에 영양현 수비산(首比山)으로 이거하여 서산초당(西山草堂)을 짓고 강학에 전념하면서 자호를 '수산거사(首山居士)'라 했다. 험난한 길을 지나 깊고 궁벽한 곳에 공이 몸을 맡겼던 바, 사방의 문은 모두 새들과 원숭이들의 노니는 길이었고 집은 가장 높은 곳이었다. 마치 허공(虛空)을 건너듯 넘어 들어갔는데 평야는 넓고 넓어서 벼농사를 짓고 조농사를 짓기에 알맞은 곳이었다. 언덕이 단정하고 두터웠고 수석(水石)이 맑고 기이했으며, 또 약초와 아름다운 채소류 등이 풍성하고 시냇물이 맑고 산의 기상이 온화하였으니 속경(俗境)은 아니었다.

효종 6년 1655년 66세 이황(李滉)을 봉안한 영산서당(英山書堂)의 당장(堂長)으로서 서원(書院)으로 승격시켜 줄 것을 주창하여 승격되었다.

현종 13년 1672년 83세 6월, 온 집안이 여역(癘疫)에 걸렸고, 같은 해 12월, 명(明)의 국호와 동명(洞名)이 같은 안동부(安東府) 두솔원(兜率院, 대명동)으로 이거하여 '대명초려(大明草廬)'라 편액(扁額)했고 부인 장 씨가 최초의 한글 음식조리서인 〈음식디미방〉을 저술했다.

현종 15년 1674년 85세 8월 20일에 졸하니 10월, 안동부(安東府) 수동(壽洞)에 장사 지냈다.

3. 은둔의 배경과 사상의 기저

〈느낌이 있어서(有感)〉

천지는 넓어서 끝이 없고 　　　　　　　　　　　　　　　乾坤浩蕩大無邊

해와 달의 밝음 옛 그대로이네 　　　　　　　　　　　　　日月貞明自古然

누가 오랑캐를 보내어 이 더러움 일으켰나 　　　　　　　誰遣胡塵生汚穢

남한산성의 한 계책[18] 조선을 망쳤네 　　　　　　　　　南城一計誤朝鮮

---

18) 남성의 한 계책 : 남한산성의 한 계획이란 뜻으로, 남한산성의 굴욕사를 이름.

석계 이시명은 병자호란 이후 산속에 은거하여 숭정처사로 살았다.

이시명이 살았던 당시, 북방에서는 누르하치가 만주족을 통일하고, 1616년에 심양에 도읍하고 후금을 세웠다. 남방에서는 왜구의 침입이 잦았고, 북방에서는 1619년 명나라에 쳐들어오는 후금에 대항하기 위해 명나라는 조선에게 병력을 동원해 줄 것을 요청했고, 여진족까지 연합하여 대대적인 전투를 벌였다. 이것이 유명한 심하(深河) 전투이다.

조정에서는 후금을 의식하면서도 임진왜란 때 명나라가 원병을 보냈으므로 어쩔 수 없이 출병을 결정했다. 광해군은 강홍립을 심하 전투에 파견했다. 강홍립은 오도원수(五道元帥)가 되어 부원수인 김경서(金景瑞)와 함께 1만 3천여 군사를 이끌고 출병하였다. 이들 조·명 연합군은 일제히 공격을 시작해 앞뒤에서 적을 협격하기로 했다. 그러나 작전에 차질이 생겨 부차(富車)에서 대패했다. 이때 강홍립은 광해군의 지시대로 "조선군의 출병이 부득이 이루어졌다."고 밝히고 남은 군사를 이끌고 후금에게 항복했다. 이 전투에서 명나라는 크게 패하여 쇠퇴하게 되었고, 후금은 만주 지역을 차지하였다.

이 때문에 조선은 명나라로 통하던 사신 길이 막히어, 해상을 통하여 명나라와 교통하고 있었다. 조선은 후금을 자극하게 되었고, 광해군에 대한 불신은 커져만 갔다. 조선은 혼란에 빠지게 되었고 드디어는 인조반정이 일어난다. 그 후 서인 정권은 친명배금정책을 내세웠다.

누르하치는 조선과 명나라의 연합을 막기 위해 1627년 정묘호란을 일으켰다. 후금에서 누르하치의 뒤를 이은 태종은 1627년 1월 3만 명의 병력으로 조선을 침공했다. 후금군은 파죽지세로 남하하여 1월 25일 황주에 이르자 인조를 비롯한 신하들은 강화로, 소현세자는 전주로 피난했다. 각지에서 의병이 일어나 후금군의 배후를 공격했으며 조선은 또다시 혼란에 빠졌다. 후금군은 계속 남하하다가 후방을 공격당할 위험이 있다는 점과, 명을 정벌할 군사를 조선에 오랫동안 묶어둘 수 없다는 점 때문에 강화의사를 표시했고 조선이 이를 받아들여 3월 3일 화의가 성립되었다. 이 화약(和約)은 비록 치욕적인 형제의 국을 규정하기는 했지만 명과의 외교관계는 그대로 유지할 수 있었다.

1636년 후금은 국호를 '청'이라 고치고 '군신의 예'를 요구하자 조선은 이를 거부했다. 같은 해 12월 병자호란이 발생했다. 1637년 1월 30일 인조가 드디어 남한산성을 나와 삼전도(三田渡)에서 청 태종에게 항복하는 의식을 행했다. 청은 조선에게 조선은 청에 대해 신의 예를 행할 것, 명에서 받은 고명책인(誥命冊印)을 바치고 명과의 외교를 끊으며 조선이 사용하는 명의 연호를 버릴 것, 조선왕의 장자와 차자 그리고 대신의 아들을 볼모로 청에 보낼 것 등 치욕적인 조건을 요구하였다.

청이 요구한 명나라와의 단절은 온 나라 선비들을 자극하였고, 명나라 연호를 쓰지 못하게 한 것에 대해 반발한 조선의 사류들은 중국 명나라의 마지막 임금인 의종(毅宗)의 연호 '숭정(崇禎)'을 외치며 이에 항거했다. 이리하여 조선에는 온통 '숭정처사(崇禎處士)'를 자처하는 사류들이 벌 떼처럼 일어나 존명배청사상이 급물살을 타고 팽배하게 되었다. 이 시기 대부분의 선비들은 숭정처사를 표방하였다.

이시명은 명나라가 망하고 청나라가 들어서자 청나라에 항거하고 대명(大明)의 절조(節操)를 바꾸지 않았던 숭정처사로 당대 선비들로부터 칭찬이 자자하였다. 이시명의 은둔과 사상의 기저에는 유가사상의 처세관이 포함되어 있었다.

유교에서 말하는 춘추대의(春秋大義) 혹은 존주절의(尊周節義)는 무엇인가? 존주(尊周)는 주(周)나라 왕실을 존숭(尊崇)하는 것으로, 곧 왕실을 높이고 이적(夷狄)을 물리치는 것이다. 이시명을 비롯한 일련의 병자호란 숭정처사들은 중화의 정통을 이은 명나라를 존숭하고 오랑캐 청나라를 배척한 것은 춘추대의에서 나온 유가 선비들의 의리정신에서 표출된 것이다. 조선 선비들은 은거를 하면서 자주 그 사상의 기저를 《논어(論語)》, 〈계씨(季氏)〉편에서 찾고 있다.

| 은거하여 그 뜻을 구하고 | 隱居以求其志 |
| 의를 행하여 그 도에 통달한다 | 行義以達其道 |

사람들 가운데 선(善)을 보면 그와 같이 하려고 노력하고, 불선함을 보면 빨리 피하는 사람이 있는 반면에, 지금 세상에 도(道)가 없어 은둔하여 뜻을 구하고[隱居求志], 의리를 행하며 도를 이룬[行義達道] 사람은 없음을 탄식하는 말씀이다.

공자는 도(道)가 없는 세상에서 '은거구지 행의달도(隱居求志 行義達道)'를 이룰 방안을 여러 곳에서 거론하고 있다. 《논어》, 〈학이(學而)〉편 첫 장의 '남이 알아주지 않더라도 성내지 않는다[人不知而不慍]'라고 한 것이나 '남이 자기를 알아주지 않더라도 근심하지 않는다[不患人之不己知]'라고 한 것 등은 모두 '은거구지 행의달도'에 해당되는 내용이다. 석계 선생은 이 사상에 입각하여 은거를 단행하였다.

이 시기 일련의 선비들은 은거사상의 기저로 '일민(逸民)'을 일컫는다. 《논어》, 〈미자

〈微子〉〉편에 "일민으로는 백이, 숙제, 우중, 이일, 주장, 유하혜, 소련일 것이다. 공자께서 말씀하셨다. "자신의 뜻을 굽히지 않고 자기 몸을 욕되게 하지 않은 사람은 백이와 숙제일 것이다." 유하혜와 소련에 대해 평가하자면, 그들은 뜻을 굽히고 몸을 욕되게 하면서도, 말이 조리에 맞았고 행동이 깊은 사려에 맞아 그런 점들만은 옳았다고 생각한다. 우중과 이일에 대해 평가하자면. 숨어 살면서 말을 함부로 하였으나 몸가짐은 깨끗했고, 세상을 버린 것도 권도에 맞았다. 그렇지만 나는 이들과 다르다. 가한 것도 없고 불가한 것도 없다."[19]라고 하였다.

　이시명은 일민의 사상을 바탕으로 은거하고 있었다. 선생의 은거사상은 세상에서 완전히 숨은 것이 아니라 유가의 춘추대의를 부르짖는 강렬한 선비정신에서 우러나온 것이다.

4. 문집의 구성과 내용

　퇴계 학맥의 계승자로 평생을 숭정처사(崇禎處士)로 일관한 선생의 문집은 두 번에 걸쳐 간행되었으나, 초간본과 중간본 모두 서발(序跋)이 없어 간행 경위는 자세하지 않다.

　가장초고(家藏草稿)를 바탕으로 수집 편차한 2권 1책의 《석계선생문집(石溪先生文集)》이 목판으로 간행되었다. 초간본의 이본은 현재 국립중앙도서관, 장서각, 성균관대학교 존경각 등에 소장되어 있다.

　초간본에 부(賦)(3), 시(詩)(54), 기(記)(1), 제문(祭文)(12), 구묘문(丘墓文)(7), 행장(行狀)(3) 등의 시문과 부록 권2의 기록 등을 증보하여 대체로 초간본의 편차를 따라서 6권 3책으로 재편(再編)하고, 목록(目錄)을 추가하여 목판으로 중간하였다. 1891년에 8세손 이수영(李秀榮)이 지은 부록 권2의 〈석천서당중수기(石川書堂重修記)〉는 문집 내에서 가장 후기작이므로, 간행 연도는 그 이후로 추정된다. 중간본의 이본은 현재 국립중

---

19) 《논어(論語)》〈미자(微子)〉: "逸民 伯夷 叔齊 虞仲 夷逸 朱張 柳下惠 少連 子曰 不降其志 不辱其身 伯夷 叔齊與 謂柳下惠少連 降志辱身矣 言中倫 行中慮 其斯而已矣 謂虞仲夷逸 隱居放言 身中淸 廢中權 我則異 於是 無可無不可"

앙도서관, 장서각, 고려대학교 중앙도서관 등에 소장되어 있다.

이본(異本)으로, 필사자와 필사 연도가 미상인 연세대학교 학술정보원에 소장된 필사본《석계유고(石溪遺稿)》1책은 초·중간본에 비해 편차가 다르고 동일 내용의 시(詩)로 시제(詩題)가 다른 것이 있으며, 초·중간본에 없는 시 1편과 부록의 제문 2편, 만사(挽詞) 5편이 실려 있다.

본서의 저본은 1891년 이후에 간행된 중간본으로 국립중앙도서관장본이다.

본집은 원집(原集) 4권, 부록(附錄) 2권 합 3책으로 구성되어 있다.

권1은 사(辭)(1), 부(賦)(3), 오언절구(五言絶句)(21), 칠언절구(七言絶句)(62)이다. 석보(石保)의 풍광 속에서 학문에 매진하여 부끄럼 없이 살 것을 밝히며 1651년에 지은 〈감춘사(感春辭)〉는 저자의 나이 62세 때 지은 것이다. 은거해서 유경의 춘추대의 의리 정신으로 살아가면서 느끼는 정취와 회포를 직서한 것이다. 병자호란의 치욕 이후 석보, 수비(首比)로 은거하며 절의를 지키려는 뜻을 밝힌 〈복거부(卜居賦)〉는 은자의 삶에 대한 애환과 고통, 고독한 정취, 산림 속에 정착하는 과정, 집짓기, 등을 묘사하고 있으며, 산수간에 한가로이 처하면서 은일 처사적 삶을 지향하고 그 중에서 자식들을 교육하는 유가의 삶을 묘사하고 있다. 예가 정치의 근본이라는 주제로 지은 〈예자군지대병부(禮者君之大柄賦)〉는 과거시험을 준비하는 월과(月課)로서 지은 것이다. 작가의 정치의식을 피력하는 예가 정치의 근본사상이라는 것을 부의 형식에 갖추어 지은 작품으로 독특한 정취를 자아낸다.

시로는 수비산의 추경(秋景)을 선경(仙境)에 견주어 읊은 〈영산도중작(英山途中作)〉, 학문에 뜻을 둔 〈경학이절(警學二絶)〉 북벌에 관한 논의를 나누었던 충민공 임경업(林慶業)과 시국을 논하고 임경업의 죽음을 애통해 한 〈추회(秋懷)〉 등이 있다.

〈가을의 회포 두 수(秋懷 二首)〉

어느덧 때는 이미 서늘한 가을	居然時序已淸秋
귀뚜라미 울음 속에 밤이 길구나	蟋蟀聲中夜正脩
벽에 기대어 부질없이 천하의 일 생각하니	倚壁空懷天下事
옛 명나라 땅[20]을 회복할 지사는 없는가	無人志復舊神州
늙어가는 아픔이 가을에 가장 심하여	老去傷悲最素秋

앞길을 재촉하나 뜻은 도리어 멀리있네	前途已促意還脩
비록 이 몸 깊은 산속에 있지만	縱然身落窮山裏
호방한 생각은 자주 중국을 오가네	好放神思歷九州

1644년 75세 새해를 맞이하여 감회를 서술하고 눈보라 치는 겨울을 망해가는 명나라에 대한 슬픔으로 표현한 〈갑진원조(甲辰元朝)〉가 있다.

〈갑진년(1664, 현종 5) 새해아침, 절구 두 수(甲辰元朝二絶)〉

들녘은 쓸쓸하고 일색도 차가운데	原野蕭條日色寒
북풍한설에 모든 산이 뒤덮였으니	朔風吹雪蔽羣山
누가 알리오 이 늙은이의 슬픈 뜻이	誰知白首忉忉志
멀리 요양과 압록강 사이에 있음을	遠在遼陽鴨水間

요즈음 목욕재계하고 황천에 고하기를	頃年齋沐告皇天
몸과 마음으로 날마다 善을 실천하려 맹세했네	誓使身心善日遷
지난 몇 년 공부를 헤아려 보니 아무 것도 없는데	數往計工無分寸
또 새해를 맞으니 나의 허물만 늘어나네	又逢新歲效吾愆

선생은 명나라가 망하고 청나라가 들어서는 것을 문명의 종말로 인식하고 춘추대의를 표방하며 대명의리를 실천하고 있었다. 이 당시 시대를 아파하는 결연한 의지와 긱오를 보이는 〈탄시(歎時)〉는 다음과 같다.

〈시대를 탄식함(歎時)〉

시대를 통곡하지 말라 곡하여 무엇하리	時非痛哭哭何爲
가의[21]도 그때에는 때를 헤아리지 못했으니	賈子當時不量時
만일 이 현인으로 하여금 이 세상을 만나게 한다면	若使此賢逢此世

---

20) 신주(神州) : 중국의 별칭이다. 전국시대 제(齊)나라의 추연(鄒衍)이 중국 땅을 적현신주(赤縣神州)라고 칭한 데서 유래하였다. 《사기》 권74 〈맹자순경렬전(孟子荀卿列傳)〉.

21) 가의(賈誼, BC.200~BC.168) : 중국 전한(前漢) 문제(文帝) 때의 문인 겸 학자이다. 진나라 때부터 내려온 율령·관제·예악 등의 제도를 개정하고 전한의 관제를 정비하기 위한 많은 의견을 상주했다. 과진론(過秦論)으로 유명하며, 당시 고관들의 시기로 좌천되자 〈복조부(鵬鳥賦)〉와 〈조굴원부(弔屈原賦)〉를 지어 울분을 토로하였다.

심장을 가르고[22] 눈을 도려내도[23] 죽지 않으리라 　　　　　　剖心抉目死無知

병자호란을 풍자한 〈유감(有感)〉, 〈읍령도중(泣嶺途中)〉 등이 있다.

〈느낌이 있어서(有感)〉

천지는 넓어서 끝이 없고 　　　　　　　　　　　　　　乾坤浩蕩大無邊

해와 달의 밝음 옛 그대로이네 　　　　　　　　　　　　日月貞明自古然

누가 오랑캐를 보내어 이 더러움 일으켰나 　　　　　　誰遣胡塵生汚穢

남한산성의 한 계책[24] 조선을 망쳤네 　　　　　　　南城一計誤朝鮮

〈읍령[25]을 지나면서 구름과 안개로 어둑히 막힘을 당하여(泣嶺途中 逢雲霧晦塞)〉

해와 달빛은 어느 때나 회복되리오 　　　　　　　　　日月光華復幾時

요순의 세상 지금에 드리워져야 할 텐데 　　　　　　唐虞天地至今垂

역겨운 구름과 독한 안개만 항상 덮여 있으니 　　　腥雲毒霧恒蒙蔽

어찌하면 장풍 얻어 한 번에 쓸어 낼까? 　　　　　安得長風一掃之

권2는 오언사운(五言四韻)(27), 칠언사운(七言四韻)(34), 오언장편(五言長篇)(4), 칠언장편(七言長篇)(4), 소(疏)(1)이다. 소나무에 견주어 배청(排淸) 의지를 천명한 〈제서산정사(題西山精舍)〉는 다음과 같다.

〈서산정사에 붙여(題西山精舍)〉

서산의 절벽에 남은 향기 예스러운데 　　　　　　　西山斷麓舊遺芳

띠집을 다시 지으니 감회가 유장하네 　　　　　　　重起茅堂感意長

---

22) 심장을 가르고 : 비간(比干)은 은(殷)나라 주왕(紂王)의 삼촌이었는데, 주왕의 음란함에 대해서 간하자, 주왕이 "성인의 심장에는 일곱 개의 구멍이 있다는데 사실인가 보자." 하고는, 그의 배를 갈라 죽인 일을 말한다.

23) 눈을 도려내도 : 오(吳)나라 오자서(伍子胥)가 오왕 부차에게 간하다가 오왕 부차가 오자서(伍子胥)에게 촉루검(屬鏤劍)을 내리며 자결을 명하자, 그가 죽기 전에 "나의 눈알을 뽑아서 오나라 동문에 걸어 두어, 월나라가 오나라를 멸망시키는 것을 보게 하라.[抉吾眼 置之吳東門 以觀越之滅吳也]"라고 유언한 고사가 전해진다.

24) 남성의 한 계책 : 남한산성의 한 계획이란 뜻으로, 남한산성의 굴욕사를 이름.

25) 읍령(泣嶺) : 석보면(石保面)과 영덕군(盈德郡) 창수면(蒼水面)의 경계의 고개로 울치 또는 올티재(527m)라 한다. 이 고개는 수십 리를 지나도록 인가가 없고 삼림이 울창하여 낮에도 해를 가리고 어두컴컴하여 옛날에는 울고 넘는다 하였다.

마을과 멀리 벗어나 있으니 들판의 절 같고 　　　　　　　迥出閭閻同野寺

평야는 강해에 임했으니 선향(仙鄕)²⁶⁾이로다 　　　　　　　平臨江海是仙鄕

행신(行身)²⁷⁾은 어찌 언충신(言忠信)²⁸⁾만한 것이 있으며 　行身孰若言忠信

진학은 직방(直方)²⁹⁾을 체득하는 것이 최고이네 　　　　　進學無如體直方

나의 집에 한 섬 곡식 없다고 말하지 마라 　　　　　　　　休道吾家無儋石

희경(羲經)³⁰⁾ 한 부분이 고량진미(膏粱珍味)에 해당하네 　義經一部當膏粱

경의(敬義)를 좇아 역(易)에 전심하려는 뜻을 읊은 〈독역(讀易)〉은 다음과 같다.

〈역을 읽음(讀易)〉

산창(山窓)³¹⁾에 고요히 앉아 역경을 읽노라니 　　　　　山牕靜坐讀羲經

비로소 하늘을 엿본 듯 눈이 점차 형통하네 　　　　　　始若窺天眼漸亨

유리(羑里)³²⁾에서 갇혔지만 근심에서 일으켰고 　　　　　羑里雖因憂患作

주공(周公)은 실로 지혜를 내어 미묘한 기미에 밝았네 　周公實發妙機明

민생의 득실에 문호를 열고 　　　　　　　　　　　　民生得失開門戶

나라 안위(安危)에 국량을 보였네 　　　　　　　　　　君國安危示量衡

전편(全篇)의 숨어있는 뜻을 알려고 할진댄 　　　　　　要識全篇可蔽意

모름지기 경의(敬義)로써 진심을 다해야 하리라 　　　　須從敬義盡心行

73세 생일에 나라가 태평하길 빌며 읊은 시와 일곱 아들의 차운시를 차례로 부기한 〈지월십사일(至月十四日) ……〉 등이 있다. 〈논우율종사소(論牛栗從祀疏)〉는 퇴계학맥을 잇는 작가의 입장에서 기호학파인 이이(李珥)의 이기설(理氣說)과 성혼(成渾)의 출처(出處)를 비판하고 문묘종사를 반대한 소로 1650년에 영남유림을 대신하여 지은 것이다. 이 상소는 작가의 학문적 성향과 퇴계학맥을 온전히 계승하려는 투철한 의지가 엿보인다.

---

26) 선향(仙鄕) : 신선이 사는 곳.

27) 행신(行身) : 몸가짐을 잘함.

28) 언충신(言忠信) : 공자는 "말은 충성과 신의롭게 하고, 행동은 돈후하고 공경스럽게 하라.[言忠信 行篤敬]" 하였음. 《논어》〈위령공〉

29) 직방(直方) : 마음을 곧게 함과 행동을 방정하게 함.

30) 희경(羲經) : 복희의 경전, 즉 복희의 역(易).

31) 산창(山窓) : 산을 향해 있는 집 창문.

32) 유리(羑里) : 은나라 주왕(紂王)이 주(周)나라 문왕을 유폐(幽閉)한 곳.

권3은 서(書)(11), 서(序)(4), 기(記)(6), 발(跋)(2), 잠명(箴銘)(2), 축문(祝文)(2)이다. 서에는 아우 이시성(李時成)에게 명나라의 국권 회복을 도모한 세력에 대해 말한 것과 삭망강회(朔望講會) 등을 열어 자제 교육에 정성을 들인 저자가 자손들을 권면한 것들이 있으며, 1640년에 이거한 석보촌이 오랜 세월 안도(安堵)의 땅이었음을 밝히고 주변의 지리와 경광을 설명하면서 그곳에서 은거 자악(自樂)할 뜻을 밝힌 〈석계기(石溪記)〉, 우천 정칙(愚川 鄭伏)의 소실(小室) 소와에 부친 〈소와기(笑窩記)〉와 1665년에 간행된 스승 장흥효의 〈일원소장도(一元消長圖)〉의 발문 등이 있다.

권4에는 장흥효(張興孝), 조임(趙任), 백형(伯兄), 중형(仲兄) 등을 추도한 제문(12)과 남률(南慄), 父, 조검(趙儉), 박륵(朴玏) 등의 구묘문(丘墓文)(8)과 父, 母, 황응청(黃應淸) 등의 행장(4)이 있다.

부록 권1에는 조정융(曺挺融), 김종일(金宗一), 홍여하(洪汝河) 등이 지은 만사(輓詞)(12) 와 김규(金煃), 권윤(權贇), 조규(趙頍) 등이 지은 제문(5)과 1691년에 3남 이현일이 지은 행장, 1694년에 권해(權瑎)가 지은 묘지명(墓誌銘), 1694년에 권유(權愈)가 지은 묘갈명(墓碣銘)이 있다.

권2에는 한치응(韓致應)이 지은 〈대명동유허비명(大明洞遺墟碑銘)〉, 1865년에 외예손 김대진(金岱鎭)이 지은 〈수산유허비명(首山遺墟碑銘)〉, 1772년에 외현손 이상정(李象靖) 이 지은 〈석천서당기(石川書堂記)〉, 1891년에 8세손 이수영(李秀榮)이 지은 〈석천서당중수기(石川書堂重修記)〉, 청시사적(請諡事蹟) 등이 있다. 권미에 유묵(遺墨) 7판이 있다.

5. 맺음말

석계 이시명은 명문가에서 태어나 어릴 때부터 유교경전과 문학수업을 받으며 자라났다. 그가 살았던 시기는 임진왜란 이후 혼란이 거듭되던 난세였다. 그는 특히 시를 잘 지었으며, 학문에도 뛰어나 장래가 촉망되는 청년이었다.

1612년(광해군 4) 사마시에 합격하여 성균관에 들어갔으나, 광해군의 난정을 보고 과거를 단념하였다. 1627년 정묘호란, 1636년(인조 14) 병자호란 이후 국치를 부끄럽게 여겨 세상과 인연을 끊고 은거하였다. 그는 병자호란이 터지자 가족들을 이끌고 영양 수비로 피난을 갔다가, 전쟁이 끝나자 영덕 인량리 집으로 돌아와 후진양성에 힘썼다.

이시명은 명나라가 망하고 청이 들어서자 청나라에 항거하여 명을 계승하는 의리와 절의를 외치며 명나라의 마지막 연호를 따라 숭정처사를 표방하며 은거하였다. 조정에서 그를 여러 번 벼슬에 임명했으나 나아가지 않고 은둔의 길을 선택했다. 그의 이러한 은둔사상은 퇴계학맥을 이은 경당 장흥효의 사위로 유가의 춘추대의를 표방하고 있어서 당시 세상의 선비들로부터 칭송을 받았으며, 혼란 속에서도 유도를 지킨 절의의 지사로 인정을 받았다.

그가 은거지에서 교유한 인물들은 모두 뜻을 같이한 퇴계학맥의 언저리에 있는 인물들로 이들과 시를 주고받으며 문학적인 교유를 하며 은둔생활을 영위해 온 그의 행적은 세상의 이목을 집중시켰다. 그가 은거지에서 지은 시와 산문에는 은거의 정서가 물신 풍겨나는 작품들이 들어 있다.

이시명의 은둔의 문학세계는 중국 고대의 은거문학을 흠모한 부분이 드러나고 있다. 이백과 두보처럼 나라를 잃고 방황하는 우국의 정이 드러나 있고, 인생에 대한 통한이 서려 있으며, 시국을 한탄하는 풍자가 들어 있으며, 은거생활의 고독을 노래한 서정이 들어 있다.

그의 시문에는 상산사호나 도연명 같은 중국 고대의 은둔을 지향한 인물들의 전고가 풍부하며 고문의 명편을 읽는 듯한 감동이 서려 있다. 그는 절의를 지킨 숭정처사로서 춘추대의를 부르짖은 한 시대의 영웅이자, 서원을 짓고 후진을 교육하여 퇴계학맥을 온전하게 계승한 위대한 교육자이며, 은거의 정서를 시로 표출한 위대한 문인이었다.

오늘을 사는 이 땅의 사람들에게 선생의 문집(文集)은 단순히 기왕의 문헌(文獻)으로서만이 아니라 그의 우국애민의 선비정신 속에서 무엇인가 마음속에 되새겨지는 굳센 다짐을 가져다줄 것이다.

石溪先生文集 卷一

석계선생문집 권1

사辭

봄을 감상하는 노래
感春辭

경인년¹⁾이 가고 신유년 새봄이 왔네, 내 나이 손꼽아 보니 육십하고도 둘.
庚寅歲去 辛卯春至 屈指吾年 六十加二

계절이 바뀌어 감을 느끼노라니	感天時之易逝
이 몸 무사한 것 기뻐라	樂此身之無事
엄동이 풀리고 흰 눈 녹으니	嚴冬解而雪消
구름은 새롭고 경치는 밝다	雲物新而景明
그때 이 몸은 산중에 있었는데	曩余托於山中
그 마을 이름은 석보(石保)²⁾라 했네	村石保以爲名
그 남은 터는 어느 때 것인가?	問遺墟兮何代
나무는 자라고 기와조각 어지럽네	木已喬而瓦爛
풍속은 본디 순박함에 친하고	俗素狃於嚚愚
밭의 반은 언덕 가에 붙어 있네	田半在於崖畔
산은 겹겹이 병풍같이 둘러섰고	山萬疊而屛立
물은 두 줄기 허리띠처럼 도는구나	水二道而襟廻
우거진 솔 숲 따라 정자를 짓고	因亂松而作亭
바위³⁾를 쌓아서 누대를 만들었네	累雲根而爲臺

---

1) 경인년(庚寅年) : 1650년(효종 1).
2) 경상북도 영양군 석보면.
3) 운근(雲根) : 벼랑이나 바윗돌을 뜻하는 시어(詩語)이다. 두보(杜甫)의 시에 "충주 고을은 삼협의 안에 있는

이곳은 세상과는 멀리 떨어져	境與世而相遠
속세를 등지고 있는 별천지라네	価風塵而別有
때때로 높은 곳에 올라 웃옷을 벗고	或登高而開襟
잠시 강물에 땀을 씻기도 하네	乍臨流而滌垢
그윽한 오솔길 들어가 꽃들을 감상하고	入幽徑而賞花
여울 바위에 앉아 단풍을 노래하네	坐石灘而吟楓
녹음 속에서 매미와 앵무새 소리 듣고	聽綠陰之蟬鸎
눈 내리는 밤에는 거문고를 탔네4)	伴雪夜之絲桐
관자동자(冠者童子)5)들을 좌우로 날개삼아	隨冠童而翼余
지팡이와 짚신이 가는 대로 돌아다니고	任杖屨於遠邇
술은 늘 조금 오를 때면 그치었고	酒常止於微醺
시는 뜻을 말한 것6)에 지나치지 아니하네	詩不越乎言志
유랑생활이 마음을 해칠까 두려워	懼遊浪之害心
문득 되돌아보며 돌아오길 재촉했네	忽反顧而催還
오뚝한 띠집은 시원함이 넘치고	茅堂兀其瀟灑
큰 소나무 두 그루 산(山)을 의지해 서 있네	標兩松而依山
나 이곳에 깃들어 살며	入余處而棲息
애오라지 뜻을 안정시키고 깊이 성찰하네	聊靜志而深省
벽 위 시렁의 도서를 뽑아	抽壁上之圖書
책 속의 성현을 마주하면	對卷中之賢聖

지라, 마을 인가가 운근 아래 모여 있네.[忠州三峽內 井邑聚雲根]"라는 표현이 나오는데, 그 주(註)에 "오악(五岳)의 구름이 바위에 부딪쳐 일어나기 때문에, 구름의 뿌리라고 한 것이다." 하였다. 《杜少陵詩集》 권14 〈題忠州龍興寺所居院壁〉

4) 거문고를 탔네 : 《국역 신증동국여지승람》 제24권 〈경상도 영해도호부〉에 "집집마다 거문고가 있어 사람마다 거문고를 잘 다루었다.[家畜絲桐 人工操縵]" 하였다.

5) 관자동자(冠者童子) : 공자의 제자 증점(曾點)이 "늦은 봄에 봄옷이 만들어지면 관을 쓴 벗 대여섯 명과 아이들 예닐곱 명을 데리고 기수에 가서 목욕을 하고 기우제 드리는 무우에서 바람을 쏘인 뒤에 노래하며 돌아오겠다.[暮春者 春服既成 冠者五六人 童子六七人 浴乎沂 風乎舞雩 詠而歸]"라고 자신의 뜻을 밝히자, 공자가 감탄하며 허여한 내용이 《논어》 〈선진(先進)〉에 나온다.

6) 언지(言志) : 《서경(書經)》 〈순전(舜典)〉에 "시는 뜻을 읊은 것이요, 노래는 말을 길게 늘인 것이요, 소리는 가락을 따라야 되고, 음률은 소리가 조화되어야 한다.[詩言志 歌永言 聲依永 律和聲]" 하였다.

비록 언어는 수천만 마디지만	雖言語之千萬
그 이치를 탐구한 즉 근원은 하나였네	究其理則一源
학문하는 요체에 힘쓸 땐	愐爲學之要道
선(善)을 밝히는 것보다 우선할 것 없고	莫明善之爲先
탄탄한 큰 길을 찾아갈 뿐	尋平坦之一路
지름길 군색한 걸음은 경계했네	戒窘步於捷徑
뜻을 세운 즉 게으르지 말자고	志爲則而毋懈
죽을 때까지 하겠노라 약속하네	期蓋棺而乃定
무공(武公)은 노년에도 경계의 글 지었고[7]	武在耄而作戒
거백옥[8]은 육십이 넘어서야 교화를 깨달았네	蘧踰六而知化
옛 사람도 진실로 이러한 각고가 있었거늘	古固有此刻苦
지금 사람이 어찌 포기를 하랴	今胡爲乎纍棄
작게 되는 것이 천하다는 것을 알면	知小成之可鄙
장차 크게 되기 위해 부지런해야 하리	將大爲而孜孜
어린 아이에게는 쇄소응대를 하게 하고	課小子之灑掃
장성한 아이에게는 학문을 가르치네	叩壯兒之問學
말을 타고 언덕에 오르면서 선후를 다투고	蹄登埒而後先
좌우는 바람을 안고 앞서거니 뒤서거니	翼遡風而淩軼
이것이 천하의 가장 즐거운 일	斯天下之最樂
비록 부귀로도 바꿀 수 없는 것이니	縱富貴其不易
이런 즐거움을 오래할 수 있다면	儻循此而可久
어찌 우리 도에 들어맞지 아니하랴	豈無契乎斯文
맹세컨대 지금부터 시작을 한다면	誓自今而伊始
다행히 해마다 부끄러움은 없으리라	幸不愧於歲歲
다시 오는 봄에게(그러 하리라.)	更來之東君也

---

7) 무공(武公)은 …… 글 지었고 : 《국어(國語)》 〈초어(楚語)〉에는 "좌사(左史) 의상(倚相)이 말하기를 옛날 위(衛)나라 무공은 나이 95세였는데…… 이에 의계(懿戒)를 지어 자신을 경계토록 하였다고 했다."는 글이 있다.

8) 거백옥(蘧伯玉) : 춘추시대 위(衛)나라 영공(靈公) 때의 어진 대부(大夫)이다. 이름은 원(瑗), 자(字)는 백옥이며, 공자 제자이다. 나이 50에 49년 동안의 그릇됨을 알았다 한다.

부賦

살 곳을 정하며
卜居賦

옛날에 진실로 세상을 피해 잘 수양한 사람 있었네	古固有避世而善身兮
내 어찌 스스로 그 사람에 비교하랴	余豈自比於其人
굶주려도 먹는 것 찾지 않고 추워도 옷을 구하지 않았네	飢無食寒無衣
적막한 물가에서 □□를 구하였네9)	求□□寂寞之濱
그때 나는 바닷가 집을 떠나	曩余離乎海宅兮
석계에서 산 지 십여 년	棲石溪者十有餘春
나는 어떤 사람인가 더욱 빈번히 견줌이여	余惟何人而猶可比數兮
자주 재앙을 당해 어지러운 심신을 떨쳐내도다.	屢致禍孼拂亂此心神
어지러워지니 밖은 삐걱거리고 안은 무너지고	紛外轢而內潰兮
아! 내 몸 하나도 붙일 데가 없구나	逝莫屬余之形身
바탕이 순박해도 해결됨이 없음이여	質純愚而無解兮
또 무슨 덕이 있어서 새로이 할 수 있겠는가?	又何德之能新
날은 어둑어둑 저물어가고	時曖曖其將罷兮
밤은 길고 길어 새벽은 아직 아니 오네	夜漫漫而未晨
계사년(1653)에 이사를 함이여	歲癸巳而遷徙兮
길일을 택했으니 좋은 때로다	擇吉日兮良辰
험한 길을 지나 산 넘고 물 건너서	歷崎嶇而跋涉兮

---

9) 적막한 …… 구하였네 : 한유(韓愈)의 '답최입지서(答崔立之書)'에 "이 모든 것이 만약 뜻대로 되지 않을 때에는, 넓고 한가로운 들판에서 밭을 갈고, 적막한 물가에서 낚시질이나 하면 될 것이다.[若都不可得 猶將耕於寬閑之野 釣於寂寞之濱]"라는 말이 나온다.

수비(首比)¹⁰⁾를 향해 수레를 재촉하네 　　　　　指首比而催軫

낙토를 그리며 그곳에 삶이여 　　　　　　　睠樂土而止息兮

이곳은 도연명의 무릉도원¹¹⁾과 달라 　　　　異桃源之避秦

좋은 땅 가려서 뿌리고 심었건만 　　　　　　相燥濕而播藝兮

가뭄과 장마로 거둔 것이 없었네 　　　　　　遭水旱而空困

슬프다. 온 식구 하늘 돌봄 잃었으니 　　　　嗟百口之失天兮

모두 울부짖지만 그 누굴 탓하랴 　　　　　　擧啼呼而誰因

도토리를 주워 곡식을 대신했고 　　　　　　拾橡實而間粱兮

소나무 껍질 벗겨 삶아 먹었네 　　　　　　　剝松皮而熬薪

죽지 아니함을 다행으로 여김이여 　　　　　斯猶足以不死兮

애오라지 분수에 맡기고 안빈낙도하도다 　　聊任分而安貧

강태공¹²⁾은 곤궁하게 살면서 낚시로 지내었고 　尙窮困於釣海兮

이윤¹³⁾도 누추한 신야(莘野)에서 밭을 갈았다네 　摯側陋於耕莘

나 같은 사람¹⁴⁾ 어찌 그들처럼 고상하랴 　　蠱何取於高尙兮

나 같은 사람¹⁵⁾ 어찌 신하가 될 수 있으랴 　　蹇何有於王臣

산에서는 싱싱한 나물 뜯고 　　　　　　　　山可採兮嘉蔬

시내에서는 신선한 물고기 잡았네 　　　　　溪可網兮鮮鱗

---

10) 수비(首比) : 경북 영양군 수비.

11) 도연명의 무릉도원 : 도연명이 가공적으로 그린 이상향(理想鄕)으로 진(秦)나라를 피해 간 곳이다. 무위자연(無爲自然)의 소박한 생활 속에서 인위적인 정치의 구속이나 인간 역사의 변천도 느끼지 못하는 꿈같은 마을을 도화원이라 명칭한 것이다. 여기서는 석계의 은거가 도가적 의미에서 말하는 무위자연을 뜻함이 아님을 말한다.

12) 강태공(姜太公) : 주(周)나라 동해인(東海人), 원래는 성(姓)이 강씨(姜氏)인데 그의 선조가 려(呂)라는 곳에 봉(封)해짐에 따라 봉해진 곳을 성으로 삼아 여상(呂尙)이라 함. 늙어서는 은거하여 낚시질로 여생을 보냈다. 문왕(文王)이 어진이를 찾아 나섰다가 위수(渭水) 북쪽에서 그를 만나 말을 해보고는 크게 기뻐하여 말하기를, "나의 조부님도 당신에게 기대한 것이 오래였다.[吾太公望子久矣]"고 했는데, 이 말을 따서 호(號)를 태공망(太公望)이라 하였다. 문왕이 그와 함께 수레를 타고 돌아와서 사부(師傅)로 삼았다.

13) 이윤(伊尹) : 은(殷)나라의 어진 재상. 이름은 지(摯)이다. 유신씨(有莘氏)의 들판에서 농사를 지으면서 요와 순의 도를 즐기며 살았다. 탕(湯)이 세 차례나 초빙함에 비로소 탕에게 나아갔다. 탕이 하(夏)나라 걸왕(桀王)을 쳐 하나라를 멸하고 마침내 천하의 임금이 되었는데 이 일을 도모함에 이윤의 공이 컸으므로 탕이 이윤을 높여 재상에 임명하였다.

14) 고(蠱) : 뱃속벌레, 작자 자신에 대한 겸칭.

15) 건(蹇) : 노둔한 말, 작자 자신에 대한 겸칭.

지기가 맑고 깨끗하게 솟아나니 　　　　　　　　　　蒸地氣之淸淑兮

신기한 버섯이 돋아나네 　　　　　　　　　　　　　産殊異之芝菌

검마산16)이 산문을 열어젖히니 　　　　　　　　　　山劒磨而排戶

울연봉17)이 이웃이 되네 　　　　　　　　　　　　　峯蔚然而爲鄰

저 하늘과 맞닿은 일월산18)은 　　　　　　　　　　彼到天與日月兮

우뚝하고 독특하게 솟아서 　　　　　　　　　　　　屹然特立

뭇 산의 험준함과는 다르네 　　　　　　　　　　　異羣山之嶙峋

세 줄기 강이 둘러 허리띠 같으니 　　　　　　　　　環三水而襟帶兮

사람이 글을 지어 고르게 안배했네 　　　　　　　　作人文而排均

백성들과 더불어 즐길 줄 알았으니 　　　　　　　　知與衆之可樂兮

누가 먼저 깨달았나 하늘이 낸 백성인 줄을19) 　　　孰先覺乎天民

산등성이 뻗어난 것 특별히 새로워 　　　　　　　　爰有岡兮別新兮

호랑이가 달리는 듯 용이 승천하는 듯 　　　　　　　若虎奔而龍巡

머리와 꼬리로 굳세게 똬리 튼 모습 　　　　　　　蟠首尾而屈莊兮

완연히 한 언덕에 수레바퀴가 누워있는 듯 　　　　完一丘之臥輪

원 줄기는 태백산에서 갈려나와 　　　　　　　　　原是分於太白兮

그 형세가 성하여 구름 언덕 이루네 　　　　　　　勢蓊勃而雲屯

조물주의 뜻을 생각해 보고는 　　　　　　　　　　想造物之有意兮

마침내 우거진 숲속에 던져 버렸네 　　　　　　　終抛擲於荒榛

다행히 내가 의탁하여 경영을 시작할 때 　　　　　幸余托而經始兮

하늘 아래 방위를 헤아려 　　　　　　　　　　　揆方位於洪鈞

몇 간의 작은 집을 지으니 　　　　　　　　　　　架數間之矮屋兮

---

16) 검마산 : 수비면 신원리 동쪽에 솟아 있는 영양군과 울진군과의 경계를 이루는 산으로 태백산맥의 여맥인
　　중앙산맥상의 백암산 북쪽에 위치하고 있다.

17) 울연봉 : 영양군 수비면에 있으며 검마산과 마주보고 있다.

18) 일월산 : 영양군 북쪽에 위치하고 있다. 옛날에는 일위산(日圍山), 일우산(日雨山), 쌍요악(雙曜嶽)이라 부
　　르기도 하였다. 산이 높아 동해에서 솟아오르는 해와 달을 먼저 본다하여 일월산이라 이름 지어졌다고도 하고,
　　또 옛날 산마루에 천지가 있어 그 모양이 해와 달과 같다 하여 일월산이라 하였다는 설이 있다.

19) 누가 먼저 …… 백성인 줄 : 이윤(伊尹)이 탕(湯)으로부터 세 차례나 부름을 받고, 이에 응할 때 한 말 가운데
　　서, "나는 하늘이 낸 백성 중에 먼저 깨달은 자다. 나는 이 도를 가지고 이 백성들을 일깨워주련다. 내가 일깨
　　워 주지 않으면 누가 하겠는가.[予 天民之先覺者也 予將以斯道 覺斯民也 非予覺之而誰也]"라고 했다.

많은 식구들 살 수 있었네 　　　置徒屬之洗洗

걸상 하나를 매달고[20] 서적을 저장하니 　　　懸一榻而藏書兮

멀고 가까운 곳 젊은이들 오도다 　　　來遠邇之駿猘

도가 어찌 짝지어 밭가는 것을 사모한 것이겠는가? 　　　道何慕於偶耕兮

때때로 나루터를 묻는 것[21] 옳지 않을 일이네 　　　時不可乎問津

맑은 샘을 파서 그 물에 손을 씻고 　　　修潔泉而盥洗兮

부들 풀을 엮어 자리를 만들었네 　　　束蒲茅而爲茵

성현을 맞이하여 스승으로 삼았으니 　　　邀聖賢而爲師兮

여러 스승 따르며 서로 친하였네 　　　追諸子而相親

하늘이 이 백성에게 참 마음을 내렸으니[22] 　　　天降衷于下民兮

도는 인륜에서 벗어난 것 아니네 　　　道不外乎人倫

본래 양지[23]에는 도리가 있었으니 　　　本良知之有則兮

효는 부모보다 먼저인 것은 없다네 　　　孝莫先於萱椿

백행에 미루어도 모자람이 없게 하여 　　　推百行而不匱兮

천하에 나가 세상을 다스리게 했네 　　　之天下而經綸

중요한 것 어디에 있는가 배움에 있을 뿐 　　　要惡在乎在學兮

배움은 반드시 익힌 이후라야 빛나네 　　　學必講而後彬

오직 성인들의 가르침은 　　　惟聖神之格訓兮

서적에 드러나 있으니 부지런히 배우고 　　　著方冊而諄諄

날마다 이 가르침을 따라 공부하고 　　　日循玆而從事兮

선생과 제자가 서로 물어 보네 　　　師及弟兮咨詢

---

20) 걸상 하나를 매달고 : 진번이 예장 태수(豫章太守)로 있을 적에 다른 빈객은 맞지 않고 오직 서치만을 위해서 특별히 전용 걸상 하나를 준비해 두고는, 서치가 와서 환담을 하고 떠나면 다시 위에 올려놓았다는 현탑(懸榻) 의 고사가 《후한서》 권53 〈서치열전〉에 전한다.

21) 나루터를 묻는 것 : "공자(孔子)는 혼탁한 난세(亂世)를 버리고 은거하여 자연 속에 묻혀 사는 장저(長沮) ・걸닉(桀溺)이 나란히 짝지어 밭갈이하는 모습을 보고 그들이 있는 곳을 지나면서 자로(子路)를 시켜 나루터를 묻게 하였다.[醬沮桀溺 耦而耕孔子過之 使子路問津焉]"《논어》〈미자(微子)〉

22) 하늘이 …… 내렸으니 :《서경(書經)》〈탕고(湯誥)〉에 "위대한 하늘이 낮은 백성들에게 올바름을 내리어 언제 나 올바른 성품을 가진 사람을 따르도록 하였으니 그 사람의 길을 따를 수 있다면 임금노릇을 제대로 할 것이 다.[惟皇上帝 降衷于下民 若有恒性 克綏厥猷 惟后]"라 하였다.

23) 양지(良知) : 사람이 나면서부터 가지고 있는 지능.

겉으론 삼가 수양하며 의복을 정결히 하고 　　　　外修飭而整衣兮

안으로는 제계를 밝게 하여 제사 지내듯 하라 　　　内齊明而若禋

평탄한 길에 올라서는 빨리 달리고 　　　　　　登坦途而疾驅兮

빠른 명마에 높은 수레를 탔으니 　　　　　　　駕高車於快駬

그 맛이 어찌 기르는 것뿐이겠는가? 　　　　　味奚啻於芻豢兮

그 즐거움 빈풍²⁴⁾을 연주하는 것에 못지않으니 　樂不下於吹豳

어찌 조그만 성취에 안주하리오 　　　　　　　豈小成之可安兮

성덕(盛德)으로 하늘을 감동하게 해야 하리 　　期盛德以動旻

두려운 것은 끝맺음을 잘 못하는 것이니 　　所可懼者鮮終兮

일은 반드시 짧은 시간도 신중해야 하리라 　　事必愼於俟旬

진실로 은미한 것 찾아 괴이한 것을 행하는 것은²⁵⁾ 苟索隱而行怪兮

군자가 싫어하는 바이니 　　　　　　　　　　是君子之所嗔

선비가 뜻을 귀하게 여기는 까닭은 　　　　　士之所以貴志兮

입지를 확고히 하여 흔들림이 없는 것 　　　　確乎立而無淪

슬프도다. 세상 사람들 도(道)를 행하는 것이여 哀世人之爲道兮

처음부터 굽히지 않고 펴는 것만 구하는구나 　初不屈而求伸

어찌 그 몸을 보존함 옳은가 묻지 않는가 　　詎存身之可問兮

다투어 위태한 것을 밟으니 어지럽도다 　　　競蹈危而紛繽

내 힘이 미치는 바가 아님이여 　　　　　　　非吾力之可及兮

유학(儒學)을 위하여 거듭해야 하리라 　　　爲斯學而申申

하학에서 상달로 나아가야 하고 　　　　　　庶下學而上達兮

또 거친 것에서 정순(精純)함으로 들어가야 하리 且由粗而入純

경에 전일(專一)하여 다른 길로 들지 말고 　　一於敬而靡他兮

진실로 예(禮)가 아니면 따르지 말라 　　　　苟非禮則勿循

---

24) 빈풍 : 《시경》〈빈풍(豳風)〉의 편명으로, 농민의 생활을 반영한 내용으로 되어 있는데, 국풍(國風) 중 가장
　 긴 시편이다.

25) 은미한 것 …… 행하는 것은 : 《중용》에서 공자가 "은벽(隱僻, 보통사람은 잘 모르는 특이한 일)한 것을 찾고
　 괴이한 짓을 행하는 것은 칭술(稱述, 훌륭하게 여기고 그것을 떠받드는 것)함이 있을 것이나, 나는 그런 짓을
　 하지 않겠다.[子曰 索隱行怪 後世有述焉 吾弗爲之矣.]"한 말이 있는데, 이것은 중용의 도에서 벗어난 것을
　 뜻한다.

비유컨대 담력과 용맹으로 적에게 나아가	譬膽勇之赴敵兮
천만 군사도 가벼이 여겨 방패를 안고	輕千萬而擁盾
맑기가 옥(玉) 병에 흠이 없는 것과 같이 되어	湛玉壺之無累兮
더러운 찌꺼기들도 순수하게 되리니	査滓化而歸淳
남들이 모두 포기하더라도 이를 취하여	人皆棄而己取兮
그 아름다움을 보전하면 저절로 진귀해질 것이니	保厥美而自珍
삼대[26]로부터 실마리가 있었네	自三代而有緒兮
만고의 세월이 흘러도 실로 참된 것이니	歷萬古而實眞
반드시 삼가 지켜 저버림이 없게 하고	必謹守而不負兮
내 마음에 힘쓴다면, 얼마나 참될까	勉吾心而豈諶
이러한 삶의 담박함을 본다면	且臻視此事之淡泊兮
누가 내 삶의 어려움을 비웃지 않겠는가	孰不笑余之艱辛
그러나 나의 구하는 바가 밖에 있지 않고 안에 있으니	然所求不在外而在內兮
오히려 돈 많은 것이 무엇이 부러우랴	尙何羨夫萬緡
일찍이 내가 증자가 한 말을 듣건대	夙余聞於曾子兮
저들은 벼슬로써 하되 나는 인(仁)으로써 한다[27] 했네	彼以爵而吾仁
때때로 한가함을 틈타 들판에 나아가	時乘閒而出野兮
언덕에서 들판의 밭두둑을 바라보기도 하고	視原田之町畇
따뜻한 봄날 햇볕에 맡기니	屬春日之載陽兮
아지랑이 봄기운이 피어오르네.	靄生意之氳氳
석봉(石峰)이 거울 같은 맑은 물속에 솟아 있고	石聳峰於鏡中兮
소나무 거꾸로 물가에 비치네	松倒影於溪濆
산 아지랑이 절벽에 아른거리며	嵐橫壁而晏晏兮
물결이 언덕을 보호하며 에워싸고 있으니	波護崖而粼粼

---

26) 삼대(三代) : 중국 하(夏)나라, 은(殷)나라, 주(周)나라.

27) 저들은 벼슬로써 하되 나는 인(仁)으로써 한다 : "진(晉)나라와 초(楚)나라의 재부(財富)는 따라가지 못한다. 그들은 재부를 가지고 하나 나는 내 인(仁)을 가지고 하며, 그들은 그들의 작위(爵位)를 가지고 하나 나는 의로움을 가지고 하는데 내가 어찌 부족하겠는가.[曾子曰 晉楚之富 不可及也 彼以其富 我以吾仁 彼以其爵 我以吾義 吾何慊乎.]"라 한 것을 인용하여 말하였다. (《맹자》〈공손추 下〉)

숲속 새들의 화음(和音)이 들리고	聞林鳥之和音兮
두견의 슬픈 울음소리도 들리네	聽杜宇之哀唇
관자(冠者) 동자(童子) 데리고 바람을 쐬고 목욕하며[28]	引冠童而風浴兮
더러는 시주(詩酒)를 베풀어 즐기기도 하고	或詩酒之交陳
우러러 높은 산에 올라서는 실컷 노니니	仰高山而優遊兮
마침내 누가 주인이고 누가 객(客)이겠는가?	竟誰主而誰賓
이 즐거움 남에게 말할 수 없는 것임을 아노니	知斯樂之不可以語人兮
돌에다가 새겨서 속세의 티끌이 없기를 바라노라	願書石而無塵

예(禮)란 임금의 정치의 큰 근본
禮者君之大柄賦月課[29]

천하는 지극히 넓고	天下至廣
만민은 지극히 많은데	萬民至衆
임금은 그 위에	君於其上
우뚝이 홀로 계시네	眇然孤拱
진실로 만물이 없이 통솔한다면	苟無物而統之
나는 풀어 흩어져서 다스릴 수 없음을 알겠다	吾知渙散而不能理紛紛焉
잔꾀와 무력으로 어찌 불가하랴마는	智力兵革之何所不可
진실로 그것은 성왕이 취할 바는 아니다	而固非聖王之所取者也
반드시 예(禮)로써 나라를 다스려야 하니	必以禮而爲國
진실로 예는 임금의 큰 근본이네	信乎人君之大柄
얽어매지 않아도 다스려지고	不纏而維

---

28) 바람을 쐬고 목욕하며 : 공자가 자로(子路)·염유(冉有)·공서화(公西華)·증석(曾晳)과 함께 대좌(對坐)해서 그들에게 저마다의 이상을 털어 말하도록 했는데, 공자는 이들 가운데서 증석(이름은 점(點)이다.)이 "저는 늦은 봄에 봄옷을 만들어 입고 갓을 쓴 벗 대여섯과 아이들 예닐곱 명과 같이 기수(沂水, 노(魯)나라에 있는 강)에서 목욕하고 기우제(祈雨祭) 드리는 곳에서 바람을 쐬고 노래나 읊으며 돌아오겠습니다."고 하자, 찬탄을 하며 "나도 너와 같다"고 하였다.(莫春者 春服旣成 冠者五六人 童子六七人 洛乎沂 風乎舞雩 詠而歸 夫子喟然嘆曰 吾與點也. 《논어》〈선진(先進)〉)

29) 월과(月課) : 성균관, 독서당 등에서 매월 실시하는 시험.

위의를 보이지 않아도 영(令)이 선다네 　不威而令

무례한 세상에 임금의 교화가 두루 미치고 　斡轉元化

묵묵히 정신을 애써 운용했네 　默運精神

관찰하니 임금의 후덕 때문이며 　觀之所以厚德

돌아다보니 백성이 안정되었네 　履之所以定民

무릇 예란 　夫禮者

하늘(乾)30)에 있으면 형(亨)31)이 되고 　在乾爲亨

사람의 성(性)에 있으면 예가 된다 　在性爲禮

예의 절문(節文)은 천지자연의 이치요 　節文天理

예의 의칙(儀則)은 사람의 일이다 　儀則人事

크게는 천하와 국가를 운영하고 　大而天下國家

작게는 향당주리(鄕黨州里)32)를 다스리네 　小而鄕黨州里

일상생활에서 말하고 행동하는 사이에도 　日用云爲

예로 말마암지 않는 것이 없다 　莫不由之

물건에도 모두 순서가 있듯이 　雖然物皆有表

일에도 어찌 먼저 할 것이 없겠는가? 　事孰無首

바람이 지나가면 풀이 눕듯 　風過草偃

몸이 가면 그림자가 따르듯 　形行影至

세상의 치란도 　世之治亂

풍속의 비루함과 융성함도 　俗之汚隆

이끄는 바에 따라 바뀌지 않는 것이 없다 　莫非隨所導而變易

그러한즉 사물잠(四勿箴)33)을 몸소 실천하여 　然則躬行四勿

---

30) 건(乾) : 하늘. 역경(易經) 64괘 가운데 첫째 괘의 이름.

31) 형(亨) : 건괘(乾卦) 사덕(四德; 元·亨·利·貞)의 하나.

32) 향당(鄕黨) : 12,500호를 향(鄕)이라 하고, 500호를 당(黨)이라 하며, 2,500호를 주(州), 25호를 리(里)라고
한다.

33) 사물잠(四勿箴) : 《논어》〈안연편〉을 보면, 공자가 극기복례(克己復禮 : 자기를 억제하고 예로 돌아감)의
세목(細目)에 대해 묻는 안연에게 "예가 아니면 보지 말고, 예가 아니면 듣지 말고, 예가 아니면 말하지 말고,
예가 아니면 움직이지 말라.[非禮勿視 非禮勿聽 非禮勿言 非禮勿動]" 한 것이 있는데 이 네 가지를 '사물(四
勿)'이라 함.

정사를 펴고 만물을 다스려야   發政御物

그 근본이 되는 한 가닥 잡으면   其柄一操

일마다 질서정연함이 있게 된다   事皆迎刃

하늘을 모범으로 땅을 본받는 경지에 이르려면   至若法天則地

위에는 저고리 아래는 치마   上衣下裳

곤룡포 면류관도 특이하게 만들며   袞冕異制

홀, 인끈도 특별히 빛나게 만든다   圭組殊章

높은 사람이 도리어 낮아져서도 안 되고   尊不可抑而卑也

천한 사람이 참람하게 높아져서도 안 된다   賤不可僭而高也

명분은 일정해야 하고   名分一定

등위가 뒤섞이지 않아야 한다   等威難淆

이러한 즉 임금의 위엄을   此則君之柄

제도(制度)에 활용해야 하는 것이다   用於制度者也

그리고 인간의 다섯 가지 성품에 미쳐서는   及其五品之性

인간의 도리 중의 큰 것이니   人道之大

부자유친, 군신유의, 장유유서, 붕우유신은   親義序別

오직 믿음이 있어야 可하다   惟信而可

자애에 머물고 효에 머물러   止慈止孝

더할 것도 없고 덜할 것도 없으니   無所增減

충성과 공경 같은 것은   若忠若敬

처음처럼 많고 적은 것이 없어야 한다   初非多寡

만백성에게 있어서는 골고루 떳떳함을 지키고   均秉彝於萬性

구족(九族)³⁴⁾이 화목한데 만족하고   洽和睦於九族

번성하고 쇠퇴하는 데는 각각 달리 나누는 것이 있으니 其所以隆之殺之各有分殊者

어찌 하늘의 질서에 차례가 있다 하지 않겠는가   何莫非天序之有秩

이러한 즉 임금의 위엄이 떳떳한 윤리³⁵⁾에 쓰여야 하는 것이다

---

34) 구족(九族) : 고조, 증조, 조부, 부모, 자기, 아들, 손자, 증손, 현손.

35) 이륜(彝倫) : 사람으로서 항상 지켜야 할 도리.

此則君之柄用於彝倫者也

만약 그대가 제명(齊明)³⁶⁾하고 성복(盛服)³⁷⁾하려 한다면 若乃齊明盛服

경계하고 엄숙해야 한다 儆戒嚴肅

주선하는 것은 규(規)³⁸⁾에 맞고 周旋中規

자제하는 것도 구(矩)³⁹⁾에 맞게 될 것이다. 折旋中矩

들리지 않는 것에서도 들리는 듯 생각해야 하고 聽於無聲

도처에 두루 혼령이 계시는 듯 생각해야 하며 洋洋如在

근본을 잊지 않고 조상을 섬기면 本不忘而追遠

백성들이 우러러 모여들 것이다 民所仰而輻湊

천신(天神)도 이르고 인귀(人鬼)도 흠향할 것이니 天神格而人鬼饗

진실로 지극한 정성에 물(物)이 있게 된다 信有物於至誠

이러한 즉 임금의 위엄을 此則君之柄

종묘에 활용해야 하는 것이다 用於宗廟者也

또 관직을 내리고 올림은 공적을 살펴서 행하고 且或考績黜陟

명당(明堂)⁴⁰⁾은 훤히 열어놓을 것이며 洞開明堂

옥과 비단은 교차하여 놓고 玉帛交錯

종과 북소리도 어울려야 하고 鍾鼓鏗鍧

신하들은 좌우(左右)로 배치하고 左之右之臣鄰

제후는 전후로 배치하며 前焉後焉侯辟

패옥의 울림은 절도에 맞게 하고 珮璐鳴而中節

폐백과 공경이 부합하게 하려면 贄敬將而合則

오는 것은 가볍게 가는 것은 두텁게⁴¹⁾ 薄來厚往

---

36) 제명(齊明) : 부정(不淨)을 깨끗이 함.

37) 성복(盛服) : 제사 지낼 때 사람들이 예복(禮服)을 갖추어 입는 것을 말한다.

38) 규(規) : 그림쇠. 원형을 그리는 제구.

39) 구(矩) : 곱자. 방형(方形)을 그리는 데 쓰는 자.

40) 명당(明堂) : 천자가 정사(政事)를 보는 궁전.

41) 오는 것은 …… 두터이 하여 : 《중용》에서 "조빙(朝聘 : 朝는 제후가 천자(天子)를 찾아뵙는 일이며, 聘은 제후가 대부(大夫)를 시켜 천자에게 예물을 바치며 문안 올리는 것이다)을 제때에 하며, 가져가는 것을 두터이 하고 가져오는 것을 엷게 함은 제후들을 따르게 만드는 길이다.[朝聘以時 厚往而薄來 所以懷諸侯也]"라 하였다.

정(情)과 의(義)를 정성되게 한다면	情義孚若
대려(帶礪)[42]의 맹세 변함없으니	帶礪無替
어느 나라가 감히 침범을 하겠는가?	疇敢侵犯
이러한 즉 임금의 권위는	此則君之柄
회동(會同)에 쓰는 것이다	用於會同者也
집안 깊숙한 곳이나	遂至閨門之內
캄캄한 옥루(屋漏)[43]에서도	屋漏之暗
상제(上帝)를 대하듯	對越上帝
좌우에 임해서도	翼乎有臨
그 자신을 삼가는 데 힘써야 하고	然此身之無懈
그 뜻을 세우는 데 항상 신중해야 한다	竪此志而常欽
남이 알아주지 않아도 자신은 알며	人不知而己知
아내를 다스리는 마음으로 나라에 임하고[44]	刑寡妻而御于
자신을 미루어 사물에 미치면	推己及物
무릇 어찌 어려움이 있으리오?	夫何難乎
마침내 집에서 나라로 나라에서 천하로	卒使家而國而天下
모든 일이 고르고 방정하게 다스려질 것이니	擧均齊而方正
이런 즉 임금의 위엄은	此則君之柄
국가를 다스리는 데 쓰는 것이다	用於家國者也
그런 뒤에 위엄은 쓰여서 막힘이 없어	然後大柄用而無礙
백성을 받아들이는 것이 질그릇에 물건 담듯 하니	納民物於陶甄
어찌 구구한 법으로 다스리겠는가?	豈區區之文爲
실로 다스림의 근본[45]이 되는 것이다	實爲治之楨榦

---

42) 대려(帶礪) : 황하가 띠와 같이 좁아지고 태산(泰山)이 숫돌과 같이 작아져도 맹세는 변하지 않는다는 것.

43) 옥루(屋漏) : 방의 서북모퉁이로 집 안에서 가장 깊숙하여 어두운 곳.

44) 아내를 …… 임하고 : 《시경》의 문왕(文王)의 덕(德)을 노래한 〈사제(思齊)〉편 대아(大雅)에서, 문왕이 "선왕(先王)들께 순종하시어 신령들께서 원망 없으시며, 신령들께서 恨하지 아니하시고 당신 아내부터 바로잡으시어, 형제들께 이르심으로써 나라를 다스리셨네.[惠于宗公 神罔時怨 神罔時恫 刑于寡妻 至于兄弟 以御于家邦]"라 하였다.

45) 정간(楨榦) : 정은 담(牆)의 양쪽 끝에 세우는 나무, 간은 양면에 세우는 나무로, 담을 쌓는 데 매우 중요한

다스림이 이와 같다면 有柄若此

어찌 다스려지지 않는다고 성내랴 何憚不爲

이것을 바탕으로 일삼는다면 從事於斯

무릇 나라를 잘 다스릴 수 있다 是爲能國

고금을 두루 살펴보건대 歷觀古今

성현이 몇 분이나 되었던가? 幾箇聖哲

내가 경전의 큰 가르침을 음미해 보았지만 余嘗味孔經之大訓

잘 다스려진 것이 많지 않음을 보고 개탄했다 慨用柄之無多

반드시 근본이 있어야 다스림의 밑바탕이 되니 必有本而做底

어찌 옥백만으로 말할 것인가 豈玉帛之云乎

오륜의 두터움이여, 요임금 같으니 五惇哉而若帝

요순시대가 화평한[46] 까닭이다 唐虞所以雍熙

삼대[47]에도 조금 더하고 덜했을 뿐[48] 所損益於三代

그 다스림은 같은 것임을 알 수 있다 治可知於同道

위, 아래로 잘 다스려지지 못한 上下無爲

임금을 따져 보면 惟君之視

어찌 동천(東遷) 보다 무례(無禮)한 것이 있겠는가 何無禮於東遷

대부가 당(堂)에 내려가 제후를 접견하고 曲下堂而見侯

임금이 도리어 신하의 위세를 두려워했으니 君反怵於臣威

비록 권력이 있은들 어찌 취할 수 있었겠는가 縱有柄而奚取

초나라 못가에 배를 묶어 두고 膠舟楚澤

것으로서, 사물을 지지(支持) 제어(制御)하는 근본이 되는 것에 비유한다.

46) 옹희(雍熙) : 천하가 잘 다스려져서 화락(和樂)한 모양을 뜻함. 요순(堯舜) 때의 정치를 찬양하는 말에서 유래한다. 진(晉)나라 장형(張衡)의 〈동경부(東京賦)〉에 "백성들이 부유함을 함께하고, 상하가 그 옹희(雍熙)를 함께 누린다.[百姓同於饒衍 上下共其雍熙]"라고 하였다.

47) 삼대 : 하, 은, 주.

48) 삼대에도 …… 덜했을 뿐 : 자장(子張)이 공자에게 "앞으로 십대의 일을 알 수 있겠습니까"라 묻자 공자가 말하기를 "은(殷)은 하(夏)의 예를 따랐으니 비교해 보면 못한 것 잘한 것을 알 수 있고, 주(周)는 은(殷)의 예를 따랐으니 비교해 보면 못한 것 잘한 것을 알 수 있다. 따라서 앞으로 주(周)의 바른 문화전통을 계승만 한다면 백대 앞일도 알 수가 있다.[子張問 十世可知也 子曰 殷因於夏禮 所損益可知也 周因於殷禮 所損益可知也 其或繼周者 雖百世可知也]" 하였다. 《논어》 〈위정〉

강물에 빠져 죽은 외로운 혼[49]이 슬프도다	溺死之孤魂可哀
객들이 진(秦)나라에 배를 대니[50]	旅泊秦關
성(盛)하였던 주(周)나라의 문물은 누가 전래했는가?	成周之文物誰來
한당(漢唐)에 이르러서는 더욱 문란하여	建漢唐而益渝
예라는 것이 무엇인지도 몰랐으니	不知禮爲何物
비록 익히 들을 것을 맞추어 보더라도	雖餘聞之掇拾
대개 논한 것들이 거칠어서	蓋所論者粗粕
족히 예라고는 말할 만한 것이 없다	旣莫足以云禮
비록 시행하려고 해도 말단적인 것이어서	縱施用兮末耳
한갓 시비를 따지는데 비웃음만 줄 뿐이니	徒貽譏於聚訟
과연 나라를 다스리는데 무슨 보탬이 되겠는가?	果何補於制治
다만 저 송대의 것은 취할 것이 있으니	獨有取夫宋代
초야에서 대체를 만들었기 때문이다	闡大體於草野
비록 정성스레 펼쳤으나 쓰이지 못하고	雖誠陳而不用
다만 작은 고을에서만 잠시 실행했을 뿐이다	秪乍行於州閭
하지만 강설로써 뜻을 펴낸 것은	然講說而發揮
주공의 예서를 계승했기 때문이다	繼周公之禮書
만약 이 경(經)이 없어지지 않는다면	倘此經之不泯
후대에 어찌 실행할 바가 없겠는가	後豈無乎體行
장차 큰 글씨로 잠(箴)[51]을 지어	將大書而作箴

---

49) 강물에 빠져 죽은 외로운 혼 : 전국시대(戰國時代) 초(楚)나라 사람인 굴원(屈原)은 학식이 넓고 뜻이 견고한 사람이었다. 치도(治道)에 밝았으며 사령문(辭令文)에 능(能)하였다. 회왕(懷王)때 삼간대부(三間大夫)로 있으면서 왕의 두터운 신임을 받았다. 그러나 상관대부(上官大夫)가 그의 능력을 시기하여 참소를 입기에 이르렀고 왕도 노(怒)하여 굴원을 멀리하였다. 이렇게 되자 굴원은 나라를 걱정하며 〈이소(離騷)〉를 지었다. 양왕(襄王)이 즉위하자 또 다시 참소를 입어 상수(湘水)로 귀양 처분되었는데, 이때 〈어부사(漁父辭)〉를 짓고 망해가는 조국을 보다 못해 마침내 상수의 멱라(汨羅)에 몸을 던져 죽었다.

50) 진(秦)나라에 배를 대니 : 한(漢)나라 가의(賈誼)는 《과진론(過秦論)》에서 망한 진(秦)나라의 과오를 논하면서, 6국(韓, 魏, 趙, 燕, 楚, 齊)을 멸하고 주나라에 이어 천하를 지배한 진나라가 시황제(始皇帝) 때 효산(崤山)과 함곡관(函谷關)을 궁전으로 삼고 백성들을 적으로 알아 형(刑)과 법(法)으로만 나라를 다스려 민심을 얻지 못했기 때문에 결국 효공(孝公)부터 시황제까지의 칠묘(七廟)가 무너지고 시황제의 손자 자영(子嬰)이 항우(項羽)에게 죽임을 당하는 천하의 웃음거리가 되었다고 설파하였다. 가의는 한문제(漢文帝) 때 부름을 받아 박사로 임명되었는데, 이때 《과진론》을 지어 문제에게 바친 것이다.

공경히 임금께 아뢰려 한다   用敬規乎聖明

바다갈매기는 내려앉지 않는다
海鷗不下賦月課

천기(天機)가 자연에 붙어있으니   天機寓於自然

상대와 나에게 있어서도 그 차이가 없다   在物我而無間

거미가 매미를 잡으려면 거미줄을 빨리 쳐야 하고   蛛謀蟬而絃急

낚시 바늘이 물에 가까워지면 물고기가 혼란해진다   釣近水而魚亂

바다갈매기가 모이지 않는 것을 보면[52]   覩海鷗之不集

이 이치가 애매한 것을 깨닫게 된다   悟此理之難昧

만약 사람이 바닷가에 있다면   若有人兮海之上

학은 몰래 깃들어 모습을 감출 것이요.   鶴冥棲而晦彩

세속의 정황이 만촉(蠻觸)[53]보다 더하고   灰塵情於蠻觸

활집 밖으로 天□를 벗어날 수 있을 것이다   脫天□於彀外

이미 세상과는 길이 이별하고   旣與世乎長辭

갈매기와 친구가 되어   結知己於沙禽

아침저녁으로 얼굴을 익히게 한다면   慣朝暮之顔面

서로간의 의심은 없어질 것이요   絶彼此之猜心

---

51) 잠(箴) : 경계하는 뜻을 서술한 글.

52) 바다갈매기가 모이지 않는 것을 보면 : 《열자(列子)》에 이런 말이 있다. 바닷가의 사람 중에 갈매기를 좋아하는 사람이 있었다. 매일 아침 바닷가에 가서 갈매기를 따라 놀면서 갈매기가 오는 것을 백방으로 못 오게 해도 그치지 않았다. 그 아버지가 말하기를 "내가 듣건대 갈매기들이 모두 너를 따라 논다고 하니 네가 갈매기를 잡아오너라. 내 그것을 가지고 놀겠다."라 하였다. 다음날 바닷가에 가니 갈매기들이 춤을 추면서 내려오지 않았다.[海上之人 有好鷗鳥者 每旦之海上 從驅鳥遊 鷗鳥之至者 百往而不止 其父曰 吾聞鷗鳥皆從汝遊 汝取來吾玩之 明日之海上 鷗鳥舞而不下也]고 했는데, 이 역시 미물(微物)도 자신을 해치려는 기미가 있으면 이것을 미리 안다는 뜻으로 쓰인 것이라 하겠다.

53) 만촉(蠻觸) : 위(魏)나라 혜왕(惠王)이 군사를 동원하여 자신과의 약속을 어긴 제(齊)나라 위왕(威王)을 응징하려 하자, 재상 혜자(惠子)가 당시의 현인(賢人) 대진인(戴晉人)을 왕에게 데리고 왔고, 대진인은 "달팽이 왼쪽 뿔에 있는 나라를 촉씨(觸氏)라 하고 달팽이 오른쪽 뿔에 있는 나라를 만씨(蠻氏)라 하는데, 때로 서로 땅을 다투어 싸우면 넘어진 시체가 수만 개에 이르고, 패하여 달아나면 15일 뒤에 돌아온다." 하여, 세상의 모든 싸움이란 것이 무궁한 대도(大道)의 차원에서 보면 부질없는 장난에 불과함을 말하였다. 《莊子》〈則陽〉

바람이 따뜻한 날에 방주에 머물며 　　　　屬芳洲之風暖

서로 형체를 잊고 함께 날아 오르내리리라 　　忘兩形而頡頏

날마다 서로 친하게 되면 　　　　　　　　日復日兮相狎

그 친함이 어찌 길들인 갈매기에 비할 뿐이랴 親豈啻乎馴養

진실로 노니는 방법에 다름이 있으면 　　　固遊方之有異

아버지의 완상하는 마음이 일어나게 되고 　起嚴君之玩賞

바닷가에 발자국소리가 들리자마자 　　　足纔登於海汀

갈매기는 벌써 의심하여 엿보리라 　　　　鷗已疑其潛窺

놀란 원숭이 산을 움켜잡고 긁다가 잡히듯이 驚狙山之攫抓

기미가 동하기도 전에 경계를 드리우네[54] 幾未動而色斯

진실로 놀래어 스스로가 미혹되면 　　　　震其衷而自誘

모이려 하다가 다시 날아가 버린다 　　　　若將集而復飛

눈보라치는 날에도 멀리 나는 것은 　　　飄雪羽而遠擧

주살이 날아올까를 두려워하기 때문이다 　懼繒弋之加我

잡으려는 뜻이 일어나는 것을 알면 　　　知有意之便萌

일부러 높이 날아가 내려오지 않는다 　　　故高翔而不下

아, 미물의 처신함이여! 　　　　　　　　噫微物之處身

어찌 그 마음이 사람의 지혜와 유사하지 않는가? 何厥心之似智

천성을 얻어서 그 몸을 보존할 줄 아니 　得天性而知保

기미를 아는 것이 신기하도다! 　　　　　其神矣乎炳微

옛날에 그대와 함께 오르내렸던 것은 　　昔與子而翶翔

모두 마음도 없고 자취도 없었기 때문이네 儘無心而無迹

바다의 안개와 달을 짝하고 　　　　　　伴江海之煙月

하늘을 마음껏 날아다닌 것이다. 　　　　任物表之契濶

문득 기심이 생겼다고 느끼면 　　　　　今忽有此機關

스스로 빙빙 돌기만 할 뿐 　　　　　　肯自在而徘徊

---

54) 기미가 동하기도 전에 경계를 드리우네 : '색사(色斯)'는 《논어》〈향당편〉의 꿩이 "사람의 형색을 살피고는 날아올랐다가 둘러본 후에 내려와 앉는다.[色斯擧矣, 翔而後集]"라 한 데서 나온 말이다.

노니는 사람의 행동을 살펴보고　　　　　　　　察遊人之擧止

그 자신의 오고감을 결정짓네　　　　　　　　決其身之去來

생각건대 이 사람은 어떠한 사람인가?　　　　想斯人兮何許

이 새의 밝고 지혜로움에 감탄하여　　　　　　歎斯禽之明哲

나도 이같이 완상하고 살피려네　　　　　　　欲賞觀之猶爾

하물며 활을 차고 그물을 잡은 사람에 있어서랴　矧挾彈而操畢

이 이치를 따라 사는 것이 필연이지만　　　　理隨寓而必然

사람들은 그와 같이 하지 않는다　　　　　　人可以而不若

슬프도다. 조정의 해오라기들이여!　　　　　哀窟海之鵁鷺

날개가 불에 타려는 데도 기뻐만 하는구나　　阽爇羽而嬉怡

앞에는 참소로 틈을 엿보고　　　　　　　　前讒佞之俟隙

뒤에는 형벌이 서로 따르네　　　　　　　　後斧鉞之相隨

그것이 불을 보듯 뻔한데 스스로 알지 못하니　明若火而自曖

화를 당하고 후회한들 어쩔 것인가　　　　禍雖悔兮何及

선철(先哲)들이 기미를 안 것을 우러러 보면　仰先哲之知幾

발이 궁궐 곁에 있어도 위태롭지 않네　　　足不殆於闕側

큰 기러기 앞세워 어가를 재촉하고　　　　宣注鴻而促駕

송아지를 다 죽여도 구하지 못하니　　　　簡殲犢而不濟

조짐이 드러나기 전에 이미 환히 알고서　兆未現而已燭

위험이 닥치기 전에 먼저 떠나야 한다네　危未至而先去

슬프도다. 말세의 세상 그물　　　　　　悲塵網於末路

누가 재빨리 새장 속을 벗어나갈 것인가?　孰奮迅於籠裏

바다의 갈매기들, 무리 지어 노는구나　　海有鷗兮鷗有羣

내 너희들과 함께 높이 날아오르리라　　吾與爾兮飛峙

시詩
오언절구五言絕句

우연히 읊다
偶吟

맑은 시냇물에 발을 씻고[55]　　　　　　　　　　濯足淸川水
푸른 산 솔숲에 바람을 쐬네　　　　　　　　　　乘凉碧巘松
마음에 전혀 딴 생각 없으니　　　　　　　　　　心專無外念
흘러가는 구름 또한 한가롭구나　　　　　　　　　雲物亦閒容

미백 조정곤[56]의 초당에 쓰다
題趙美伯廷琨草堂

갈령은 진나라 관문처럼 웅장하고　　　　　　　　葛嶺秦關壯
울창한 숲 촉 땅의 검각[57]같이 늘어서 있네　　　餘林蜀劍橫
일찍이 이 길 지난 적 없었는데　　　　　　　　　不曾經此路
오늘은 그대 때문에 이 길을 가는구나　　　　　　今日爲君行

---

55) 맑은 시냇물에 발을 씻고 : 발을 씻은 물을 만리에 흘려보낸다[濯足萬里流]는 뜻의 준말로, 더러운 속세를 떠나 뜻을 고상하게 가짐을 비유함.

56) 조정곤(趙廷琨) : 자는 미백(美伯), 호는 영은(靈隱), 본관은 한양(漢陽)이다. 조검(趙儉, 1570~1644)의 아들로 영양읍 상원리에서 태어났다. 충효로 이름이 높고, 중년에 벼슬길을 포기하고 경사(經史)에 정진하였다.

57) 검각(劍閣) : 검각은 촉(蜀) 검문산(劍門山)이니, 위에 잔도가 있어 검각이라 한다.

재위에서 입으로 읊조리다
嶺上口占

산 넘어 소나기 세차게 내리니	驟雨騰山外
지는 해는 보일 듯 말 듯하네	斜陽半有無
큰 바람이 한바탕 쓸어가니	長風一掃捲
멀리 하늘의 뜻이 깨어나네	萬里天心蘇

영산으로 도중에 짓다
英山途中作

석양이 구름 사이로 나타나니	西日露雲間
가을 산 온갖 모습이 드러나네	秋山呈百態
말을 타고 어디로 가려는가?	跨馬欲何之
선경이 응당 나를 기다리는데	仙區應我待

배움을 경계하다 절구 두 수
警學 二絶

만물 가운데 사람 되기 어려우니	萬物爲人難
힘들다고 배우기 싫어하면 사람이 아니네	非人難學難
마땅히 이 마음 바꾸지 말아야	須知不易意
힘써 귀신과 사람의 관문을 지나가리라	勉過鬼人關

의리가 절로 분명한 것을	義理自分明
성현이 다시 열어 보이셨네	聖賢復開示
어찌하여 지금 사람들은	如何今世人
명예와 이익만 보고 듣는가?	耳目惟名利

구름을 읊다
詠雲

어느 곳에서 나왔다가	出自何方所
바람이 불자 흩어지네	離分幾處風
어느 틈에 한 점도 없으니	須臾無一點
하늘색은 언제나 그대로이네	天色古今同

낙엽 절구 두 수
落葉 二絶

산길에 낙엽이 쌓였으니	落葉堆山路
처음엔 비단 자리 밟는 듯했네	初疑踏錦筵
세찬 바람이 갑자기 휘몰아쳐	狂飆忽飄蕩
강 하늘로 어지러이 날아가네	鬧亂飛江天

멀리 나무에 찬 서리 짙게 내려	遠樹淸霜重
가벼운 바람에도 낙엽이 흩날리네	輕風落葉紛
새벽녘 국화 뜰 깨끗이 쓰노라니	菊庭晨掃淨
잠깐 동안 찬란하게 문채를 이루네	頃刻燦成文

서산 시습료에서 쓰다
題西山時習寮

자주 날개 짓하여 새가 날 수 있듯	數飛成翼鳥
배워야 사람답게 되리라	進學作其人
성현도 다른 방법이 없으니	賢聖無他道
날마다 새롭게 행해야 하네	行之在日新

산에 살다
山居

고요함을 좋아하여 홀로 산에 살면서	愛靜獨棲山
번잡함이 싫어서 손님도 사절하네	厭煩仍謝客
집안 일 없으니 절로 한가로워	無營家自閒
때때로 아이들이나 가르치고 있네	有敎兒時習

빗속에 조미백을 만나다
雨中逢趙美伯

산속에서 친구를 만나니	峽裏逢故人
가을 산은 마침 비바람 치네	秋山正風雨
만나서 하고픈 말 다 못했는데	相看不盡言
아이들은 돌아가자 재촉하네	僮僕催歸路

도중에 야로원의 대숲이 깨끗하고 우거진 것을 보고, 말을 멈추고 감상하다
途中見野老園竹淸茂 駐馬看賞

산 아래 천 그루 대나무	山下千竿竹
빽빽이 푸른 대 숲을 이루었네	森然碧玉林
우연히 찾아와서 홀로 앉아	偶來成獨坐
종일 차가운 거문고 소리를 듣네	終日聽寒琴

가을날 입으로 읊다
秋日口占

말 타고 낙엽을 밟고 가니	馬行踏落葉

발굽 아래 가을바람 울리네   蹄下秋風聲

백 리에 보이는 사람은 없고   百里無人見

산새만 나를 따라오며 지저귀네   幽禽隨我鳴

삼가 남탁이 김일의 유유헌[58] 시에 차운하다
奉次南卓爾金一油油軒韻

듣자니, 그대가 일찍 물러났다니   聞君引退早

그대 은밀히 도모함에 탄복하네   歎君機事密

막히고 통함은 본디 하늘에 달렸으니   窮通本在天

행하고 그침을 내 어떻게 기필하겠는가?   行止吾何必

위험도 마땅히 받아들여야 하고   危險當順受

근심이 가리면[59] 더욱 지혜로워야 하네   橫慮增慧術

세상의 도리가 눈앞에서 달라지니   世道眼前異

다만 시기와 질투를 해서는 안 된다네   非惟事媢嫉

내 졸렬하여 빈 골짜기에 살며   我拙棲空壑

세상에 뜻을 끊어 득실에 한가롭네   絶意閒得失

어떡하면 그대 정자에서 함께 만나   安得同君軒

---

58) 유유헌(油油軒) : 유유헌은 남급(南礏)의 호이다. 본관은 영양(英陽). 자는 탁부(卓夫), 아버지는 남융달(南隆達)로 우복 정경세의 문인이다. 1624년(인조 2)에 사마시에 합격, 1630년에 음보(蔭補)로 기용되었다. 1636년 병자호란 때 사용원 봉사로서 왕을 남한산성에 호종하였으며, 당시 성 안에서 있었던 일을 《난리일기(亂離日記)》로 써서 남겼다. 환도한 뒤 종묘시 직장으로 옮겨 위패를 고쳐 봉안하였다. 그 뒤 조정에서 왕을 호종한 사람을 위하여 과거를 보게 하였으나 치르지 않았고, 또 별제를 제수하였으나 받지 않고 고향에 내려가 《잠농요어(蠶農要語)》를 지었다. 참판에 추증되고 저서로는 《유유헌유고(由由軒遺稿)》가 전한다. 유유헌은 안동 풍산 새터에 있는 남급이 세운 정자이다.

59) 근심이 가리면 : 곤심횡려(困心橫慮)를 말하는 듯한데, 이는 노심초사하면서 떨쳐 일어날 계책을 세우라는 말이다. 《맹자(孟子)》〈고자 하(告子下)〉에 "사람은 항상 잘못을 범하고 난 뒤에 고치게 되나니, 마음이 곤고해지고 걱정스러운 생각이 가슴속에 가득 걸린 뒤에야 떨쳐 일어나게 되는 것이다.[困於心 橫於慮而後作]"라는 말이 나온다.

이 회포를 모두 풀어내어 볼거나?　　　　　　　　　　吐此心懷一

전월선
餞月墠

달이 찾아와서 셋이 되어 기쁜데　　　　　　　　　　有來喜成三
어찌 서남쪽에서만 벗을 얻겠는가[60]　　　　　　　　奚啻西南得
빈 뜰에 소나무는 이미 어두운데　　　　　　　　　　庭虛松已暗
우두커니 서서 멀리 산을 바라보네　　　　　　　　　佇立望山極

노란 국화 길
黃花逕

군자가 군자를 좋아하여　　　　　　　　　　　　　　君子愛君子
즐거이 동쪽 울타리에 심었네　　　　　　　　　　　好向東籬栽
따뜻한 계절은 본래 마음이 없었으니　　　　　　　　暖節本無意
깊은 가을에야 바야흐로 저절로 피어나네　　　　　　秋深方自開

반죽이 자란 둑
斑竹塢

괴이하도다! 파현[61] 아이들의 말이　　　　　　　　怪底巴童語

---

60) 서남쪽에서만 벗을 얻겠는가 : 《주역》〈곤괘(坤卦) 괘사(卦辭)〉에 "서남으로 가면 벗을 얻고, 동북으로 가면 벗을 잃는다.[西南得朋 東北喪朋]"라는 말이 나온다.

61) 파현 : 지방 이름으로 파(巴)는 사천성(四川省) 파현(巴縣) 지방이고, 유(渝)는 호북성(湖北省) 유수(渝水)를 말한다. 《후한서》〈남만전(南蠻傳)〉에는 "파유(巴渝)의 풍속이 노래와 춤을 좋아하였는데, 한 고조(漢高祖)가 이를 보고 '이것은 주 무왕(周武王)이 주(紂)를 칠 때의 노래다.' 하고, 악인을 명하여 이를 익히니, 이것이 이른바 파유부(巴渝府)이다." 하였다.

상비의 눈물[62]이 마르지 않았다고 　　　　　　湘妃淚不消

어찌 시비를 논하리오 　　　　　　　　　　何論非與是

이 푸른 대숲을 사랑하는 것을 　　　　　　愛此碧千條

쌍매단
雙梅壇

봄기운 오는 조짐 없으나 　　　　　　　　陽氣來無眹

매화꽃만이 홀로 알았네 　　　　　　　　瓊葩獨已知

쌍매에 화정[63]의 팔매화를 더하여 　　　　雙添和靖八

오래도록 서로 흉금을 터놓네 　　　　　　千古共襟期

요월대
邀月臺

옛날부터 푸른 하늘에 매달려서 　　　　　終古懸靑天

시간에 따라 가는 곳이 있네 　　　　　　隨時行處有

맞이할 때는 정이 있는 듯하더니 　　　　邀之似有情

물으려 하니 다시 말이 없네 　　　　　　欲問還無語

---

62) 상비의 눈물 : 상비는 순 임금의 비인 아황(娥皇)과 여영(女英)이다. 순 임금이 남쪽 지방을 순행하다가 창오
   산(蒼梧山)에서 별세하자 순 임금의 비인 아황과 여영이 창오산으로 가다가 상수(湘水)에 막혀 가지 못하고
   강가에서 울다가 죽어서 상수의 신이 되었다 한다. 이를 다른 말로 상비(湘妃) 또는 상군(湘君)이라고도 한다.
   이때 두 비가 흘린 눈물이 대나무에 묻어 얼룩이 되었는데 이를 소상반죽(瀟湘斑竹)이라고 한다.
63) 화정(和靖) : 북송(北宋)의 은사(隱士)인 임포(林逋, 967~1028)의 시호이다. 자는 군복(君復)이고 서호 처사
   (西湖處士)로 불렸으며, 인종이 화정이라는 시호를 내렸다. 임포는 박학다식하고 시서(詩書)에 능하였다. 서
   호(西湖)의 고산(孤山)에 은거하여 20년간 시정(市井)에 내려오지 않았다고 하며, 매화와 학을 처자(妻子)로
   삼아 사랑하였으므로, 당시 사람들이 매처학자(梅妻鶴子)라고 일컬었다. 《송사(宋史)》 권457 〈林逋列傳〉.

칠추정
七楸亭

새로운 풍성함이 정자에 가득하고	新豐盛第宅
꽃과 나무도 줄지어 심겨 있네	花木仍成列
잎이 무성해야 나그네를 가려주고	養葉庇行客
뿌리에 물을 줘야 아름다운 열매를 먹게 되지	漑根食美實

금계[64]에서 옛날을 생각하다
金溪感舊

학가산은 영지산으로 이어지고	鶴駕接靈芝
금계는 낙동강으로 들어가네	金溪通洛水
청원에 구름 걷힌 달 떠있으니	清源霽月懸
천고의 그 마음 다름이 없네	千古心無異

평상에 앉아서
坐榻

삼복더위 반 이상 지나가니	三伏除强半
산과 들에 밤기운이 서늘하네	山川夜氣清
평상 놓인 초가집은 고요하여	牀開茅屋靜
한가로운 생활이 잠자리 같네	無事如蜻蜓

---

64) 금계 : 안동시 서후면에 위치함. 안동시(市)에서 서쪽으로 20리에 있고 천등산에서 10리 아래에 있다. 북쪽으로는 조골산, 서쪽으로는 학가산, 남쪽으로는 갈라산이 있으며, 물은 낙동강으로 모여든다.

시詩
칠언절구七言絶句

가을의 회포 두 수
秋懷二首

어느덧 때는 이미 서늘한 가을	居然時序已淸秋
귀뚜라미 울음 속에 밤이 길구나	蟋蟀聲中夜正脩
벽에 기대어 부질없이 천하의 일 생각하니	倚壁空懷天下事
옛 명나라 땅[65]을 회복할 지사는 없는가	無人志復舊神州

늙어가는 아픔이 가을에 가장 심하니	老去傷悲最素秋
앞길을 재촉하나 뜻은 도리어 멀리 있네	前途已促意還脩
비록 이 몸 깊은 산속에 있지만	縱然身落窮山裏
호방한 생각은 자주 명나라를 오가네	好放神思歷九州

빗속에 과거응시생을 만남
雨中逢科儒

길 가득 달리는 말 노소가 섞여 있고	盈路驅馳老少俱
옷은 온통 젖고 주머니는 마르고	衣裳濕盡橐囊枯
알지 못하겠네 수많은 영걸들 중에	不知千百輩英裏

---

65) 신주(神州) : 중국의 별칭이다. 전국시대 제(齊)나라의 추연(鄒衍)이 중국 땅을 적현신주(赤縣神州)라고 칭한 데서 유래하였다. 《사기(史記)》 권74 〈孟子荀卿列傳〉

우리 동방에 예와 의가 없다 말할 수 있는 자를　能說吾東禮義無

시대를 탄식함
歎時

시대를 통곡하지 말라 곡하여 무엇하리　時非痛哭哭何爲
가의[66]도 그때에는 때를 헤아리지 못했으니　賈子當時不量時
만일 이 현인으로 하여금 이 세상을 만나게 한다면　若使此賢逢此世
심장을 가르고[67] 눈을 도려내도[68] 죽지 않으리라　刳心抉目死無知

느낌이 있어서
有感

천지는 넓어서 끝이 없고　乾坤浩蕩大無邊
해와 달의 밝음 옛 그대로이네　日月貞明自古然
누가 오랑캐를 보내어 이 더러움 일으켰나　誰遣胡塵生汚穢
남한산성의 한 계책[69] 조선을 망쳤네　南城一計誤朝鮮

---

66) 가의(賈誼, B.C.200~B.C.168) : 중국 전한(前漢) 문제(文帝) 때의 문인 겸 학자이다. 진나라 때부터 내려온
　 율령·관제·예악 등의 제도를 개정하고 전한의 관제를 정비하기 위한 많은 의견을 상주했다. 과진론(過秦論)
　 으로 유명하며, 당시 고관들의 시기로 좌천되자 〈복조부(鵩鳥賦)〉와 〈조굴원부(弔屈原賦)〉를 지어 울분을 토
　 로하였다.
67) 심장을 가르고 : 비간(比干)은 은(殷)나라 주왕(紂王)의 삼촌이었는데, 주왕의 음란함에 대해서 간하자, 주왕
　 이 "성인의 심장에는 일곱 개의 구멍이 있다는데 사실인가 보자." 하고는, 그의 배를 갈라 죽인 일을 말한다.
68) 눈을 도려내도 : 오(吳)나라 오자서(伍子胥)가 오왕 부차에게 간하다가 오왕 부차가 오자서(伍子胥)에게 촉
　 루검(屬鏤劍)을 내리며 자결을 명하자, 그가 죽기 전에 "나의 눈알을 뽑아서 오나라 동문에 걸어 두어, 월나라
　 가 오나라를 멸망시키는 것을 보게 하라.[抉吾眼 置之吳東門 以觀越之滅吳也]"라고 유언한 고사가 전해진다.
69) 남한산성의 한 계책 : 남한산성의 한 계획이란 뜻으로, 남한산성의 굴욕사를 이름.

읍령[70]을 지나면서 구름과 안개로 어둑히 막힘을 당하여
泣嶺途中 逢雲霧晦塞

해와 달빛은 어느 때나 회복되리오	日月光華復幾時
요순의 세상 지금에 드리워져야 할 텐데	唐虞天地至今垂
역겨운 구름과 독한 안개만 항상 덮여 있으니	腥雲毒霧恒蒙蔽
어찌하면 장풍 얻어 한 번에 쓸어낼까	安得長風一掃之

못가에 국화가 활짝 피어 절구 한 수를 읊다
池塘菊花盛開 爲賦一絕

도잠[71]의 얼굴이요 백이[72]의 마음으로	陶潛顔面伯夷心
진한 향기 속에 세월이 깊어가네	蘊抱馨香歲月深
이로부터 천연스레 물성을 온전히 했으니	自是天然全物性
시인들 부질없이 평할까 걱정이네	怕逢詞客謾評吟

바다를 바라보며
望海

하늘은 하늘이 아닌 듯 물은 물이 아닌 듯	似天非天似水非

---

70) 읍령(泣嶺) : 석보면(石保面)과 영덕군(盈德郡) 창수면(蒼水面)의 경계의 고개로 울치 또는 올티재(527m)라 한다. 이 고개는 수십 리를 지나도록 인가가 없고 삼림이 울창하여 낮에도 해를 가리고 어두컴컴하여 옛날에는 울고 넘는다 하였다.

71) 도잠(陶潛) : 중국 동진(東晉)의 시인. 자는 연명(淵明) 또는 원량(元亮), 시호는 정절(靖節). 29세 때 벼슬길에 올라 주(州)의 좨주(祭酒)가 되었으며, 그 후 팽택(彭澤)의 영(令)이 되었으나 80여 일만에 〈귀거래사(歸去來辭)〉를 읊고 벼슬을 떠나 전원생활을 즐겼다. 그의 평담(平淡)한 시풍은 당시 사람들로부터 경시를 받았지만 당대(唐代) 이후로 육조(六朝) 최고의 시인으로 존숭되었다. 사부(辭賦)는 감정이 진지하고 청신, 소박하다는 평가를 받았다. 문집으로 《도연명집(陶淵明集)》이 있다.

72) 백이(伯夷) : 은(殷)나라 고죽군(孤竹君)의 아들. 주(周)나라 무왕(武王)이 은나라를 치려는 것을 말리다가 듣지 않으므로 동생 숙제(叔齊)와 함께 주나라의 녹을 먹기를 부끄럽게 여기어 수양산(首陽山)에 들어가 고사리를 캐어 먹으며 숨어 살다가 굶어 죽었다 함.

사방에 빙 둘러 끝없이 펼쳐 있네
두터운 땅 만물을 실은 것은 어떤 힘 때문인가
한결같은 기운 속에 멈추지 않는 틀이네

四邊環繞竟無歸
厚坤載物憑誰力
一氣中間不停機

고갯길 말 위에서 짓다
嶺路馬上作

바위에 핀 꽃 떨어지니 녹음이 짙어지고
비온 후 계곡 물 불어 돌도 소리내지 않네
오직 산새만 때맞춰 지저귀며
봄이 감을 근심하듯 남은 꽃잎 애석해 하네

巖花已落綠陰成
雨後溪肥石不聲
惟有山禽時一哢
似愁春去惜殘英

셋째 아들 오달이 나이 겨우 6세 때 내 곁에 앉아서 우연히 말하길, "사람의 두 눈썹 사이의 끊어진 모양이 곤괘(坤卦, ☷)의 효(爻)와 같다."고 하였다. 말뜻이 내력이 있는 것 같아 물어보니 바로 말하기를, "감괘(坎卦, ☵)의 중간 효는 이어지고 이괘(離卦, ☲)의 중간 효는 터져 있다." 하였다. 이 몇 마디 말이 또한 평범치 않으므로 절구 한 수를 지어 후일에 성취하기를 기대해 본다. 【오봉(五達)은 현일(玄逸)의 어릴 때의 자(字)이다.】

第三兒五達 年纔六歲 在坐側偶言人兩眉中斷 狀似坤爻 語意若有來歷 因叩之 乃云 坎卦中連 離卦中坼 此數句語 亦自不凡 因成一絕 以期後日成就【五達玄逸小字】

사물의 이치란 짝수와 홀수 아님이 없는데
사람들이 살피지 않을 뿐 살펴보면 마땅히 알리
어린 아들이 두 눈썹 모양에서 취하여
곤괘의 초효에 비하니 그 말 의심될 것 없네

物理無非偶與奇
人惟不察察宜知
小兒識得雙眉狀
取比坤初語不疑

배우는 사람에게 보임
示學者

남아로 세상에 태어나 이 몸도 귀하지만	男兒生世貴玆身
몸을 귀하게 여기지 않고 윤리 있음을 귀하게 여기네	非貴玆身貴有倫
대학 중의 성의(誠意) 정심(正心)의 법은	大學書中誠正法
정녕 우리 성현들의 참 마음을 보인 것이네	丁寧示我聖□眞

사또[73] 도신수[74]의 시에 차운하여 시를 보내줌
次韻都使君愼修見寄

일찍이 오마(五馬)[75]로 솔숲을 방문해 주었고	曾蒙五馬賁松間
다시금 천금 같은 글도 아끼지 않았네	更荷千金字不慳
산야의 성품이 어찌 궁달의 뜻을 알리오마는	野性何知窮達意
전부터 홀로 한가롭게 살기를 좋아할 뿐이네	年來只愛獨居閑

둘째 아들이 바야흐로 《홍범연의》[76]를 초하매 마침내 한 절구를 써서 보임
第二兒方草洪範衍義 遂書一絶以示之

겹겹의 푸른 나무 그윽한 집을 감싸 안고	千重綠樹擁幽居
위에는 산새들 지저귀고 아래에는 물고기들 노네	上有鳴禽下有魚

---

73) 사군(使君) : 한대(漢代)의 자사(刺史)나 왕명을 받고 출사(出使)하는 사람에 대한 존칭. 한대 이후에는 주군 (州郡)의 지방 장관을 통칭하였다.

74) 도신수(都愼修, 1598~1650) : 조선 중기의 문신. 본관은 성주(星州). 자는 영숙(永叔), 호는 지암(止巖). 1627년 식년 문과에 급제하였다. 여러 관직을 거쳐 함흥수령으로 있을 때 공무를 신속히 처리하여 선정을 베 풀었고, 만년에는 고향에서 학문에 전념하였다. 달성 용호서원(龍湖書院)에 배향되었다.

75) 오마(五馬) : 오마는 지방 장관의 수레를 말한다. 한(漢)나라 때 태수(太守)가 다섯 필의 말이 끄는 수레를 탔던 데에서 유래하였다.

76) 홍범연의 : 조선 중기의 학자 이휘일(李徽逸), 이현일(李玄逸) 형제가《서경(書經)》〈주서(周書) 홍범편(洪 範篇)〉에 대하여 상세히 해설을 붙인 책, 28권 13책 목판본.

이 가운데 참 즐거움 찾고자 　　　　　　　　欲識此中眞箇樂

온종일 띠집에서 서적을 살피누나 　　　　　　茅堂長日玩圖書

조카에게 부치다
寄弟姪

봄바람에 고개 돌려 동해안을 바라보네 　　　　春風回首海東天

동산 대나무 정원의 매화 모두 곱게 피었겠지 　園竹庭梅想共姸

매화 향기 대나무 뿌리 응당 쉽지 않으리니 　折馥移根應未易

나를 위해 새 시를 지어 자주 자주 부쳐주게 　新詩爲我數裁傳

침락정⁷⁷⁾을 들러 느낌을 읊음【선성 김매원의 정자이다】
過枕洛亭有感【宣城金梅園亭子】

정자는 낙동강을 베고 남아있는데 사적은 아득하고 　亭遺枕洛事茫然

초목들은 우거져 앞과 뒤를 덮었네 　　　　　　草樹深深擁後前

묻노니 주인은 어디로 떠났는가? 　　　　　　借問主人何處去

푸른 물결만이 말없이 노천을 흘러가네 　　　　碧波無語過蘆川

---

77) 침락정(枕洛亭) : 매원(梅園) 김광계(金光繼, 1580~1646)가 세운 누정으로 일명 운암정사(雲巖精舍)라고도
하는데, 대청 뒤쪽 벽에 지금의 당호와는 다른 '운암정사'라는 편액이 걸려 있어 후진을 모아 강론하는 데도
사용하였음을 추정할 수 있다. 원래 정자가 있던 곳은 배산임수의 강안(江岸) 대지였으며, 근처에는 수직사(守
直舍)를 비롯한 초가 3~4동이 있었다. 1974년 12월 안동댐 건설로 경상북도 안동시 예안면에서 탁청정(濯淸
亭)·후조당(後彫堂) 등의 건물과 함께 경상북도 안동시 와룡면 오천리 산29-1번지로 이건되었다.

계대에서 우연히 읊다
溪臺偶吟

구름은 정자를 감싸고 물은 둑에 가득한데	雲繞山亭水滿陂
봄바람 따사로이 부니 잔물결 일렁이네	東風吹暖漾淸漪
계곡 깊숙한 곳 오는 사람 없지만	洞天深處無人到
바위에 핀 꽃 한두 가지 물에 비치네	倒浸巖花一兩枝

현령[78] 조빈[79]의 시에 차운하다
次趙明府賓韻

놀라 바라보니 단풍은 바위에 비치고	驚見楓紅照白頭
가을바람에 말 달리니 흥을 거두기 어렵네	秋風信馬興難收
우산[80]은 무슨 일로 부질없이 눈물 흘리는가?	牛山何事空垂淚
평온히 국화를 맞이하여 시름을 떨쳐버리네	穩對黃花莫着愁

---

78) 현령 : 본문의 명부(明府)는 태수(太守)·현령(縣令) 등 지방관의 별칭이다. 부군(府君) 또는 명부군(明府君)
이라고도 한다.

79) 조빈(趙賓, 1587~?) : 조선 후기의 문신으로, 본관은 한양(漢陽)이며, 자는 계언(季彦), 호는 은성(隱星)이
다. 1624년(인조 2) 식년문과에 갑과로 등제, 1628년 지평에 서임되었다. 이어 사간원 정언·홍문관 수찬을
역임하였다. 1634년《광해군일기》의 찬수(纂修)에 참여하였다. 1647년 세자시강원 보덕에 재임 중《서연비람
(書筵備覽)》을 저술하여 왕에게 바치니 왕이 호피(虎皮)를 하사하여 포상하였다.《인조실록(仁祖實錄)》을 찬
수할 때 그는 아들 조사기(趙嗣基)와 더불어 춘추관편수관으로 동참하였다.

80) 우산 : 맹자는 아름답게 잘 자란 우산(牛山 : 제(齊)나라 수도 교외에 있는 산)의 나무가 큰 나라 수도의 교외
에 있는 관계로 사람들의 도끼에 의해 마구 벌채(伐採)되어 산이 빤빤하게 된 것을 들어, 이것이 어찌 산의
본성이겠는가 하고, 이것을 사람의 성(性)에 비유하여 사람도 본래는 인의(仁義)를 따르는 마음(본성)을 가졌
지만 그런 본성을 내버리게 하는 일은 또한 나무에 도끼질하는 것과 같은 것으로 매일 찍어내는 데 아름다워질
수 있겠는가 하였다.(《맹자》〈告子 上〉 참고) 이 말은 사람들이 인의를 따르는 본래의 마음을 지켜 그것을
보존함이 중요하다는 것을 비유로 든 것이다.

수재[81] 오삼성[82]이 대학을 읽다
吳秀才三省讀大學

여러 서적을 널리 읽었으나 자랑할 것 못 되고	博覽羣書不足誇
한 책에 잠심하니 진실로 아름답네	潛心一冊是眞嘉
성현의 경전은 그 뜻이 무궁하니	聖經賢傳無窮旨
마땅히 밝은 창을 향해 자세히 보아야 하네	須向明牕仔細過

부사[83] 지덕해[84]가 정언으로 조정에 돌아감을 전송하며
奉送池使君德海以正言還朝

수리[85]가 바람 타고 사간원[86]에 드니	鵰鶚乘風入紫薇
숲 가득 까마귀들 모두 돌아가려 하네	滿林烏鵲盡思歸
올바름 행하면 은혜와 원망 함께하여	此行正識兼恩怨
한 군(郡)은 굶주릴지라도 온 나라는 살지게 되리	一郡將飢一國肥

---

81) 수재(秀才) : 본래 수재는 재능이 빼어난 사람을 가리키는 말이었으나, 후대에는 과거에 응시하는 사람들을 일컫는 말로 사용되기도 하였다. 명청시대에는 원시(院試 : 지방에서 시행하는 과거시험의 일종)에 합격하여 공식적으로 학교에 입학할 수 있는 자격을 얻은 사람들, 즉 생원(生員)의 속칭으로 사용되었다.

82) 오삼성(吳三省, 1641~1714) : 본관은 함양(咸陽)이며, 자는 성오(省吾), 호는 청암(靑巖)이다. 이건(以建)의 아들로 영양(英陽) 대천리(大川里)에서 태어났다. 효성이 지극하여 부친이 병으로 누워있을 때 손가락을 잘라 피를 내어 마시게 한 바 있다. 현종 때에 정각(旌閣)을 세우도록 한 은전이 베풀어짐에 읍내 북시리(北寺里)에 정문이 세워졌으며, 숙종 때는 대천리 옛 집 앞으로 이건되었다.

83) 부사(府使) : 임금의 명령(命令)을 받들고 나라 밖으로나 지방(地方)에 온 사신(使臣)에 대한 경칭(敬稱).

84) 지덕해(池德海, 1583~1641) : 본관은 충주(忠州)로 자는 수오(受吾), 호는 뇌봉(雷峯)이다. 1624년 문과에 급제해 청요직을 역임했다. 휴가 중 1627년 정묘호란이 일어나자 왕세자를 전주로 배위하며《분조일기》를 기록해 올렸다. 뒤에 예조와 병조의 좌랑·용강현령·예조와 병조의 정랑·사헌부정언 등을 역임했다.

85) 조악(鵰鶚) : 조악은 맹금(猛禽)인 수리와 물수리를 합칭한 말로, 기린과 조악은 모두 걸출(傑出)한 인재(人才)를 비유한 말이다.

86) 자미(紫微) : 사간원(司諫院)을 뜻한다. 자미화를 많이 심었기 때문에 미성(薇省) 또는 미원(薇垣)이라는 이름을 가지고 있다.

선사[87] 주개신[88] 어른의 매죽팔절을 차운함 序를 아울러 붙임
次仙槎朱介臣丈梅竹八絕韻 并序

요즈음 일 때문에 현감의 고을을 왕래하면서 정자에 오른 것이 두 차례나 되었는데, 눈을 들어 두루 살펴보니 꽃과 대나무가 있음을 알게 되었다. 밤중에 잠이 몹시도 오지 않아서 걸어서 뜰[89]에 나가보니 오래 묵은 매화나무와 밋밋한 대나무가 처마를 감싸고 서 있었다. 마음속으로 주인(主人)의 좋아하는 것이 물(物)에 미쳐서 사랑하는 바임을 알 수 있었다. 고향으로 돌아와서 때때로 한 번씩 상상하며 삼가 팔영(八詠)에 차운하니 제목이 화정(和靖)[90]의 절구 8수에 들어맞았다. 이 시를 보면 어른의 풍치(風致)를 알 수 있으며, 또한 임공(任公)의 시(詩)가 범상치 않음도 상상할 수 있다. 다만 매화와 대나무의 곁에 몸을 맡기고, 어른을 모시고 훌륭한 벗들과 마주하며 시를 읊을 수 없었던 것이 한스럽다. 지금 졸작을 보내니 시인의 음운에는 부족할 것이다. 또 멀리 떨어진 지경과 공간의 시어로서 지었으니 어찌 족히 그윽한 향을 발하고 맑은 정취를 피어나게 할 수 있었으랴? 단지 스스로 질장구 소리를 내어보았을 뿐이다.

頃以事往來貴縣 登榻者至再 而擧目周覽 識別花竹 中宵苦無寐 步出山壇 則老樹脩竿 環簷而立 私心以爲主人好事 於物知所愛矣 及還鄕 時一夢想 玆奉八詠 題目有契於和靖八絶 觀此足以知尊丈風致 亦可想任公之詩不凡 恨不得置身於梅竹之側 陪杖屨對勝友而詠瓊琚之句也 今送拙吟 旣欠騷人音韻 又作隔地懸空之語 豈足發暗香淸陰之趣 祇自爲瓦缶之聲而已

---

87) 선사 : 경북 울진의 별칭. 은하수로 가는 신선의 뗏목이란 뜻으로, 일반적으로 사행(使行)을 뜻한다. 전설에, 어떤 사람이 바닷가에 살면서 해마다 8월이면 어김없이 뗏목이 떠내려 오는 것을 보고, 그 뗏목에 양식을 가득 싣고 은하수로 가서 견우와 직녀를 보았다는 고사에서 유래한 말이다. 《박물지(博物志)》 권10.

88) 주개신(朱介臣) : 호는 이우당(二友堂), 참봉 경(曔)의 아들. 선조 때 참봉으로 울진현 훈도를 지냄. 광해조 때는 5현(김굉필, 정여창, 조광조 이언적, 이황)에 승무(陞廡 : 성균관 문묘에 위패를 봉안하는 것)된 이언적, 이황에 대한 비방하는 의견들이 난무하자 변무(辨誣 : 원통한 것을 변명함)의 소를 동명(東溟) 황중윤(黃中允)과 함께 네 차례나 올려 비지(批旨 : 신하의 상주(上奏)에 대하여 임금이 허가하는 글)를 받았음. 1621년(광해군 13)에는 매오(梅塢) 윤몽설(尹夢說)과 함께 몽천(蒙泉)에다 정사(精舍)를 세웠는데 당의 기문은 박패(朴敗), 임유후(任有後), 기자헌(奇自獻)이 지었으며, 창수시로 석계(石溪) 이시명과 해월(海月) 황여일(黃汝一)의 시가 있음.

89) 산단(山壇) : 뜰.

90) 화정(和靖) : 북송의 은자 임포(林逋)를 가리킨다. 각주 63) 참조.

추위 심하니 어느 곳에서 새 봄의 정취를 찾을까 凍深何處覓新春

홀연히 꽃핀 것을 보니 마치 신령이 있는 듯 忽見開花若有神

아지랑이 피어오르는 산 앞마을 빛이 깨끗하고 嵐秀山前村色淨

몇 가지에 핀 하얀 꽃이 은자를 맞아주네 數枝皎潔向幽人

맑은 밤 달 떠오르니 마을 연기 사라지고 淸宵月上斂村煙

실바람에 매화 향기 더욱 더 아름답네 流馥微風佳可憐

예로부터 매화를 평할 때는 오로지 절개를 취하니 從古評花全取節

반드시 시 읊을 때 고운 말 필요 없다네 不須吟詠賞嬋娟

삼춘의 봄 풍경이 각각 저마다 아름다운데 三春光景各依依

나무의 고운 꽃들 반이나 떨어졌네 一樹瓊瑰半已稀

날리는 꽃잎이여 흙에 떨어지지 말라 爲報飛英莫委土

남은 향기 조각조각 내 옷에 점을 찍네 餘香片片點吾衣

고목의 맑은 가지 몇 자나 자랐는데 老樹淸條數尺長

꽃피고 열매 맺으니 이름난 옥이 엮여 있네 開花結子綴名璫

때 아니게 조 씨의 콩으로 삼기는[91] 욕이 되나 不時耻入曹園煮

좋은 맛은 응당 은나라 솥 속의 음식[92] 되네 佳味應爲殷鼎嘗

즐거이 노는 아손[93]들 땅위로 솟아나니 好放兒孫占地抽

---

91) 조 씨의 콩으로 삼기는 : 조식(曹植)이 형인 위(魏)나라 문제(文帝) 조비(曹丕)가 박해하는 것을 풍자하는 〈칠보시(七步詩)〉에 "콩을 삶는다고 콩대를 태우니, 솥 안에 있는 콩이 울고 있네. 본래 같은 뿌리에서 나왔건만 상대편을 삶음이 어찌 그렇게도 급한가.[煮豆燃豆其 豆在釜中泣 本是同根生 相煎何太急]"라 한 것이 있다.

92) 은나라 솥 속의 음식 : 만장(萬章)이 맹자에게 묻기를 "사람들 사이에 이윤은 요리하는 일을 가지고 탕(湯)에게 써주기를 요구하였다는 말이 있는데 사실입니까?[萬章問曰 人有言 伊尹以割烹要湯, 有諸]"라 한 것에 대한 《주자집주(朱子集註)》에 의하면, "살피건대 《사기(史記)》에는 이윤(伊尹)이 도를 행하여 임금을 돕고자 하여도 길이 없어서 유신씨(有莘氏)의 잉신(媵臣)이 되어 솥과 도마를 등에 지고 가 맛좋은 음식으로써 탕을 설득하여 왕도를 이룩할 수 있게 되었다 하였으니, 대저 전국(戰國) 때 이런 예(銳)를 낸 사람이 있었던 것일 게다.[按史記 伊尹欲行道 以致君而無由 乃爲有莘氏 之媵臣 負鼎俎 以滋味說湯 致於王道 蓋戰國時 有爲此說者]"라고 한 말이 있다.

무리 지어 솟아남이 구름 속 용 같네 　　　　　朋生頭角未雲虯

한 여름 길게 자라 천 마디를 얻으니 　　　　　一夏長得千尋節

형세는 빈 곳 없이 **빽빽**하여 정녕 쉼이 없네 　　勢不冲空定不休

심은 대나무 숲을 이루니 주위가 절로 서늘하고 　種竹成林境自寒

많은 줄기 **빽빽**이 솟아 옥[94]소리 울리네 　　　萬竿森立響琅玕

누가 세상에 진실되고 곧은 게 없다 말했나 　　誰言世上無眞直

가히 곧은 소나무와 더불어 우열을 다투네[95] 　可與貞松作二難

푹푹 찌는 듯한 더위 그 굴러감이 한갓 더딘데 　炎炎火火轉空遲

시원한 바람과 맑은 그늘 바둑판에 불어오네 　颯颯淸陰灑局棋

말하노니 어찌하면 상쾌함을 나누어서 　　　寄語安得分餘爽

밭 가운데 땀 흘리는 농부들에게 나누어 주리 　均陰田中汗滴時

골짜기 산 할 것 없이 눈서리 깊은데 　　　溪山到處雪霜深

대나무 푸른 빛 보니 도리어 그 마음 알 만하네 　翠色看來卻識心

사람이 가장 신령하여 선악을 분간한다 말하지만 　人號最靈分善惡

너야말로 예나 지금이나 한결같구나 　　　　爾能無古更無今

조카 손자들에게 보임
示弟姪暨姪孫

하늘과 사람이 도를 세움에 진실로 그 근원 한가지니 　天人立道固一源

크고 작다는 것만 비록 다를 뿐 이치는 마찬가지라 　大小雖殊理則然

큰 공부하기로 하였으니 무엇을 가장 간절히 생각할 것인가 　許大工夫誰最切

---

93) 아손(兒孫) : 대나무 뿌리가 새로운 싹을 내는 것을 말한다.

94) 낭간(琅玕) : 중국에서 나는 경옥(硬玉)의 한 가지. 어두운 녹색(綠色) 또는 청백색(靑白色)이 나는 반투명
(半透明)의 아름다운 돌로, 예로부터 장식(裝飾)에 많이 쓰임.

95) 이난(二難) : 두 가지의 얻기 힘든 것. 즉, 우열(優劣)을 가리기 힘든 두 가지 어려운 일.

예로부터 근독(謹獨)보다 우선 할 게 없다 하였네　　　　　　　　從來謹獨莫爲先

동지 나만갑[96]이 방면되어 고향으로 돌아감에 붙임
送羅同知萬甲放還家鄉

직언(直言)한 것이 도리어 세상의 원한을 사게 되어　　　　　藥石翻爲世所仇
다스림이 비록 절실하나 단지 근심이 앞서네[97]　　　　　　　徙薪雖切只罹尤
귀양살이 몇 번에 마음까지 전부 꺾였다고 말하지 마라　　　莫言屢謫心全挫
하늘이 부여한 강한 마음, 늙어서도 약해지지 않았으니　　　天賦剛腸老不柔

위득 조정황[98]의 강가 누각에 붙여
題趙渭得廷璜江閣

가랑비 부슬부슬 저녁 바람 타고오니　　　　　　　細雨濛濛帶夕風
강 누각에 앉았노라니 흥이 더욱 무르익네　　　　坐來江閣興全濃
주인이여, 술동이에 술 없다 한탄 마라　　　　　主人莫恨樽無醁
서리 맞은 단풍들이 얼굴에 비쳐 붉은 것을　　　無限霜楓照面紅

---

96) 나만갑(羅萬甲, 1592~1642) : 자는 몽뢰(夢賚), 호는 구포(鷗浦). 본관은 안정(安定). 보덕(輔德) 급(級)의 아들. 1613년(광해군 5) 진사시에 합격하여, 성균관에 입학했으나 인목대비(仁穆大妃)의 서궁유폐(西宮幽廢) 사건이 일어나자 낙향하여 독서로 세월을 보냈다. 1623년 인조반정으로 순릉참봉(順陵參奉)이 되고, 그해 알성문과(謁聖文科)에 급제하였다. 1627년(인조 5) 정묘호란이 일어나자 왕을 따라 강화(江華)에 갔고, 이듬해 환도하여 수찬(修撰)·지평(持平)을 역임하였다. 1635년 형조 참의로 시정(時政)을 논하다가 파직당했다. 이듬해 병자호란 때 남한산성(南漢山城)에 들어가 공조 참의로 기용, 이어 병조 참지로 전직되었으나, 강화(講和) 후 무고를 받아 남해(南海)에 유배되었다. 1639년에 풀려나 영주(榮州)에서 죽었다. 저서로 《구패집(鷗浦集)》이 있다.

97) 사목지신(徙木之信) : 나라를 다스리는 사람은 백성을 속이지 않음. 진나라 상앙(商鞅)이 법령을 믿게 하기 위하여 세길 정도의 나무를 남문에서 북문으로 옮기면 상을 주겠다고 공표한 뒤 이를 옮긴 이에게 약속한 상금을 주었다는 고사에서 온 말.

98) 조정황(趙廷璜, 1603~1672) : 본관은 한양(漢陽). 자는 위득(渭得). 조임(趙任)의 아들로 영양 하원리에서 태어남. 정묘호란이 일어난 1627년에 지사(知事)가 되어 군비(軍備)를 모았다. 1651년(효종 가에는 영해부사 조윤(趙贇)과 의논하여 대동보(大同譜) 편찬을 주창하고 《한양조씨 대동보》 3책을 목판본으로 발간하였다.

입춘 계사년
立春 癸巳

올해로 예순네 번째 봄을 맞이하여	今逢六十四回春
평생을 살펴보니 남에게 부끄럽네	點檢平生愧爲人
관을 덮기 전까지 더욱 노력해야 하리[99]	未蓋棺前猶可力
공부는 오직 날마다 새로워지는 데 있는 것을	工夫只在日新新

칠성봉[100]을 지나며
過七星峯

일곱 개 산봉우리 북두칠성처럼 펼쳐(안배) 지고	峯排七點七星樣
빽빽하게 우거진 숲에 나는 학도 놀라는 듯	森矗如飛鶴竦驚
말을 멈추고 산에게 묻노니 나를 아는가 모르는가	駐馬問山知我否
여러 해 동안 은둔하여 이미 이름이 없어진 것을	年來遯世已無名

승려 순에게 주다
贈淳上人

산승(山僧)이 비를 피해 찾아와	山僧被雨來相訪
평상(平床)에서 옷을 벗고 잠시 머물었네	暑榻開襟爲暫留
평생 산수간 자취를 들어보니	聞說平生山水跡
문득 노쇠함도 잊고 멀리 노닐고 싶어지네	忽忘衰老欲遐遊

---

99) 개관사정(蓋棺事定) : 관 뚜껑을 덮을 때에야 일이 비로소 정해진다. 사람에 대한 평가는 모든 일이 완전히 끝나기 전에는 아무도 알 수 없다는 것을 비유하는 말이다.

100) 칠성봉 : 영양군(英陽郡) 석보면(石保面) 요원리(要院里) 뒤쪽에 봉우리가 일곱 개 있는 산이 있는데 그 산이 칠성봉이다. 이 마을 사람들은 칠성봉의 정기를 받아서 수명이 길고 인심이 순후하다고 하는데, 뒷산의 이름을 받아서 마을의 이름으로 삼았다 한다.

한벽 김명서와 작별함에 부쳐
贈別金明瑞漢璧

가을 산 십 리 길을 앞서거니 뒤서거니	秋山十里後先行
굽이굽이 맑은 시냇물 시 속에 들어오네	曲曲溪流入句淸
하루 밤 오두막에서 나란히 누웠다가	一夜茅齋聯枕臥
작별을 하자니 그 정을 견딜 수 없네	臨分不耐去留情

해질녘 석계로 돌아오는 도중에 지음
暮歸石溪途中作

석양에 돌아오는 길은 점점 어두워지고	日暮歸來路轉幽
촉나라 관문처럼[101] 험한 길이 수심 겹게 하누나	蜀關嚴邃使人愁
사립문 닫힌 오두막은 어느 곳에 있는고	茅廬何處柴門掩
산허리를 휘 감은 구름, 석계 가에 감도네	雲麓盤回石水頭

석문 정영방[102]의 유거에서
鄭石門榮邦幽居

도원이 고금에 다르다 말하지 마라	桃源莫道古今殊
세상을 피해 한가로이 살면 곧 같은 길인 것을	避世居閒卽一途
벽에 가득한 도서에 보배로운 계책까지 품었으니	滿壁圖書懷寶策
무릉에도 일찍이 이런 사람 없었다네	武陵曾有此人無

---

101) 촉(蜀)나라 관문처럼 : 이백의 〈촉도난(蜀道難)〉에서 보듯 길이 몹시 험한 것을 이름.

102) 정영방(鄭榮邦, 1577~1650) : 자는 경보(慶輔), 호는 석문(石門). 1599년(선조 32) 정경세(鄭經世)가 벼슬을 버리고 고향 예천에서 강학으로 소일할 때 그가 먼저 수학했으며 이후 학문에 정진하였다. 1605년(선조 38)에 성균관 진사가 되었으며, 정경세가 그의 학문을 아깝게 여겨 천거하였으나 광해군의 실정과 당파싸움에 회의를 느껴 벼슬길에 나서지 않고 은둔생활을 하였다. 1636년(인조 14) 병자호란 이후 국사가 어지러워지자 입암면 연당리로 이주하여 산자수명(山紫水明)한 자연을 벗 삼아 소요자적(逍遙自適)하였다. 그는 이곳에 연못을 파고 서석지(瑞石池)라 이름 짓고 그 위에 정자를 지었다. 저서로 《석문집(石門集)》이 있다.

송화를 먹으며
餐松花

높다란 가지 끝에 만점의 황금빛	萬丈枝頭萬點金
향긋한 바람이 흔드니 원림에 가득하네	香風吹動滿園林
가져 와서 한 사발 단 샘물에 타면	摘來和得甘泉椀
마음은 속세를 넘어 물외에 있다네	塵世儵回物外心

사군 고용후[103]의 매화를 읊은 시에 차운함
次高使君用厚詠梅韻

빙설은 혼이 되고 옥은 뼈가 되어	氷雪爲魂玉爲骨
성근 가지 잠깐 만에 꽃피워 정원 북쪽이 아름답네	疎枝乍出名園北
새로 시를 짓는 필력(筆力)은 하늘의 솜씨를 빼앗아	新詩筆力奪天工
단지 그윽한 향기는 그 형색에 다하네	只是遺香盡形色

김이직의 시에 화운함
和金以直

오륜의 도 무엇으로 밝힐 수 있으리오	五倫之道孰能明
양성은 다름이 아니라 정을 단속함에 있는 것을	養性非他在約情
금일 그대와 《소학》을 논한 것은	今日與君論小學
장차 이 말을 유생들에게 알려주리	擬將斯語告諸生

---

103) 고용후(高用厚, 1577~?) : 조선 중기 문인, 본관은 장흥(長興). 자는 선행(善行), 호는 청사(晴沙). 형조좌
    랑 고운(高雲)의 증손으로, 할아버지는 참의 고맹영(高孟英)이고, 아버지는 의병장 고경명(高敬命)이며, 어머
    니는 김백균(金百鈞)의 딸이다.

시냇가 정자의 가을의 정취
溪亭秋興

맑은 가을 대낮 정자는 바람 한 점 없이 고요하고 　　清秋日午靜無風
눈에 가득 운산(雲山)은 비단 수로 가득하네 　　　滿目雲山錦繡濃
홀로 왔다 홀로 읊고 또 홀로 떠나가니 　　　　　獨來獨吟還獨去
털끝만큼도 이 마음은 흔들림이 없다네 　　　　　纖毫不起此心中

청송 이현이 찾아와서
李靑松俔見訪

안석[104]이 여러 해 동안 동산에 나가지 않으니 　　安石年來不出園
솔과 구름이 깨끗하여 번뇌가 저절로 끊어지네 　　松雲瀟灑絕塵煩
시선(詩仙)은 이 그윽하고 고요한 것을 사랑하여 　詩仙愛此幽居靜
잔설 쌓인 시냇가 다리에 또 수레를 멈추네 　　　殘雪溪橋更駐轅

병석에서 일어나 감회를 쓰다
病起書懷

산재에 비 개자 달빛 새어나오고 　　　　　　　山齋雨後月微明
만물이 고요해지자 물소리만 들리누나 　　　　　羣動皆沉水有聲
병에서 일어나 어버이 생각에 마음은 정히 괴로운데 病起思親心正苦
두견새는 무슨 일로 저리 울어 대는가 　　　　　杜鵑何事又多情

---

104) 안석(安石) : 동진(東晉) 중기의 명신(名臣)인 사안(謝安)의 자. 벼슬하지 아니하고 동산(東山 : 절강성(浙江省) 임안현(臨安縣, 서쪽에 있다)에 들어가 은거하면서 임안(臨安) 산속의 석실(石室)에 앉아 깊은 골짜기를 바라보며 말하기를, "이곳이 백이(伯夷)의 있는 곳과 어찌 멀 건가."고 하여, 그의 동산 은거지를 백이의 수양산(首陽山)과 비견하였다. 40세에 이르러서 처음으로 벼슬길에 나가 환온(桓溫)의 사마(司馬)가 되고, 마침내 태보(太保)에 이르렀다. 사후(死後)에 태부(太傅)로 추증(追贈)되었으므로 사태부(謝太傅)라 불려졌다.

갑진년(1664, 현종 5) 새해 아침 절구 두 수
甲辰元朝 二絶

들녘은 쓸쓸하고 일색도 차가운데	原野蕭條日色寒
북풍한설에 모든 산이 뒤덮였네	朔風吹雪蔽羣山
누가 알리오 이 늙은이의 슬픈 뜻이	誰知白首忉忉志
멀리 요양과 압록강 사이에 있음을	遠在遼陽鴨水間

요즈음 목욕재계하고 황천에 고하기를	頃年齋沐告皇天
몸과 마음으로 날마다 善을 실천하려 맹세했네	誓使身心善日遷
지난 몇 년 공부를 헤아려 보니 아무 것도 없는데	數往計工無分寸
또 새해를 맞으니 나의 허물만 늘어나네	又逢新歲效吾愆

감회를 써서 아들들에게 주다
書懷贈兒輩

얻었다고 기뻐 말고 잃었다고 슬퍼 마라	得莫歡欣失莫悲
세간의 영욕이란 쉽게 바뀌는 것	世間榮悴易推移
내 들건대 한 번 선을 행함이 길이 보배가 되니	吾聞一善爲長物
너희늘은 선을 행하는 데 힘써라	勉汝兒孫好守持

수재 조정환의 조규·조옹 형제[105]와 작별하면서
贈別趙秀才頍顒兄弟

가을 산속까지 방문해 주니 그 정성 도탑고	秋山相訪意俱敦
산속에서 새벽까지 대화는 온화했네	山榻淸晨對語溫
진중(珍重)히 가르침 삼가 알려주기를	珍重相規勤啓告

---

105) 조규·조옹 형제 : 삼수당(三秀堂) 조정환(趙廷瓛, 1612~1663)의 두 아들.

고인(古人)의 방책 속에 격언(格言)이 있다 하네　　　　古人方冊格言存

꿈에 돌아가신 아버지가 나타나 시서 공부에 힘쓰라고 함에 감동되어 지음
夢見先君 勉以詩書 感而作

어버이 돌아가신 지 어언 이십여 년　　　　　　　　　違棄晨昏廿載餘
매번 품었던 풍수지탄(風樹之嘆)의 그 느낌이 어떠하였던가　　每懷風樹感何如
오늘 아침 절하면서 시서(詩書)의 가르침 받으니　　　　今朝拜受詩書敎
돌봐 주는 은혜는 끝이 없구나　　　　　　　　　　顧復精靈不間於

두 아이가 고향에 돌아감을 전송하며
送兩兒還鄕

두 아이 눈 속에 고향으로 돌아갈 때　　　　　　　兩兒衝雪共歸鄕
홀로 송정에 서서 이별의 뜻이 길어지네　　　　　獨立松亭別意長
진중한 한마디 말 모름지기 기억하라　　　　　　珍重一言須記着
지행 두 자가 최고의 방법인 것을　　　　　　　　知行二字是良方

새해 아침 여러 아들과 손자들에게 보임
元朝示諸兒孫

병오년(1666) 새해 아침 자손들이 모여　　　　　　丙午元朝會子孫
차례대로 세배하니 그 기운 엄숙하고도 온화하네　　序行修禮氣嚴溫
'위의가 의젓하다'고 《시경》에서 말했지[106]　　　　威儀棣棣詩人詠

---

106) 《시경》에서 말했지 : 《시경》〈백주(柏舟)〉의 "내 마음은 돌이 아니라서 굴릴 수도 없고, 내 마음은 돗자리가
　　아니라서 걷어치울 수도 없다. 위의(威儀)가 성대히 갖추어져서 특별히 고를 것이 없다.[我心匪石 不可轉也
　　我心匪席 不可卷也 威儀棣棣 不可選也]"라는 말. 돌은 굴릴 수가 있고 돗자리도 말아서 치울 수가 있지만,
　　내 마음은 그렇지 않아서 구르지도 걷히지도 않아 한결같으며, 몸가짐도 예의가 제대로 갖추어져서 어느 것

오직 너희들은 각각 덕을 쌓으려무나 　　　　　　　惟德之將爾各敦

조미백[107]의 죽음을 애도하며
輓趙美伯

담담한 교정이 늙도록 깊어 　　　　　　　　　　淡淡交情老更深
수산의 사동[108]으로 나를 찾아오길 좋아했네 　　　首山沙洞好參尋
유처도 아직 정해지지 않았는데 그대 먼저 세상을 떠나니 　幽棲未定君先去
홀로 가을 하늘 바라보며 흐르는 눈물 금할 수 없네 　獨向秋天淚不禁

자피 백표[109]에게 시를 읊어 줌
贈白子皮彪

거친 사립문 늘 닫힌 채, 비는 호미를 스치는데 　　荒扉長掩雨過鋤
후의가 은근하여 나의 집을 찾아주었네 　　　　　厚意慇懃訪我廬
그대를 위하여 한마디 바른 길로 나가도록 힘쓰게 하노니 　爲贈一言規勉語
공부할 때는 모름지기 세월을 아껴라 했네 　　　工夫須用惜居諸

하나 골라서 버리고 취할 것이 없으니, 자기를 반성해 보아도 버림을 받을 만한 흠이 전혀 없다는 뜻.

107) 조미백(趙美伯, 1590~?) : 미백은 조정곤(趙廷琨)의 자(字)이다. 각주 56) 참조.

108) 사동(沙洞) : 영양군 수비면 계리 사탄(沙呑 : 살돈, 살동). 수비면에서는 기후 조건이 가장 좋은 편이다. 오곡백과가 잘되며 살기 좋은 마을, 살 만한 동네라고 하여 붙여진 이름이다.

109) 백표(白彪, 1605~1684) : 자(字)는 자피(子皮), 호는 성암(省庵), 본관은 대흥이다. 1646년(인조 24)에 식년시에 합격하여 생원이 됨.

조수재와 작별하면서 어질고 근고(勤苦)한 미백·명경[110]에게 시를 읊어 붙임
別趙秀才 奉寄美伯鳴卿賢契

잠깐만에 작별하고 돌아가려 할 제 대형 생각	小謝歸時憶大兄
서풍에 낙엽 지니 이별의 정 배가 되네	西風落葉倍離情
서로 만날 날 만약 창주자[111]가 묻거든	相逢若問滄洲子
가을에 바다로 간다고 알려주게나	爲報秋來海上行

장육사에서 경백 이원직[112]의 시에 차운함
藏六寺 次李敬伯元直

옛 절을 다시 찾으니 섣달그믐이라	古寺重尋歲暮時
감회를 읊조리니 다시금 눈에 화답했던 시가 생각나네	吟懷更覺雪和詩
해질녘 선당에 가만히 앉았노라니	黃昏默坐禪堂上
아름다운 달이 약속이나 한 듯 산을 엿보네	好月窺山若有期

선당에서 대화하며 다행히 때를 함께하고	禪堂奉話幸同時
더욱이 산중에 다시와 멀리 시를 붙임에랴	況復山中遠寄詩
진중한 맑은 시가 나의 흥을 일으키고	珍重淸篇能起我
조그만 암자에서 달을 바라보노니 아름다운 때로다	小菴觀月是佳期

---

110) 명경 : 명경은 조정형(趙廷珩, 1597~1650)의 자(字)다. 본관은 한양(漢陽), 전(佺)의 아들이며 영양읍 상원
리에서 태어났다. 1630년(인조 8) 진사시에 합격했으나 나라가 당쟁으로 혼미하고, 1636년(인조 14) 병자호란
이 발발하자 세상사를 잊고 향리에서 지냈다.

111) 창주자(滄洲子) : 박돈복(朴敦復)을 가리킴. 본관은 무안(務安). 자는 무회(無悔), 호는 창주(滄洲)이다. 조
부는 박효장(朴孝長)이고, 부친은 봉직랑(奉直郎) 수군자감첨정(守軍資監僉正) 박응발(朴應發)이다. 1606년
(선조 39) 병오(丙午) 식년시(式年試) 생원(生員) 3등 25위에 합격하였고, 1624년(인조 2) 갑자(甲子) 증광시
(增廣試) 병과(丙科) 17위로 급제하였다. 벼슬이 장령(掌令)에 이르렀다. 인조실록에 장령에 임명되고 교체되
는 기록이 빈번하게 나온다. 병자호란에 창의사(倡義使)가 되었다.

112) 이원직(李元直, ?~?) : 본관은 영천, 호는 눌암(訥庵)이다. 이이첨(李爾瞻)의 목을 베라는 소를 올리고 창
수면 인량리에 은거하였다.

모여서 박도사 묘에 제사를 마치고 이경백의 시에 차운함
會祭朴都事墓訖 次李敬伯

서산의 아름다운 모임 날 중춘(仲春)인데	勝會西山屬仲春
천심도 몰래 들어와 새로 핀 꽃을 보여주네	天心潛闖看花新
술동이 열자 어찌 다시 자리 깔 필요 있으랴	開樽何必重茵設
술기운 오를 때 들판 덤불에 앉아도 무슨 방해되랴	乘醉無妨坐野榛

거친 집
苦屋漏

엉성한 띠집 바람도 막기 어려운데	草屋虛疎不蔽風
지루한 여름 장마가 심하네	支離一夏雨淋濃
한두 곳도 마른 곳 없으니	十分一二無乾處
온 집 습기나 피할 수 있었으면	渾室猶能避濕工

진사 후백 이형직[113]의 죽음을 애도함
輓李進士厚伯亨直

문장은 마치 번득이는 물결 같고 글씨는 나는 듯했으니	文如翻水筆如飛
그대의 재주를 논하건댄, 옛 사람과 떨어진 게 아니네	論爾之才古去非
연악(蓮萼)[114]에 영화를 차지하고 붕로(鵬路)가 끊긴 후	蓮萼纔榮鵬路斷
눈 덮인 산 어느 곳으로 멀리 떠났는가	雪山何處□長歸

---

113) 이형직(李亨直, 1616~?) : 자(字)는 후백(厚伯), 본관은 영천이다. 1648년(인조 26) 식년시에 합격하고 진
  사가 됨.
114) 연악(蓮萼) : 연꽃받침, 연방(蓮榜) 즉 진사에 합격함.

헌경 조정환[115]의 죽음을 애도함
輓趙獻卿廷瓛

슬퍼라 우리 헌경(獻卿)은 어디로 갔는가	哀吾獻卿逝何歸
적막한 뜰에는 채색 옷[116]도 고요하네	寂寞萱庭闃彩衣
차마 임천(林泉)속의 이전 일을 말하건대	忍說林泉前日事
솔숲 속 옛 집만이 어렴풋이 보일 뿐	松間舊宅看依俙

효석 백동량과 효술 백동현[117]이 읊은 연시를 붙여준 것에 화운함
和白孝錫東良孝述東賢聯詩見寄

인간 세상 소식 어떠한가는 묻지 않고	消息塵寰不問何
봄 꽃 가을 낙엽 산가(山家)를 기억하네	春花秋葉記山家
연시가 홀연히 이르러 아름다운 약속을 남기니	聯詩忽到遺佳約
바라건대 함께 고사리 뜯는 노래[118] 부르고 싶네	要與同歌采蕨芽

유명립의 죽음을 애도함
輓柳名立

그대의 춘당으로부터 연수(年壽)를 얻지 못하니	自子椿堂不得年

---

115) 조정환(1612~1663) : 자는 헌경(獻卿), 호는 석문(石門), 본관은 한양이다. 전(佺)의 아들이며 상원리에서 태어났다. 일찍이 이시명(李時明)의 문인으로 이상일(李尙逸)과 함께 수학하였다, 향시에 몇 차례 응시하였으나 병자호란 이후 공명(功名)을 잊고 임천(臨川)으로 이주하였다. 만년에 다시 지평(芝坪 : 현 감천 2리)으로 옮겨 살았다.

116) 채색 옷 : 중국 춘추시대 초(楚)나라 사람인 노래자(老萊子)는 성품이 매우 효성스러워서, 일흔의 나이에 색동옷을 입고 어린 아이처럼 춤을 추며 그 부모를 즐겁게 해드렸다 한다.

117) 백동현(白東賢) : 본관은 대흥이고, 백동양(白東良)과 형제지간이다. 난고(蘭皐) 남경훈(南慶薰) 문하에서 배웠다. 경사(經史)를 널리 보았으며, 음사(蔭仕)로 장사랑(將仕郎)이 됨. 백동양은 호가 둔암(遯庵), 백동현은 호가 농은(聾隱)이다.

118) 고사리 뜯는 노래 : 이것은 은나라 백이·숙제가 주(紂 : 은나라 마지막 임금)를 방벌(放伐)한 주(周)나라 무왕을 피해 수양산에 은거하여 여생을 보낸 것을 비유함.

대부인 김 씨의 눈물 샘물같이 솟는구나 　金大夫人淚徹泉

누가 황천을 헤아리랴 하늘이 거듭 재앙을 내리니 　誰料皇天重降禍

처량하게 가세를 부인과 어린 아들에게 전하네 　凄凉家世婦兒傳

병중에 몹시 더웠는데 우렛소리가 들려 기뻐함
病中苦熱 喜聞雷聲

찌는 듯 한낮의 기운 불속 같은데 　炎炎當午氣如焚

너무도 더워 하루를 보내기 어려워라 　苦苦難過一日曛

우레 소리 몇 번에 바람이 더위를 거둬가니 　雷發數聲風捲暑

성근 처마 끝 가랑비에 날아가는 구름을 보노라 　疎簷細雨看飛雲

소나무를 읊음
詠松

세대가 백년이니 특별한 수(壽)를 누린다 하니 　世代百年稱異壽

눈 덮인 산 천길 높이에 진실된 마음을 보네 　雪山千仞見眞胸

이 시는 위아래에 빠진 구가 있음. 此上下有逸句

두 번이나 화재를 당함
再見火災

화재를 해마다 당하니 우리 집의 재앙이네 　回祿連年厄我家

하늘도 어쩔 수 없는 것을 진실로 알도다 　信知天意不無何

가련한 도학으로 끝내 옥이 되기 어려우니 　似憐道學終難玉

일부러 공부하여 더욱 갈고 닦게 하는구나 　故使治功益琢磨

외사촌 형님 정승서[119]의 죽음을 애도함
輓重表兄鄭承緒

아득히 생각건대 당당하게 충렬을 세운 어른	緬惟堂堂忠烈翁
한 손으로도 우리 조선의 기둥이 될 만하였네	能將隻手柱吾東
자손들의 가업은 지금 영락해졌으니	子孫家業今零落
누가 하늘이 공에게 보답할 것이라고 말했던가?	誰道蒼天報施公

정(鄭)의 선공(先公)인 담(湛)이 임란 때 웅치에서 죽어 충절(忠節)한 일이 있으므로 수구(首句)에서 언급한 것이다. 鄭之先公湛 壬辰之變 有熊峙死節之事 故首句及之

관어대[120]에서
觀魚臺

고금에 많은 사람들 이 대(臺)를 감상했네	今古紛紛賞此臺
물 맑으면 시 읊조리고 흐리면 술잔 기울였네	淸能賦詩濁含盃
가장 가련한 것은 목로[121]의 사(詞) 중의 뜻이니	最憐牧老詞中意
오묘한 뜻 찾을 수 있어 □□ 오리라	奧旨能尋□□來

---

119) 정승서(鄭承緒, 1566~1640) : 본관은 야성이며 자는 효백(孝伯)이다. 김제 웅치(熊峙 : 전라북도 완주군에서 진안군으로 넘어가는 고개)전투에서 왜군을 무찌르고 순국한 김제 군수 정담(鄭湛)의 아들이다. 임진왜란이 일어나자 곽재우의 화왕산성진에 참여하였으며, 음직으로 전옥서 참봉에 제수되었다.

120) 관어대 : 영해(寧海)에 있으며 동해에 접해 있다. 바위 아래에 노는 물고기를 셀 수 있는 곳이라 관어대라 이름함.

121) 목로(牧老) : 이색(李穡, 1328~1396)을 가리킨다. 고려 말의 문신이자 학자로 본관은 한산(韓山), 자는 영숙(穎叔), 호는 목은(牧隱)이다. 가정(稼亭) 이곡(李穀)의 아들로 영해면 괴시리 외가에서 출생하였다. 1341년 문과에 급제하여 관로에 올랐으며, 1348년 원(元)나라에 가서 향시와 정동행성의 향시에 1등으로 합격하여 원나라에서 관리생활을 하였다. 귀국하여 우간의대부(右諫議大夫), 추밀원 우부승의(樞密院右副承宜)를 역임하고, 1367년 대사성, 1373년 한산군으로 봉해지고 예문관 대제학, 지춘추관사 겸 성균관 대사성, 1391년에 한산부원군에 봉해졌다. 저서로《목은시고》,《목은문고》가 있고, 목은의 영해 관련 시부 혹은 기문으로는 〈관어대부(觀魚臺賦)〉, 〈유사정기(流沙亭記)〉, 〈억녕해(憶寧海)〉 등 10여 수가 《목은시고》에 전한다.

신처사의 죽음을 애도함
輓申處士

가슴을 어루만지며 길이 울부짖는 밀양의 아이	撫膺長呼密陽兒
이 아이 어느 곳으로 돌아가야 할지 둘은 알지 못하네	兒歸何處兩無知
청부[122]의 골짜기 속 봄바람 부는 길에	靑鳧峽裏春風路
인간 세상 통곡하며 떠나보내니 슬픔을 다할 수 없네	哭送人間不盡悲

섣달 그믐날 감회를 적어 고향의 동생과 조카 및 여러 종손에게 시를 읊어 보냄 절구 두 수
歲除日 書懷寄故山弟姪暨諸從孫 二絶

한 해가 장차 저물려 하니 느낌이 어떠한가	歲律將窮感若何
높은 집 적막하니 그림자 소리도 아득하네	高堂寂寞影聲遐
외롭게 사는 것 탄식하니 늙음을 탄식하는 것 아니네	孤居咄咄非嗟老
평생에 학문이 많지 못함이 부끄럽도다	慚愧平生學未多

사람 사는 마을에 산다면 어떤 일도 없었을 터인데	里俗能存故事無
미루어 옛적을 생각하니 내 마음 지치네	追惟昔日我懷瘏
멀리 대나무 담이 매화나무 아래에 있는 것을 알겠도다	遙知竹院梅花下
여러 친척들 모두 모인 가운데 단지 나만 빠진 것을	咸會諸親獨少吾

6월 8일 천둥소리가 들리더니 이어 땅이 진동하여 집 담장이 무너짐
六月初八天鳴 繼以地震 屋墻傾倒

| 6월 초순 하늘이 울렁일 제 | 六月初旬天動時 |
| 지진마저 지리했으니 어떠했겠는가 | 如何地震更支離 |

---

122) 청부(靑鳧) : 경상북도 청송(靑松)의 옛 이름.

산이 무너지고 집이 부서짐을 면치 못했으니   山崩屋壞應難免
곧 땅덩이 기울어져 바다마을 훼손될까 두려웠네   直恐坤傾海國虧

조미백이 흙 화로를 보내어 주어 감사함에 붙임
寄謝趙美伯土爐見贈

박산 화로[123]를 세상에서 흔히 사용하는데   博山爲用世所資
귀인은 구리나 은 화로를 쓰고 부자는 쇠 화로를 쓰네   貴取銅銀富鐵爲
매우 감사한 것은 친구가 흙 화로를 보내어준 것인데   多謝故人遺土器
산가에 붓을 따뜻이 녹여주니 일들이 편리하네   山家暖筆事便宜

비온 뒤에 더위가 물러남
雨後暑退

산비 자주 스쳐지나가니 더위가 약해지고   山雨頻過暑氣輕
희화[124]가 저녁을 향하니 강 구름 맑네   羲和向夕水雲淸
벌레 울음 매미소리 모두 싫진 않으나   蟲鳴蟬聒俱難厭
시절의 물상이 이로부터 스스로 변화되리라   時物從來自變更

---

123) 박산(博山) 화로 : 중국 산동성 박산현(博山縣) 동남쪽에 있는 박산 모양을 본떠서 만든 구리로 만든 화로.
124) 희화(羲和) : 요임금 때 역법(曆法)을 관장하던 희씨(羲氏)와 화씨(和氏). 태양을 부리는 사람. 여기서는
   태양. 해라는 말임.

도와 박선[125]이 당신의 편지를 내 하인에게 남기고 간 것에 대하여 사례함
절구 두 수
謝朴陶窩璿委伻惠札 二絕

어릴 때부터 서로 한 마을에서 놀았는데	幼少交遊共一鄉
지금에 만나보니 귀밑머리 온통 서리 같네	秖今相對鬢渾霜
만난 지 반나절에 정을 어찌 다 펼치랴	逢場半日情何極
귀로에 산 구름 바라보니 뜻은 더욱 아득하네	歸路雲山意更茫

노년이 되어 배움을 향하는 건 옛날에도 드문 일	衰年向學古猶稀
우리 그대 어제의 그릇됨을 깨달은 걸 매우 축하하네	多賀吾君悟昨非
고금의 성현이 가엾게 여겨 항상 돌보아 주니	古聖今賢眷眷意
반드시 이해하여 심오하고도 은미한 곳 꿰뚫으리라	終須理會透深微

자윤 박호[126]가 커다란 집에 글을 바치어 올리게 된 것에 대하여 시를 읊어줌
贈朴子潤滈使獻其大庭

강을 사이에 두고 서로 바라보니 슬픔은 배나 되고	限水相望倍悵惘
구월의 풍경은 서리에 시들어가는 계절에 가까우니	九秋風景近霜凋
그대의 귀신같은 필체는 보기에 어떠한가	阿郎筆法看何似
왕왕(往往) 긴 글은 옛 이소(離騷)[127]에 들만 하네	往往長篇入舊騷

---

125) 박선(朴璿, 1596~1669) : 호는 도와(陶窩), 본관은 무안(務安)이다. 예(禮)로써 처신하고 경학(經學)에 깊었다. 동몽교관(童蒙教官)으로 천거되었으나 나가지 않았다. 도계정사(陶溪精社)에 배향(配享)되었다. 유집이 있다.

126) 박호(1624~1699) : 자는 자윤(子潤), 본관은 무안이다. 1660년(현종 1) 증광시에 3등으로 합격, 진사가 되었다.

127) 이소(離騷) : 초(楚)나라 굴원(屈原)이 지은 부(賦)의 이름. 참소(讒訴)를 당하여 임금을 만날 기회를 잃은 고뇌의 심정을 읊은 서정적 대서사시(大敍事詩)임. 楚辭(초사)의 기초가 됨.

石溪先生文集 卷二

석계선생문집 권2

시詩

오언사운五言四韻

계대에서 읊조림
溪臺口占

세상에 드문 이 넓고 텅 빈 곳을	曠世空虛地
나 이제야 찾아왔네	如今我聿來
집은 산속 나무숲을 따라 지었고	屋因山木搆
대(臺)는 강 구름 곁에 열려 있네	臺傍水雲開
햇볕을 피해 자주 자리를 옮기고	避日頻移席
꽃을 바라보며 혹 술잔을 나누기도 하리	看花或置罍
몇 년 안에 더욱 아름답게 될 것이니	數年應更勝
국화도 심고 매화도 심어보네	蒔菊又栽梅

바다를 바라보며
望海

한번 바다 고향(영해)을 떠나	一作海鄕別
산에서 산 지 이미 4년이나 흘렀네	山居已四年
뗏목 타기를 늘 마음속에 두어왔으나[128]	乘桴常繫念

---

128) 뗏목 타기를 늘 상 마음속에 두어왔으나 : 공자는 난세에 절망하고 끝없는 바다에 뗏목이라도 타고 도피를 하고자 하는 생각이 일어나, "도(道)가 행하여지지 아니하니 떼를 타고 바다에 뜰까 한다."(道不行 乘桴 浮于海.《논어》〈공야장〉)라 하였듯이, 이 시에서 보이는 '승부(乘桴)'라는 시어도 역시 세상에 관심을 두지 않으려 했던 작자의 심경을 드러낸 것이라 할 수 있다.

노 젓는 일은 인연이 없었네 　　　　　　作楫已無緣

한가한 날 다시 찾아와 감상할 제 　　　暇日重來賞

파도에 놀라 문득 시를 읊곤 했네 　　　驚波輒入篇

멀리, 붉은 글씨 남긴 노선(老仙)[129]들 생각나지만 　遠憶丹書老

푸른 하늘에게조차 물을 길이 없네 　　　無由問碧天

최혜길[130]이 안절사로 관동지방에 감을 전송하며
奉送崔候惠吉按節關東

중망(重望)에 뽑혀 겨우 체면은 살렸으나 　選重來蘇瘼

풍속을 다스림은 큰 명성 드러내지 못했네 　移風不大聲

한 고을만을 다스리는 건 마땅치 않으니 　不宜專一邑

다시 삼청[131]의 상을 받았네 　　　　　更許賞三淸

네 마리 말이 끄는 수레 번득이며 타고 가는 곳 　四駕翩騰處

천 개의 산길이 꼬불꼬불 얽혀 있네 　　千山道路縈

훗날 풍악산 아래에 노닐 때는 　　　　他年楓嶽下

반드시 소공[132]의 명성처럼 기록되리라 　定紀召公名

129) 노선(老仙) : 신라시대는 네 국선(國仙), 곧 영랑(永郎), 술랑(述郎), 안상(安詳), 남석(南石)을 이른다. 《고려사》 14, 《예종실록》 11년 4월)

130) 최혜길(崔惠吉, 1591~1662) : 자는 자적(子迪), 호는 유하(柳下), 본관은 전주(全州)이다. 영의정 명길(鳴吉)의 동생. 1623년 인조반정 후 공조 좌랑, 익찬(翊贊) 등을 지냈다. 1625년(인조 3) 문과에 급제했으며, 관직으로 대사성, 대사헌, 이조 참판 등을 지냈음. 성품이 온화하고 권세에 아부하지 않으며, 인조반정의 거사 계획에 참여했으나 공신에 책록됨을 사양했다.

131) 삼청(三淸) : 도교의 삼신(三神), 또는 선인(仙人)이 사는 옥청(玉淸), 태청(太淸), 상청(上淸)을 말하나 여기서는 경치가 아름다운 관동지방을 이름.

132) 소공(召公) : 천자(天子)의 명을 받들어 나라를 위해 많은 공을 세운 주(周)나라의 소강공(召康公), 석(奭)을 말함.

초당을 읊음
草堂吟

초가집은 산 중턱에 있는데	草屋當山臍
두어 칸 오두막은 가난에 허덕인다	數間貧起低
나막신 헤져도 깁는 일이 없지만	柴椏缺不補
꽃과 대나무 흩어져 밭이 없도다	花竹散無畦
더위를 씻어주니 거처는 여름나기에 마땅하고	濯熱居宜夏
아이들 깨우치고자 말을 가르치려 하네	求蒙語欲齊
일편단심은 밝은 촛불 같으나	丹心如皎燭
가르침이 없다면 일은 끝내 미혹되리	免敎事終迷

청송 최유연의 시에 차운함
次崔靑松有淵韻

산수를 깎아내어 개척한 곳	劈開山水處
관사(官舍)의 형세가 완연히 드러나네	面勢敞華堂
정치에 대해 물으면 사람마다 기뻐하고	問政人人悅
시를 들으면 글자마다 향기가 피어오르네	聆詩字字香
오직 모든 일 나에게 달렸으니	惟應盡在我
궁벽한 마을 반드시 막힐 필요는 없으리라	不必鄙窮鄕
낮은 길고 관아가 무사할 때면	晝永官無事
난간에 기대어 심은 뽕나무를 즐겨 보리라	凭軒翫稼桑

말 위에서 읊조림
馬上口占

아침에 영덕 인량리[133] 집을 떠나	朝辭仁里宅
날이 저문 뒤에야 석계 오두막에 이르렀네	暮至石溪廬

눈을 감고 가만히 달려온 길을 생각하며 · · · · · · · · · · · · · 合眼暗經歷
동자더러 날이 어느 때쯤 됐냐고 묻노라 · · · · · · · · · · · · · 呼僮測日車
이 한 몸은 바야흐로 말 위에 있고 · · · · · · · · · · · · · · · 一身方在馬
온갖 생각들은 유어처럼[134] 옹색하구나 · · · · · · · · · · · · · 百慮已游魚
낯익은 길이라 구비진 곳도 걱정 없으니 · · · · · · · · · · · · · 熟路無旁曲
내 행차는 빠르고 느릴 것도 없다네 · · · · · · · · · · · · · · · 吾行莫疾徐

선암사에서 느낌이 있어 읊음
仙菴寺有感

그윽하고 깊은 골짝 속의 절 · · · · · · · · · · · · · · · · · 窈窕當深處
웅장하게 상류에 자리잡았네 · · · · · · · · · · · · · · · · · 雄蟠占上流
지은 지는 얼마쯤 됐을까 · · · · · · · · · · · · · · · · · · 經營曾幾許
고상한 자태는 세월 속에 뚜렷하네 · · · · · · · · · · · · · · 輪奐宛千秋
달 밝은 오늘밤을 만나 · · · · · · · · · · · · · · · · · · · 皓月今宵會
황옹의 옛 자취를 남겼으니 · · · · · · · · · · · · · · · · · 黃翁舊跡留
내년 봄에 꽃이 만발한 다음 · · · · · · · · · · · · · · · · · 明春花發後
대지팡이 짚고 다시 오리라 · · · · · · · · · · · · · · · · · 竹杖更來遊

---

133) 인량리(仁良里) : 경북 영덕군 창수면 인량리로 창수면의 가장 동쪽에 자리 잡고 있다. 삼한시대에 우시국
    (于尸國)이라는 부족국가가 있어서 나라골이라고도 하며, 뒷산이 학의 날개가 펼쳐져 있는 형상을 하고 있다
    고 하여 내래골이라고도 한다. 석계의 생가가 있다.
134) 자신의 옹색한 처지가 처량하게 느껴진다는 말이다. 참고로 도잠(陶潛)의 시에 "구름을 쳐다보면 높이 나는
    새 보기 부끄럽고, 물을 굽어보면 노니는 물고기 보기 계면쩍다.[望雲慚高鳥 臨水愧游魚]"라는 말이 나온다.
    《도연명집(陶淵明集)》 권3 〈始作鎭軍參軍經曲阿作〉

기축년[135] 입춘에 기둥에 써 붙인 글을 보고
己丑春帖

지난해는 오십구 세였는데	行年五十九
올해 다시 육십 세가 되었네	今復六旬齊
손꼽아 지나온 해를 생각하며	屈指思經歷
돌이켜 보니 인품에 부끄럽네	回頭愧品題
이미 끝난 것을 알지 못하니	不知斯已矣
마치 깨워서 이끌어 주는 듯	如覺可提撕
감히 다가오는 새봄에 고하노니	敢告東君側
금년부터는 후회 없이 살게 해 주소서	從今免噬臍

사군 조문수[136]가 관직에서 파면되어 관동으로 돌아감을 전별을 하며【당시 조공(曹公)은 산성사(山城事)로 파직을 당하였으므로 두연(頭聯)에서 이를 언급한 것이다】
奉別曺使君文秀罷歸關東【時曹公以山城事見罷故經聯及之】

그대의 경륜은 나라의 그릇인데	承綸爲國器
작은 고을이라도 맡았음이 다행이네	幸此小州專
베푼 덕은 먼 곳까지 미치었고	惠澤行霑遠
어진 풍속이 변방에까지 퍼졌네	仁風且洽邊
오직 민생만을 확고히 하려 했을 뿐	惟知民可固
음흉한 무리와는 굳이 함께하려 한 일 없었네	不爲險徒堅
득실에 어떤 관심인들 두었으랴만	得失終何有
봉래산에서 귀양 가는 신선을 기다리는구나	蓬山待謫僊

---

135) 기축년 : 1649년(인조 27).

136) 조문수(曺文秀, 1590~1647) : 자는 자실(子實), 호는 설정(雪汀), 본관은 창녕(昌寧). 1624년(인조 2) 현감(縣監)으로 정시문과(庭試文科)에 급제, 지평(持平)·수찬(修撰) 등을 지냈으며 이후 좌승지 호조 참판 등을 역임했다. 1647년 강원도 관찰사로 부임하여 임지에서 죽었다.

우연히 송정에 나갔다가 느낌이 있어 읊음
偶出松亭有懷

이 산속에 누가 방문할 이 있겠는가	峽裏誰相問
베옷 입고 초야에 앉은 이 몸을	麻衣草坐身
가을산은 비단 자수로 둘러싸고	秋山圍錦繡
돌 여울은 순임금 음악을 연주하네	石瀨動韶勻
만학은 그 맛을 알기 어려우나	晚學難知味
은거하여 조금씩 참맛을 알아가네	幽居稍識眞
근원을 찾는 것도 이것에서 비롯되니	尋源自此始
맹세코 다른 사람에게 양보하지 않으리	矢不讓他人

새로 지은 집에 대해 우연히 읊음
新居偶吟

초라한 곳을 개척하여 새로 집 지으니	草草開新築
오두막은 반(半)이 상수리나무 껍질이네	茅廬半橡皮
산의 얼굴에다 점 하나를 찍어놓은 듯	山顔標一點
석보[137]라고 이름 한 것은 어느 때부터인가	石保號何時
속된 것 같으면서도 오히려 속되지 않고	似俗還非俗
어리석은 것 같으면서도 도리어 어리석지 않네	爲癡卻不癡
나무 책상 위의 몇 권 책을 벗 삼아	木牀書數卷
종일 펼쳐 읽으며 굶주림도 잊는다오	披讀可忘飢

---

137) 경북 영양군 석보면.

영양현에서 이사군에게 시를 보내고, 아울러 학관 권상원에게 보임
英陽縣奉呈李使君 兼示權學官尙遠

산골짜기가 영양현을 감싸 안고 있으니	峽擁英陽縣
문수산과 태백산에서 뻗어 내린 줄기다	文殊太白根
상류는 천하의 험한 곳	上流天險處
중국 땅의 혼란한 물소리에 근원한 듯	中國陸渾源
강락[138]도 알았다면 어찌 이르지 않았고	康樂何曾到
도연명은 동산을 만들려고 했으리라	淵明欲置園
북풍이 소설에 불어올 제	朔風吹小雪
입김으로 언 붓 녹이며 아침 햇볕을 읊누나	呵筆詠朝暾

입춘에 붙여
立春

깊은 산골짜기에 봄소식이 오니	深峽逢春信
고향 떠난 생각에 더욱 슬퍼지네	離懷益悵然
별자리의 운행은 어긋남이 없건만	星行無謬誤
세상사는 이미 어긋나서 엎어졌네	世事已乖顚
고삭례(告朔禮)[139]는 언제부터 행하였던가	告朔從何適
한 해가 바뀌려면 가장 먼저 쓰는구나	書年昧所先
꽃피고 잎 지는 건	花開又葉落
예나 지금이나 같은 하늘인데	今古一皇天

---

138) 강락(康樂) : 남조(南朝)의 사령운(謝靈運).
139) 고삭례(告朔禮) : 옛날 천자(天子)가 매년 계동(季冬)에 다음해 12달의 책력을 제후에게 나누어 주었는데, 제후는 이것을 받아 가지고 가 선조의 종묘에 간직해두고 매달 초하루에 양(羊)의 희생을 바치고 종묘에 고한 후 그 달의 책력을 꺼내어 나라 안에 펴던 일. 노(魯)나라 문공(文公)에 이르러 이런 일은 없어지고 다만 양을 바치는 습관만 남았으므로 전하여 쓸데없는 비용이나 허례의 뜻으로 쓰임.

서산 정사에서
西山精舍

홀로 띠집 처마 아래 앉아 있으니	獨坐茅簷下
봄 하늘에 흩날리는 실비 같구나	春天散雨絲
들꽃들 가까이 멀리 아득하게 피었고	村花迷近遠
강가의 제비들 번갈아 연못가를 날으네	江鷰喜差池
세상의 물태는 예나 지금이나 다름없건만	物態無今古
인정은 중화(中華)와 이적(夷狄)에 어둡네	人情昧華夷
장차 소나무를 유익한 벗으로 삼고자 함은	將松爲益友
눈보라 속에서도 맹세코 변함이 없기 때문이네	風雪誓無移

여름날 시냇가 정자에서
夏日溪亭

더위가 닥치니 다니기조차 괴로운데	觸熱行來苦
난간에 기대어 잠깐 연꽃을 바라보네[140]	凭軒乍濯淸
동그란 못은 깨끗한 물로 찰랑이고	池圓新水滿
나무는 익숙하게 짙은 그늘을 만들어 주네	樹老密陰成
처마가 짧으니 구름이 장막이 되고	簷短雲爲帳
뜰이 텅 비니 대나무는 병풍 되어주네	庭虛竹作屛
이 가운데서 사서(史書)를 즐기니	此中書史樂
날마다 옛 사람의 정을 살피리라	日見古人情

---

140) 염계(濂溪) 주돈이(周敦頤)의 〈애련설(愛蓮說)〉에 "나는 유독 연꽃이 진흙탕 속에서 나왔어도 거기에 물들지 않고, 맑은 잔물결에 씻기면서도 요염하지 않은 것을 사랑한다.[予獨愛蓮之出於淤泥而不染 濯淸漣而不夭]"라는 말이 나온다.

사간 김령[141)의 죽음을 애도함

輓金司諫坽

밝고 능하여 일을 처리함이 마땅했고	明能知事是
지혜는 백성을 밝게 다스림을 먼저 했네	智以炳民先
공락[142)에서 새로 임금에게 기용되었으되	鞏洛新登聖
춘산에 숨은 현인을 사모했네[143)	春山尙隱賢
어찌 병을 청탁한 일 꾸짖으리오	寧嫌托病誚
깊이 몸과 나이를 허여한 것을 후회하네	深悔許身年
경수(涇水)와 위수(渭水)[144)가 시사에 남았으니	涇渭存詩史
공의 마음은 후세에 전하리라	公心後代傳

---

141) 김령(金坽, 1577~1641) : 본관은 광산(光山), 자는 자준(子峻), 호는 계암(溪巖), 유성룡(柳成龍) 문인. 1613년 문과급제 승정원 주서(承政院注書)를 제수받았으나 광해군의 난정을 보고 귀향. 인조반정 후에 직강(直講)·지평(持平)을 거쳐 의주 판관(義州判官) 등을 제수 받았으나 부임하지 않았음. 이후로 세자시강원 보덕(世子侍講院輔德)·사간원 사간(司諫院司諫) 등 벼슬이 연이어졌는데 이는 인조나 조정 중신들의 공에 대한 지우가 그만큼 두터웠기 때문이다. 병자호란 때 예안(禮安)에서 의병이 일어나자, 가산을 털어 의병을 지원함. 시호는 문정(文貞)이며, 저서로《계암집(溪巖集)》이 있다.

142) 공락(鞏洛) : 공락은 전국시대(戰國時代) 한(韓)나라 영토 가운데 견고한 성이 있던 곳이다. 전국시대 책사(策士)인 소진(蘇秦)이 한나라 선왕(宣王)에게 유세하면서 "한나라는 북쪽으로 공읍(鞏邑)과 성고(成皐)와 같은 견고한 성과 연못이 있다." 하였음.(韓北有鞏成皐之固,《사기》〈소진열전〉) 여기서는 임금이 있는 한양을 가리킴.

143) 공락(鞏洛)에서 …… 현인을 사모했네 : 후한(後漢) 때 당춘산(當春山)에 은거한 엄광(嚴光)을 이름. 엄광은 어릴 때 후한의 임금 광무제(光武帝)와 함께 공부했는데, 광무제가 즉위하자 변성명하고 숨어살았다. 광무제가 그의 어짊을 생각하여 그를 찾아 간의대부(諫議大夫)를 제수하였으나 사양하고 부춘산에 은거하였음. 여기서는 김령이 벼슬을 마다하고 귀향한 것을 말함.

144) 경위(涇渭) : 옳고 그름과 청탁(清濁)에 대한 분별이 엄격함을 이르는 말이다. 원래 중국 섬서성(陝西省)에 있는 두 물 이름인데, 경수(涇水)는 물이 탁하고 위수(渭水)는 맑기 때문에 비유한 것임.

수은 이홍조[145]의 죽음을 애도함
輓李睡隱弘祚

타고난 품성은 원래부터 진실로 아름다우니	稟賦元洵美
갈고 닦아 빛난 것은 외가에서 하였네	磨光藉外家
우도[146]가 닭 잡는 데 잠깐 쓰였으나	牛刀曾少試
붕새의 길에 앉아서 길이 때를 놓쳤네	鵬路坐長蹉
세속의 늘 있는 정을 끊고	塵世常情息
운산에 뜻을 붙여 멀리 노닐었네	雲山託意遐
지난해 강화도 체결이 분명해지자	前年分華約
이제는 끝이로구나 하고 연하에 숨으셨네	已矣墮煙霞

백만호[147]의 죽음을 애도함
輓白萬戶

얼마 전 신촌에 새로 집을 지으니	曩卜新村宅
바람과 안개는 친근한 나의 이웃	風煙近吾鄰
서로 친히 지낸 것은 만년의 시절이지만	相從在晚節
인연을 맺은 즉 친인척이 되었네	托契卽姻親
그대 나이 바야흐로 일흔인데	行年方七十
아이의 나이 이제 겨우 세 살이네	兒齒始三春

---

145) 이홍조(李弘祚, 1595~1660) : 자는 여곽(汝廓), 호는 수은(睡隱), 본관은 한산(韓山)이다. 1636(인조 14) 병자호란이 일어나자 안동에서 의병장(義兵將)으로 향병(鄕兵)을 모아 서울로 진격하던 도중, 화의(和議)가 맺어졌다는 소식을 듣고 의병을 해산하였다. 1638년 자여도 찰방(自汝道察訪)을 거쳐 의금부 도사, 회인 현감 (懷仁縣監) 등을 지냈음.

146) 우도(牛刀) : 《논어》〈양화편(陽貨篇)〉에 '牛刀'라는 말이 나온다. 즉 이것은 공자가 자유(子游, 언(偃))가 다스리는 무성(武城) 고을에 가서 예악(禮樂)이 울리는 소리를 듣고 빙그레 웃으며 자유에게 "닭을 자르는데 어찌 소 잡는 큰칼을 쓰느냐.[割鷄 焉用牛刀]"고 하자, 자유가 "전에 제가 선생님에게 들건대, 군자가 도를 배우면 백성들을 사랑하고, 소인이 도를 배우면 부리기 쉽다고 하였습니다.[昔者偃也 聞諸夫子 曰 君子學道 則愛人 小人學道 則易使也]"라 한 대답 그것을 가리킨다.

147) 백만호 : 이름은 수산(守山), 자는 망여(望汝), 본관은 수원(水原)이다. 만호(萬戶)는 관직명이다.

갑자기 산 자와 죽은 자가 되었으니   忽忽成存歿

귀신에게 따지려 해도 물을 길 없네   無由問鬼神

정석문공에게 서문과 함께 삼가 올립니다

奉寄鄭石門 幷序

정 진사(鄭進士) 어른이 진안(眞安)[148]의 북쪽에 땅을 얻었다. 안으로는 산수에 몸을 맡긴 그윽함이 있고, 밖으로는 석문(石門)의 빼어난 곳이 있다. 세상의 티끌이 이미 멀고 사람의 자취도 이름이 드무니 따로 하나의 신선의 땅이었다. 집 아래에는 땅을 파서 네모난 연못을 만들었는데, 연못의 사방 주위는 모두 흰 돌로 되어 있어서 번드르르하게 흰 모습이 사랑스럽다. 연못에는 포개어 쌓인 돌들이 섞이어 널려있는 모습이 짐승들이 엎드려 있는 듯 뿔 없는 용이 서리어 있는 듯하다. 많게는 여러 마리가 앉아 있는 듯하고 작게는 나란히 쭈그리고 앉아 있는 듯하다. 드문드문 놓인 돌들은 더러 다리 가에 있고, 가까이 있는 돌들은 또한 뛰어오는 듯한 모습이다. 푸른 물결 속에는 외로운 섬이 점점(點點)이 놓인 듯한데 물결과 더불어 드러났다 잠겼다 한다. 바람이 조용하고 달빛이 맑을 때면 더욱 기이한 모습으로 드러난다. 연목 서쪽에는 조그마한 집이 있다. 그곳에는 서적과 바둑판, 거문고와 술동이, 안석과 지팡이 등이 갖추어져 있다. 어른이 이곳에 거처하면서 아침저녁 가서 바라보며 즐겨하였다. 북쪽에는 또 몇 칸 모옥이 있다. 이곳에 관자(冠者), 동자(童子)들이 들어가 글을 읽었다. 때로 가뭄이 들면 샘물을 끌어다 연못에 물을 대었다. 새로 심은 연꽃들은 바야흐로 무성했고, 기르는 물고기들 떼 지어 노닐었다.

연못 언덕은 곱고 평평한데, 맑은 모래로 넓고 넓으며, 두텁게 사초[149]로 깔려 있어 자리삼아 앉을 수 있다. 소태나무, 국화, 봉숭아, 버드나무 등이 이리저리 심어져 있고, 소나무가 심어져 있다. 연못을 보면 네모진데, 그 안에 들어서면 깜짝 놀라 눈이 휘둥그레져 천연(天然)의 것인지 인위(人爲)의 것인지를 구분할 수가 없다. 아! 물과 산을

---

148) 진안(眞安) : 현(縣) 이름. 지금의 경상북도 청송군(靑松郡) 진보면(眞寶面) 지역에 있다. 본래 고구려의 조남현(助攬縣)이었는데, 신라 경덕왕(景德王) 때에 진안으로 고쳐 야성군(野城郡)에 붙였다가, 고려 태조 때 진보현과 합하여 보성부(甫城府)로 하였다.(《삼국사기》35〈地理志〉,《신증동국여지승람》25〈경상도 진보〉)

149) 사초 : 향부자. 방동사니과에 속하는 다년초 식물.

물외(物外)에 붙인 것을 안목이 있는 자라면 또한 보고 알 수 있을 것이다.

땅 가운데 비밀스럽게 감춰진 것을 얻기를 주머니 속의 물건을 찾듯 쉽게 했으나 사람이 만들어서 배치해 둔 것도 조물주의 만든 것과 거의 닮았으니, 이는 세상을 초월하여 지혜를 비워둔 사람이 아니면 결코 그렇게 이르게 할 수 없는 것들이다. 변변찮은 나 역시도 한두 번 가서 보았는데 문득 마음이 깨이곤 하였다. 세속의 인연이 바야흐로 몸에 미칠 때면 비로소 이곳에 갔다가 곧장 돌아오곤 했는데, 한갓 바라보기만 하여도 신선이 된 듯하여 문득 비루함을 잊는다. 감히 질장구 치는 풍류를 내어 보았으니 거듭 명구에[150] 누(累)를 끼칠까 두렵다.

鄭進士丈得地於眞安之北 內有臨泉之幽 外有石門之勝 世塵旣遠 人跡罕到 別一仙區也 屋下又穿方塘 四圍皆白石 膩縞可愛 池中累累錯列 獸伏螭蟠 大而衆坐 小猶幷踞 稀或橋緣 近且躍至

有同滄瀛之中 孤嶼點點 與波出沒 風恬月淡之際 尤見其奇 池西置小屋子 有圖書棋局琴樽几杖 吾丈居之 晨夕瞰臨以爲樂 其北又置數間茅舍 藏冠童讀書 時値旱乾則引泉灌池 新種芙蕖方盛 養魚數隊 池岸令夷衍 鋪以明沙 衣以厚莎 可藉而坐 散植杞菊桃柳 外樹萬松 視池爲方 入其內 錯愕睢盱 莫辨其天作與人爲也 吁流峙之寓於物表者 明眼者猶可見而知之 得地中秘藏易如探囊 而造作排置 酷似造化 則非超世曠智 決不能至耳 賤生一再參到 見輒醒心 而俗緣迫 纔到遽還 徒望之若神仙而已 輒忘卑陋 敢效拊缶 恐重貼名區之累也

토지의 신께서 기이한 곳을 잉태해 숨겨 두었던 곳	富媼胚奇怪
이 지형을 찾은 것은 안목의 힘으로 말미암은 것이네	探形由目力
감추어 봉해 둔 혼돈의 땅을 비로소 열어젖히니	緘藏混闢初
그 맥을 엿보아낸 것은 마음을 비웠기 때문이네	覰脈所心虛
연못은 모두 하늘이 만든 것이요	池域天皆作
돌들은 짐승들 섞여 노는 모습이었네	雲根獸錯居

---

150) 명구 : 서석지(瑞石池)를 말함. 서석지는 1613년(광해군 5) 성균관 진사를 지낸 석문(石門) 정영방이 만든 연못으로, 조선시대 민가의 대표적인 정원 유적이다.

신묘한 솜씨는 꾸밈을 사양했으니	神功謝文餙
이 기이한 일 어찌 자랑하려 구한 것이랴	異事豈要譽

휘일[151]이가 봉원으로 가는 것을 전송하며
送徽兒遊鳳院

네가 봉원으로 가는 것을 전송하노니	送汝往鳳院
너를 찾는 벗의 간절함이 아름답구나	嘉汝求友切
어느 곳에서 발자취를 머물 것인가	幾處留行躅
강가의 어떤 기이한 선비가	河上有奇士
뜻을 옛 학문에 두려고 하여	志欲爲古學
공부에 힘쓰라고 말을 붙이니	寄言相勉力
도(道)에 참 목적을 찾으려무나	於道尋眞的

통제사 윤소의 죽음을 애도함
輓尹統制熽

내 사는 숲속 길을	吾居荊棘路
그대 몇 번이나 왔다 갔던가	幾度閱遷臣
이 늙은이 처음 볼 제	此老爲初見
전인의 공(功) 후인의 것이 아님을 알았네	前功不後人
간원(諫院)에서 의론을 편 것이 얼마이며	薇壇多少議
훗날에 시시비비는 진실이었네	他日是非眞
상여가 남한산성[152]을 지날 때	旅櫬經南漢

---

151) 휘일 : 이휘일(李徽逸, 1619~1672)을 말한다. 본관은 재령, 자는 익문, 호는 존제(存齋)이며 이시명(李時明)의 둘째 아들, 장흥효의 외손. 저서로 《존제집(存齊集)》이 있음.

152) 남한산성 : 남한산과 계곡을 둘러싸고 있는 산성. 백제의 왕도(王都)였으며, 경기도 광주군 중부면에 소재하고 있다. 1595년(선조 28) 축조, 병자호란 때 인조 임금이 피난했었지만 결국은 45일 만에 굴욕적 항복을 한 옛 전장(戰場)이다.

가을의 넋은 옛 봄날을 한탄할 것이네 　　　　　　　　　　秋魂尙恨春

성주[153]의 전일에 차운함
次城主前日韻

문장은 진실로 여러 갈래지만 　　　　　　　　　　　　　文章固多路
결국에 귀중한 건 시를 궁구하는 것 　　　　　　　　　　畢竟貴詩窮
외물(外物)을 보고 사람이 순박함을 안다면 　　　　　　見外人知樸
마음으로 인하여 나와 저절로 통하니 　　　　　　　　　因心我自通
어찌 경박한 문체를 논하랴 　　　　　　　　　　　　　　寧論輕薄體
걸핏하면 전모풍(典謨風)[154]을 말하네 　　　　　　　　動則典謨風
그 남은 정서를 미루어 넓혀 가면 　　　　　　　　　　　餘緒能推廣
백성들에게 은혜를 입게 할 것이네 　　　　　　　　　　生民被惠功

고향에 가서 느낀 바를 읊음
歸鄕有感

집 떠나온 날 손꼽아보니 　　　　　　　　　　　　　　屈指移家日
삼 년이나 영외의 사람 되었네 　　　　　　　　　　　　三年嶺外人
지형이 안팎으로 떨어져 있어 　　　　　　　　　　　　地形分內外
풍기도 겨울 봄이 달랐네 　　　　　　　　　　　　　　風氣異冬春
친구들 얼굴 모두 잊었고 　　　　　　　　　　　　　　親故皆忘面
마을도 이미 이웃도 변했네 　　　　　　　　　　　　　鄕閭已變隣
정원의 꽃만 예처럼 웃어주지만 　　　　　　　　　　　園花依舊笑
이 꽃 마주하니 은근히 슬퍼지누나 　　　　　　　　　　對此暗傷神

---

153) 성주(城主) : 성을 지키는 수장.
154) 전모풍(典謨風) : 요전(堯典)·순전(舜典)·대우모(大禹謨) 등과 같은 고전.

닥실[155)

楮谷

'닥실'이라 전하는 그 이름 예스러운데	楮谷流名古
마을의 형체는 잡초에 묻혀 있네	形文沒草萊
우연히 절기 때 모였건만	偶然時節會
홀연히 귀신이 나올 듯했네	忽若鬼神來
암석은 어디서 굴러 나왔으며	巖石從何出
못과 도랑들 하루에 열린 것 아니었네	池渠不日開
높은 곳에 올라 두 눈으로 돌아보니	登臨勞兩眼
새벽달만 느리게 돌고 있었네	殘月爲遲回

도광 황중윤[156)의 죽음을 애도함

輓黃道光中允

해악(海嶽)의 정신을 모은 그대	海嶽精神聚
정말 황정견(黃庭堅)[157)의 후신이네	庭堅有後身
문장은 한세상을 울렸고	文章喧一世
인격은 뭇사람 감동시켰네	標格動羣倫
일찍이 세상의 심한 상처도 감내하고	嗜味曾傷毒
전원에 몸을 맡겨 진(眞) 얻었었네	投閒更得眞
처마가 무너지듯 그대 또한 죽으니	軒頹君又逝
풍월은 그 누구에게 부탁할 건가	風月屬誰人

---

155) 저곡(楮谷) : 영덕군 창수면 오촌리에 있음. 오촌에서 으뜸되는 마을로 옛날 닥나무가 많았다 함.

156) 황중윤(黃中允, 1577~1648) : 본관은 평해(平海). 은사(隱士). 자는 도광(道光), 호는 동명(東溟). 저서로 《동명선생문집》이 있음.

157) 황정견(黃庭堅) : 북송(北宋) 시인. 자는 노직(魯直), 호는 산곡(山谷). 벼슬은 비서승(秘書丞)·국사원편수관(國史院編修官)에 이름. 강서시파(江西詩派)의 조(祖)로서 시는 소동파와 병칭되었으며 사(詞)에 능했고, 서예가로서도 송대 4대가의 한 사람으로 꼽힌다. 저서로는 《예장황선생문집(豫章黃先生文集)》·《산곡금취외편(山谷琴趣外篇)》·《산곡정화록(山谷精華錄)》이 있다.

수산에서 시구를 이어 읊음
首山聯句

아름다운 객들 기약도 없이 모여	嘉客不期會
산속에서 기이한 일을 쓰노라(석계)	山中記異事
태양 따라 기우는 해바라기 성품은	傾陽葵藿性
춘추의 의를 펴내었고(표은)[158]	汗竹春秋義
해와 달은 남경에서 저무니	日月南京暮
의관은 조선에서 눈물 흘렸네(두곡)[159]	衣冠左海淚
시는 마흔 자를 이루니	詩成四十字
송백은 세한에 뜻을 세우네(행정)[160]	松柏歲寒志

성원 오익[161]의 죽음을 애도함
輓吳性源瀷

영산은 진실로 형세가 뛰어나니	英山固形勝
맑은 기운은 수많은 영웅들을 배출했네	淑氣釀諸英
아름다운 풍도는 금인(今人)의 자태가 아니며	儀度非今態
문사는 옛 도를 얻었네	文詞得古刑
마을 사람들 빈번히 우러러 공경했건만	鄕園頻聳望
도성에선 끝내 이름을 드러내지 못했네	都府竟空名
국로의 명예가 주어지자 같은 날 장례식이었으니	大耋因同葬
인간 세상에 또한 하나의 영화로운 일이네	人間亦一榮

---

158) 표은(瓢隱) : 김시온(金是榲, 1598~1669)의 호이다. 본관은 의성(義城), 자는 이승(以承)이다. 병자호란 이후 인근 수령과 관찰사가 문학기덕(文學耆德)으로 조정에 천거하여 관직을 제수하였으나, 끝내 응하지 않고 숭정처사(崇禎處士)라고 자칭하였다. 저서로는 《표은집》이 있다.

159) 두곡(杜谷) : 홍우정(洪宇定, 1595~1656)의 호이다. 본관 남양(南陽). 자는 정이(靜而), 호는 두곡(杜谷). 22세 때 진사시에 합격함. 병자호란을 당해 두문불출. 인조반정 후 공조 좌랑·태인 현감(太仁縣監)·황간 현감(黃澗縣監) 등에 제수됨.

160) 행정(杏亭) : 권식(權軾, 1423~1485)의 호이다.

161) 오익(吳瀷, 1591~1617) : 자는 성원(性源), 호는 우제(愚齊). 오극성(吳克成)의 아들로 영양 대천리(大川里)에서 태어났다. 일찍이 황여일(黃汝一) 문하에서 수학함. 유고로 《우재집》이 전한다.

시詩
칠언사운七言四韻

우연히 지음
偶成

인간사 변천을 자세히 살펴보니	點檢人間事變遷
고금에 흩어졌다 모이는 것 바람과 안개 같구나	古今離合似風煙
조선의 문헌은 삼천 년 역사인데	小邦文獻三千歲
중국 군신은 일만 년 역사라	中國君臣一萬年
가만히 헤아려 보건대 참된 선비 몇이나 있었던가	默數眞儒幾箇在
훌륭한 정치 추구한 사람 전하는 것 많지 않네	追求善治不多傳
분명히 성리학은 모두가 중정의 이론인데	分明性理皆中正
천하는 도도하게 흐르나 스스로 편벽하였네	天下滔滔自作偏

덕재 유인배[162] 표형의 유거시(幽居詩)에 차운함
次柳德栽仁培表兄幽居韻

인생에서 편히 살려면 인(仁)에 의지해야 하는데	人生安宅是仁依
택선을 누가 능히 일 년을 지킬 수 있는가	擇善誰能守得朞
자기가 담당하는 스승은 사양하지 아니하고	己所擔當師不讓
사사롭게 극복해 간다면 성인도 기약할 수 있으리라	私如克去聖可期

---

162) 유인배(柳仁培, 1589~1668) : 자는 덕재(德栽), 호는 원계(猿溪), 본관은 전주(全州)이다. 14세 때 경당(敬堂) 장흥효(張興孝) 문하에 나가 수학함.

공부란 나에게 있어 밖을 말미암은 것 아니니	工夫在我非由外
성도가 모두 하늘이니 물을 필요 없으리라	性道皆天莫問時
궁행(躬行)의 문호처[163]를 알려고 할진댄	欲識躬行門戶處
남용이 백규시[164]를 반복한 것을 생각하라	南容三復白圭詩

돌아가신 고조부 부학공의 가평관 서령 시에 삼가 차운함
敬次高王考副學公嘉平館西嶺韻

생각건대 우리 선조의 영혼 하늘에 계시지만	念我先靈陟在天
백 년 동안 이어온 그 명성 물어볼 사람 없네	百年聲響問無緣
중국 사신과 주고받은 아름다운 시 십여 편 남아 있고	皇華酬唱留佳什
옥서[165]에 빛난 재주 열선[166]에 비하였네	玉署蜚英比列仙
세대가 지금에 이르도록 구업[167]에 연유되어 있건만	世代祇今緣舊業
묘지가 또한 멀리 있어 쓸쓸한 안개같이 적막할 뿐이네	松楸尙遠閟寒煙
여러 후손들 선대의 사업을 빛내고자 뜻할진댄	餘孫志欲休前烈
우물을 파되 샘물 보일 때까지 끝까지 파야 하리라	掘井終期見渫泉

역을 읽음
讀易

산창(山窓)[168]에 고요히 앉아 역경을 읽노라니	山牕靜坐讀義經

---

163) 문호처(門戶處) : 도에 드는 문.
164) 남용(南容)이 …… 반복한 : 남용은 성이 남용(南容), 이름은 괄(适)이다. 공자제자이며 질부(姪婦)이다. 《논어》〈선진편〉에서 이른 바, "남용이 백규(白圭 : 백옥으로 된 규) 시를 되풀이하여 외웠다.[南容 三復白圭]" 한 것은 그만큼 그의 언행상에 신중성이 있었음을 가리켜서 말하는 것이다.
165) 옥서(玉署) : 홍문관(弘文館)의 별칭.
166) 열선(列仙) : 열선전(列仙傳). 중국 한나라 유향(劉向) 지음.
167) 구업(舊業) : 예전부터 가문에 전해오는 사업.
168) 산창(山窓) : 산을 향해 있는 집 창문.

비로소 하늘을 엿본 듯 눈이 점차 형통하네 　　　始若窺天眼漸亨

유리[169]에서 갇혔지만 근심에서 일으켰고 　　　羑里雖因憂患作

주공은 실로 지혜를 내어 미묘한 기미에 밝았네 　　周公實發妙機明

민생의 득실에 문호를 열고 　　　　　　　　民生得失開門戶

나라 안위에 국량을 보였네 　　　　　　　　君國安危示量衡

전편의 숨어 있는 뜻을 알려고 할진댄 　　　　要識全篇可蔽意

모름지기 경의로써 진심을 다해야 하리라 　　　須從敬義盡心行

동짓달 14일에 동생 제숙[170] 이시성이 여러 집의 아들 및 여러 집의 조카 손자들을 데리고 내 생일에 눈을 무릅써가며 와서 모였다. 이날, 어버이 생각에 눈물이 난 때이니 어찌 차마 술잔 잡아 즐겨 해서야 될 것이랴마는 내, 금년에 나이 일흔 세 살이 되자 동생과 아이들이 또한 정례(情禮)로서 술잔을 강권(强勸)하니 끝내 거절할 수 없었다. 주중(酒中)에 느낌이 있어, 이어 율시 하나를 짓고서 여러 아이들로 하여금 모두 그 뜻에 차운하게 하였다

至月十四日 舍弟濟叔時成 率諸兒曁諸姪孫 以余生日 冒雪來會 此日乃余思親涕泣之辰 安忍挹盃爲樂 然余今年七十有三矣 弟兒輩亦以情禮强之 不得終拒 酒半有感懷 仍成一律 令諸兒悉次其意云

아침 일찍 일어나 옷을 단정히 하고 오두막에 앉았노라니 　　晨興靚服坐茅椽

문득 마음이 온통 고요해짐을 깨닫노라 　　　　　　　斗覺胸襟更靜專

양기가 동지(冬至) 후에 은밀히 성장하니 　　　　　　陽氣潛生南至後

눈 덮인 산도 북풍의 불기 이전에 완연히 바뀌누나 　　雪山宛轉朔吹前

세상에 오랑캐를 받아들였단 말 들으니 근심되고 　　愁聞天下容戎醜

걱정스레 사람들 마음을 보니 성현으로부터 시작해야 되리 　悶見人心自聖賢

아이 종 불러 술 한 잔을 따르게 하고 　　　　　　　且喚家僮斟一盞

시 읊어 금일이 태평하길 비누나 　　　　　　　　做成今日太平年

---

169) 유리(羑里) : 은나라 주왕(紂王)이 주(周)나라 문왕을 유폐(幽閉)한 곳.

170) 제숙(濟叔) : 이시성(李時成)의 자(字).

상일[171]의 차운시
附伏次 男尙逸

수비의 남쪽 오두막 두어 칸	首比之陽屋數椽
어머님과 형제들 모이니 화락하기만 하네	春萱棠棣樂俱專
별자리는 점점 바뀌어 양의 기운 점점 자라고	星躔漸改陽生後
달이 이지러지려고 하니 명협(蓂莢)[172]은 보름 앞에 자라네	月魄將消蓂望前
효와 공경으로 집을 이루니 멀리까지 미치리라	孝弟成家而及遠
시서로 학업을 닦아 어진 사람 되길 바라네	詩書居業是希賢
우리 가문의 복과 경사 그지없으니	吾家福慶知無極
시경의 〈인지〉, 〈종사〉편[173]을 해마다 읊으리라	麟趾螽斯賦每年

휘일의 차운시
又 男徽逸

시를 짓는데 어찌해야 붓이 서까래 같을까	題詩安得筆如椽
여러 해 학업에 전심하지 못한 것 부끄럽도다	慚愧年來業不專
화목한 기운 집에 가득하니 추위가 절로 멎고	和氣滿堂寒自戢
색동옷 소매 서로 잡고 앞 다투듯 춤을 추네[174]	斑衣聯袂舞爭前
하늘이 즐거움을[175] 온전히 해주니 너무 기쁘고	天全二樂方欣慶

---

171) 이상일(李尙逸, 1611~1678) : 시명(時明)의 장자(長子). 자는 익세(翼世), 호는 정묵재(靜默齋). 1633년(인조 11) 진사시에 합격, 장릉참봉(長陵參奉)에 제수되었으나 나가지 않았다. 32세 때 단산서원(丹山書院) 원장을 역임하였으며, 영남소수(嶺南疏首)로 우율척향소(牛栗斥享疏)를 올렸다.

172) 명협(蓂莢) : 요임금 때 조정의 뜰에 난 상서로운 풀이름. 초하룻날부터 매일 한 잎씩 나서 자라고 열여섯째부터 매일 한 잎씩 져서 그믐에 이르는데, 이것에서 달력을 만들었다 함.

173) 인지, 종사편 : 〈인지지(麟之趾)〉, 〈종사(螽斯)〉는 《시경》 〈주남〉 속의 시편명이다. 〈인지지〉는 집안에 훌륭한 자손들이 많음을 기린 시이며, 〈종사〉는 자기 집안의 자손이 번성할 것을 바라는 내용을 담고 있다.

174) 색동옷에 …… 춤을 추네 : 연로한 부모의 생신을 맞아, 자식이 채색 옷을 입고 어린애 흉내를 내는 것이다. 중국 주(周)나라 때 노래자(老萊子)는 나이 일흔이 되어서도 어린애 흉내를 내고 채색 옷을 입어 양친을 기쁘게 했다고 한다.

175) 맹자의 군자삼악중(君子三樂中)의 두 가지 즐거움, 즉 부모가 모두 살아 계시고 형제들이 무고한 제일낙(第一樂)과 제이낙(第二樂)인 천지를 향해 조금도 부끄러울 것이 없는 마음을 가진 것.

마음은 새롭게 공부하여 성현 배우기를 바라네 心做新工願學賢
짧은 노래 짓기 위해 한 가락을 이으니 爲賦短歌賡一闋
아버님, 금년엔 더욱 복 많이 받으시길 益膺多祚自今年

현일[176]의 차운시
又 男玄逸

적막한 마음 채연[177]을 사모하길 기약하니 寂寞心期慕采椽
기산(箕山) 영수(潁水)[178]만 못해도 은거의 뜻은 더욱 분명하네 不圖箕潁意還專
그 마음 어찌 티끌세상에 살고 싶어 하겠는가 靈臺肯許留塵滓
세변(병자호란)이 내 앞뒤 시대가 아님에 상심하시네 世變堪傷不後前
저 형수[179]는 아침마다 서로 다정하게 꽃피우니 荊樹朝朝交暎蔓
이(鯉)의 뜰[180] 자손들은 일마다 현인을 배우려 하네 鯉庭事事要希賢
고요한 집에 밤늦도록 재미난 이야기 그쳐갈 때 虛堂夜久喧囂息
가곡으로 모두들 아버님의 만수를 기도하네 歌曲渾祈壽萬年

---

176) 현일 : 이현일(李玄逸, 1627~1704)을 말한다. 자는 익승(翼昇), 호는 갈암(葛菴). 이시명(李時明)의 셋째
아들로 영해읍 인량리에서 출생함. 뒤에 영양군 석보면과 수비면으로 옮겨 살았다.

177) 채연(采椽) : 요순(堯舜)의 덕행(德行)을 말한 가운데 "요순은 당의 높이가 석 자였고, 흙으로 쌓은 섬돌은
세 단이었으며, 지붕을 인 띠풀은 가지런히 자르지 않았고, 서까래는 벌채한 대로 쓰고 다듬지 않았다.[堂高三
尺 土階三等 茅茨不翦 采椽不斲]"고 한 데서 온 말이다.

178) 기산 영수(箕山 潁水) : 이것은 요(堯)임금 때 허유(許由)가 기산에 은거하여 영수에 귀를 씻었다는 고사에
서 나온 것으로 절개를 지켜 은둔함을 가리키는 뜻이다.

179) 형수(荊樹) : 경조(京兆)의 전진(田眞) 삼 형제가 분가하려고 재산을 분배하다가 당(堂) 앞에 있는 자형수(紫
荊樹) 한 그루를 나눌 길이 없어 베어서 세 조각으로 나누기로 하였는데, 다음 날 가서 보니 나무가 시들어
있었다. 이에 사람이 나무만 못함을 반성하고 다시 재산을 합치고 나무를 베지 않기로 하자 나무가 다시 살아
났다. 《속제해기(續齊諧記)》 여기에서는 형제간의 우애를 가리킨다.

180) 이(鯉)의 뜰[鯉庭] : 아들이 아버지의 가르침을 받는 것을 말한다. 공자가 하루는 홀로 서 계실 때에, 이(鯉
: 공자의 아들)가 종종 걸음으로 뜰을 지나가는데(趨而過庭) 공자가 "너는 《시경(詩經)》을 배웠느냐"라고 묻
고 《시경》을 배우게 하였으며, 또 "《예기(禮記)》를 배웠느냐"라고 묻고 《예기》를 배우게 하였다.(《논어》〈계
씨(季氏)〉)

숭일[181]의 차운시

又 男嵩逸

소상[182]은 일찍이 패읍[183]의 서까래였는데	蕭相曾爲沛邑椽
굉재불비(宏才不鄙)[184]가 작은 벼슬 맡았었네	宏才不鄙小官專
당년엔 그 명망 보통사람에도 못 미쳤건만	當年名在常人後
훗날엔 그 공로 남들보다 앞섰다오	異日功居汗馬前
시무(時務)에 힘썼으나 준걸이 아님을 부끄러워했고	識務自慚非俊傑
세상을 바로잡은 영웅들보다 못함에 길이 한탄하네	匡時長恨乏英賢
북당[185] 어둔 밤 풍설이 불어대는데	北堂風雪黃昏後
다시 아버님께 남은 술 권하며 만수를 비네	更酌餘樽祝萬年

정일[186]의 차운시

又 男靖逸

오늘 술동이를 열고 작은 집에 함께 모여	此日開樽共小椽
세상의 세 가지 즐거움[187]을 온 식구가 함께했네	世間三樂一家專

181) 숭일 : 이숭일(李嵩逸, 1631~1698)을 말한다. 시명의 넷째 아들. 자는 응중(應中), 호는 항재(恒齋). 영해읍 인량리에서 출생함. 뒤에 영양군 석보면으로 옮겨 살았다. 1689년(숙종 15) 나라에서 인재를 천거 기용할 때 능서랑(陵署郞)에 제수되고, 이듬해 세마(洗馬)에 제수되었으나 모두 부임치 않았다. 1691년 장악원주부에 제수되어 부임하고 이듬해 의령현감으로 출사하였다. 그는 현감에 부임하자 곧장 백성들에게 폐해가 되는 일은 모두 없애고, 민가의 딱한 사정을 찾아내어 억울함을 풀어주고, 전통적인 미풍양속을 바탕으로 백성들을 다스렸다. 1694년(숙종 20) 갑술환국(甲戌換局)으로 셋째 형 이현일이 종성(鍾城)으로 유배되자 상심하여 사직 낙향 후, 신병으로 와석(臥席) 중 68세로 돌아가셨다.

182) 소상(蕭相) : 소하(蕭何)를 말한다. 한대(漢代) 삼걸(三傑)의 한 사람. 고조(高祖)를 도와 천하를 다스리고 정후(鄭侯)가 됨. 한(漢)나라의 율령(律令)은 주로 그가 제정하였다. 삼걸(三傑) 중 나머지 두 사람은 장량(張良)과 한신(韓信)이다.

183) 패읍(沛邑) : 한(漢) 고조(高祖)의 고향. 지금의 강소성(江蘇省) 패현(沛縣).

184) 굉재불비(宏才不鄙) : 큰 재주를 가져 비루함이 없는 사람.

185) 어머니가 거처하는 집.

186) 정일 : 이정일(李靖逸, 1635~1704)을 말한다. 시명(時明)의 다섯째 아들. 자는 경희(景羲), 호는 정우재(定于齋). 영양군 석보면에서 출생함. 경학(經學)은 물론 천문(天文)·지리(地理)와 의서(醫書)를 비롯, 음악 이론에 이르기까지 조예가 깊었다. 시정(時政)에 대한 상소를 올리기도 했으며, 또 현량방정과(賢良方正科) 실시로 인재선발을 할 것을 극간(極諫)하였다.

옛 도를 배우고 말과 행동 어긋나니 심히 부끄럽고　　　深慚學古言違行
또 굳게 먹은 마음 전후로 어긋날까 두렵네　　　且畏操心後戾前
포슬[188]로 백성들 아파할까 부질없이 걱정하고　　　抱膝謾愁民有疾
책을 덮고 몰래 나라에 현인 없음을 탄식하네　　　廢書潛歎國無賢
천도란 닫히면 마땅히 열린다는 것을 아니　　　從知天道闔當闢
어느 해에나 의관을 다시 볼 수 있을까　　　復覩衣冠在幾年

융일[189]의 차운시
又　男隆逸

어지럽게 날리는 눈발 오두막을 때리는데　　　紛紛飛雪打茅椽
이 밤에 술동이 여니 흥이 더욱 일어나네　　　當夜開樽興更專
즐거운 것은 민중들보다 뒤에 할 것 생각하고　　　爲樂吾思居衆後
깊은 걱정은 누구보다도 앞서 하리로다　　　深憂誰復在人前
시를 논함에 평생토록 졸렬함이 스스로 부끄럽고　　　論詩自愧平生拙
세상살이 말할 때 하루 더한 것[190]을 자랑하였네　　　談世差誇一日賢
갑 속의 칼날은 날카로운데 고법에는 둔하니　　　匣裏鋩寒有古釰
이 마음 오랑캐 사로잡는 날 길이 비치리라　　　此心長照擒胡年

---

187) 세 가지 즐거움 : 맹자가 말한 군자의 세 가지 즐거움 중에 첫째의 즐거움과 둘째의 즐거움을 말한다. 첫째의
　　즐거움은 부모가 다 생존하고, 형제들에 연고가 없는 것이며, 둘째의 즐거움은 우러러 보아서 하늘에 부끄럽지
　　않고, 굽어보아서 사람에게 부끄럽지 않은 것이다. 셋째의 즐거움은 천하의 뛰어난 인재를 얻어서 교육하는
　　것이다.《맹자》〈盡心 上〉
188) 포슬(抱膝) : 촉한(蜀漢)의 승상(丞相) 제갈량(諸葛亮)이 출사(出仕)하기 전 남양(南陽)에서 몸소 농사를 지
　　을 때 〈양보음(梁甫吟)〉이란 노래를 지어 매일 새벽과 저녁이면 무릎을 감싸 안은 채 길게 불렀다 한다. 포슬
　　(抱膝)은 무릎을 감싸 안는다는 뜻이다. 포슬음은 고인(高人)과 지사(志士)의 시를 뜻한다.
189) 융일 : 이융일(李隆逸, 1639~1698)을 말한다. 시명(時明)의 여섯째 아들. 자는 자약(子躍), 호는 평재(平
　　齋). 영양군 석보면 주남리에서 출생함. 그는 예학(禮學)과 명농치포(明農治圃)에 밝았으며, 선업(先業)을 받
　　들고 후진양성에 전심하였다. 저서로《평재집》이 있음.
190) "비록 하루를 더하더라도 그만두는 것보다는 낫다.[雖加一日 愈於已]"라고 하였다.《맹자》〈진심 상〉

운일[191)의 차운시

又 男雲逸

이 띠집에서 수석 잔치[192) 자주 여니	壽席頻開此茆椽
인간사 지극한 즐거움 한 집에 가득하네	人間至樂一堂專
인(仁)을 행할 때는 양보하지 않을 것을 생각하고	當仁自擬師無讓
이(利)에는 말도 앞서지 않는다고 누가 말했던가	臨利誰稱馬不前
누항에 침잠하는 것은 안회의 낙[193)이요	陋巷沈潛顏氏樂
수양산을 우러르니 백이의 어짊이로다	首山景仰伯夷賢
빠른 세월 흘러가면 다시 오지 않으리니	流光荏苒知難再
모름지기 공부에 뜻 붙여 장년에 이르리라	須着工夫及壯年

청량산을 유람함

遊淸凉山

일찍이 지팡이 끌며 이 산에 들어올 때를 생각하니	憶曾攜杖入玆山
다만 바라만 볼 뿐 오를 수는 없었네	秖可瞻望不可攀
봉우리는 하늘위로 솟았고 암석은 뛰는 듯하고	峯立半天巖欲踊
빈 골짝에 매달린 폭포소리 땅이 꺼지는 듯하네	瀑懸空谷地疑殘
절은 아득한 곳에 있으니 인간 세상 아니고	禪宮縹緲非人世
가파른 돌길은 구름 끝에 매달렸네	石逕岧嶢接雲端
사십 년 만에 옛 자취를 찾으니	四十年來尋舊跡
때마침 봄비가 산 얼굴을 씻어놓았네	偶值春雨洗山顏

---

191) 운일 : 이운일(李雲逸, 1643~1672)을 말한다. 시명(時明)의 막내아들. 자는 자진(子眞), 호는 광록(廣籙). 문장과 시문(詩文)에 능하였음. 갈암이 난제(難弟 : 難兄難弟와 같은 말로 형제간에 우열을 가리기 어렵다는 뜻)라 할 만큼 좋은 문장이 많았으나 29세로 요서(夭逝)하였다.

192) 수석(壽席) : 장수(長壽)를 축하하는 잔치.

193) 안회(顏回)의 낙(樂) : 안회(顏回)의 사람됨에 대하여 공자는 "참으로 회(回)는 어질도다. 한 그릇 밥과 한 쪽박 물을 먹으며 누추한 거리에 살고 보면, 남들은 그 괴로움을 참지 못하거늘, 회는 그의 즐거움을 변치 않으니, 참으로 회는 어질도다." 하였다.(子曰 賢哉 回也 一簞食一瓢飮 在陋巷 人不堪其憂 回也不改其樂 賢哉回也. 《논어》〈옹야편〉)

사군 이휘가 관직이 파면되어 고향으로 돌아감에 그를 전송하며

奉送李使君橒罷歸故山

문장과 가문이 진신(縉紳)[194] 중의 으뜸이거늘	文章家世縉紳魁
벼슬아치 유배 가는 황폐한 길로 숙도(叔度)[195]가 오네	謫宦偏荒叔度來
사방의 풍진 안개 지금은 평온하고	四境風煙今晏晏
이천[196]으로 인정(仁政)을 펴고 스스로 회회[197]하였는데	二天仁扇自恢恢
청량산에 함께 모시고 유람할 생각 아득하게 되니	清凉陪賞纏懷想
도산서원에서 만나자던 아름다운 기약 잡초에 떨어졌네	陶院佳期墜草萊
이곳에서 한산까지는 천 리나 되니	此去韓山一千里
갈림길에 임해 어찌 뺨이 젖지 아니하랴	臨岐安得不霑腮

---

194) 진신(縉紳/搢紳) : 홀(笏)을 신(紳)에다 꽂는다는 뜻인데, 신은 고대에 벼슬아치나 유자(儒者)가 허리에 매는 큰 띠이다. 곧 벼슬아치나 선비를 이르는 말이다. 《사기(史記)》12권 〈효무본기(孝武本紀)〉에 "을묘일(乙卯日)에 황제가 하명하여 시중(侍中)과 유생(儒生)으로 하여금 흰 사슴 가죽으로 제작한 예모(禮帽)와 허리띠에 홀을 꽂은 관복(官服)을 착용하도록 한 다음, 천자가 소에 화살을 쏘아 친히 제사를 지내는 예의를 보였다."라고 하였다. 이로 인해 후세에 이를 벼슬아치나 유자의 대칭으로 사용하였다.

195) 숙도(叔度) : 자(字)가 숙도(叔度)인 동한(東漢)의 염범(廉范)을 가리킨다. 숙도는 촉군 태수(蜀郡太守)로 부임하여, 금화(禁火)와 야간 통행금지 등 옛 법규를 개혁하여 주민 편의 위주의 정사를 펼치자, 백성들이 "우리 염숙도여 왜 이리 늦게 오셨는가. 불을 금하지 않으시어 백성이 편케 되었나니, 평생 속옷도 없다가 지금은 바지가 다섯 벌.[廉叔度 來何暮 不禁火 民安作 平生無襦 今五袴]"이라는 노래를 지어 불렀다고 한다. 백성들이 어진 정사에 감복하여 부르는 송가(頌歌)라는 뜻이다. 《후한서(後漢書)》 권31 〈廉范列傳〉

196) 이천(二天) : 친구 간에 서로 오랜만에 만나 옛 추억을 이야기하며 우정을 나누는 사적인 술자리를 말한다. 후한(後漢) 순제(順帝) 때 소장(蘇章)이 기주 자사(冀州刺史)로 부임했을 적에 옛 친구가 그의 관할 구역인 청하(清河)의 태수(太守)로 있으면서 불법적으로 부정행위를 범한 사실을 적발하고는 그 친구를 불러 술을 같이 마시면서 화기애애하게 옛날의 우정을 서로 나누었다. 그런데 그 친구가 기뻐하며 "사람들은 모두 하나의 하늘을 가지고 있지만 나만은 두 개의 하늘을 가지고 있다.[人皆有一天 我獨有二天]"고 하자, 소장이 "오늘 저녁에 내가 자연인(自然人)으로서 옛 친구를 만나 술을 마시는 것은 사은(私恩)이요, 내일 기주 자사로서 사건을 처리하는 것은 공법(公法)이다." 하고는 마침내 그의 죄를 바로잡아 처벌하였다는 고사가 있다. 《후한서》 권31 〈蘇章列傳〉.

197) 회회(恢恢) : "하늘의 그물은 넓고 넓어서 성글지만 놓치지 않는다.[天網恢恢 疏而不失]"는 말이 있음. 하늘이 악인을 잡기 위하여 쳐놓은 그물의 눈은 굉장히 넓지만 하나도 빠뜨리지는 않는다는 뜻이다. 《老子》73장.

동래 정태제[198]가 보내준 시에 감사하여 붙임
寄謝鄭東萊泰濟見贈

천고에 영웅들 일어난 이후엔 슬퍼하여	千古英雄起後哀
손에는 황권[199]을 잡고 덮었다 폈다 하였네	手將黃卷掩還開
기회를 탔으되 꾀한 것이 도리어 어긋나기도 하고	有乘機會謀旋左
다행히 좋은 길 만났으되 운세가 따르지 않기도 했네	幸遇良途勢未來
성패란 단지 때와 운수에 있음을 볼 수 있고	成敗只看時與數
법도와 다스림도 덕과 재주에 달렸도다	規爲定繫德兼才
중(中)에 나아가는 것이 몸을 온전히 하는 법인데	就中別有全身法
누가 엄광[200]이 조대에 누운 심경을 알리오	誰識嚴光臥釣臺

경오 정칙의 우천 시에 차운함
次鄭敬吾仗愚川韻

마음이 고요하고 몸이 한가하니 땅도 더욱 그윽해	心靜身閒地更幽
동쪽 언덕 남쪽 언덕들 모두 단구[201]로다	東阡南陌總丹丘
남들이 좋아하지 않아도 그 스스로는 좋아했고	人之不樂余之樂
저들은 근심하지 않아도 그대는 근심했네	彼所靡憂子所憂
비 갠 벼랑은 구름에 산이 숨었다가 나타나고	晴壁有雲山隱見
모래 시내 돌이 없으니 물도 편안히 흐르네	沙川無石水安流

---

198) 정태제(鄭泰濟, 1612~?) : 조선 중기의 문신. 본관은 동래(東萊), 자는 동망(東望). 호는 국당(菊堂). 벼슬은 울산부사에 이르렀음. 1645년(인조 23)에 밀양부사가 되었으나 이듬해 유탁(柳濯)의 모반 사건에 연루되어 영해로 귀양 왔다.

199) 황권(黃卷) : 책·서적 옛날에 책이 좀먹는 것을 막기 위하여 황벽(黃蘗) 나무의 내피(內皮)로 염색한 황색 종이를 썼으므로 이름.

200) 엄광(嚴光) : 후한(後漢) 여요(餘姚) 사람. 자는 자릉(子陵). 어릴 때 광무제(光武帝)와 함께 공부함. 훗날 광무제가 즉위하자 성명을 바꾸고 숨어 살았는데, 광무제가 엄광의 어짊을 생각하여 그를 찾아 간의대부직(諫議大夫職)에 제수하였으나 사양하고 부춘산(富春山)에 은거하였다. 후인들이 그의 낚시질하던 곳을 일러 조대(釣臺)라 한다. 여기서는 정태제가 영해에 귀양 온 것을 말함.

201) 단구(丹丘) : 신선이 사는 곳.

천기를 살피는 곳에서 수작(酬酌)에 잠기니　　　　　天機察處潛酬酢

다만 세속의 인연이 학주에 이를까 두렵네　　　　只怕塵緣到鶴洲

서산정사에 붙여
題西山精舍

서산의 절벽에 남은 향기 예스러운데　　　　　　西山斷麓舊遺芳

띠집을 다시 지으니 감회가 유장하네　　　　　　重起茅堂感意長

마을과 멀리 벗어나 있으니 들판의 절 같고　　　逈出閭閻同野寺

평야는 강해에 임했으니 선향[202]이로다　　　　平臨江海是仙鄉

행신[203]은 어찌 언충신[204]만한 것이 있으며　　行身孰若言忠信

진학은 직방[205]을 체득하는 것이 최고이네　　　進學無如體直方

나의 집에 한 섬 곡식 없다고 말하지 마라　　　休道吾家無甔石

희경[206] 한 부분이 고량진미(膏粱珍味)에 해당하네　義經一部當膏粱

황시발의 시에 차운함
次韻黃時發

궁벽한 곳에 사노라니 오래도록 적막했는데　　窮居長抱寂寥懷

산속에 옛 벗이 찾아올 줄 누가 알았으랴　　　峽裏誰知舊友來

이십 년 산림생활을 슬픔과 기쁨으로 어찌 묻는가　廿載悲歡那得問

한바탕 담소 자리 다시 열기를 바라네　　　　一場談笑幸重開

서리 같은 귀밑털에 늙음을 함께 슬퍼하고　　共憐霜鬢俱衰謝

---

202) 선향(仙鄉) : 신선이 사는 곳.

203) 행신(行身) : 몸가짐을 잘함.

204) 언충신(言忠信) : 공자는 "말은 충성과 신의롭게 하고, 행동은 돈후하고 공경스럽게 하라." 하였다.(言忠信
　　行篤敬, 《논어》〈위령공〉)

205) 직방(直方) : 마음을 곧게 함과 행동을 방정하게 함.

206) 희경(義經) : 복희의 경전, 즉 복희의 역(易).

다만 풍자시에 원망과 슬픔이 들었을까 두렵노라 　　　獨畏風詩備怨哀
이것이 도원은 장차 돌아옴이 없다는 것이니 　　　謂是桃源且莫返
언덕 위의 단풍 시냇가의 국화는 흥을 끊기 어렵네 　崖楓溪菊興難裁

유생 이시양이 소암 임숙영[207] 문하에 가려할 제 율시 한 수를 지어올림
李生時揚往學任疎菴叔英門下寄呈一律

호방한 시선이 한강 가에 이르니 　　　　　　　　好放詩仙漢水邊
흰 갈매기들도 푸른 물결 앞에서 한가로이 맞아주네 　白鷗閒對碧波前
두 눈으로 주역을 보며 천만 년 전을 거스르고 　　雙眸易矚萬千古
일필휘지 궁구하는 것도 천지가 우선이네 　　　　一筆可窺天地先
동해는 다만 힘써 꿈속으로만 달려갈 뿐 　　　　東海但能勞夢想
광릉으로 가는 길 없어 돌아가는 배를 빌리네 　　廣陵無路借歸船
이생은 이미 용문[208]의 선비 되었으니 　　　　　李生已作龍門士
떠나는 길에 외람되이 올리니 시편 알아주기를 바라네 其往叨呈願識篇

천가암에서 감회를 읊음
天街菴詠懷

한잔 술 두어 곡 노래 가락 　　　　　　　　　一杯酒數曲歌
청산 백운 속에 산중의 하루가 저무네 　　　　青山白雲山日暮
산승과 사객이 서로 만난 곳은 　　　　　　　山僧詞客邂逅逢

207) 임숙영(任叔英, 1576~1623) : 초명(初名)은 상(湘), 호는 소암(疎菴), 자는 무숙(茂叔), 본관은 풍천(豊川)
　　이다. 1611년(광해군 3) 별시문과에 응시, 대책문(對策文)에서 척신(戚臣)의 무도함을 공박하여 왕의 노여움을
　　받았으나, 영의정 이항복(李恒福)의 무마로 병과(丙科)에 급제, 승문원 정자(承文院正子)를 거쳐 박사(博士)
　　를 지냈다. 이듬해 주서(注書)에 올랐다가 1613년 계축옥사(癸丑獄事)가 일어나자 병을 핑계로 사직, 1623년
　　인조반정으로 검열(檢閱)에 등용되어 사관(史官)을 겸했다. 이어 검토관(檢討官), 지제교(知製敎) 겸 춘추관
　　(春秋館) 기주관(記注官)을 역임, 이해 사가독서(賜暇讀書)를 하고, 지평(持平)이 되었다. 문장이 뛰어나고
　　경사(經史)에 밝았다. 저서로《소암집》이 있다.
208) 용문(龍門) : 빼어난 인물의 문하.

굽이굽이 맑은 물과 소나무 몇 그루 있는 곳이었네 曲曲淸流松數樹
더디 머무르다 날이 저물어 돌아가길 잊고 遲留盡日卻忘歸
여기서 곧바로 도원을 찾아 나서네 從此直尋桃源路
세상 사람들에게 말하노니 함부로 따르지 말고 寄語世人莫縱跡
우리 왕의 군사가 북쪽 오랑캐를 평정할 날 기다리시게 會待王師平北虜

정석문의 죽음을 애도하며
輓鄭石門

작년 팔월 요지에서 뵈었건만 前年八月拜瑤池
인간사란 잠깐이니 바람 앞의 촛불이네 人事須臾風轉燭
물가의 터 적막한데 비는 사립문을 적시네 溪墟寂寞雨浸扉
영령의 심금을 홀로 완상하니 누가 바랄 것이랴 靈襟獨玩誰能覬
좋은 말 외로이 열고 또 시를 통해 부치네 好語孤開且寓詩
대박산 머리의 구름과 달은 옛날 그대로인데 大朴山頭雲月古
공의 정상[209]을 생각하며 이곳을 천천히 배회하네 想公精爽此棲遲

선원 오흡[210]의 죽음을 애도하며
輓吳善源潝

옥덩이도 변화(卞和)[211]를 만나지 못하면 돌로 보고 璞不遇和人視石

---

209) 정상(精爽) : 정령(精靈) 즉 죽은 이의 혼백과 같음.
210) 오흡(吳潝, 1576~1641) : 자가 선원(善源), 호는 용계(龍溪), 본관은 함양(咸陽)이다. 황간현감(黃澗縣監)을 지낸 문월당(問月堂) 극성(克成)의 아들로, 영양(英陽) 대천리(大川里)에서 태어났다. 저서로《용계집》이 있음.
211) 변화(卞和) : 춘추시대 초(楚)나라 사람. 변화가 초산(楚山)에서 옥덩이를 주워가지고 이를 여왕(厲王)에게 바쳤으나 임금이 믿지 않고 돌이라 하며 임금을 속인다 하여 왼쪽 다리를 끊었다. 이후 무왕(武王)이 즉위하자 변화는 다시 임금에게 옥덩이를 바쳤으나 무왕도 역시 그것을 돌이라 하며 임금을 속인다 하여 왼쪽 다리를 끊었다. 무왕이 죽고 문왕이 즉위하자 변화는 그 옥덩이를 안고 초산 아래에서 곡을 하였다. 문왕이 사람을 시켜 그 까닭을 묻자, 변화는 "저는 다리 잘린 것을 슬퍼하는 게 아닙니다. 저 보옥을 돌이라 부르고, 곧은

기나무도 훌륭한 목수가 아니면 재목을 아는 이 드무네	杞非良匠鮮知材
일찍이 사문에서 겨룰 만한 선비 없다 했고	師門早許無雙士
시골에서 끝내 파묻혀 지낸 쓸 만한 인재 있었네	鄕曲終淪有用才
발자취는 큰 역사에 누 끼칠까 부끄러워했고	蹤跡耻爲掾史累
마음은 늘 초당의 열려있는 문을 향하였네	襟懷長向草堂開
시를 논한 보배로운 글들은 오늘밤 꿈이 되어 버렸지만	論詩珍重今宵夢
산 자와 죽은 자 간의 사귄 정은 사라지지 않으리	存沒交情不盡灰

정경오의 죽음을 애도하며
輓鄭敬吾

옛날 백사년(白蛇年)[212] 봄 저녁달을 생각하니	憶昔白蛇春暮月
그대 나를 찾아와 석계의 별장에 머물렀네	君來訪我石溪庄
술기운 오르자 나의 시구로 흥을 돋우고	醉徵拙句興三歎
그대로 고성(高聲)으로 읊어 시 한 장을 주었네	仍放高音惠一章
바친 옥이 변화(卞和)의 옥덩이임을 알지 못하더라도	獻玉縱無知璞卞
뱉어낸 구슬은 마땅히 기양[213]을 알게 하네	唾珠應有識奇楊
우천[214]의 별장은 지금 어떠한가	愚川別築今何似
국화 핀 언덕 소나무 단은 그 자취가 이미 황폐해졌다네	菊塢松壇跡已荒

선비를 사기꾼이라 부르니, 이것이 제가 슬퍼하는 까닭입니다." 하였다. 이 말을 듣고 문왕이 비로소 옥장이를 시켜 그 옥덩이를 다듬게 하여 보배로 삼게 되었다 함.(《韓非子》〈和氏篇〉)

212) 백사년(白蛇年) : 천간(天干)의 색(色)이 백색(白色)인 것은 신(辛), 지지(地支)의 띠가 뱀인 것은 사(巳)이다. 따라서 백사(白蛇)는 신사년(辛巳年, 1641년, 인조 19)에 해당함.

213) 기양(奇楊) : 재주가 기이한 양웅(楊雄) 같은 사람.

214) 우천(愚川) : 정칙(鄭侙, 1601~1663)의 호(號)이자, 정칙이 벼슬을 사양하고 물러나서 집을 짓고 살던 곳이다. 영천(榮川 : 榮州)의 구성(龜城) 남쪽에 소재해 있다. 시어(詩語)로 사용된 것은 후자에 속한다.

이실 이지화[215] 영형이 귀양지에서 돌아와 고향으로 감에 그를 작별하면서
奉別李而實之華令兄還歸歸山

화복이란 끝없이 가고 또 오는 것	禍福無端去復還
형께선 이치에 통달했으니 깊은 탄식하지 마오	兄能達理莫深歎
지방관이 되어서는 오직 나라 걱정만을 했을 뿐	分憂百里惟憂國
백성을 사랑할 줄 알고 벼슬엔 관심 없었네	知愛蒼生不愛官
바다 모퉁이에 몸을 맡긴 것 먼 귀양길 아니니	海曲存身非遠謫
고향산천에서 날개를 펼치다 보면 다시 영광 있으리라	故山舒翼更榮觀
갈림길에 임해 어찌 비련의 그리움이 없을 수 있나	臨岐豈得無悲戀
각각 노쇠한 몸이라 이제 다시 만나기 어려우리	各在衰年再遇難

이경백의 〈전일수석〉 시에 미루어 차운함
追次李敬伯前日壽席韻

이전의 수연(壽宴) 때 모인 사람들 얼마나 많았던가	向來宴集幸何多
다섯 늙은이의 함께한 그 자리가 또한 자랑스럽네	五老同筵亦足誇
세상일 바람에 나부끼듯 하니 그 운명 정하기 어렵고	世事風翻難定命
삶과 죽음 촛불처럼 돌아가니 갑자기 집을 옮겼네	存亡燭轉奄移家
옛 마을 다시 찾아가니 지난 자취가 슬프게 하고	重尋故里悲陳跡
함께 빈 집에 앉아 있노라니 흰 머리카락만 비치네	耦坐虛堂照髮華
이웃 노인이 시로써 나를 흥기시켜주니	賴有鄰翁詩起我
황편노필[216]이 시에 점찍기를[217] 자주 하네	荒篇老筆點頻加

---

215) 이지화(李之華, 1588~1666) : 자는 이실(而實), 호는 다포(茶圃), 부강거사(浮江居士), 본관은 전의(全義). 현감 종문(宗文)의 아들. 대구(大邱) 출신. 장현광(張顯光)의 문인.

216) 황편노필(荒篇老筆) : 거친 글, 늙어 힘없는 글씨란 뜻으로 작자 자신을 겸사하여 말한 것임.

217) 시에 점찍기 : 시의 잘된 곳을 표시하는 것.

육우 박중식과 삼락 박계직에게 시를 읊어줌
贈朴六友仲植朴三樂季直

당의 이름을 육우, 그리고 삼락이라 한 것은	堂名六友暨三樂
무슨 뜻으로 취한 것인가 물으니	借問所取云如何
염계의 연꽃을 사랑하고 도연명의 국화를 사랑했으니	濂溪愛蓮陶愛菊
우리의 심덕에 비교해도 원래 다를 바 없네	比我心德元無他
따라서 지극한 즐거움이란 물(物)에 있으니	因知至樂不在物
그 뜻을 붙인 바가 모두 깊고 심원한 것을 알겠도다	其所寓意俱深邈
어찌하면 당(堂)의 평상 곁에 몸을 맡기고	安得置身堂榻側
옛날 서로 함께 연마한 것을 자세히 논해 보랴	細論宿昔相礱磨

병든 몸을 부축받아 밖에 나감
扶病出外

한 번 누워 스무날을 병으로 지내니	一臥居然兩箇旬
머리는 쑥대 같고 얼굴은 때가 끼고 몸은 깡말랐네	頭蓬面垢體枯貧
온기가 문득 없어지니 마음 또한 훈기가 돌고	溫屯老熱熏心府
음사[218]가 번쩍 지나가니 내 본모습 볼 수 있네	閃倏陰邪瞰本眞
통증이 가라앉자 당한 병이 괴로웠음을 알겠고	痛定始知當病苦
기운이 소생됨에 온갖 맛이 시었음을 깨닫겠네	氣蘇方覺百嘗辛
오늘 아침에야 겨우 사립문 밖을 나서보니	今朝扶出殘扉外
초목들만 높이 자라있을 뿐 사방에는 사람이 끊어졌네	草樹連天四絶人

---

218) 음사(陰邪) : 내부적 원인에서 생기는 허증(虛症)의 병.

자단수[219]를 읊어 이경백에게 붙임
賦紫檀樹 奉寄李敬伯

박달나무가 그늘지어 햇볕을 가려주니	檀木成陰蔽日光
천금 값을 논한들 또한 누가 감당하랴	千金論價且誰當
뿌리는 섬돌을 뚫고 향기는 돌에 엉기었네	根穿曲砌香凝石
줄기는 가지를 안고 틀어서 길손들 평상을 대신하고	幹擁蟠柯客代牀
단풍잎 곱고 붉지만 그 아름다움 어찌 오래가랴	楓葉鮮丹姸豈久
봄꽃 흐드러지게 피어 안정하기 어렵네	春花爛灼操難方
주인께서 매우 사랑해 기르고 보호해 주니	主人酷愛常培護
마침내 푸르른 그 모습 점점 멀리까지 뻗는구나	會見靑蒼漸遠揚

이경백의 〈매국단삼우〉 시에 차운함
次李敬伯梅菊壇三友韻

외로운 뿌리 같이 하니 뭇 향기는 단에 오르기 부끄럽고	孤根羞幷衆芳壇
쇄쇄[220]히 왕도를 비추니 환공(桓公)[221]의 패도는 누추하네	灑灑熙王陋霸桓
고요한 방에 술동이를 벗 삼아 조화를 훔쳐보고	靜壁陶樽偸造化
박산 화로[222] 맑은 새벽 명단[223]에 불사르네	博山淸曉炷名檀
가지 사이에 찬란하게 핀 꽃 그 모습 따사한데	枝間燦燦候方暖
창밖은 쌀쌀하여 아직도 눈 속에 차갑도다	牕外凌凌雪尚寒
강성에서 도를 듣고 학(鶴)을 다투어 읊고	聞道江城爭賦鶴
홀로 시 읊으며 동쪽을 바라보니 흥만 부질없이 길게 끄네	獨吟東望興徒曼

---

219) 자단수(紫檀樹) : 두과(荳科)의 상록교목(常綠喬木).
220) 쇄쇄(灑灑) : 사물에 구애받지 않고 시원한 모양.
221) 환공(桓公) : 춘추시대, 제(齊)나라의 제 15대 임금. 명상(名相) 관중(管仲)의 도움을 받아 춘추오패(春秋五霸)의 제일인자가 됨.
222) 화로[博山爐] : 박산 모양을 본떠서 만든 구리로 만든 향로.
223) 명단(名壇) : 매화, 국화가 피어있는 단을 미칭한 것. '단(壇)'은 원문에 檀으로 되어 있는데, 이는 壇의 오자(誤字)인 듯하다.

표형 창주 박돈복[224]의 죽음을 애도하며
輓表兄滄洲朴公敦復

어려서부터 엄부 문하에 종유하였으니	幼少從遊嚴府門
누가 아우이고 누가 형인 줄 알았으랴	知誰爲弟孰爲昆
공명은 일찍이 원안[225]의 집에 들었고	功名早入袁安室
시망[226]을 논하는 자리에 오르기 넉넉했네	時望優乘太史論
붕로[227]를 멀리하여 환해를 떠났으며	鵬路方賖翻宦海
우도를 잠시 썼다가 구원에 누웠네	牛刀暫試臥丘園
죽림 속에 새로운 집 아직 반도 안 되었건만	竹林新築工纔半
어찌하여 용두[228]가 무덤으로 향했는가	何事龍頭更卜原

문월당 오극성[229]의 죽음을 애도하며
輓問月堂吳公克成

풍의는 변방에서 창칼 든 장부의 몸이요	風儀戍削丈夫身

---

224) 각주 111) 참조.

225) 원안(袁安) : 후한시대(後漢時代) 여양(汝陽) 사람, 자는 소공(邵公)이다. 사람됨이 엄정하고 위엄이 있었음. 그는 어린 나이로 제위에 오른 임금이 징사를 행함에 외척(外戚)들이 권력을 휘두름을 보고 조회(朝會) 때마다 조정에 나가 공경들과 나라 일을 말하면서 시국을 걱정하여 눈물을 흘리지 아니한 때가 없었다 한다. (《後漢書》〈袁安傳〉) 영평(永平 : 明帝 때 연호) 연간에는 초군태수(楚郡太守)를 지냈는데 옥사(獄事) 처리를 잘하였으며, 여러 차례 태복(太僕)을 역임하고 사도(司徒)에 탁용(擢用)되었다. 화제(和帝) 때는 보씨(竇氏)가 정사(政事)를 전횡함에 정의(正義)로써 처신하였으며, 관리를 탄핵하는 데도 권신(權臣)을 가리지 않고 함으로써 임금과 대신(大臣)들이 그를 매우 신임하였다 함.

226) 시망(時望) : 당시의 명망으로는 태사(太史), 역사를 맡은 관리란 뜻이나 여기서는 역사를 말함.

227) 붕로(鵬路) : 붕새가 하늘 높이 날아오르는 길이란 뜻으로 출세함을 말함.

228) 용두(龍頭) : 용의 머리. 즉 귀인이란 뜻.

229) 오극성(吳克成, 1559~1617) : 자는 성보(誠甫), 호는 문월당(問月堂). 조선 중기의 문신이며 임란충신(壬亂忠臣)이다. 본관은 함양(咸陽)이며, 참봉 민수(敏壽)의 맏아들로 영양 대천리에서 출생하였다. 부모의 훈도로 학문에 매진하였으나 뜻밖에 임진왜란이 터지자 아우 윤성(允成)과 함께 학업을 중단하고 창의(倡義)에 투신하였다. 1594년(선조 27) 별시무과에 아우와 함께 동방급제(同榜及第) 한 후, 선전관(宣傳官)·사복사 주부(司僕寺主簿)를 거쳐 황간 현감(黃澗縣監)을 지냈고, 정유재란(丁酉再亂)(1597) 때는 많은 전공을 세웠다. 이후, 훈련원 판관·홍문관 시독관 등을 역임했으며, 1605년(선조 38)에는 임란의 무공(武功)으로 선무원종공신(宣武原從功臣)에 서훈되었다. 저서로 《문월당집》이 있음.

살아서는 세상을 감당하기에 유용한 사람이었건만　　生世堪爲可用人
한 고을의 공명은 이제 꿈같이 되어 버렸고　　一縣功名纔似夢
육순의 세월은 별안간 봄꿈이 되어 버렸네　　六旬光景瞥然春
고향의 연월[230]은 술동이와 술에 남아 있건만　　故山煙月餘樽酒
산 넘고 물 건너는 상여가 내 마음을 울리네　　嶺海輀車泣精神
한 아우 두 아들이 길에서 관(棺)을 당기며 통곡하니　　一弟二孤攀櫬路
행인들 중 어느 누구인들 눈물 나지 아니하랴　　行人誰不爲沾巾

오선원[231]의 사명대 시에 차운함
次吳善源思明臺韻

한가한 저 늙은이의 집 푸른 산 허공에 있는데　　閒翁廬在碧山空
책상에 쌓인 서적 그 즐거움 다할 날 없네　　案積圖書樂未窮
창을 열고 늘 동해의 달빛을 함께하고　　開戶常迎東海月
옷깃 열어 북창의 바람을 길이 벗하였네　　披襟長對北牕風
뜰 앞에 핀 국화꽃은 서리보다 더 희고　　庭前抽菊陵霜白
울 아래 핀 해바라기는 해를 향해 붉도다　　墻下開葵向日紅
늙도록 시 읊으며 시대를 비분 개탄하니　　終老吟哦由慷慨
천추고절[232]이 시편 속에 있네　　千秋高節付篇中

회숙 박정의 죽음을 애도함
輓朴晦叔珽

재주는 왕사[233]를 겸했건만 운수가 어긋나　　才兼王謝命蹉跎

---

230) 연월(煙月) : 연기어린 은은한 달빛.
231) 선원(善源) : 오흡(吳潝)의 자(字). 각주 210) 참조.
232) 천추고절(千秋高節) : 긴 세월토록 빛날 높은 절의.
233) 왕사(王謝) : 당나라 왕유(王維)와 남조(南朝)의 송(宋)나라 사령운(謝靈運).

강촌에서 띠집 짓고 세월을 보내었네   茅屋江村送歲華

꽃필 때면 진성[234]에서 막힌 그리움 풀고   花節眞城紓阻戀

눈 내린 겨울이면 영현[235]에서 노닐기를 약속했네   雪冬英縣約槃阿

쓸쓸히도 백발에 밝음을 잃음[236]에 따라   蕭蕭白髮緣明喪

한숨 쉬며 현담[237]으로 세상일 어그러짐을 개탄했네   咄咄玄談慨世訛

나와 나이가 같건만 이제 갑자기 세상을 떠나니   與我同庚今遽逝

인간 세상에 홀로 남아 이 애통함을 지우기 어렵네   人間獨立痛難磨

경당 장 선생[238]이 만년에 아들 얻은 것을 축하하며
奉賀敬堂張先生晚得男子

하늘이 원(元)[239]을 펼친 것 후순[240]이 무수한 것과 같으나   天施元如菀侯旬

둥근 모양[241]을 탐구함에 전신은 증명할 필요 없으리라   探環不必證前身

가문의 아름다움이 이미 열렸으니 다복하고   家休已自開多祚

세상에 드문 경사 또한 이르렀으니 팔인[242]에 드네   稀慶還應籍八寅

---

234) 진성(眞城) : 경북 청송군(靑松郡) 소재의 진보(眞寶).

235) 영현(英顯) : 영양(英陽).

236) 밝음을 잃음[喪明] : 아들의 죽임을 당함. 자하(子夏)가 아들의 죽음에 너무 상심하여 실명(失明)한 고사에서 나온 말.

237) 현담(玄談) : 노장(老莊)의 심원한 도.

238) 경당 장 선생 : 장흥효(張興孝, 1564~1633)를 말함. 본관 안동. 자는 행원(行原), 호는 경당(敬堂). 김성일(金誠一), 유성룡(柳成龍), 정구(鄭逑)의 문인. 이황(李滉)의 학통을 이어 이시명(李時明), 이휘일(李徽逸), 이현일(李玄逸)에게 전수함. 역학(易學)에 밝아《일원소장도(一元消長圖)》를 연구하여 후세에 전함. 그는 독실한 학행으로 조야(朝野)의 명망을 받던 중 1633년(인조 11) 봄에 특별히 창릉 참봉(昌陵參奉)에 제수되었는데, 임금의 명이 이르기 전에 유명(幽明)을 달리하고 말았다. 이로부터 58년이 지난 1691년(숙종 17)에 그의 덕을 기리는 유림의 포증(褒贈) 요청에 의해 사헌부 지평(司憲府持平)에 증직(贈職)되었다. 저서로《경당집》이 있음.

239) 원(元) : 역법(曆法)에서 말하는 일원(一元)의 시간은 129,600년이다.

240) 후순(候旬) : 후(候)는 닷새, 순(旬)은 열흘의 뜻이나, 여기서는 일원(一元)의 시간을 가리킨다.

241) 둥근 모양 : 원회운세(元會運世)를 원모양으로 나타낸 그림.《경당집(敬堂集)》권2에〈일원소장도(一元消長圖)〉라는 이름으로 나와 있다. 원모양의 그림을 통해 원회운세(元會運世)를 풀어 놓았다.

242) 팔인(八寅) : 단혈(丹穴) 태몽(太蒙) 반종(反踵) 공동(空同) 대하(大夏) 북호(北戶) 기굉(奇肱) 수고(修股)의 백성들은 시시비비가 각기 다르고 습속이 상반(相反)되었다.(《淮南子》〈氾論訓〉), 고주(高注)에 의하면 '대저 이 8곳은 모두 구주(九州, 중국 전토를 아홉으로 구분한 일컬음)의 밖이며, 팔인(八寅)의 지경(地境)'이라 하고 있다.

백거이²⁴³⁾는 기쁘게 삶에 오히려 젊어졌고　居易喜生猶少歲
상구²⁴⁴⁾는 근심을 품에 도리어 청춘이 되었네　商瞿憂解卻靑春
끊어진 대를 이음이 깊은 뜻 있음을 알겠노니　卽知繼絶有深意
물속까지 비치는 이주²⁴⁵⁾를 어찌 족히 보배라고 하리　照水尼珠豈足珍

이학가(증효)에게 시를 읊어 줌
贈李學可曾孝

위양²⁴⁶⁾에 대한 짙은 그리움 내 스스로 잊지 못했는데　渭陽餘慕自難忘
이제야 만나니 자손들 기쁘고 또 슬퍼했네　今奉阿孫喜又傷
마주해 선대의 아름다운 일을 분석해 주었고　對說先休能剖析
인사²⁴⁷⁾를 논할 때면 자세히 말해 주길 다했거늘　及論人事盡精詳
천 구비 눈길 속 곁말 타고 멀리 떠나니　千迴雪路征驂遠
봄날에 작별의 심회는 유장(悠長)하기만 하네　三月春天別意長
친친²⁴⁸⁾을 중하게 여겨 모름지기 숙강했으니　珍重親親須熟講
우리 가문 이제부터 훌륭한 선량(善良)들 많으리라　吾門從此盛熏良

---

243) 백거이(白居易) : 당나라 사람. 자는 낙천(樂天), 호는 취음선생(醉吟先生)·향산거사(香山居士). 문장은 정세(精細)하고 시(詩)는 평이(平易)하면서 유창(流暢)하다. 비파행(琵琶行)·장한가(長恨歌) 등 낭만적인 작품으로 많은 사람들로부터 사랑을 받았다. 저서로《백씨장경집(白氏長慶集)》이 있으며, 시는 3,800여 편을 남겼다.
244) 상구(商瞿) : 춘추시대 노(魯)나라 사람, 자는 자목(子木), 공자 제자. 특히 역(易)을 좋아함. 공자(孔子)가 역의 뜻을 전수하니 후에 구(瞿)도 역시 역을 초나라 사람 비(馯)에게 전수하였음.
245) 이주(尼珠) : 이구산(尼丘山) 구슬, 이(尼)는 산명이다. 이 산은 산동성(山東省) 곡부현(曲阜縣) 동남(東南)에 있다. 쇄수현(洒水縣) 추현(鄒縣)의 경계가 된다. 일명 이구산(尼丘山)이라 한다. 《사기(史記)》공자세가에 흘(紇 : 공자의 부친, 자는 숙량(叔梁))과 안씨(顔氏 : 공자의 생모)가 이구(尼丘)에 기도하여 공자(孔子)를 얻었으므로 이름을 구(丘), 자를 중니(仲尼)라 하였다 한다.
246) 위양(渭陽) : 외숙(外叔)을 이름. 《시경》〈진풍(秦風)〉, 〈위양(渭陽)〉편의 "외숙을 전송하러 위수 북쪽 기슭까지 가다.[我送舅氏 曰至渭陽]"한 데서 나온 말.
247) 인사(人事) : 사람으로서 해야 할 마땅한 도리.
248) 친친(親親) : 친족을 친애함.

인재 최현[249]의 죽음을 애도하며

輓崔訒齋晛[250]

오락[251]의 정채(靜采)한 영기(英氣) 우리 현인에게 모였으니	烏洛精英鍾吾賢
재주가 얼마나 뛰어나고 앎이 얼마나 깊었던고	才何雋也識何淵
동산[252]에서 잠시 백성들의 바라는 바를 위무(慰撫)했고	東山暫慰蒼生望
상각[253]에서 일찍이 백간[254]의 권력 전담했었네	霜閣曾專白簡權
군중에 출입할 땐 범려(范蠡)[255]의 말 같았고	出入軍中同范馬
전원에 돌아와서는 소선[256]과 같았네	歸來江上似蘇仙
부인께서 모름지기 임종 때의 한 말을 기록해 두었는데	家人須記臨終語
유표[257]와 응교[258]는 한양에 있을 때 쓰여졌다 하네	遺表應教用漢年

---

249) 최현(崔晛, 1563~1640) : 자는 계승(季昇), 호는 인재(訒齋), 본관은 전주(全州). 1588년(선조 21) 사마시(司馬試)에 합격, 1592년 임진왜란 때 구국책(救國策)을 올려 원릉참봉(元陵參奉)이 되고, 1606년(선조 39) 증광별시(增廣別試) 생원과에 합격하여 검열(檢閱)이 되었다. 광해군 때 술사(術士)의 주장으로 천도론(遷都論)이 일어나자 이를 극력 반대, 그 계획을 중지케 했고, 인조반정(仁祖反正)(1623년) 후 사인(舍人)·부제학(副提學)을 거쳐 강원도관찰사에 이르렀음. 시호는 정간(定簡), 저서로《인재집》이 있다.

250) 현 : '俔'으로 되어 있는데 이 글자는 '晛'의 오자이다.

251) 오락(烏洛) : 실위의 서쪽 천여 리 되는 곳에 지두우(地豆于)·오락후(烏洛侯)가 있고, 실위의 북쪽에 구두매(驅度寐) 등 여러 종족(種族)이 있으니, 혹 가깝고 혹 멀지만 요는 모두 지금의 이른바 달자인 것이다.

252) 동산(東山) : 동산직(東山直)이라는 직명(職名).

253) 상각(霜閣) : 사헌부(司憲府)의 이칭(異稱).

254) 백간(白簡) : 신라 문무왕(文武王) 때의 무신. 일명 자간(自簡). 원래 백제의 달솔(達率)로 있다가 의자왕(義慈王) 20년(660)에 백제가 망하자 신라에 항복하여 일길찬(一吉湌)이 되었고, 문무왕 원년(661)에 나당(羅唐) 연합군이 고구려를 공격할 때 하주총관(下州摠管)이 되어 참전하였다.(《삼국사기》5)

255) 범려(范蠡) : 범려는 춘추시대 월(越)나라 사람으로 월왕 구천(句踐)을 도와 20년간 노력하여 회계(會稽)의 치욕을 씻고 상장군(上將軍)에 오른 인물이다. 그 뒤 그는 제(齊)나라로 가서 변성명하고 가산 수십만 금을 모았는데, 제나라 사람들이 재상으로 삼으려 하자 그는 다시 재산을 다 흩어버리고 떠나 도(陶) 땅에 정착하여 도주공(陶朱公)이라 자호하고 상업으로 물자를 축적하여 다시 수만금의 재산을 모았다고 한다.

256) 소선(蘇仙) : 소식(蘇軾)을 말한다. 중국 북송(北宋) 때의 문인으로 자는 자첨(子瞻), 호는 동파(東坡)이다. 구양수 등에 의해 기틀이 마련된 송시(宋詩)를 더욱 발전시켰으며, 특히 詞에서 재능을 발휘하여 종전의 완약(婉約)한 사풍 대신에 호방한 시풍을 창시하였다. 전·후〈적벽부(赤壁賦)〉가 유명하며, 저서에《동파전집(東坡全集)》110권이 있음.

257) 유표(遺表) : 임금에게 올린 표문(表文)의 일종.

258) 응교(應教) : 임금의 명에 의해 지어올린 글.

섣달 그믐날 감회를 써서 아우, 조카에게 보임

歲除日 書懷示弟姪

우활(迂闊)하고 성근 삶 늘그막에 더욱 바보스럽고　迂疎生理晩更愚
빈 산골에 자취를 맡기니 그림자 또한 외롭네　托跡空虛影響孤
고향 집에 남긴 오두막으로 꿈속에 달려가　故宅遺廬馳夢想
형제 친척들 따르며 불렀건만 대답이 없었네　領原花樹阻追呼
세태가 남의 단점 헐뜯는데 상관 말고　非關世態攻人短
단지 아손들 도의 진수 터득하길 바라누나　祇願兒孫味道腴
세모259)에 산가의 사립문은 눈으로 덮였는데　歲暮山家扉擁雪
향로 곁에 책을 덮고 공부한 것 살피누나　爐香掩卷撿工夫

박도와의 죽음을 애도하며

輓朴陶窩

일생토록 고요한 곳에서 옛 전적(典籍)을 읽었고　一生居靜對典墳
남교로 옮겨 산 이래로는 늘 문이 닫혔었네　移卜南郊每閉門
일찍부터 견문한 것 본래 흡족했거늘　早有見聞元浹洽
만년엔 서적 보길 더하여 더욱 보존하였네　晩加披閱更收存
연꽃이 핀 이후라야 가을의 무르녹음을 알았고　荷花發後知秋爛
매실이 둥글어서야 날의 따뜻해졌음을 알았네　梅子圓時報日溫
좋아하는 바를 좇아 74년이란 세월 보냈으니　好過七十四歲月
삼공260)도 어찌 감히 공보다 존귀하다 할 것이랴　三公何敢比公尊

---

259) 세모(歲暮) : 세밑.
260) 삼공(三公) : 삼정승, 즉 영의정·좌의정·우의정.

이우당 권환[261]의 죽음을 애도하며
輓權二愚堂寏

나와 형 사이는 견수[262]의 연분이지만	生吾兄也契隨肩
시주로 즐겨 만난 지 사십 년이었네	詩酒逢場四十年
별좌[263] 어른 금세의 은자였으니	別坐丈能今世隱
송소[264]공은 옛 현자였네	松巢公是古之賢
재주와 명망 일찍이 장양[265]의 호걸로 통하였고	才名早許長楊傑
공업은 남보다 앞서 패읍[266]의 서까래였네	功業羞爲沛邑椽
안타깝도다 경진생(1580)으로 나의 백형과 나이 같건만	戹矣庚辰同我伯
나그네의 혼이 되어 황천에서 만나 정을 펴리라	客魂應與叙重泉

여회 정혼[267]의 죽음을 애도하며
輓鄭如晦焜

선공과 정의(情誼)가 있어 형으로 모시었고	託契先公事以兄

---

261) 권환(權寏, 1580~1652) : 자는 택보(宅甫), 호는 이우당(二愚堂), 본관은 안동이다. 인조 때의 의병이었고 저서로 《이우당집》이 있음.

262) 견수(肩隨) : 어깨를 나란히 하고 걷되 조금 뒤로 처져서 따라가는 것이니, 어른을 받드는 예이다. 《예기》 〈곡례상(曲體上)〉에 "5년이 더 많은 사람과는 어깨를 나란히 하고 걷되 조금 뒤로 떨어져서 따라가야 한다.[五年以長 則肩隨之]"고 하였다.

263) 별좌(別坐) : 조선시대 5품 벼슬.

264) 송소(松巢) : 권우(權宇, 1552~1590)의 호이다. 자는 정보(定甫), 본관은 안동, 대기(大器)의 아들. 퇴계 문하에서 수학하다 퇴계 몰후에 조목(趙穆)·구봉령(具鳳齡)에게 배워 경학(經學)을 깊이 이루었다. 1573년 (선조 6) 사마시에 합격하고, 어버이를 봉양하며 학문에 전심하다가 1576년 경릉 참봉(敬陵參奉)에 임명되어, 집경전(集慶殿)을 거쳐, 1589년(선조 22) 세자사부(世子師傅)에 제수되었다. 이듬해 봄, 두역(痘疫)으로 서울에서 몰하니, 향년 39세였다. 저서로 《송소집》이 있음.

265) 장양(長楊) : 궁전 이름, 원래는 진(秦)나라 때의 궁전이다. 한(漢)나라 때 다시 수리를 하였다. 궁(宮) 안에 수양버들이 수무(數畝)나 뻗어 있었으므로 궁전 명칭을 삼은 것이다. 옛터는 지금 섬서성(陝西省) 주옥현(盩屋縣) 동남(東南)에 있다.

266) 패읍(沛邑) : 한(漢) 고조(高祖)의 고향, 지금의 강소성(江蘇省) 패현(沛縣).

267) 정혼(鄭焜, 1602~1659) : 자는 여회(如晦), 호는 익재(益齋), 본관은 동래(東萊), 영방(榮邦)의 장남이다. 퇴계 학문의 진수를 모아 《이자서절요(李子書節要)》 6책을 편찬했는데, 후손에 의해 목판각자되어 책으로 발간되었다. 목판은 임청정원 장판각에 보관되어 있다.

이로 인해 훌륭한 아들과 망형²⁶⁸⁾에 이르렀네   因交賢胤到忘形

냇가의 집 곁에 어버이를 모셨으니 큰 효를 안 사람이며   川堂侍側知純孝

무덤 곁에 여묘하였으니 지극한 정성 보였네   松壟居廬見至誠

시와 예를 가르치어 명망이 더욱 드러났건만   詩禮相傳名益顯

운림을 좋아해, 녹(祿)도 또한 가벼이 했네   雲林可悅祿還輕

연래로 두 번째나 곡을 하며 당신께 만시(輓詩)를 짓다니   年來再哭君家輓

세상에 남은 이 사람은 옛 벗의 정을 어찌 감당하랴   人世何堪舊友情

정경 남길²⁶⁹⁾의 죽음을 애도하며

輓南正卿佶

늙음이 더욱 깊어 날로 지식은 줄어들고   到老彌深少日知

유배²⁷⁰⁾를 따르지 않고 밖에서 서로 추앙하였네   不隨流輩外相推

사람과 함께할 때는 관곡²⁷¹⁾하여 본디 뽐내는 바가 없고   與人款曲元無挾

처세는 고정²⁷²⁾하여 마음속에 가진 바가 있었네   處世孤貞蓋有持

공명은 일체 웃음에 붙이고 서검²⁷³⁾으로 늙었으니   一笑功名書劒老

양가의 아름다운 인척 자손들을 기대했건만   兩家休戚子孫期

이제 갑자기 묵은 자취되었으니   如今遽爾成陳迹

흰머리 푸른 눈동자²⁷⁴⁾는 다시금 그 누구를 향하랴   白首靑眸更向誰

---

268) 망형(忘形) : 망형지교(忘形之交)의 줄인 말로, 외형에 얽매이지 않고 의기(意氣)가 투합(投合)한 절친한 친구 사이를 말한다. 두보(杜甫)가 친구 정건(鄭虔)에게 준 〈취시가(醉時歌)〉에 "형식 모두 잊고서 너니 나니 하는 사이, 통음하는 것이야말로 진정 나의 스승일세.[忘形到爾汝痛飮眞吾師]"라는 표현이 나온다. 《두소릉시집(杜少陵詩集)》 권3.

269) 남길(南佶, 1594~1654) : 호는 안분당(安分堂), 본관은 영양(英陽), 난고(蘭皐) 남경훈의 아들. 후학을 기르는 데 전력하였음.

270) 유배(流輩) : 나이. 신분이 서로 비슷한 사람.

271) 관곡(款曲) : 다정하고 성의가 있음.

272) 고정(孤貞) : 마음이 외곬으로 곧음.

273) 서검(書劍) : 서적과 보검(寶劍). 이 두 가지는 옛날 문인의 몸에 따라 붙는 것이었음.

274) 푸른 눈동자 : 청모(淸眸)는 고인의 자손을 이름.

시詩
오언장편五言長篇

가난한 삶 속에서
遣窮

궁벽한 곳에 사니 온갖 것이 무료한데	窮居百無賴
근심이 사라지매 병이 또 괴롭히네	悄悄病仍惱
농사는 지어도 삼 년이나 굶주렸고	爲農餒三歲
집은 지었으나 두 번이나 화재를 당하였네	作屋火再燒
남들은 나에게 이사 가길 권하여	人皆勸我遷
미리 고향으로 돌아감만 못하다 하건만	不如還歸早
내 뜻은 부귀를 바라지 아니하고	我志不富貴
산속에 깊이 들어 고도하길 원하였네	願入深高蹈
화복이란 사사로이 할 수 없음이니	禍福難容私
피하려 한들 어찌 보호할 수 있으랴	移避豈能保
운산은 속기가 없으니	雲山無俗氣
산골 물은 맑기가 명주와 같네	溪水澄如縞
이 모두를 사랑하여 머물러 사니	愛此更留滯
누가 오히려 배가 부름을 알리오	誰知腹猶飽
좋은 벗을 만나는 것 기약할 수 없으니	佳人不可期
적막 속에 부질없이 보배를 품었네	寂寞空懷寶
일찍이 품은 뜻 더욱 어그러져	夙志更蹉跎
그윽이 숨어 살고자 한 마음 그 뉘에게 말하랴	幽襟向誰告
쓸쓸한 두어 개 석가래 집	蕭條數椽屋

즐거우니 참으로 절로 좋고　　　　　　　有樂良自好

서적들 책상에 가득 쌓아두고　　　　　　圖書積滿案

성현의 가르침 날로 궁구하구나　　　　　訓誥日探討

큰 아이에게는 의리를 트게 하고　　　　　大兒通義理

작은 아이에게는 물 뿌리고 청소하는 예를 알게 해주며　小兒知灑掃

날마다 예의를 가르쳐　　　　　　　　　日日課禮容

가업에 손상됨이 없게 하누나　　　　　　家業不匱耗

치국평천하도 특별한 것이 아니라　　　　平治無別樣

그 근본은 여기서 비롯된 것이로다　　　　根基由此造

이런 일로 해마다 계획 세우니 여유롭고　　此事歲計裕

기뻐 늙어감도 모르네　　　　　　　　　怡悅不知老

비록 세상사의 즐거움이야 없다 해도　　　雖無世間樂

한가로운 삶 가운데 흥이 절로 이누나　　　閒居興自到

집 주위 숲속에선 솔바람소리 맑게 들리고　繞屋松聲淸

뜰에 가득 비친 가을 달은 밝고 밝도다　　滿庭秋月皓

나무 평상을 거칠게나마 늘어놓으니　　　木榻粗排綴

아이들이 걷다가 넘어지기도 하네　　　　兒童步顚倒

이곳은 낮은 곳보다 오히려 나아　　　　猶勝地坐卑

모전(毛氈) 대신 짚을 깔 수 있었네　　　無氈藉以藁

아내와 아이들 줄지어 앉으면　　　　　妻兒坐成列

노부(老夫)는 모퉁이에 앉곤 했네　　　　老夫居當奧

차례대로 전현(前賢)의 말씀을 외게 하고　次第講前言

때론 경물을 읊게 했네　　　　　　　　景物時口號

성근 밥으로도 마음에 족하고　　　　　疏糲隨意足

거친 술로도 스스로 위로되었네　　　　濁酒聊自勞

이러한 삶으로 원래 빈천하였나니　　　安此素貧賤

끝내 이 마음 변치 않고 살아가리라　　　終當不易操

석계에서 읊조림
石溪吟

아득한 물줄기 어디서 흘러오는가	縹緲來何自
물줄기 갈라져 흐르다 읍령에서 모인다	派分泣嶺宗
봉이 천 길 높이 날듯	翱翔千仞鳳
용이 하늘 높이 솟아오르듯	騰踔九霄龍
헤아리건대, 긴 물줄기 짧은 물줄기 할 것 없이	斟酌無長短
함께 이곳에 머물다 북동으로 흐른다	停均按北東
강하고 부드러운 흙과 돌로 배분되어	剛柔分土石
기름진지라 농사짓기도 좋으네	肥沃可耕農
깨진 기와 조각은 시대가 얼마나 됐는지를 알고 싶어	毀瓦知何代
높이 자란 소나무에게 ‘누가 살았는가’고 했더니	高松問孰封
‘남은 터는 신라, 고려를 지난 것이지만	遺墟歷羅麗
지난 일이라 구름 속에 나는 기러기 같이 아득하다’ 하네	往事杳雲鴻
문적을 좇아 고증한 이는 누구인가	文籍從誰考
마을 이름 노옹이 기록했다오	村名記老翁
예와 지금이란 간격이 넓지만	古今相接濶
조물은 본디 공평하네	造物本來公
반곡[275]에 돌아간 이원(李愿)[276]에 마땅하고	盤谷宜歸李
종남산에 깊숙이 은거한 노장용(盧藏用)[277]에 합당하네	終南合臥种
가족을 데리고 찬 눈 속을 헤쳐 들어가	攜家披凍雪
숲을 베고 땅을 개척하였네	拓地剪荊叢
흥폐란 원래 하늘 운에 달렸지만	興廢元天數
만남과 헤어짐은 진실로 귀신같네	逢離信鬼同

---

275) 반곡(盤谷) : 중국 하남성(河南城) 제원현(濟源縣) 북쪽의 땅이름. 중당(中唐)의 이원(李愿)이 은거했던 곳
이라 함.

276) 이원(李愿) : 당나라 사람.

277) 노장용(盧藏用) : 당나라 사람, 전시(殿試)에 낙제한 뒤, 궁성(宮城)에 가까운 종남산에 은거함에 그 소문이
임금 귀에 들어가 등용되었다 함.

남들은 모두 궁여지책(窮餘之策)이라 비웃지만	人皆笑末計
난 내 자취를 스스로 맡긴 것이네	我自托孤蹤
떠돌이 삶과 무엇이 다르랴만	何異流離際
새 삶을 만드니 해로울 게 없네	無妨草創中
몸은 홀로 외로이 서 있는 새 같고	身同介立鳥
마음은 지난해 쏘던 활같이 두근거리네	心悸向年弓
내 편히 놀며 지내려한 게 아니라	不信居夷戲
부질없이 큰 공을 펴보고 싶었네	空思闢廓功
어찌 향초와 악초를 같은 그릇에 담을 수 있으랴	薰蕕寧一器
사(邪)와 정(正)은 원래 마음이 다른 것을	邪正本殊胸
홀로 쓸쓸히 걸어가니 행적이 슬프고	踽踽悲行跡
만년의 충정을 환하게 비춰주네	昭昭耿晚衷
때론 얘기하고 웃는 모습을 짓지만	詼諧笑曼倩
세찬 바람이 문득 불면 텅 빈 느낌 드네	飄忽憶崆峒
가업으론 오직 서적 몇 권	家業惟書卷
행장으론 대 지팡이 하나 남았는데	行裝有竹筇
어머니를 모시고 늙어갈지언정	只緣萱草老
세상 울타리론 나가지 않으리라	未出世人籠
흰 돌이 깔린 천 구비 산골 물과	白石千廻澗
청산 속 한 조그만 집을 벗 삼아	青山一畝宮
아내와 자식을 벗 삼고 짝하여	妻兒爲友伴
솔숲 속 달빛으로 밥을 지어먹으리	松月作飧饔
뛰어난 형세가 늘 즐겁게 해 주어	形勝常娛志
세상 번민이란 들림이 없도다	塵煩不入聰
이곳에 더욱 정이 드니	玆區多有意
곳곳에 일군 터가 풍성했네	到處占基豐
처마는 쓸쓸한 성곽에 오르는 듯	軒豁臨寥廓
높다랗게 서리어 무성한 숲을 보호하네	隆蟠護鬱葱
천연스레 이뤄진 산기슭 서식처엔	天成棲息麓

늘어서 있는 대(臺) 위의 솔숲이 더위를 피하게 해 주며	臺列避炎松
이를 마주하면 시가 배를 부르게 하니	對此詩腸飽
어찌 글 주머니 텅 빌 일 있으랴	寧論囊橐空
구름과 아지랑이는 항상 토했다가 들이키고	雲嵐常吐納
산골 물 부딪치며 흐르는 소리 가득하네	谷水會奔衝
당정은 지을 겨를이 없었지만	未暇堂亭搆
사방이 툭 트여 보이니 도리어 어여쁘네	還憐矚望通
산천은 말없이 존재하고	山川無語在
천지도 어느 때 다하겠는가	天地幾時終
초라한 인간 세상	草草人間世
변방 밖의 바람이 몹시 슬프도다	哀哀塞外風
어리석은 백성들 오히려 성(性)을 가졌고	愚民尙秉性
미물도 또한 충을 알건만	微物亦知忠
두어라 어찌 모름지기 말을 하랴	已矣何須說
무지를 깨우칠 길이 없도다	無由得發蒙
유정[278]한 이곳에서 내 분을 지키며	幽貞安素分
경서들을 즐겨 탐구하리라	經籍好探竆
의리는 전현의 가르침에 밝게 드러나 있으니	義理昭前訓
공부는 확충[279]을 힘써 해야 하리	工夫務擴充
어진 사람의 산과 지혜로운 자의 물을 겸하고[280]	仁山兼智水
관자, 동자(童子) 데리고 풍월(風月)을 읊으며	冠者又孩童
가까운 곳으로부터 마땅히 멀리 나아가리	自邇宜之遠
날개 짓 익혀 새가 높이 나는 것 같이 하리라	習飛佇將沖

---

278) 유정(幽貞) : 《주역》 십익(十翼)의 이괘(履卦) 상사(象辭)에 "유인정길(幽人貞吉 : 그윽이 숨어 사는 사람이며, 마음을 곧고 바르게 가지면 좋다)"의 약어이다.

279) 확충(擴充) : 확대하여 가득 채움. 인의예지(仁義禮智)의 본성은 인심(人心)에 구비되어 있는데 이것을 넓혀서 완전하게 해야 한다는 맹자의 설에서 나온 말.

280) 어진 사람의……물을 좋아하는 것 : 지자(知者)·인자(仁者)에 대하여 공자는 "슬기로운 사람은 물을 좋아하고 어진 사람은 산을 좋아하며, 슬기로운 사람은 움직이나 어진 사람은 조용하고, 슬기로운 사람은 즐기지만 어진 사람은 수(壽)한다." 하였다.(子曰 知者樂水 仁者樂山 知者動 仁者靜 知者樂 仁者壽.《논어》〈옹야편〉)

날로 새로워지는 건 힘쓰는 데 달려 있을진대	日新在爾勉
하늘은 나를 귀머거리 되게 하진 않으리라	天意不吾聾
증삼은 노둔(魯鈍)함으로 심법을 전수받고[281]	參魯傳心法
안회는 우둔함으로 성현의 공부를 터득하였나니[282]	回愚得聖工
모름지기 이 일을 잊지 말아라	莫須忘此事
저 물(物)의 공격을 면할 수 있으리라	免彼物來攻
중단하면 마음이 어찌 전일(專一)할 수 있으랴	間斷心何一
오로지 정일(精一)해야 학업이 향상되리	專精業乃崇
분잡하고 화려한 건 한갓 정신을 어지럽게 할 뿐이며	紛華徒蠢蠢
음풍농월(吟風弄月)은 또한 사리를 어둡게 하리라	吟弄亦倥倥
맑은 책상을 늘 대함이 마땅하고	淨几宜常對
전성(前聖)의 말씀들을 밝게 터득함이 중요하리라	前言要貫融
두어 사람 우리 그대들	二三吾黨子
힘써 노력하여 영웅호걸 되거라	勉力作豪雄

청송 최산휘[283]의 죽음을 애도함

輓崔靑松山輝

세분[284]으론 지기이며	世分仍知己

---

281) 증삼은 …… 전수받고 : 《논어》〈선진편〉에 보면, 공자가 자고(子羔)·증삼(曾參)·자장(子張)·자로(子路)에 대해 평을 하면서, "시(柴 : 자고)는 우직하고, 삼(參)은 노둔하고, 사(師 : 자장)는 형식적이고, 유(由 : 자로)는 거칠다.[柴也愚 參也魯 師也辟 由也喭]" 한 것 중에 "삼은 노둔하다" 한 것이 보이는데, 이같이 공자는 제자들의 결점을 지적하여 그들로 하여금 반성을 하게 하여 자기 향상을 꾀할 수 있게 한 것이다.

282) 안회는 …… 터득하였나니 : 공자는 안회의 사람됨에 대하여 말하면서, "내, 안회와 종일토록 말을 했으나 조금도 어기는 바가 없었으니 마치 어리석은 사람 같아 보였다. 그러나 물러나 사생활하는 것을 살펴보건대 나의 말한 바를 펴내더라. 안회는 어리석지 않도다." 하였다.(子曰 吾與回言終日 不違如愚 退而省其私 亦足以發 回也不愚. 《논어》〈위정편〉)

283) 최산휘(崔山輝, 1585~1637) : 자는 백옥(伯玉), 호는 낙남(洛南), 본관은 전주(全州), 관찰사 현(晛)의 아들. 1628년(인조 6) 유효립(柳孝立)의 역모사건을 고변(告變), 그 공으로 영사공신(寧社功臣) 3등이 되어 평완군(平完君)에 봉해지고 사섬시 주부(司贍寺主簿)에 임명되었다. 뒤에 통정대부(通政大夫)에 올라 하사받은 전토(田土)와 노비를 모두 반환, 칭송을 받았다. 청송부사(靑松府使)에 이르러 53세로 죽었다. 시호는 효헌(孝憲), 호조 판서에 추증되었음.

골육[285]같이 친하였을 뿐만이 아니었네 　　　　　非惟骨肉情

만날 때면 늘 함께 즐거워했고 　　　　　　　逢場常共戱

함께 계획하고 같이 한 것이 몇 번이었던가 　　偕計幾同征

무예로는 그 재주 대단했건만 　　　　　　　戰藝才何雋

용문(龍門)에 오름은 운수가 트이질 못했네 　　登龍數未亨

공을 세워 외직을 희망하여 부임한 바 있고 　　勳名望外至

은총을 입어 내직에 나가 빛을 낸 바 있도다 　　恩寵就中榮

두 고을 다스릴 때 바야흐로 그의 명망 드러났건만 兩邑治方著

삼한에 문득 난이 터졌었네 　　　　　　　　三韓亂忽生

어찌 임금이 욕당한단 소문 듣고 감당할 수 있었으랴 那堪聞主辱

차마 우리 행차를 늦출 수 없었네 　　　　　　不忍緩吾行

모든 고을엔 남자들 없고 　　　　　　　　　列郡無男子

여러 군영은 많은 병사들로 꽉 찼네 　　　　　諸營擁重兵

관문 사이에서 전쟁할 때에 　　　　　　　　間關戎馬際

전염병이 퍼져서 창궐하였네 　　　　　　　　穿貫疫瘟程

한 번 누우면 누가 서로 문병하랴 　　　　　　一臥誰相問

봄이 한창일 때 꿈속에 문득 놀랐네 　　　　　三春夢忽驚

구름 속 대(臺)에 마치 홀로 있는 듯하고 　　　雲臺像獨在

물결 정자 위에 달빛만 부질없이 밝더라 　　　波榭月空明

봄 꿈 속 늙은이 곁에 남은 자식 없고 　　　　春老無餘子

난초가 돋아났다 한 줄기 꺾이네 　　　　　　蘭生折一莖

어찌 알았으랴 인사가 이렇듯 변할 줄을 　　　寧知人事易

길이 탄식하노니 귀신도 모질도다 　　　　　　長歎鬼心獰

그만이로다! 좋은 벗 없어지다니 　　　　　　已矣無良友

슬프도다! 아름다운 구슬[286]만 남았구나 　　　烏乎覿美瓊

생각하건대 그대 저승으로 돌아가 　　　　　　念君歸下壤

---

284) 세분(世分) : 세상 인연.

285) 골육(骨肉) : 혈통이 같은 육친(肉親).

286) 아름다운 구슬 : 최산휘가 남긴 주옥같은 글.

나의 형을 만나면	得與面吾兄
전후로 집을 하직한 슬픔으로	先後辭庭痛
정녕 손을 잡고 울리라	丁寧握手嗚
나 외로이 여기 홀로 남으니	孤蹤玆孑立
온갖 감회가 다시금 떠오르네	百感更叢幷
성하고 빛나도다! 글 가운데의 뜻이여	大令書中意
이별의 말을 하려니 눈물이 절로 떨어지네	將言涕自傾

여러 아들의 〈우중에 느낀 바를 읊다〉 시에 차운함

次諸兒雨中有感韻

한 여름 더운 기운 불쾌한데	丙夏炎氣歜
장맛비는 몇 달도록 그치지 않네	數月雨不息
흙탕물 크게 넘쳐흐르고	黃流成巨浸
그 형세 언덕을 넘어 오를 듯 산악을 뒤흔들 듯하네	襄陵勢撼嶽
까마귀도 두 나래 접고	烏鵲縶兩翅
마소들도 네 다리를 벌벌 떠네	馬牛戰四脚
농가에는 불도 지필 수 없고	田家莫擧火
사방 이웃은 울부짖는 소리 급하네	四鄰呼號急
더욱이 온갖 씨앗 파종해야 함에도	況當播百種
농부들 팔짱낀 채 거친 밭두둑만 바라보네	束手望荒陌
백성들의 빈궁한 삶이 가엾으니	民事貧可矜
비에 젖고 젖어 머리엔 쓸 것조차 없구나	沾濕頭無笠
다만 백구와 물오리가 교만하게	但見鷗鴨驕
제 멋대로 칠택[287]을 날고 있음을 볼 뿐이네	翶翔窮七澤
이로 인해 땅이 없어질까 두려우니	因此懼無陸

---

287) 칠택(七澤) : 초(楚)나라에 있는 일곱 개의 못. 호북성(湖北省) 경내(境內)에 있다. 여기서는 여러 못을 가리켜서 하는 말임.

맹렬한 폭풍이 포효하니 바닷물이 곤두박질치네	颶吼海亦立
마침 내 곁에 한 노옹이 있으니	傍有一老翁
지팡이를 짚고서 머리는 반은 대머리인데	扶杖髮半禿
내 나이 백 세에 가깝지만	言吾生近百
이전엔 이런 궁한 일은 없었다 하네	前此無窮逼
갑, 병 이후로부터	自從甲丙後
세상 사람을 두루 만나 보았거늘	輿臺逢六合
나랏일 하는 바로 그 무리들이	謀國職此輩
이로 말미암아 천의를 잃었다고 하네	天意由玆失
하늘엔 해와 달, 별이 빛나건만	乾端日月星
땅에는 큰물이 넘쳐 나니	坤維洪漲激
멀리 임진년의 난을 생각한다 해도	緬憶壬辰事
어찌 명나라의 도움이 아니었던가	疇非明帝力
씩씩하도다. 버드나무 아래 장수여	壯哉柳下將
죽어 요동백[288]에 봉해졌지	死作遼東伯
아아! 우리 백성들 지금 곤경에 빠졌으나	噫乎今之溺
누가 이 백성을 구제할 이 있겠오	誰能濟民物
내 이 늙은이 말에 감동되어	余感此翁言
시를 지어 고적[289]을 본받으려네	作詩效高適

---

288) 요동백(遼東伯) : 김응하(金應河, 1580~1619)를 가리켜 말함. 자는 경의(景義), 본관은 안동(安東), 명장 (名將) 방경(方慶)의 후손, 시호는 충무(忠武), 철원(鐵原) 출신. 키가 8척에 힘이 세어 장사로 알려졌다. 1604 년(선조 37) 무과에 급제, 말직에 전전하다 병조판서 박승종(朴承宗)의 추천으로 선전관(宣傳官)이 되었으나 이듬해 파직, 1608년 박승종이 전라도 관찰사가 되자 그 비장(裨將)으로 기용되었다. 1610년 다시 선전관, 이 어 경원 판관(慶源判官), 도총부 경력(都總府經歷), 북우후(北虞侯) 등을 역임했다.

289) 고적(高適, 707~765) : 당나라 시인. 자는 달부(達夫). 숙종 때 좌기상시(左騎常侍)를 지냄. 쉰 살부터 시 를 지었는데 그의 시는 침통(沈痛)하고 기골(氣骨)이 있었다.

詩 시詩
칠언장편七言長篇

원곡산인 유덕재[290] 표형에 대해 감사를 하며
奉謝猿谷山人柳德栽表兄

원곡산인이 언덕과 산을 좋아하여	猿谷山人愛丘山
만년에 이곳에 터를 잡아 띠집을 열었네	晚歲卜此開茅屋
임하의 동쪽, 약산[291]의 북쪽인데	臨河之東藥山北
깊지도 얕지도 않지만 절로 그윽하고 궁벽지네	不深不淺自幽僻
세속의 시끄러움 닿지 않으니 지경이 한가롭고	塵囂不到境落寬
소나무 달 바위 구름 또한 빼어난 절경이네	松月巖雲亦奇絶
정자의 창은 맑고 시원하니 아무 일 없고	軒牕瀟灑一事無
앉고 누우며 한가로우니 벼루와 붓을 벗 삼네	坐臥長閒親硯筆
사계절이 흘러 바뀔 때면 물상이 온갖 자태	四序流遷物萬態
눈에 드는 하나하나마다 살피기를 다하네	入眼一一皆搜抉
일전에 나에게 붙여준 훌륭한 시 열 편	向者寄我盛篇什
원곡으로부터 보내 와서 나의 곁에 있네	猿谷移來在我側
모과의 보답[292]을 어찌 감히 늦추리오	木果之報何敢遲
마침 그때 나의 조카를 잃었다오	適會其時喪我姪
세월을 끌다 노쇠하고 게을러 답할 날을 어겼으니	遷延衰懶竟差池

---

290) 덕재(德栽) : 유인배의 호이다. 각주 162) 참조.

291) 약산(藥山) : 경북 안동시 임하면과 길안면 경계에 있는 산.

292) 모과의 보답 : 원문의 목과지보(木果之報)는 《시경》〈위풍(衛風)〉,〈목과(木瓜)편〉에 "나에게 모과를 보내 주었으나 아름다운 괴옥으로 보답하나니, 보답이 아니라 영원히 친하게 지내자는 것이네.[投我以木瓜 報之以 瓊琚 匪報也 永以爲好也]"에서 나온 것으로 친구 또는 애인 사이에 물건을 주고받으며 부른 노래이다.

보내어준 시를 볼 때 부끄러움이 일어나네 / 及閱來詩發慚恧

게다가 또 대학잠[293]을 보내주니 / 況又投贈大學箴

유선께서 마음 씀이 돈독한 것을 보았다오 / 足見儒先用意篤

내가 만약 통과 못한다면 꿈에라도 관문(關門)[294]을 지나가서 / 如吾未透夢覺關

감히 왕도와 천덕을 논하리라 / 敢論王道與天德

비록 그러하나 후한 은혜를 그냥 둘 수 없으니 / 雖然厚貺不可孤

때때로 잠문[295]을 읽으며 지결을 궁구하네 / 時讀箴文究旨訣

훗날 다시금 그대의 맑은 책상을 대할 수 있다면 / 他時更得對清案

장차 아름다운 시를 읊고 차학[296]을 강론하리라 / 且休吟詩講此學

도사 박회무[297] 시에 차운함
奉次朴都事檜茂韻

오천[298]의 인척에 부쳐 생각하노니 / 憶託姻好在烏川

그때 함께한 회합이 인연임을 알았네 / 一時會合知有緣

오천에는 또 여러 형제들 있으니 / 烏川又有羣兄弟

의기가 넘쳐 허리에 칼을 차고 다녔네 / 意氣劍佩腰間懸

뜰에서 맹서한 오랑캐를 소탕코자 한 원대한 기약 / 遠圖期掃單于庭

그렇게 하지 못할 바엔 봉래산 신선이 되리했네 / 不然擬作蓬萊仙

그대의 가세같이 곡식이 쌓인 것이 후하니 / 如君家世厚種積

비유컨대 마치 우물을 파 샘물을 마시는 것 같았네 / 譬如掘井而飲泉

---

293) 대학잠(大學箴) : 《대학》 속의 잠언(箴言 : 경계되는 말)을 엮은 글.

294) 관문(關門) : 사람 되고 귀신 되는 관문.

295) 잠문(箴文) : 삼가 조심하게 하는 글. 여기서는 대학잠을 말함.

296) 차학(此學) : 도학(道學)을 말함.

297) 박회무 : 자는 중식(仲植), 호는 육우당(六友堂), 본관은 반남(潘南), 목사(牧使) 승임(承任)의 손자. 정구(鄭逑)·정경세(鄭經世)의 문인(門人). 1606년(선조 39) 사마시에 합격, 1627년(인조 5) 정묘호란 때 의금부도사(義禁府都事)로 왕을 강화(江華)에 호종(扈從), 척화(斥和)를 주장했다. 1636년(인조 14) 병자호란이 일어나자 의병을 일으켜 출정했으나 화의가 성립되자 두문불출로 여생을 보냈다.

298) 오천(烏川) : 안동시 예안에 있음. 광산(光山) 김씨가 세거한 곳.

태어나 성인의 세상을 만남에 나가서 일할 수 있었으니 生逢聖世出可爲

반드시 화산에 곤궁히 거하여 홀로 잠잘 필요는 없네 不必華山竆獨眠

오랑캐 풍진에 문득 놀라 시대가 변함에 風塵忽驚時變易

나라와 백성의 떳떳한 인륜이 다 어그러졌네 國經民彝都錯顚

조정 대신들의 의견 분열 그칠 때가 없었으니 朝紳分裂無停時

천하에 누가 임금노릇 할 수 있겠는가 天下何人竊帝權

어지러이 몰락함에 일에 기강이 없었으니 紛紛沒沒事無紀

작은 일 큰일들 닥칠 때 누가 처리할 수 있었으랴 輕重到頭誰秤銓

모두들 세력이 적을 상대하지 못하리라 생각했는데 皆懷勢力不相敵

나랏일 도모하기를 다했으니 이는 당시의 현인들이었네 謀國盡是當時賢

복수하고 치욕을 씻는 것이 급선무가 아니라 復讎雪耻非急務

잠시 미봉책을 씀이 만전의 계책이라 하였네 姑息彌縫爲萬全

들으니 일락²⁹⁹⁾코자 구원에 숨고자 하는 이들 聞道逸樂處丘園

훌륭한 새매와 말들이 집 앞에 벌려 있네 良鷹駿馬羅堂前

홍안백발³⁰⁰⁾의 뛰어난 풍골들 紅顏白鬚風骨殊

청시묘필³⁰¹⁾을 사람마다 다투어 전하였네 淸詩妙筆人爭傳

스스로 나의 생을 비웃으니 길이 빈천하여 自笑吾生長貧賤

아비는 쟁기질 자식은 호미질로 밭을 갈며 살았으니 父犁子鋤披隴煙

벗들은 나에게 세상에 나가 벼슬하길 권하였지만 友朋勸我出求仕

손가락만 움직일 뿐 마음이 내키질 아니했네 指拇欲動心不然

망천³⁰²⁾의 산과 달이 시흥을 일으켜 주고 輞川山月動詩興

반곡³⁰³⁾의 단 샘물이 마음을 즐겁게 해 주었네 盤谷甘泉心所憐

선산에 약초를 캐며 내 생에 만족하려니 仙山採藥足頤生

원컨대 소년들이여 이 늙은이를 따르지 않으려가 願以少年追大年

---

299) 일락(逸樂) : 숨어서 좋아하는 바대로 삶.

300) 홍안백발(紅顏白鬚) : 소년의 얼굴 같은 노인.

301) 청시묘필(淸詩妙筆) : 맑고 밝은 시. 묘한 글.

302) 망천(輞川) : 당(唐) 왕유(王維)의 별장이 있던 남전현(藍田縣)의 지명.

303) 반곡(盤谷) : 당(唐) 이원(李愿)이 은거했던 곳.

어머님의 수연석(壽宴席)에서 곧장 읊음
宴中卽事

누님은 금년에 팔십오 세요	姊氏今年八十五
나와 아우도 또한 팔십이 가까웠네	吾與季也亦向八
아내와 제부 모두 칠십이 넘었는데	荊妻弟婦俱過七
다섯 사람이 다 함께 부모님 댁에 왔네	五人同來父母宅
학발[304]을 받들어 모시던 옛일을 말하면서	奉侍鶴髮說舊事
선인 생각에 눈물이 가슴을 적시었네	言念先人淚滿臆
꿇어앉아 어머님께 술 한잔 올리며 만수를 빌 때	跪進一觴祝萬歲
하늘도 도와서 겨울에 따뜻한 날씨를 빌려주었네	天亦助之借冬燠
아들과 손자 어른과 젊은이 수십 명이	兒孫長少數十輩
늘어서서 줄을 이루고 공경히 절을 올렸네	載列成行恭拜揖
화락한 이번 모임 진실로 즐겁고	融融此會信可樂
문물의 성함에 사람들 이목이 높아지리라	文物聲華聳耳目
문득 불초가 세덕을 욕되게 할까 염려하여	卻念不肖忝世德
다시금 옷깃을 여미고 한마디 말을 만들어 보았네	更起斂衽成一說
인생에서 귀하게 여길 것은 예와 의이니	人生所貴在禮義
의가 없고 예가 없으면 어찌 뜻을 세우리	無義無禮何能立
오호라! 소자는 마음속에 잊지 말고	嗚呼小子心勿忘
시종일관 부지런히 실천을 독실하게 하라	終始孜孜行必篤

---

304) 학발(鶴髮) : 학의 깃털같이 희게 센 머리칼. 여기서는 석계의 선고(先考)를 말함.

기봉 유복기³⁰⁵⁾의 죽음을 애도하며

輓柳岐峯復起

뜻을 세워 초년에 배움을 구한 것이 원대했는데	勵志初年學遠求
만년에는 전원을 좋아하여 밭 갈기를 즐겨했네	田園晚節樂耕耰
붉은 인끈 다투는 세상에 관심이 없이	無心紫綬紅塵競
청산, 백석에 노니는 데 뜻을 두었네	有味靑山白石遊
아름다운 덕 화락한 모습을 사람들 모두 사모했고	懿德和容人盡慕
집의 가난함과 몸을 굽히는 것 근심한 바 없었네	家貧身屈自無憂
뜰에 가득한 난새와 고니는 손안의 구슬인데	滿庭鸞鵠皆珠掌
집에 가득한 아들 손자들은 함두³⁰⁶⁾ 같은 보배로다	盈室兒孫只頷頭
지팡이와 신을 끌며 때때로 야외의 향기를 찾고	杖屨時時尋野馥
시주(詩酒)를 좋아하는 사람들 왕왕 시냇가에 모여들었네	詩樽往往簇溪洲
새로 지은 집은 또 암석 가를 향해 있는데	新齋又向巖邊築
맑은 산골짜기 물이 섬돌 아래로 돌아 흐르도다	淸澗還縈砌下流
만권의 시서를 자손들에게 외우게 하고	萬卷詩書敎子誦
이곳에서 화수회가 열리면 친척들과 기뻐하며 수작하였네	一區花樹悅親酬
인간 세상의 경복을 이미 오로지 누렸으니	人間景福已專享
죽은 후에도 아름다운 성명(聲名) 또한 길이 남으리라	身後佳聲亦永留
가장 애통한 건 허당의 곡하던 곳에	最慟虛堂來哭處
강산이 주인을 잃고 슬픈 가을에 잠겨 있는 것이네	江山無主鎖悲秋

---

305) 유복기(柳復起, 1555~1617) : 자는 성서(聖瑞), 호는 기봉(岐峯), 성(城)의 아들. 외숙인 학봉 김성일에게 배웠으며, 한강(寒岡) 정구(鄭逑)와 학문으로 깊이 사귀어 정한강은 '유복기(柳復起)는 가히 더불어 심간(心肝)을 나눌만 하다'고 했다. 1592년 임진왜란에 김해(金垓), 배용길(裵龍吉)과 함께 의병을 일으켰다. 만년에 기양서당(岐陽書堂)을 짓고 후진을 가르쳤다. 임진왜란에 이바지한 공으로 1617년(광해군 9) 예빈사정(禮賓寺正)에 임명되었다.

306) 함두(頷頭) : 여룡(驪龍 : 온 몸이 검다는 용)의 턱 아래에 있는 구슬[頷下之珠]이란 뜻의 준말이다. 이 구슬은 얻기가 매우 어려우므로 '함두'는 얻기 어려운 소중한 보배를 비유하여 일컫는 말이다.

疏疏

우계와 율곡[307]을 문묘에 종사하려는 데 대해 논하는 상소 【도내사림(道內士林)을 위해 지음. 경인년(1650, 효종 1)】

論牛栗從祀疏 【爲道內士林作○경인】

신이 가만히 생각건대 천하의 도(道)란 두 가지라고 봅니다. 옳은 것과 그른 것 그것입니다. 옳은 것과 그릇된 것을 구분할 줄 아는 마음은 사람들 모두가 가졌지마는 참으로 아는 사람은 거의 적습니다. 옳은 것은 참으로 옳은 것이고 그릇된 것은 참으로 그릇된 것입니다. 사람들의 마음에 만족되어 다시 다른 의론이 없다면 공도(公道)가 세워지고 세상의 다스림도 융성하게 될 것입니다. 혹 억지로 그릇된 것을 옳은 것이라 하고 사견(私見)을 모아들인 것을 공의(公義)라 하며 대중들의 의사를 거스르면서까지 치우치고 좁은 생각을 지키기를 고집한다면 나아갈 방향이 전도되어 나라의 맥이 병들 것인 바, 이는 고금의 큰 병폐였던 것으로 식자(識者)들이 매우 우려하는 것이었습니다.

신들이 가만히 엎드려 듣건대, 성균관 유생들이 옛 신하인 이이(李珥)와 성혼(成渾)을 문묘(文廟)에 올리는 것이 옳다 하여 소(疏)를 여러 차례나 올려 그 사정을 아뢰었던 것과 이어서 사학(四學)[308]의 선비들까지 소리를 함께 내어 귀를 시끄럽게 하면서 분수와 절도를 생각함도 없이 기어코 그들의 의지만을 달성코자 한 것에 대하여 전하께서는 우러러 선왕들의 남긴 뜻을 체찰함과 또 이루(離婁)[309]의 밝음으로 비추어 보신 것으로서 그 일이 옳지 않다고 하는 뜻을 이미 전후의 비사(批辭)[310]를 통하여 결단해 보였으니

---

307) 우율(牛栗) : 우계(牛溪) 성혼(成渾, 1535~1598)과 율곡(栗谷) 이이(李珥, 1536~1584).

308) 사학(四學) : 조선시대, 한성(漢城)의 중부·동부·남부·서부의 네 곳에 두었던 학교. 곧 중학(中學)·동학(東學)·남학(南學)·서학(西學)을 이른다.

309) 이루(離婁) : 이름을 주(朱)라고도 함. 황제(黃帝) 때 눈이 무섭게 밝았다는 전설상의 인물로, 백보(百步) 밖에서 가을 터럭의 끝을 볼 수 있었다 함. 한번은 황제가 현주(玄珠 : 검은 구슬 즉 고귀한 보물)를 잃어버려서 이루를 시켜 찾게 하였다고 한다.

그들의 행하는 일을 그쳐야 할 것입니다.

그런데 또 경연하는 신하들이 번거롭게도 공의(公義)가 이미 정하여졌음에도 옳고 그름을 바꾸거나 혼란시키어 성총(聖聰)을 더럽히고 있으니 임금께서 임금의 자리에 올라 나라를 다스릴 제 이런 험한 일이 있을 줄은 생각을 못하였습니다. 큰 슬픔을 입으심에 전하께서는 바야흐로 상중에 있으시니 이러한 때는 전하의 신하들이 삼가 협력하여 나라 일을 도와서 나라가 잘 다스려질 수 있게끔 치도(治道)를 말할 땐 요임금 순임금의 도를 아뢰어야 옳을 것이요, 성학(聖學)을 강론할 때는 공자 맹자의 도를 말해야 옳을 것입니다.

성균관의 유생들도 또한 임금의 은택을 입고서 쌓은 바의 도(道)와 덕(德)을 펴내어 후직(后稷), 설(契), 주공(周公), 소공(召公)의 덕을 닦길 꾀하여야 함이 마땅하거늘 그들이 오히려 바라는 것은 무엇이란 말입니까. 엎드려 보건대 전하께서는 춘궁(春宮)에 계신 이래로부터 정학(正學)에 뜻을 두었으며 보위(寶位)에 올라서도 치세(治世)를 바라는 정성이 목마른 듯, 굶주린 듯하시어, 주(周)나라 문왕(文王)께서 도(道) 있는 사람 기다리기를 보지 못한 것과 상(商)나라 탕(湯) 임금께서 현인(賢人)을 기용하기를 방소(方所)가 없이 한 도를 미루어 나갔으니 여기에 더 보탤 것이 무엇이 있겠습니까.

임금의 뜻을 살피어 마땅히 아첨함과 사사로운 것을 끊고 한 마음으로 직무에 봉사하여 함께 대중지정(大中至正)의 경지로 나아갈 수 있는 이것은 실로 천고(千古)에 있기 드문 기회이건만, 돌아보건대 이런 일을 꾀하지 아니했어야 함에도 불구하고 급하지 않은 일을 일으키어 입을 모아 소곤거린 것을 공의(公義)로 삼아서 사사로운 짓을 벌이어 이기려 함을 능사로 삼고 있습니다. 조정 밖을 나가서는 유생들에게 운동을 하게 하고 부랑자(浮浪者)들을 선동하여 부추기고 있으며 조정안에 들어와서는 해와 달을 가리운 채 다투어 속이기를 일삼으니 신(臣) 등이 슬퍼하는 것입니다. 한번 이이(李珥)의 일로써 말씀을 드리건대 그를 논하는 사람들은 초년(初年)에 훼형(毁形)[311]한 것을 허물로 여겨서 이런 것은 사람 쪽에 서서 선으로 나가게 한 것이 아니라 하고 있습니다.

무릇 사람이 세상에 처신을 할 때면 혹 일에 쫓기기도 하고 보고 듣는 것에서도 미혹되기는 하지만 결과적인 면에서 마음을 돌리어 향하는 바를 바르게 한다면 도(道)에

---

310) 비사(批辭) : 신하의 상주(上奏)에 대하여 임금이 결재·허가하는 일.
311) 초년(初年)에 훼형(毁形) : 이것은 1554년(명종 9) 성혼(成渾)과 도의(道義)의 교분을 맺고 이해에 금강산에 들어가 불교를 공부한 것을 가리키어 말한다.

방해가 될 것이 무엇이 있겠습니까. 생각건대, 학문에도 바른 것과 거짓된 것이 있고, 그리고 도에도 순수한 것과 잡된 것이 있음은 비록 백세의 먼 세대에 이를지라도 오히려 어김이 없다고는 하겠지만 하물며 근래에 같이 알 만한 사람에게서랴. 신 등은 그의 문집에 나아가 언론한 것의 대강을 엿보건대 이(理)와 기(氣)를 논한 일단(一段)도 매우 이해 못 할 곳이 있습니다. 이전에 선정(先正) 신 이황이 일찍이 이(理)와 기(氣)를 논한 이래로 도설(圖說)[312]까지 만들어서 선조(宣祖) 임금께 올리었고 또 기대승(奇大升)[313]과 서간(書簡)을 왕복하여 난해한 곳을 분변하기를 오래도록 한 끝에 그 바름을 얻었는데 이이가 기대승과 4단 7정을 논변한 것을 지목하여 그 분석한 것을 헐뜯고, 또 공박하기를 전력(全力)을 다해서 하였습니다.

또 기대승이 자기 견해를 고수하지 못하고 저 퇴계의 설에 굽힌 것을 책망하였습니다. 이이의 설은 열 가지 가운데서 온당한 것이 하나도 없고 퇴계의 설을 글로 써서 그릇된 견해를 끼워 넣어 그 설을 새롭게 하려고 한 것에 이르러서는 신 등은 어디에서 근거하여 이런 견해를 냈는지 감히 알 수가 없습니다. 대저 4단과 7정과 이기(理氣)의 분변에 대한 것은 이황에서 나왔지만 그 스스로의 창견(創見)은 아니었습니다. 주자(朱子)의 말씀인데, 그 근원은 자사(子思)[314] 맹자(孟子)[315] 정자(程子)[316] 장자(張子)[317]에서 나온 것으로서 확실한 내력이 있으니 한 글자도 더 보탤 수 없고 한 글자도 덜어낼 수 없는 바, 이것이 곧 성현들의 상전(相傳)한 지결(旨訣)입니다.

성현의 언행도 혹 같지 아니한 것이 있고 강설(講說)한 것도 또한 서로 조금 차이나기도 하지만 이기(理氣), 성정(性情)의 세밀하고 긴요한 것에 이르러서는 자세히 살펴서 분명하게 분변하지 아니한 것이 없으므로 귀착점이 동일하고 그 이치도 한가지입니다.

---

312) 일찍이 …… 도설(圖說) : 《성학십도(聖學十圖)》 중에 제 6도인 심통성정도(心統性情圖)를 말함.

313) 기대승(奇大升, 1527~1572) : 성리학자. 자는 명언(明彦), 호는 고봉(高峯), 본관은 행주(幸州)이다. 나주(羅州) 출신. 1549년(명종 4) 사마시를 거쳐 1558년 식년문과(式年文科)에 급제, 사관(史官)이 되었다. 1563년 사정(司正)으로 있을 때 신진 사류의 영수로 지목되어 훈구파에 의해 삭직(削職)되었다가, 이후 대사성·대사간 등을 지냈음. 시호는 문헌(文憲), 저서로 《고봉집》, 《주자문록(朱子文錄)》, 《논사록(論思錄)》이 있음.

314) 자사(子思) : 공자의 손자인 공급(孔伋)의 자(字). 노(魯)나라 출신. 유학자.

315) 맹자(孟子) : 성은 맹(孟), 이름은 가(軻), 자는 자여(子輿). 추(鄒) 출신. 전국시대(戰國代)의 대유학자.

316) 정자(程子) : 북송(北宋)의 성리학자 정호(程顥)·정이(程頤) 형제. 이정(二程)·이정자(二程子)라 불리며, 오랜 기간 낙양에서 강학하였으므로 그들의 학문을 낙학(洛學), 또는 신유학(新儒學)이라고 부른다.

317) 장자(張子) : 북송 때의 성리학자인 장재(張載)를 일컬음. 봉상(鳳翔) : 섬서성(陝西省) 미현(郿縣) 횡거진(橫渠鎭) 출신) 이곳에서 장기간 강학하였으므로 횡거 선생이라고 불리었다.

여기서 다름이 있다면 다른 길로 든 것입니다. 인의(仁義)를 배우다가 어긋나면 반드시 양묵(楊墨)[318]이 되고 심성(心性)을 보존하다가 마르면 반드시 노불(老佛)이 되고 이기(理氣)를 설(說)하다가 잘못되면 성선악혼설(性善惡混說)[319]이나 성삼품설(性三品說)[320]이 되는 것과 다를 바가 무엇이 있겠습니까.

사람의 선악과 사정(邪正)은 늘 이(理)와 기(氣)의 나뉘는 것에서 말미암기 때문에 선배들이 정일집중(精一執中)[321]의 공(功)에 뜻을 온통 기울여야 한다고 하지 아니한 적이 없었습니다. 만약 기(氣)를 이(理)라고 인식한 것을 혼동하여 설(說)을 삼는다면 대저 이미 발(發)하여진 것 가운데서 선(善)하지 아니한 것도, 이(理)의 당연한 것이라 할 수 있음이니, 바로 잡아 살펴야 할 공부가 없어서야 되겠습니까. 스스로를 속이고 후학을 속이는 것은 심술(心術)의 해(害)됨이 큽니다.

또 글의 기상을 살피건대 화평완리(和平翫理)의 마음은 없고 남을 앞지르고 스스로를 자랑하는 뜻이 있으며, 말은 한결같이 선현(先賢)에게 스미어 들어가 일부러 허물을 들추어 낸 예(例)에 지나지 않을 뿐입니다. 이러한 기상을 의거하여 볼진댄 비록 말한 바가 중하다 할지라도 그 마음 씀이 이미 좋지 아니한 것이 앞섰거늘, 아울러 그 말한 것과도 바르지 아니함에서이랴 말하여 무엇 하겠습니까. 만약 이이의 말을 바르다고 한다면 주자 이황의 말은 그릇되다 할 것입니다만 주자 이황을 대현(大賢)이라 통칭하고 있으니, 이이의 학문에 대해서는 신 등이 말참견을 하지 아니할 수 없습니다.

이(理)를 찾다가 깨닫지를 못하자 이전에 학습한 것에 얽매여서 평생토록 이룬 사업(事業)이 단지 선(禪) 하나를 깨달아 성취한 것뿐이었으니, 아마도 이로써 미루어 볼진대 유종(儒宗)이라 하기에는 옳지 아니한 듯합니다. 성혼(成渾) 같은 사람은 그 사람됨과

---

318) 양묵(楊墨) : 양주(楊朱)와 묵적(墨翟). 양주는 위아주의(爲我主義 : 철저하게 자기 자신만을 위해 살아가는 태도를 이상으로 하는 학설)를 고집한 선진시대(先秦 時代) 사상가이며, 묵적은 겸애주의(兼愛主義 : 자기와 남, 자기 아버지와 남의 아버지를 분별 말고 다 같이 사랑하고 모두를 이롭게 하자는 이론)를 창도한 선진 시대 사상가이다.

319) 성선악혼설(性善惡混說) : 전한(前漢)의 유학자인 양웅(楊雄)의 학설로 인간의 성은 선과 악이 섞여 있다고 하는 설.

320) 성삼품설(性三品說) : 당(唐)의 유학자인 한유(韓愈)의 학설로 인간의 본성을 3등급(上·中·下)으로 분류하고, 악을 선으로 인도할 수 있는 기능이 교육과 법률에 있다고 하는 설.

321) 정일집중(精一執中) : 《서경》 대우모(大禹謨)에서 "사람의 마음은 위태롭기만 하고, 도를 지키려는 마음은 극히 희미한 것이니, 정신 차리고 오직 하나로 모아 그 中正을 진실로 잡아라.[人心惟危 道心惟微 惟精惟一 允執厥中]" 하였는데, '정일집중(精一執中)'은 이를 줄여서 한 말이다.

학술을 이룬 바에 대하여서 신 등은 더욱 알지 못하는 바입니다. 처음에 은거로써 고상(高尙)을 일삼는 것은 마치 취할 만한 듯했으나 출처(出處)의 경개(梗槪)로서 논하여 보건대, 그 나아감도 점차로 한 것이 없고 그 물러남도 끝이 없었으며, 본조(本朝)에 들어와서는 볼만한 자취 하나 남긴 것이 없습니다.

그리고 세상이 화평하고 무사할 때는 주관(主觀)을 몰래하여 숨겨진 것을 드러내어 시기 질투함을 스스로 꾀하는 버릇이 있었으며 또 시대가 위태롭고 임금이 욕을 당할 때에 물러나 숨어 관망만을 하였으니, 나라가 평안할 때나 나라가 위험에 처하였을 때를 피치 않아야 할 절조도 없었습니다. 평생토록 행한 일이 이 같은 데 지나지를 못하였으니, 가령 이 사람은 학문이 양웅(揚雄)[322] 같고 재주를 품은 것이 순황(旬況)[323] 같았으니 취할 것이 무엇이 있겠습니까. 저 두 신의 행에 대한 것은 신 등이 그 유은(幽隱)한 것을 다 주어 모을 수 없는 바, 그들에게 미(美)를 이루어주는 것은 바라지 않은 바입니다.[324] 단지 그들을 현자라 하여 공자 사당에 들여질 수 있게 되려면 현자의 도(道)에 완전해야 하며 하나의 허물도 없어야 할 것입니다. 이 때문에 이렇게 부득이하다고 말함이오니 이렇게 말씀드린 것이 어찌 유독 신의 불행이라 하겠으며, 또 두 신[325]의 불행이라 하겠습니까.

예로부터 유신(儒臣)들 중에서도 이러한 예(禮)에 해당되려면 그 도덕 언행이 반드시 백 세를 기다려서 의혹됨이 없을 그런 사람이라야 했습니다. 그런 다음에라야 공의(公議)에 부끄럽지 않게 되고 세상 교화에도 관련될 수 있게 되기 때문입니다. 지금 두

---

322) 양웅(揚雄) : 전한(前漢)의 유학자. 자는 자운(子雲). 촉군(蜀郡 : 四川省) 성도(成都) 출신. 청년 시절에 동향의 선배인 사마상여(司馬相如)의 작품을 통하여 배운 문장력을 인정받아 사부작가(辭賦作家)로서 성제(成帝) 때 궁정문인이 되었다. 왕망(王莽)이 정권을 찬탈한 후, 새 정권을 찬미하는 문장을 쓰고 대부(大夫)를 지냈다. 이 때문에 위조(僞朝)에 협조했다 하여 송학(宋學) 이후에는 비난의 대상이 되기도 하였다. 만년에는 경학(經學)에 뜻을 두어 윤리·정치·철학을 연구하였음. 저서로《태현경(太玄經)》,《법언(法言)》등이 있다.

323) 순황(旬況) : 전국시대(戰國時代) 유학자. 성악설(性惡說)을 주장한 것으로 유명함. 사회규범으로서의 禮를 매우 중시하였으며, 형벌과 법의 의의를 긍정하였다. 아울러 왕도(王道)의 아래 단계이기는 하나 패도(覇道)를 인정하였다. 이 점이 같은 유가이면서도 왕도를 존숭하여 패도를 천시하고 극력 배척하였던 맹자와의 상이점이다.

324) 그들에게 …… 않은 바입니다 : 석계 이시명은 우율의 행적과 학술 등에 문제가 있음을 들어 그러한 것이 선미(善美)하지 못하다고 보아 우율을 좋게 평할 수 없다고 하였다. 해당 구절의 '불욕성기미야(不欲成其美也)'는《논어》〈안연편〉의 "군자가 남의 선미한 점을 도와 이루게 하고, 남의 사악한 일은 선도하여 이루지 못하게 한다.[君子成人之美 不成人之惡]" 한 데서 나온 말이다.

325) 두 신(臣) : 율곡과 우계를 말함.

신(臣)을 근세 명신이라 한다면 좋으나 어찌 감히 문묘종사에 해당할 사람이라고 운운할 일이겠습니까. 근년 이래로 도학이 밝지 아니함에 사람들은 그 좋아하는 바대로 사사로운 짓을 일삼고 있습니다. 조정에 가서는 아부를 하고 나와서는 종노릇까지 합니다. 이런 고질병의 증세를 가진 사람들이 열 명 중에 8, 9명이나 되고 있는 바, 다행히 바라건대 성주(聖主)께서 밝으신 지혜로서 승낙한다는 말씀을 하시지 않는다면, 臣등은 진실로 대성인(大聖人)[326)]께서 만든 예(禮)가 일반적인 것에서 나온 것보다 만 배나 된다는 것을 알게 될 것입니다.

그들도 역시 옳지 않다는 것을 알지 못하는 것은 아니지만 겉으로는 스승을 높인다는 명분을 붙이고 있으며 안으로는 이기기를 좋아하는 마음을 품고 있습니다. 진신(縉紳)[327)] 장보(章甫)[328)]들도 서로 표리(表裏)가 되어서 더욱 그 무리들을 만들고 있으며 대중들까지 협박하여 눌러서 마침내 바른 의론을 펴지 못하게끔 하니, 임금을 고립케하는 바가 그 얼마입니까. 진사 홍유부(洪有孚)란 사람이 소(疏)를 안고 대궐문에 이르러서 호소를 하고 또 소를 두 번이나 승정원에 올렸으나 승정원에서 끝내 받지 않았습니다.

유부(有孚)의 말이 비록 경중(輕重)은 없다하더라도 그러나 당신의 의론이 공의(公議)에 어긋난 것임을 밝히려 한 것이니 어찌 전하께서 들으셨다면 하나의 도움 되는 바가 없었겠습니까마는 한결같이 막기를 일삼아 자취를 닿지 못하게 하였습니다. 대저 그들의 뜻은 이 소가 한번 올라가면 이전 날의 속인 자취들이 이로 인하여 드러나게 되고, 기아(機牙)[329)]가 또한 부서질 것이라고 생각하여 일부러 잘못된 것을 미봉하여 진실인양 말을 하려고 한 데 있었을 것입니다.

오호라, 연신(筵臣)들이 전하의 이목(耳目)이 되어야 함에도 이목이 되지 못하고 승정원이 전하의 후설(喉舌)이 되어야 함에도 후설이 되지 못하고 있으니, 이로써 헤아려

---

326) 대성인(大聖人) : 공자(孔子)를 말함.

327) 진신(縉紳) : 벼슬아치를 말함. 각주 194) 참조.

328) 장보(章甫) : 중국 은나라 때부터 써 온 관(冠)의 하나. 장보관(章甫冠)이라고도 하고, 치포(緇布: 치포관 즉 유생들의 평소에 쓰는 검은 천으로 만든 관)의 복장에 썼다. 보(甫)란 장부(丈夫)를 가리키는 말로서, 장보 관을 씀으로써 장부라는 것을 드러내는 것이다. 《예기》〈유행(儒行)〉에는 공자가 송(宋)나라에 머물 때에 이 장보관을 썼다고 한다. 이를 본받아 후세에 유자(儒者)들이 많이 썼으므로 장보관은 유자의 관이 되었고, '장 보'라 하면 곧 유생(儒生)을 가리키는 말이 되었다.

329) 기아(機牙) : 화살 및 쇠뇌(弩)의 이빨이란 뜻으로 발동(發動)이 빠름을 비유하는 말.

보건대 전하의 조정은 그 체모가 어찌되겠습니까. 옳고 그른 것을 바로잡고, 세상의 다스림을 융성하게 하고자 한다면 이와 같이 하고서야 가히 바랄 수 있겠습니까. 지금 이 거사는 단연코 임금의 마음 씀에 달려 있음인즉, 그들이 궁극적으로는 어찌할 수 없는 바입니다. 그러나 그들의 이런 버릇을 제거하지 않는다면 생각건대 초야인사(草野人士)의 말이 전달될 길이 없고, 또 가령 속이는 무리가 대궐 안에 의거해 있으면 전하께서는 누구를 좇아 알 수 있게 되는지를 두려워하는 바입니다.

　신(臣) 등이 올리는 소가 천(賤)하여 진실로 월조(越俎)[330]의 허물 있음을 아오나 임금을 사랑하고 나라를 걱정하는 진심은 칠실(漆室)[331]에서도 사이 뜸이 없사옵니다. 천리(千里)에서 소를 올리오니 성총(聖聰)에 이를 수 있기를 바랍니다. 엎드려 바라건대 성명(聖明)께서는 드리워 살펴주소서. 신 등은 말을 과격하게 한 것을 견딜 수가 없어 매우 두려울 따름입니다.

　臣竊以爲天下之道二 是與非而已 是非之心 人皆有之 而得其眞者蓋寡 是其眞是 非其眞非 愜於人心而無復異議 則公道立而世治隆 其或强其非以爲是 綴其私以爲公 拂於衆慮而執守偏迫 則趣向僞而國衇病 此古今之通患而識者之深憂也 臣等竊伏聞館儒 以故臣李珥 成渾可陞於文廟 累疏陳請 繼以有四學之士連聲强聒 不念分節 必欲行其志 而殿下仰體先王之遺意 且以離明而照之 不可之旨 已斷於前後批辭 斯可以止矣 而又有筵臣謏以公議已定 變亂是非 冒瀆聖聰 不料聖明臨御 已有此漸也 屬玆大戚 殿下方居諒闇 當此之時 殿下之臣 寅協補拾 喻治道則陳堯舜可也 講聖學則道孔孟可也 大學諸生 亦宜沐浴聖澤 展布所蘊 以稷契周召爲期 他尙何求哉 伏覩殿下自在春宮 有志於正學 及登 寶位 願治之誠 如渴如飢 雖周文之望道未見 商湯之立賢無方 何以加此 欲體聖意者 當絶去阿私 一心供職 同趣於大中至正之域 此實千古所未有之際會 而顧乃不此之圖 倡起不急之務 以聚口呫囁爲公議 以逞私求勝爲能事 出則奔走生徒 鼓起浮浪 入以擁蔽日月 競事欺誣 臣等竊痛焉 試以李珥之事言之 論者或以初年毁形爲咎 此非許人遷善之道也 凡人處世 或迫於事故 迷於見聞 終乃幡然 所趣克正 則何傷乎道

---

330) 월조(越俎)：시동(尸童：옛날에 제사 때 신위(神位) 대신으로 쓰던 동자(童子)가 제사상의 제기(祭器)를 넘는다는 말로, 자기의 신분 밖의 일을 한다거나 월권 행동을 함을 뜻한다.

331) 칠실(漆室)：옛날 노(魯)나라에 천부(賤婦)가 캄캄한 방 속에서 나라 일을 근심하였다는 고사에서 나온 말. 신분에 지나친 근심을 함.

惟以學有正僞 道有粹雜 雖在百世之遠 猶莫之違也 況近而可知者乎 臣等就其文集中
窺其言論大致 則其論理氣一段 大有所不可曉者 昔先正臣李滉嘗論理氣 作爲圖書 進
御宣廟 又與奇大升往復辨難 久乃得正 而李珥指爲葛藤說話 譏其分析 攻之不遺餘力
且責奇大升不守己見而屈於彼說 至以十李珥 不能當一退溪之說 筆之於策 挾其左見
欲新其語 臣等不敢知何所據而有是見耶 夫四七理氣之辨 出於李滉 而非自創說也 乃
朱子之言 而其原發自思孟程張 的有來歷 一字不可加 一字不可減 此乃聖賢相傳之旨
訣也 聖賢言行 或有不同 講說亦相小異 而至於理氣性情細密緊要處 則莫不精察而明
辨 同歸而一致 於此有異則入于他岐矣 學仁義而差者必爲楊墨 守心性而枯者必爲老佛
說理氣而謬則其與善惡混性三品之見 何以異哉 人之善惡邪正 每由於理氣之分 故先輩
於精一執中之功 未嘗不致意焉 若認氣爲理 滾同爲說 則凡發於己而未善者 亦謂理之
當然 而無矯揉省察之工耶 自欺而欺後學 大爲心術之害也 且觀其辭氣 無和平翫理之
心 有凌軼自多之意 語浸先賢 一例吹毛 據此氣象 雖所言或中 其設心已先不好 況幷與
其言而不是者乎 若使珥之言爲是也 則朱子李滉之言非也 使朱子李滉通謂之大賢 則珥
之學 臣等亦得以容喙矣 求理未得 舊習纏繞 平生事業 只是成就得一箇禪字 恐不可推
此爲儒宗也 如成渾則其爲人學術 臣等尤所未領 始之隱居高尙 似若可取 而以出處梗
槩論之 其進無漸 其退無端 立乎本朝 已無可見之跡 而世平無事則陰主陽掩有媚嫉自
謀之習 時危主辱則退匿觀望無夷險不避之節 平生行事 不過如此 則雖使此人學如楊雄
才懷荀況 何所取哉 彼二臣之行 臣等非敢捃摭幽隱 不欲成其美也 第旣謂之賢者而請
入於孔子之庭 則於賢者之道 不得不責備 故爲此不得已之說 此豈但臣之不幸 抑二臣
之不幸也 自古儒臣之當此禮者 其道德言行 必百世以俟而無惑 然後無愧於公議 有關
於世敎 今二臣者 謂之近世名臣則可 何敢當云云之擧乎 近年以來 道學不明 人私其好
入者附之 出者奴之 膏肓之勢 十成八九 而幸賴聖主洞燭 不許兪音 臣等固知大聖人所
作爲 出尋常萬萬也 渠等亦非不知其不可 而外託尊師之名 內懷好勝之心 搢紳章甫相
爲表裏 益樹其朋 脅制衆口 遂使正議墜廢 君父孤立 甚者至於進士洪有孚者 懷疏叫閽
再呈政院 而政院終不受 有孚之言 雖無輕重 然欲明時議之非公 則豈無一助於殿下之
聽哉 而一味牢關 使不得接跡 蓋渠等之意以爲此疏一上 則前日欺誣之跡 因此呈露 機
牙且破 故曲爲彌縫 以實其言 嗚呼 筵臣殿下之耳目 而不爲之耳目 政院殿下之喉舌而
不爲之喉舌 以此揆之 殿下之朝廷體貌何如也 是非之正 世治之隆 若是而可期乎 今玆
之擧 斷在宸衷 渠等終無奈何 然此習不除 竊恐草野之言 無路得達 而設有欺負之徒 根

據於殿陛之間 殿下孰從而知之 臣等疏賤固知越俎有咎 而愛君憂國之誠 無間於漆室
千里封疏 冀達聖聰 伏願聖明垂察焉 臣等無任激切屛營之至

石溪先生文集 卷三

석계선생문집 권3

서書

아우 제숙[332]에게 주다. 갑인년(1674, 현종 15)
與弟濟叔 甲寅

봄추위가 아주 심하고 눈비가 자주 오는데 요즘 어떻게 지내느냐. 오삼계의 거사[333]는 동지사[334]가 이전에 돌아왔을 때 임금께서 올린 장계[335] 초략을 통해 알 수 있었다. 오가 오십만 군사로 청을 직접 공격할 때 숭정 황제의 셋째 아들이 서산에 숨어 있다가 오와 화합하니, 북경성 안으로 바야흐로 사람들이 들어와 몰래 도와주는 사람이 매우 많았다 하며, 청나라 군사가 깨닫고는 북경 성문을 잠그고 사람들을 죽인 것이 몇만 명이나 되었다고 한다. 청나라가 조선 사신을 대접하는 데도 매우 정성을 기울여서 이전과는 달리 그들에게 바치던 물건들도 모두 받지 않았다 한다. 이 내용들은 모두 장계에 들어 있는 말이다. 봄날 꽃이 만발하여 산에 가득하니 떠오르는 고향 생각을 금할 수가 없구나. 동쪽을 바라봄에 근심이 인다.

春寒彌甚 雨雪頻下 此時平安否 吳三桂事 冬至使先來狀 啓草畧見之 吳以五十萬直擣 崇禎皇帝第三子隱於西山 與吳協合 北京城中將爲內應者甚衆 淸人覺之 閉城殺戮幾萬人云云 淸國待朝鮮使臣極款 異於前日 所納之物盡不受 淸人請兵於蒙 蒙人不許云 此皆狀 啓中語也 花事滿山 鄕思難禁 東望邑邑耳

---

332) 제숙 : 이시성(李時成)의 자(字)이다.
333) 거사 : 명나라 숭정(崇禎) 때 총병(摠兵)을 지낸 오삼계(吳三桂)가 유적(流賊) 이자성(李自成)이 무리를 지어 나라를 혼란케 하자, 이들을 진압하기 위해 청나라 군사를 끌어와 진압함으로써 결국 청나라가 천하를 차지하게 되었다. 하지만 얼마 후 청나라에 반란하는 세력이 일어남에 오삼계가 이 세력들을 이용하여 도리어 청나라를 공격한 것을 말한다.
334) 동지사(冬至使) : 해마다 동짓달에 중국에 보내는 사신.
335) 장계(狀啓) : 서면으로 임금에게 보고하는 글.

아들 상일[336]에게 보내다
奇子尙逸

 천석암애 가운데서 너희들과 함께 앉고 서고, 산천을 바라보기도 하면서 온통 세상사를 잊고 지내니 이보다 좋은 것은 없었다. 갑자기 너를 떠나보내니 마음이 다시금 멍해지는구나. 선비란 이 세상에 나서 과거를 보아 명예를 얻기 위한 것이 아니니 평생의 뜻을 헛되이 하지 말고 조용한 곳에 방 하나를 마련하여 글을 읽고 사색하면서 대유가 되기를 바라는 것이 하늘이 내려준 것을 저버리지 않는 것임을 알아야 할 것이다. 또 세상이 더러워진 때[337]는 자취를 겹겹 구름 언덕 속에 감추어 옛 성현과 함께하기를 좋아하여 나아감을 함께해야 하는데 이런 생각도 또한 알지 아니해서는 안 될 것이다.

 川石巖崖之間 伴汝輩坐起瞻望 都忘世間事故 莫是好事 倏爾作別 懷更惘惘 士生一世 非爲科名 平生之志 不可虛抛 靜處一室 俯讀仰思 期成大儒 庶不負上天賦畀之意 且當腥穢之世 斂踪於萬疊雲壑之間 樂與往哲而同趣 此意亦不可不知也

아들 상일에게 보내다
寄子尙逸

 며칠 동안 편지가 없기에 그리운 마음이 끝이 없다. 이곳은 이럭저럭 지내고 있다. 너의 일과에서 얻는 것이 새로움을 향하고 있는지 알고 싶구나. 세월은 쉽게 저물고 나이는 점점 많아지는데 이러한 때에 노력을 하지 아니하면 자포자기(自暴自棄)하게 된다. 바다 마을의 풍속을 보건대, 소년 때는 마치 어떤 일을 하려함이 있는 듯하다가

---

336) 상일 : 석계(石溪) 이시명(李時明)의 장자(長子)이고, 모친은 김해(金垓)의 따님이다. 1650년(효종 1) 2월에 영남 유생 유직(柳稷)이 성혼(成渾)과 이이(李珥)의 문묘 종사를 반대하는 상소를 올렸다가 삭적(削籍)을 당한 뒤, 시론(時論)이 분열되어 다투는 일이 일어났는데, 그해 11월에 이상일이 소수(疏首)가 되어 유직을 변호하는 상소를 올렸다. 이 상소로 이상일은 시배들의 뜻에 거슬려 유적(儒籍)에서 삭명(削名)되었다. 숙종 초년에 장릉 참봉(長陵參奉)에 제수되었으나 연로하고 신병이 있어 부임하지 못했다. 《갈암집(葛庵集)》권25 〈李尙逸壙記〉, 《효종실록(孝宗實錄)》 1년 11월 11일.

337) 병자호란을 가리키며 한 말이다.

성장함에 따라서 점차 아래로 떨어지는 경향이 있으니, 더욱 조심하여라. 모름지기 자취를 조용한 곳에 맡겨 글을 읽을 것이지 세월을 헛되이 보내지 마라. 구용[338] 구사[339]의 공도 소홀히 하지 말고. 앉고 서고 길을 걷고 발걸음을 딛음에도, 꼿꼿하고 곧아야 하며 천천히 걷고 완만하게 움직여야 하며, 손을 흔들거나 손가락을 놀려서도 안 되며 얼굴을 기울게 하거나 입을 선동해서도 안 된다. 이들은 비록 작은 예절이지만 반드시 삼가고 조심해야 할 것이다. 이렇게 할 수 있어야 바야흐로 대군자의 위의가 될 수 있다. 모두가 몸을 다스리고 행위를 바르게 하는 것이니 힘쓰고 힘써야 할 것이다.

數日無書 馳戀不已 此處僅延耳 汝之日課所得 果能向新乎 日月易暮 年齡漸多 此時不力 卽爲自棄 海方風俗 少年若可有爲 及長滔滔趨下 尤可懼也 且須斂跡讀書 不可虛送光陰 九容九思之功 亦不可忽 坐起行步 堅植徐緩 不可搖手指揮 不可傾面嗽口 此雖小節 必愼必戒 然後方做大君子威儀矣 皆是修身正行 勉之勉之

아들 상일에게 답하다

答子尙逸

두 번째 보낸 편지에서 잘 있음을 알고 위안이 되었다. 문을 닫고서 글을 읽는다 하니 매우 기쁘구나. 다만 뜻을 정한 것이 너무 예리하면 오래 버티기 어려우니 예리하

---

338) 구용(九容) : 용모를 바르게 하도록 한 아홉 가지의 가르침.
  1. 발걸음을 삼가 조심할 것(足容重)　　2. 손 모양을 공손히 할 것(手容恭)
  3. 눈 모양을 단정히 할 것(目容端)　　4. 입 모양을 조용히 할 것(口容止)
  5. 말소리를 조용히 할 것(聲容靜)　　6. 머리 모양을 바르게 할 것(頭容直)
  7. 숨 쉼을 공경히 할 것(氣容肅)　　8. 서있는 모양을 바르게 할 것(立容德)
  9. 얼굴빛을 예의범절 있게 할 것(色容莊). 《소학》 敬身篇

339) 구사(九思) : 사람이 사물을 접할 때 신중하게 생각하고 행동하도록 한 아홉 가지 가르침.
  1. 보기를 밝게 할 것(視思明)　　2. 듣기를 분명히 할 것(聽思聰)
  3. 얼굴빛은 온화하게 할 것(色思溫)　　4. 태도를 공손히 할 것(貌思恭)
  5. 말을 성실히 할 것(言思忠)　　6. 일을 성심껏 할 것(事思敬)
  7. 모르는 것은 솔직히 물을 것(疑思問)　　8. 분노를 참을 것(忿思難)
  9. 이득을 보면 반드시 義에 맞는지를 생각할 것(見得思義). 《논어》 〈계씨편(季氏篇)〉

지도 느슨하지도 않게 하여 늘 굳게 정한 뜻을 변치 말아라. 또 스스로를 자랑하거나[340] 남보다 낮다는 생각을 해서는 안 된다. 겸손하여 낮추는 것으로서 스스로를 다스리고 동정[341]을 살펴야 한다. 이것이 기질을 변화시키는 제일 첫째 공부이다. 대개 붙들어 두기 어려운 것이 사람의 마음이니, 밖으로는 글을 읽고 안으로는 마음 지키기를 반드시 견고히 해야 할 뿐만 아니라, 일상생활의 여가에는 또한《소학》,《심경》등의 서적을 취하여 마음을 다스리고 덕을 기르는 공부를 해서 일상생활에 적용한 후, 얻음이 있으면 노력하기를 더하고, 얻음이 없으면 백배로 힘쓸 뿐 재주에 의지하지 마라. 또한 성현을 특별한 사람으로 생각하지 말고. 정한 마음을 변치 않고 곧바로 죽을 때까지 공부하길 꾀한 뒤에야 바야흐로 얻은 바가 있을 것이다. 만약 오늘 생각을 했다가 이튿날 문득 잊어버린 채 일들을 다잡아 하지 아니하고 구차히 날만을 보내는 것으로써 세상과 더불어 물결을 같이 한다면 무엇을 바라고 무엇을 바랄 수가 있겠느냐.

再度見書 知好在爲慰 杜門讀書之業深喜 但立志大銳則難久 不銳不緩 常堅定不移 且無自務自多之意 謙卑自牧 動靜省念 此爲變化氣質之第一工夫也 夫難持者人心 不 徒外爲讀書而內守必堅 日業之餘 且取小學心經等書 以爲治心畜德之功 而驗之於日用 得則加勉 不得則百倍 勿以才華爲恃 且毋以聖賢爲別人 筋定不易 直指死而爲期 然後 方有所得也 若今日生心 明日輒忘 悠汎苟且 與世同波 則何望何望

아들 상일에게 보내다
寄子尚逸

산 고개를 넘어 무사히 돌아갔느냐. 이곳은 그럭저럭 지내고 있다. 다만 그곳과 이곳이 모두 먹고살기 어려운 걱정이 있는데, 장차 어찌해야 하겠느냐. 그렇지만 사정이 어찌할 수 없으니 모름지기 형편 따라 살 것이지, 수고로이 마음을 손상시킬 필요는

---

340) 원문에 '務'로 되어있는데 이 글자는 '矜'자의 오자로 보인다.
341) 세계의 근원적 실체 운동과 정지하는 측면에서 규정한 말. 종이란 변동·이동·운동을 뜻하고, 정이란 정지·불변을 뜻한다. 따라서 동정은 운동과 정지에 관한 관계를 뜻한다.

없다. 너의 아우들은 모두 한곳에 모여서 복희[342], 문왕의 역설(易說)을 공부하고 있는데, 분명하게 이해하니 기쁘구나. 지금부터 왕래하여 서로 만나 경서를 공부하면서 대의를 트길 바란다. 너 또한 나이 늦었다 하여 물러나려 하지 말고 뜻을 겸손히 하여 공부에 뜻을 부쳐야 덕업이 성취될 것이다. 글을 읽을 때 먼저 할 일이 책을 펴는 것이지만 진인사대천명(盡人事待天命)하는 것을 그만두게 해서는 안 된다. 공부할 땐 밤낮 마음을 삼가고 신중히 하여 세월을 헛되이 보내지 않도록 하는 것이 지극히 마땅하다.

嶺路一行 得無事入歸耶 此處依保 但彼此俱有艱食之憂 亦將何以爲之 然事之無可奈何者 亦須隨量處之 不必勞勞損志也 汝弟輩咸聚一處 講說羲文之易 說得分明可喜 自今以後 往來相會 討習經書 期透大義 汝亦勿以年晚辭退 遜志刻課 則德業必成矣 讀書之法 着膝處皆可披卷 不可掃盡人事 方爲用工也 日夕兢惕 勿令虛度光陰至可

아들 상일에게 보내다
寄子尚逸

가을이 이미 깊어 서리 내리고 단풍이 붉구나. 산중에 오뚝 앉아 있으니 온갖 생각이 나는구나. 살아서 어떤 일을 해보려 했으나 문득 백발에 이르렀다. 집에 대한 근심도 내가 견디기 어려운데, 어려서 배움을 놓치고 선생 장자의 가르침을 따르지 못한 것이 오래 한이 된다. 지금에 와서 후회한들 어찌 좇을 수 있겠느냐. 너희들은 나의 이런 습관을 삼가여 늙기 전에 공부하기를 더하여라. 지금부터 뜻을 흔들림 없게 하여 배우기를 한결같이 하거라. 또 집을 이끌어가는 데도 선으로 나아가게 해야 한다. 아랫사람을 다스릴 땐 엄숙하게 하면서도 때에 맞게 변화시켜 나가야 할 뿐만 아니라 마음을 화평하게 또 생각을 맑게 하여 강함과 부드러움 이 두 가지를 아울러 활용하여 다스려야 가도가 비로소 세워져 선대의 빛나는 명예를 절로 저버림이 없을 것이다. 나는 이미 늙었으니 집의 성패는 너의 학업에 달려 있다. 너 또한 나이가 이미 강사(强仕)[343]가

---

342) 복희(伏羲) : 중국 고대 전설상의 인물로 삼황(三皇 : 복희·신농(神農)·황제(黃帝))의 한 사람.

343) 강사(强仕) : 나이 40세를 말함. 《예기》〈곡례상(曲禮上)〉에, "40세가 되면 강(强)이라고 하며, 이때에 처음

되었으니 지금 만약 물결 흐르는 대로 놀기만 하고 노력하지 않는다면 뒷날 곧 이 늙은 아비같이 탄식하게 될 것이다. 이렇게 후회를 느끼는 때에 붙여 말할 것이니 삼가 신중한 마음으로 스스로를 새롭게 하기를 꾀하지 아니해서야 되겠느냐. 현일 숭일이는 유학에 뜻을 둠이 얕지 아니하다. 너의 재주 또한 총명하니 어찌 이룸을 작게 하는 데 안주하여 일반인과 다른 사람 되기를 양보해서야 되겠느냐. 대개 사람이 배움에 뜻을 두는 건 부형의 힘으로 강권할 바가 아니니, 스스로 노력하고 노력을 해야 할 것이다.

秋序已盡 霜落楓丹 兀坐山中 有懷千萬 生期有爲 忽迫頭白 竆廬之歎 我獨難堪 長恨少時失學 不從先生長者之敎 到今悔懊 何可追耶 汝輩懲吾此習 趁未老而加做焉 繼自今志須不撓 一於求道 且導率室家 亦趨於善 不徒嚴肅御下 而與時推移 平心淡量 剛柔幷濟 然後家道始成 而自無負於先代之令名矣 吾則已耄矣 家之成敗 在汝之學業 而汝亦年已彊仕 今若浪遊不力 後日政同老父之歎 屬此感悔之節 能愓然自新否 玄崇輩 欲從事於此事 趣量不淺 汝之才明 亦豈安於小成而讓與別人耶 凡人志學 非父兄之力所能强勸 勉之勉之

아들 상일에게 답하다
答子尙逸

더위와 가뭄 속에서 공부함이 어떠하냐. 근래에 보내준 편지에서 '이전 날을 뉘우쳐 스스로를 새롭게 한다.' 한 말이 있는데, 이 뜻이 매우 귀중한 것이어서 기뻤다. 지금 사람들은 힘써 널리 공부함을 고상하게 생각하는데 원래는 착실한 공부가 못 된다. 이는 위인지학[344]이니 어찌 그 자신의 심신에 유익하겠느냐. 《중용》 구경[345] 장 아래의

───

으로 벼슬을 한다.[四十日强而仕] 하였음. 원문에는 '彊'으로 되어 있는데 이는 '强'의 오자이다

344) 위인지학(爲人之學) : 남에게 보이는 것을 목적으로 하는 학문. 즉 세속적 명예나 남의 칭찬을 듣기 위해서 하는 학문을 가리킨다. 《논어》 헌문편에서 공자가 "옛날의 학자는 자기를 위해 공부했으나, 오늘날의 학자는 타인을 염두에 두고 학문한다.[古之學者爲己, 今之學者爲人]"라고 말한 데서 비롯함.

345) 구경(九經) : 천하와 국가를 다스리는 아홉 가지 떳떳한 법도. 《중용》 20장에 "무릇 천하와 국가를 다스림에 아홉 가지 떳떳한 법도[九經]가 있으니, 몸을 닦음과 어진이를 높임과 친족을 친애함과 대신을 공경함과 여러 신하들의 마음을 체찰함과 여러 백성들을 자식처럼 사랑함과 여러 기술자를 오게 함(여러 기술자들을 능력에

여씨의 주를 자세히 보았느냐. '기질을 변화시키면 어리석은 자가 밝은 데에 나아갈
수 있고 유약한 자가 강한 데 나아갈 수 있다.' 하였는데[346], 이 말을 마땅히 체득한다면
효험이 있게 될 것이다. 너의 기질은 스스로 잘 알지 아니할 수 없다. 만약 맹렬히 반성
하여 변화시켜 나가지 않으면 늙은 후에 거의 일반적인 사람이 됨을 면치 못하게 되니
진실로 두려워해야 할 것이다. 그러한즉 어찌 한유[347] 유종원[348]의 글 읽기를 조금 천천
히 하고 경학 책읽기를 우선하여, 한 글자 한 글자씩을 좇아 공부해 나감을 늙을 때까지
해야 되지 않겠느냐. 말이 또한 지리하지만 애중히 여길 것이다. 자식이 어질게 되기를
바라는 것은 부모의 상정이다. 이런 까닭에서 편지를 씀에 이르러 문득 말한 것이다.

炎旱中學味安否 頃見書有悔前自新之語 此義甚貴 其喜可言 今世之人 務以博洽爲
高 元無着實工夫 此是爲人之學也 何益於自家心身 中庸九經章下呂氏註 嘗仔細看過
否 變化氣質則愚者可進於明 柔者可進於剛 此言當體味 庶有效矣 汝之氣質 不可不自
知 若不猛省而變化 則老大之後 幾不免爲尋常人 誠可懼也 何不稍遲讀韓柳文 先於經
學念書 逐字做工 以爲桑楡之地也 言亦支離 而愛之欲其賢 父母之常情 故臨書輒報耳

맞게 대우하며 오게 하는 것)과 먼 지방 사람을 부드럽게 대함(먼 지방 사람들을 잘 대접하는 것)과 제후들을
따르게 하는 것이다.[凡爲天下國家, 有九經曰, 修身也, 尊賢也, 親親也, 敬大臣也, 體群臣也, 子庶民也, 來
百工也, 柔遠人也, 懷諸候也]" 하였다.

346) 여씨(呂氏) 괘(註)에 "군자가 배우려는 까닭은 기질을 변화시키고자 함이다. 덕이 기질을 이기면 어리석은
자가 밝은 데 나아갈 것이며, 유약한 자가 강한 데 나아갈 것이다.[呂氏 曰 君子所以學者 爲能變化氣質而已
德勝氣質 則愚者可進於明 柔者可進於強]" 하였음.

347) 한유(韓愈) : 중국 당(唐) 중기의 유학자, 문인. 당송팔대가(唐宋八大家)의 한 사람. 자는 퇴지(退之). 등주
(鄧州) 남양인(南陽人). 벼슬은 국자감사문박사(國子監四門博士). 국자박사(國子博士) 등을 거쳐 이부시랑
(吏部侍郎)에 이르렀다. 그는 고문(古文)을 하나의 문장학(文章學)으로 창도하였다. 저서로《한창려집(韓昌
黎集)》50권이 있다.

348) 유종원(柳宗元) : 당나라 문호 자는 자후(子厚). 감찰어사(監察御使)를 거쳐 예부 원외랑(禮部員外郎)을 지
내다가 왕숙문(王叔文)의 당(黨)으로 몰려 유주자사(柳州刺史)로 좌천되어 그곳에서 죽었다. 당송팔대가의 한
사람으로 한유와 겨룰 정도로 문장에 뛰어났다.

아들 상일 휘일에게 보내다
寄子尙逸徽逸

작별을 하고 나니 마음이 슬프고 슬퍼지는구나. 내가 바람을 무릅쓰고 밖을 나갔었는데 탈은 없었다. 겨울철 밖에 나다니는 것은 조금도 착실한 일이 못 되니 우리들이 다함께 조심해야 하는 것이다. 잠깐 나갔다가 들어오는 사이에도 항심이 한 번 흩어지면 앞서 한 공이 모두 버려지니 어찌 마음 다스릴 때가 이를 수 있겠느냐. 분함을 누르기는 더욱 어려운 일이다. 젊은 사람이나 어린 사람이 종들을 다스릴 때면 얼굴빛이 늘 딱딱하게 하고 말을 늘 성낸 듯하는데 오래하고 오래도록 하여 습관이 되면 그런 말 기운이 공경하는 바의 사람에게 미칠 수 있으니 이런 것을 통렬히 살펴야 할 것이다. 비록 날마다 성현의 경전 속의 온갖 말씀을 읽을지라도 그 자신의 심신에 무슨 유익함이 있겠느냐. 이렇게 되면 나의 평생을 그르치게 함이니 뒷사람들을 위해서도 너희들이 삼가 힘써야 할 것들이다.

別來悵悵 吾冒風出來 得無事耳 冬來奔走 少無着實之工 吾儕所共懼者 乍出乍入 恒心一散 則前功盡棄奈何 至於治心之際 懲忿尤難 少小待僮僕之時 色常勵言常怒 久久成習 則其辭氣及於所敬之處 是可痛省者也 雖日讀聖經千言 何益於自家心身 此吾之平生所失 而勉汝等於將來者也

아들 휘일에게 답하다
答子徽逸

편지를 보고 근래의 상황을 알았다. 가을이 산골에 드니 날씨가 맑고 서늘하구나. 이러한 때를 만나니 어찌 감회가 없겠느냐. 금계의 거문고 줄이 끊어진 후로는[349] 이 일들이 너의 형제에게 맡겨졌으니 공부에 나아가길 각기 힘써야 함이 마땅하니 각각

---

349) 거문고 명수(名手) 백아(伯牙)가 자기 거문고 소리를 알아 준 종자기(鍾子期)가 죽은 후에 거문고 줄을 끊고 다시는 거문고를 타지 아니하였다. 여기서는 경당 장흥효의 죽음을 말함.

사는 곳이 멀고 또 상을 당한 중이므로 비록 평소의 뜻을 떨어뜨리진 않았어도 강마가 성글었다. 늙은 아비 또한 팔십에 박두하였다. 바라지 아니해도 절로 이르렀으니 늙음을 또한 어찌하겠느냐마는 내가 위나라 무공의 '도를 근심하고 죽음을 근심하지 않는다.'라고 한 공도 없구나. 지나간 때를 회고하건대 마치 귀신 굴, 밤 성에서 온 사람 같았으니 탄식하고 탄식한다. 어린 손자, 어린 아이들과 더불어 말을 할 때면 늘 한편 걱정되고 한편 슬퍼지는구나. 도내의 친한 사람으로 오직 이승[350] 한 사람뿐이었다. 비록 거처는 먼 곳에 있었다 하지만 명성과 위세를 서로 유지해 왔었는데 불행히도 또한 죽고 없으니 누굴 믿고 누굴 의지하겠느냐. 슬픔을 가눌 수 없구나.

　書來知近況 秋序入峽 天氣霽凉 遇此時節 豈能無感 金溪絶絃之後 此事之屬在汝兄弟 征邁之功 宜各勉焉 而各處懸遠 又嬰憂故 雖不墜素志 而講磨則疎矣 老父亦前頭八十 不期而自到 老且奈何 自無衛武憂道不憂死之功 回顧前去時月 有若自鬼窟夜城來者 可歎可歎 與童孫孺兒輩每語及 一悶一悼耳 道內朋戚 惟一以承雖居在遠地 聲勢相維 不幸又逝 誰信誰資 不勝悲歎

아들 휘일 현일에게 답하다
答子徽逸玄逸

　요사이 따뜻한 봄기운이 펼쳐지니 사람으로 하여금 '지난해를 버리고 새해를 맞는' 생각을 일게 하는구나. 너희들은 공부에 뜻을 붙여 어릴 때의 습관을 반복되게 하지 마라. 인생이란 세상에서 아주 갑작스런 존재일 뿐이다. 15세 이전은 어린 아이여서 아는 것이 없고 50세 이후는 몸이 쇠하고 게을러짐을 점점 깨닫게 되니, 그동안에 인사를 행할 날은 정작 그 얼마이겠느냐. 우연히 《소학》을 펼쳤다가 유중도가 초하루와 보름날에 당 아래에서 절을 마친 후 돌아가신 아버지께서 하신 훈계를 말해준 것을 보았는데[351], 사람으로 하여금 황송하여 감동하게 하더구나. 매달 초하루가 되면, 내가

---

350) 이승(以承) : 김시온(金是榲)의 자이다. 각주 158) 참조.
351)《소학》〈가언편(嘉言篇)〉의 유씨가훈(柳氏家訓)을 가리킨다. 유씨 가훈은 당나라 때 문명의 자손인 유빈

너희들을 불러 모아 옛사람들이 행실을 닦은 바대로 모범되는 교훈을 말해주고 보름날에도 또한 이같이 하려고 한다. 이어《소학》과《가례》를 가르치어 가문의 법도를 세우려 하니 늙은 아비의 뜻을 도와 법 삼도록 하여라.

近日陽春舒氣 使人有棄舊開新之思 想汝輩刻意於課學 無復幼少習耳 人生於世太倏忽 十五以前童孩無識 五十以後漸覺衰憊 其間正治人事者 有幾歲月 偶披小學 見柳仲塗朔望堂下拜畢 擧命皇考訓戒 令人悚動 自開月朝 吾欲呼召汝輩 依故人所行 修擧儀訓 望日亦如之 因講小學家禮 以爲家法 以助老父之志爲之式也

아들 휘일 현일에게 보내다
寄子徽逸玄逸

비가 두 달째 내리는데 소식이 없구나. 요즈음 너희들 공부는 어떠하냐. 산속에는 안개, 흙비가 심하게 내리는데 말로 형용할 수가 없구나. 단지 믿고 의지할 수 있는 건 마음속이 번거롭지 않다는 것과 앉고 눕는 것이 모두 한가롭다는 그것일 뿐이다. 또 아이들에게 글 읽기를 부과하고 때로 너의 아우들과 함께 듣고 본 것을 의론하는 것으로 근심을 잊으면서 이렇게 날을 보낸다. 근래《중용》을 읽다가 '마음을 가지런히 맑게 하고 의복을 정결히 단정하게 하여 예가 아니면 행동하지 않는 것이 몸을 닦는 것이다.' 한 주소에 '이 심지를 가지런히 깨끗하게 하고 그 의복을 정결히 단정하게 하는 것이 안과 밖을 서로 닦는 도이다.' 한 것을 보았는데, 문득 삼가 마음이 조심하게 되더라. 이튿날 아침 일찍 일어나서 세수하고 의복을 정결히 하고서 조용히 앉아《중용》 장구 서너 쪽을 읽었다. 눈이 어두워 비록 작은 주를 자세히 볼 수는 없었으나 대의를 찾으면서 또한 조금 깨달음이 있어, 더위가 절로 흩어지고 졸음도 오지 않더라. 4~5일이 지났는데도 또한 그러하더라. 대저 마음이란 잡으면 간직될 수 있고 놓으면 엎어질 수 있음을 알 수 있었다. 숭일이는 누추하고 좁은 곳에 들어와서 종일토록 글을

(柳玭)이 그 가문을 유지해 나가기 위해 지은 것인데 그가 이 글로써 자제들을 훈계한 내용이《소학》가언편에 들어 있다.

읽는데, 장생[352)의 형제가문에서 쌓아야 할 일들이다. 이렇게 쌓기를 그치지 않는다면 장차 세상에 없는 보배가 될 것이니 기쁘고 기쁘구나.

　一雨跨月　消息無憑　此時汝等學味如何　峽裏霧霾之苦不容說　但所賴者方寸不鬧　坐臥皆間　且課蒙讀　時　與汝弟等　論所聞見　亦足忘憂　靠此消度耳　頃閱中庸　見齊明盛服非禮不動所以修身　疏云齊潔其心志　整肅其衣服　內外交修之道也　忽惕然悚警　翌日早盥衣服靜坐　讀中庸章句數三板　眼昏雖不詳小註　尋見大義　亦少有得　覺炎熱自散　睡魔不來　已過四五日猶爾　凡心操則存放則倒者信矣夫　嵩兒入處卑湫　終日而讀　張生兄弟　或講家禮　或誦大學　此爲窮家之蓄積　積此不已　將爲不世之寶　是喜是喜

아들 휘일 숭일에게 답하다
答子徽逸嵩逸

　찬바람 부니 종일토록 염려가 되는구나. 편지를 받아 보고 아무 탈 없음을 알았다. 함께 모여 글을 읽는다 하니 더욱 부모의 기대를 일으키는구나. 절대로 출입을 함부로 하지 말고 쓸데없는 대화를 금하여라. 날로 글 읽기를 부지런히 하고 때로 정신이 떨어질 때면 때때로 소나무 숲이 있는 언덕을 거닐면서 시를 읊조리고 마음을 즐겁게 하되 이런 즐거움에서 벗어나진 마라. 더군다나 형제가 마음을 모으면 쇠를 끊는 데에 비교될 뿐만 아니니 앞길 만 리의 뜻을 조금인들 늦추어서야 되겠느냐. 바라건대 모름지기 너희들은 정신을 잘 기르고 기력을 잘 보호하여 끝내 성학을 추구하여라. 비록 세상에 크게 쓰이진 않더라도 학문에 나아감을 극진히 하여 계왕개래[353)의 일을 성취한다면 정말 좋겠다.

　冽風行邁　終日爲念　見書知無蟀　會讀事尤起父母之望　絶勿出入　且禁浪話　日勤課讀期有下落　時時散步松壇　吟賞豴心　無踰於此樂　況兄弟同心　非但斷金　自擬　前程萬里之

志 其可少緩乎 望須汝輩頤養精神 完護氣力 卒究聖學 雖不大施於世 極其造詣 以遂繼
開之業千萬

손자 의에게 답하다

答孫檥

　들건대 오랜 병 끝에 이제 조금 나아졌다 하니 위안이 되는구나. 세월은 흐르는 물 같아 가을이 이미 중간쯤에 이르니 세상을 떠난 사람을 돌이켜 생각함이 이루 말할 수가 없구나. 장례 때에 기구를 갖추어 예대로 치르려 한다 하니 뜻이 높고 아름답구나. 그러나 우리 가문은 선대 이래로 이런 예를 갖춰서 치르지를 못했고, 또 너의 집에도 장례기구가 없으니 장만하기 어려울 듯한데 어찌할 셈이냐. 다만 네가 망인의 평소 뜻에 따라 예대로 체행하려 하고, 또 네가 옛 사람의 예대로 장례를 치르고자 하는 것을 어찌 만류하여 금할 수 있겠느냐마는 능력을 헤아리고 형편을 살펴서 행하는 것이 마땅할 것이다. 이제 처음 하는 일이니 또한 하나의 큰 고비이다.

　聞久病之餘 今得少蘇爲慰 日月如流 秋序已半 追念之懷 不可勝言 葬禮治具 欲從古
儀 可尙可嘉 但吾家自先世 不能行此禮 且汝家無器具 似難辦成如何 但汝欲體亡人素
志 且汝欲從古人之禮 何可挽禁 當量力審勢爲之 自今爲朌 亦一大機會也

서序

이생 시양이 임소암[354] 문하에 감을 전송하는 서
送李先時楊歸任疎菴門下序

　이생이 광릉에서 나와 나에게 소암의 시, 문, 서, 기 및 부와 서간, 그리고 비갈 약간 수를 소매 속에서 꺼내어 보여 주었다. 이 글들은 내가 평소에 보기를 바라던 것이었으나 볼 수 없었던 것인데, 삼가 이들을 받아 보기를 마칠 수 있었다. 그의 글은 크게는 포함하지 아니하는 것이 없었고, 작게는 찾고 들추어내기를 두루 다한 것이었다. 마치 용과 뿔 없는 용 그리고 호랑이와 사자가 한데 모여 빠르게 달리는 모습이 번쩍 번쩍 빛나는 것 같아 허둥지둥 마음이 놀래어 감히 볼 수가 없고, 또 마치 함[355], 권[356], 소[357], 호[358]가 다시금 교대로 연주를 펴는 것 같아 사람으로 하여금 마음을 기쁘게 하여 고기 맛도 잊게 하였다. 내가 소암의 글을 읽은 뒤에 소암이 글을 널리 읽고 이치를 깊게 연구한 것을 알 수 있었다. 옛적이나 지금 사람들이 문장을 짓는 데에 있어서는 거의 모두 허무고원[359]한 곳으로 달리고 달리어 우리 유학에서 힘써 공부해야 할 곳으로 방향을 돌려서 그 입장을 바꾼 경우가 드물었다. 지금 소암은 무릇 글을 짓는 데 있어서 글을 읽고 이치를 궁리한 것과 나가서 일을 행하고 물러나 숨는 것을 궁극적인 방향으로 삼아 연구를 하였으니, 이같이 한 것은 앞으로 배우는 사람들의 마음속에 깊이 받아

---

354) 임소암 : 임숙영(任叔英, 1576~1623)으로, 자는 무숙(茂淑), 호는 소암(疎庵), 본관은 풍천(豊川). 고문(古文)에 힘썼으며, 중국 육조(六朝)의 사륙문(四六文)에 뛰어났다. 그가 지은 〈통군정서(統軍亭序)〉는 중국학자들로부터 크게 칭찬을 받았다고 한다.

355) 함(咸) : 요임금의 음악.

356) 권(券) : 황제(黃帝)의 음악, 원문에 英으로 되어 있는데 이는 '券'의 오자로 보인다.

357) 소(韶) : 순(舜)임금의 음악.

358) 호(濩) : 탕(湯)임금의 음악.

359) 허무고원(虛無高遠) : 허무(虛無)는 만물의 본체가 몽롱하여 알 수 없음. 노자(老子)의 설. 고원(高遠)은 멀리 고상한 경지에 노닒을 말한다.

들여질 것이다. 오호라. 사도가 이지러져서 꺾임에 백사[360]가 성글게 되었으나 우리 소암에게 회복되게 된 것을 볼 수 있으니 이 사람이야말로 보통 공부를 한 사람에 비할 것이 아닌 즉, 어찌 위대하고 성하다 하지 않겠는가. 이생은 무릇 소암공이 칭찬한 바 있는 유희경[361]의 문도이다. 지위는 비록 낮지만 조행이 낮지 아니했으며 책 상자를 짊어지고 천리에 나아가 그 뜻을 힘써 닦는 사람이었다. 대저 푸른 바다에 들지 아니하면 고가와 용의 기이한 것을 볼 수 없고 공락에 가지 아니하면 온갖 물산의 풍부함을 볼 수 없거늘[362] 이생이 소암의 문하에 노닐게 되었으니 곧 푸른 바다에 드는 것이며, 공락, 성고에 가는 것이다. 뜻이 있는 사람이면 일을 결국 성취할 수 있다. 나이 젊고 힘이 있을 때에 배우기를 거듭하여 들음과 봄의 물든 바가 남보다 반드시 다르다면 본 바가 높고 들은 바가 신실하게 될 것이다. 그 사람을 스승으로 삼을 뿐만 아니라 그 도를 스승 삼는다면 매우 좋아질 것이다. 내 일찍이 소암의 명성을 사모하여 한 번 그 수레를 몰면서 그 풍부한 말씀을 들으려고 생각하였다. 게으르고 완고하여 의기가 없었다. 산천이 서로 막혀 있음이 또한 천리나 되어 지금 20년의 세월이 흘렀으되 진정 배우러 가지 못하였다. 지금 이생으로 말미암아 그의 문장을 얻어 볼 수 있었으니 아! 이것이 얼마나 다행한 일인가. 늘 왕래를 하고 싶었던 내 마음이 조금이나마 위로 될 수 있었다. 소암이 지금 광릉에 머물러 있으니 만약 배 하나를 얻어 그에게 가 한 말씀을 듣고 온다면 이는 일대의 행복이 될 것이다. 이생이 그의 문하에 이르고자 가려 함에 마음이 슬퍼지지 아니함이 없지만 또한 가생이 스승을 따르고자 한 마음이 독실함으로 대강 느낀 바를 써서 준다.

　李生自廣陵來　袖示余以疎菴詩文序記若賦書若碑碣若干首　是余平昔所願見而不可
得者　謹受而卒業　其文大者無不包　小者極搜抉　如龍螭虎猊翕倏閃爍　錯愕不敢視　如咸

---

360) 백사(百祀) : 기호지방의 모든 현(縣)에 제사 지내는 것을 이름.

361) 유희경(劉希慶, 1545~1636) : 자는 응길(應吉), 호는 촌은(村隱), 본관은 강화(江華). 남언경(南彦經) 문인
　　(門人). 저서로 《촌은집》이 있음.

362) 전국시대(戰國時代) 책사(策士)인 소진(蘇秦)이 한(韓)나라 선왕(宣王)에게 유세한데서, 이른바 "한나라는
　　북쪽으로는 공읍(鞏邑)과 성고(成皐)와 같은 경고한 성과 연못이 있고, 서쪽으로는 의양과 상판(商阪)과 같은
　　요새가 있으며, 동쪽으로는 완읍(宛邑)과 양읍(穰邑)과 유수(洧水)가 있고, 남쪽으로는 형산(陘山)이 있으며,
　　토지는 사방 900여 리이고, 무장병력은 수십 만 명이며, 천하의 강한 활과 강한 쇠뇌는 모두 한나라에서 생산
　　됩니다.[於是說韓宣王曰 韓北有鞏成皐之固, 西有宜陽商阪之塞 東有宛穰洧水 南有陘山 地方九百餘里 帶甲
　　數十萬 天下之彊弓勁弩皆從韓出]"라고 하였음. 《사기》〈소진열전(蘇秦列傳)〉.

英韶濩更宣迭奏 令人欣然忘味 吾然後知疎菴之博於文而深於理 且古今人爲文章 率皆
馳騁於虛無高遠 鮮能回頭折節於吾儒着力處 今疎菴凡有述作 必以讀書窮理出處行藏
爲究竟地 似若眷眷於將來學者 嗚呼 斯道缺折 遼濶百祀 復於吾疎菴見之 斯人也非尋
常從事翰墨者比也 豈不偉哉 豈不盛哉 李生蓋疎菴公所稱劉希慶之徒 地位雖卑 操行
則不汙 負笈千里 益勵其志 夫不入滄海 不見魚龍之奇 不至鞏洛 不見百物之富 李生遊
於疎菴之門 卽滄海矣鞏洛矣 有志者事竟成 重以年力富强 其所以耳擩目染 必異於人
而尊所見信所聞 不惟師其人 能師其道 則大善矣 余夙慕疎菴名 思得一御其車 以接其
餘論 坐懦頑無義氣 山川相阻且千里 迄今二十年不果能 今因李生獲見其文章 噫是亦
幸矣 常常往來余懷者 猶少慰焉 疎菴今住廣陵 儻得一舡歸去 承一言而來 則是又一大
幸也 李生又赴門下 於其歸 不能無悵然 且嘉生篤於從師 粗叙所懷以贈

영모록 서
永慕錄序

　선대로부터 자손이 있는 것은 나무에 뿌리가 있어 가지가 있는 것과 물에 근원이 있어 갈래가 있는 것과 같다. 그 기운의 이어짐과 진실이 통하여 있음이 죽은 사람이나 산 사람에 있어서도 간격이 없다. 비록 백세 뒤라도 하루와 같음이니 이것이 천리의 당연한 것이요 인정에 있어서의 스스로 그러하지 아니할 수 없는 것이다. 이 때문에 선왕이 예를 만든 것은 인정에 근본하고 천리에 맞게 하여 세상 사람들에게 법 삼게 한 것이다. 어버이를 섬기고 선조를 받드는 사람으로 하여금 산 사람을 예로써 섬기게 하고 죽은 사람을 예로써 제사 지내게 하되, 이는 잘난 사람이라고 해서 감히 지나치게 해서는 안 되고 못난 사람이라고 해서 감히 부족하게 해서는 안 되며, 형식뿐만 아니라 반드시 정성을 갖추어서 행하게 되어야 하는 것이다. 그러므로 어버이에게 효를 하려면 예를 모르고는 할 수 없고, 예를 행하려면 배우지 않고는 할 수 없다. 진실로 배우기를 좋아해야 예로써 높일 수 있고 예로써 높일 수 있어야 정성을 극진히 할 수 있다. 산 사람을 섬기고 죽은 사람을 섬김에 있어서 극진하지 아니함이 없어야 선조의 정신과 음성을 더욱 더 눈과 귀에 닿게 할 수 있고, 또 마음으로 느낄 수 있게 되어 도처에 두루 위에 계시는 듯, 좌우에 계시는 듯하게 될 것이니, 어찌 경모하고 추모하는 생각만으로 그쳐서야 될 것인가. 우리 이씨는 나온 곳이 경주인데 중간에 재령으로 이봉되었다. 신라와 고려조를 출입하면서 벼슬로 가문이 빛났으므로 삼한의 저명한 성씨가되었다. 6대조인 참의부군 이하부터 다시 함안에서 대대로 살았으므로 분묘들도 모두거기에 있다. 고조인 부제학공은 어려서부터 재주와 학문이 있어 약관이 지나서는 문과에 으뜸으로 올랐고, 이어 발영시[363]에 뽑혔는데 벼슬살이 하시느라 서울에 있었다. 세상을 떠남에 양주 금대산에 장사하였다. 아들 일곱을 두었다. 증조인 현령공은 숙부의 근무지인 영해에 따라갔다가 고을의 대성인 백 씨를 부인으로 맞이하여 그곳에 살았다. 자손들이 영해 사람이 된 것은 여기서 비롯한 것이다. 조부인 사직공은 가문의 명성을 크게 드러냈는데 불행히도 병으로 벼슬길에 나가지 못하였다. 선군은 영해에서우뚝하여 명성을 일찍 떨치었다. 애당초 경자년(1600, 선조 33)에 문과에 올랐다. 그러나선조가 책문[364]에 장자(莊子)를 인용하였다 하여 그 이름을 방에서 삭제하게 하였다. 얼마 뒤에 오리[365] 상공의 천거로 발탁되어 금오랑[366]이 되었다. 얼마 안 되어서 의령현감으로 부임했는데, 명성과 공적이 있었다. 기유년(1609, 광해군 1)에 다시 문과에 올랐다. 사람들도 잘된 일이라 하였다. 곧이어 인끈을 풀고 고향으로 돌아갔다. 집에 있으면서 선조를 정성으로서 받들었으며, 자손들을 효제충신으로써 가르쳤다. 바다 마을은 애초에 매우 사리에 밝지 않은 지역이었는데 선군이 예와 글로써 인도를 함에 이를좇아 교화된 사람들이 많았다. 지금에 이르도록 마을 사람들이 일컬어 사모하기를 '만약 모 어른이 없었다면 우리가 어떤 꼴의 사람이 되었을까'라고 하니 사모하는 바가이와 같았다. 돌아가신 어머니인 이 씨는 계통이 진성이다. 퇴계 선생의 족손이며 학봉선생은 그의 내형이다. 성품이 정직하고 장정 엄숙하였으며 너그럽게 인자하며 자애롭고 유순하였다. 자녀를 양육하는 데 옷과 음식을 검소하게 하고 가르침을 엄하게 하였

---

363) 발영시(拔英試) : 조선 세조 12년(1466)에 중신 및 문무 벼슬아치에게 특별히 보였던 시험.

364) 책문(策問) : 과거(科擧)에 시무(時務)의 문제를 내어 고시함. 또 그 문체(文體).

365) 오리(梧里) : 이원익(李元翼, 1547~1634)의 호. 자는 공려(公勵), 시호는 문충(文忠), 본관은 전주. 1569년 (선조 2) 별시 문과에 병과로 급제해 예조정랑, 우부승지, 대사헌, 이조판서 등을 지냈다. 임진왜란 발발 후 평양을 탈환한 공로로 숭정대부에 가자됐다. 광해군 즉위 후 영의정으로 김육이 건의한 대동법을 경기도에 실시토록 했다. 저서로는 《오리집》·《속오리집》·《오리일기》 등이 있다. 시흥의 충현서원에 제향됐다.

366) 금오랑(金吾郎) : 여기서는 석계의 부친이 의금부 도사에 임명된 것을 이름. 의금부는 임금의 명령을 받들어 죄인을 다루는 일을 맡아보았던 관청이다.

으며, 윗사람을 섬기고 아랫사람을 부리는 데 모두 도리에 맞게 했으며, 안팎의 종족들에게는 사이 뜨는 말을 함이 없었다. 임신년(1632, 인조 10)에 선군이 세상을 떠났다. 남은 두 아들이 어머니를 모셨는데 늘 맛있는 음식으로써 봉양하길 계속하지 못함을 근심할 때면, 곧 아들들에게 말하기를 '나는 어릴 때부터 가난한 집안에서 생장하여 옷과 음식은 변변찮았지만 선조의 아름다운 덕에 힘입어 일찍이 녹을 먹는 집안에서 가마도 타고, 하인이 백 명이나 되었으니 모름지기 만족하였다. 남편을 모시고 산 지 50여 년에 나는 만족스럽지 아니한 것이 없었으니 이밖에 바라는 것이 뭣이 있겠느냐. 너희들은 내 먹는 것이 담박하다고 하여 걱정하지 말아라. 다만 여생 동안 듣기를 원하는 건 자손들의 글 읽는 소리일 뿐이다. 너희들이 옛 성현을 배우기를 잘한다면 주리어도 또한 배가 부를 것이다' 하였다. 글을 읽고 의를 논하거나, 고인의 행실을 일컬어 말하는 것을 들을 때면 문득 기뻐하여 말하기를 '이는 내 어릴 적에 모 친족 어른 모형은 학봉이다. 갑신년(1644, 인조 22)에 천수를 누리고 하세로 돌아가시니 향년 85세였다. 이해 9월 모일 선군의 묘 뒤쪽에 장사하였다. 오호라. 사람들, 부모가 안 계신다면 누굴 믿고 의지하겠는가. 돌이켜 생각건대 남긴 가르침을 받들고 가업을 계승하여 문호를 지켜야 할 책임이 형제에게 달려 있었다. 그러나 보일 만한 일을 한 것이 있지 않았고 또 분발하여 떨쳐 일으킨 일도 없었다. 이 무렵에 선대의 지갈(誌碣)을 거두어 모으고 여기에 듣고 본 바를 덧붙여서 이름하기를 '영모록'이라 하였다. 대저 영모라 한 것은 그 마음속에 간직함을 오래도록 하여 느슨히 함이 없기를 더욱 돈독히 하고, 미루어 생각하는 마음을 보이지 아니하는 곳과 들리지 아니하는 곳에서도 항상 간절히 하며, 또 슬퍼하는 마음을 위패에 나아가 예를 행할 때에도 늘 가져서 아들로서 아들노릇 잘하고 손자로서 손자노릇 잘하기를 시종일관 시들지 않게 하고 영원히 썩지 않게 하고자 한 뜻을 말함인 것이다.' 아! 고금천하에 어느 누군들 부모의 아들 아닌 사람이 있겠으며, 어느 누가 효·제의 본성이 없겠는가마는 단지 세상의 교화가 쇠하고 학문이 가르쳐지지 아니하자, 본마음을 잃게 됨으로써 사람으로서 가져야 할 이(理)를 갖춤이 드물게 되었으니 진실로 슬프도다. 지금 옛 도로 돌아가려면 학문에 달려있지 않겠는가. 사람이 《소학》, 《대학》을 잘 배운 다음에 예를 알고 행할 것을 실천하여 선왕의 도를 땅에 떨어지게 하지 아니하는 것도 사람에게 달렸으니, 장차 한 사람이 한 집을 일으키면 한 집이 한 나라를 일으키게 됨을 볼 것이다. 이 때문에 시종일관 예와 학으로써 말한 것이니 오직 우리 자손들은 권면하길 생각하라.

自祖先而有子孫 猶木之根而枝 水之源而派 其氣之聯屬誠之貫通 無間於存亡 雖百世如一日 此天理之當然 而人情之所不能自已者也 是故先王制禮 本人情節天理 以爲法於天下 使事親奉先者 生事之以禮 葬祭之以禮 賢者不敢過 不肖者不敢不及 不徒其文 而必以其誠 故欲孝其親 不可以不知禮 欲行其禮 不可以不知學 苟能好學而崇禮 崇禮而致慤 事存事亡 靡不用極 則祖先之精神聲響 怳然接乎耳目 感於心志 洋洋乎如在其上 如在其左右 豈特羹墻之見而已哉 吾李氏系出月城 中移載寧 出入羅麗 軒冕煥爀 爲三韓著姓 六世祖參議府君以下 再世居咸安 墳墓皆在焉 高祖副提學公少有才學 踰冠魁文科 繼捷拔英 試仕宦在京師 卒葬楊州金臺山 有子七人 曾祖縣令公從叔父寧海任所 娶邑中大姓白氏而居之 子孫之爲寧人始此 祖考司直公將大家聲 不幸病不仕 先君崛起海邦 聲華早振 初登庚子文科 宣廟以策語用莊命削之 俄以梧里相公薦擢爲金吾郞 未幾宰宜寧 俱有聲績 己酉再登科 物論稱快 因解紱還山 居家奉先以誠 教子孫以孝悌忠信 海邦初甚貿貿 先君導之以禮俗文學 從而化之者多 至今鄕人穪思之曰若無某爺 吾其作何狀人 其見慕如此 先妣李氏系出眞城 退陶先生之族孫 而鶴峯金先生其內兄也 性正直方嚴 寬仁慈惠 育養子女 儉其衣食 嚴其敎誨 事上使下 咸得其道 內外宗族無間言 壬申先君棄世 遺孤二人 奉侍慈闈 每以甘旨之供不繼爲憂 則乃謂孤等曰吾自幼生長竆家 菲衣薄食 賴祖先之休 嘗食祿乘轎 使令百須皆足 奉承君子餘五十年 生無所慊 此外何望 汝輩勿憂吾食淡 獨餘年所願聞者 子孫讀書聲也 汝輩學古爲善則飢亦飽矣 及聞讀書講義 穪說古人行實 則輒欣然曰此吾少時所聞於某親某兄者 某親卽退陶也 某兄卽鶴峯也 歲甲申以天年下世 享年八十五 是年九月某日 奉附于先君兆後 嗚呼 人無父母 何怙何恃 顧念奉遺敎承家業 扶持門戶之責 在孤兄弟耳 雖然不有以示之 無以激厲振作之 於是收拾先世誌碣 附以聞見 名之曰永慕錄 夫永慕云者 謂其心存悠久 不懈益篤 追感之懷 恒切於未覩未聞之處 惻怛之情 每存於居位踐禮之時 子而能子 孫而能孫 終始不替 永世無斁之義也 噫古今天下 誰非父母之子 誰無孝悌之性 徒以世教衰學不講 喪失本心 鮮有人理 良可於悒 今欲反古之道 其不在於學乎 人能小學而大學 知禮而踐行 使先王之道 不墜地而在人 則將見一人興一家 一家興一國也 故終始以禮與學言之 惟吾子孫勉思焉

장약허³⁶⁷⁾가 안흥으로 떠남을 전송하는 서
送張若虛歸安興序

　　장생 약허는 병신년(1656, 효종 7)에 남의 무고를 입어 멀리 태안군 안흥도로 유배되었던바, 의지할 데 없는 곳에 갇히어서 그때 제대로 내왕도 할 수 없었다. 금년 겨울 도장³⁶⁸⁾이 집으로 돌아가 어버이를 뵈는 것을 허락해 줌에 어머니를 뵙고 형제를 만나 기쁨과 슬픔을 함께했는데, 얼마 안 되어서 돌아가려 함에 친족과 친구들이 서로 따라 나와 길에서 전송할 제, 내 술잔을 잡고서 말하였다. "안흥은 외로이 떨어진 섬이요, 약허는 처사의 몸이다. 처사를 절도에 유배한 것은 어찌 그 마땅한 일이겠으랴." 평소의 행실을 공평히 생각해보더라도 함부로 함이 있지 않았건만 재앙의 얽혀듦이 마치 불이 타오르듯 하였네.

　　고인들이 말한바 '운수에서 나온다' 한 것이 아니겠는가. 여기서 안흥까지는 천여 리이다. 영남을 지나서 호서의 끝 지점에 해당되는 곳이다. 산을 넘고 물을 건너야 하고 험한 곳도 넘나들어야 했으며, 심하게는 장려의 침범과 장기를 품은 안개의 독함도 겪어야 했던 바, 설사 인끈을 차고 여우 갖옷 입은 귀인이 이런 처지를 당했더라도 안색이 찌푸려지고 마음이 찢겨지지 아니 할 수 없게 되어 잠시라도 견뎌낼 수 없을 것이거늘 약허가 이런 처지를 만났음에랴. 주머니에는 한 푼의 돈도 없고 자취 또한 외롭고 위태했건만 얼굴에는 슬퍼하는 바가 없고 또 번민함도 없었다. 가서는 천명을 즐기고 알아 이르는 곳마다 자득하지 아니함이 없게 해야 하는 바, 이는 군자가 마땅히 살펴야 할 것들이다. 이러한 때에, 배우러 온 사람들을 가르치면서 예로써 겸양을 보일 것이며, 명사들과 교제하면서 그들의 의론을 들어야 할 것이다. 틈날 때면 백화산에 올라 그윽이 핀 난초를 감상도 하고 섬에 올라 밀물 썰물 구경도 하며, 객사한 영혼을 위로도 하고 하소연할 데 없는 과부들도 도와야 할 것이다. 상리에 어긋난 이들과는 다투지 말 것이며 이를 찾는 이들과도 가까이하지 말 것이다. 이렇게 하는 것으로서 마음을 단속하고 행실을 힘써 닦는다면 연마한 것이 일찍 드러날 것이다." 하였다. 지금 그가 왔을 때 말하는 품위와 모습을 살피건대 이미 이 전날의 약허가 아니었으니

---

367) 장약허(張若虛) : 장철견(張鐵堅)의 자(字). 경당(敬堂) 장흥효(張興孝)의 아들. 석계의 처남 호군(護軍)을 지냄.
368) 도장 : 안흥도의 수비를 맡은 장수를 말한다.

후일의 성취한 바는 어찌 또한 지금보다 더 낫지 아니할 것이랴. 그러한즉 약허가 곤궁에 처한 것은 불행이 아닌 것이다. 때문에 그가 돌아갈 때 슬픈 마음으로서 위로하지 않고 약허에게 바라는 것으로써 말해준 것이다. 드디어 시로써 이어 읊었다. 그 내용은 다음과 같다.

재앙을 당했다 해서 악이라 할 수 없고	禍不以惡
복을 받았다 해서 선은 아니네	福不必善
슬퍼 마음은 상했어도 뜻은 얻을 수 있고	憯賊志得
삼가 공손했어도 명은 어긋날 수 있도다	虔共命舛
예로부터 그러했으니	自古亦然
지금에 무엇이 괴이할 건가	在今何怪
내 장군을 전송하노라	我送張君
서해 섬으로	西海之島
높디높은 조령도 넘어야 하고	鳥嶺崔嵬兮
넘실대는 금강도 건너야 하네	錦江沈沈
얼음으로 막힌 길 멀구나	氷塞長途兮
눈비까지 질척이네	雨雪霏霏
갈 길 얼마더뇨!	計程幾許兮
아득토다 안흥이여!	邈矣安興
말도 지치고	駢牡玄黃兮
종들도 떠네	僮僕凌兢
그대의 행차 바삐 전송하노니	送爾行之草草
슬퍼서 이별의 회포 견디기 어렵도다	憯別懷之難勝
장부란 우환을 만나서도	然丈夫之遇患
외물에 마음이 꺾이어 무너져서는 안 되네	不以外物而摧崩
그대 허물없음을 아노니	知爾無罪

장차 그대 옥성하리라	將玉汝成
운수도 궁에 이르면 반드시 통하게 되고	數窮必通
곤경도 극에 이르면 다시 형통하는 법	困極還亨
그대 곧 돌아와	式遄其返
나와 함께 인생길 가게 되리라	同我斯征

張生若虛 以丙申歲被誣於人 遠配於泰安郡之安興島 困於無資 不克以時來往 今年冬 島將許以歸覲 拜慈顔覲兄弟 旣喜且悲 未久告歸 親族朋知 相率而祖于道 余執酒而言曰 安興絶島也 若虛處士也 以處士配絶島 豈云其所 夷考平素 靡有愊慢 而禍孽之綴 如火斯烈 古人 所謂出於命 數者非歟 此去安興 千有餘里 過嶺南盡湖西 跋涉山川 出入險阻 重以瘴癘之浸 霧露之毒 使佩印綬衣狐裘者當之 鮮不色沮而心裂 不能須臾堪也 若虛之遇此也 囊無一錢 蹤跡孤危 而不戚戚於色 不鬱鬱於心 至則曰樂天知命 無入而不自得 乃君子之所宜省也 於是敎授生徒 示以禮讓 託交名勝 聆其緖論 隙則登白華而賞幽蘭 陟孤嶼而翫潮汐 弔客死之魂 賑無告之嫠 橫逆不較 市利不近 以此操心礪行 磨以歲閏 今其來也 察其言貌 則已非前日之若虛 異日所就 安知不又勝於今日也 然則若虛之困窮 非不幸也 故於其歸也 不以悲而以慰者 所以望若虛於道爾 遂繼以詩 其辭曰

禍不以惡 福不必善 憸賊志得 虔共命舛 自古亦然 在今何怪 我送張君 西海之島 鳥嶺崔嵬兮 錦江沈沈 氷塞長途兮 雨雪霏霏 計程幾許兮 邈矣安興 騂牡玄黃兮 僮僕凌兢 送爾行之草草 愴別懷之難勝 然丈夫之遇患 不以外物而摧崩 知爾無罪 將玉汝成 數窮必通 困極還亨 式遄其返 同我斯征

족보서
族譜序

아! 증조부 이래로 영해에 와 살았으니 나에게 이르기까지는 네 차례나 대가 바뀐 셈이다. 돌아보건대 같은 종족간의 친함도 없고, 비록 현존한 사람들조차도 혹 천리 멀리 떨어져 살고 또 5·6백 리 멀리 살고 있어 서로 만날 인연이 없었다. 또 아득한 후생인 나는 이씨 세보를 보지도 못하여 늘 마음에 차지 않았다. 그런데 병자년(1636, 인조 14) 가을 일가 중광이 송라 찰방으로 있으면서 하루는 나를 찾아와 대수를 묻더니, 말을 마친 후 책 한 권을 꺼내었는데 곧 재령 이씨 족보였다. 이 족보는 난리 중에 사람들로부터 듣고 본 것에서 찾은 것인지라 비록 유감이 되는 바가 전혀 없는 것은 아니었다. 개략하여 보건대 자못 아주 먼 대까지 두루 포괄하고 있어 나도 보고서 매우 기뻤다. 이때 집에 보관되어 있는 서적들을 살피다가 선군자께서 손수 기록한 사보를 찾아내어서 며칠 동안 참고를 해보았는데, 같은 내용이 많고 다른 내용은 적었다. 아! 본손과 지손, 근원과 갈래의 비롯함과 친함과 성글음, 그리고 대수의 멂과 가까움에 관한 구분 등이 일단 책을 열면 분명하게 드러나니 자손 된 사람이라면 뉘인들 유연히 느낌이 일지 않겠으며, 이어 눈물 나지 않겠는가. 단지 생각건대 월성의 종족은 벼슬아치들로 편만하여 쌍의 갑족 이래로 마침 월성에서 나뉘어져 자손들이 국내외로 흩어져 살았고 옛적에 또 가문이 쇠미했으며 거듭 병화를 입은 것 등으로 재령 족보는 전해지지 못하였다. 때문에 월성 이후 재령 이전까지는 대수가 빠져 있으며, 재령으로 이봉된 후에 이르러서도 세계, 휘, 작 등에 이동이 있었다. 이는 실로 우리 종족의 일대 흠사로 선군자께서 늘 유감으로 생각한 것이다. 비록 그러하나 우리 종족의 사는 곳이 편벽되어 이목이 넓진 못했다 해도 어찌 훌륭한 자손이 구보를 전하면서 역사서를 널리 보아 완전한 족보 한 책을 만듦에 우리 종족들이 볼 수 있지 않겠는가. 하물며 이 족보(구보)가 한 사람의 손에서 나온 것이 아니라 누대에 걸쳐서 모아진 기록에 의하여 만들어진 것이니 또한 영구히 전하여 볼 수 있게 한다면 월성 족보와 서로 표리가 될 것임에랴. 마침내 확실하고 정확히 베껴 써서 종질에게 주어 삼가 간직하게 하였으니, 또한 이 족보가 후손들에게 무궁토록 전하여지길 바란다.

숭정 9년(병자년 1636, 인조 14) 중추절(8월) 16일에 후손 시명이 삼가 씀.

粵自曾王父來居海鄉 洎不肖四易世 環顧無同宗之親 雖見存者 或在千里 或在五六百里之遠 無因緣相接 且吾生眇末 不得見李氏世譜常歎焉 歲丙子秋 宗人重光 爲松羅察訪 一日來訪余 叩世次畢 出一冊 乃載寧族譜也 此譜得於亂離聞見之餘 雖不能盡無所憾 其槪見者頗該遠 余見而喜甚 於是閱家藏 得先君子所手錄私譜 數日參考 則所同者多 所異者少 噫本枝源派之自 親疎遠近之分 一開卷而了然 爲子孫者 孰不油然興感 繼之以涕乎 第惟月城之族 簪組遍滿 爲世甲族 代有其譜 而載寧之族 自鼻祖以來 遂別

於月城 子孫散處中外 曩或衰微 重以兵火 譜載寧者不傳 以故月城以後載寧以前 代數
缺失 以至移封之後 世系諱爵 或有異同 此實吾宗之一大欠事 而先君子每嘗恫恨者也
雖然吾所處偏僻 耳目不廣 安知有好子孫傳信舊譜 博考史乘 成一完譜 而吾偶未之見
耶 況此譜非出於一人之手 成於累世所輯 亦可傳示於永久 而與月城之譜 相爲表裏也
遂證正謄寫 畀宗姪謹守之 又以俟後人於無窮云 崇禎九年丙子仲秋旣望 後孫時明謹叙

기記

석계에서
石溪記

석계는 이전에 이름이 없었다. 내가 이제 돌 석 자를 가지고 이름을 붙였다. 대저 마을 이름 석보를 따라 취한 것이다. 이곳을 석보라 한 것은 어느 시대로부터 비롯되었는지는 알지 못한다. 예로부터 산수를 이를 때나 마을을 명칭할 때에 비록 속된 말을 섞어 지을 경우, 각기의 명칭에 비의된 것을 배척하는 바가 있었지만[369] 이렇게 이름 붙인 것이 또한, 무한복지의 땅이 되게 하여 사는 사람들을 안전하게 보전하기를 돌처럼 견고하게 해줄 줄을 어찌 알랴. 내 들건대 삼한시대로부터 지금에 이르기까지 몇 세대의 변화를 거치는 동안에 한 사람의 도적도 이 길을 지나간 적이 없었다고 하니 사는 사람들이 편히 사는 것은 진실로 이 효험 때문이 아니겠는가. 대저 물은 흐르면서 돌을 만나면 맑아지고 모래를 지나면 흐려지나니 물을 말하면서 돌을 말함이 없다면 어찌 기이할 것이 있겠으랴. 물이 아름다운 것은 돌 때문이며 돌이 희다면 더욱 기이한 것이다. 이리저리 얽혀있는 돌들이 반짝이며 줄지어 있고 물이 돌을 돌아 흘러 맑게 흐르는 물소리의 부딪침이 금소리 옥소리를 내니 가히 앉아 놀 수도 있고 돌을 베개 삼아 쉴 수도 있고 시냇물에 양치질 할 수도 있고 낚시도 할 수 있다. 시냇물 있는 곳에 돌이 없어서는 안 되며 돌 있는 곳에 물이 없어서도 안 되는 것이다. 맑은 것은 움직이고 흰 것은 고요하다. 움직이는 것과 고요한 것의 서로 어울려 있음이 이것이 진실로 자연의 묘이니 사람들은 이런 경지를 만나면 반드시 정신이 모아진다. 석계에 위치한 산은 곧 읍령의 갈래이다. 읍령은 그 근원이 태백산인데, 아득히 멀리 반천리를 흘러간 것이 신라의 옛 도읍이다. 고도 서쪽에 산이 우뚝 솟아 있는데 석봉이 벌여

---

369) 지의(指擬)는 지척비의(指斥比擬)의 준말로 비의(比擬 : 비교하여 헤아림)된 것을 손가락질하여 물리친다는 뜻이다.

솟아있는 것이 17개나 된다. 그 산을 주산이라 한다. 옥 같은 산 멧부리가 멀리 아득한 형세이고 구름과 이 내가 늘 감돌아 있다.

　주산의 첫 번째 한 갈래가 북쪽으로 내려간 그것이 영양현이다. 현의 남산이 흐르는 물과 함께 뻗어 내려가다가 서남쪽으로 가 석계 서쪽 5리쯤에서 끝난다. 붉은 빛 석벽이 깎아지른 듯이 서 있는 것이 외병이다. 주산의 두 번째 갈래는 첫 번째 갈래와 그 근원은 같지만 중간에서 갈라진다. 서광을 머금고 꾸불꾸불 방박하게 흘러 내려가는 것이 석계에 있는 산이다. 이 산에 이르면 대저 산기슭 3개가 있는데 나는 중간 산기슭에 살고 있다. 집 서쪽에 서대, 동쪽에 동대가 있다. 석벽이 천연적으로 이루어져 있고 위쪽에는 오래 묵은 소나무 단풍나무 상수리나무 등이 섞이어 자라면서 숲을 이루고 있다. 비록 아름다운 정자는 없다 해도 노닐어 읊조릴 만하며, 우러러보고 굽어볼 만하다. 서대 아래에는 예로부터 여관이 있었는데 또한 어느 때에 처음 지은 것인지는 알지 못한다. 집은 무너져 내려서 거의 지탱하기 어려운 모습이다. 여관의 종 10여 명이 지키고 있는데 나는 그들과 이웃이 되었다. 나의 집 아래에 있는 산기슭 끊어진 곳, 이곳이 중대이다. 세심대라 이름 붙였는데 《주역》 계사편에 있는 뜻[370]을 취하여 나의 긴요한 공력의 근거 처로 삼은 것이다.

　주산에서 동쪽으로 돌아 서쪽으로 지나면 청송, 진보의 경계 지점이 나온다. 마치 부모가 자식을 보살펴 기르고자 하는 마음이 있는 듯 갑자기 나타나 앞에 가로 질러 있는 것이 석계의 남쪽 자암이다. 곧 내병이다. 동그라미 하나를 그려놓은 모습이다. 완연히 새 병풍을 만나는 듯한데 이곳에 앉기도 하고 눕기도 하면서 경치를 감상할 만하다. 물은 주산에서 흘러내리는데 십 리를 채 못 가서 읍령을 따라 흐르다가 삼대 아래에서 합류한다. 물이 맑고 깊다. 노니는 물고기들이 많고 또 그물을 던져 물고기를 잡을 수도 있다. 석계의 시냇물이 여러 물줄기들을 합류하여 점점 많아지는데 내병을 지나 북쪽으로 흐르다가 첫 번째 갈래의 물을 만나 외병 아래에서 합류하여 서쪽으로 흘러 하천에 흘러든다. 하천은 곧 일월천 하류이다. 여기에 이르면 물의 형세가 웅장하고 사나워서 무지개가 펴지듯 우렛소리가 들리듯 하며 물이 서쪽으로 수십여 리를 흐르

---

370) 세심(洗心)은 마음을 씻는다는 뜻임. 《주역》 〈계사(繫辭) 上〉에 "성인(聖人)은 이것(易)으로 마음을 씻어 물러가서 비밀리에 간직해 두고 좋은 일과 나쁜 일은 백성과 함께 걱정하여 신비한 것으로 올 것을 알고 지혜로운 것으로 가는 것을 아니, 그 누가 여기에 참여할 수 있겠는가.[聖人 以此洗心, 退藏於密, 吉凶 與民同患, 神以知來, 知以藏往. 其孰能與於此哉]" 하였다.

다가 낙동강에 이른다. 또 낙동강에서 일월천으로 거슬러 오르기도 하고 일월천에서 석계로 흘러들기도 하는데 이 물줄기가 석계에서 석계에 있는 산에 이르러서 끝난다. 산은 무릇 몇 겹이며 물은 무릇 몇 겹인가. 산의 갈래가 흘러 내려갔다 되돌아온 모습이며, 되돌아온 산 갈래가 두 손을 마주잡은 듯한 모습이며, 물이 이렇게 돌아 흐르고 저렇게 굽이쳐 흐르는 모습 등 온갖 자태를 감췄다 드러냈다 하니 조물주가 마치 만듦에 뜻을 둔 듯하다. 내가 경진년(1640, 인조 18) 초봄에 이곳에 집을 지었는데 띠 집은 10여 칸이었다. 거의 산 위쪽에 자리를 잡은지라 아래로 10리나 내려다 볼 수 있었다. 땅을 팔 때 깨진 기와와 남아 있던 주춧돌을 볼 수 있었는데 이곳은 일찍부터 있었던 관사였다. 아무튼 널리 알려진 사람의 집일 것임이 의심이 없으나 문적으로 고증할 방법이 없으니 이것이 한스럽다. 내가 손에 기와조각을 잡고 가만히 옛 자취를 생각할 제, 흥망의 감회가 어찌 마음속에 슬피 일지 아니할 것이랴. 아! 부서진 기와와 깨진 벽돌은 아직 없어지지 않고 남아 있었으되 한 사람도 성씨를 남긴 이를 들을 수가 없었으니 옛적 이곳에서 살았던 사람들에 대하여 전할 만한 사실이 없다는 것인가. 아니면 있었으되 문헌으로 나타나지 않는다는 것인가. 이것을 알 수가 없었다. 이어서 가만히 생각건대 산천은 외물(外物)이요, 우주[371]는 고금이니 하나는 아득히 오래갈 수 있고 하나는 홀연히 지나가는 것이 아닌가. 이 가운데서 사람이란 가장 영명한 존재이니 산 것이 죽음이 없이 썩지 않는다면 실로 사실들을 전하고 계승할 보배가 될 것이나 이는 또한 쉽게 말할 것은 아니다. 내, 지금 졸렬함을 짝하여 자취를 기이하게 한 사람이 세상을 등지고서 깊지도 얕지도 않은 곳을 취하여 계산의 의취 있는 곳을 좋아하여 살고 있다. 만약 대에 올라서 물을 구경하고 또 산을 조망하면서 구름을 바라본다면 안목을 가진 사람일진대 모두 즐거워할 만함을 알 것이니 나 혼자 사사로이 즐길 바의 것은 아니다. 구름 속 평상, 솔숲 속 창가에 이르러서 성현의 서를 읽고 아양금[372]을

---

371) 우주 : 원래는 천지와 고금, 시간과 공간이란 뜻이나 여기서는 그냥 집이란 뜻으로 쓰여 시간적 존재란 의미를 지닌다.

372) 아양금(峨洋琴) : '아양금을 뜯으며'란 것은 마음 알아주는 친구가 있다는 뜻임. 아양금은 글자를 그대로 새기면 '높고도 깊은 거문고 소리'란 뜻이다. 《열자(列子)》〈양문(陽問)편〉에 보면, 백아(伯牙)가 거문고를 타면서 마음이 높은 산에 올라가는 데 있으면, 그의 친구인 종자기(鍾子期)가 듣고서 "좋다! 높고도 높도다.[善哉 峨峨兮]"라고 말하고, 마음이 깊은 물에 나아가는 데 있으면 "좋다! 깊고도 깊구나.[洋洋兮]"라고 말하였다고 함. 종자기가 죽은 뒤에 백아는 자기의 거문고 소리를 알아주는 사람이 없어 다시는 거문고를 타지 않았다고 함.

뜯으면서 궁리, 격물, 수신, 제가를 한다면 당신들을 옥으로 성취시키어 훗날 치평의 방편이 되게 할 것이니, 지혜로운 자를 함께하지 아니하고 누구와 함께 공부할 것이랴. 산수기 쓰기를 마친 후 내 뜻을 아울러 드러내어 석계의 돌에다 쓰노라.

경진년(1640, 인조 18) 한 여름(음력 5월) 초순 석계거사 씀.

溪舊無名 余今以石名之 蓋因村號石保而取之也 地之稱石保 不知自何代始 自古名山水號村巷 雖雜以俚俗 而各有指擬 此亦安知爲無限福地 保全生人 如石之固也 余以所聞 自三韓迄于今 閱幾世變 而不曾有一賊經由此路 居者按堵 良非其效與 夫水之流遇石則淸 過沙而渾 水而不言石 惡在其爲奇也 水之勝以石 石之白尤奇 錯落礧魂 粲兮齒齒 環以淸流 聲觸鏗鏘 可以坐可以枕可以漱可以磯 溪不可無石 石不可無水 淸者動白者靜 動靜相含 是固自然之妙 而人之遇斯境 必有神會者矣 石溪之山 卽泣嶺之支也泣嶺根出於太白 遙遙半千里 爲新羅故都 其西有山突起 石峯羅窣 其數十七 名曰注山玉峀縹渺 雲煙常鎖 山之第一支 北下爲英陽縣之南山 與水俱下西南 盡於石溪之西五里許 紫石削立爲外屛 第二支與第一支 本同而中分 蜿蟺扶輿 磅礴而下 爲石溪之岡 就其中凡爲三麓 而余家其中麓 西者爲西臺 東者爲東臺 皆石崖天成 有古松楓櫟雜植其上 雖無軒榭之美 足以散步嘯咏仰觀而俯察也 西臺下舊有客舘 亦不知何時肇置 屋宇頹圮 幾不能支 院隷十餘戶守之 吾與之爲鄰焉 家下麓斷處爲中臺 名之曰洗心 取易繫義 爲吾喫緊用工地耳 自注山而東轉 西過靑眞之界 若有心於顧復而忽來前橫者 乃溪南之紫巖爲內屛者也 畵一端圓 宛對新屛 坐臥可賞 水自注山而下 不能十里 與泣嶺而下者 合勢於三臺之下 潔淸淳泓 有游魚無數 可網而得 溪合羣流稍大 過內屛而北與第一支之水 會於外屛之下 西入于川 川卽日月下流也 至此水勢雄悍 虹布雷奔 西流數十餘里而達于洛 自洛而沠于川 自川而入于溪 自溪而窮于山 山凡幾疊 水凡幾重 去者回來者拱 左盤右曲 包羅百態 造物者若有意於 營作也 余以庚辰首春 卜築于此 草屋凡十餘間 半在山上 俯臨十里 斸地得破瓦遺礎 其曾爲官舍 或爲聞人之居無疑 而文籍無所考 是可恨也 余手把瓦片 默念古跡 興廢之感 安得不愴然於懷 噫碎瓦零甓 猶有未泯者未聞一人留得姓氏 昔之居此者 其無可傳之實乎 抑有之而文獻無徵耶 是未可知已 因竊思之 山川外物也 宇宙古今也 一爲冥然 一爲忽焉 人爲最靈 生能有無死而不朽 斯實可傳可繼之寶 而亦不可易而言之也 余今伉拙崎蹠 與世抹摋 取其不深不淺 樂有溪山之趣而居之 若其登臺而翫水 望山而看雲 則有目者皆知可樂 非吾之所獨私也 至於雲

榻松牕 讀聖賢書 彈峩洋琴 竆格修齊 玉汝于成 而爲他日治平之具 則非智者誰與講之
旣記山水 幷見吾志 書于溪石上 庚辰仲夏上澣 石溪居士記

금서헌 기문
琴書軒記

　　세상 사람들은 사는 곳이 편벽되고 비루한 것을 병통으로 여기어, 반드시 산수가
기이하고 빼어난 곳에 들어가 집짓기를 웅장하게 하고 붉은 흙칠로 치장을 곱게 하며,
또 아름다운 명칭을 취하여 사치스럽게 한다. 이렇게 하는 것은 예나 지금이나 그렇게
하기를 좋아하는 사람들의 하는 일이지만 그 실속을 찾는다면 그 내용은 없다. 박 군
숙헌[373]은 사람들이 사는 마을에 터를 얻어 살지만 높아서 멀리 바라보이는 형세가 있
고, 또 고요하여 물외의 아취가 있으니, 보통인 듯하면서도 기이하고 낮고 천한 듯하면
서도 귀하다. 이 언덕을 얻어 살면서 그대는 아침에 나갔다가 저녁에 돌아옴을 잊곤
하였다. 모난 곳을 깎아내고 이지러진 곳을 보충해서 집을 지으니 당은 중간에 있고,
양쪽에는 협실이 있었다. 동쪽 협실에는 거문고를, 서쪽 협실에는 서적을 간직하였다.
대저 거문고란 천하의 지극한 소리를 내는 것이요, 서적이란 천하의 지극한 보배인
것이다. 박 군은 무인 가문에서 태어나 기상이 거리낌이 없이 소탈하여 마치 이런 것을
좋아하지 않을 듯했으나 마음속 깊이 좋아하기를 마치 물을 마시고 밥을 먹는데 목마른
사람처럼 주린 사람처럼 했을 뿐만이 아니었다. 아무 곳에 좋은 책 한 권이 있다고
들으면 천리를 멀다 않고 가서 구하였으며 혹은 사람을 고용해서 베껴 오게도 했으며,
혹은 재물을 기울여서 바꿔오기도 하여 서적의 쌓인 바가 집에 넘칠 지경이었다. 정성
으로 좋아한 것이 두텁지 아니했다면 어찌 이렇듯이 많을 수 있었겠는가. 하지만 내
살피건대 지금 사람들은 그대들 할아버지 아버지가 서적을 애써 모아 자손들에게 물려
주면 자손들은 그것을 보기를 흙이나 가시나무, 치포관이나 더펄머리같이 여기고, 혹

---

373) 숙헌(叔獻) : 박륵(朴玏, 1594~1656)의 자이다. 관향은 무안(務安)이며, 고향은 경주이다. 무의공(武毅公)
　　박의장(朴毅長)의 아들이며 갈암의 장인으로 이시명에게는 사돈이 된다. 1618년(광해군 10) 무과에 급제, 선
　　전관(宣傳官)·회녕판관(會寧判官)·도총부도사(都總府都事)를 지냈다.

은 책을 흩어내어 거둘 줄도 모르고, 혹은 보관을 소홀히 하여 손상케 되는데도, 오로지 술을 즐기고 바둑과 장기놀이를 일삼을 뿐이다. 이보다 심한 사람들은 찢어 벽을 바르기도 하고 또는 오려내어 장 단지를 덮기도 하는데 이렇게 하는 사람들은 박 군의 죄인이다. 대저 사람들의 즐겨 좋아하는 것은 또한 청탁 선후의 같지 아니한 바가 있지만 박 군과 거문고 서적과의 관계는 그 맑은 것을 얻고 먼저 할 것을 안 것이라 할 수 있다. 거친 것에서 정밀한 것으로 든 것이며 밖에서 안으로 이른 것이니 어찌 알랴. 훗날에 훈고를 연마하고 의리를 깊게 연구하여 문질이 빛난 군자 되게 할 줄을.[374] 그렇게 되지 않는다 해도 하늘은 그의 참된 마음을 알아서 장차 박 군의 자손들을 발신케 할 것임이 의심이 없을 것이다. 물로써 즐거함은 마음으로써 즐거하는 것만 못하고 이루는 바가 그 자신에게서 이뤄지게 되는 것보다 어찌 후손에게 돌려져서 이뤄지게 되는 것만 하겠는가. 이렇게 되는 것은 박 군도 사양하지 않는 바일 것이다. 하루는 박 군이 비동으로 나를 찾아와서 시와 술이 아직 무르익지 아니했을 제, 나에게 그 당에 이름을 지어주길 청하였다. 내 거기에 응하여 말하길 "그대의 당은 오묘한 뜻이 담겨 있고 횡하게 트인 기상이 있으니 '산수'라 이름 붙여도 될 것이요 '풍원'이라 이름 붙여도 될 것이다. 이름 붙임에 어찌되고 아니 됨이 있겠는가마는 그대에게는 천하의 지극한 소리가 있고 천하의 지극한 보배가 있으니 이 밖에서 어찌 찾을 것이랴. 합쳐서 이름하길 '금서헌'이라 하면 또한 옳지 않겠는가."라 하였다. 옛날 업후는 서가에 만권 책을 꽂아두고[375] 그 속에서 살았고 요추는[376] 일백 개의 샘물 흐르는 곳에서 거문고를 울리며 세속을 피하여 살았다. 이런 것은 모두들 대장부가 행한 한 때의 일이라고 할 수 있는데 그대는 서적과 거문고를 아울러 가졌으니, 아! 성대하도다. 곡식과 비단을 쌓아둔 것으로써 그 스스로가 많다고 자랑하는 사람과 견준다면 차이가 있지 아니한가. 하물며 더위가 정자 못가로 물러나면 격자창에 바람소리 들릴 것이요, 또 술기운이 돌아 약간 취할 때면 삼베옷을 반쯤 벗고, 한편에서 거문고를 뜯음에 그 소리 맑고 맑을 것이요, 다른 한편에서 글을 읽음에 그 소리 낭랑할 것임에랴. 그대는 베개를 높

---

374) 이것은 문채(겉)와 바탕(속)이 조화를 이룬 군자의 경지에 이름을 뜻한다. 《논어》〈옹야편〉에 보면 "바탕이 문채보다 두드러지면 질박하고, 문채가 바탕을 누르면 화사하다. 문채와 바탕이 서로 잘 어울려야 비로소 군자이다.[質勝文則野 文勝質則史 文質彬彬然後君子]" 하였다.

375) 당(唐)나라의 업후(鄴侯) 이승휴(李承休)의 장서가 2만여 권이었다 함. 업(鄴)은 하남성(河南省) 임장현(臨漳縣)에 있는 하나의 현임.

376) 요추 : 원(元)나라 유성(柳城) 사람.

다랗게 벤 채 갓이 기울어진 모습으로 기쁘게 들을 것이니 비방하고 치우친 마음이 어디에서 생길 것이며, 더럽고 인색한 마음이 어디에서 싹틀 것이랴. 이는 거문고와 책을 간직한 효험이 은연중에 나타난 것으로서 박 군으로 하여금 아무것도 생각하지 못하는 가운데에 날로 달로 변화되어 감도 그 스스로가 알지 못하게 된 경지인 것이다. 박 군이여 힘쓸지어다. 나는 멀리 고개 밖에 있는지라 때때로 정자에 올라서 들을 수가 없기에 늘 저녁구름, 봄 숲에 몸을 붙이어 그대를 생각했노라.

계미년(1643, 인조 21) 7월 어느 날 석계거사 씀.

世之人 病所居僻陋 則必就山水之奇勝者 宏其結搆 麗以丹雘 又擇美名以侈之 此古今好事 而求其實則無有也 朴君叔獻得地於閭閻之中 高而有遠望之勢 闃而有物外之趣 尋常而奇 汚賤而貴 自得玆丘 君朝往而夕忘歸焉 刻削圭角 補築殘缺 凡爲屋 中堂而兩有夾室 東貯琴西藏書 夫琴者天下之至聲也 書者天下之至寶也 朴君弓馬家世 氣度磊落 似若不屑於此 而其心好之不啻若飢渴之於飮食 聞一好書在某地 則不遠千里而求之 或倩人而書 或傾財而易之 積成卷軸 充溢棟宇 非誠好之篤 安能致多如是哉 雖然余觀今世之人 乃祖乃父勤勞收拾 以貽其子孫 子孫視之如土梗弁髦 或散帙而不收 或慢藏而致毁 惟麴蘖博奕之是事 甚者或坼而糊壁 斥而覆瓿 是則朴君之罪人也 夫人之嗜好 亦有淸濁先後之不同 朴君之於琴書 可謂得其淸而知所先矣 由粗而入精 自外而達內 安知異日磨礱乎訓詁 浸漬乎義理 彬彬爲君子人耶 不然天誘其衷 將發於朴君之子孫無疑也 樂之於物 不如樂之於心 爲之於身 又豈若歸成於後昆 是則朴君之所不辭也 一日朴君訪我於飛洞之里 觴詠未半 請余名其堂 余應之曰君之堂有 奧意有廓氣 山水可也 風月可也 名之何所不可 而君有天下之至聲 有天下之至寶 外此何求 合而名之曰琴書軒 不亦可乎 昔鄴侯架挿萬軸 棲息其間 姚樞鳴琴百泉 以避世塵 此皆大丈夫一時之事 而君則兼之 於乎偉哉 其視積粟堆帛 以自夸大者 不有間乎 而況暑退軒池 風檻自響 乘酒微醺 半釋麻衣 左命之琴而其聲冷冷也 右命之書而其讀琅琅也 君高枕欹冠 怡神而聽之 非僻何自而生 鄙吝何由而萌 此畜琴藏書之効 隱然使朴君日變月化於無爲之中而不自知耳 朴君勉乎哉 余則遠在嶺外 不得時時登聽 每因暮雲春樹而寄思焉 癸未七月日 石溪居士記

영모당[377] 기문

永慕堂記

당은 별항산[378] 아래의 대전[379] 마을에 있다. 그윽하고 깊숙한지라 세상과는 멀리 떨어졌는데 예로부터 폐허된 곳이었다. 숭정 임신년(1632, 인조 10)에 점술가의 말에 따라 이곳에 나의 선군을 장사 지내었고, 13년 뒤인 갑신년(1644, 인조 22)에 선비를 합장하였다. 또 4년이 지난 정해년(1647, 인조 25)에는 재사를 세우기로 하였다. 건립 계획을 짜는 데는 아우 및 조카가 맡았다. 이듬해 무자년(1648)에 공사가 끝나 집이 완성되었다. 모두 8칸이다. 당은 정중앙에, 그 양쪽에는 협실이 있고 앞마루는 4칸으로 되어 있으며, 당의 정면에는 대문이 있다. 대문 왼쪽의 주방은 제사 때 음식을 만들 수 있게 한 곳이며 오른쪽의 탑방은 당을 지키는 종을 살게 한 곳이다. 양쪽 옆의 빈터에는 각기 담장 문을 만들어서 방비를 견고하게 했을 뿐만 아니라 사람들을 출입할 수 있게 하였다. 여기서 당에 올라 조망하면 뭇 산봉우리들이 둘러 있고, 난간에 기대어 소리를 들으면 개울물 소리가 울리니 분명히 하나의 별천지가 된다. 이른바 자라목이라 한 것은 모양으로서 이름 지은 것이다. 머리를 들고서 올라 있는 모습이 커다란 형세로 우뚝 높아 있고 기세의 웅장함은 정령을 쌓은 모습이다. 별항 아래에는 밭이 여러 이랑 있어 농사를 지을 수 있다. 동구의 물은 한곳에 모였다가 아래로 흐르면서 수십 층을 이루는데 굽이쳐 흘러가서 깊은 못을 이룬다. 못가에는 암석 위에 자란 솔숲이 있는데 이 모든 것은 앉아서 감상할 만하다. 대전에서 일지[380]까지는 5리쯤 되는데 조부모 산소가 있다. 남쪽으로 독재[381]까지는 20여 리가 되는데 증조부모 산소가 있다. 3대의 산소가 멀지 아니한 가까운 곳에 있으니 생각건대 조상들께서는 서로 의지하실 수 있고 자손들도 산소를 보살피고 지키는 데에 또한 아주 편리함으로 참으로 다행이다. 당이 완성된

---

377) 영모당(永慕堂) : 영덕군 창수면 인천리. 속칭 한밭에 있음. 재령 이씨 운악(雲嶽) 이함(李涵)의 산소를 보호하기 위하여 세운 재사(齋舍)인데, 운악의 아들인 석계 이시명의 주관하에 그의 동생과 조카들에 의하여 1647년(인조 25)에 착공하여, 이듬해에 준공하였다. 8간의 건물로 동서 양편에 방을 두고, 가운데 4간의 마루를 깔았다. 현 건물은 6·25 때 소실된 것을 복원한 것이다.

378) 별항산(讀經山) : 창수면 수리와 보림리, 백청리에 걸쳐 있는 산, 맞은편에 있는 산으로 일명 자라목산이라고 하며, 이곳을 따라 영양으로 넘어가는 자라목재가 있음.

379) 대전 : 속칭 한밭. 창수면 인천리 남쪽 골짜기에 있는 마을임. 이 마을에는 6천 평이나 되는 큰 밭이 있음.

380) 일지 : 일명 일모실(日暮室)이라고 함. 영덕군 창수면 갈천 2리를 말함.

381) 독재 : 일명 독식골이라고 하며, 현 창수면 가산 2리를 말함.

후, 당의 이름을 붙이기에 앞서 내가 말하기를 "옛 사람들도 조상을 추념하여 경모했던 바, 이 당을 선영 곁에 마련하여 여기서 제사할 수 있고, 여기서 재숙할 수 있게 되었으니 이름하길 영모라 함이 또한 좋지 않겠는가?" 하니 모두들 '좋다'고 하였다. 내 이때에 삼가 느껴지는 바가 있었다. 무릇 효란 인륜의 으뜸이며 백행의 근원인 바, 요순의 도 역시도 효도와 공경이었다. 세상 사람들 가운데서 누구인들 낳아주신 바의 부모가 없겠으며, 천리와 민이를 가진 바도 어리석은 자나 지혜로운 자에 있어서 그 간격이 없건만 아들노릇 잘하고 손자노릇 잘한 사람은 그 몇이던가. 나 같은 사람은 어려서는 마음이 흐리고 일을 게을리했고 자라면서도 배움에 어두웠던지라 예는 살아 계신 이를 섬김에도 어긋났고, 정성은 돌아가신 이를 모심에도 부족하였으니 미루어 한탄한들 어찌 미칠 수 있게 될 것이랴마는 옛 기록에서 말하기를 "입신출세하여 부모를 드러냄이 효의 마침[382]"이라 했으니, 이렇게 하기를 내가 마음을 다하여야 마땅한 바가 될 것이다. 아! 우로한서[383]의 감회와 향불로 향 올리어 조상들께 보답하는 것은 사람마다 다 함께 갖는 바로서 다함께 힘쓰지 아니함이 없건만, 마음 씀과 행함을 보건댄 그 몸을 사사롭게 하여 또한 불의를 저지르기를 즐겨하고, 또한 윗사람에게 버릇없이 가까이 하고서도 부끄러워함이 없으니 그 몸을 욕되게 하는 바가 결국 그 부모를 욕되게 하는 것임도 모르는 것은 유독 마음이 어째서인가. 이로써 미루어 보건대 남의 자식 된 사람이라면 효를 극진하게 하여야 할 것인바, 어찌 한갓 사모하는 것만으로서 그쳐서야 될 것이겠는가. 반드시 그 몸을 삼가 욕되게 하는 바가 없어야 곧 군자의 효가 될 것이다. 무릇 우리 자손들 가운데서 이 당에 오를 경우에는 어떤 마음으로서 준칙을 삼을 것인가. 약간이라도 나쁜 생각이 일면 반드시 "나의 마음은 부모의 마음인데, 어찌 부모의 마음으로서 나쁜 생각을 할 것인가."라 생각하고, 잠깐이라도 망령된 행동이 일면 반드시 "나의 몸은 곧 부모의 몸인데 어찌 감히 부모의 몸으로서 망령된 행동을 할 것인가."라 생각해야 할 것이다. 이렇게 삼가 두려워하고 조심하는 마음을 가져서 오직

---

382) 《효경》 개종(開宗) 명의장(明義章)에 "출세하여 도리를 행하여 후세에 이름을 알리고 부모를 드러냄이 효의 마침이다.[立身行道揚名於後世 以顯父母 孝之終也]" 하였다.

383) 우로한서(雨露寒暑) : 부모나 조상을 슬피 사모하는 것. 《예기(禮記)》〈제의(祭義)〉에 "이슬이나 서리가 내리면 군자가 그것을 발로 밟으면 반드시 슬픈 마음이 생긴다. 그것은 기후가 추워서 그런 것이 아니다. 또 봄의 제사 때 이미 비·이슬이 내려 땅이 축축해지면 군자가 이를 밟고 반드시 섬뜩 느껴지는 것이 마치 죽은 부모를 만나는 것과도 같은 것이다.[霜露旣降 君子履之 必有凄愴之心 非其寒之謂也 春雨露旣濡 君子履之 必有怵惕之心 如將見之]" 하였음.

나쁜 데에 떨어질까를 두려워한다면 거의 바르게 되기를 바랄 수 있을 것이다. 각기 힘써야 할 것이다.

堂在鼈項山下大田之洞 幽邃窈窕 與世逈隔 舊爲廢境 崇禎壬申 用卜者葬吾先君 後十三年甲申 以先妣喪祔 又四年丁亥 營齋舍建置經畫 弟曁姪幹之 越明年戊子工訖 爲屋凡八間 堂居中 兩夾有室 前排四間 直堂爲門 左庖廚以供祀事 右楊房以庇賤者 兩旁空處 各置門垣 以固其捍衛 以通其出入 於是升堂而眺 羣峯環立 凭軒而聽 澗水鏘鳴 宛然別一乾坤也 所謂鼈項 以形而名 矯首騰拏 特立魁鉅 氣勢雄遠 蘊蓄精佑 其下有田數頃可耕作 洞口水皆淙下數十層 曲曲成泓潭 潭上有巖松 皆可坐賞 自大田至日池五里許 乃王父母墓山 南距篤材二十餘里 卽曾王父母葬地 三代丘壟 不遠伊邇 仰惟先靈有所憑依 子孫展掃守護 亦甚便宜 良可幸耳 堂成未有名 余謂古人有羹墻之慕 此堂在塋域之側 祭於斯齋宿於斯 名以永慕不亦可乎 僉曰允哉 余於是仍竊有感焉 夫孝者 人倫之首 百行之源 堯舜之道 孝悌而已 天下之人 誰無所生 天理民彝 無間於愚智 而能子能孫 曾有幾人 若余則幼旣昏惰 長又昧學 禮虧於事存 誠闕乎事亡 追恨何及 記曰立身顯親 孝之終 此余之所宜盡心者也 噫雨露寒暑之感 香火芬芬之報 人人所同 莫不共勉 至其處心行己 則輒自私其身 或甘心於不義 或媟慢而無恥 不知所以陷辱其身者 終歸於陷辱其父母 亦獨何心 以此推之 人子之欲終始其孝者 豈徒思慕之而已 必謹守其身無所忝辱 乃爲君子之孝也 凡我子孫之居是堂者 當何以爲則 纔有惡念 必曰吾心乃父母之心 安得以父母之心 念夫惡 乍有妄行 必曰吾身乃父母之身 何敢以父母之身 行乎妄 戰戰兢兢 惟恐有墜 則庶乎其可矣 其各勉之哉

소와 기문
笑窩記

저전의 정 군은 커다란 집에 사는 것을 싫어하여 새로 조그마한 집을 짓고서 이를 이름하길 '소와'라 하였다. 와라는 것은 집이 매우 누추하여 거처하기도 매우 누추한 집을 말한다. '소'란 무슨 뜻인가. 스스로 웃는다는 것인가. 남들이 웃는다는 것인가. 얼굴로서 웃는다는 것인가. 마음으로써 웃는다는 것인가. 얼굴로서 웃는다는 것은 물을 대할 때 서로 나타나는 것이니 그 쓰임이 얕다. 마음으로써 웃는다는 것은 스스로 터득한 바가 있으니 그 기미는 남들이 알지 못하는 것이다. 홀로 자기만 안다는 것은 그 웃음이 안에 있는 것이지 밖에 있는 것은 아니다. 정 군은 대대로 전하는 문장의 서통을 배우고 거문고를 뜯으면서 가문을 다스려 나갔을 뿐 반평생 동안 함께한 사람도 없이 자취를 숨긴 채 물러나 살았다. 남을 탓함이 없이 스스로를 힘써 닦아나갔던바, 곤궁에 처하여서도 덕을 닦아나갔으며, 굴욕을 당하여서도 그 바탕을 길러 나갔는데 몸과 마음 쓰기를 수년 동안이나 하였다. 이렇게 산 이래로 번잡하고 화려한 곳을 버리고 즐겨 좋아하는 것도 끊은 채, 옛 전적에만 오로지 정진하여 독선의 맛을 깨달았다. 조용히 조그마한 집에 살면서 만사를 일체 공허에 붙인 채, 마음을 기쁘게 하여 외물에 얽매이는 바 없이 생각함과 성찰함을 깊게 하였다. 다만 한 가지 웃음이 있었다. 남들의 발자취가 닿지 않는 곳에서 운신을 하고 자연 속에 자취를 감춘 가운데서 혹은 새가 되어 구름 속을 날기도 하고 혹은 물고기가 되어 못에 잠기어 노닐었으니, 이것이 실로 정군이 즐겨하였던 것으로서 세상 인으로서는 헤아릴 바가 아니었다. 그렇지만 웃음이란 정이 드러난 것이니 남들에게도 없지 아니한 것이다. 고인이 말하기를 '웃음이란 웃게 한 바가 있다' 하였다. 정군의 웃음은 비록 매우 고요하고 은밀한 것에서 나온 것이었지만 또한 어찌 웃게 한 바가 없겠는가. 이백[384]이 지은 시에서는 웃는 바를 두루 펴냄으로써 그 뜻이 매우 좁아졌고, 장주[385]의 제물편[386]에서는 크게 껄껄 웃는 것으로 끝을 냄으로써 그 말이 매우 농지거리가 되었으니 그러한 웃음들은 도를 구하는 것과는 또한 먼 것이 아니겠는가. 정군의 웃음은 내가 알고 있다. 부귀와 공명은 사람들이 함께 좋아 따르는 바이지만 정 군은 담박하고 곤궁하게 살기를 어려서부터 늙음에 이르도록 변함이 없었으니 그의 웃음은 이렇게 산 데서 나온 웃음이며, 또 글 짓는 사람들은 빛을 내기를 힘쓰고 명성을 드러내기를 자랑삼지만 정군은 고문을 매우 좋아하여 굳센

---

384) 이백 : 자는 태백(太白), 호는 청련거사(靑蓮居士). 성당(盛唐) 때의 시인. 천보(天寶) 연간에 하지장(賀知章)이 현종(玄宗)에게 이백의 일을 이야기하여, 한림원(翰林院)에서 일하게 되었다. 그러나 이후 고력사(高力士)의 미움을 받아 관직에서 물러났다. 이로부터 이백은 천하를 주유(周遊)하며 시와 술로 마음을 달랬다. 시성(詩聖) 두보(杜甫)와는 절친한 시우(詩友)였다. 자유분방한 천재적인 시풍과 그의 인품에서 우러나는 선풍(仙風)으로 시선(詩仙)이라 일컬어졌음. 저서로 《이태백집》 30권이 있음.
385) 장주 : 중국 춘추시대 송(宋)나라 사람. 그의 주장이 노자(老子)의 사상에 기초를 두었으므로 노장(老莊)이라 병칭한다. 저서로 《장자(莊子)》 10권이 있다.
386) 제물편 : 《장자》 편명(篇名)의 하나. 재물론(齋物論)이란 만물을 재일(齋一)하게 보는 의론이란 뜻으로 만물은 하나라는 논리를 밝히고 있다.

글을 짓기를 바랐으니 그의 웃음은 이렇게 한 데서 나온 웃음이며, 또 벼슬을 구하는 사람들은 도량 좁게도 영리에 몰두하다 얻지 못하면 속을 태우지만 정군은 도를 지니기를 스스로 보배롭게 여기면서 너그럽게 살았으니, 그의 웃음은 이렇게 한 데서 나온 웃음인 것이다. 노년을 맞아서 마음을 닦음에도 이렇게 하기를 한결같이 하였을 뿐 딴 생각을 한 것이 없었으니 광하여 어찌 뜻만 크게 한 것이었겠으며, 견하여 어찌 외로이 혼자 가는 모양이었겠는가.[387] 타고난 본성을 보존하고 참된 고요함을 지켜서 마음속에 깨달음이 있으면 즐거워하고 기뻐하였으니, 그는 이와 같이 하였을 뿐이다. 그의 이런 아취들을 아울러 모은 것을 드러내어 와라고 편액하였다. 내가 정군의 뜻을 말하면서 처음에는 그 은미하게 쌓인 것을 드러내려 하지 않았는데 내가 감히 누설하여 한두 가지를 말했으니 거듭 한 웃음거리를 만든 것이 아닌가. 움집은 대저 몇 칸쯤 된다. 왼편엔 산이 우뚝 솟아 있으며 오른편엔 물이 흐르고 그 가운데는 서적 수천 권이 들어 있다. 정원에는 소태나무, 국화, 찬, 매화가 심어져 있다. 때를 얻을 때면 웃었으니 그 덕이 오직 향기로웠고 움집의 이름도 더욱 믿음직하였다. 나는 그대와 멀리 떨어져 있고 정신도 쇠한지라 움집을 말하면서도 그대와 함께하여 웃지도 못하고 가만히 그대의 풍격을 생각하며 웃으면서 기를 쓴다.

계사년(1653, 효종 4) 8월 초순에 석계거사 씀.

苧田鄭君厭居宏楹 新搆小屋 名之曰笑窩 窩者室之甚陋者也 處甚陋之室 笑則何意 自笑乎 人笑乎 笑於面笑於心 以面者與物相形 其用淺 以心者有所自得 其幾微 人所不 知而己獨知之 則其笑也在內不在外也 鄭君世傳文章之統 操瑟齊門 半世無與 斂跡而 退 人不尤而自礪 德修於困窮 材長於屈辱 輾轉升沈餘數十年矣 自是謝芬華絶嗜好 專 精乎古書 得味乎獨善 蕭然矮屋 萬事皆空 方寸熙然 無有外膠 潛思冥察 但有一笑 運於 無迹 藏於自然 或鳥而雲飛 或魚而淵沈 斯實鄭君之樂 而非世人之所可測也 雖然笑乃 情之發而人所能無者 古人云笑有爲笑 鄭君之笑 雖極玄密 亦豈無所爲耶 李白著詩 歷

---

387) 정군은 《맹자》〈진심(盡心) 下〉에서 말하는 '광자(狂者)', '연자(狷者)'와는 그 거리가 먼 군자의 도를 닦은 사람이라는 것이다. 《맹자》에서 언급된 광자는 "그렇게 뜻이 큰 것으로 어쩌자는 건가. 말은 자기의 행동을 돌보지 않고, 행동은 말을 돌보지 않으면서 '옛 사람(聖賢)은 옛 사람은' 하고 되풀이하는[何以是嘐嘐也 言不 顧行 行不顧言 則曰 古之人 古之人]" 이런 인간 유형이며, 연자는 "행함이 무엇 때문에 그렇게도 외롭고 찬 가.[行何爲踽踽涼涼]"라고 한 인간 유형이다. 흔히 말할 때, 광자는 뜻이 너무 커서 상규(常規)에 어긋난 행위 를 하는 사람을 가리키고, 연자는 고집이 세어 용납성이 없는 사람을 가리킨다.

叙所笑 意甚窄也 莊周齊物 卒以大嚎 言極詼矣 求之於道 不亦遠乎 鄭君之笑 吾知之矣
富貴名場 人所共趨 而淡泊危苦 由幼而逮老 斯之笑也 爲文者務采色誇聲音 而篤好古
文 佶屈是尙 斯之笑也 求仕者戚促營營 不得則熱中 抱道自珍 寬以居之 斯之笑也 暮年
蓄養 一此非他 狂何嘐嘐 狷何踽踽 保我天賦 守我眞默 有會於心則俯而嬉仰而悅 如斯
而已 兼總衆趣 表以扁窩 而鄭君之意 初不欲露其微蘊 余敢洩之而道其一二焉 得無重
發一哂否 窩凡數間 左崎右流 中有圖書數千卷 園植杞菊寒梅 得時則笑 而其德惟馨 窩
之名尤信矣 夫余則路遠志頹 不得伴笑於道窩之上 竊想下風 迺然而爲之記 癸巳仲秋
上弦 石溪居士記

대해당[388] 황 선생의 위패를 향사에 모실 쓴 기문
大海堂黃先生鄉社奉安時記

갑오년(1654, 효종 5) 10월 초하룻날에, 기성[389]의 벗이 서생 한 사람을 보내었는데
대문에 이르러서 알리길 "바야흐로 이번 달 11일 정묘일에 대해 황 선생을 향사[390]의
새로 지은 사당에 봉향하려 한다 하며 당신께서 오셔야 합니다." 하였다. 내 가만히
생각건대 선군자가 선생에게 가르침을 받고 나 또한 선생의 영향을 입었으니 어찌 감히
뒤로 미룰 일이겠는가. 기일에 미쳐서 가보니 유생들 재사에 가득 찼고 많고 많은 유생
들의 모습 볼 만하였다. 일이 끝난 후 나에게 한마디 글을 써주기를 청하였다. 내가
일어나서 말하기를 "천하에 없어지지 않는 것은 사람으로서 지켜야 할 떳떳한 도리 그
것이다. 대저 훌륭한 한 분이 앞에서 이끌면 반드시 분발하여 일어나는 사람이 있어야

---

388) 대해당 : 황응청(黃應淸, 1524~1605)의 호, 자는 청지(淸之), 본관은 평해(平海), 목사(牧使) 우(瑀)의 아
　　들. 1552년(명종 7) 사마시에 합격, 천거로 예빈사 참봉(禮賓寺參奉)에 임명되었으나 취임하지 않았다. 다시
　　연은전 참봉(延恩殿參奉)·장원서 별좌(掌苑署別坐) 등에 임명되었을 때 네 가지 시폐(時弊)를 개진하여 왕에
　　게 받아들여지자 진보 현감(眞寶縣監)에 임명되어 민심을 수습했다. 얼마 후 벼슬을 내놓고 귀향, 조목(趙穆)
　　·박성(朴惺)·이산해(李山海) 등과 교유하며 독서와 후진양성으로 낙을 삼았다. 저서로 《기성지(箕城誌)》,
　　《향당헌(鄉黨憲)》이 있음.
389) 기성(箕城) : 경북 울진군 평해의 옛 이름.
390) 향사 : 옛 중국의 지방 행정구역 단위의 하나인 향과 사. 여기서는 마을에서 황응청을 모시기 위해 지은
　　사당을 말함.

한다. 고인이 말하기를 '한 집이 어질면 한 나라가 어질다' 하였으니 선인이 마을과 나라에 관계되어짐이 어찌 큰 것이 아니겠는가. 선생은 바닷가에서 태어나 탁월한 재주와 뛰어난 학식이 있었다. 부모를 받드는 덴 효를 극진히 하였고 형제들과 함께 지낼 땐 우애를 두터이 하였으며 기타 마음 씀과 행신함도 뜻이 커서 작은 일에 구애하지 않아서 유림에 본보기가 되고, 백성들을 다스릴 만하였다. 주군의 장의 천거에 의해 기용된 바가 있으며, 나라에서도 찬상하여 정려를 세우게 한 포상이며 조그마한 고을을 맡게 한 것이 있었으나 그것이 어찌 선생께서 쌓은 덕을 다 발휘하게 한 것이었겠으며, 또 선생의 기량을 펼 수 있게 한 것이었겠으랴. 마음은 세상과 떨어져 지냈으니 그 누가 그 덕을 알 수 있었겠으랴. 전원에 노닒을 편안히 여겨 쌓은 덕을 몸에 지니고서 생을 마쳤지만 남긴 자취는 위풍이 있어 어엿하고 남긴 가르침은 사람들에게 남아 있으며 선생을 향사에 모시어 제향하려 한 거사가 오늘에 드러났으니 군자의 은택은 세월이 더욱 오래 흘러도 잊혀지지 아니함을 알 수 있다" 하였다. 내가 또 한마디를 하였다. "후학들이 선생을 높이 받들려면 정성이 지극해야 하고 예가 또한 갖춰져야 할 것이다. 그러한즉 금일의 일은 어찌 한갓 읍양하고 위의를 갖추는 것만으로 해서야 될 것이겠는가. 부로들도 마을 사람들 모두가 노소귀천 할 것 없이 선생의 뜰에 들어가 선생의 마음을 마음 삼게 되고 선생의 도를 본받게 되어야 할 것이라고 생각하고 있다. 무릇 일을 하고자 함이 있을 때, 반드시 선생께서 계신다고 생각하여 그 뒤를 잇고 그 향기를 이어 받아 모두가 새롭게 되고자 한다면 선생, 즉 사당에 오르내리시는 혼령을 기쁘게 할 것이니 거의 사당을 세워 존상하는 뜻에 부끄러움이 없을 것이다. 선생을 배우려면 길이 있나니, 어려서는 쇄소의 예절을 행하여야 하고 성장해서는 격물치지의 학문을 깊이 궁구해야 한다. 말은 반드시 성실되고 미더움이 있게 해야 하며 행실은 독실하고 신중하게 해야 하며 날로 새롭고 또 새로워져서 움직임에 고인같이 된 연후에야 이륜을 마음에 보존하여 지킬 수 있게 되어 선생을 따르기를 바랄 수 있다하였다. 내, 이런 말로써 여러 군자들을 권면케 하노라.

갑오년(1654, 효종 5) 10월 초순에 이시명 쓰다.

歲甲午龍旐月朔 箕城士友委送一書生 踵門而告曰將以今月十一日丁卯 奉享大海黃先生于鄕社之新廟 子其莅之 余竊惟先君子受 業於先生 小子亦承下風者也 其敢後 及期而趨造焉 則靑襟滿齋 濟濟可觀 卒事後囑余以記一言 余起而言曰 天下之不可泯者

民彝也 凡有一善人倡之於前 則必有興起者焉 古人曰一家仁一國興仁 善人之有關於鄉
與國 豈非偉歟 先生挺生海邦 有傑卓之才 有超異之識 事父母則盡其孝 處兄弟則極其
友 其他處心行己 落落磊磊 有可以師範儒林 拯濟生民 州郡薦拔 朝家嘉賞 至有旌閭之
褒小邑之試 而詎足以盡先生之蘊展先生之器哉 心與世違 誰知其德 婆娑丘壑 蘊抱而
終 遺風凜然 餘訓在人 祭社之擧 得見於今日 則可見君子之澤 愈久而不忘也 余又有一
言 後學之尊奉先生 誠則至矣 禮亦備矣 雖然今日之事 豈徒從事於揖讓威儀之間而已
父老之志 欲使一鄉之人 無老少貴賤 入先生之庭者 心先生之心 法先生之道 凡有作爲
必曰先生臨之 踵武襲芳 咸與維新 則足以慰先生陟降之靈 而庶無愧於建宇尊尚之義矣
學先生有道 幼則由灑掃之節 長而盡格致之學 言必忠信 行必篤敬 日新又新 動遵古人
然後可以保守彝倫 希蹤先生矣 余以是勉夫諸君子 甲午陽月上澣 李時明識

영은정[391] 기문
靈隱亭記

　　조 군 미백[392]은 세 번째 그의 집을 옮기어 영혈지 북쪽에 집을 지었다. 숲 덤불을 베고 바위틈을 쪼아내어 그 위에 정자를 짓고 띠풀로 엮어 지붕을 이었는데 비바람은 가릴 수 있었다. 이름 하길 '영은정'이라 하였다. 무릇 세상을 피하여 뜻을 찾고자 한 생각을 붙인 것이다. 산기슭은 일월산에서 흘러 내렸는데 앞쪽 뒤쪽의 둘러싸인 곳의 바로 동쪽에는 단애가 있다. 서있는 말 통 모습인데 마치 꽂혀 있는 기 같아 보인다. 푸른 솔숲이 무성한데 산이 빙 둘러 있고 아래쪽의 텅 빈 넓은 곳에는 못이 있다. 새의 종류로는 오리, 기러기가 살며 물고기 종류로는 잉어, 붕어가 살고 있다. 못 이름은 증명할 수 없지만 어떤 이는 '못 둑 양쪽에 구멍이 있어 용솟음치면서 나온 물이 못을 빙빙 돌아 물이 넓고 넓었다.'고 하며, 어떤 이는 '일월천이 옛적에 이곳을 지나 사월에 닿았다가 대남으로 부딪쳐 흘러 영산 하류로 흘렀다.'고 하며, 또 '읍령의 한 갈래가

---

391) 영은정 : 영양군 삼지리 영혈사(靈穴寺) 아래에 있다. 인조 때 영은(靈隱) 조정곤이 만년에 세 번 이사하여 영혈(靈穴) 아래에 살 만한 곳을 가려서 지은 누정이다. 효종 말년에 '영은'이라 자호하고 당 이름을 삼았다.
392) 미백(美伯) : 조정곤(趙廷琨)의 자(字)이다. 각주 56) 참조.

서쪽에서 내려와 대천393)을 지나 비로소 사월과 서로 이어졌다가 옆으로 뻗어간 것이 산 하나가 되었는데, 세월이 오래 지남에 따라 산언덕이 무너져 내려 마침내 금천이 되었다.'고 한다. 원당394) 아래로는 습지이거나 낮은 습지들이다. 주민들은 둑을 쌓아 논을 만들어서 거기서 나는 곡식을 먹고산다. 그리하여 이 위쪽에 있는 못을 영혈395)이라 일컫고 있다. 아름다운 산도 살아 움직이는 물도 없지만 푸른 풀이 못을 둘러 있고 못 가운데는 연이 무성하다. 연이 자라서 꽃이 피면 문득 이름난 지역이 된다. 조 군은 이들을 좋아하며 살고 있다. 내가 일찍이 이곳을 왕래하다가 지나면서 그 집에 들어간 적이 있다. 서적들이 있고 붓, 벼루 등이 있었다. 지팡이를 짚고 산에 오르기도 하고 거룻배를 띄워 물놀이를 하기도 하며, 한편 향초를 캐기도 하고 한편 신선한 물고기를 낚으면서 술을 불러다 술잔을 기울이며 시를 읊조리곤 하였다. 이어 나에게 청하기를 '내 다행히 이곳을 얻음에 세상을 피하여 살고자 한 마음이 들었네. 그대 나에게 한마디 말씀이나 해주게'라 하였다. 내가 조 군에게 말하기를, "그대는 세상을 멀리하고 사람들을 떠나 숨어사니 은자이요, 영의 뜻도 성찰하고 생각한다는 말이 아닌가. 무릇 천하 만물은 모두 영명함이 있지만 사람에게 있어서 그 영명함이 으뜸인 것은 심성을 보전하여 기름에 그 도를 얻었기 때문인 것이다. 《맹자》에 이르길 '마음 수양은 욕심을 적게 하는 것보다 더 좋은 것이 없다'고 했거늘, 심하도다! 욕심이 마음을 해침이. 성이 진실되어 어그러지게 됨과 마음이 영명하되 흐려지게 됨도 모두 욕심의 폐단 때문인 것이다. 물은 원래 맑은 것이나 흙이 더럽히며, 거울은 원래 밝은 것이나 때가 벌레 먹는 것이니 흙과 때는 외물이요, 맑은 밝음은 본체인 것이다. 맑게 하려 하지 않는다면 맑아질 수 없지만 맑게 하려 한다면 맑음이 돌아올 것이요, 닦아 내려하지 않는다면 닦아

---

393) 대천 : 영양읍 대천리 앞으로 흐르는 큰 내. 큰 내가 흐르기 때문에 '한내'라 하였으니 이를 한자어로 바꾸면 대천(大川)이 된다. 같은 소리가 나는 한자를 써서 가물 한(旱) 자를 쓰기도 함을 보면 이 지역의 물사정이 넉넉지 않았음을 미루어 짐작할 수 있다.

394) 원당 : 영양읍 하원리에 있다. 반변천 상류의 강변으로 마을이 형성되어 안쪽을 내원당, 바깥쪽을 외원이라 한다. 처음 이곳에는 오씨(吳氏: 咸陽吳氏)들이 살았으나 조선 중종조 기묘사화 후 조원(趙源)이 입향하면서 지금은 조씨(趙氏: 漢陽趙氏)들이 더 많다. 큰 못이 있다 하여 원당(元塘)이라 하였다.

395) 영혈 : 이곳은 영은정이 있는 곳으로 널리 알려진 바가 있다. 절벽 아래 신통한 바위 굴이 있는데 여기서 샘물이 솟아나온다. 이 물의 맑음과 흐림으로써 한 해의 풍흉을 점쳤다고 한다. 또 이 샘물을 한번 마시면 속까지 시원해져 이른바 보리수(菩提樹)가 된다고 하였으니, 이 말대로라면 과연 신령한 굴이 아닌가. 구멍(穴)을 중세의 말로는 구무 혹은 굼기라고 하였으니, 이는 굴신(땅신)을 숭배한다는 신앙적인 뜻을 드러냄이 강하다고 하겠다.

질 수 없지만 닦아내려 한다면 밝음이 되돌아오니 흙과 때의 더러운 것으로써 그 본원의 맑음과 밝음을 버려서는 아니 될 것이다. 이 때문에 정자는 '바깥을 다스리는 것이 안쪽을 수양하는 바다'라고 하였다. 외물을 다스리고 마음을 수양하는 방법은 마치 적을 방어하는 데 기를 삼엄히 세우고 방어할 성을 견고히 구축하고서 적 접근로를 끊어야 나의 전야를 맑게 할 수 있는 것과 같다. 마음을 깨달음이 있으면 큰집에 살면서 사람을 지시하여 부릴 수 있으니 언제 어느 장소에서든 그 극단을 쓰지 않고도 그 공효는 왕래함에 있어 통찰과 지혜를 갖는 경지에 이르게 될 것이다. 그러한즉 이것은 우리 유가의 본심을 보존하고, 학문을 쌓는 극치이니 어찌 석씨의 공심돈오[396]·폐물적멸[397]과 같을 것이랴. 배우는 사람의 공부는 아침저녁도 없이 해야 하며 깨달으려면 쉼이 없어야 한다. 옛적 위나라, 무공은 나이 95세 때 억을 지어 삼가 스스로를 조심하였다. 그 시에서 말하기를 '보라 그대의 집에 있을 때를. 어두운 모퉁이 방에서도 부끄러울 바가 없어야 한다.' 한 이것은 마음을 수양할 것을 말한 것이며, '부디 삼가라. 위의와 거동은 백성들이 본받는다.'라 한 이것은 바깥으로 드러나는 것을 근실히 할 것을 말한 것이다. 무공은 쇠하고 혼란한 시대에 태어났지만 학문을 하는 덴 〈기욱〉[398]에서 말했고, 스스로를 조심하는 덴 〈억〉[399]을 지어 삼갔으니 진실로 이른바 성인의 무리인 것이다. 지금 조군도 나이가 많다 해서 스스로를 금지하지 아니하고 자주 나에게 물어왔다. 그리하여 마음수양에 대한 말로써 반복되게 말해준 것인데 그가 마음을 세우는 데 도움이 되지 아니함이 없을 것이다.

趙君美伯三徙其居 卜築于靈穴池之陽 芟榛穢鬭巖隙 置亭其上 編茅覆之 以庇風雨 名曰靈隱 蓋寓其避世求志之意也 山麓自日月而下 首尾繚繞 直東有斷山斗立如建纛 蒼松方茂鬱環 山下空曠處 陂澤彌芒 其鳥鳧鴈 其魚鯉鯽 池名無可徵 或云兩岸中有穴

---

396) 공심돈오(空心頓悟) : 깨끗하게 비어 있는 마음으로 문득 깨달음.

397) 폐물적멸(廢物寂滅) : 번뇌의 경지를 벗어나 생사의 환루(患累)를 끊음.

398) 기욱 : 《시경》 위풍(衛風), 모시서(毛詩序)에 의하면 이 시는 위(衛)나라 무공(武公)의 덕을 칭송한 것이라 한다. 서간(徐幹)의 《중론(中論)》에도 "옛날 위나라 무공은 나이가 구십이 넘었는데도 (국어에는 연구십오(年九十五)라 했음) 밤낮으로 느슨함이 훈도(訓導)를 들을 것을 생각하였다. …위(衛)나라 사람이 그 덕을 칭송하여 기오(淇奧)를 읊었다"고 하였다.

399) 억 : 《시경》 대아 〈억(抑－빽빽함)〉은 위나라 무공의 작품이다. 그는 이 시를 지어서 사람을 시켜 날마다 곁에서 이것을 외게 하여 스스로 추구해야 하는 인생의 바람직한 경계로 삼았다고 한다. 그것은 그가 세상을 다스리는 자로서 그 근본을 자신의 덕에서 구했기 때문일 것이다

湧出觱沸濚匯潾沆 或謂日月之川 舊由此地 觸沙月衝波大 南入于英山下流 泣嶺之一
支西來而過大川 始與沙月相連 橫亘爲一崗 歲久崖岸崩潰 遂爲今川 自元塘以下沮洳
汚濕 居民築堤爲水田 以食其利 因稱上池爲靈穴 無佳山活水 靑草匝池中 有菡萏盛植
藕長花發則便作名區 趙君樂而居焉 余嘗往來過之 入其室 有圖書有筆硯 杖於山舠於
水 左採香根 右釣鮮鱗 呼酒而觴詠 因囑余曰余幸有此而幽抱存焉 子其惠一言 余謂趙
君曰君遠世離俗 隱則 隱矣 靈之義曾有省念者否 凡天下萬物 皆有靈 至於人 其靈爲最
者 以其有心性之全而養之得其道也 孟子曰養心莫善於寡欲 甚矣欲之害心也 性眞而
心靈而昏 皆欲之累也 水本淸而土汩之 鑑本明而垢蝕之 土垢外物也 淸明本體也 不澄
則已 澄之則淸返 不磨則已 磨之則明復 不可以土垢之汚而棄其本原之淸明矣 故子程
子曰制之於外 所以養其中也 制養之法 當如禦仇敵 嚴勿旗固防城 截斷路頭 淸我田野
有覺天君 大居而指使 無時無處不用其極 其效至於洞往而知來也 然此乃吾儒存養積累
之致 豈如釋氏空心頓悟 廢物寂滅而已哉 學者工夫 無蚤暮覺則難休矣 昔衛武公行年
九十五 作抑戒以自警 其詩曰相在爾室 不愧屋漏 此言養其內也 淑愼威儀 維民之則 此
言謹其外也 武公生衰亂之世 爲學則道淇澳 自警則作抑戒 眞所謂聖人之徒也 今趙君
不以年老而自畫 亟問於余 故以養心之說 反復焉 其於修建靈臺 不爲無助也 己亥九月
上弦 首山居士記

발跋

경당 선생[400]의 일원소장 후발
敬堂先生一元消長圖後跋

   선생은 일찍이 옥재 호씨의 계몽통석[401]의 선천 절기도를 살피고, 그 차례를 분배한 것에 많음과 적음, 성글음과 조밀함 등의 가지런하지 못함이 있는 것을 의심하였다. 이에 주자가 주모[402]에게 답해준 글의 뜻에 의거하여 반복 참고하여 마침내 미루어 넓혀 나가 12도를 만들었다. 무릇 이 도에서는 원에 열두 회가 있고 세에 열두 달이 있고 일에 열두 때가 있음이며, 한서의 다가옴과 물러남, 절기의 올라감과 내려감에 그 질서가 어지럽지 아니하고 그 숫자가 어그러지지 않는다는 것을 보이고 있다. 무릇 복괘[403]에서 건괘[404]까지는 여섯 개 양의 달이며 구괘[405]에서 곤괘[406]까지는 여섯 개 음의 달이다. 양이 자라면서 음이 사그라지기도 하고, 음이 자라면서 양이 사그라지기도 하는데 그 자라는 데도 점차로 함이 있고 그 사그라지는 데도 말미암는 바가 있다. 번갈아 줄어들고 자라나며 서로 바뀌기도 하면서 한 순간도 머무름이 없고 하루도 사이 뜸이 없으니 어찌 성글거나 조밀할 것이며 또 많거나 적어서야 될 것이랴. 이에 개연히 밤중토록 생각을 기울이기를 수십 년간을 쌓은 끝에 문득 깨달은 바가 있었다. 본도에 의거

<hr>

400) 경당(敬堂) : 장흥효(張興孝)의 호이다. 각주 238) 참조.

401) 계몽통석(啓蒙通釋) : 송(宋)나라 호방평(胡方平)의 저서(著書)인《역학계몽통석(易學啓蒙通釋)》을 가리킴.

402) 주모(周謨) : 송나라 건양(建陽) 사람. 자는 순필(舜弼). 주자(朱子)가 남강태수(南康太守)로 있을 때 문하에 나아가 배우고, 이후 주자가 식이(式彝), 임장(臨漳)으로 옮겨감에도 따라가 배웠음. 초상(初喪)을 치름에 고례(古禮)를 따라 행하니 운(鄆) 사람들이 대부분 그를 본받았다 함.《송원학안(宋元學案)》

403) 복괘 : 주역의 24번째 괘. 내괘는 震(雷)이고, 외괘는 坤(地)이기 때문에 지뢰복(地雷復)이라고 한다.

404) 건괘 : 주역의 첫 번째 괘. 내괘도 乾(天)이고 외괘도 건이기 때문에 건위천(乾爲天)이라고 한다.

405) 구괘 : 주역의 44번째 괘. 內卦는 巽(風)이고 外卦는 健(天)이기 때문에 천풍구(天風姤)라고 하며, 하늘 아래로 바람이 불어 만물이 바람에 부딪치는 모습을 상징한다.

406) 곤괘 : 주역의 2번째 괘. 내괘도 坤(地)이고 외괘도 곤이기 때문에 곤위지(坤爲地)라고 한다.

하면 다음과 같다. 각 회마다 각기 그림 하나씩이 붙어있고 각인 정괘 네 개는[407] 논하지 않고 60개 괘를 서로 이웃되게 배치한 둥근 원 모양이다. 괘 두 개를 1일로 삼았으니 괘 60개는 30일이 되고 달마다 각기 절기 두 개씩을 두었으니 열두 개 달을 거듭하면 절기 24개가 된다. 회가 원에 매어있고 세는 운에 매어 있으며 세·월·일·진도 글자대로 붙어 있다. 위로 거슬러 올라가는 회[408] 여섯 개는 복희의 선천도[409]이며 아래로 내려가는 회 여섯 개는 문왕의 후천도[410]이다. 그 위치는 근거가 있으되 변동함은 헤아릴 수 없으니 인위가 끼어들지 못하고 자연히 묘합한 것이다. 책을 열면 12만 9천 6백 년간의 변화무궁한 자취가 드러나니, 아! 그 이론 지극하도다. 모두 합하여 이름하길 '일원소장도'라 하였다. 도가 이미 완성되어서도 선생은 오히려 미진한 것이 있다고 염려하여 이 도를 좌우에다 두고 생각하길 정밀히 했으며 또 설을 지어 그 까닭을 말해 두려 했으나 뜻을 이루지 못하고 생을 마치었다. 오호 통재라! 아들 휘일이 선생의 장례 때 금계에 갔다가 한 본을 가지고와 갈무리를 해두었었다. 금년 겨울에 비로소 그림을 손질한 후 장첩을 했는데, 일을 마치고 나에게 한 질을 주기를 청하였다. 내가 배움의 바탕이 변변치 못한지라 눈으로 보는 것도 오히려 미칠 수 없거늘 하물며 그 지극하고 은미한 이를 마음으로 보는 것만 것이랴마는 임시로 써서, 후일에 총명한 사람이 나와 선도해 주길 기다리는 바이다.

---

407) 네 개 정괘(正卦), 즉 동·서·남·북 4개의 정방괘(正方卦)를 말함. 〈복희 팔괘 방위도〉에서는 乾卦(남), 坤卦(북), 坎卦(서), 離卦(동)이고, 〈문왕 팔괘 방위도〉에서는 坎卦(북), 離卦(남), 震卦(동), 兌卦(서)이다.

408) 중국 송나라 소옹(邵雍)이 편찬한 《황극경세서(皇極經世書)》에 1회는 10,800년을 가리키는 단위라고 나온다.

409) 선천도 : 만물의 공간적인 변화상을 나타낸 《주역(周易)》의 팔괘도(八卦圖). 선천도(先天圖)라고도 한다. 《낙서(洛書)》를 근거로 하여 작성된 후천도를 문왕팔괘(文王八卦) 함에 대하여 이것은 《하도(河圖)》를 근거로 하여 작성된 것이다. 소옹(邵雍)의 〈복희팔괘차서(伏羲八卦次序)〉에 의하면, 하늘은 위에 있고 땅은 아래에 있기 때문에 천(乾)은 南, 지(坤)는 北을 뜻하고, 해는 동쪽에서 나고 달은 서쪽에서 나기 때문에 일(離)은 東, 월(坎)은 西를 뜻하는데 이상의 건곤감리(乾坤坎離)를 사정(四正)이라고 한다. 또 산은 서북쪽에 몰려있고, 못은 동남쪽으로 흐르기 때문에 艮은 서북, 택(兌)은 동남을 뜻하고, 바람은 서남쪽에서 일어나고 우레는 동북쪽에서 일어나기 때문에 풍(巽)은 서남, 뇌(震)는 동북을 뜻하는데, 이상의 간태손진(艮兌巽震)을 사유(四維)라고 한다.

410) 후천도 : 만물의 시간적인 변화상을 나타낸 《주역》의 팔괘도(八卦圖)를 가리키는 말로서 후천도라고도 한다. 복희의 팔괘가 천지개벽 이전부터 정해진 자연의 이법(理法)에 따른 팔괘의 배열임에 비해, 이것은 천지만물이 이에 생성된 후 그것이 운행 변화하는 이법에 따른 팔괘의 배열을 의미한다. 〈설괘전(說卦傳)〉에 의하면, 坎은 북을 離는 남을, 震은 동을, 巽은 동남을, 乾은 서북을, 艮은 동북을 각각 의미한다. 〈설괘전〉에는 說과 坤의 방위가 빠져있는데, 다른 괘의 배열로부터 유추해보면 태는 西를, 곤은 西南을 각각 나타낸다.

先生嘗閱玉齋胡氏啓蒙通釋先天節氣圖 疑其位置分配 有多寡疎密之不齊 乃因朱子答周模之意而反復參考 遂推衍爲十二圖 蓋以爲元有十二會 歲有十二月 日有十二辰 寒暑進退 節氣升降 序不可亂而數不可缺也 夫自復而乾者 六陽之月也 自垢而坤者 六陰之月也 陽長而陰消 陰長而陽消 其長有漸 其消有由 迭爲消長 互相交易 無一息之停 無一日之間 何嘗或疎而或密 或多而或少乎 用是慨然 中夜而思 積數十年然後忽有契焉者 輒依本圖 每會各著一圖 閣四正卦不論 以六十卦相比而成圓輪 二卦爲一日則六十卦爲三十日 逐月各置二節則十二重者爲二十四 係會於元 係世於運 歲月日辰以次而屬 遡上六會則伏羲先天圖也 自下六會則文王後天圖也 其位置有據 變動不測 不容人爲而自然妙合 開卷而見十二萬九千六百年間變化無窮之跡 吁其至哉 合而名之曰一元消長圖 圖旣成 而先生尙慮有未盡者 置諸座右而精思 且欲爲說以道其所以 有志未就而終 嗚呼痛哉 家兒徽逸從先生葬于金溪 得一本而藏之 今年冬 始改畫而成帖 粧訖請余說 余則學素不講 目見尙云不逮 況心見至微之理乎 姑識之 以爲後來明者之先路云

선군자가 휘일에게 써준 오륜설 후
書先君子贈徽逸五倫說後

선군자께서 만년에 병으로 누워 계실 때 일체 바깥일은 끊고 오직 날마다 자손들의 일상 행동들을 살피셨는데, 휘일이 겨우 이를 갈 나이 적에 배움에 뜻을 두자 《맹자》 중에서 '순임금이 설에게 명했던 말'[411]을 인용하여 아들 시성으로 하여금 특별히 쓰게 하여 주게 하였다. 휘일이 이를 받아서 상자 속에 넣어두었는데 이제야 그 모습이 드러난 것이다. 오호라! 선군자께서 돌아가신 지가 지금에 39년이나 된다. 남긴 말씀을 미루어 생각건대 몹시 슬픔을 참을 수 없었다. 휘일은 그 당시 나이도 어리고 배움도

---

411) 순임금이 契(설)에게 말한 것은 교육의 중요성(五倫)에 대한 것이다. "사람이 사는 방도는, 배불리 먹고 따뜻하게 입고 편안하게 살면서 교육이 없으면 새와 짐승에 가까워지는데, 성인이 그 점을 근심하여서 설(契)로 사도(司徒 : 교육을 맡은 장관(長官))를 시켜서 인륜(人倫)을 가르치게 하였으니, 그것은 어버이와 자식 사이에는 친밀함이 있어야 하고, 임금과 신하 사이에는 의리 있어야 하고, 남편과 아내 사이에는 다른 남녀와의 분별이 있어야 하고, 연장자와 연소자 사이에는 서열이 있어야 하고, 벗들 사이에는 신의가 있어야 한다는 것이다."(人之有道也 飽食暖衣 逸居而無敎 則近於禽獸 聖人有憂之 使契爲司徒 敎以人倫 父子有親 君臣有義 夫婦有別 長幼有序 朋友有信, 《맹자》〈등문공 상〉)

밝지 않았거늘 그 사람됨에 있어서이랴. 밝지 아니한 나이였지만 가려서 뽑아 놓은 것이 이러한 데 이르렀으니 이것이 어찌 범상한 사려로 미칠 바이겠는가. 고금 천하인의 사람됨과 가정과 나라, 천하의 가정과 나라, 천하가 됨이 오륜에서 벗어나지 않는다. 이것이 없다면 사람은 사람답지 못하고 가정, 나라, 천하도 가정, 나라 천하답지 못한다. 때문에 맹자는 순임금의 덕을 찬미하면서 '인륜을 살피었다' 하였으니[412] 크도다! 사람에게 있어서 인륜이란 것이. 휘일은 마땅히 조부께서 부탁하여 당부한 뜻을 체득하여 배움을 확충시켜 나가, 만약 너를 써주는 사람이 있다면 오륜을 가지고서 저것(정치)을 밝게 하여야 옳을 것이다.

경술년(1670, 현종 11) 답청절(음력 3월 3일) 이튿날에 고아 시명이 피눈물을 흘리며 삼가 쓴다.

先君子暮年寢疾 全謝外事 唯日檢子孫日用之行 以徽逸纔毀齔有志于學 取孟子所引舜命契之辭 使子時成特書以畀之 徽逸奉而藏之篋笥 今始發之 嗚呼 先君子棄世于今卅九年矣 追想遺音 不勝痛泣 徽逸斯時年幼而學蒙 其爲人與否昧昧然 而簡選至此 此豈凡慮之所可及哉 古今天下人之爲人 家國天下之爲家國天下 不出於五倫 無此則人非人家國天下非家國天下矣 故孟子贊舜之德曰察於人倫 大哉倫之於人也 徽逸宜體囑付之意 學而充之 如有用汝者 持以明之於彼可也 庚戌踏靑後一日 孤時明泣血謹書 箴銘

---

412) 이것은 《맹자》〈유수 하〉의 "맹자가 말하기를 사람이 짐승과 다른 점은 극히 적다. 서민들은 그 점에서 떠나가 버리고(仁과 義를 버리고 받들어 행하지 않음) 군자가 그 점을 지니고 있다. 순임금은 사물에 밝고 인륜을 살피고 인과 의에 따라 행동한 것이다. 인과 의를 억지로 행하는 것은 아니다.[孟子曰 人之所以 異於禽獸者幾希 庶民去之 君子存之 舜明於庶物 察於人倫 由仁義行 非行仁義也]"라 한 데서 취한 것으로, 인간에게 인의(仁義)가 보존되어 인의에 따라 행동되어야 함이 중요함을 말한 것이다.

잠명箴銘

섣달 그믐날 자경잠 병서
歲除自警箴 幷序

　일찍이 우리 경당 선생을 생각건대 늘 새해를 맞이할 때면 곧 잠언을 지어 그 스스로를 일깨웠는데, 날로 새롭게 하는 일을 만년이 되어도 더욱 두터이 하였다. 지금 나는 나이가 바야흐로 70이 되려 하거늘 나이가 높아질수록 배움이 더욱 퇴보하니 장차 술에 취하여 꿈을 꾸다가 죽음을 면치 못하리라. 자주 선생의 지극한 가르침을 생각하면 얼굴이 붉어지고 마음이 부끄러워지지 아니함이 없었다. 금년 초하루가 되어 아들들이 심의[413]와 폭건[414]을 만들어 와 나에게 입고 쓰게 했는데, 이렇게 하는 것은 옛날부터 있어온 예다. 이들을 입고 쓴다면 '새롭게 하고자 하고' '황송하여 감동되는' 뜻을 가짐이 마땅할 것이다. 때문에 이 잠언을 지어 스스로를 일깨워 본다.

　옛 옷을 입으면 고인을 배워야 할 것이요, 나이는 비록 해마다 들더라도 〈글자 빠짐〉 덕은 바야흐로 날로 새로워져야 하리라. 노력하길 생각하여 이르게 되길 꾀한다면 인을 구하는 공부를 해야 하리라. 혹 게을러 노력하지 않는다면 또 새봄은 지나갈 것이다.

　嘗見吾敬堂先生 每遇新歲 輒作箴以自警 其日新之工 晚而愈篤 今余年將七十 年益高而學益退 將未免醉生而夢死 往往思先生之至訓 未嘗不面頳而心愧 今年元日 兒輩製深衣幅巾 請我服之 此邃古之制也 服此宜有作新竦動之意 故作此以自警 服古之衣 學古之人 齒雖歲 〈缺〉 德將日新 勉思企及 從事求仁 或怠不力 有如新春

---

413) 심의(深衣) : 덕망 높은 유학자들의 웃옷. 백세포(白細布)로 만들어 깃·소맷부리 등 옷의 가장자리에 검은 단으로 선(襈)을 두른다. 의(衣)와 상(裳)이 연결된 의상연의(衣裳連衣)로 복건(幅巾)·대대·흑리(黑履)와 같이 착용한다.
414) 폭건(幅巾) : 머리를 뒤로 쌓아 덮는 비단으로 만든 두건.

스스로를 깨우치고자 한 명(銘)
自警銘

노한 것을 드러내지 말고	怒不可暴
말을 쉽게 하지 마라	言不可易
정신을 모으고 마음을 고요히 하여	凝定沈默
오직 경건 신중히 일을 하라[415]	惟敬承事

또
又

고요히 있을 때도 게으르지 말고	靜居不惰
움직일 땐 법도를 갖추어라	動行有度
효도와 공경을 행하고 남은 힘이 있으면	孝悌力餘
글을 배움이 마땅하도다[416]	方冊作所

---

415) '오직 경건 신중히 일을 할 것'이라 한 것은 《논어》〈학이편〉에서 공자가 말한 바, "천승(千乘)의 나라를 다스리는 데는 일을 경건 신중히 하고 신의를 지킬 것이며, 용도를 절약하고 백성을 사랑할 것이며, 때를 맞추어 백성을 부려야 한다.[道千乘之國 敬事而信 節用而愛人 使民以時]"한 것 중의 그 하나인 "경사이신(敬事而信)"을 변용한 것이다.

416) 이것은 《논어》〈학이편〉에서 공자가 말한 바, "제자는 안에서는 효도하고 나가서는 자애로우며, 근실하고 신의를 지키며, 넓게 여러 사람을 사랑하되 더욱 어진 이를 가까이 할 것이다. 이렇게 하고도 여력이 있으면 비로소 성왕의 글을 배워라.[弟子入則孝 出則悌 謹而信 汎愛衆而親仁 行有餘力 則以學文]"한 데서 나온 말이다.

축문祝文

대해당 선생의 향사 봉안문
大海堂先生鄕社奉安文

아! 선생을 생각건대, 빼어난 영걸로 그 품성 군세고 행실 또한 방정했도다. 스승의 배움을 겪음이 없고도 우뚝 서서 독행했으며 효와 우애를 두터이 실천하여 사람됨과 말 됨에 간격이 없었네. 본래의 성품대로 전원에 살며 영욕을 끊었으되 구고에서 학 울음소리 울려 퍼지고[417] 마을에서는 아름다운 소문 들리었네. 나라의 부름이 잦았건만 오직 두문하길 생각했도다. 마침내 성을 전담할 임무가 주어져 잠깐 우도(牛刀)를 쓰니 백성들 어머니라 칭송하고 온 고을 사람들 기뻐했네. 하지만 이곳에 오래 머묾을 뜻 두지 않고 벼슬을 버리고 고향에 돌아가 살았도다. 저 바르고 밝은 마을을 보라. 산수 가 얼마나 아름다운가. 이곳에서 몸소 농사짓고 물고기 낚길 좋아했으며, 안을 닦고도 드러냄이 없었고 지은 글은 노련하게 이루셨네. 친히 함께 지낸 사람들을 보건대 모두 들 믿을 수 있는 어진 이들이었고 사람들 가르치어 성취시키니 뭇 선비들 성하였네. 바다 고을을 온통 변모케 한 건 그 누구의 공인가. 그 은택 오래되어도 쇠함이 없고, 그 소문. 그 풍성 성했네. 사당에서 제사를 드려야 함이 마땅하다고 부로들 한결같이 말씀하셨고, 공장들 달려가 일하니 사당이 새로 지어졌도다. 좋은 날 가려 의절을 갖추 었으니, 혼령께서 오시어 우리 후생들 보우하시길 영세토록 쇠함이 없게 해주시길 바 라나이다.

顯惟先生 挺出之英 稟受旣確 操履亦方 不由師承 特立獨行 篤於孝友 無間人言 安

---

417)《시경》〈소아(小雅)〉,〈학명(鶴鳴)편〉에 "학이 높은 언덕에서 우니 소리가 온 들에 퍼진다.[鶴鳴于九皐 聲 聞于野]" 한 수가 있는데, 이것은 은사(隱士)가 숨어살지만 그의 명성(名聲)은 널리 떨쳐 있다는 뜻으로 쓰이 는 말이다.

素丘園 念絶榮尊 九皐聲徹 曲巷美聞 朝命屢至 惟思杜門 遂畀專城 聊試牛刀 萬姓稱母
百里陶陶 久此非志 投綏而家 睠彼正明 水美山佳 躬我耕農 樂我漁釣 修內不禳 爲文則
老 視其親與 盡是周獻 敎以成就 蔚有羣彦 海邦一變 伊誰之功 澤久不斬 有興聞風 可
祭於社 父老齊聲 工徒趨事 廟宇新成 涓吉備儀 冀有靈格 佑我來學 永世無斁

상향문
常享文

행실은 가정에서 도타이 닦았으며, 덕은 후생들에게 향기를 끼쳤도다. 오! 밝고 밝으
신 혼령이시여. 부디 강림하시어 후생들 보우하시길 길이 하소서.

行由家興 德薰于後 惟昭厥臨 以永保佑 奉遷曾祖縣令公 祖考司直公神主時告辭

증조 현령공과 조부 사직공 신주를 옮길 때 고한 글
奉遷曾祖縣令公 祖考司直公神主時告辭

침묘[418]를 그냥 버려둔 지 이미 몇 년이 흘렀고, 임시로 지은 공허한 집에서 받들어
모신 것이 늘 죄송하고 송구스러울 뿐이었사옵니다. 손자가 사는 수비는 산수의 고향
인데 이곳에 따로 집을 간신히 짓고 삶에 방도 있고 마루도 있사오니 마땅히 손자 있는
곳에 오시어 오르내리시어 서로 의지하셔도 동정시식[419]에 틈이 나고 어긋날 바가 무엇
이 있겠나이까? 도로가 비록 험하지만 조그마한 수레로 편안히 바람과 햇볕이 따뜻한
날을 가려 여러 자손들이 신주를 안고 가려 하옵나이다. 저곳을 버리고 이곳에 오심은
예로 보아도 이치에 맞는다고 생각되오니 행사 때 고할 글을 갖추고서 감히 옮겨 갈

---

418) 침묘(寢廟) : 묘 옆에 설치하여 제전(祭典)을 행하는 곳.
419) 동정시식(動靜視息) : 움직임과 머묾, 바라봄과 쉼.

것을 청하옵나이다.

自棄寢廟 已歷年數 權奉空廬 每懷罪懼 孫居首比 山水之鄉 別業苟完 有室有堂 宜
就孫處 陟降相依 動靜視息 何間何違 道路雖險 小車便安 風日借溫 諸孫擁攀 舍彼就此
在禮則然 行戒已具 敢請奉遷

石溪先生文集 卷四

석계선생문집 권4

제문祭文

우물물이 나오길 비는 글

祈井水文

　　모년 모월 모일, 석계 거사는 계신[420]에게 제사를 올리면서 고합니다. "사람은 물이 없으면 살 수 없습니다. 지금 나는 마침 산과 더불어 살고자 한 본성이 있어 집을 짓고 마을을 이루어 산 지 6, 7년이 되었사옵니다. 차지 않은 우물 하나가 있는데, 또한 멀리하여 버리기는 어렵사옵니다. 아침저녁 물을 긷자면 벼랑을 지나야 하고 험한 곳까지 올라가야 하니 작은 그릇 하나의 물도 담아오기 힘듭니다. 예로부터 산을 파면 물이 솟았고 맥을 끌어내면 샘물이 나왔으니, 무릇 땅속의 모든 물들이 느낌에 따라 움직였다는 이런 이치가 없지 않았사옵니다. 새해 초하룻날, 손을 씻고 정성으로 목욕한 후 감히 술과 폐백을 올리며 신의 은택 있기를 기원합니다. 두레박 줄 늘어뜨릴 수 있게 해주시고 표주박에 물 가득 담을 수 있게 해 주소서. 적은 물이 많은 사람에게 미치어나가 선비를 기를 수 있게 하고 뭇사람들 기뻐하여 노래하고 춤출 수 있게 한다면, 어찌 알겠습니까! 한 곳의 몽천[421]이 결국 삼한 후세까지 은택을 입히게 할 줄을. 오직 신께서 오래된 더러운 우물물을 버리고 새 우물을 주는 건 인간의 도모로 되는 것이 아니라 또한 신의 아름다움으로 되는 것이니 하루 속히 단 젖줄 물을 주시어, 이 목말라 입벌름거리는 사람들을 위로해 주소서.

---

420) 계신(溪神) : 물을 관장하는 신.
421) 몽천 : 《주역》〈십익(十翼)〉 몽괘(蒙卦) 단사(彖辭)의 "몽괘의 괘상은 산 아래에 험한 것이 있는 꼴이다. 그리고 험한 것을 만나 발을 멈추는 것이 몽(蒙)이다. 교육하여 마음이 트이게 되는 것은 마음이 트이는 것으로 시행하는 것이니 때에 맞추는 것이다. 내가 몽매한 사람에게 가르침을 구하는 것이 아니요 몽매한 사람이 나에게 가르침을 구하는 것은, 뜻이 응하기 때문이다. 첫 번 점친 것을 일러 준 것은 강한 중용(中庸)이요 여러 번 점을 쳐서 흐리멍덩한 말이면 일러주지 않는 것은 교육을 흐리게 하기 때문이다 교육함으로써 바르게 양성하는 것은 성인(聖人)의 공덕이다.[蒙山下有險 險而止蒙 蒙亨以亨行 時中也 匪我求童蒙 童蒙求我 志應也 初筮告 以剛中也 再三瀆瀆 則不告 瀆蒙也 蒙以養正 圣功也]" 하였다.

維年月日 石溪居士 祭于溪神而告之日 人非水不生活 今吾適與山有素 結廬成村六
七年 有井不渫 或遠難致 朝夕之汲 由崖躡險 一勺之貯 厥惟艱哉 古有刺山而水湧 引脉
而泉發 蓋地中皆水 隨感而動 不無是理也 新歲元日 灌水澡誠 敢用酒幣 希神之澤 有長
其綆 有脘其瓢 纔濫于觴 洽于千百 惠養佳士 歌舞衆庶 安知一區蒙泉 終被三韓後世
惟神去舊汚就新甃 非爲人謀 且爲神休 亟注甘乳 慰此喝渴

고조할아버지 부제학 부군께 고하는 제문
祭告高祖考副提學府君文

　　못난 현손이 오래도록 정례[422]를 빠트렸기에 삼가 사유를 지어 자초지종을 아룁니다.
현손의 증조부는 영해에서 부인을 맞이하였고 조부는 아우 한 분을 두었으며 아버지는
형님 한 분을 잃었습니다. 3세대가 영해에 머물러 살았지만 친속들이 흩어져 나갔고
근자의 선조 때에 아버지가 서울로 벼슬살이를 나가셨습니다. 이때 의금부에 계시면서
산소를 살피었습니다만 아버지께서 병이 드시자 소식과 안부조차 닿을 길이 없었습니
다. 세대가 순식간에 흘러 대가 바뀌었고 제사일도 잃어 버려 제가 마땅히 이어받아야
하는데, 일찍부터 이 일을 상의했건만 재앙이 들어 이어받지 못하고 세월만 흘려보냈
으니 죄송스럽고 송구한 마음만 날로 더할 뿐이었습니다. 오늘 제사를 받들게 됨에
이르니 마음이 실로 무겁습니다. 저와 아우는 어려서 전날에 약속하기를 먼 훗날에
예를 갖추어 모시기로 하였습니다. 묘가 멀리 있는 것에 대해서도 종족들과 함께 모여
그 방편을 찾고자 했는데, 이때 모인 사람들께서 말씀하시기를 "이 묘침은 또한 백 년
이 지나 그 유풍은 비록 이미 끊어졌다 해도 구가의 남긴 향취가 험한 천리 밖에 있어
힘써 일하기가 쉽지 않을 것이다."고 하였습니다. 종족의 의론이 이렇게 됨에 그 형세
조차 헤아리기 어렵게 되어 다시 상의하길 제전을 마련하여 제사를 받들 수 있게 일을
돕자고 했는데, 예가 구차히 소홀하게 되고 일을 추효의 도에 거리가 있게 되었으니
글을 지어 아뢰게 되니 더욱 슬픔이 간절합니다.

---

422) 정례(情禮) : 인정상 반드시 치러야 할 예.

不肖玄孫 久曠情禮 敬撰事由 告以終始 孫之曾祖 來娶海鄕 祖有一弟 父喪一兄 三
世駐此 親屬分散 頃在 宣廟 父從京邕 歲時金臺 委掃塋域 及父老病 聲問莫接 人世須
臾 代序遞易 祀事流傳 不肖當承 向謀此擧 罹患未能 坐違歲月 罪懼日增 玆當奉行 意
實趄趄 不肖及弟 俱小前期 緬念後禮 邈矣墓山 爰曁宗人 謀議方便 謂此廟寢 又踰百年
澤雖已斬 舊家遺芬 越險千里 勞動靡安 門議至此 揆勢亦難 謀置祭田 俾助餘祀 禮歸苟
簡 事違追孝 緘辭致告 盆切悲慕

경당 선생 제문
祭敬堂先生文

아 선생께선	嗚呼先生
말세에 나시어 옛 성현의 도를 좋아하고	生晩好古
어릴 때부터 스승을 좇아 노닐었네	幼年獲師
스승과 교유하며 하락[423]을 배우며	交遊河洛
한 길로 나가 다른 길로 감이 없었네	一路無岐
아득히 생각건대, 전수받은 것은	緬惟授受
퇴계학문의 정통이었네	溪老的傳
글을 읽고 생각에 잠기어	俯讀仰思
잠시도 깊게 바르게 하려 하셨네	造次永肩
스스로 이해함에 노둔함을 알고	自知魯得
연마하기를 백천(百千) 번이나 하셨네	用工百千
처음에 쇄소를 배우고	始事灑掃
격물치지를 오로지 궁구하셨네	專精格致
주리어도 밥 먹을 새가 없었고	飢不敢食

---

423) 하락(河圖) : 낙서(洛書)를 이름. 중국 상고시대에 나타났다는 신물(神物). 하도(河圖)는 복희씨 때에 황하
(黃河)에 나타난 용마(龍馬)의 등에 써있었다는 그림을 말하고, 낙서는 우(禹)가 홍수를 다스릴 때 낙수(洛水)
에 나타난 신구(神龜)의 등에 있었다는 문(文)을 말한다.

추위도 옷 입을 새가 없으셨네	寒不敢衣
귀의처를 잃고서도	依歸雖喪
서적에 마음 붙이셨네	方冊在玆
온 집이 아름다운 덕을 길러	一室畜懿
자주 양식이 비었으되 근심함이 없었네	屢空不憂
언제나 이런 삶을 즐겼으니	終始樂此
어찌 구하는 바가 있었으랴	豈有爲求
성현의 말씀 속에 숨어 있는 은미한 뜻을	聖言密微
처음엔 깨닫기 어려운 듯 생각하셨지만	初若難通
노력하기를 오래하여 일가를 이루니	力久得門
마치 해가 하늘에 있는 것 같았네	如日懸空
환히 깨달은 뒤로는	豁然之後
무엇을 연구한들 이르지 아니하였겠는가	何索不達
말과 행실이 서로 부합하고	言行相符
안과 밖이 또한 일치하였다네	表裏若合
만약 취하여 본받을 것이 있었더라면	如有取法
도학이 광대했을 것이네	道學庶廣
말을 혹 여기에 미치면	言或及此
근심스런 얼굴빛으로 겸양하셨네	蹙然卑讓
비둔[424]하여 화를 멀리한 것은	肥遯遠禍
스스로를 기를 바를 아신 것이네	足知所養
만년에 이르러서는	及其晚歲
복희의 역도에 들어맞는 것이 있었다네	有契羲圖
본래의 뜻을 훤히 밝히어	闡明本旨
의혹된 것을 깨우치셨네	以開迷誣
스스로 말하기를 이 공부는	自言此功
지금에 20년이나 되었다 하셨네	卅載于今

---

424) 비둔 : 《주역》 둔괘(遯卦)에 있는 말인데, '너그럽고 한가하게 자득하여 숨어산다'는 말이다.

크게는 두루 포괄되어 있는 것을 펴고	大鋪極該
작게는 두루 살핀 것을 나누어 놓으셨네	小方皆勘
성현을 법 삼아 힘입어[425] 이룬 것이	聖法以賴
후인에게 또한 관문을 제시한 것이었네	示後亦關
깨달음이 있기를 바랄 뿐	尙冀有得
완성된 것이라고 말하지 아니하셨네	不謂已完
하늘이 만약 나이를 빌려주었더라면	天若假年
생각건대 보다 더 깊은 이론을 펴냈으리라	想益著言
오호라! 다 끝났구나!	嗚呼已矣
우리들에게서 빼앗아감이 어찌 빠른가!	奪我何亟
적막한 이 세상에	寥寥此世
다시금 그 누구에게 배워 알 것이랴	更誰知學
참다운 유학의 바른 흐름이	眞儒正脈
이제는 없어졌구나!	此其亡矣
아! 못난 나는	嗟我小子
다행히 사위가 되어 문하에 들어갔었네	幸贅門下
어리석음을 깨트리고 완고함을 다스려	擊蒙砭頑
날로 성취가 있기를 바랐었네	日望有成
은혜로는 부자와 같았으니	恩均父子
어찌 스승과 제자 관계일 뿐이겠는가!	奚啻師生
어찌 알았으랴! 임신년(1632)에	豈知壬申
내가 하늘이 무너짐을 당하였고	我罹天崩
또 일 년이 못 되어	又未一年
슬픈 부고까지 받을 줄을	哀訃之承
이 몸이 상중에 있으니	身嬰衰絰
어찌 달려가 애도할 수 있으랴!	詎卽奔走
병으로 누워 계실 때도 약하지 못하고	疾闕侍藥

425) 복희의 易, 문왕의 易, 공자의 易을 참고하여 〈일원소장도〉를 만든 것이라는 것.

영결 때도 또한 끝내 가지 못하였네	訣亦終阻
평생의 이 아픔	平生此痛
그 누가 알아주랴!	有誰知者
두 번째 제사가 돌아오니	再朞已回
더욱 슬퍼하는 마음 간절하네	益切傷懊
아버지 잃은 아들 외로이 남아	遺孤子子
이제 굶주림과 추위로 고생하건만	方苦飢寒
비록 데려가 양육한들	縱爲獲養
어찌 그 어려움을 보호하겠는가!	曷保艱難
그들을 보니 가슴이 아프고	見之膺慟
생각하니 마음에 걸려 아득해지네	想疚冥念
변변찮은 음식 올리니	奠菲先誠
혼령께서 어찌 저를 미워하시리	靈豈我厭
오호 슬프도다	嗚呼痛哉

사월 조임[426]의 죽음을 애도하는 글
祭沙月趙公任文

　오호라. 지난 협흡[427]에 내가 어떤 일로 고은[428]에 들어갔다가 공을 송죽원에서 뵈었는데, 그 당시 공은 창연히 노성인의 풍모였다. 키는 훤칠하여 팔 척이나 되고 풍채는 호탕 수려했다. 뒤돌아보며 한말씀 하시면 온 집에 곧 들렸고 사물에 대해 널리 논할 때면 강물이 터져 바다에 흘러 모이는 듯했으며, 효도와 우애를 몸소 행할 때면 몸이

---

426) 조임(趙任, 1573~1644) : 본관은 한양(漢陽). 자는 자중(子重), 호는 사월(沙月). 아버지는 증한성부판윤(贈漢城府判尹) 조광인(趙光仁)이며 어머니는 광주 안 씨(廣州安氏)로 충순위(忠順衛) 안수인(安壽仁)의 딸이다. 저서로는 《사월문집(沙月文集)》 2권 1책이 있다.

427) 협흡(協洽) : 지지(地支)로 '未'에 해당하는 해이다. 본문 중에 공(公)이 금년 가을에 몰했다 한 내용이 나오는 것으로 보아 금년은 조임의 몰년인 1644년(갑신년)에 해당됨을 알 수 있다. 따라서 여기에 표기된 '지난 협흡'은 몰년 한 해 전인 1643년(계미년)에 해당되는 것이다.

428) 고은 : 경상도 영양현(英陽縣)의 신라 때 이름.

형통해져 도가 풍성했네. 뜰에 가득한 아들들, 늘어서서 모시며 따르고 술동이의 술이 가득한 가운데 시대를 슬퍼하며 시를 읊었으니. 숲속의 맑은 복, 산양 옛집[429]에 양보할 것이 없었네. 내가 공께서 선대로부터 은혜를 두터이 받아 이렇듯이 화목함을 축하하여 늘 용계를 지날 때면 높다란 정자에 올라 해를 잊은 감회를 폈거늘, 뜻밖에도 올봄에 그의 백씨가 먼저 돌아가시고 가을에 또 공의 죽음을 애도할 줄이야. 원근의 인사들 모두 말하길 "영양의 두 원로가 죽다니 이 얼마나 세운이 그릇된 건가"라 하였다. 공께서 크고 위대한 재주와 지략으로 인생의 초기에 경륜을 펴려 했다가 먼 길을 가는 동안 세상이 거꾸러지자 경륜의 뜻을 감추어 숨긴 것은[430] 마치 태허소유[431]가 세상을 다스릴 뜻을 몸에 간직한 것 같았네. 높고도 높도다! 그 큰 뜻. 세속에 동화하길 부끄럽게 여겨 중국이 멸망할 제 분개하여 시가를 편 것은 백이 중련[432]의 산에 든 것과 바다를 밟는다 한 것을 상상케 하네. 만년에 두 차례나 임금의 은총이 내리어서 선대와 자손에게 미치었고 의장[433]에서 수확한 수많은 창고의 곡식으론 가난한 이, 어려운 이들을 도와주었네. 사람이 태어나 한세상을 살면서 이같이 부귀했지만 궁하고 달함이 무엇 필요할 것이며 영화롭고 욕됨이 무엇 필요할 것이랴. 내, 석보에 우거한 이래로 나무를 깎아 정자를 짓고 돌을 포개어 베개 삼아 지낼 제, 비록 관자 동자들과 시 읊으

429) 산양문적(山陽聞笛) : 진(晉). 향수(向秀)가 산양현(山陽縣)의 옛집을 지날 때 이웃 사람 중에 피리를 부는 사람이 있었는데 그 소리가 고요하고 맑았다. 이 소리를 들은 수(秀)가 '사구부(思舊賦 : 옛 집을 그리워하는 노래)'를 지었다 한다.(《진서(晉書)》〈향수전(向秀傳)〉)

430) 《논어》위령공편에 보면, 군자(君子)의 처세하는 도(道)를 말하여, "나라에 도가 있으면 벼슬하고, 나라에 도가 없으면 몸을 거두어 숨는다.[邦有道 則仕 邦無道,則可卷而懷之]"한 것이 있음.

431) 태허소유(太虛少游) : 송나라 고우(高郵) 사람인 진관(秦觀)을 가리킴. 자는 소유(少遊) 또는 태허(太虛)라 함. 문사(文詞)에 뛰어나 소식(蘇軾)의 천거로 태학 박사(太學博士), 국사원 편수관(國史院編修官)을 지냈다. 원범(元範)(哲宗) 연간에 문언박(文彦博), 사마광(司馬光) 등의 명사(名士)들이 간당(奸黨)으로 몰렸는데, 그는 여기에 연루되어 직책이 깎이어 횡주(橫州)로 귀양을 갔다. 철종(徹宗)이 즉위하자 선덕랑(宣德郞)에 제수되고, 석방되어 돌아오던 중 등주(藤州)에 이르러서 죽음. 저서로 《회해집(淮海集)》이 있음.

432) 백이 중련 : 전국시대 제(齊)나라 고사(高士). 위(魏)나라 임금이 조(趙)나라를 포위한 진(秦)나라를 공격하기 위해 간계(奸計)를 짜면서, 위(魏)나라 객장군(客將軍) 신원연(新垣衍)을 시켜 조(趙)나라에 유세중이던 노중련으로 하여금 진나라를 황제국으로 부르게 요청하자, 노중련은 신원연의 청을 완강히 거절하면서 이르기를, '그대가 나에게 함부로 진나라를 황제국이라 칭하도록 하게 한다면 나는 동쪽바다를 밟아 죽음을 택할 것이다'고 했다. 우리는 이렇게 말한 노중련의 처신에서 그가 위나라의 간계(奸計)에 속지 않은 의(義)가 있었다고 보는 것이다. 위나라 임금은 실제 객장군 신원연을 조나라에 입국시켜 평원군(平原君)을 통해 조나라 임금을 설득케 한 후, 신원연으로 하여금 조나라 임금과 더불어 진(秦)나라 소왕(昭王)을 높여 황제로 받들게 하고서 진나라를 물리쳤다. 여기서의 뜻은 조임(趙任)이 청나라가 명나라를 멸망케 하자 청나라에 대해 비분강개한 것을 가리킨다.

433) 의장(義庄) : 가난한 일가를 구제하기 위한 전지(田地).

며 돌아오는 한가함은 있었지만 이곳도 세상 티끌이 끼어들어 이 시끄러움에 귀머거리가 되고자 다시 뭇 산봉우리 검푸른 물이 있는 궁벽한 곳에 들어가 날로 공과 더불어 길이 취하여 깨지 않고자 했거늘 세상일 실없음이 많아 일을 하기 전에 공께서 먼저 세상을 떠났으니 이해에 이곳에 간다 해도 공께서 죽고 없으니 오직 고은을 바라볼제, 단지 그대의 고정·미주만을 생각나게 하리라. 듣건대, 공의 영구가 용화[434]에 든다 하거늘 병든 몸을 일으키지 못해, 나의 아들을 대신 보내어 삼가 전 드리오니 공께선 살펴 주실런지요.

嗚呼 往在協洽 余因事入古隱 拜公於松竹園畔 時公蒼然已老成矣 身頎八尺 風彩豪秀 顧眄一聲 廊戶輒響 博論事物 河決而海注 躬行孝友 身亨而道肥 有子滿庭 列侍唯諾 有酒盈樽 慷慨觸詠 山林淸福 不讓于山陽家宅焉 余 賀公報厚之宜是 而每過龍溪登高軒 仍作忘年之感 不意今春 伯公先逝 秋又哭公 遠近人士 咸曰英山二老亡矣 豈非斯世之運歟 以公之雄偉材畧 施於發軔 而長途竭蹶 卷懷經綸者 似太虛少游之經世存身也 岋嶪大志 耻同流俗 而中州陸沈 憤發詩歌者 想伯夷仲連之登山蹈海也 暮年之二秩 恩寵 貤先及嗣 義庄之百困禾廩 周窮恤匱 人生一世 富貴是耳 窮達何也 榮辱何也 時明自寓石保 斲木爲亭 累石爲枕 雖有冠童嘯詠之暇 而地夾世塵 聒聒如聾矣 復欲僻入於叢峯黝水之濱 日與公長醉不醒 而世事多戱 余未行而公先遽矣 此歲此行 公得其死 夫更雖向古隱 只興高亭美酒之思而已 聞公之柩入于龍化 而病未起躳 替男敬奠 公其知乎否

창주 박돈복[435]의 죽음을 애도하는 글
祭滄洲朴公文

혼령이시여　　　　　　　　　　　　　　　惟靈
편벽된 땅에서 우뚝 일어나　　　　　　　　崛起偏方
쇠한 가문을 떨쳐 빛내었네　　　　　　　　振耀衰門

---

434) 용화 : 영양군 수비면 계리(桂里)의 용화곡(龍化谷)을 말함.
435) 각주 111) 참조.

훤칠하게 키가 크고	頎然其長
숙연하면서도 온화하였네	肅然而溫
어릴 때부터 나의 부친에게 가르침을 받음에	自幼受業于我嚴府
외삼촌[436]으로 대하지 않고	不以舅視
사부[437]로 모셨다	事之師父
함께 놀며 무리를 같이하여	同遊共隊
내외종 형제들이	內外兄弟
출입을 함께하였네	出入相隨
각자 그 재예(才藝)를 찾아본다면	各求其藝
형이 함께 따른 사람들 중에	兄於諸從
배움이 앞서고 재주가 뛰어나	學先才超
안탑[438]에 그 이름 높았고	鴈塔名高
용문[439]에 그 명예 넉넉했네	龍門譽饒
네 차례나 사헌부[440]에 들어갔고	四入烏臺
두 차례나 지방관으로 선정을 폈지만[441]	再試牛刀
세상길 험난함이 많고	世路多嶬

---

436) 구(舅) : 이시명(李時明)의 부친인 이함(李涵)의 막내 여동생이 박돈복의 부친인 박응발(朴應發)에게 출가
하였다. 따라서 이함은 박돈복의 외삼촌이 된다.

437) 사부(師父) : 박돈복은 이시명의 부친인 이함(李涵)에게 배웠다.

438) 안탑(鴈塔) : 안탑제명(雁塔題名)을 말한다. 안탑은 중국의 섬서성 장안현 남쪽 자은사(慈恩寺)에 있는 대
안탑(大雁塔)이다. 당나라 때 과거(科擧)에 급제한 사람들이 이 탑에 이름을 적는 풍습이 있었는데, 여기에서
유래하여 후대에 진사에 급제하는 것을 '안탑제명(雁塔題名)'이라고 한다.

439) 용문(龍門) : 명망이 있는 자가 직접 이끌어 주어서 높은 데 올라가게 하는 것을 말한다. 용문은 중국 황하
(黃河)의 상류 지역에 있는 지명인데, 이곳은 세 층으로 이루어진 여울이 있어 수세가 매우 험하기로 유명한
곳이다. 잉어가 이 용문을 올라가면 용이 된다는 말이 전한다. 후한(後漢) 때 이응(李膺)이 높은 명망을 지니
고 있었는데, 그가 부른 선비들을 보고는 사람들이 "용문에 올랐다."라고 하였다. 박돈복은 네 차례 사헌부
장령을 지냈다.

440) 사헌부 : 오대(烏臺), 원래 중국의 어사부(御史府)의 별칭인데, 여기에서는 사헌부를 가리켰다. 한(漢)나라
때에 어사부(御史府)에 측백나무를 심었는데, 그 위에 까마귀가 깃들였으므로 어사부를 백대(柏臺) 또는 오대
라고 칭하였다. 《사물이명록(事物異名錄)》〈궁실(宮室) 관해(官廨)〉.

441) 우도(牛刀) : 큰 고을을 다스릴 충분한 재능을 가지고도 작은 고을을 다스렸다는 말이다. 자유(子游)가 무성
(武城)의 읍재(邑宰)가 되어 예악을 가르쳐 고을 사람들이 모두 현악(弦樂)에 맞추어 노래를 불렀는데, 공자가
무성에 가서 그 소리를 듣고는 빙그레 웃으며 "닭을 잡는 데에 어찌 소 잡는 칼을 쓰느냐.[割鷄焉用牛刀]"라고
한 데서 유래하였다. 박돈복은 진주 판관(晉州判官)과 김해 부사(金海府使)를 역임했다.

세상인심은 뛰어난 사람을 꺼려했네	人情忌異
벼슬을 그만두고 한가로이 지내고자	解綬投閒
시골집의 문을 닫았네	杜門田舍
높은 언덕의 지형을 살펴	爰相高皋
집 지을 터를 잡고	胥搆基肇
모으고 갖추어 감에	經營鳩僝
아침저녁으로 찾아갔고	夙夕臨蒞
거의 집이 완성되자	庶成以落
편안히 쉬기를 즐겨했네	聊樂偃息
어찌하여 한 번의 병으로	云胡一疾
갑자기 죽음[442]에 이르렀는가	遽至不淑
혹 생각건대 노쇠하여 기력 없이	或慮衰憊
부역에 몸을 상해서인가	傷於課役
북풍을 맞고	北風所集
바닷가 눈 때문에 감염돼서인가	海雪其感
조정에서는 덕망인을 놓치었고	朝虧風采
고을에서는 귀감이 되는 사람을 잃었네	鄕失楷鑒
나는 형씨보다	我於兄氏
나이는 조금 적지만	年齒差少
분수 따라 절친한 사이[443]가 되었으니	隨分忘形
으뜸가는 지기가 되었네	最爲知己
시험 보러 갈 때면 지역을 가리지 않고	從試京鄕
멀든 가깝든 즐거움과 괴로움을 함께했네	遠近甘苦
형이 벼슬길에 나가고 내 집에 있었던 것이	兄出我處
처음으로 활과 화살처럼 떨어졌는데	始分弦矢
서로가 단지 소식에만 의지한 채	只憑音書

---

442) 부숙(不淑) : 죽음이나 흉년 등 불행한 일을 뜻하는 말로, 여기서는 박돈복의 죽음을 말한다.

443) 망형(忘形) : 서로의 용모나 지위 등은 문제 삼지 않고 마음으로 하는 친밀한 교제. 각주 268) 참조.

떨어져 있음을 얼마나 탄식했던가	幾歎乖離
형이 벼슬길 물러났을 때는	兄或謝休
나는 영서에 있었으니	我在嶺西
험한 길이 거듭 막혔으니	鳥道重阻
어찌 자주 만날 수 있었으랴	安得源源
갑신년(1644)[444]에	歲在靑猿
내가 어머니 상[445]을 당함에	我遭終天
집은 비록 가까이 있었지만	室雖孔邇
세상사를 끊었었네	人事廢絶
상복을 벗음에 이르러서	及乎服闋
인사드리고 작별할 때	投拜告別
조용히 회포를 풀며	從容叙懷
나의 떠남을 매우 애석해 했었네	深惜吾行
해가 다가도록 잊지 못하고 생각하는 것은	終歲耿想
서로 간의 정이네	彼此之情
금년 이월에	今歲仲春
문득 또 서로 만났으나	忽又相奉
용추[446]에서 이별할 때	龍湫分手
더욱 정신이 흔들림을 느꼈었네	倍覺魂動
어찌 헤아렸겠는가 이 자리가	寧料此席
끝내 영결이 될 줄을	終爲永訣
만약 이와 같을 줄 알았다면	若知如此
어찌 차마 급히 헤어졌으랴	豈忍遽出
늦은 봄 그믐 밤	暮春晦夜

---

444) 청원(靑猿) : 천간(天干)의 색이 청(靑)인 것은 갑(甲), 지지(地支)의 띠가 원숭이인 것은 신(申)이다. 따라
　서 청원(靑猿)은 갑신년(1644)에 해당하며, 석계 이시명이 모친상을 당한 해이다.

445) 종천(終天) : 종천지통(終天之痛)의 줄인 말로, 몸을 마칠 때까지 계속되는 슬픔이라는 뜻으로 보통 부모의
　상을 가리킬 때 쓰는 표현이다. 이시명은 1644년 7월에 모친상을 당하였다.

446) 용추(龍湫) : 황양현(黃陽縣) 수차면(首此面) 계리(桂里)에 있음.

내가 대전에 있을 때	方在大田
내 꿈속에 나타나	來接我夢
무슨 말을 알려주는데	有告云云
놀라 꿈을 깨니 말은 끊기고	驚起說罷
흉한 소식이 이르렀었네	凶音已臻
산 사람, 죽은 사람이 서로 의지하려 한들	存沒之托
어찌 마음을 함께하지 못하게 한단 말인가	豈非同心
그저 살고 죽는 것이	徒生徒死
세상 사람들 예나 지금이나 마찬가지지만	世人古今
형께서는 이미 죽고[447]	兄旣無憾
터만 남겼네	貽厥有址
위장[448] 큰 산기슭의	葦長雄麓
그 무덤[449] 참으로 곱지만	佳城洵美
가서는 돌아오지 않으니	有去無返
그 모습 영원히 볼 수 없네	儀形永閟
눈 덮인 새 무덤	雪擁新阡
어찌 차마 우러러보랴	何忍仰止
지난달에 아이를 장례지내고	前月葬兒
또 형이 죽어 곡을 하니	又哭吾兄
놀랜 창자가 썩고	驚腸易腐
늙은이의 눈물이 앞서 떨어지네	老淚先傾
혼령이시여 응당 어둡지 않으시니	魂應不昧

---

447) 무감(無憾) : 《맹자》〈양혜왕편〉의 "산 사람을 기르고 죽은 사람을 장사 지내는 데 유감이 없게 하는 것이 왕도의 시초이다.[養生喪死 無憾 王道之始也]"라고 한 데서 나왔다.

448) 위장(葦長) : 우장골, 위장골이라 부름. 영덕군 창수면 신기리 서북쪽에 있는 마을로 옛날 위정사(葦井寺)가 있었다 함.

449) 가성(佳城) : 무덤을 뜻한다. 한(漢)나라 등공(滕公)이 말을 타고 가다가 동도문(東都門) 밖에 이르자 말이 울면서 앞으로 나가지 않은 채 발로 오랫동안 땅을 구르기에, 사졸(士卒)을 시켜 땅을 파 보니 깊이 석 자쯤 들어간 곳에 석곽(石槨)이 있고, 거기에 "가성(佳城)이 울울(鬱鬱)하니, 삼천 년 만에야 해를 보도다. 아아, 등공이여. 이 실(室)에 거처하리라.[佳城鬱鬱 三千年見白日 吁嗟滕公居此室]"라는 글이 새겨 있었다 한다. 《서경잡기(西京雜記)》 권4.

이 속마음을 살펴주소서   鑑此衷誠

조헌경[450]을 제사하며

祭趙獻卿

　아, 헌경의 생애는 마치 세상과 약속이 있는 듯하였다. 재주는 문(文)에도 능하였고
무(武)도 능했으며, 용기는 '천만 명이 있더라도 나는 가서 대적하리라'는 기상을 가졌
기 때문이다. 불행히도 과거에 실패하고 반평생을 불우하게 보냈으니, 시절 때문인가?
운수 때문인가? 스스로 그렇게 된 것은 아니리라. 비록 그러하나 무릇 재능의 성취는
반드시 마지막에 달려있으니, 하늘이 만약 더 오래 살게 했더라면 비록 당대에 크게
드러내지는 못했다 하더라도 쌓은 덕과 닦은 행실은 충분히 고을 사람들이 귀중하게
여기고 친척과 벗들의 희망이 되었으련만 우리들에게서 빼앗아 감이 이렇게 빠르니
아까운 인재[451]를 잃었네. 끝났구나 끝났구나 고을 사람들은 어디에서 귀중한 사람 얻
으며, 친척과 벗들은 어디에 희망을 붙이겠는가? 하물며 백발의 홀로 계신 어버이는
늘 큰아들 명경(鳴卿)에게 의탁하였는데 백 씨 명경이 이전에 이미 세상을 떠나자 지금
은 현경에게 의탁하였거늘 마침내 또 세상을 하직하였으니, 자식을 부르며 죽기를 바
라는 애통함이 하늘이 무너지고 땅이 찢어지는 듯하다. 다른 사람들이 듣고 봄에 있어
서도 오히려 놀라고 목이 메거늘 하물며 효자의 마음으로 어찌 차마 홀로 계신 어버이
곁을 떠나 멀리 갈 수 있으며, 또 어찌 차마 어버이보다 자식이 먼저 죽을 수 있다는
말인가. 인간 세상이 실망스럽고 천지가 아득하다. 알지 못하겠네 영혼이 어느 곳에
의탁할런지⋯⋯. 슬프도다 현경이여. 이제 영원히 떠나는구나. 한 차례 전(奠)을 드리며
영결하니 나의 마음속 품은 생각 어찌 끝이 있겠는가? 아, 슬프구나.

---

450) 조헌경(趙獻卿) : 헌경은 조정환(趙廷瓛, 1612~1663)의 자. 본관은 한양(漢陽)이며, 호는 석문(石門)이다.
　　이시명(李時明)의 문인으로 이상일(李尙逸)과 교유하였다. 향시(鄕試)를 몇 차례 응시하였으나 병자호란 이후
　　공명에 대한 마음을 버리고 임천(臨川)으로 이거했다가 만년에 다시 지평으로 이거하였다.

451) 보수(寶樹) : 진귀한 나무로 곧 훌륭한 남의 자제를 칭찬할 때 쓴다. 진(晉)나라 때 큰 문벌을 이루었던 사안
　　(謝安)이 자질(子姪)들에게 "어찌하여 사람들은 자기 자제가 출중하기를 바라는가?" 하고 묻자, 조카 사현(謝
　　玄)이 "비유하자면 마치 지란(芝蘭)과 옥수(玉樹)가 자기 집 뜰에 자라기를 바라는 것과 같습니다." 한 데서
　　유래한 말이다.

嗚呼 獻卿之生 若有期於世也 以才則文可武可 以勇則千萬吾往 不幸科路不利 半世
蹭蹬 時耶數耶 夫或不自爲邪 雖然凡才之成就 必在於終末 天若假年則雖不大顯於時
蓄德修行 足爲鄕邦之重族友之望 而奪我斯速 寶樹其萎 已矣已矣 鄕邦于何取重 族友
于何屬望 而況白髮偏親 常倚於伯氏鳴卿 而伯氏鳴卿昔已棄去 今倚於獻卿而竟又長辭
呼兒願死之痛 天若崩而地將裂矣 在他人耳目 尙可驚心而哽塞 矧以孝子之心 豈忍離
側而卽遠 又豈忍親存而子亡乎 人世忽忽 天地茫茫 不知精魂何處可托 嗚呼獻卿 今永
逝矣 一奠而訣 余懷焉極 嗚呼痛哉

백 씨 청계공[452] 혼령을 부르는 글
伯氏晴溪公招魂文

만력 44년(1616, 광해군 8) 병진년 초하루가 기해일인 8월 28일 병인(丙寅)일에 아우
생원 시명은 통곡하며 백 씨(伯氏) 성균 진사 혼령을 부릅니다. 관산(關山) 천릿길을 형
제가 동행하여 어머니[453]를 뵙고 떠난 지 한 달이나 되었습니다. 과거에 실패하고 빨리
집에 돌아와야 마땅하나 형님께서 어찌하여 병이 들어 돌아오는 도중에 머무를 수밖에
없었습니다. 돌아갈 길 아득하고 뜻밖에 여관에서 가을을 맞았습니다. 8월의 한가운데
인지라 참으로 좋은 때였지만 타향에서 때를 느끼니 슬픔과 괴로움이 갑절로 느껴졌습
니다. 한밤중에 서로를 잡고 일어나 옷깃을 적실 때에 이 아우가 형님을 위로하여 말하
길 "너무 마음 쓰지 마세요. 고향에도 가을이 깊어갈 터이니 국화 필 땐 바야흐로 이르
게 될 것입니다."라 하였습니다. 저는 우연히 병이 든 것이라 생각하고 돌아갈 날을
손꼽으며 자나 깨나 마음을 함께하며 완쾌되길 바랐거늘 이 병이 마침내 돌아가시게
될 줄을 어찌 알았겠습니까? 객지에서 상대를 잃었으니 이 애통함을 그 누가 알겠으며,
결별의 말씀도 없었으니 더욱 목이 멥니다. 통곡을 하며 형님을 불러보지만 천지는
아득하기만 합니다. 올 때는 두 사람이었던 것이 갈 때는 어찌하여 혼자란 말입니까.

452) 청계공(晴溪公) : 이함(李涵)의 맏아들인 이시청(李時晴, 1580~1616)을 말한다. 자는 화숙(和叔), 호는 청
계(晴溪)이다. 1610년(광해군 2) 사마시에 합격, 1616(광해군 8) 대과(大科)에 응시하기 위해 서울로 갔다가
병을 만나 귀가 중 상주(尙州) 산양현(山陽縣) 객사에서 세상을 떠났다.
453) 북당(北堂) : 훤당(萱堂)과 같은 말로 곧 어머니가 계신 곳을 가리킨다.

부모님이 동구(洞口) 밖에서 기다리시고 처자(妻子)가 맞이하기를 기다리고 두 아들이 달려나와 곡(哭)한 것을 혼령은 아시는지 모르시는지요. 손을 잡고 크게 울부짖으니 오장이 찢어지는 듯합니다. 영외(嶺外) 이곳에서 오래 머무를 수 없습니다. 양친께서 가슴 치며 형님 빨리 오라 하시고 영구차도 이미 갖추어져 말이 앞을 향하려 합니다. 혼령이시여 돌아가십시다. 고향이 멀지 않습니다. 눈물 닦으며 글을 지어 형님의 혼령에 절하고 부릅니다.

維萬曆四十四年 歲次丙辰八月己亥朔 二十八日丙寅 弟生員時明 痛哭而招伯氏成均 進士之靈曰 千里關山 兄弟同行 拜辭北堂 月已虧盈 不利於科 宜速趨庭 兄胡遘疾 中道 淹留 歸程杳漠 旅館驚秋 八月中間 實乃佳辰 他鄉感時 倍覺悲辛 中夜相攜 起而沾襟 弟慰兄言 且莫勞心 家山秋晚 菊會方臨 謂病偶然 指日可旋 寤寐同懷 冀其永痊 寧知此 疾 竟至不淑 客裏相失 此痛誰識 訣別無語 益增哽塞 痛哭呼兄 天地茫茫 來時二人 去 何隻影 父母倚閭 妻孥望迎 二兒奔哭 魂亦知否 攜手大叫 五內欲剖 嶺外此地 難可久稽 雙親叩膺 命兄亟來 靈車旣具 馬亦前驅 魂兮歸來 桑梓非遙 拭淚搆詞 兄魂拜招

백 씨의 죽음을 애도함
祭伯氏文

아. 슬프구나. 우리 형제는 본래 네 사람이었는데, 임자년(1612) 봄에 둘째 형님께서 과거 보러 가는 도중에 돌아가시어, 큰 형님께서 시신을 안고 돌아오셨습니다. 아, 둘째 형님은 골상(骨相)이 기이하고 수려하며 풍채가 단정하여 장차 폭풍이 구만 리나 높이 올라[454] 하늘을 어루만질 듯했으니 세상을 위해 크게 일할 만했건만 연세가 안자(顏子)의 나이에도 못 미치어 갑자기 요절(夭折)하였습니다. 선(善)을 쌓았으나 보답이

---

454) 《장자》〈소요유(逍遙遊)〉편에 "붕새가 남쪽 바다로 옮겨갈 때에는 물결을 치는 것이 삼천 리요, 회오리바람을 타고 구만 리나 올라가 육 개월을 가서야 쉰다.[鵬之徙於南冥也 水擊三千里 摶扶搖而上者九萬里 去以六月息者也]"라 한 구절이 있다. 부요(扶搖)란 바다에서 일어나는 회오리바람을 가리키고, 붕새는 전설적인 새의 이름이다. 이런 점들을 근거로 해서 볼 때 부요(扶搖) 운운(云云)한 것은 붕새처럼 큰 포부를 지닌 것을 의미하는 듯하다.

없어 마침내 백도(伯道)⁴⁵⁵⁾의 외로운 혼이 되었으니 온 집안의 슬픔이 끝이 없었습니다. 돌아보건대 저는 우리 형님이 백 세 후에 이르도록 가문의 제사를 이어받아 빛을 내어 문호를 붙들어 나갈 것이라 기대를 하고, 또 하늘의 도가 어진 이를 장수하게 할 것이라는 징표가 있을 것이라 믿었거늘, 어찌 생각이나 하였겠습니까. 형님께서 이렇게 하셔야 함에도 불구하고 이렇게 요절하시게 될 줄을. 아! 슬프도다. 아버지께서 경술년(1610) 이래 소갈 병으로 위중하시자 형님께서 밤낮 곁에서 모시며 몸소 약을 해드리느라 허리띠도 풀지 못하시고 음식조차 드실 겨를이 없었던 것이 이제 7년이나 되었습니다. 아버지께서 여러 해 동안 병으로 누워 계시다가 날로 기운을 얻게 된 것은 어찌 형님의 효성 때문이 아니겠습니까. 비록 옛 사람 중에 효성으로 서적에 드러나 일컬을 만한 사람일지라도 또한 이에 더하기는 어려울 것입니다. 이렇게 맛있는 음식으로 아버지를 봉양하는 동안에도 또한 학문과 문장을 닦기를 일삼아 궁리한 것이 더욱 정밀하였고 문의(文義)가 절로 트였으며 과거문에 이르러서는 노력하지 않고도 묘한 경지에 이르렀습니다.

올해 가을 7월 16일에 아우와 함께 어머니께 인사드리고 과거 길에 올랐습니다. 아우가 형님에 앞서 출발하여 안동⁴⁵⁶⁾에 있으면서 형님과 풍산⁴⁵⁷⁾에서 만나기로 약속을 했습니다. 이때가 7월 18일입니다. 이날 아우가 밖에 나가 길에서 기다렸는데 땅거미가 질 무렵에 비로소 서로가 만났습니다. 곧장 더위를 무릅써가며 길을 떠났는데, 한 이불 속에 잠을 자고 밥도 한 밥그릇에 담아 먹었으며, 앉을 때도 자리를 같이했고, 길을 갈 때도 멀리 떨어져 가지 않았습니다. 평소의 우애가 길에서 더욱 깊었는데, 조령을 지날 때 형님께서 갑자기 기비증(氣痞症)⁴⁵⁸⁾이 들었습니다. 이는 반드시 무더위에 길을 가느라 덥고 서늘한 날씨 변화에 몸을 조절하지 못한 데서 나타난 것이라고 생각하여 크게 염려하지 않았습니다. 그런데 하루 이틀이 지나 기세(氣勢)가 매우 곤란한

---

455) 백도(伯道) : 진(晉)나라 등유(鄧攸)의 자(字). 등유가 하동태수(河東太守)로 있을 때, 석륵(石勒)의 난을 만나 아내와 함께 아들과 동생의 아들을 데리고 피난하였다. 도중에 자주 적과 만나게 되자 두 아이를 온전히 할 수 없다고 생각하여, 이에 자기 아들을 버리고 조카를 온전히 해주었다. 등유에게 마침내 후사(後嗣)가 없게 되자 당시의 사람들이 의로써 슬퍼하며, 그를 위해 말하기를 '천도(天道)가 지혜롭지 못하여 등백도(鄧伯道)로 하여금 아들을 없게 하였다' 하였다. 후대에 후사가 없는 사람을 일컬어 '백도지우(伯道之憂 : 백도의 근심)'라 하고 있다.(《진서(晉書)》〈등유부(鄧攸傳)〉)

456) 화산(花山) : 경북 안동(安東)의 옛 이름.

457) 풍현(豊縣) : 안동시 서쪽에 있는 풍산(豊山)에 속한 땅.

458) 기비증(氣痞症) : 기가 통하지 않는 증세.

지경에 이름에 아우는 비로소 근심을 하여 형님에게 말하기를 "날이 덥고 병이 심하여
지니 갈 수가 없습니다."라고 하고 이때 또한 알성례(謁聖禮)[459]를 행하고 있다는 말을
일부러 했습니다마는 형님께서는 일행을 재촉하시면서 아우에게 말하기를 "내 기력은
오히려 강하다. 서울이 또한 가까운데 어찌 이 조그만 병을 걱정하여 성대한 행사를
못 보아서야 되겠느냐."고 하셔서 마침내 행차를 서둘러 서울에 들어갔습니다. 서울에
들어간 후 며칠을 치료하고 조리하여 정신과 안색이 이전같이 돌아와 과장(科場)에 들
어가 웅대한 글을 지었습니다. 문채(文彩)가 특히 돋보이고 글의 정신이 드러났으므로
거의 급제하여 부모의 영화가 될 수 있었거늘, 세상에 알아주는 사람이 없어 지극한
보배가 배척당했습니다. 비록 그러하나 세속적인 영화와 득실은 형님의 마음이 흔들
수 없었으나 불행히도 형님께서는 또 병을 얻으셨습니다. 어버이를 떠난 천릿길에서
오래도록 돌아가 뵙지를 못하자 밤낮 애를 태우며 몰래 슬퍼하여 눈물을 흘리시며 말씀
하시기를 "죽고 사는 것은 명(命)에 달렸지만 슬퍼짐이 아낙네의 마음같이 되는구나.
내 어찌 고향 멀리에 병드신 어버이께서 마을 동구(洞口)에 기다리심[460]을 모르랴만 인
정(人情)이 이러한데 이르니 슬픔을 금하겠느냐." 하였습니다. 아우도 또한 울음을 삼키
고 눈물을 흘리면서 "형님의 병이 저의 병이요, 형님의 마음이 저의 마음입니다. 오직
형님의 모습과 기상을 믿으며 평소 요절할 사람이 아니며, 앓는 병도 또한 고칠 수
없는 것이 아님을 알고 있습니다."고 하여 이렇게 형님을 위로하고 또 스스로를 위안
삼지 아니함이 없었습니다. 서울에서 병 조섭을 할 때 오래도록 회복되지를 아니하여
길을 떠나려고 해도 떠날 수 없고, 머물려고 해도 머물 수가 없어 여러 날이 지체되었지
만 어쩔 수 없이 병을 견뎌가며 수레를 몰아 이틀 만에 죽주부(竹州府)[461]에 도착을 했습
니다. 고을 원이 처방서를 찾아준 것을 보고 약물을 구해 와 4, 5일을 머무르니 갑자기
중추가절(仲秋佳節)이 되었습니다. 길을 왕래하면서 그 얼마나 날을 보낸 것입니까. 객

---

459) 알성(謁聖) : 임금이 성균관(成均館) 문묘(文廟)의 공자(孔子) 신위(神位)에 참배함을 말함.

460) 원문의 倚閭는 부모가 마을 어귀(里門)에 기대어서 자식의 귀가를 간절히 기다리는 것. 전국시대(戰國時代)
제(齊)나라 사람 왕손가(王孫賈)가 벼슬하다가 난리를 만나 집에 돌아오자. 그의 어머니는 '네가 아침에 나가
서 늦게 오면 내가 문에 기대어서 바라고, 네가 저물녘에 나가서 돌아오지 않으면 내가 이문(里門)에 기대어서
바랐다. 그런데 네가 임금을 섬기다가 임금이 간 곳을 모르니 네가 어찌 돌아온단 말인가' 하였다.《전국책(戰
國策)》〈제책(齊策)〉.

461) 죽주부(竹州府) : 고려시대 죽산(竹山)으로 불리던 경기도 안성군(安城郡)과 용인군(龍仁郡) 지역에 있었던
고을.

지 병중에 이 좋은 때를 만나니 고향 생각과 병 걱정이 또한 갑절이나 더했습니다. 가을 기운이 점점 서늘하고 병세가 나아지자 아우들로 하여금 바둑을 두게 하여 옆에서 보시기도 하고 또 운자(韻字)를 내어 서로 시를 읊기도 했습니다.

아! 슬프도다. 정신이 이와 같고 병세도 점점 나았거늘, 중도에서 갑자기 형님을 잃게 될 줄을 누가 알았겠는가? 이곳에서 형님을 4, 5일을 더 머무시게 하여 병이 회복되기를 기다린 연후에 길을 떠나자고 하지 못한 것이 한스럽습니다. 영(嶺)을 넘은 뒤로는 기력이 점점 지치고 음식도 날로 줄었습니다. 한밤중에 일어나 앉아 아우의 손을 잡고 울면서 말씀하시기를 "나는 집으로 돌아가 병드신 어버이를 뵙지 못하겠구나. 나는 집으로 돌아가 병드신 어버이를 뵙지 못하겠구나."라고 탄식하며 거듭 말씀하셨는데, 처음부터 끝까지 병드신 어버이를 뵐 수 없음을 애통히 생각하였을 뿐 아내와 자식에 대해서는 한마디도 말씀함이 없었습니다. 오오하며 말씀을 못하심에 아우 또한 목이 메어 말씀드리기를 "병이 이같이 위중하니 모름지기 조금 더 머무시고 길은 떠나지 맙시다."라고 했는데 형님께서 말씀하시기를 "신명⁴⁶²⁾이 나의 병을 치료할 수 있을 것이다. 빨리 길을 떠나는 것이 마땅하지 지체하는 것은 마땅하지 않다."고 하셔서 형님의 말씀을 감히 거스를 수 없어 병든 몸을 부축한 채 길을 강행하였습니다. 이숙(李䓘)의 집에 도착하니 병이 이미 극도에 이르렀고 원기는 이미 다 떨어졌습니다. 간신히 새벽 닭이 우는 때를 기다렸다가 급히 서둘러 이찬의 집에 가서 약 처방을 해 오니 숨은 끊어지려 하여 아우가 왔는지도 알지 못하였습니다. 형님의 손을 잡고 애통히 울면서 형님을 부르기도 하고 형님께서 하시고 싶은 말씀을 물었지만 말씀을 할 수 없었습니다. 한밤중이 안 되어 갑자기 세상을 떠나셨는데 아우와 영원히 이별하면서도 끝내 한마디 말씀도 잇지 못하시고 영결을 하였습니다. 슬프도다 슬프도다. 아득하고 아득한 이 마음을 어찌 차마 말로 다할 수 있겠습니까. 형제 두 사람이 함께 천릿길을 갔다가 끝내는 길에서 형님을 잃었습니다. 슬프도다. 슬프도다. 형님께서는 어찌 수(壽)를 못하셨습니까. 그 까닭은 이 아우가 구하지 못한 데 있습니다. 이와 같을 줄 일찍 알았

---

462) 신명(仲明) : 이찬(李燦, 1575~1654)의 자. 본관은 여주(驪州)이며, 호는 국창(菊窓)이다. 예천(醴泉) 용궁(龍宮) 사람으로 유성룡(柳成龍)의 문인이다. 자주 병을 앓자 스스로 병을 고치기 위해 독학으로 의술을 연구하여 명의로 널리 이름을 떨쳤다. 1632년 전의(典醫)도 못 고친 인조의 병을 완치시켜 음보(蔭補)로 익위사 사어(翊衛司司御)·종부사 주부(宗簿寺主簿)·공조 좌랑(工曹佐郎)·군위 현감(軍威縣監)·공조 정랑(工曹正郎)·금산 현감(金山縣監) 등을 역임하였다.

더라면 어찌 차마 우리 형님으로 하여금 병든 몸을 수레에 태운 채 길을 떠나 뜻밖의 끝없는 변고(變故)에 이르게 했겠습니까. 두 달 동안이나 나그네가 되어 잠잘 때도 한 이불을 덮고 길을 갈 때도 함께 길을 가고 밥 먹을 때도 한 그릇에 밥을 담아 먹었거늘, 하루아침에 형님께서는 어디로 가시고 아우만이 홀로 길을 가고 잠을 자게 합니까. 형님의 시신을 끌어안고 형님의 몸을 어루만지며 통곡을 하고 울부짖었습니다. 혹 들으심이 있으시련만 저승으로 그냥 보낼 수 없어 이 아우는 다시 하늘을 향해 울부짖으니 기가 끊어질 듯합니다. 어버이 곁을 떠난 지 몇 달 만에 멀리 나갔던 몸이[463] 부모 슬하에 못 가고 형님께서 타향을 떠도는 혼이 되었으니 슬프고 슬픕니다. 부모님께 무슨 말을 아뢰며, 형님 집에 무슨 말을 하겠습니까. 심부름꾼을 대하고 통곡하지만 목이 메어 말을 할 수 없습니다. 관(棺)이 돌아오는 날에 병드신 어버이는 병든 몸을 부축하고 나와 통곡을 하시며 가슴을 치고 울부짖기를 "아들이 왔는가 오지 않았는가. 살았는가 죽었는가. 어찌 나를 버리고 급히 먼저 갈 수 있단 말인가?"라고 하였습니다. 아. 슬프다. 나는 무슨 덕으로 하늘이 아끼고, 형님은 무슨 죄로 하늘이 도리어 해쳤는가. 내 진실로 창창한 하늘이 신의가 없고, 막막한 하늘이 신령스럽지 못하다는 것을 알겠다. 나의 형님이 바름과 곧음을 닦아서 재앙을 불렀고, 인의(仁義)를 좋아하고서 허물을 입은 것이 어찌 아니겠는가? 아, 우리 형님은 총명하여 일찍 성취된 바가 있었으며 온량순정(溫良純正)하였고, 또 일하는 능력이 남보다 뛰어나 대사(大事)를 처리할 때나 큰 의문을 결단할 때면 조용히 서두름이 없이 마치 강물을 터서 아래로 흐르게 하듯 하였으며, 또 다른 기예에도 밝아 의약, 복서(卜筮) 같은 것에 두루 알지 못하는 것이 없었습니다. 선한 사람을 보면 일찍이 기뻐하여 찾지 않은 적이 없었고, 악한 사람을 보면 또한 넉넉히 포용하지 않은 적이 없었습니다. 늘 아우에게 이르기를 "사람은 남을 헤아려 줌이 없어서는 안 된다. 마땅히 관대하게 포용하는 것이 옳다." 하고, 또 아우에게 이르기를 "우리 형제는 단지 세 사람뿐이다. 마땅히 서로 함께 옛 사람을 배워 가도(家道)를 두터이 한 것을 배워서 스스로 이루고 또 선대의 유업을 창대(昌大)케 하는 것이 옳다."고 하였습니다. 아우들이 비록 어리석고 나약하여 재지와 기질이 만 가지나 형님에게 미치지를 못하지만 일찍이 거칠고 경솔한 행실 등을 없애고 예법을

---

463) 원문 '유방지신(遊方之身)'은 《논어》〈이인편〉에서 공자가 말한 바, "부모가 생존해 계시면 먼 길을 떠나지 않을 것이며, 부득이 가는 경우에는 반드시 방위를 알려야 한다.[子曰 父母在 不遠遊 遊必有方]"에서 나온 말이다.

따라 서로 더불어 성현의 도를 배우기를 종신토록 행하자고 약속을 했지만 이제 모든 것이 끝났으니 마침내 다시 무엇을 하겠습니까? 비록 살아 있는 아우들은 뜻이 또한 끊어졌지만 형님께서는 두 아들이 있습니다. 이미 고서를 배울 수 있어서 선인(先人)의 뜻을 이어갈 줄 아니, 제가 마땅히 아는 것으로 가르치어 다행히 설 수 있게 한다면 형님은 죽지 않은 것이 될 것입니다. 슬프도다 슬프도다. 형님의 집에 들어가니 의관이 옛 그대로 있고 형님의 책 상자를 여니 붓과 벼루가 아직 그대로 남아 있어 완연히 어제 같지만, 어린아이들이 방에 가득하고 과부된 형수님이 피눈물을 흘리는 이런 모습을 봄에 더욱 슬프고 애통함이 가슴을 채우거늘 인간 세상의 이런 애통함을 형님께서는 아시는지 모르시는지요? 아, 내일이면 선영(先塋) 곁에 장례 지내려 하는데 이로부터 산 자와 죽은 자가 멀리 떨어지게 되면 영혼께서는 더욱 아득하여지게 될 터이거늘 저는 어느 곳에서 다시 형님의 모습 보겠습니까? 한 차례 전(奠) 드리며 크게 통곡하니 소리도 다하고 눈물도 메말라 수많은 슬픔을 어찌 글로 다 펼 수 있겠습니까? 아, 형님이시여. 오셔서 들어주소서. 아, 슬프구나.

嗚呼痛哉 吾兄弟初則四人 壬子春 仲氏沒於赴試道中 使吾伯氏抱尸而來 嗚呼仲氏 骨相奇秀 風度凝然 將搏扶搖摩九霄 大有爲於世 而年未顔子 遽爾夭折 積善無報 竟爲 伯道之孤魂 一家之悲 其無窮極也 顧吾以期吾兄於百歲之後 而使吾宗祀其承振耀 而 門戶有所扶持 而又信夫天道之有徵於壽仁者矣 豈意吾兄之有此而至此夭折耶 嗚呼痛 哉 春府自庚戌歲 病渴幾危 吾兄晝夜侍側 躬調湯劑 衣不解帶 食不暇遑 于今七年于玆 矣 使積年沈痾 日至蘇快者 豈非吾兄之孝乎 雖古人爲孝著諸方冊而表表可稱者 亦難 加矣 自此奉養甘旨之餘 又以學問文章爲事 窮理益精 文義祭伯氏 文自達 至於應擧之 文 不勞而能極其妙 今年秋七月旣望 與弟辭北堂而觀國光 弟先兄而出在花山 與兄期 遇於豐縣 是七月十八日也 是日弟出候路上 薄暮始相見 乃冒熱登道 同被而寢 同器而 飧 坐不異席 行不離遠 平素友于之情 在道尤切 行過鳥嶺 兄忽患氣痞症 謂此必是炎程 行邁 溫涼失節 不曾以此爲慮過 一二日氣勢甚困 弟始憂之 告兄而言曰日熱病加 不可 以行 時僞有謁聖進行之說 一行催發 兄亦謂弟曰吾氣力尙强 京城又近 何可患此微蟻 不觀盛擧乎 遂趣行入城 入城之後 調治數日 神色依舊 登藝場著大篇 文彩特發 精神可 見 庶幾見售 爲父母榮 而世無知者 至寶見斥 雖然浮榮得失 曾不足動吾兄之方寸 而不 幸兄又遘疾矣 離親千里 久未返面 日夜煎慮 黯然傷懷 至流涕而言曰死生有命 悲傷近

婦人 我豈不知 家鄉綿邈 病親倚閭 人情到此哀念可禁 弟亦吞聲沾臆 而兄病我病 兄懷
我懷 惟恃吾兄狀貌氣像 素知非夭折之人 所患之疾 亦非膏肓之難救 未嘗不以此慰吾
兄 而且自慰也 在京調養 久未見復 欲行不可行 欲留不可留 遲延累日 不獲已力疾旋駕
二日行投竹州府 爲見其倅 覓方書求藥物 留連四五日 忽値仲秋佳節 往來之際 時日幾
何 客裏病中 逢此令節 思鄉之念 憂病之懷 又增一倍 秋氣漸涼 病候欲蘇 則令弟輩或圍
棋而傍觀 或呼韻而唱酬 嗚呼痛哉 誰謂精神如此 病勢漸差 而遽失兄於中道邪 恨不得
留兄於此地又四五日 俟病復然後從容言邁也 踰嶺之後 氣力漸疲 食飲日減 中夜起坐
攜弟手泣且言曰 吾不得復拜病親 吾不得復拜病親 歎息重言 終始以不得覲病親爲痛
未嘗一言及妻子 嗚嗚不得語 弟亦哽咽而言曰病如此重 須小留勿行 兄曰李君仲明 可
療吾病 宜急往 不宜遲滯 以此不敢逆兄之言 扶病强行 達于李荄之第則病已極矣 元氣
已澌矣 纔鷄鳴馳到李君 問藥而來則氣息奄奄 弟來不知矣 執兄之手 痛泣而呼兄 問兄
所欲言則又不能言矣 夜未半忽溘然長逝 與弟永別 而終不得接一言以爲訣 痛哉痛哉
茫茫此懷 尙忍言尙忍言 兄弟二人 同作千里之行 終失兄於道路之中 痛哉痛哉 兄豈不
壽 由弟不能救耳 早知如此 豈忍使吾兄興疾登路 以致意外無窮之變邪 兩月作客 寢則
同被 行則同路 食則同器 而一朝兄歸何處 使弟獨行獨寢也 抱兄之尸撫兄之體 痛哭呼
號 庶或有聞 而冥然不知 使弟復呼天而氣欲絶 離側數月 不得致遊方之身於庭闈之下
而兄作他鄉之旅魂 痛哉痛哉 告父母以何辭 告兄家以何說 對使痛哭 哽塞不能言 及其
返櫬之日 病親扶病痛哭 叩膺而呼曰子 來乎不來乎 生乎死乎 何棄我而遽先歸乎 嗚呼
痛哉 不肖何德 天實愛之 君子何罪 天反讐之 吾固知蒼蒼之無信 漠漠之無神 豈非吾兄
之修正直以召裁 好仁義以速咎者乎 嗚呼吾兄 聰穎夙成 溫良純正 又辦局過人 臨大事
決大疑 從容不迫而如河決下流 又明於他藝 如醫藥卜筮 無不遍焉 見善人未嘗不樂就
見惡人亦未嘗不優容 常謂弟曰人不可無量 當包容寬大可也 又常謂弟曰吾弟只有三
人矣 當相與學古人敦家道 以自成立 且昌大先業可也 弟輩雖庸懦才智氣質 萬不及吾
兄 亦嘗削去粗率 從事禮法 相與學聖賢之道 以期終身行之也 今皆已矣 終復何爲 雖其
存者 志亦絶矣 吾兄有二子 已能學古書 知繼先人之志 吾當教以吾所知 幸其成立 則吾
兄爲不死矣 痛哉痛哉 入兄之室 衣冠依舊 披兄之筒 筆硯尙在 宛然如昨 而諸幼滿室
孀嫂血泣 見此增愴 哀慟塡胸 人間此慟 兄其知邪 其不知邪 嗚呼 明日將葬兄於先壟之
側 自此幽明永隔 靈神愈漠 此生何處 更得見吾兄之面目乎 一奠大哭 聲盡淚渴 萬端哀
臆 書何能悉 嗚呼吾兄 庶幾來聽 嗚呼痛哉

중씨 우계공을 애도함(이장 때)
祭仲氏愚溪公文(改葬時)

정유년(1657, 효종 8) 초하루가 기사일인 12월 15일 계미일에 아우 시명은 삼가 아들 숭일을 대신 보내어 변변찮은 전(奠)으로 돌아가신 작은형님 처사부군과 돌아가신 형수 박 씨의 널에 제사를 드립니다. 슬프고 슬프도다. 아우가 형님과 영결한 지 36년 동안 그 음성 그 모습 아득히 멀어져 꿈속에서도 또한 만나기 어려웠습니다. 지금 다행히 다시 만나긴 했습니다만 황장(黃腸)[464]에 갇혀 있어 볼 길이 없으니, 다만 슬픈 눈물만이 더합니다. 좋은 곳 가려 합장을 해드리오니 혼령이시여! 조금이나마 위안 받으소서. 대신 전(奠) 드리고 간소한 음식 갖추어 올리오니 이르시어 흠향하시길 바라옵나이다.

維歲次丁酉十二月己巳朔 十五日癸未 弟時明謹代子嵩逸 具以菲薄之奠 祭于亡仲氏 處士府君亡嫂朴氏之枢 痛哉痛哉 弟兄永訣 年卅有六 杳杳音容 夢亦難接 今幸再遇 黃腸牢閉 無路相見 只增悲涕 善地合葬 稍慰靈魄 替奠薄具 庶希來格 祭仲氏 愚溪公文(改葬時)

죽은 조카 부일[465]을 애도함
祭亡姪傅逸文

숭정 14년 신사년(1641, 인조 19) 초하루가 계묘일인 10월 13일 을묘일에 중부(仲父) 시명(時明)은 변변찮은 전(奠)으로 죽은 조카 둘째 혼령에게 제사 지낸다. 아, 슬프구나. 내 어찌 차마 너의 죽음에 장사 지낼 수 있겠는가? 네가 이 세상에 산 것이 몇 년이던가? 무릇 사람이란 나면 자라고 자라면 늙고 늙으면 죽는 것이 곧 인간의 질서요, 어버이에게 효도하고 어린아이를 양육하고 세대(世代)를 닦는 것도 또한 사람의 바람이다.

---

464) 황장(黃腸) : 나무의 결이 좋고 오래 묵어서 누런색의 속이 든 고급 관재(棺材)로 쓰이는 나무를 말한다. 누런색의 단단한 속 부분을 황장이라 하고, 흰색의 무른 바깥 부분을 백변(白邊)이라 한다.

465) 부일(傅逸) : 이부일(李傅逸, 1601~1641)로 이시명의 백씨인 이시청(李時淸)의 둘째 아들이며, 이시명의 중씨인 이시형(李時亨)의 양자가 되었다.

지금 너는 늙어서 죽었는가? 인사(人事)의 마침을 다하였는가? 흰 얼굴, 검은 수염의 젊은 사람으로 어버이[466]를 봉양할 자제(子弟)의 몸이거늘 네가 어찌 세상에 오래 살지 못하고 갑자기 여기에 이르렀다는 말인가? 하늘이 빼앗은 것인가? 귀신이 재앙을 부린 것인가? 어찌 된 것인가? 어진 사람이 오래 살지 못하고, 효자가 인사(人事)를 다하게 못하여 나 구십 노친으로 하여금 나의 두 형님을 곡하게 하고 또 너의 죽음에 곡을 하게 하다니 하늘의 이치를 믿기 어려움이 과연 이와 같다는 말인가? 아, 나는 형님이 두 분이 계셨지만 작은 형님은 자식 없이 일찍 세상을 떠나셨기에 부모님이 너를 후사로 정했었다. 큰 형님도 나이 사십이 못 되어 객지에서 도중에 돌아가시니, 너는 나이가 어렸음에도 곡하면서 달려 나왔다. 삼년상이 겨우 끝나자 형수마저 이어 돌아가시고 몇 년이 안 되어 또 작은 형수 상(喪)을 당했었다. 재화가 연이어 너는 어려서 부모님을 여의고 외롭고 의지할 곳이 없었지만 너의 성품은 순실 돈독하여 상례 치름이 자못 견고하였다. 너는 비록 이때에 죽지는 않았지만 밖으로는 혈기가 시들고 안으로는 정신이 손상되어 형세가 오래 버텨 나갈 수 없고 집안에서도 도울 사람이 없어서 선자(善者)로 하여금 남아있게 하지 못할까 두려웠다. 보잘것없는 내가 어머니를 모신 이래로 나의 형제, 너의 형제 이 넷 집이 빙 둘러 함께 살았었다. 아침저녁도 네 사람이 함께했고, 맛있는 음식도 네 사람이 함께 먹었으며, 근심과 기쁨이 있으면 움직임을 모두 함께했으니 이 네 사람 어찌 하루인들 서로 떨어졌겠느냐.

　병자년(1636)에 나라가 나라꼴이 못 되고 무인년(1638)에 고을이 고을 꼴이 못 되어, 나는 눈으로 차마 볼 수 없고 귀로 차마 들을 수가 없어서 홀로 먼 곳에 가 살려고 서산(西山) 밖에 집을 지었지만 차마 너를 버리고 끝내 스스로 그만둘 수 없어 다른 곳으로 떠난 지 겨우 1년 만에 한 달에 한 번 모이기도 하고 또한 보름 만에 만나기도 했었다. 어머니를 봉양하는 여가에 학문을 논하고 옛 일을 이야기하였으며, 초하루와 보름에는 예를 익히게 하고 날로 달로 행하기를 힘쓰게 하여, 꾀함을 함께하고 나아가 길 함께하여 유학을 닦기를 뒤떨어짐이 없기를 기대하였다. 나는 너를 자식처럼 가르쳤고, 너도 나를 아비처럼 섬겼으니 몸은 둘이나 마음은 하나 되어 끝내 경계가 없었다. 일찍이 나에게 이르러서 말하기를 "저도 또한 이곳으로 와 터를 잡아 산다면 생각건대

---

466) 정위(庭闈) : 어버이가 계신 고향 집을 말한다. 참고로 진(晉)나라 속석(束晳)이 지은 보망시(補亡詩) 〈남해(南陔)〉에 "남쪽 섬돌을 따라 올라가, 난초 캐어 어버이께 바쳐 올리리. 어버이 계신 곳 돌아보며 생각하느라, 마음이 편안할 틈이 없다오.[循彼南陔 言采其蘭 眷戀庭闈 心不遑安]"라는 말이 나온다.

몇 년 되지 않아서 새롭게 되기를 꾀할 수 있을 것이니 조금 더 가까이에 살고 싶습니다.”라고 했을 때 나는 장난삼아 말하기를 “고향 떠나기를 좋아하지 않거늘 어찌 오는 것을 좋게 여겨 몸을 움직여서야 되겠느냐.” 했거늘, 이 말이 이미 옛 자취가 될 줄을 어찌 알았겠는가? 갑자기 유명을 달리한 지도 1년이 다 되어 가거늘 아롱진 옷을 입은 대열에도 너의 자리는 이제 비었고 네 사람이 함께 있어야 할 곳에도 한 사람은 어디에 갔단 말인가? 근래 초봄에 네가 화산에서 와서 하룻밤을 묵으면서 두 끼니를 먹었는데 너의 안색이 윤기 나고 의도(儀度)가 넉넉하고 튼실함을 보고 기뻐서 말하기를 “조카가 이와 같은 모습이니 우리 집안의 대사(大事)도 충분히 맡길 수가 있겠구나. 너와 약속하니 어머니 생신[467]이 3월인데 어머니도 건강하시고 시기도 마침 꽃필 때이다. 이전에 보낸 수십 년 동안은 늘 소략히 보내어 매우 쓸쓸했는데 이제부터 네가 일을 맡으면 잘 되어질 것이다.”고 했었다. 말을 마친 후 작별할 때 사립문에서 전송을 하면서 말하길 “이로부터 떠나가면 이 이별 얼마나 오래될 것이랴.” 했거늘 얼마 안 되어서 삼산(三山)[468]에 사는 김생(金甥)이 나에게 들러서 말하기를 “네가 병으로 누운 지 며칠이 되었는데 병세가 아주 심하다.”고 하기에, 내가 말해 주기를 “네가 우연히 조섭을 잘못하여 그럴 것이니 멀지 않아 마땅히 회복될 것이다.” 하고는 걱정을 하지 않았는데 갑자기 너의 종이 황급히 와서 위급하다는 것을 알려줌에 새벽이 오길 기다려서 가보니 너는 이미 말을 하지 못하였다. 너는 내가 온 것을 보고 한마디 말이라도 하고 영결을 하려는 듯 보였으니 마음은 아직 흐려지지 아니했었지만 음성을 내지 못하고 눈물 흐른 눈으로 바라보며 부질없이 손놀림만 할 뿐이었다.

슬프고 슬프구나. 명이 짧은 것이라면 죽는 것도 죽는 것이지만 말을 하고자 하나 말을 하지 못하니 누가 너의 마음을 알겠느냐. 네가 너의 죽음을 알았다면 병들지 않은 날에 어찌 무심하게도 한마디 말이 없었겠느냐. 애통하고 애통하다. 한마디 말도 없이 죽으니 더욱 나로 하여금 칼로 도려내는 듯했다. 만약 숨 끊어지는 소리를 듣는다면 산 사람도 또한 숨이 끊어질까 하여 네가 이를 염려하여 차마 몸부림치지 아니했을 터이리라. 어떤 이가 네가 걸린 병이 아마 전염병 같다고 하여 이 때문에 염습하여

---

467) 초도(初度) : 처음 태어난 날로 곧 생일을 이른다. 굴원(屈原)의 〈이소(離騷)〉에 “황고께서 나의 출생한 때를 관찰하여 헤아리셔서 비로소 내게 아름다운 이름을 내리셨다.[皇覽揆余于初度兮, 肇錫余以嘉名]”라고 한 데서 온 말이다.
468) 삼산(三山) : 영양군 입암면 삼산리.

빈소에 안치한 후로 친족들도 사방으로 흩어져 가고 텅 빈 빈소에 널만이 놓인 채 종들이 지켰다. 산 사람이 죽은 사람의 불행을 어찌 차마 말하겠는가. 네가 죽은 이후로는 만사가 무너지고 집은 들보와 기둥이 넘어져, 장님이 지팡이를 잃은 격이 되었다. 비록 좋은 때 아름다운 경치를 만날지라도 단지 깊은 슬픔만이 더할 뿐 다시는 세상사에 관심이 없다. 너의 아들 넷은 모두가 남다른 자질을 타고났으니 만약 커서 입지(立志)한다면 너는 아직 죽지 아니한 사람이 될 것이다. 큰 아이는 너의 상을 치르고 있다. 너의 형에게 맡겨 가르치게 할 것이며, 둘째, 셋째 아들은 내년을 기다려 이곳으로 데려가 너의 몸임을 드러나게 하고, 너의 일을 이어가게 할 것이니, 이 밖에 무엇을 바라겠느냐. 아, 너는 세상 사람이 아니니 내일 산으로 돌아가면 이제 다시는 그림자도 메아리도 없어지니 너는 내 마음이 애통하고 애통함을 아느냐. 아, 슬프구나.

維崇禎十四年辛巳十月癸卯朔 十三日乙卯 仲父時明 以菲薄之奠 祭汝亡姪二郎之靈 嗚呼痛哉 余忍死汝而葬汝乎 汝之生世 能得幾何年矣 大凡人生而長長而老老而死 卽人之序 孝其親育其幼修其世 亦人之願也 今汝老而死乎 盡人之終乎 白面玄鬒 少年人也 奉養庭闈 子弟身也 汝豈不欲久長於世 而遽至於此 天奪乎 鬼殃乎 何爲乎 仁不得壽 孝不能終 使吾九十之親 哭余二兄而又哭汝 理之難恃 果若是歟 嗚呼 吾有二兄 仲氏無子而早世 吾父母命汝后之 伯氏年未四十 客逝道中 汝在童稚之年 哭泣驅馳 斬期纔闋 兄嫂繼隕 曾未數年 又遭仲嫂之喪 禍敗連仍 孤露零丁 加以汝之性稟純篤 執喪頗固 汝雖不死於此時 吾恐其血氣外戡 精神內耗 勢不得久 將門祚無助 使善者不留耳 自吾不采 奉侍慈天 余之兄弟 汝之兄弟 四家環列 與之同閭 晨昏四人 甘旨四人 至於憂患歡娛 動皆相須 惟此四人 何嘗一日而相離 丙子之年 國不爲國 戊寅之歲 邑不爲邑 余欲目無見而耳不聞 獨往孤棲 結屋於西山之外 不忍輟汝而終不能自止 離異纔一年 或一月而集 或半月而面 定省之餘 論學說古 朔望焉習禮 日月焉勑行 同策幷進 期以不墜乎儒業 余汝子教 汝余父事 兩身一心 終無畦畛 嘗就余而言曰吾亦卜地於玆 計不數年 惟新是圖 稍近門庭 余戲之曰安土重遷豈肯來 激而起之 安知此語 已成陳迹 忽忽幽明 一年將盡 斑衣之列 汝席今空 四人之所 一人何歸 頃於春初 汝自花山而來 一宿再飯 見汝顔色渥盛 儀度豐實 余私喜曰有姪如此 吾家大事 足以仗之 與汝約 母氏初度在於三月 親候康泰 時適花開 前過數十年 每度草率 殊爲落莫 自今以後 汝惟幹事 汝其能之 言訖而別 相送柴門曰從此亦往 此別何久 未幾三山金甥過余而言曰汝臥疾數日 痛勢頗苦 余謂偶

爾失攝 不遠當復 不以爲憂 俄見汝奴奔來告急 待晨而往 則汝已不能言矣 汝見我至 欲
一言訣 心尙不昧而喉舌難聲 淚目相看 空作手勢 痛哉痛哉 命之云短 死則死矣 欲言莫
言 誰識爾心 汝知汝死則不病之日 何昧昧無一語邪 痛哉痛哉 不言而逝 重使余割切 若
聞臨絶音 生者亦絶 汝念此而忍莫掉之也 或謂汝所遘之疾 疑是癘氣 故斂殯之後 門親
四散 妥柩空廬 守在奴僕 存沒不幸 尙忍言尙忍言 自汝之亡 萬事瓦解 屋摧樑柱 瞀喪杖
策 雖遇佳辰勝景 祗益悲深 無復有人世意矣 汝之子有四箇 同者皆秀出奇資 若成立則
汝尙不死 大兒則守汝喪 付汝兄敎之 二者三者中 當待明年 取來于此 見汝之形 嗣汝之
業 外此何望 嗚呼 汝非人世人矣 明日歸山 無復影響 汝知余心 慟乎無慟乎 嗚呼痛哉

종질 신일[469]의 죽음을 애도함
祭宗姪莘逸文

아, 너의 삶의 고달픔이여! 또 어찌 늙기도 전에 이렇게 급히 멀리 떠나느냐. 나이 약관에 부모를 모두 잃고 외롭고 힘들며, 세상에 몸 보전을 하기 어려워서 나의 부모의 돌봄을 입었지만 친자식을 사랑하는 것[470]과 다름없었네. 약물을 거두어 쌓아둠이여! 좋아하여 하고자 하는 것을 조절함에 고질병이 조금 나아져 기력을 온전히 지탱하여 재주 있고 민첩하여 글을 읽음에 시를 지음이 범상치 않았으니 누구인들 네가 높이 뛸 것을 기대함이 없었겠는가? 불우하여 뜻을 얻지 못함이여! 마침내 하늘의 운수로 돌려지고 말았구나. 뜰 안의 대숲 우뚝한 시원스런 높다란 집에서 마음을 수양[471]하고, 종가의 제사[472]를 받듦에 마음을 다했으니, 제사 모시는 일을 제때에 하였으며, 제기(祭器)를 갖추는 데 힘썼으며, 오직 의장에 쓰이는 물건을 알맞고 마땅하게 했다. 선언(善

---

469) 신일(莘逸) : 이신일(李莘逸, 1598~1658)로, 본관은 재령(載寧)이며, 자는 경현(景顯)이고, 호는 매오(梅塢)로 이시명의 백씨인 이시청(李時淸)의 맏아들이다.
470) 근사(勤斯) : 은사근사(恩斯勤斯)의 줄인 말로, 노심초사하며 자식을 키운 부모님의 사랑을 말한다. 《시경》 〈치효(鴟鴞)〉에 "사랑하고 애쓰면서 자식들을 키우느라 노심초사했느니라.[恩斯勤斯 鬻子之閔斯]"라는 말이 나온다.
471) 이양(頤養) : 이신양성(頤神養性)의 줄인 말로, 마음을 가다듬어 정신을 수양함이다.
472) 종팽(宗祊) : 종묘(宗廟)와 같은 뜻으로 여기서는 종가(宗家)의 제사를 말한다.

言)을 들으면 마음으로 기뻐하고, 고예(古禮)를 보면 반드시 행하였으니, 이는 너의 학력이 나아간 바이며, 또한 타고난 바탕의 좋음을 드러난 것이니, 세상에서 무엇을 구하겠는가? 이 타고난 본성대로 행하여 산에서 사냥하고, 물에서 고기를 낚으며, 송이를 캐고 죽순을 삶아 먹으며, 하인을 불러 농사일하게 하고, 자손들에게 힘써 경서를 가르치는 것을 즐겁게 여겼다.

지난해 국화 필 때 과거[473]에 급제하는 영화를 입어 명예가 도성까지 전파되어, 그 영화가 오랫동안 전해지기를 바랐거늘, 좋은 일 가운데 흠이 생길 줄을 어찌 생각이나 했겠는가? 처음 네가 병상에서 신음할 때 우연히 걸린 감기라 생각했지만 끝내 병을 오래 끌어 일어나지 못했으니, 사람의 일을 헤아릴 수 없음이 애통하다. 어찌 품부 받은 바가 여기에 그쳐서 우리 종손이 봉록도 타지 못하고 죽었단 말인가? 애통하고 애통하다. 너는 지금 나를 두고 어디로 갔는가? 이미 미칠 수 없구나. 내가 너에게 늘 말하기를 나고 자라서 늙을 때까지 한 집에서 출입을 함께하자고 했다. 내 나이는 너보다 여덟 살 많지만 서로를 잘 알고 서로 함께 지냈으니, 정으로서 친하기는 숙질(叔姪)의 관계만이 아니었다.

너는 돌아가신 형님[474]을 대신하여 나와 상사(喪事) 때 복(服)을 입은 6년[475] 동안 슬플 때에 슬퍼하고 근심할 때에 근심을 함께하며 서로가 한몸이 되어 형체를 잊었으니 곧 형제와 다름이 없었다. 지역이 좁고 지세가 막혀 경진년(1640, 인조 18) 이후로 나누어 달리 살았으니 영외(嶺外)의 석계(石溪)[476]였고, 지금 수비(首比)로 들어가니, 길이 험한데다 백 리나 떨어져 너를 드물게 만나니 내 마음도 힘들구나. 첫해 겨울 석 달은 집안 사람들을 데리고 와 이곳에 머물면서 너와 음식을 함께하며 너를 보살펴 돕는다면 너는 겨울철 중반 후반이면 평상의 상태를 회복하고, 또한 품부 받은 바가 굳세고 강해질 것이라 생각했었다. 늘 생각건대 사람이란 반드시 한 번 죽게 되지만, 내가 먼저 죽고 내 아우가 그 다음에 죽고 또 그 다음에 네가 죽어야 했다.

가업의 중함과 집안의 서통(緒統)이 너에게(2글자가 빠짐) 기대하였는데 하늘의 베풂이

---

473) 계화(桂花) : 대과(大科)인 문과(文科)에 급제한 자에게는 월계화(月桂花)를 내리고, 소과(小科)에 합격한 자에게는 연꽃을 내린다. 이 때문에 대과에 급제한 것을 계방(桂榜)이라 하고, 생원(生員)이나 진사(進士)를 뽑는 사마시(司馬試)에 급제한 것을 연방(連榜)이라고 한다.

474) 망형(亡兄) : 석계 이시명의 백씨인 이시청(李時淸)으로 이신일의 아버지이다.

475) 복상육년(服喪六年) : 이시명 부모의 상사기간을 합친 것으로, 이신일은 장손으로 조부모상이 된다.

476) 석계(石溪) : 경북 영양군 석보면 원리리.

거꾸로 되어 길고 짧음을 고르게 하지 못하니, 늙은이는 온전히 하고 젊은이는 재앙을 입게 하였구나. 너는 이미 관속에 들어서 볼 수 없지만 어찌 나와 꿈속에서 만나 서로 의지함이 없겠는가? 청산의 한 웅큼 흙으로 유명을 달리하여 멀리 멀어지니, 늙은 나는 홀로 서서 애통해하니 너는 그것을 아는지 모르는지? 나는 세상에 살 날이 오래 남지 않았으니 구천에서 만나길 기약하며, 잔을 들어 너에게 술 따르고 슬픈 글을 읽으니, 너는 와서 듣고 이 변변찮은 음식이지만 흠향하기 바란다.

嗟汝生之阨困兮 又何未老而遽此長逝 年甫弱冠 俱喪父母 零丁苦孤 若難保於人世 賴我父母之顧育 無異所生之勤斯 藥物收儲兮 節其嗜欲 沈痾稍間 氣力完支 才敏涉書兮詩調不凡 孰不期汝以高驤 蹉跎不售兮 竟歸之天數 園林竹樹 屹凉廈以頤養 奉宗祏以盡心 修祀事之克時 務致餙乎祭器 惟儀物之適宜 聞善言而心悅 見古禮則必爲 是汝學力之所就 亦見天質之良美 於世何求 安此素履 獵於山而釣於水 採松葷而煮竹筍 呼僮僕而課農 勉兒孫以經訓 去歲菊節兮 桂花擢榮 播名譽於都甸 庶幾光華之專久 豈意好事之中闕 始汝呻吟於床席 謂是偶然之寒疾 竟沈綿而不起 痛人事之莫測 寧所稟之止此 坐我宗之無祿 慟乎慟乎 汝今舍我而何適 已無及兮 吾當語汝以平昔 生長至老 出入一室 而吾年長汝八歲 相熟相同 以情親則無叔姪也 汝代亡兄而與我服喪六年 悲哀憂戚 一體忘形 卽兄弟也 地窄勢礙 自庚辰分異 嶺外石溪兮今入首比 道路險曲兮重隔百里 輒汝罕逢 勞我心腸 首冬三朔 捲家累而注此 擬與汝飲食而相將 汝自中末而復常 況又賦受之堅剛 每念人必有一死兮 吾先死而吾弟次之 又其次者汝也 家業之重 門族之統 二字缺 汝而屬望 天施倒錯兮 脩短不齊 老者全而壯者殀乎 汝旣入木而無見 何不夢我而相依 靑山一抔 幽明永隔 老我獨立之慟 汝其知否 吾不久世 泉壤爲期 擧酒酹汝而讀我哀文 庶汝來聽而歆此薄菲

종손 해[477]의 죽음을 애도함

祭從孫楷文

하늘의 도리는 일정하지만 사람의 일이란 반드시 그러할 수는 없구나. 무릇 조상에서 자식이 나오고 자식에서 후손이 나와 세대를 이어받고 가업을 전한다. 오래 살면 백여 세, 보통 살아도 팔구십, 못 살아도 육칠십을 사는 것이 천하고금 사람들의 바라는 바이다. 여러 서적들을 살펴보아도 볼 수 있으니, 이는 곧 하늘의 상도라고 할 수 있다. 너의 조부는 곧 나의 백형(伯兄)으로 재주와 기량이 일찍 성취되어 우리 가문을 크게 일으키기를 바랐지만 나이 40이 못 되어서 돌아가셨고, 너의 아버지는 강한 골상(骨像)이었지만 오래 살지 못하였다. 너 또한 부지런히 공부하여 과거를 보아 벼슬길[478] 이 바야흐로 트이려 했는데 갑자기 죽으니, 아버지와 할아버지, 손자 3대가 서로 이어서 일찍 죽었으니, 이는 사람의 일이 반드시 그러할 수는 없는 것이 아니겠느냐.

우리 이씨 집안은 신라 고려조에 출입하였고, 본조(本朝)에도 이어져 끊임이 없어서 본손(本孫) 지손(支孫)들 번창하였고 벼슬[479]이 높았다. 나의 증조할아버지가 영해에서 살기 시작한 이래로 너에 이르기까지 이미 여섯 번이나 대가 바뀌었다. 나의 백형(伯兄)과 너의 부자가 만약 오래 살았고, 더욱이 오래도록 무사했다면 선대의 유업을 계승[480] 하는 것을 바랄 수 있었으며, 집안의 행복을 맡길 수 있었을 것인데, 또한 어찌하여 증조할아버지와 할아버지의 위패가 갑자기 사당을 떠나 다른 손자에게로 가시는 일이 있었겠느냐?[481]

백형께서 불행히도 세상을 일찍 떠나시고, 너 또한 불행히도 바야흐로 장년에 세상

---

477) 해(楷) : 이해(李楷, 1618~1661)로, 이시명의 백씨인 이시청(李時淸)의 손자이자 이신일(李莘逸)의 아들이다.

478) 운로(雲路) : 구름이 오고가는 길이라는 뜻으로, 곧 사관(仕宦)하여 입신출세(出世)함의 비유한다.

479) 잠조(簪組) : 관잠과 관대로 벼슬아치 혹은 벼슬을 말한다.

480) 긍당(肯堂) : 자손이 선대의 유업을 잘 계승하는 것을 뜻한다.《서경(書經)》〈대고(大誥)〉에 "만약 아버지가 집을 지으려 작정하여 이미 그 규모를 정했으면 그 아들이 기꺼이 당기(堂基)를 마련하지 않으면서 하물며 기꺼이 집을 지으랴.[若考作室 旣底法 厥子乃弗肯堂 矧肯構]"라고 한 데서 온 말이다.

481) 천례(遷禮) : 체천(遞遷)을 말한다. 종손(宗孫) 집 사당에서 봉사(奉祀)하는 대수(代數)가 다 되었을 때 4대 이내의 항렬이 가장 높은 사람이 제사를 받들게 하기 위하여 그 집으로 신주(神主)를 옮기는 것으로, 이시명의 조카인 이신일이 죽자 이신일의 아들 이해의 5대조 즉 이시명 증조부의 신주를 최장방(最長房)인 이시명에게 체천하게 되었으며, 이해가 죽으니 이해의 아들인 이지헌의 5대조 즉 이시명 조부의 신주를 이시명에게 체천하게 된 것을 말한다.

을 버리니, 한 세대를 돌아보니 누가 우리 가문의 상사(喪事) 같음이 있겠는가. 이로부
터 가문의 제사를 맡는 일이 아득하고 아득해졌다. 어린 자손들로 하여금 일을 하게
하니 어둡고 몽매하여 어쩔 줄을 모르니 백발 늙은이의 아픔이 어찌 끝이 있었겠는가?
생각건대 너의 아버지는 나보다 여덟 살 아래였고, 너는 꽃다운 나이였으니 내가 죽으
면 마땅히 네가 분주하게 일들을 해야 했을 것이거늘, 늙은이가 오히려 살아서 너희
부자를 곡하게 될 줄을 어찌 생각이나 했겠는가?

너는 이제 땅속에 묻히려 하거늘 아, 너는 이곳을 버리고 어디로 가려하느냐. 산천도
아득하고 바람과 구름도 세차고 자욱한데 기성(箕城)482) 한 모퉁이에 한 번 가면 오지
않을 것이니, 병든 어머니는 누굴 의지하며 여러 어린 아이들은 누구를 믿고 의지하겠
는가? 나 또한 늙고 쇠하여 무덤에 가서 영결하지 못하고 동쪽을 바라보며 통곡할 뿐이
네. 삶은 닭, 기장 술을 갖추어 아들을 대신 보내어 술 따르게 하니 삶과 죽음의 떨어짐
이 얼마인가? 네가 와서 나의 말을 듣고 나의 정을 슬퍼하리라 생각한다.

天道可常 而人事不能必 夫祖而有子 子而有孫 世受家傳 上者百餘歲 中歲八九十 下
歲六七十 天下古今之所願欲 考諸冊書可見 此則可常之天者也 汝之祖父 卽我伯兄 才
器夙成 將大吾宗 未四十而卒 汝之父有堅剛骨像而不得大年 汝又勤學冤科 雲路方亨
而遽爾摧折 父祖孫三世 相繼而夭歿 此非人事之不能必者乎 吾李氏出入乎羅麗 聯翩
乎本朝 本支昌茂 簪組輝煥 我曾祖肇開海鄉之宅 逮于汝身 忽已六易代矣 我伯兄曁汝
父子 若克遐壽 尙老成無蟇 肯堂之可望 門祚之有賴矣 又豈有曾祖考祖考遽見遷禮 去
祠堂適他孫之事乎 伯兄不幸蚤世而謝 汝又不幸方壯而棄 瞻顧一世 孰有如吾門之喪亡
自此宗祀之托 茫茫昧昧 使幼稺之輩 觸事暝慱 東躓而西躓 白首老我之痛 寧有涯寧有
涯哉 嘗念汝父之生 後我八歲 汝在妙齡 吾死汝當奔走事事矣 豈料老者尙全而哭汝父
子於人世邪 汝今入地矣 於乎汝乎 捨此而何適 山川遙遙 風雲拂拂 箕城一曲 有去無來
病母誰依 蟇幼何怗 我且衰老 不得臨穴而致訣 東望痛哭而已 炙鷄醑黍 替子以酹 死生
何間 想汝聽我詞而悲我情也

---

482) 기성(箕城) : 경북 울진군 평해의 옛 이름.

구묘문丘墓文

훈련원 판관 남공[483] 묘지명
訓鍊院判官南公墓誌銘

나의 백부는 사위 둘을 두었는데 공(公)은 그 한 사람이다. 공은 나와 비록 나이는 서로 같지 않았지만 학업에 있어서는 배우기를 같이하였다. 시종일관 서로 친숙하게 지낸지라 일찍이 한 번도 얼굴색이 변하거나 비방하는 말을 하지 않았다. 공이 죽자 그의 아들 필대(必大)[484]가 나에게 부친에 대한 일을 안다고 하여 명(銘)을 지어주기를 여러 차례 청하였다. 아, 공과 이별한 지 1년도 채 되지 않았거늘 나로 하여금 공의 죽음을 애도하고 공의 무덤에 묘지명을 쓰게 될 줄이야. 사람의 일을 믿을 수 없음이 이와 같다는 말인가?

삼가 살피건대 공의 휘는 율(慄)이며, 자는 자관(子寬)이며 본관은 영양(英陽)이다. 시조인 휘 민(敏)은 당나라 안렴사로서 배를 타고 항해하여 우리나라에 왔는데 신라 임금이 그에게 남씨 성을 하사하고 '영의(英毅)'라는 시호를 내렸으며, 영양을 식읍(食邑)으로 줌으로써 마침내 영양을 관향으로 삼은 것이다. 중세에 휘 홍보(洪輔)는 고려조에 벼슬하여 삼중대광 도침의 찬성사(三重大匡都僉議贊成事) 자리에 올랐다. 조선에 들어와서는 휘 수(須)가 문과에 선발되어 지용담 현령(知龍潭縣令)을 지냈으니 처음으로 영해(寧海)에 살게 되었다. 휘 신(藎)은 부사직을 지냈고 휘 적(積)은 적순부위를 지냈는데 이분이 공의 고조이다. 증조인 휘 세우(世虞)는 품행과 도의로 천거되어 정릉 참봉(定陵參奉)에 제수되었고, 조부인 휘 시준(時俊)은 통정대부(通政大夫)를 지냈으며 아버지인

---

483) 훈련원 판관 남공(訓鍊院判官南公) : 남률(南慄, 1570~1640)이다. 본관은 영양(英陽)이며, 자는 자관(子寬)이다. 임진왜란 때 곽재우(郭再祐) 의진에 참여하여 공을 세웠다. 원종공신(原從功臣)에 책록되고, 주부(主簿)·훈련원 판관(訓鍊院判官)을 지냈다.

484) 필대(必大) : 남필대(南必大, 1608~1664)이다. 본관은 영양(英陽)이며, 자는 여경(餘慶)이며, 호는 용암(龍巖)이다. 이시양(金時讓)의 문인으로 태릉 참봉(泰陵參奉)을 지냈다.

휘 정국(貞國)은 내금위(內禁衛)를 지냈다. 어머니 숙인(淑人) 손 씨는 경주의 명망가인 충의위(忠義衛) 손전(孫筌)의 딸로 신미년(1571, 선조 4) 11월 4일에 공을 낳았다. 공의 전처는 재령 이 씨 광옥(光玉)[485]의 딸로, 딸 하나를 낳고 일찍 죽었다. 후처는 봉사 박응달의 딸로 아들 하나와 딸 하나를 두었다. 딸 가운데서 이 씨가 낳은 딸은 조정곤에게 시집을 가서 아들 둘을 낳았으니 욱(頊)과 기(頎)이다. 아들 필대(必大)는 경전 및 역사서를 두루 배워 성망(聲望)이 자자하였다. 아들 하나와 딸 셋을 낳았으나 모두 어리다. 딸 하나는 김이달(金爾達)에게 시집갔다.

공은 어려서부터 단정하고 신중하여 장난치기를 좋아하지 않았다. 열 살이 되자 이미 문예가 성취되었다. 정해년(1587, 선조 20)에 부친상을 당하였다. 상사를 치름에 한결같이 가례를 따랐다. 임진년(1592, 선조 25)에 섬 오랑캐의 난을 당하자 마을 사람인 백현룡(白見龍), 남의록(南義祿), 신활(申活)과 함께 몸을 떨쳐 망우당 곽재우[486]의 의병진에 들어가 큰 공을 세워 훈공록으로 군자주부(軍資主簿)가 되었다. 기해년(1599, 선조 32)에는 무과에 올라 군자판관(軍資判官)에 제수되었다. 신미년(1631, 인조 9)에는 대신의 천거로 훈련원 판관(訓鍊院判官)에 승진했으나 벼슬길에 뜻이 없어서 벼슬을 그만두고 집으로 돌아왔다. 집에는 좋은 손님을 들였으며, 뜰에는 거문고와 북 등을 펴놓고 편안히 만년을 보내고 나이 70에 생을 마치니 숭정 경진년(1640, 인조 18) 10월 9일 계해일이다.[487] 아, 사람들은 말하기를 '공이 편안히 살다가 구십 세[488] 누리지 못한 것은 애석하다'고 했지만, 내가 보기에 공의 삶은 재주로는 벼슬살이를 넉넉하게 했고, 행실로는 고을사람들의 믿음을 받았으며, 몸은 편안하였고, 나이는 칠십 세[489]를 살았으며, 재산은 일정한 생업[490]이 있었으며, 자손은 모두 선조의 유업을 이어갈 수 있었으니[491] 어찌

---

485) 광옥(光玉) : 이시명의 백부이다.

486) 망우곽공(忘憂郭公) : 곽재우(郭再祐, 1552~1617)이다. 자는 계수(季綬)이며, 호는 망우당(忘憂堂)이며, 시호는 충익(忠翼)이다. 1585년 문과에 급제했으나 답안이 왕의 뜻에 거슬러 취소되었다. 1592년 의병을 일으켜 함안군을 점령했고 수많은 전투에서 승리했다. 이때 붉은 옷을 입고 싸워 홍의장군이라 불렸다. 문집으로 《망우당집》이 있다.

487) 원문 '庚辰十九日癸亥'는 庚辰十月九日癸亥의 오자로 보인다.

488) 대질(大耋) : 《예기》 〈곡례 상(曲禮上)〉에 "쉰 살을 애라고 하니, 국가의 정사를 맡는다. 예순 살을 기(耆)라고 하니, 지시하여 부린다. 일흔 살을 노(老)라고 하니, 집안일을 자식에게 넘겨준다. 여든과 아흔 살을 모(耄)라고 하고, 일곱 살을 도(悼)라고 하는데, 도와 모는 죄가 있더라도 형벌을 가하지 않는다.[五十曰艾服官政 六十曰耆指使 七十曰老而傳 八十九十曰耄 七年曰悼 悼與耄 雖有罪不加刑焉百]"라고 하였다.

489) 희(稀) : 일흔 살을 말한다. 두보(杜甫)의 곡홍시(曲紅詩)에 '人生七十古來稀[사람이 70을 사는 것은 예로부터 드물다.]'라고 한 데서 나온 말이다.

사람으로서 반드시 면할 수 없는 죽음에 이르렀다고 하여 공의 불행이 되겠는가? 또한 장례를 치름에 매우 예를 다하였고, 장례를 마친 뒤에는 다듬은 돌로 묘지명을 청하였음에 있어서랴. 서술하고 다음과 같이 명을 짓는다.

무릇 지금 시골에 머물면서	凡今處鄉
이름을 꼽을 만한 사람 드문데	鮮以名數
명망은 이미 으뜸으로 높고	望旣擘高
복 또한 겸하였네	福且兼有
곰 언덕 나무 울창한 곳에	熊崗鬱鬱
군자가 묻혀 있구나	君子攸藏
영원토록 가르침 내려	垂示永世
그 문채 빛남이 있으리라	有昭斯章

吾伯父有二婿 公其一也 公與時明 雖年不相若 業則同學 能始終相熟 未嘗一失色違言 公之沒也 其孤必大 以余知其父事 屢使請銘 嗚呼 與公別未一年 使余哭公而誌公墓 人事之不可恃如是邪 謹按公諱㦡字子寬 英陽人 上祖諱敏 以大唐按廉使 航海而東 羅王賜姓南 諡英毅 食釆于英陽 遂以爲貫 中世有諱洪輔 仕麗朝位三重大匡都僉議贊成事 入 國朝諱須 登文選科 知龍潭縣令 始居寧海 諱莀副司直 諱稱迪順副尉 寔公高祖 曾祖諱世虞 以行誼薦授 定陵參奉 祖諱時俊通政大夫 考諱貞國內禁衛 配淑人孫氏 慶州望族 忠義衛荃女 以辛未十一月四日生公 公先配載寧李光玉女 生一女早歿 後配奉事朴應達女 生一男一女 女李氏出者適趙廷琨 生二男頊, 顮 男必大博學經史 菀有聲譽 生一男三女皆幼 女適金爾達 公幼端重不好嬉戲 甫十歲 文藝已就 丁亥丁禁衛公憂 持

---

490) 항산(恒產) : 일정한 생업(生業)을 말한다.《맹자(孟子)》양혜왕 상(梁惠王上)에 "일정한 생업이 없어도 언제나 선한 본심을 견지할 수 있는 것은 선비만이 가능한 일이다. 일반 백성의 경우는 일정한 생업이 없으면 선한 본심을 지킬 수 없게 된다. 이처럼 선한 본심이 없어지게 되면 방탕하고 편벽되고 간사하고 넘치게 행동하는 등 못할 짓이 없게 된다.[無恒產而有恒心者 惟士爲能 若民則無恒產 因無恒心 苟無恒心 放僻邪侈無不爲己]"라는 말이 나온다.

491) 당구(堂構) : 집터를 닦고 건물을 세운다는 말로, 선조의 유업(遺業)을 후손들이 계속 이어받아 발전시켜 나가는 것을 뜻한다.《서경》〈대고(大誥)〉의 "아버지가 집을 지으려 하여 이미 설계까지 끝냈다 하더라도, 그 자손이 집터도 닦으려 하지 않는다면 어떻게 집이 세워지기를 기대할 수 있겠는가.[若考作室 旣底法 厥子乃不肯堂 矧肯構]"라는 말에서 나온 것이다.

喪一遵家禮 壬辰當島夷亂 與鄕里白公見龍, 南公義祿, 申公活 卽奮身從事於忘憂郭公
義陣 以勳功錄爲軍資主簿 己亥登勸武科 例授軍資判官 辛未有大臣薦 陞訓鍊院判官
無意仕進 謝官歸家 門有嘉賓 庭陳琴鼓 庶幾婆娑晩節 年七十而終 酒崇禎庚辰十九日
癸亥也 嗚呼 人謂以恬靜未享大耋可惜也 以余觀之 公之生 以才則優於仕 以行則孚於
鄕 以身則安 以年則稀 以産則恒 以子孫則皆可以堂搆 何以人之所必不免者 爲公之不
幸乎 且其送終克從禮 旣葬卽伐石以要誌 叙而銘之曰 凡今處鄕 鮮以名數 望旣擘高 福
且兼有 熊崗鬱鬱 君子攸藏 垂示永世 有昭斯章

통훈태부 의령 현감을 지낸 아버지 묘갈
先考通訓大夫行宜寧縣監府君墓碣

　돌아가신 아버지를 장례 지낸 이듬해에 나와 아우가 상의하기를 "돌아가신 아버지의
덕과 문장은 마땅히 후대에 알려야 하겠지만 생각해보면 세상에 이옹(李邕)[492]이 없으니
누가 그것을 맡을 것인가? 또한 일에 최선을 다하면 더뎌질 것이니, 어찌 거칠게 완성
되더라도 빨리 할 것인가?"라고 하고서, 이에 문득 용렬함도 잊고 세계(世系)를 지어보
았는데, 감히 우리들이 선대의 미(美)를 일컬어 기술하지 않는 것은 이것은 고례(古禮)이
다. 삼가 살펴건대 우리 이씨는 본래 월성(月城)에서 나왔다. 시조인 알평은 신라 개국
의 으뜸 신하였으며 벼슬하는 사람이 대대로 이어졌다. 고려조에 이르러서는 우칭(禹
偁)이 시중의 지위에 이르렀고 부마(駙馬)가 되었다. 이 때문에 은총을 받아 재령(載
寧)[493]을 채읍(采邑)으로 받아 우리 종족의 관향을 이 군(郡)으로서 삼은 것은 이 때문이
다. 원영(元英)은 공부상서를 지냈으며, 소봉(小鳳)은 상장군을 지냈고, 일선(日善)은 종

---

492) 이옹(李邕) : 당(唐)나라의 문인, 서예가. 부친 선(善)이 《문선(文選)》을 괘석(註釋)할 때 아버지를 많이 도
　　왔음. 현종(玄宗) 때 북해태수(北海太守)가 되었는데 세인(世人)들이 이북해(李北海)라 일컬었다. 글씨로 문
　　명을 떨침. 저서로 《이북해집(李北海集)》이 있음.
493) 재령(載寧) : 재령은 황해도 중앙부에 위치하는 지명으로 고구려 때에는 식성(息城 : 漢城, 乃忽, 漢忽)이라
　　불렸다. 757년(신라 경덕왕 16) 중반군(重盤郡)으로 개칭하였다가, 907년(효공왕 11)에 안주(安州)로 고쳤다.
　　995년(고려 성종 14)에 방어사(防禦使)를 두었다가 1018년(현종 9)에 방어사를 폐하고 안서도호부(安西都護
　　府)에 예속시켰으며, 예종(睿宗) 때는 감무(監務)를 두었고, 1217년(고종 4) 거란병의 침공을 막은 공으로 재
　　령(載寧)으로 고치고 현으로 승격하였다.

정(宗正)을 지냈다. 조선에 들어와서는 휘 오(午)가 개지(介智)를 낳았는데 모두 달관(達官)이었다. 개지가 맹현(孟賢)을 낳았는데 돌아가신 아버지에게 증조부가 된다. 약관에 거듭 문과 갑과[494]에 합격하여 지위가 부제학에 이르렀다. 조부인 휘 애(璦)는 무과에 합격하여 4개 고을의 현령을 지내면서 모두 공적이 있었다. 아버지인 휘 은보(殷輔)는 부사직을 지내셨다. 어머니인 이 씨는 혈통이 전의(全義)로 충의(忠義)를 지낸 순응(舜應)의 딸이며 전성군(全城君) 서장(恕長)의 후손이다. 돌아가신 아버지는 갑인년(1554) 4월 을해일에 인량리(仁良里)[495]의 집에서 태어났다. 어려서부터 도량(度量)이 있었으며, 자라면서 배우기를 좋아하였다. 사직공은 평소에 병이 많았는데 곁에서 모시면서 얼굴빛은 늘 근심하였으며, 옷 벗을 사이도 없이 정성껏 약을 해드렸다. 틈틈이 경서, 사서(史書)를 가까이 하여 무자년(1588, 선조 21)에는 생원시에 합격하였다. 임진란을 당하여 사람이 서로를 잡아먹고, 이익을 추구하는 자들이 한 말 곡식으로 종과 토지를 교환하는 지경에까지 이르니 돌아가신 아버지께서 탄식하길 "이때를 당하여 하나의 죽어가는 목숨을 살리는 것이 또한 옳지 않겠는가?"라고 하시고, 굶주린 사람들은 보시면 그들을 구휼하셨으니 인애(仁愛)를 쌓으신 것이 이와 같았다. 기해년(1599, 선조 32)에는 대신의 천거로 김천도 찰방에 기용되었다. 이때 이곳은 적의 재해를 새로 겪은지라 부임을 하자마자 "일의 크고 작은 것을 가림이 없이 오로지 나의 마음을 다할 뿐이다."라고 하시고, 역(驛)을 다스린 지 1년여 만에 김천을 완전한 곳으로 만들었으니 지금에 이르도록 그것을 칭송하고 있다. 경자년(1600)에는 정시(庭試)[496]에 합격하였다. 하지만 선조 임금이 책문(策問) 용어로 장자(莊子)를 사용하였다 하여 합격이 취소되었다. 계묘년(1603)에는 천거에 의해 금부도사가 되었다가 직장(直長)으로 전임되고 다시 주부(主簿)로 옮겨갔다. 정미년(1607)에는 의령(宜寧) 현감으로 나갔다. 정무(政務)를 청렴함과 너그러움으로써 해 나가니 아전들은 두려워하고 백성들은 편안해 하였다. 기유년(1609)에

---

494) 괴과(魁科) : 조선시대 때 과거(科擧)에서 가장 어려운 문과(文科)의 갑과(甲科)를 말한다.
495) 인량리(仁良里) : 경북 영덕군 창수면 인량리. 석계의 생가가 있다.
496) 정시(庭試) : 정시는 국가에 경사가 있을 때 시행하던 경과(慶科)의 일종으로, 문과와 무과만 시행하였다. 국가에 경사가 있으면 경과를 시행하였는데, 경사의 횟수나 종류 등에 따라 경과의 종류도 달라졌다. 경과의 규모가 큰 순서대로 살펴보면 대증광시(大增廣試), 증광시(增廣試), 별시(別試), 정시(庭試)의 순이다. 그중 대증광시와 증광시는 생원진사과, 문과, 무과, 잡과가 모두 시행되는 전국적인 대규모 시험이고, 별시와 정시는 문과와 무과만 시행되는 소규모 시험이다. "式年、增廣則竝設文、武科及生員、進士、雜科, 而別試、庭試、謁聖試、春塘臺試則只設文、武科"(《續大典 禮典 諸科》,《승정원일기》영조 16년 윤6월 9일 참조.

는 다시 문과에 올랐으나 얼마 되지 않아서 전원으로 돌아왔다. 이로부터 세상에는 뜻을 두지 않고 전원을 즐기며 한가로이 보냈다. 임신년(1632)에 병이 드시어 6월 16일 정침에서 세상을 마치셨으니 향년 79세이셨다. 이해 12월에 대전 해좌의 산에 장사 지냈다. 부인 이 씨는 혈통이 진성(眞城)으로 유순하고 언행이 훌륭하며 정숙하고 총명하여 부도(婦道)가 두터웠다. 아들 넷과 딸 둘을 낳았는데, 맏아들은 시청(時清)으로 진사이며, 다음은 시형(時亨)이며, 다음은 시명(時明)으로 생원이며, 다음은 시성(時成)이다. 딸은 맏이는 김우(金遇)에게, 끝 딸은 생원 박안복(朴安復)에게 시집갔다. 아, 돌아가신 아버지의 휘는 함(涵)이며, 자는 양원(養源)이다. 돌아가신 아버지 같은 행적은 본받을 수 있도록 새겨두어야 함이 마땅하니 지금 한두 가지로 말할 수는 없지만 아들이 글을 지었다. 숭정 6년 계유년(1633, 인조 11) 모월 모일, 아들 시명이 삼가 쓰다.

葬先君翌年 孤與季謀曰先君德與文 宜詔於後 顧世無李邕者 誰肯任之 且事盡善而遲 豈若粗完而速 用是輒忘陋裂 譔次世系 非敢身比稱述 代美斯古禮也 謹按吾李氏 本出月城 始祖謁平 新羅開國元臣 衣冠而世者秩秩 及麗朝有禹偁 位爲侍中 親爲駙馬 以故寵宋于載寧 吾宗之貫是郡以此 至元英工部尙書 小鳳上將軍 曰善宗正 入 本朝有諱午 生介智 俱達官 介智生孟賢 於先君爲曾王父 弱冠荐占魁科 位至副提學 皇祖諱瑗中武科 歷四州皆有績 考諱殷輔副司直 妣李氏系全義 忠義舜應之女 全城君恕長之後 先君以甲寅四月乙亥 生于仁良里第 幼有器度 長能耽學 司直公素多疾 侍側色常憂 不解衣而調藥 其隙親書史 中戊子生員 遭世亂人相食 射利者斗粟 易奴田 先君歎曰當此時活一死命 不亦可乎 見餓者擧賑之 仁愛之蘊類此 己亥用大臣言 調金泉道 時新經賊禍至則曰職無大小 但盡吾心而已 料置歲餘 成完地泉 人至今頌之 庚子中庭試 宣廟以策語用莊命已之 癸卯有薦者 爲禁府都事 轉直長遷主簿 丁未出監宜寧縣 政務清恕 吏畏民安 己酉再登科 未幾賦歸 自此無意於世 園田之樂悠悠也 壬申疾病 六月十六日終于正寢 享年七十九 以是年十二月 葬大田亥坐之山 夫人李氏系眞城 柔嘉淑明 得婦道甚生四男二女 長時清進士 次時亨次時明生員次時成 女長適金遇 季適生員朴安復 嗚呼先君諱涵字養源 如先君行 法宜銘 今不壹稱者 以孤爲之文 崇禎六年癸酉 月 日 孤時明敬記

수월 조검(趙儉)[497]공의 묘갈명

水月趙公墓碣銘

공의 휘는 검(儉)이요, 자는 자약(子約)이며, 출계는 한양(漢陽)으로 양경공 연(涓)의 7세손이다. 고조 휘 종(琮)은 청하(淸河) 현감을 지냈고, 증조 휘 형완(亨琬)은 공조참의에 추증되었으며, 할아버지 휘 원(源)은 형조참판에 추증되었는데 처음으로 영양에 살았다. 아버지 휘 광인(光仁)은 한성부 판윤에 추증되었으며 광주(廣州) 안 씨에게 장가들었는데 정부인(貞夫人)에 추증되었다. 만력 경오년(1570, 선조 3)[498]에 원당리 집에서 공을 낳았다. 공은 일찍 아버지를 여의고 조모를 봉양(奉養)하였는데 일찍이 병중에 강의 물고기를 먹고 싶다고 하셨으나 마침 겨울이라 물고기를 찾을 수 있는 때가 아니었다. 하지만 공은 물가를 따라 오르면서 마음속으로 간절히 기도하기를 '돌아가신 아버님은 생전에 어버이를 위해 정성을 기울이기를 극진히 하였으니 정령(精靈)이 만약 아신다면 반드시 도우는 바 있으리라' 하였더니, 갑자기 비단 빛 물고기가 뛰어올라 얼음판 위에 있었다. 공이 잡아와 조모께 드리니 병도 곧 나았다. 사람들은 효성에 감동된 바라 하였다. 누나 하나, 아우 하나가 있었는데 우애가 몹시 도타웠으며, 담박하게 살아 살림에는 경영함이 없었다. 천성적으로 산수를 좋아하여 유람하며 감상하며 스스로 즐겼다. 사람들이 혹 공에게 노인직(老人職)[499]을 권하면, 공은 사양하여 말하기를, "우리 가문은 대대로 충의를 이어가면 충분하거늘 어찌 하찮 구구(區區)하게 하여 나의 평소의 행동을 더럽히겠는가?"라고 하였다. 갑신년(1644, 인조 22) 2월 14일 병으로 사의정사(思義精舍)에서 생을 마치니 향년 75세였다. 이해 3월 일월산 아래 칠성봉 해좌(亥坐) 언덕에 장사 지냈다. 부인은 현감 박효장(朴孝長)의 딸로, 타고난 성품이 어질고 효성스

---

497) 수월조공(水月趙公) : 조검(趙儉, 1570~1644)이다. 본관은 한양(漢陽)이며, 자는 자약(子約), 호는 수월(水月)이다. 7세에 부모를 모두 잃고 할머니의 손에서 자랐다. 어려서부터 효자로 이름이 났다. 1592년(선조 25) 임진왜란 때는 형제가 의병을 일으켜 화왕산성(火旺山城)에 있던 곽재우(郭再祐)를 도와 전공을 세웠고, 1636년(인조 14) 병자호란 때는 남한산성이 위급하다는 소식을 듣고, 68세의 나이로 싸움에 나아가지 못함을 통곡하며, 축천단(祝天壇)을 쌓아, 병란(兵亂)을 물리치고 임금이 무사하기를 기원하였다.

498) 만력(萬曆) 연호에 경오년(庚午年)이 없는 것으로 보아 만력은 隆慶의 오기로 보임.

499) 노직(老職) : 노인직(老人職)으로서 실직(實職)이 아닌 고령자를 우대하기 위한 뜻에서 국왕이 노인에게 양반 품계(品階)를 내리거나 높여주는 것을 말한다. 《경국대전》 이전(吏典)에 따르면, 조선시대에는 80세가 넘으면 양인(良人)이나 천인(賤人)을 물론하고 품계를 하사하며, 이미 품계를 가진 사람에게는 한 급을 높여 주도록 규정되어 있었다. 그리고 뒷날에는 1백 세가 넘으면 정3품 통정대부(通政大夫) 이상의 품계를 내리도록 추가로 규정하였다.

러우며, 일을 처리함에도 부지런히 대비하여 제사를 받들고 손님을 접대함에 곤궁한 살림에도 힘들어하는 기색이 없었다. 임진년(1652, 효종 3) 8월 1일 북계(北溪)에서 세상을 떠나니 88세였으며, 공의 묘에 합장하였다. 아들이 셋 있으니 정곤(廷琨), 정서(廷瑞), 정린(廷璘)이며, 딸은 넷으로 판관 권극상(權克常), 남경시(南慶時), 김옥견(金玉堅), 남이훈(南以薰)에게 시집갔다. 내외의 손자와 증손을 다 기록하지는 못한다. 나는 공의 맏아들인 정곤과 친하게 지냈으니, 곧 부자간(父子間)과 교유를 한 셈으로, 가장 공을 잘 아는 사람이다. 명은 아래와 같다.

예로부터 세상 사람들 말하기를	終古俗論
벼슬을 해야 넉넉하다 하지만	爵以爲優
현달한 사람이 숭상하는 것은	賢達所尙
오직 덕을 구함이네	惟德之求
공은 은거하여 저자에 있지 않아	公潛不市
그 몸을 닦음에 담백하였네	澹澹其修
멀리 저 잉어골	邈彼鯉谷
태백산 언덕	太白之邱
밭도 있고 나물도 있어	有田有茟
농사지으며 쉴 수 있네	可耕而休
이 사람 세상 떠나니	斯而歿世
누가 그 그윽함 드러내리	孰闡其幽
지금 또 다시 그런 사람 있으면	今亦有之
장저와 걸닉[500]과 함께 놀리라	沮溺與遊

公諱儉字子約 系出漢陽 良敬公涓之七世孫 高祖諱琮淸河縣監 曾祖諱亨琬 贈工曹參議 祖諱源 贈刑曹參判 始居英陽 考諱光仁 贈漢城府判尹 娶廣州安氏 贈貞夫人 以萬曆庚午 生公于元塘里第 公早孤 奉養祖母 嘗病思食江魚 當冬覓魚非時 公沿洄水涯 心

---

500) 저익(沮溺) : 춘추시대의 은자인 장저(長沮)와 걸닉(桀溺)을 아울러 말한다. 공자와 동시대의 사람들로서 공자가 무도한 세상을 변혁하려고 애쓰는 것을 비웃고, 자신들은 세상을 피한 '피세지사(避世之士)'라고 자처하였다. 《논어(論語)》〈미자(微子)〉.

切禱曰亡父平日 爲親誠切 精靈若知 必有所佑 忽見錦鱗躍在氷上 持以供 病亦良已 人
以爲孝所感 有一姊一弟 友愛甚篤 居家淡泊無營 性好溪山 遊賞自娛 人或勸公老職 公
辭曰吾家世襲忠義足矣 何必區區以溷吾素履也 甲申二月十四日 以疾終于思義精舍 享
年七十五 是年三月 葬于日月山下七星峯亥坐之原 娶縣監朴孝長之女 稟性仁孝 處事
勤備 奉祭饋賓 竆無慍色 壬辰八月一日 棄代于北溪 壽八十八 合葬于公墓 有三男廷
琨, 廷瑞, 廷璘 四女判官權克常, 南慶時, 金玉堅, 南以薰 內外孫曾不盡記 時明與公之
胤子廷琨相善 仍得交父子間 最爲知公者 銘曰

　　終古俗論 爵以爲優 賢達所尙 惟德之求 公潛不市 澹澹其修 邈彼鯉谷 太白之邱 有
田有菜 可耕而休 斯而歿世 孰闡其幽 今亦有之 汩溺與遊

어모장군 도총부 경력 박공[501]의 묘갈명
禦侮將軍都摠府經歷朴公墓碣銘

　공의 휘는 륵(玏)이고, 자는 숙헌(叔獻)이며, 본관은 무안(務安)이다. 시조인 진승(進
昇)은 고려 때 전주(典酒)를 지냈으며, 전주는 좌복야 섬(暹)을 낳았다. 5세 문오(文晤)에
이르러 면성군(綿城君)에 봉해졌는데 면성은 무안의 별칭이다. 박 씨가 관향을 무안으
로 삼은 것은 여기에서 시작되었다. 조선조에 들어와서 의룡(義龍)은 병부 전서를 지냈
는데 공에게 8대조가 된다. 고조 휘 지몽(之蒙)은 통정대부 사복시정에 추증되었으며,
여주에서 영해로 장가가서 영해에 살았다. 증조는 휘가 영기(榮基)로 통정대부 공조 참
의에 추증되었으며, 조부는 휘가 세렴(世廉)으로 병조 판서에 추증되었으며 연일(延日)
현감을 지냈다. 아버지는 휘가 의장(毅長)으로 호조 판서에 추증되었으며 경상좌도 병
마절도사를 지냈다. 3대가 추증된 것은 모두 판서공이 귀하게 되었기 때문이다. 판서
공은 임진왜란 때 경주 판관으로 시작하여 부윤으로 승진하였다. 온 힘을 다해 충성을
바쳐 경주를 수복하고 여러 차례 직급이 올라 세 차례나 영남병마사를 맡아서 가문을
중흥케 한 명장이다. 영천 이씨 지영(之英)의 딸에게 장가들어 갑오년(1594) 6월 16일
진시(辰時)에 경주의 진(鎭)에서 공을 낳았다.

---

501) 박공(朴公) : 박륵(朴玏)을 가리킨다. 각주 373) 참조.

공은 어릴 때부터 영특하고 영리하였으며 자라서는 도량(度量)이 있었다. 판서공의 종제(從弟)인 군자첨정 진장(進長)은 아들이 없어서 공으로 하여금 그 뒤를 잇게 하였는데 양자로 가서도 생부(生父)에게 효도하는 것과 같이 하였다. 만력 무오년(1618)에 무과에 합격하였으며, 기미년(1619)에 선전관이 되었다. 임술년(1622)에는 회령(會寧) 판관에 제수되었으나 부모 봉양의 편의를 위해 직을 바꾸어 경주 판관이 되었지만 첨정공의 상을 당하여 그 직을 수행하지 못하였다. 병인년(1626)에는 도총부 도사에 제수되었다. 그해에 병사를 거느리고 서쪽으로 가서 사졸들을 위무하고 은혜를 베풀어서 그곳 사람들의 고통거리를 없게 하였다. 그곳에서 돌아오자 비변사에서 공을 불러들여 비변사 일 중에서 천천히 할 일과 급한 일에 대하여 물었는데 공은 상세하게 모든 것을 조목조목 아뢰었다. 또 말하기를 "성을 지키는 것은 다섯 가지 요체가 있으니, 즉 편안하게 적이 피로하게 될 때를 기다릴 것, 아군의 허실(虛實)을 감출 것, 군진의 대오를 바로잡을 것, 순찰과 경계를 신중히 할 것, 튼튼하게 성502)을 수리하는 것이 이것이다."라고 하였다. 지금 서쪽 변방의 여러 성들은 실로 이런 기회를 놓쳤으니 듣는 사람들 모두가 그의 말이 옳다고 하였으나 결국 쓰이지 못하였다.

정묘년(1627)에는 후금이 침범함에 강화도503)로 임금의 수레를 호종하였다. 부대를 통솔하여 군문의 기율을 의젓하게 세웠다. 조정관원들 중에서도 백의(白衣) 차림으로 들어오는 사람이 있으면 공은 문을 지키는 병사들에게 들어오지 못하도록 경계하였으므로 사람들이 모두 어려워했다. 무진년(1628)에 다시 경력에 배수되었으며, 기사년(1629)에는 정부인(貞夫人)504)상을 당하여 급히 집으로 돌아가 피눈물을 쏟으며 상사를 예(禮)대로 치렀다. 공은 천성이 매우 효성스러웠으므로 부드러운 얼굴빛으로 부모를 봉양함에505) 어김이 없었으며, 장례나 제례를 행함에도 그 정성을 다하여, 돌아가신 아버지에 대하여 말할 때면 갑자기 눈물을 떨어뜨렸다. 무릇 제기(祭器)는 반드시 좋은

---

502) 옹성(甕城) : 무쇠로 만든 독처럼 튼튼히 쌓은 산성(山城)이라는 뜻으로, 매우 튼튼히 둘러싼 것이나 그러한 상태(狀態)를 비유(比喩·譬喩)하여 이르는 말.

503) 강도(江都) : 강화도(江華島)의 별칭으로, 고려(高麗) 고종(高宗) 때 몽고의 침입을 피해서 도읍(都邑)을 강화로 옮긴 일이 있은 뒤로부터 이 이름이 생겼다.

504) 정부인(貞夫人) : 박륵의 모친이다. 정부인은 조선시대 외명부(外命婦)의 정·종 2품의 봉작으로, 처음에는 문무관의 처에게만 이를 봉하였다가 고종 때에 종친의 처에게도 봉하였다.

505) 색양(色養) : 부드러운 얼굴빛으로 부모를 봉양하다. 《논어》〈위정편〉에 '부드러운 얼굴빛으로 부모를 섬기기가 어렵다[色難]'고 한 것을 변용하였다.

것으로 갖추어 간직해 두고, 메기장과 차기장, 채소, 과일 등도 각각 갖추어 두었다가 오직 제사 때만 쓰게 하였다. 백형(伯兄)과 중형(仲兄)이 모두 일찍 세상을 떠났지만, 아우 선(璿)과는 우애가 매우 지극하였다. 만년에는 집까지 옮겨서 서로 만나서 차마 하루라도 떨어져 있는 것을 참을 수 없었다. 친척을 만나거나 소원(疏遠)한 사람들을 볼 때도 오히려 한 몸같이 대하였으며, 가난한 사람들을 돕는 데는 마치 모자라는 듯하여 우러러 의식(衣食)을 제공받은 사람들이 많았다. 만년에는 서적을 좋아하여 좋은 책이 어디에 있다는 소문을 들으면 재물을 기울여 사오기도 하고, 혹은 빌려서 베끼기도 하였다. 경사자집(經史子集) 이외에 의서·복서(卜書) 등 잡서라도 모두 두루 거두어 들여 서가에 꽂았으니 거의 수백, 수천 권이나 되었다. 집 하나를 지어 '금서(琴書)'라고 이름하였다. 성품이 호탕하여 얽매임이 없었으나 예의(禮義)에 관련된 이야기를 듣기를 좋아하여 일찍이 관혼상제의 의례를 뽑아 기록하여 자제들로 하여금 이를 좇아 행하게 하였다. 늘 문예에 종사하지 못하여 다른 사람에게 굽히는 바가 된 것을 한스럽게 생각하였다. 벼슬에서 떠난 후로는 활이나 화살 같은 것을 모두 버리고, 아들들로 하여금 가까이하지 못하게 하였으며, 군복으로 시체를 염습하지 말라고 유언하였다. 공은 병신년(1656) 4월 12일에 도동(道洞)의 집에서 생을 마치니 향년 63세였다. 예안(禮安) 이씨 이역(李瑒)의 딸에게 장가들었다. 성품과 행실이 유순하고 훌륭하여 부덕(婦德)에 부족한 바가 없었다. 아들은 하나 두었는데 문약(文約)이며, 딸은 셋으로 맏딸은 이휘일에게 시집가서 공보다 먼저 죽었으며, 둘째 딸은 이현일에게 시집가고, 막내딸은 성용하에게 시집갔다. 문약은 자녀가 있으니 모두 어리다. 이현일은 3남 2녀를 두었다.

　장례를 마친 후 공의 아들이 공의 행적을 모아 가지고 나에게 와서 묘갈명을 지어주기를 부탁하였다. 내가 잡고서 말하길 "헌걸찬 공의 풍도, 교교한 공의 뜻! 능력을 쌓은 것이 끝없으니, 비유하면 문채를 머금은 질박함이요 녹슨 칼이니, 깎아내면 재목이 되고 갈면 쓸 수 있게 된다. 깎아내고 가는 것이 사람에게 달려 있으니 맡기기를 어디에 할 것인가? 사람들이 질박함과 녹슨 것만 보고 재목이 못되고 칼이 못된다고 한다면 어찌 안다고 말할 수 있을 것인가?"라고 하였다. 공의 가문에서는 대대로 명장이 나왔으나, 공은 쇠한 말세에 태어나 가슴속에 품은 포부가 절로 특이했지만, 숲에 버려진 소태나무, 가래나무이며, 티끌 속에 묻힌 용천검[506]이었다. 만약 공이 일찍 병에 들지

---

506) 용천검(龍泉劍) : 고대의 보검(寶劍)인 용천검은 박륵의 뛰어난 재능을 비유한 말이다. 오(吳)나라 때 북두

않고 하늘이 수명을 빌려 주었다면 장수(將帥)의 지위에 올라 큰 공을 세우는 것 또한 어렵지 않았을 것이다. 끝내 세상의 불운에 빠져 적막한 초야에서 헛되이 늙어갔으니, 이른바 '재주가 있으면 수명이 짧다'고 한 것은 공을 두고 말함이 아니겠는가. 애석할 뿐, 마침내 명(銘)을 쓴다. 명은 다음과 같다.

사물은 쓰여야 귀중하고	物用而貴
쓰이지 않으면 가치가 떨어지네	不用者下
한신[507]은 가랑이 사이를 지나가는 치욕[508]을 당했고	信辱出袴
소통(蕭統)은 특별한 수레도 타지 못했네[509]	統未別駕
그릇은 스스로 쓸 수 없으니	器非自用
쓰임은 저들에게 달려있네	操之在彼
다른 사람도 아니고 자신도 아니니	莫人莫己
오직 운수의 소치이네	惟數之致
분수밖에 무엇을 바라겠는가?	分外何希
늘그막에 거문고와 책에 빠졌네	晩癖琴書
가끔 오현금을 울리고	或鳴五絃
천여 질의 책이 있네	有帙千餘

성과 견우성 사이에 늘 보랏빛 기운이 감돌기에 장화(張華)가 예장(豫章)의 점성가(占星家) 뇌환(雷煥)에게 물었더니 보검의 빛이라 하였다. 이에 풍성(豐城) 감옥 터의 땅속에서 춘추시대에 만들어진 전설적인 보검인 용천검(龍泉劍)과 태아검(太阿劍) 두 보검을 발굴했다 한다.

507) 한신 : 한나라 고조(高祖)의 공신(功臣). 소하(蕭何)·장량(張良)과 함께 삼걸(三傑)이라 일컬어짐. 고조의 대장으로서 조(趙)·연(燕)·제(齊) 등의 나라를 차례로 공략하고 천하 통일의 기초를 확립, 제왕(帝王)으로 봉(封)해졌으나 뒤에 초왕(楚王)·회음후(淮陰侯)로 폄봉(貶封)되고 마침내 여후(呂后)와 소하의 모계(謀計)로 잡혀 모반죄로써 삼족(三族)이 모두 멸족(滅族)되었다.

508) 《사기(史記)》회음후열전(淮陰侯列傳)에 의하면 아래와 같은 기록이 있다. 한신은 처음 평민이었을 때에는 가난하고 품행이 단정하지 않았다. 회음(淮陰) 땅의 백정 중에 한신을 멸시하는 젊은이가 있었다. 그가 한신에게 말하기를 "네가 비록 장대하고 칼 차기를 좋아하나 속은 겁쟁이일 뿐이다."라고 하고, 또 사람들 앞에서 모욕을 주며 말하기를 "네가 용기가 있으면 나를 찌르고 용기가 없다면 내 가랑이 밑으로 기어라."고 하였다. 이에 한신은 그를 자세히 보다가 몸을 구부려 가랑이 밑으로 기어 나갔다. 시정의 모든 사람들이 한신을 비웃으며 겁쟁이라고 하였다 한다.

509) 소통(蕭統) : 양(梁)나라 사람, 양무제(梁武帝)의 맏아들. 총명하여 5세 때 이미 오경(五經)을 두루 읽었다. 천감(天監) 중에 황태자(皇太子)로 책봉되었으나 나이 31세로 죽음으로써 제위(帝位)를 잇지는 못하였다. 시호는 소명(昭明), 저서로 문집 및 문장영화(文章英華)가 있으며, 문선(文選)을 지은 것으로 유명함. 여기서는 소통이 황태자로 책봉되었으면서도 제위를 잇지 못하였듯이 박록도 세상의 불운을 만났다는 것을 말한다.

자손에게 끼친 교훈[510]으로 새롭게 하여	貽謨克新
그 이어짐을 빛나게 할 수 있네	可光其繼
나는 이 글을 지어	我作此文
후손들에게 알리네	以諗來裔

公諱功字叔獻 務安人 始祖進昇 高麗典酒 典酒生左僕射暹 五世而至文晤封綿城君 綿城卽務安別號 朴氏之貫此邑始此 入 本朝有義龍兵部典書 於公爲八代祖 高祖諱之蒙 贈通政大夫司僕寺正 自驪州娶寧海 仍家焉 曾祖諱榮基 贈通政大夫工曹參議 祖諱世廉 贈兵曹判書行延日縣監 考諱毅長 贈戶曹判書 行慶尙左道兵馬節度使 贈三代皆以判書公貴 判書公當壬辰之亂 始以慶州判官陞府尹 竭力效忠 克復東都 累增秩 三領嶺南兵馬 爲中興名將 聘永川李氏之英之女 以甲午六月十六日辰時 生公于東都鎭 公幼而雋嶷 長有器度 判書公堂弟進長軍資僉正無子 命公後之 公移天推孝 中 萬曆戊午武科 己未爲宣傳官 壬戌除會寧判官 以便養換慶州判 遭僉正憂不果行 丙寅除都摠府都事 是年領兵赴西 撫卒加惠 人忘其苦 及還備邊司召公入 問邊務緩急 公詳悉條陳 且曰城守之要有五 以佚待勞 祕吾虛實 明整部伍 愼巡警修甕城是也 今西鄙諸城 正失此機 聽者皆是其言而竟不用 丁卯有西寇 扈 駕江都 率所部儼立軍門 有朝士持白衣入者 公戒門士拒不納 人皆難之 戊辰復拜經歷 己巳奔貞夫人喪 血泣申制 公天性篤孝 色養無違 喪祭致其誠 語及先人則輒淚下 凡祭器必致美而藏之 粢盛蔬果之具 亦各儲蓄 惟祭時用之 伯仲俱早世 與弟璿友愛切至 晚境移家相聚 不忍一日離 遇親戚 視疎遠猶一體 救貧窮如不及 仰而衣食者亦衆 晚喜書籍 聞有好書在某地 則傾財買之 或倩而謄之 經史子集外 雖醫卜雜書 亦皆旁收 揷架幾數百千卷 築一室 名曰琴書 性豪不羈 而樂聞禮義之說 嘗抄冠昏喪祭之儀 令子弟遵行 常恨不事文藝 爲人所屈 自去官盡去弓矢之物 不使兒子輩近之 遺命不以戎服襲尸公 以丙申四月十二日 終于道洞之寓舍 享年六十三 娶籍禮安李瑒之女 性行柔嘉 壼儀無缺 子一人文約 女三人 長適李徽逸 先公夭 次適李玄逸 季適成用夏 文約有子女皆幼 李玄逸有三子二女 旣葬 公之胤子集公行 囑余撰次 余執而言曰偈偈公之風 矯矯公之志 能蓄而不邊 譬則含章之樸也 在蝕之劍也

---

510) 이모(貽謨) : 선대 국왕이 자손에게 내리는 교훈을 의미한다. '이(貽)'는 '깨우치다', '모(謨)'는 '임금의 교훈' 이라는 뜻이다. '모'는 원래 '계책'이라는 뜻으로 '모(謀)'와 통용되지만 특히 '국가 경영을 위한 훌륭한 계책이나 말씀'이라는 뜻으로 많이 쓰이는데, 이는 《서경》〈대우모(大禹謨)〉, 〈고요모(皐陶謨)〉에서 유래한 것이다.

斲則可材 磨則可試 斲之磨之 在乎人 己何預焉 人見其樸也蝕也 謂之不材不劒 豈知言哉 公之家世 代有名將 公生乎衰季 蘊抱自奇 不過爲抛林之杞梓 塵沒之龍泉也 若使公不早抱病 而天暇之壽 位闌帥樹勳業 亦不難也 卒之沈淪坎軻 空老於寂寞之野 所謂有才而無命者 非公之謂歟 爲可惜已 遂爲銘 銘曰

物用而貴 不用者下 信辱出袴 統未別駕 器非自用 操之在彼 莫人莫己 惟數之致 分外何希 晩癖琴書 或鳴五絃 有帙千餘 貽謨克新 可光其繼 我作此文 以諗來裔

통정대부 장예원 판결사 약산당 조공[511] 갈음기
通政大夫掌隷院判決事約山堂趙公碣陰記

공의 휘는 광의(光義)이며 자는 경제(景制)로 본관은 한양(漢陽)이다. 국조에 시호가 양경(良敬)이며 휘 연(涓)이 좌명공신(佐命功臣)으로 한평부원군에 봉해지고 우의정에 배수되었으니 공의 6대조가 된다. 증조부인 휘 종(琮)은 청하(淸河) 현감을 지냈고, 조부인 휘 형완(亨琬)은 통정대부에 증직되었으며, 아버지인 휘 원(源)은 가선대부에 증직되었다. 부장 오필(吳㻶)의 딸을 부인으로 맞이했으며, 처음으로 영양에 사신 분이다. 공은 가정 계묘년(1543, 중종 38)에 태어나서 일찍 아버지를 여의고 어머니를 받듦에 효를 다하였으나, 갑오년(1594, 선조 27)에 모친상을 당하여 예에 지나칠 정도로 슬퍼하였다.

무릇 공은 풍채가 준엄 단정했으며, 그릇과 식견이 넓고 두터웠다. 겨우 약관이 지나서 음보(蔭補)[512]로 수의부위(修義副尉)가 되었고, 분순위(奮順尉)·적순위(迪順尉)를 지냈다. 임신년(1572, 선조 5)에 내금위로 옮겨갔는데, 이전에 내삼청(內三廳)[513]은 반드시 문

---

511) 약산당 조공 : 조광의(趙光義, 1543~1608)의 본관은 한양(漢陽)이며, 자는 경제(景制)이며 당호는 약산당(約山堂)이다. 음사로 수의부위(修義副尉)·분순위(奮順位)·적순위(迪順位)·내금위(內禁衛)를 역임하였다. 임진왜란 때 나라에 군량이 넉넉하지 못함을 염려하여 자진해서 많은 곡물을 제공하였다. 1593년 군자감 판관(軍資監判官)·통정대부(通政大夫) 장례사(掌隷院判決事)를 제수받았다. 약산당은 영양군 입암면 신구2리에 위치하고 있다.

512) 음보(蔭補) : 조상의 음덕(陰德)으로 인하여 과거 시험 등을 거치지 않고 벼슬자리에 진출하는 것을 말한다. 음직(蔭職), 음서(蔭敍), 문음(門蔭) 등과 같은 뜻이다.

513) 내삼청(內三廳) : 조선시대 때의 내금위(內禁衛)·겸사복(兼司僕)·우림위(羽林衛)의 총칭이다. 효종(孝宗) 3년에 셋을 합하여 금군영(禁軍營)을 설치했으므로 금군영을 내삼청이라고도 한다. 나중에 용호영(龍虎營)이라 개칭하였다.

벌과 재예가 있는 사람을 뽑기 때문에 공이 선발된 것이다. 만력 계사년(1593, 선조 26)에 군자감 직장(軍資監直長)에 제수되었다. 임진년(1592, 선조 25) 이후로 나라의 재용이 넉넉하지 못하자 공이 이를 개탄하고 마침내 궁핍한 사재를 내어 군량미를 보태었다. 이런 까닭으로 통정(通政)에 올라 장례원 판결사(掌隷院判決事)에 제수되었다. 당(堂)을 '약산'이라 하고 만년에는 날마다 이곳에서 한가롭게 지내며 손님과 벗들을 불러 모아 술잔을 기울이며 시를 읊조렸다. 형 판윤공과는 책상을 맞대어 함께하기를 즐기면서 세상을 잊으려는 듯하였다. 취병(翠屛) 고공(高公)이 그들을 일컫기를 '동해이로(東海二老)'라 하였다. 무신년(1608, 선조 41) 6월 집에서 생을 마치니 향년 66세였다. 영양현 동쪽 탑립동 오향(午向)의 산에 장사 지냈다. 부인은 영양 남 씨로 어모장군 대곤(大鯤)의 딸이다. 공보다 먼저 죽었으며 공과 같은 언덕에 묻혔다. 아들 둘을 낳았는데 맏이는 건(健)이고 둘째는 전(佺)으로 예빈시 직장을 지냈다. 측실의 아들은 간(侃)과 신(伸)이다. 건(健)은 아들이 없어서 아우의 차자(次子)인 정환(廷瓛)을 후사로 삼았다. 전(佺)은 아들 두 명이 있는데 정형(廷珩)은 진사이고, 정환은 양자로 나갔다. 정형은 아들이 셋으로 군(頵), 병(頩), 변(頯)이다. 정환은 아들이 두 명으로 맏이인 규(頯)는 생원이고 다음은 옹(顒)이다. 나머지는 어리다.

　公諱光義字景制 系出漢陽 國朝諡良敬諱涓 以佐命功封漢平府院君拜右議政 於公爲 六代祖 曾祖諱琮淸河縣監 祖諱亨琬 贈通政大夫 考諱源 贈嘉善大夫 娶部將吳公澤之 女 始居英陽 公生嘉靖癸卯 早孤 奉大夫人盡孝 甲午遭憂感蹴禮 蓋公風姿峻整 器識宏 厚 而甫蹕冠 以蔭補修義副尉 歷奮順尉迪順尉 壬申遷內禁衛 昔內三廳必擇有門地才 藝者 故公被選焉 萬曆癸巳 除軍資監直長 壬辰後國用不贍 公慨然遂瘠私以補軍餉 以 故陞通政除掌隷院判決事 堂曰約山 晚年日燕處其中 屬賓友以觴詠 與兄判尹公聯牀湛 翁 若將忘世 翠屛高公稱之以東海二老 以戊申六月日終于家 享年六十六 葬縣東塔立 洞午向之山 配英陽南氏 禦侮將軍大鯤之女 先公卒 葬與公同原 生二男 長健次佺禮賓 寺直長 側室子侃, 伸 健無子 以弟次子廷瓛爲后 佺有二子 廷珩進士 廷瓛出后 廷珩有 三子頵, 頩, 頯 廷瓛有二子 長頯生員 次顒 餘幼

충의위 연담 조공[514] 갈음기
忠義衛蓮潭趙公碣陰記

공은 휘가 건(健)이며 자는 여강(汝剛)이다. 대계(代系)는 판결사공(判決事公)[515] 갈문(碣文)에 갖추어져 있다. 공은 어려서부터 배움에 뜻을 도타이 하여 권춘란(權春蘭)[516], 권징(權徵)[517] 두 분의 원로문하에 나가 군자의 학문하는 요체를 들었다. 판결공이 일찍이 비증(痞証)을 앓을 때 아우 전과 함께 봉양하기를 극진하여 하지 않은 것이 없었다. 무신년(1608, 선조 41)에 부친상을 당하여 한결같이 《주자가례》를 따랐으며, 복을 마치고는 마침내 서사(書史)에 마음을 두고 공부에 몰두하여 후학을 가르쳐 모두 성취가 있었다. 자주 향시[518]에 뽑혔으나 끝내 벼슬하지 않았다. 공은 만력 경오년(1570, 선조 3)에 나서 계축년(1613, 광해군 5)에 죽으니 향년 44세였다. 영양 남 씨를 부인으로 맞이하였으나 아들이 없어 아우의 차자(次子)인 정환(廷瓛)을 후사로 삼았다. 남 씨는 공보다 36년 뒤에 죽었는데 남편과 같은 언덕에 묻혔다. 정환은 진사 정영방(鄭榮邦)의 딸을 부인으로 맞이하여 아들 둘과 딸 둘을 두었다. 맏아들은 규(頍)로 선비 권석충(權碩忠)의 딸을 부인으로 맞이하여 아들 둘을 두었다. 둘째 아들은 옹(顒)이다. 맏딸은 군수 박인(朴絪)에게 출가하였고 둘째 딸은 이숭일(李嵩逸)에게 출가하였다. 나머지는 어리다.

公諱健字汝剛 代系具判決事公碣文 公自幼篤志于學 從權晦谷, 松菴兩老門下 聞君子爲學之要 判決公嘗患痞 與弟佺致養無不至 戊申遭憂 一遵家禮 服闋遂潛心書史 訓

514) 조공(趙公) : 조건(趙健, 1570~1613)이다. 조건의 본관은 한양(漢陽)이고, 자 여강(汝剛)이며, 호는 연담(蓮潭)이다. 권춘란(權春蘭), 권징(權徵)의 문인으로 임진왜란 때 판결사(判決事)가 되어 곽재우(郭再祐)와 함께 창녕 화왕산성에서 창의하였다.

515) 판결사공(判決事公) : 조건(趙健)의 아버지인 장예원 판결사(掌隸院判決事)를 지낸 조광의를 말함.

516) 회곡(晦谷) : 권춘란(權春蘭, 1539~1617)의 호이다. 권춘란은 조선 중기의 문신으로, 자는 언회(彦晦)이다. 이황의 문인으로, 특히 《주역》에 전심하였으며, 유성룡·정구 등과 교유하였으며 저서로는 《진학도》·《공문언행록》·《회곡집》 등이 있다.

517) 송암(松菴) : 권징(權徵, 1538~1598)의 호이다. 권징은 조선 중기의 문신으로 자는 이원(而遠)이며, 시호는 충정(忠定)이다. 1568년 병조좌랑으로 춘추관기사관을 겸직하였으며, 《명종실록》 편찬에 참여하였다. 1589년 병조판서로 승진하였으나 서인 정철이 실각할 때 그 당여(黨與)로 몰려 평안도 관찰사로 좌천되었다. 1593년 서울탈환작전에 참가하였으며, 명나라 제독 이여송이 추진하는 화의에 반대, 끝까지 왜병을 토벌할 것을 주장하였다.

518) 향공(鄕貢) : 향시(鄕試)에 합격하여 성균관에 들어가는 사람을 향공 또는 향공 진사(鄕貢進士)라 한다. 조선시대에는 각 도의 관찰사와 병마절도사가 각각 주관하는 초시에 합격하면 회시(會試)에 응시할 자격을 주었다.

誨後學 皆有成就 屢入鄕貢 竟不仕 公生 萬曆庚午 歿以癸丑 享年四十四 娶英陽南氏無

子 以弟次子廷瓛爲后 南氏後公卅六年歿 葬同原 廷瓛娶進士鄭榮邦之女 生二男二女

男長頲生員 娶士人權碩忠之女 生二子 次顯 女長適郡守朴絪 次李嵩逸 餘幼

계공랑 예빈시직장 호은 조공 갈음기
啓功郞禮賓寺直長壺隱趙公碣陰記

　공의 휘는 전(佺)이며 자는 여수(汝壽)이다. 만력 병자년(1576, 선조 9)에 태어났다. 기개가 있었고 일찍이 무예를 닦아 형제들이 간 길과는 달리했다. 무술년(1598, 선조 31)에 어머니 상을 당해 예제를 다하였다. 판결공이 비증(痞症)을 앓을 때 곁에서 시중들며 약을 달여 드리기를 게을리하지 않았다. 무신년(1608, 선조 41)에 아버지 상[519]을 당했으며, 백씨(伯氏) 또한 일찍 죽었다. 공이 홀로 가문을 지켰는데, 아들·조카들에게 스승을 찾아 멀리 유학하여 시(詩)와 예(禮)를 알게 하였다. 영양현에 문사(文士)가 많은 것은 실로 공의 이러한 모습에 힘입은 것이다. 임진년(1592, 선조 25)에 공사(公私) 간에 가난하여 아무것도 없자 재용을 모아서 군량미를 도운 것으로 벼슬을 제수받았다. 숭정 임신년(1632, 인조 10)에 정침에서 생을 마치니 향년 57세로 판결공과 백씨의 무덤 뒤쪽에 묻혔다. 좌랑 최산립(崔山立)의 딸을 부인으로 맞아서 아들 둘과 딸 넷을 두었다. 맏아들은 정형(廷珩)으로 진사이고, 그 다음은 정환(廷瓛)으로 양자로 갔다. 맏딸은 이신일(李莘逸)에게 출가했고, 다음은 호군 유숙(柳橚)에게, 그 다음은 선비 유휘(柳楎)에게 출가하였다. 정형은 아들 셋과 딸 둘을 두었고 정환(廷瓛)은 아들 둘과 딸 둘을 두었다.

　公諱佺字汝壽 以 萬曆丙子生 有氣槩 早事武藝 以鮮兄弟去之 戊戌遭內艱盡制 判決公患痞 侍側調藥餌不怠 戊申丁憂 伯氏又早歿 公獨持門戶 命子姪從師遠遊 知詩禮 英縣之蔚有文士 實公是賴 壬辰公私赤立 用募助軍餉 以故授職 崇禎壬申 終于正寢 享年五十七 葬判決公曁伯氏墓後 娶佐郞崔山立之女 生二男四女 男長廷珩進士 次廷瓛出后 女長適李莘逸 次適護軍柳橚, 士人柳楎 廷珩有三子二女 廷瓛有二子二女

---

519) 정우(丁憂) : 부모(父母)의 상사(喪事)를 말한다. 정간(丁艱)이라고도 한다.

부사직을 지낸 돌아가신 할아버지 갈음기
先祖考副司直府君碣陰記

공의 휘는 은보(殷輔)이며 자는 상경(商卿)으로 그 선대는 경주인 신라 좌명공신 알평의 후손이다. 후세에 우칭(禹偁)에 이르러서 문하시중을 지냈는데 이분이 재령(載寧)에 봉해졌기 때문에 경주에서 재령으로 나누어졌지만 실은 같은 계열의 이씨이다. 신라와 고려 및 조선에 모두 출입을 하면서 덕망 높은 사람과 준걸이 어깨를 나란히 세울 정도로 많아서 세상에서는 명망 있는 집안이라 일컬어지게 되었다. 아버지 휘 애(璦)는 중부(仲父) 중현(仲賢)이 영해 부사로 있을 때 공이 찾아뵈러 갔다가 영해부의 현달한 가문인 백원정(白元貞) 집안의 사위가 되어 그곳에 살게 되었다. 자손들이 영해에 살게 된 것은 공으로부터 비롯한 것이다. 무과에 합격하였으며 함창, 울진, 무안, 경주 통판을 지냈는데 모두 좋은 평판 있었다. 조부이신 휘 맹현(孟賢)은 일찍이 학문을 해서 25세에 문과에 장원하고 연이어 발영시(拔英試)[520]에도 합격하여 명성이 자자했으며 지위는 부제학에 이르렀다. 증조부인 휘 개지(介智)는 호조 참판에 추증되었다. 공은 정덕 경진년(1520) 2월 갑술일에 인량리 집에서 태어났다. 총명하고 영민하여 재주가 많았는데, 중년(中年)에 병으로 벼슬에 나가지 않았다. 만력 경진년(1580)에 생을 마치니 향년 61세였다. 이해 모월(某月) 모일(某日), 일지(日池)의 태좌(兌坐) 언덕에 장사 지냈다. 공은 처음 안동 김 씨에게 장가갔으나 후사를 두지 못했고, 다시 전의 이 씨에게 장가들어 아들 둘과 딸 셋을 두었다. 맏아들 광옥(光玉)은 일찍 죽었으며, 아들은 없고 딸 둘을 두었다. 감사 최현(崔晛), 판관 남률(南慄)은 그의 사위이다. 둘째 아들이 함(涵)으로 진사시에 합격하고 두 번이나 문과에 합격했다. 맏딸은 이선도(李善道)에게 출가하였고, 둘째 딸은 이사민(李士敏)에게 출가하였으며, 셋째 딸은 무과(武科) 출신인 박응발(朴應發)에게 출가하여 모두 자녀를 두었다.

公諱殷輔字商卿 其先慶州人 新羅佐命功臣謁平之後 後世至禹偁門下侍中 錫封載寧 以故有慶州載寧之分 而實同系李氏 出入羅麗曁 本朝 互德俊才比肩立 世之稱華族者 歸焉 考諱璦 仲父仲賢爲寧海府使 公爲來省 府有顯閥白元貞 因贅而家之 子孫居寧者 自公始 中武科 歷咸昌, 蔚珍, 務安, 慶州通判 皆有譽 祖諱孟賢早有文學 二十五魁文

---

520) 발영시(拔英試) : 조선 세조 12년(1466)에 중신 및 문무 벼슬아치에게 임시로 실시한 과거.

科 連捷拔英試 聲采藉甚 位至副提學 曾祖諱介智 贈戶曹參判 公以正德庚辰二月甲戌
生于仁良里第 聰敏多藝 中年病不仕 歿以 萬曆庚辰 享年六十一 以是年月日 葬日池兌
坐之原 公初娶安東金氏無後 再娶全義李氏 生二男三女 長光玉早死無子 有二女 監司
崔侃, 判官南慄其壻也 次涵進士 再登文科 女長適李善道 次適李士敏 季適武科朴應發
皆有子女

행장 行狀

통훈대부 행[521] 의령 현감 겸 진주 진관 병마절제도위를 지낸 아버지 행장
皇考通訓大夫 行宜寧縣監 兼晉州鎭管 兵馬節制都尉君府君行狀

본관은 월성인데 재령으로 이봉(移封)되었다.

증조부 휘, 맹현(孟賢)은 통정대부로 수(守)[522] 황해도 관찰사 겸 병마수군절도사를 지낸 분이며, 부인은 숙부인 윤 씨이다.

조부 휘 애(曖)는 통정대부로 행(行) 울진 현령 겸 강릉 진관 병마절제도위를 지낸 분이며, 부인은 숙부인 백 씨이다.

아버지 휘 은보(殷輔)는 창신교위 충부위부사직을 지낸 분이며, 부인은 의인 김 씨와 의인 이 씨이다.

공의 휘는 함(涵)이고 자는 양원(養源)이다. 가정 33년 갑인년(1554, 명종 9) 4월 을해일에 영해부 인량리 집에서 태어났다. 만력 무자년(1588, 선조 21)에 생원시에 합격하였고, 기해년(1599, 선조 32)에 천거하는 사람이 있어 김천도 찰방에 기용되었다. 경자년(1600, 선조 33)에 문과에 합격했으나 갑자기 합격이 취소되었다. 계묘년(1603, 선조 36)에 금오랑에 제수되었다가 사재감 직장으로 옮겨갔으며, 풍저창 주부로 승진하였다. 정미년(1607, 선조 40)에 의령 현령으로 부임하였다. 기유년(1609, 광해군 1)에 다시 문과에 올랐으나, 경술년(1610, 광해군 2)에 관직을 버리고 고향으로 돌아가 마침내 벼슬길에 나가지 않았다. 향년 79세로 정침에서 생을 마쳤으니 이때가 숭정 5년(1632, 인조 10) 6월 16일이다.

---

521) 행(行) : 행직을 말한다. 행직은 품계는 높고 직급이 낮은 벼슬로, 여기서 통훈대부는 품계가 정3품이고, 현감은 직급이 종6품이므로 행직에 해당된다.

522) 수(守) : 수직을 말한다. 수직은 품계는 낮고 직급이 높은 벼슬로, 여기서 통정대부는 품계가 정3품이고, 관찰사는 종2품이므로 수직에 해당한다.

공은 타고난 바탕이 빼어나고 기국이 원대하였다. 일찍이 대해 선생 황응청(黃應淸)[523] 문하에서 배워 학문과 문장이 동류들 가운데서 뛰어났다. 경진년(1580, 선조 13)에 부친상을 당하여 여묘에서 삼년상을 마쳤다. 공은 궁벽한 고장에서 생장(生長)하여 견문을 넓힐 기회가 적다고 여겨 학봉[524] 김 선생 형제분을 좇아 교유하면서 군자의 처신함과 수양하는 방도를 배웠는데, 물러나서는 반드시 배운 것을 따라 행하였다. 신묘년(1591)에는 모친상을 당하였는데 슬퍼함과 공경함을 지극하게 하여 시종일관 느슨하게 함이 없었다. 이때에 임진왜란(1592)을 당한데다 기근이 겹쳐서 사람들이 서로 잡아먹는 지경에까지 이르렀다. 공은 비록 모친 상중에 있었지만 나라 형편이 이 지경에 이른 것을 염려하여 늘 강개하여 눈물을 흘리면서, 날마다 굶주린 사람들을 구제하여 살리는 일에 힘썼다. 집의 창고 곡식을 내어주거나 도토리를 주워다가 삶아 그릇에 담아 놓고는 구걸자가 오면 반드시 집에 머물게 하여 먹이고 혹은 자루에 담아 보내어 주기도 하였다. 원근에서 소문을 듣고는 아기를 포대기에 업고 오는 사람이 날마다 수백 명이나 되었으며 이에 힘입어 생명을 보전하여 살아난 사람들이 매우 많았다. 순찰사 한효순(韓孝純)[525]이 안동에서 병사를 거느리고 진보를 지나갈 때에 병사들이 바야흐로 굶게 되었으나 계책을 내지 못하자 보고 공이 쌀 수십 곡(斛)[526]을 보내어서 그 급함을 대처해 주었다. 한공이 매우 기뻐하여 급히 임금에게 상주(上奏)하기를, "이모(李某)는 몸이 초야에 있지만 염려하는 것이 나라 일에까지 미쳤습니다. 애초에 상을 바라는 마음이 없이 창졸간에 일어난 곤경을 구제하였습니다."라고 하였는데 공교롭게도 길이 막히어 전달되지는 못하였다. 이때 명나라 군사가 접경 가까이에 이르렀으나 공사(公私) 간에 아무것도 없어서 그들에게 필요한 물건을 제공하여 그들을 편안히 해줄 방도가 없었다. 순찰사가 공을 기용하여 동해 염전을 관장토록 하여 군량 자금을 마련하게

523) 황응청(黃應淸, 1524~1605) : 본관은 평해(平海), 자는 청지(淸之), 호는 대해(大海)이다. 저서로는 《대해집(大海集)》이 있다.

524) 학봉(鶴峯) : 김성일(金誠一, 1538~1593)의 호이다. 김성일의 자는 사순(士純)이고, 호는 학봉(鶴峰)이며, 시호는 문충(文忠)이다. 이황(李滉)의 문인으로, 1568년 증광 문과에 급제하고, 여러 벼슬을 역임하였다. 1590년 통신부사로 일본에 갔다가 군사를 일으키지 않으리라는 견해를 밝혀, 임진왜란 발발 후에 파직되었다. 저서로 《상례고증》·《해사록》 등이 있다.

525) 한효순(韓孝純, 1543~1621) : 1576년 식년문과에 병과로 급제, 검열·수찬을 거쳐 1584년 솔해부사(率海府使)가 되었다. 1592년 임진왜란 때 영해 싸움에서 왜군을 격파한 후, 경상좌도 관찰사에 특진하여 순찰사를 겸임, 군량미 조달에 공을 세움. 광해조 때 좌의정에 올랐으나 1623년 인조반정으로 관직이 삭탈됨.

526) 곡(斛) : 곡식을 헤아리는 단위로 10말을 1곡이라 한다.

하였는데, 공이 계획을 세워 방도를 내니 돕는 바가 많았다. 체찰사 이원익(李元翼)⁵²⁷⁾은 공이 오랫동안 나라 일에 힘썼다고 하여 공적(功籍)에 이름을 올리려고 하였으나 공이 극력 사양함으로써 그만 두었다. 이후 이공은 조정으로 돌아가서 "공의 재주는 쓸 만하다."고 말하여 이로 인하여 김천도 찰방에 임명되었다.

김천은 영남의 중간 지점에 해당하는데 전쟁을 겪은 이래로 공사 간의 모든 것이 뿔뿔이 흩어져서 기강이 없었다. 공이 부임해서는 밤낮 다스릴 것을 헤아려서 한결같이 상처받은 사람들을 어루만져주고 피폐된 것을 일으켜 세우기를 일삼아서 상하가 바라는 바를 따라 일을 함에 두서가 잡히니 흩어지고 도망간 사람들이 점점 모여들었고 사람과 가축들도 모두 번성하였다. 이때에 명나라 장수 남 유격(覽游擊)⁵²⁸⁾이 성주(星州)에 머물러 있었는데, 그 군사들이 방자하고 사납게 굴어 성주 목사가 버티지를 못하고 그 직에서 물러나 서로 책망하니 아전과 백성들도 모두 도망가서 숨어버렸다. 남 유격 군사들이 끼니를 거르자 더욱 난폭해졌다. 순찰사가 공에게 편지를 보내어 성주 고을 사무를 아울러 맡게 하였다. 공이 이 말을 듣고서 곧장 달려가서 먼저 성주 지방의 법과 기율을 맡은 몇 사람을 불러서 폐단에 이른 이유를 묻고는 곧장 그 상황을 글로 써서 유격에게 보냈다. 유격이 그것을 보고 매우 기뻐하여 만나기를 요청하였다. 공이 곧장 들어가 만나니 유격이 손을 잡으며 사과하기를 "만약 공이 말해주지 않았다면 누가 다시 나를 위해 말해줄 사람이 있겠소."라고 하며 술을 따라주며 말을 나누었다. 공이 이에 말하기를 "이곳 성주의 지방관원⁵²⁹⁾들은 어르신의 위엄을 두려워하여 무릇 아뢸 것이 있어도 감히 말을 하지 못했습니다. 이로부터 서로가 막히게 되어 이런 폐단에 이르게 되었으니 청컨대 이제부터는 군사의 실제 인원과 식대료, 소요 경비를 하나하나 상세히 정하여 본주(本州)에 주어서 이것에 의해 시행하게 된다면 거의 요청에 응하여 대책을 세우는 데에 법도가 있어 다스림은 번거롭게 되지 않고도 일은 잘될 것입니다."라고 하니 유격이 이 말을 따라 측근 사람을 시켜 나무패를 만들어 장교 몇 명, 군사 몇 명, 말 먹이꾼 몇 명, 전마(戰馬) 몇 필, 하루 소요되는 양식과 부식 및 말 사료 등 갖가지의 비용이 얼마인지를 써서 보내주었다. 공이 마침내 성주의 문적을 살펴서 세금 포탈자가 있음을 보고 차례로 거두어 들였는데, 명을 듣지 않는 사람이

---

527) 각주 365) 참조.

528) 남 유격(覽游擊) : 남(覽)은 성(姓)이고, 유격(游擊)은 직명(職名)으로 이름은 미상이다.

529) 수토지관(守土之官) : 감사(監司)나 수령(守令) 등의 지방 관원을 이르는 말.

있으면 다스리기를 조금도 용서함이 없었다. 또 선비들 중에 지식이 있는 사람들을 불러 "나라가 매우 위급한데 사람들이 관심 없이 앉아서 보고만 있어서는 안 될 것이다."는 뜻을 표하자 이에 고을 사람들은 다투어 권면하며 힘을 다하여 곡식을 실어다 바치니, 고을 창고가 점점 가득 차고 물자와 인력이 점점 모아졌다. 공은 한결같이 나무패의 목록에 의거하여 명나라 군대를 접대하니 무릇 지출된 비용은 이전 경비에 비하여 1/10도 안 되면서 그들을 풍족하게 하지 않음이 없었으니 고을은 편안해지고 아전과 백성들도 공을 보기를 부모같이 하였고, 명나라 장수도 또한 찬양하며 기뻐하기를 그치지 않고 조복(朝服), 약 상자, 의자 등의 물건을 보내어 애모하는 뜻을 보였다.

경자년(1600, 선조 33)에는 정시(廷試)[530]에 응시하였다. 고시관이 높은 등급으로 뽑았으나 선조(宣祖)가 책문(策文)에 장자(莊子)를 인용했다고 하여 급제자 명단에서 이름을 삭제하게 하고 아울러 파직시키니 당시의 벼슬아치[531]들은 모두 억울한 일이라고 하여 이를 유분(劉蕡)[532]에 비유하기도 하였다. 계묘년(1603, 선조 36)에 대신의 천거로 금부도사가 되었다. 이때에 옥사가 많아서 문서가 창고에 가득 찼으나 동료들 중에는 그 일을 맡아서 감당할만한 사람이 드물었다. 판금부사가 이를 병폐로 여겨 늘 공에게 일을 맡겨 처리하게 하였다. 공이 일에 임하기를 부지런하고도 민첩하게 하여 조그마한 일까지도 모두 빠뜨림이 없으니 직무를 맡은 지 수년 동안 한 번도 책망을 당한 적이 없었으므로 사람들은 어려운 일이라고 여겼다. 을사년(1605, 선조 38)에는 사재감 직장으로 옮겼다. 사재감은 호조에 속해 있어서 매월 5일이면 호조의 당상관 및 대관(臺官)들이 모여 앉아 사무를 보아왔다. 사재감에서는 고질적 폐단 하나가 있었다. 여러 명의 관원들이 거쳐 갔으나 이를 덮어두고 이전처럼 따르기만 하여 감히 고칠 수가 없었다. 하루는 공회(公會)에서 공이 극력 말하기를 "이 폐단은 바꾸지 아니해서는 안 될 것이다."라고 했는데, 상관은 구습에 젖어 조사하려 하지 않을 뿐만 아니라 큰 소리를 치며

---

530) 정시(廷試) : 정시(庭試)와 같은 말로, 나라에 경사가 있을 때 대궐 안에서 임금이 친히 거행하는 특별 시험이다.

531) 진신(搢紳) : 벼슬아치나 선비를 이름. 각주 194) 참조.

532) 유분(劉蕡) : 당(唐)나라 창평(昌平) 사람으로 자는 거화(去華)이다. 당시에 환관(宦官)들의 횡포가 심했는데, 이를 늘 마음 아파하였다. 태화(太和 : 문종(文宗) 연간의 연호) 초에 현량(賢良)을 기용하고자 여러 유생들을 불러와 대궐에서 시험을 보게 하였는데, 그의 글은 당시의 사인(士人)들이 보고 눈물을 흘릴 정도로 명문(名文)으로 고이관(考貳官)이 그의 답안지를 보고 탄복하면서도 환관들을 두려워하여 급제시키지 못하였다고 한다.

물리쳤다. 공이 천천히 또 분석하기를 매우 자세히 하니 상관이 깨닫고는 곧 해당 관리를 불러 문서를 가져오게 해서 조사를 해본 후에, 그 일이 한결같이 공의 말한 바와 같음을 알고서 상관이 이에 부끄러워하며 사과하였다. 공은 작은 관직도 낮다고 여기지 않고 일을 만나면 반드시 최선을 다함이 이와 같았다. 병오년(1606, 선조 39)에 주부로 전임되었다.

정미년(1607, 선조 40)에 의령현으로 나갔는데 의령현은 임진왜란을 겪은 지 얼마 되지 않아 어수선한 일들이 많았다. 공은 마음과 정신을 모두 쏟아 백성들을 은혜로써 어루만져 위로하고 아전들을 엄정하게 다스렸다. 무릇 베풀어서 처리할 바의 일들을 편리하고 마땅함을 따라 힘쓰니 몇 년 되지 않아 창고가 차고 인구가 불어났다. 고을에는 향교가 없어서 공자의 위패가 오래도록 허름한 집에 의탁되어 있었으며, 선생과 유생들도 있을 곳이 없었다. 공이 고을의 어른들과 유생들을 모두 불러서 의논하여 향교를 세우기로 하였는데 백성들을 번거롭게 하지 않으면서도 일이 두서 있게 진행되었다. 사당과 강당은 모두 제도에 맞았고, 종과 비용 등도 알맞게 헤아려서 공급해 주었다. 공무의 여가에는 직접 향교에 가서 유생들을 불러모아《소학》과 사서를 강의하여 효제의 도에 힘쓰게 하였다. 매월 초하루와 보름에는 솔선하여 상례가 되었다. 이로부터 학문을 하고 행실을 닦는 선비가 점점 떨쳐 일어났다.

기유년(1609, 광해군 1)에 다시 문과에 급제하였다, 사대부들은 모두 공이 포부를 펴서 여망(輿望)을 들어주리라 여겼으나 공은 벼슬살이를 싫어하여 마침내 인끈[533]을 풀고서 전원으로 돌아갔다. 정원에는 대나무 숲과 구름 감도는 솔 숲 등의 승경(勝景)이 있어서 이곳을 노닐면서 스스로 즐거하였다. 만년에는 고질병을 앓은 지 여러 해가 되었고, 또 이어서 슬하의 참혹함[534]을 만났으나 항상 분수를 바루고 이치로 감정을 털어내어 일찍이 그 마음을 어지럽게 하지 않았으며, 온화한 얼굴빛과 부드러운 말씨로 너그럽고 자유로운 듯하였다.

공은 진성 이 씨를 부인으로 맞이하였는데 숙인에 봉해졌다. 통정대부에 추증된 희

---

533) 수(綬) : 인끈이다. 인끈은 벼슬에 임명될 때 임금에게 받는 신분이나 벼슬의 등급을 나타내는 관인(官印)을 몸에 차기 위한 끈으로 관인의 꼭지에 단다.

534) 슬하지참(膝下之慘) : 둘째 아들 우계공(愚溪公)과 맏아들 청계공(李時淸)의 요절을 말함. 우계공은 1612년 (광해군 4)에 과거 응시 길에 올라 도중에서 병사하였고, 청계공은 1616년(광해군 8)에 과거를 보고 돌아오던 도중, 상주(尙州)에서 병사하였다.

안(希顏)의 딸이며 퇴계 선생의 족손(族孫)이다. 숙인은 성품이 효성스럽고 근실하였으며 단정하고 정숙하였다. 공을 도와 대부인(大夫人)을 섬길 때는 하루도 곁에서 떨어진 적이 없었다. 내외(內外)의 친척을 맞이하여 접대할 때는 은의(恩義)를 두루 미치어 나갔으며, 자손들을 가르치고 하인들을 부릴 때에도 모두 법도가 있었다. 공보다 13년 뒤에 세상을 떠났다. 아들 넷과 딸 둘을 두었으니 맏아들 시청(時淸)은 성균 진사로 공보다 먼저 죽었다. 다음 시형(時亨)은 선교랑으로 또한 일찍 죽었다. 다음 시명(時明)은 선교랑 명묘재관이며, 다음 시성(時成)은 승의랑이다. 맏딸은 선비 김우(金遇)에게 출가하였고, 다음은 좌랑 박안복(朴安復)에게 출가하였다. 시청은 아들 둘과 딸 셋을 두었으니 장남은 신일(莘逸)이고, 차남은 부일(傅逸)이다. 사위는 선비 김이성(金爾聲), 김만응(金萬應), 정연(鄭埏)이다. 시형은 아들이 없어 형의 아들 부일을 후사로 삼았다. 측실에서 아들을 두었으니 후일(後逸)이다. 시명은 아들 일곱과 딸 셋을 두었다. 장남 상일(尙逸)은 성균 진사이고, 다음의 휘일(徽逸)은 경기전 참봉이며, 다음은 현일(玄逸)이고, 다음이 숭일(嵩逸)이며, 다음이 정일(靖逸)이며, 다음이 융일(隆逸)이고, 다음이 운일(雲逸)이다. 사위는 선비 여국헌(余國獻), 김영(金磏), 김이(金怡)이다. 시성은 아들이 없어 휘일을 후사로 삼았다. 신일은 아들 하나와 딸 하나를 두었는데 아들 해(楷)는 성균 학유이고, 사위는 선비 이효윤(李孝潤)이다. 부일은 아들 넷과 딸 하나를 두었는데 장남은 표(杓)이고, 그 다음은 비(秘), 항(杭), 용(榕)이다. 사위는 선비 김한벽(金漢璧)이다. 상일은 딸 넷을 두었다. 사위는 선비 정시현(鄭時鉉), 조옹(趙顒)이며, 나머지는 출가하지 않았다. 휘일은 아들이 없어 동생의 아들 의(檥)를 후사로 삼았다. 현일은 아들 셋과 딸 둘을 두었는데 장남은 천(梴)이며, 다음은 의(檥)이며 나머지는 어리다. 딸은 모두 출가하지 않았다. 숭일은 아들 둘과 딸 하나를 두었는데 모두 어리다. 정일은 아들 하나를 두었는데 어리다. 융일은 아들 둘을 두었는데 모두 어리다. 해(楷)는 아들 다섯과 딸 하나를 두었다. 장남은 지현(之炫)이고 다음은 지욱(之煜)이며, 딸은 출가하지 않았다. 내외의 손자 증손 남녀가 모두 백여 명이다.

공은 타고난 바탕이 효성스럽고 인자했으며 통달 민첩하였다. 사직공이 병으로 누워 계신 지 오래됨에 공이 직접 약을 달여 드리며 밤낮으로 곁을 떠나지 않았다. 상례를 치름에도 여묘에서 삼년상을 마쳤다. 대부인 상(喪)을 치를 때에도 또한 그와 같이 하였다. 형수나 자매들이 과부가 되어 가난하게 사는 것을 마음 아파하여 골고루 도왔으니 보통사람은 하기 어려운 바가 있었다. 이웃 마을 사람들을 대할 때에는 가난한 이를 도와주고 잘못된 것을 바로 잡아 주었으며, 외롭게 사는 생질을 대할 때에는 엄하면서도 인정이 있었으며, 자손들을 가르칠 때에는 충신검약(忠信儉約)을 우선으로 삼았다. 무릇 혼례, 상례, 빈례, 제례를 치를 때에는 반드시 예식(禮式)에 의하여 행하였으며, 촌스럽게 구차하게 행하지 않았다. 벼슬살이를 할 때는 익숙하게 익히고, 부지런하고 민첩하게 하여 막히는 바가 없었으며, 관사(官舍)에서 일을 처리할 때는 공정·청렴하고 엄정·근실하여 윗사람이나 아랫사람들의 신임을 받았다.

향촌에 살면서도 이러한 도(道)를 변하지 않고 지켜서 인물을 품평하거나 향촌의 법을 유지시킴에 있어서도 한결같이 공평히 처리하였으며, 후생들에게 권면하고 타이르며 공부하는 계획을 지도하고 일깨워 주어서 성취시킨 바가 많았다. 영해의 문헌들은 실로 공으로부터 나온 것이어서 지금에 이르도록 영해 사람들은 공을 칭송하며 사모하여 잊지 않고 있다. 이런 사실은 공의 평생에서 날마다 볼 수 있는 자취들이다. 공으로 하여금 운수가 트이고 건강하여 쌓은 바를 펼 수 있게 하였다면 어찌 한 고을 한 마을만이 그 혜택을 받았을 뿐이겠는가? 불행히도 병이 낫지 않고 오래되었고, 직위도 그 덕에 맞지 않아서 그 뜻을 펴지 못하고서 돌아가시니 아, 슬프구나. 돌아가신 해 12월 모일(某日)에 영해부 서쪽 대전동 해좌사향(亥坐巳向) 언덕에 장사하였다. 이후 어머니가 세상을 떠나 합장하였다. 아버님이 세상을 떠나신 지 지금 28년이 되었다. 세대가 바뀌어 아버님 친구들 가운데에 한 사람도 남은 사람이 없어 행장을 부탁할 사람이 없으므로 감히 평생의 언행 중에 겉으로 드러난 것을 돌이켜 기술하였으니 한마디도 감히 덧붙이지 않았다. 뒤에 문장가가 나와서 다듬어 주기를 기다린다. 기해년(1659, 효종 10) 6월일 아들 선교랑 강릉참봉 시명이 쓰다.

本貫月城 移封載寧
曾祖孟賢 通政大夫 守黃海道觀察使兼兵馬水軍節度使 妣淑夫人尹氏
祖瑗 通政大夫 行蔚珍縣令 兼江陵鎭管兵馬節制都尉 妣淑夫人白氏
父殷輔 彰信校尉忠武衛副司直 妣宜人金氏, 宜人李氏
公諱涵字養源 以嘉靖三十三年甲寅四月乙亥 生於寧海府仁良里第 萬曆戊子中生員 己亥用薦者調金泉道察訪 庚子登文科 旋見拔 癸卯除金吾郎 轉司宰監直長 陸豐儲倉主簿 丁未出監宜寧縣 己酉再登科 庚戌棄官歸 遂不仕 享年七十九 卒于正寢 是 崇禎五年六月十六日某甲也 公生質秀偉 器局遠大 早受業於大海先生黃公應淸之門 文學詞章

出於輩流 庚辰丁外艱 廬墓終三年 公以生長僻隅 少聞見之益 從遊鶴峯金先生昆仲間
得聞君子立身行己之方 退而私 必放而行之 辛卯丁內艱 哀敬備至 終始不懈 時值壬辰
之亂 仍之以饑饉 人至相食 公雖在哀疚中 念 國事至此 常慷慨揮泣 日以濟活飢民爲事
捐家廩拾橡實 熟而載器 有來乞者 必館而哺之 或槖而送之 遠近聞之 襁負來歸者 日且
數百 賴而全活甚衆 巡察使韓公孝純自安東領兵過眞寶 軍士方缺食 計不知所出 公運
米數十斛以應其急 韓公喜甚 馳啓 行在曰李某身在草野 念及國事 初無希賞之心 而能
濟倉卒之艱云云 會道梗不得達 時 天兵壓境 公私赤立 供億調度 無所從出 巡察使起公
管東海塩事 以資軍餉 公籌畫有方 多所裨益 體察使李公元翼以公久勞於事 欲登名功
籍 公力辭而止 後李公還朝 言公才可用 以故有金泉之 命 泉當嶺南中道 自經賊火 公私
凡百 蕩析無紀 公至則夙宵料度 一以撫瘡起廢爲事 上下責應有緒 流亡漸集 人畜俱盛
時天將覽游擊留鎭星州 士卒縱暴 州牧不能支 罷斥相望 吏民皆逃匿 游擊軍闕食 益肆
其悍 巡察使檄公攝州事 公聞卽馳赴 首召州中綱紀數人 問致弊之由 卽具狀投游擊 游
擊見之大喜 要與相見 公卽入見 游擊握手謝曰公若不言 誰復爲我言者 因酌酒叙話 公
乃言曰此州守土之官 畏老爺之威 凡有可稟 不敢開陳 自成阻隔 致此弊瘼 請自今以後
軍額實數 饌料容費 一一詳定 付諸本州 使之依此施行 則庶幾策應有經 政不煩而事可
理矣 游擊從之 令左右造木牌 書將校幾人 軍士幾名 騶卒幾口 戰馬幾匹 一日之內 糧饌
芻藁 各色支用幾許 以付之公 遂按州籍 閱視逋負 次第收拾 有不用命者 治之不少貸
且引士夫之有知識者 爲言國事孔棘 大小之民 不可恝然坐視之意 於是州民競勸 盡力
輸納 府庫漸實 物力稍集 公一依牌目接待唐軍 凡所支用 視前日所費 不能什之一 而無
不贍足 州境晏然 吏民視公如父母 天將亦贊喜無已 贈以朝衣藥籠倚子等物 以寓愛慕
之意 庚子應擧廷對 考官擢置高第 宣廟以策語用莊命削之 幷罷職名 一時搢紳咸稱寃
至譬之劉蕡云 癸卯用大臣言 爲禁府都事 時讞獄多事 文書塡委 同僚鮮有堪當其任者
判禁府事病之 每委公幹理 公莅事勤敏 纖悉無遺漏 供職數載 不一見責 人以爲難 乙巳
遷司宰監直長 本司隷戶曹 每五日戶曹堂上及臺官會坐視事 本司有一痼弊 累經司員
掩置因循 不敢更張 一日公會公 力陳其不可不變通之意 上官狃於故常 不欲檢覈 厲聲
斥之 公徐又辨析甚悉 上官寤 乃召該吏 持券考覈 一如公所言 上官乃慚謝 公不卑小官
遇事必盡類如此 丙午轉主簿 丁未出守宜寧縣 縣經亂未久 事多草創 公殫心疲精 撫民
以惠 御吏以嚴 凡所施設 務從便宜 不數年倉廩實而戶口滋 邑無鄕校 先聖位版 久托於
蔀屋 師生亦無處所 公悉召父老生徒 謀度以建 民不煩而事就緒 廟宇堂室 皆中制度 典

僕需用 量宜資給 簿牒之暇 親往黌舍 招集諸生 講小學四書 勉以孝悌之道 每月朔望
率以爲常 自此文行之士 稍稍興起 己酉再登文科 士大夫皆擬公展布 以慰輿望 公旣倦
遊 遂解綬而歸 園有竹樹松雲之勝 杖屨逍遙以自娛 晚嬰沈痾 積有歲年 又續遭膝下之
慘 常引分理遣 未嘗亂其方寸 和顔婉語裕裕然也 公娶眞城李氏封淑人 贈通政大夫希
顔之女 退陶先生之族孫也 淑人性孝謹莊肅 佐公及事大夫人 未嘗一日有違 承接內外
婣親 恩意周洽 敎子孫御婢使俱有法度 後公十三年卒 有子男四人女二人 男長時淸成
均進士 先公卒 次時亨宣敎郎 亦蚤卒 次時明宣敎郎 明廟齋官 次時成承議郎 女長適士
人金遇 次適佐郎朴安復 時淸有子男二人女三人 男長莘逸次傅逸 壻士人金爾聲, 金萬
應, 鄭埏 時亨無子 以兄子傅逸爲後 側室有子曰後逸 時明有子男七人女三人 男長尙逸
成均進士 次徽逸 慶基殿參奉 次玄逸次嵩逸次靖逸次隆逸次雲逸 壻士人余國獻, 金碤,
金怡 時成無子 以徽逸爲後 莘逸有子男一人女一人 男曰楷成均學諭 壻士人李孝潤 傅
逸有子男四人女一人 男長构次秘次杭次榕 壻士人金漢璧 尙逸有女四人 壻士人鄭時
鉉, 趙顗 餘在室 徽逸無子 以弟子㰦爲後 玄逸有子男三人女二人 男長梴次㮒㰦 餘幼
女皆在室 嵩逸有子男二人女一人皆幼 靖逸有子男一人幼 隆逸有子男二人皆幼 楷有子
男五人女一人 男長之炫次之煜 女在室 內外孫曾男女幷百餘人 公天資孝慈通敏 司直
公寢疾彌留 公躬親湯劑 晝夜不離側 及喪廬墓以終制 喪大夫人亦如之 兄嫂姊妹寡居
貧乏 軫念周給 有人所難能者 接鄰里恤其窶而糾其違 待孤甥嚴而有恩 敎誨子孫 以忠
信儉約爲先 凡遇昏喪賓祭 必依倣禮式 不爲沽野苟簡之行 施於吏治者 亦皆練習勤敏
無所觝滯 當官處事 用公廉嚴謹 獲上下心 及居鄉 持是道不變 品題人物 維持鄉憲 一以
公心處之 勸飭後生 講畫指誨 多所成就 寧之文獻 實自公始 至今寧人稱思不忘 此實公
平生日可見之迹也 使其通達康寧 展布所蘊 則豈但一縣一鄉之受其賜哉 不幸沈綿疾恙
位不稱德 不獲伸其志以歿 嗚呼痛哉 以卒之年十二月某日 葬于寧海府西大田洞亥坐巳
向之原 後以先妣喪祔 府君捐館今二十有八年 世代推遷 先友無一人存 莫可以狀屬者
用敢追述平生言行之表著者 不敢贊一辭 以待後來秉筆者之筆削云 己亥六月 日 男宣
敎郎 康陵參奉時明狀

돌아가신 어머니 숙인 진성 이 씨 행적

先妣淑人眞城李氏行蹟

부인은 성이 이씨이며, 그 선대(先代)는 진보인(眞寶人)이니 실로 퇴도 선생과 같은 계(系)이다. 조부인 휘 연(演)은 훈도를 지냈고 아버지인 휘 희안(希顔)은 통정대부를 지냈으며, 어머니 의성 김 씨는 참판에 추증된 예범(禮範)의 딸이다. 부인[李氏]은 학봉 선생에게 내외종 형제가 된다. 부인은 가정 정사년(1557, 명종 12) 3월 안동 주촌(周村)[535]에서 태어났다. 9세에 아버지를 여의고, 어머니를 받들기를 효로써 하였으며, 형제들과 우애가 있었는데 성년이 못 되어 또 어머니를 잃었다. 22세 때 영해 재령 이씨 가문에 시집을 왔는데 종족 및 이웃사람들이 그 어짊을 칭찬하지 아니함이 없었다. 임진왜란 때 거듭 기근이 들어 떠도는 무리들이 골목을 메우며 입을 가리키며 먹을 것을 빌었다. 부인께서는 아버님의 뜻을 받들어 큰 가마솥을 줄지어 벌여놓고 죽을 끓여서 그것을 먹도록 하였고, 떠날 때에는 반드시 양식을 주어 보냈다. 친척 중에서도 가족을 데리고 와서 의탁한 사람들이 있었는데 혹 달이 지나고 해가 넘어도 싫어하거나 경시하는 얼굴빛이 없었으며, 혹 옷까지 벗어 입혀 주었으니 사람들이 모두들 감격하여 기뻐하였으며, 목숨을 보전하여 살아난 사람들도 매우 많았다.

부인은 타고난 성품이 인자하고 검소했으며, 행동을 절제하기를 반드시 규범[536]에 의거하였으며, 남편을 받들기에 어그러짐이 없었으며, 자손들을 가르침에 법도가 있었다. 평소의 거함에 항상 근실하고 화순하였으며, 사람들을 대할 때에는 반드시 중후하고 곡진하였으며, 이웃이나 친족 중의 가난한 이들을 구휼함에 있고 없음을 헤아리지 않았다. 몸에 걸친 것이 비록 헤지고 더러워도 싫어하지 않았으며, 자손들 중에 의복을 조금이라도 화려하게 입은 자를 보면 문득 기뻐하지 않았다. 현읍(縣邑)에 부군(府君)을 따라 감에 있어서도 간단하게 하기에 힘써서 영문(鈴門)[537]의 안이 담백한 것 같았으며, 부군(府君)도 이를 본받아 털끝만큼도 외물(外物)을 구하는 바가 없어서 지금에 이르도

---

535) 주촌(周村) : 안동시 녹전면(祿轉面) 신평리(新坪里)의 마을로 주촌, 주곡(周谷) 혹은 두릇골이라고도 한다. 맞은편에 자리 잡은 문평(文坪) 마을과 함께 둠벌 바깥쪽에 있다 하여 외둔(外遁) 혹은 외둔벌이라고도 부른다.

536) 의방(義方) : 행동에 있어서 준수해야 할 규범과 도리를 말한다. 《춘추좌씨전》 은공(隱公) 3년에 "자식을 사랑하되 의로운 방도로 가르쳐서 사악한 길로 들지 않게 한다.[愛子教之以義方, 弗納於邪.]" 하였는데, 주신(朱申)의 주(注)에 "도의로써 외모를 방정하게 가지는 것이 일을 도리에 맞게 처리하는 근원이다.[義以方外, 所以制事之宜也.]" 하였다.

537) 영문(鈴門) : 지방의 수령(守令)이 집무하는 곳.

록 읍민들 가운데 칭송하는 사람들은 아울러 내조(內助)의 덕을 칭찬하고 있다. 집으로 돌아와서는 더욱 검소 근면하여 비단옷을 입지 않고, 고기는 두 가지를 먹지 않았다. 항상 베풀기에 힘써서 집에는 남아있는 것이 없었다. 부군(府君)이 만년에 병으로 벼슬 길에 나가지 못하자 부인은 받들기를 극진히 하였고, 여러 번 아들의 죽음[538]을 만나 슬픔을 누르고 아들에 대한 사랑도 참았는데, 이는 부군의 뜻을 크게 상하게 할까 걱정 해서였다. 임신년(1632, 인조 10)에 부군은 집에서 생을 마쳤으니 부인은 이때 연세가 76세였다. 슬퍼함을 예에 맞추어 하고, 고기반찬 없이 상사(喪事)를 마쳤다. 신명의 도 움으로 장수[539]하셨으나 겸손과 공경의 마음을 끝까지 게을리하지 않았다. 사랑과 용서 의 덕을 비천한 이들에게까지 두루 미치어 나갔다. 늘 퇴계 선생과 학봉의 언행을 들어 자손들을 훈계하기를 "너희들이 스스로를 닦고 경계하여 효도와 우애와 화목을 행하기 를 힘쓴다면 비록 부귀하지 않더라도 내가 죽으면 흠향을 하겠지만, 만약 어긋나는 일이 있으면 비록 아무리 좋은 음식으로써 제사를 한다 하여도 흠향하고 돌아보지 않을 것이다"라고 하였다. 부인은 갑신년(1644, 인조 22) 7월 2일에 생을 마감하니 향년 88세 였다. 이해 모월 모일에 대전(大田)에 있는 부군의 묘 뒤에 장사 지냈다.

夫人姓李氏 其先眞寶人 實退陶先生之同系 祖諱演訓導 考諱希顔通政大夫 妣義城 金氏 贈參判禮範之女 夫人於鶴峯先生 爲內外兄弟也 夫人以 嘉靖丁巳三月 生于安東 周村 九歲而孤 奉母夫人孝 與兄弟友 未笄而又失所恃 二十二歲 歸寧海之載寧李氏 宗 族鄰里無不稱其賢 壬辰之亂 重以饑饉 流徙塡巷 指口丐食 夫人承府君之志 列釜鼎爲 饘粥以哺之 去必資粮而送之 親戚之挈家來托者 或至越月踰年 而未嘗有厭薄之色 或 解衣衣之 人皆感悅 所全活甚多 夫人稟性仁慈儉素 制行必依義方 奉君子無違 敎子孫 有法 平居常恭謹和順 待人必忠厚款曲 鄰族之貧屢者擧賑之 不計有無 其奉身雖敝垢 不厭 見子孫衣服稍華美者輒不悅 及其從府君于縣邑也 務從簡約 鈴門之內淡如 惟府 君是式 無毫髮干外 至今邑民之稱頌者 幷稱內贊之德 及還益自儉勤 衣不繒帛 食不重

---

538) 상명(喪明) : 아들의 죽임을 당하다는 뜻으로 많이 쓰인다. 자하(子夏)가 서하(西河)에서 노년을 보내던 중 에 아들의 죽음에 충격을 받고는 너무 상심한 나머지 눈이 멀었는데, 동문인 증자(曾子)의 꾸지람을 받자 "내 가 벗들을 떠나 혼자 살다 보니 그렇게 되었다.[吾離群而索居]"라고 자책하며 사과했던 고사가 있다. 《예기(禮 記)》〈단궁상(檀弓上)〉.
539) 기이(期頤) : 백 살의 나이. 사람의 수명(壽命)은 백 년으로써 기(期)로 하므로 '기'라고 하였다. 이(頤)는 양(養), 곧 몹시 늙어서 음식(飮食)·기거(起居)가 모두 다른 사람에게 걸린다는 뜻.

肉 恒務施與 不存贏餘 府君晚年抱痾不仕 夫人奉養備至 累遭喪明 抑哀忍慈 恐大傷府
君之志 歲壬申 府君考終于家 夫人年已七十六 哀毀以禮 食素終制 神明所佑 享有期頤
謙恭之念 不懈始終 仁恕之德 遍及卑賤 常揭退溪先生鶴峯言行訓戒子孫曰 爾曹修身
飭躬 務爲孝友和睦之行 則雖不富貴 吾死猶享之 若有乖戾之事 則雖祀以鼎牢 亦不歆
顧云 夫人以甲申七月二日終 享年八十八 其年月日 葬于大田府君墓後

진보 현감을 지낸 대해 선생 행장
眞寶縣監大海先生行狀

선생은 휘가 응청, 자가 청지이며 평해인이다. 호는 대해이다. 원조에 황 장군이란
분이 있었는데, 신라 때 토벌을 전담하여 큰 공을 세웠다. 이후 대대로 뛰어난 사람들
이 나왔다. 증조인 휘 옥숭은 한성 판관을 지냈으며 조부인 휘 보곤은 성균 생원이었고
아버지인 휘, 우는 통훈대부 성주 목사를 지냈다. 어머니인 숙인 김 씨는 가정 갑신년
(1524, 중종 19)에 선생을 낳았다. 태어남에 남다른 바탕이 있었으며 재주와 뜻이 준매(俊
邁)하였다. 거업은 배우지 아니하고서도 능하여 임자년(1552, 명종 7)에 사마시에 합격을
하였다. 경신년(1560, 명종 15) 가을에 세자가 학교에 들어간 경사가 있어 나라에서 과시
(科試)를 설치하여 선비들을 모은 바 있다. 선생도 시장(試場)에는 들어갔지만 책문(策文)
제목에 뜻이 좋지 아니함이 있음을 보고는 곧장 붓을 던지고 나왔다. 이를 본 사람들은
'화정(和靖)의 풍절이 있다'고 했다. 이후 강개하여 말하기를 "남자의 사업이 어찌 전적
으로 여기에만(과거) 달려 있을 것인가." 하고는 마침내 그 홀로 선(善)을 닦는 공부를
함에 전념하였다. 이에 행신이 발라지고 명절(名節)이 절로 숫돌같이 단단해졌다. 만력
갑신년(1584, 선조 17)에 나라에서 학행 있는 선비를 찾아 기용할 제, 선생도 여기에 포함
되어 예빈시[540] 참봉으로 제수되었으나 사양하여 부임하지 않았다. 또 개성 연은전 참
봉에 제수되기도 했는데, 선생은 일찍이 박연폭포의 명승에 대해 들은 바가 있어 늘
한번 가서 보기를 원하였으므로 이 임명을 받아들였다. 장차 폭포를 구경하러 그곳에

---

540) 예빈시 : 조선시대 빈객의 연향(燕享)과 종실 및 재신(宰臣)들의 음식물 공급 등을 관장하기 위해 설치되었
던 관서. 정3품 아문으로 내려오다가 조선 후기에 종6품 아문으로 격하되었다.(한국민족문화대백과사전)

갔다가 곧장 인끈을 풀고 집으로 돌아왔다. 갑오년(1594, 선조 27)에는 장원서 별제로 불리어져서 올라갔다. 당시는 새삼 왜란을 격는 중이었다. 대가가 의주에서 돌아왔지만 신하된 의(義)를 단단한 돌같이 끝내 지킬 수 없다고 생각하여 힘써 대궐에 나아가 사직을 했다. 이어서 소를 올려 시폐 4조목을 논하였다. 말이 매우 격절(激切)했는데 모두들 쓰일 만하다고 하였다. 임금이 보시고 소를 훌륭히 여겨 받아들이고 이조(吏曹)에 현용(顯用)하기를 명하였는데 진보현감으로 기용되었다. 이때 뇌양(耒陽) · 강도(江都)의 탄(歎)[541]이 있었으나 선생은 즐겨 나아가 대범함으로써 스스로를 처신하고 관대함으로써 사람들을 대하는 다스림을 폈던바, 쇠잔하고 피폐한 고장이 노래하길 즐겨하고 일하길 좋아하는 곳으로 바뀌어졌다. 하지만 2년이 채 안 되어서 인끈을 던지고 집으로 돌아왔다. 정명리에 살았는데 쓸쓸한 집 하나에, 좌우의 서적들을 벗 삼아 천지를 부앙(俯仰)하면서 이치를 찾고 생각에 잠기곤 하였다. 월천 조 선생[542] 대암 박 선생[543]과는 우애가 좋았다. 서신을 왕래하기도 하고 시장(詩章)을 창수하였는데 길이 멂이 간여될 바가 없었다. 선생은 일찍이 시 한 편을 조 선생에게 붙였는데 그 속에는 '나이도 같고

---

541) 뇌양(耒陽) · 강도(江都)의 탄(歎)은 진보현(眞寶縣)이 폐현되거나 강등될 위기에 처한 일이 있었던 것을 말함. 뇌양은 호남성(湖南省) 가양현(街陽縣) 동남(東南)에 위치한 현으로, 땅이 뇌수(耒水) 북쪽에 있었으므로 '뇌양'이라 함. 원(元)나라 때 주(州)로 승격되었다가 명나라 때 현이 되었으며 청나라 때 형주부(衡州府)에 속해졌음. 강도는 강소성(江蘇省) 의미현(儀微縣) 동북에 위치한 현으로, 이 현은 삼국시대(魏 · 吳 · 蜀)에 폐현되었다가 진(晉) · 태강(太康)(武帝 연간의 연호 중의 하나) 6년(285)에 복구되었음. 위의 두 현이 폐현되거나 강등된 일이 있었던 것으로 보아, 뇌양 강도의 탄은 곧 진보현이 폐현되거나 강등될 위기에 처한 일이 있었던 것을 뜻함. 《동국여지승람》 경상도 진보조(條)에 의하면, 진보는 조선 태조 때에 감무(監務)를 두었고, 세종 때에 청부현(靑鳧縣)과 합하여 청보군(靑寶郡)이라 하였다가 뒤에 다시 나누어 진보현으로 하고 현감을 두었다. 성종(成宗) 5년(1474)에 폐현되어 청송부에서 붙여졌다가 동왕 9년에 복구되었으며 고종 32년(1895)에 군으로 승격되고 1914년 청송군에 병합되었음.

542) 조목(趙穆, 1524~1606) : 자는 사경(士敬), 호는 월천(月川), 본관은 횡성(橫城)이다. 퇴계 이황(李滉)의 문인(門人). 1552년(명종 7) 생원시에 합격, 성균관 유생이 되고, 1571년(선조 4) 이조(吏曹)의 추천을 받아 동몽교관(童蒙敎官), 공릉참봉(恭陵參奉)에 임명되었으나 사퇴, 후에 성균관의 천거로 집현전참봉이 되었다가 곧 사직함. 1576년 봉화현감(奉化縣監)을 거쳐 1594년 군자감주부(軍資監主簿)로서 일본과의 강화를 반대하는 상소를 하고, 이듬해 장락원정(掌樂院正)을 거쳐 공조참관에 이르렀음. 집안이 가난했으나 일생을 학문에만 뜻을 두어 대학자로 존경을 받았다. 저서로 《월천집》이 있음.

543) 박성(朴惺, 1549~1606) : 의병(義兵), 자는 덕응(德凝), 호는 대암(大菴), 본관은 밀양(密陽), 정구(鄭逑)의 문인(門人). 일찍이 배신(裴紳)에게 수학, 아버지(생원 사눌(思訥))가 죽은 후, 과거에 뜻을 버리고 학문에 전심, 최영경(崔永慶), 김오(金汚), 장현광(張顯光) 등과 사귀었으며, 김성일(金誠一)의 참모로 종사, 정유재란(1597년) 때 체찰사(體察使) 이원익(李元翼)의 막료로 종군, 주왕산성(周王山城)의 대장(大將)으로 활약, 왕자사전(王子師傳)에 임명되었으나 취임하지 않았다. 후에 공조 좌랑 안양 현감 등을 지낸 후 사직, 이후로도 여러 벼슬에 임명되었으나 모두 사퇴함. 저서로 《대암집》이 있음.

뜻도 같으며 도(道)도 또한 같다' 한 말이 들어 있었다. 선생은 부모를 섬김에 있어서는 효로써 받들었으며 형제를 만날 때면 정성으로 대하였다. 어버이를 위하여 추울 때에 따뜻하게 해드리고 더울 때에 시원하게 해드리는 일이며, 그리고 저녁이 되어서 잠자리를 마련해 드리는 일과 아침이 되어서 안부를 묻는 일 등을 행함에 있어서는 반드시 고인(古人)들의 행한 바를 본받아서 행하였으며 맛있는 음식으로 어버이를 봉양함에 있어서는 집이 가난하다 해서 마음을 느슨히 한 적이 없었다. 이는 모두 성(性)의 참됨에서 나온 것으로서 애당초부터 사사로운 인위(人爲)가 없는 것이었다. 어머니 상을 당함에 미쳐서는 피눈물을 쏟으며 슬퍼하여 죽을 먹었으며 여묘살이로써 상사를 마치었다. 여묘살이 할 때 어느 날 한번은 집에 내려가 아버지 안부를 살폈는데 안방에 들르지 않고 돌아갔었다. 아버지 상을 당하여서도 예를 좇아 상을 치름에 이전 상사[母喪] 때와 같이 하였다. 전후 6년을 여묘살이 하는 동안에 염장을 먹지 아니하고 단지 죽만 먹었다. 그 지극한 행(行)과 고절(苦節)은 마을을 우뚝 올리었으니 비록 옛적의 소련(小連), 대련(大連)[544]일지라도 어찌 여기에 더 보탤 것이 있을 것이랴. 또 종족들에게는 은의를 베풀고 이웃마을 사람들에게는 은혜를 베풀었으며 집은 한갓 사면이 벽만이 둘러있을 뿐이었으되(집안이 빈궁함을 이름) 이에 개의치 아니하고 전원의 의취를 즐겨하였다. 선생은 쌓은 덕이 두터운 그 스스로를 겸손하게 숨기어 집에 있었으되 전후(前後)의 군수들에게 그의 명성이 들려진 나머지 고을 사람의 천거로 기용된 바 있으며, 이어 방백(方伯)에게까지 들려져서 만력 무인년(1578. 선조 11)에는 그의 사는 마을에 정문(旌門)이 세워졌다. 자주 유일로 천거되었지만 선생은 끝내 전원에 머물러 나가지 아니하였다. 생도들을 가르칠 때는 먼 곳, 가까운 곳의 사람들이 모여 들었다. 바닷마을[545]에는 옛적부터 문헌이 없어 사람들이 몽매하였고 관혼상제의 예에도 어두워 아는 이가 없었다. 선생이 대인(大人)·장자(長者)들을 찾아가 어려운 곳을 묻고서 예를 헤아려 정하고 또 크고 작은 의법(儀法)들 중에서 이전에 행하여지지 못했던 것을 듣고서 곧 이들을 행할 수 있게 하니 먼 곳, 가까운 곳의 사람들까지 보고서 교화되고 풍속도 날로 변화되어져

---

544) 옛 사람 이름이다. 《예기》〈잡기하(雜記下)〉에 "공자가 말하기를 소련(少連) 대련(大連)은 거상(居喪)을 잘 하였다. 3일을 게을리하지 않고 석 달 동안 해이하지 않았으며, 1년 동안 슬퍼하고 3년 동안을 거상하였으니, 이는 동이(東夷 : 한민족 만주족 일본족 등이 포함된다)의 아들이었다.[孔子曰 小連大連) 善居喪 三日不怠(三日不解 期悲哀 三年憂 東夷之子也]" 한 것이 있다.

545) 평해를 이름.

서 멀리 떨어진 궁벽한 마을이 예의의 고장에 들게 된 것인데, 모두가 선생의 은혜 때문인 것이다. 기성에 대해 기록한 것[546]과 향당에 규약을 만든 것[547]에 있었어도 그 품식(品式)을 조목조목 열거한 것은 모두 선생의 손에서 나온 것이다. 규모가 자세하고 글 뜻이 굉활하여 세상의 모범이 될 만하였다. 아계 이산해[548] 재상이 임진란 때 평해에 서 귀양살이를 했는데 한번 선생을 보고는 문득 그 자신의 귀함도 잊고 선생을 공경하 였다. 하루에 한 번 찾아가기도 하고 혹은 격일로 가기도 하면서 담론하기를 저녁이 다할 때까지 하다가 돌아가길 잊기도 했으며 《정명촌기》를 지어 선생의 행의(行義)를 말해주기도 하였다. 선생은 아들 셋을 두었는데 거일, 유일, 경일이다. 모두 준수하여 글에 능하였으니 그 가문의 아들로 마땅했지만 불행히도 일찍 죽었다. 또 적손[549]이 없어 차자의 아들인 중미(中美)의 차자(次子) 현(鉉)을 중건(中健)의 후사로 삼았다. 측실 소생의 아들인 천일 억일에게도 아들이 있는데 모두 글을 배워 유풍[550]이 있었다. 아! 선생의 도는 효제를 행한 데에 드러나 있고, 크게 이룬 바는 당당하여 구차하지 않은 아름다움이 있다. 지절은 붓을 던져버린 날에 드러나고 조용하게 물러나 산 것은 폭포 를 구경하러 갔다가 돌아온 행사에서 판별되어질 것이다. 집을 다스리고 고을을 다스 린 것에서는 사람들이 그의 외부적인 것을 대략 살필 수 있는 바가 되겠지만 그가 지닌 큰 규모와 큰 국량 같은 것에 이르러서는 밝고도 빛나 절로 특이하였음에도 그것을 말아 숨기고서 종로[551]하였으니 그 누가 알 것인가. 애석토다. 선생께서 생존해 계실 때 아들 셋이 모두 죽었다. 때문에 유고를 수습할 수 없었던바, 빠트려져서 전하지 못 하는 글이 있기에 탄식한다. 하지만 군자의 말이 많을 필요가 있으랴. 선생의 덕과 행

---

546) 대해(大海)의 저(著)인 《기성지(箕城志)》를 말함.

547) 대해(大海)의 저(著)인 《향당헌(鄕黨憲)》을 말함.

548) 이산해(李山海, 1538~1609) : 자는 여수(汝受), 호는 아계(鵝溪), 본관은 한산(韓山), 색(穡)의 후손. 1561 년(명종 16) 문과에 급제, 정자(正字), 응교(應敎) 등을 지낸 후, 1567년 선조가 즉위함에 이조좌랑 부제학을 거쳐 1578년(선조 11) 대사간(大司諫)으로 서인(西人) 윤두수(尹斗壽)·정근수(正根壽) 등을 탄핵하여 파직시 킴. 이후 도승지 대사헌 이조판서 등을 지낸 후 1588년 우의정이 되고 이 무렵 동인(東人)이 남인(南人) 북인 (北人)으로 갈라지자 북인의 영수로 정권을 장악, 1590년 영의정이 되었다. 이듬해에 정철(鄭澈)이 건저문제 (建儲問題 : 1591년에 왕세자 문제로 동인 서인 사이에 일어난 분쟁)를 일으키자 정철을 탄핵, 유배시켰다. 1592년 임진왜란 때 왕을 호종, 평양에 갔다가 탄핵을 받아 평해에 부처되었다가 1596년 풀려 나와 영의정을 지냈음. 저서로 《아계집》이 있음.

549) 적손(嫡孫) : 적자(嫡子 : 본처 소생의 맏아들)의 적자.

550) 유풍(遺風) : 후대에 끼친 풍도.

551) 종로(終老) : 늙어서 죽음.

은 백성들이 감복하고 있고 마을 사람들이 사모하고 있다. 그러므로 그 향기의 퍼짐은 영세토록 쇠함이 없을 것이니, 언어 문자가 구구하게 많기보다, 어찌 아름다운 덕이 사람들의 마음과 입에 남아서 더욱 세월이 오래되어도 잊히지 아니하는 것만 같겠구나. 나는(小子) 비록 그의 문하에 이르러서 배우진 못하였지만 선군께서 선생에게 배웠으니, 나 또한 당신의 풍도를 받은 사람인 것이다. 여러 유생들의 청을 중히 여겨 들은 바를 자세하게 써서 쓰기를 마치었다.

　갑오년(1654, 효종 5) 겨울 10월 하순.

　先生諱應淸字淸之 平海人 自號大海 遠祖有曰黃將軍 在新羅 專討伐立大勳 自是以下 代有偉人 曾祖諱玉崇漢城判官 祖諱輔坤成均生員 考諱塤通訓大夫星州牧使 妣淑人金氏 以 嘉靖甲申 先生生焉 生有異資 才意雋邁 於學業不學而能 中壬子司馬 庚申秋有 世子入學之慶 設科聚士 先生入試圍 見策題語有不好意 卽投筆而出 人謂有和靖之風 旣而慨曰男子事業 豈專在是 遂專意於獨善之學 操履必正 名節自砥 萬曆甲申 朝家收用學行之士 先生預焉 授禮賓寺參奉 辭不赴 又 除開城延恩殿參奉 先生夙聞朴淵之勝 常願一往而觀之 得聞是 命 且爲翫瀑而行 到輒解歸 甲午以掌苑署別提 召之 時新經倭亂 大駕還自義州 臣子之義 不可終守介石 俛勉詣謝 因上疏論時弊四條 語極激切 皆可施用 上覽疏嘉納 命吏曹顯用之 遂調眞寶縣監 時議有未暢, 江都之歎 先生樂就 簡以自居 恕以臨民 瘡殘荒穢 變爲謳歌樂業之地 未二朞投綬而歸 居正明里 蕭然一室 左右圖書 偃仰尋思 與月川趙先生, 大菴朴先生友善 書尺往返 詩章酬唱 無間道路之遠 先生嘗寄一詩于趙先生 有年同志同道亦同之語 先生事父母以孝 遇兄弟以誠 溫淸定省 必以古人爲法 供養甘旨 不以家貧而有懈 率由性眞 初無私僞 逮丁內艱 血泣啜粥 廬墓終制 居廬時 日一下家 省嚴府 不入內庭而返 遭外憂 禮制如初 前後六載居廬 不用鹽醬 只啜糜粥 至行苦節 聳動鄕國 雖古之小連大連 何以加諸 又恩於宗族 惠於隣黨 家徒四壁 不以爲意 園田之趣怡怡也 先生厚自謙晦 而在家必聞 前後郡守 用一鄕言 續聞于方伯 萬曆戊寅 旌表其閭 屢以遺逸薦 先生終臥不起 敎授生徒 遠近來集 海鄕舊無文獻俗習貿貿 冠昏喪祭之禮 昧昧無解 先生問難商確於大人長者 凡大小儀法前所未行者聞卽施之 遠近觀化 習俗日變 使遐僻之鄕 得預禮義之方 皆先生之賜也 至於箕城有志鄕堂有憲 其品式條列 皆出先生之手 規模詳悉 辭義宏闊 可爲世法 鵝溪李相山海龍蛇謫居平海 一見先生 輒忘其貴而敬之 日一往焉 或間日而造 談論竟夕而忘返 作正明村

記 以道先生之行義 先生有三子 曰居一曰有一曰慶一 皆俊秀能文 稱其家兒 而不幸早
世 又無嫡孫 以次子子中美次子鉉爲中健後 側室子千一, 億一 則有子方業文 有遺風焉
嗚呼 先生之道 由孝悌而著大致 有堂堂不苟之美 志節則見於投筆之日 恬退則決於甗
瀑之行 御家治邑 人得以畧見其外 至其宏規大量則耿耿自奇 卷懷而終老 其誰知之 其
誰知之 惜乎 先生在世之日 三子俱逝 故不能收拾遺稿 闕焉無傳 爲可歎已 雖然君子之
言 多乎哉 先生之德與行 國人服之 鄕人慕之 芬芯之報 永世無替 與其區區於言語文字
孰若懿美之在人心口 愈久而不忘也 小子雖未及門 先君子受業於先生 小子亦承下風者
也 玆重諸儒之請 悉所聞而歸之 甲午冬十月下幹

통훈대부 의흥 현감을 지낸 송간 이공 행장
通訓大夫義興縣監松間李公行狀

공의 휘는 정회이며 자는 경직이다. 선대는 진보인이다. 시조의 휘는 석이며 향리를
지냈다.

생원시에 합격했으며 밀직부사에 추증되었다. 석의 아들 휘 자수는 고려 말에 과거
에 급제했으며 홍건적을 토벌하여 그 공으로 송안군에 봉(封)해졌다. 진보 이씨가 처음
으로 안동에 옮겨 산 것은 그에게서 비롯된다. 자수의 아들 휘는 운후는 군기시 부정을
지냈으며, 운후의 아들 휘 정은 선산 부사를 지냈었다. 정의 아들 셋으로 휘가 우양,
흥양, 계양이다. 계양은 퇴도 선생의 조부이다. 우양은 인동 현감을 지냈으며 현감의
아들 휘 철손은 승의 부의를 지냈다. 철손의 아들 휘 훈은 부호군을 지냈으며 훈의
아들 휘 연은 훈도를 지냈다. 훈의 아들 휘 희안은 참봉을 지냈고 이분이 공의 아버지이
다. 부정공(副正公) 이래로 주촌(周村)에 옮겨 살았다. 공의 부친은 의성 김씨 예범(禮範)
의 딸에게 장가들어 임인년(1542, 중종 37) 12월 30일 주촌리(周村里) 집에서 공을 낳았
다. 타고난 기품이 단정하고 굳세어 보통 아이들과는 달랐다. 나이 겨우 사물을 살필
제, 이미 효제(孝悌)를 행함이 도타웠으며, 바탕이 이미 도(道)에 가까워 허물이 있으면
반드시 고칠 줄 알았던바, 비록 아무리 즐기고 좋아하는 것일지라도 부모가 바라지
않는 것이면 단연코 끊어버려서 다시는 마음에 싹트지 않게 하였다. 어릴 때부터 마음

씀이 이와 같았다. 자라면서 퇴도 노선생을 쫓아 배웠는데 마음에 새겨 학습함이 오직 신실하였다. 계해년(1563, 명종 18)에 부친상을 당하였다. 여묘살이에 죽을 먹었으며 상·제례는 문공가례(文公家禮)552)를 좇아 행하고, 또 직접 노선생(퇴계)에게 물어서 행하였다. 어머니를 받드는 데 지극한 정성을 기울였으며 한(一) 아우 다섯 여동생들과는 한 집에서 함께 살았다. 십여 년을 함께 살면서 의복이나 음식 그리고 농사짓는 일이나 곡식을 거두는 일 등등에서 애당초부터 서로가 따지는 일이 없었다. 무진년(1568, 선조 1)에는 어머니가 가정의 가난함과 친로(親老 : 늙어서 쇠한 어버이, 여기서는 공의 모친을 두고 말함)를 이유로 벼슬길에 나가길 권하였다. 이 무렵 정약포553), 구백담554)이 조정에 있었는데 두 사람이 함께 천거함에 수의부의 의서습득에 기용되고 승훈·통덕의 품계에 올랐다. 무인년(1578, 선조 11)에는 모친상을 당하였다. 전염병이 성했는지라 공은 아우와 여동생들에게 집을 나가 피하라 하고 공만이 빈소에 남아 아침저녁 곡을 하고 몸소 밥을 지어 올리기를 밤낮 느슨히 함에 없었다. 문중의 어른들과 친구들이 글을 보내어서 밖으로 나가길 권유하였으나 끝내 듣지 않았다. 마침 아무 일도 없게 되자 사람들은 모두 신명(神明)의 도운 바라 했다. 복을 마쳐서도 아우와 함께 한 집에 살았다. 이 무렵 안동부에서는 자식이 어버이를 해친 변고가 일어나 부(府)가 강등되어 현이 되었다. 신사년(1581)에 공이 겸암 유 선생(유운룡), 습독 안몽열과 상의하여, 소555)를 올려 안동부로 환원키니 안동부의 사람들이 기뻐하였다.556) 병술년(1586, 선조 19)에는 다시 통례

552) 문공가례(文公家禮) : 중국 명나라 때의 구준이 관혼상제 등에 관한 주자의 학설을 모아서 만든 책.
553) 정약포(鄭藥圃) : 정탁(鄭琢, 1526~1605)의 호. 조선 때의 문신. 자는 자정(子精). 본관은 청주(淸州). 이황의 문인. 558년(명종 13) 문과에 급제함. 임진왜란 때 좌찬성으로 임금을 의주(義州)에 호종하였고, 우의정 좌의정을 거쳐 영중추부사(領中樞府事)로 호종공신 1등에 서원부원군(西原府院君)이 되었다. 경학에 밝았고, 천문·지리·수(象數)·병법(兵法)에 이르기까지 두루 정통하였다. 시호는 정간(貞簡), 저서로《약포집》이 있다.
554) 구백담(具柏潭) : 구봉령(具鳳齡, 1526~1586)의 호. 조선 선조 때 문신. 자는 경서(景瑞). 시호는 문단(文端). 본관은 능성(綾城). 이황의 문인. 문과에 급제. 병조 정랑(兵曹正郞)을 거쳐 사가독서(賜暇讀書)를 하고, 충청도 관찰사·사헌·부제학을 역임하였다. 저서로《백담집》이 있다.
555) 이정희의 저서《송간집(松澗集)》에 〈청복안동대호부호소(請復安東大護符號疏)(안동대호부란 명칭을 회복시켜 주길 청하는 소)〉가 있다.
556) 안동부가 현으로 격하된 발단은 1576년(선조 9) 안동부 임하현(臨河縣) 상숙촌(上宿村)에 사는 신복(申福)이란 자가 그 어미를 죽인 일 때문이었다. 문제는 이같이 안동부가 현으로 강등된 지 6년이 지나도록 복호(復號)되지 않자, 그동안 이 지역이 겪은 불편함과 불이익이 너무 커서 향인(鄕人)들의 분통함이 더욱 높아져 갔다는 데 있다. 그리하여 이정희는 향인들과 함께 복호 문제가 안동의 숙원 사업임을 인식하고 1581년(선조 14) 마침내 유운룡(柳雲龍), 안몽열(安夢說)과 함께 지금까지 제기되고 있는 민원들을 소(疏)로 피력하여 복호의 쾌거를 이루게 된 것이었다.

원 인의로 승진하였다. 정해년(1587)에는 진사시를 하여 명나라 수도에 들어가는 원유(遠遊)의 포부를 펼 수 있었다.

당시는 《대명회전》[557] 가운데 조선종계의 명예를 더럽힌 두 가지 일[558]때문에 자주 사신을 파견하여 이를 명나라에 변무(辨誣)함을 통해 바르게 고치게는 했으나 반강일(頒降日)은 모르고 있었다. 이번 행차에는 임연재 배공[559]이 진사정사로 가는데, 조정에서 떠날 무렵에 임금이 《대명회전》 반포 날짜를 살펴오라 하였다. 공은 배공이 바야흐로 떠나려 할 제, 수행원 가운데서 부득이 따라가기 어려운 사정이 생긴 사람이 공을 추천하여 사행을 하게 된 것이다. 공은 명나라 수도에 도착한 후 예부에 여러 차례 간청을 하였다. 예부에서는 그의 정성을 감복하여 마침내 새로 고친 대명회전 중의 본국(조선) 조항의 수정 부분의 글을 베껴가서 해주었다. 황칙(皇勅)을 받고서 본국에 돌아와 그 내용을 임금에게 보고하였다. 이는 배공이 타국으로 사신으로 가서 군명(君命)을 완수하여 체면을 유지할 수 있었던 것인 바, 공이 실로 함께 도운 바가 있었던 것이다. 경인년(1590, 선조 23)에는 종묘에 화재가 난 일이 있다. 임금이 수복을 체포하여 신문(訊問)하니 진술하기를 "상인(商人) 양승개가 일전에 진사사를 배행하여 명나라 수도에 갈 때 본사(本司)의 은물(銀物)을 몰래 훔치고서 그 흔적을 덮어 없애고자 꾀한 일이니 이번 이 화재는 분명 이 사람의 소행이 아닐 수 없습니다. 그러므로 당시의 사신 및 배행시의 정사(正使)를 모두 체포하여 구금해야 합니다."고 했다. 배공은 이미 죽고 없으므로 공이 붙잡혀 갔다. 범죄사실을 진술할 때가 되자 원사안(元士安) 이하 모든 이들은 두려움에 조처할 바를 몰라 진술함에 조리가 없었다. 하지만 공께서 사정의 실제를 분석한

---

557) 대명회전(大明會典) : 명나라 초에 서부(徐溥) 등이 왕명에 따라 편찬한 것이다. 총 분량은 180권이며, 1497년에 기고하여 5년 만에 완성되었다. 중국 법전 중 가장 완비된 것이다. 조선은 일찍이 명나라에서 이성계가 고려 말 이인임(李仁任)의 후손이라고 잘못 기록한 것을 바로 잡으려고 태조 이래 수십 차 사신을 보내어 시정할 것을 주장하였는데, 명나라에서는 1578년(선조 11) 이 책을 중간하면서 원문을 그대로 둔 채 조선의 주장을 부기하는 것으로 왕계변무문제(王系辨誣問題)를 종결지었다.

558) 이것은 《대명회전(大明會典)》 중에 두 가지 잘못된 것이 있다는 것이 아니라, 명나라 《태조실록(太祖實錄)》과 《대명회전》, 이 두 곳에 조선왕조의 태조가 고려의 권신(權臣) 이인임의 아들로 기재되어 있다는 것을 가리켜서 말하는 것이다.

559) 배삼익(裵三益, 1534~1588) : 본관 흥해(興海), 자는 여우(汝友), 호는 임연제(臨淵齊). 천석(天錫)의 아들. 이황의 문인. 1558년(명종 13) 생원시 합격. 1564년 문과급제. 풍기군수, 영양부사, 장예원 판결사, 성균관 대사성 등을 역임. 신종(神宗) 황제로부터 왕의 예복으로 용포(龍袍) 한 벌을 그리고 공의 앞으로 옥적(玉笛), 앵무배(鸚鵡盃), 상아홀(象牙笏)을 상으로 받았음. 환국하자 선조가 내구마(內廐馬) 한 필을 상으로 하사하였음. 황해도 관찰사로 부임해서 그곳에 크게 흉년이 듦에 구황(救荒)에 힘쓰다가 병을 얻었음에도 불구하고 관내(管內) 순시(巡視)를 강행하다가 객사함. 저서로 《임연재집》이 있다.

것은 말이 바르고 뜻이 분명하여 임금이 보시고 바르다 함에 사건이 무사하게 되어 옥에서 풀려날 수 있었다. 원사안이 감사하여 말하기를 "공이 아니었다면 우리들은 결백을 드러낼 길이 없었을 것이다."고 하였다. 4월에 봉열대부 사오서주부에 올랐으며 다시 봉정대부에 올라 사헌부감찰이 되었다. 얼마 후 중훈 품계에 올라 광국원종공신 녹권(錄券)되었는데 부모에게도 작위가 내려졌다. 이해 송소 권우⁵⁶⁰⁾가 집에서 천연두를 앓고 있었다. 공이 병을 조섭하느라 밤낮으로 들어가 정성을 쏟았으나 결국 일어나지 못하였다. 상사조차 치를 수 없어 공이 자금을 내고 남의 도움을 구하여 마련한 자금으로 수의를 입혀 염습하기를 상례대로 해서 그를 떠나보냈다. 신묘년(1591, 선조 24)에는 횡성 현감으로 배수되었으며 이어 중직(中直) 통훈(通訓) 품계에 올랐다. 횡성현에 이르러서 공은 산골마을이 몽매하여 글을 알지 못함을 보고서 향교에 유생들을 뽑아 향약(鄉約)⁵⁶¹⁾을 시행하였으며, 《소학》, 《대학》을 먼저 배우게 하여 마음을 바로잡고 행신하는 도를 알게 하는 데 힘썼다. 매월 초하루와 보름날이면 모여서 학습하는 것을 상도(常道)로 삼았다. 틈틈이 군비(軍備)를 수리하기도 하였다. 임진년(1592, 선조 25) 4월에 왜구가 주군(州郡)을 함락했다는 소식을 듣고는 방백에게 급히 달려가서 알리고 직접 현(縣)의 창고를 닫은 후, 군관(軍官) 이여해, 이여익, 이첩 등을 거느리고 가 각군(各軍)을 점검했는데, 창을 들 사람이 겨우 30여 명뿐이었다. 곧 황급히 한양을 향해 말을 달렸다. 원주에 이르자 원주 군사들은 이미 적과 조우했다가 패하였으며 홍천에 이르자 홍천 군사들 역시 무너졌다. 춘천 남쪽 지점에 이르자 임금의 수레가 파천(播遷)했다는 소식을 비로소 들었는데 행재소가 어디인지를 몰라 통곡을 하며 서울을 향해 멀리서 절하고 본현(횡성)으로 환진(還陣)하였다. 막내아우(정백)를 본향(안동)에 보내어 의병을 일으키게 하였다. 공은 군사를 정비하고 방책을 냈던 바, 복병을 설치하여 대비를 삼엄히 하는 것으로써 적의 목을 벤 것이 여럿이었고, 병기, 우마(牛馬)도 추격하여 빼앗은 것이 많았다. 이 모든 공을 군사(軍事)에게 돌렸다. 또 높은 산에다 의병(疑兵)을 설치하여 군사가 많은 것처럼 보이게 하니 적들이 감히 함부로 날뛰지 못하였다. 이로부터

---

560) 권우(權宇, 1552~1590) : 본관은 안동, 자는 정보(正甫), 호는 송소(松巢). 대기(大器)의 아들. 퇴계 문인. 1573년(선조 6) 사마시에 합격. 세자사부(世子師傅) 역임. 1590년 홍역으로 서울에서 향년 39세로 몰함. 저서로 《송소집》이 있음.

561) 향약 : 지방자치단체의 덕화 및 상호협조 등을 위하여 만든 규약. 향약 즉 여씨향약(呂氏鄉約)이 우리나라에 소개된 것은 주자학의 전래와 거의 같은 시기인 것으로 추측된다.

마을은 안전하게 되었으며 사람들도 돌아오게 되었다. 계사년(1593, 선조 26) 동짓달에
는 군자감판관에 제수되었는데 어떤 일이 생겨 고향에 내려갔다.

그가 떠나간 후 마을사람들은 공의 훌륭한 행적을 사모하여 돌에다 그 덕을 새겼다.
정유년(1597, 선조 30)에는 서애 유 선생이 경상도 체찰사로 있으면서 공을 천거함에 임
시 의흥 현감이 되었다. 정사를 맡은 지 얼마 안 되어서 의흥 사람들은 모두 관아(官衙)
에 가 공의 갈려갈 것을 걱정하여[562] 정식 의흥 현감으로 제수하기를 계(啓)하여 줄 것
을 요청하였다. 다시 난리를 당한 때인지라(정유재란) 피폐(疲弊)함이 아주 심했으나 공
이 정성을 다하여 고을 사람들을 평안하게 해주는 데 힘씀으로써 치적(治績)이 물이
젖듯 널리 퍼져나갔다. 이때 명나라 군사들이 남하(南下) 중이었다. 해당 군, 현 사람들
로 하여금 그 군사들에게 물품을 제공하여 마음을 편안케 해주라는 명(命)이 있었지만
의흥에서는 그 명을 감당할 수가 없었다. 공이 위아래로 주선하고 방침 세우기를 아주
자세히 함으로써 고을 사람들은 군사들이 들어온 줄조차도 알지 못했었다. 무술년
(1598, 선조 31)에 병으로 사직하고 떠났는데 의흥 사람들이 역시 비(碑)를 세워 아름다운
공적을 칭송하였다. 공은 진보의 문암산수를 사랑하여 그곳에 띠집을 짓고 살았다. 이
곳 사람들과 의논하여 옥동서원(이후 봉람서원으로 명칭이 바뀜)을 세우고 퇴계 선생을 향
사하였다. 이곳에서 몇 년을 살다가 주촌(周村)으로 돌아갔다. 유 선생(서애)이 벼슬에
서 물러나 고향에 머물러 있었다. 무릇 마을의 풍속을 바로잡고 기강을 세우는 일을
할 때면 반드시 공과 서신을 왕래하여 논정(論定)했으니 공에게 기대하는 바가 컸던
것이다. 화부[563] 풍헌이 신뢰를 받아 유지되어나간 것을 이러한 데서 가히 알 수 있는
것이다.

을사년(1605, 선조 38)의 회양지변(懷之襄變)[564]을 당해서는 안동부의 크고 작은 제방과
송제(松堤)[565]의 제방이 터져 부민(府民)들이 바야흐로 살지 못하고 이산할 지경이 되었

---

562) 원문 석구(惜寇)는 지방관의 갈려감을 만류하는 뜻을 담은 말이다. 후한(後漢)의 구순(寇恂)이 선정(善政)을
    베풀었으므로 갈려간 뒤에 백성들이 구순을 다시 오도록 하여 달라고 애원한 데서 나온 말.

563) 화부(花府) : 안동의 풍헌(風憲 : 풍기를 단속하는 법규).

564) 회양지변(懷之襄變) : 이것은 홍수가 심하여 산을 삼키고 언덕을 넘는 변고가 있음을 말함. 《서경》 요전(堯
    典)에, "帝(요임금)가 말하기를 아아! 사악(四嶽)아. 넘실거리는 홍수가 널리 해를 끼쳐 탕탕(蕩蕩)히(질펀함)
    산을 삼키고 언덕을 넘어 호호(浩浩)히(넓게 퍼짐) 하늘에 넘친다.[帝曰 咨四嶽 蕩蕩洪水 方割 蕩蕩懷山襄陵
    浩浩滔天]" 하였다.

565) 송제(松堤) : 안동부의 동쪽 포항(浦項 : 지금 안동시 법흥동 부근) 방향 10리쯤에 위치함. 이 방둑은 원래
    포항이라 불리었는데, 김록이 이 명칭을 속되다고 생각하여 송제(松堤)로 고쳤다 한다.

다. 백암 김륵(金玏)[566]이 안동 부사로 있었다. 김륵이 공을 기용하여 그 일을 주관케 하였는데 공이 잘 감독하여 공적을 이룸으로써 부민(府民)들은 지금에 이르도록 공을 신뢰하고 있다. 만년에는 서당을 지어 편액하기를 '지남(芝南)'이라 했는데 이곳은 학도들의 공부하는 장소가 되었다. 매월 초하루와 보름날이면 학도들이 모여서 학습을 하였는데 재(材)에 따라 가르침을 줌으로써 이끌어줌에 정성이 있었다. 한강 정 선생(鄭逑)은 안동부사로 와 있으면서 토지(土地)를 주어 자금을 마련해 주었다. 공은 따로 조그마한 정자를 짓고서 이름 하길 '송간(松澗)'이라 했는데 이곳은 공이 한가히 거처하면서 마음을 함양하던 곳이다. 안석과 책상 등이 정결히 정돈되고 세상사(人事) 번잡하지 않은 고요한 가운데서 천인성명의 관계를 성찰하고 고금흥망의 자취를 토론하면서 유유자적하였으니 연수(年數)가 바야흐로 가는 줄도 알지 못하였다. 평소에는 아침 일찍 일어나 사당을 참배했던바 조상을 받듦에 성경(誠敬)을 다 하였다. 누대(樓臺) 조선(祖先)들의 묘소에도 각기 제토(祭土)를 마련해 두어 사시(四時) 제향(祭享)을 받들 수 있게 하였다. 이 씨는 시조 이래로 문적(文蹟)이 드러나 있는 것이 없었다. 공이 노선생[567]의 명에 따라 집에 보관된 옛 문서들을 찾아내어 구세일록[568]을 만들어 이를 대대로 전하게 하였으며, 또한 족중완의[569]를 만들어서 혼례, 상례 때 서로 도와줄 수 있게 함으로써 친족을 친애하는 정의(親親之誼)를 알게 하였다. 기유년(1609, 광해군 1)에는 임금이 구언[570]을 청했는데 공은 초야 노신(老臣)의 몸으로 있으면서 우애가 간절함을 견딜 수 없어 여섯 가지를 소로써 논하였다. 첫째는 나라 기강을 진작시킬 것, 둘째는 법을 공명(公明)하게 적용할 것, 셋째는 군정(軍政)을 다스릴 것, 넷째는 부역을 고르게 적용할 것, 다섯째는 인재를 가려서 쓸 것, 여섯째는 민생을 안정시킬 것 등이다. 말한 바는 모두가 나라를 다스릴 훌륭한 방책이요, 시폐를 다스릴 긴요한 것이었다. 남들이 말하기 꺼려하는 바를 돌아봄이 없이 지적하여 말하기를 매우 마땅히 하였지만 결국은 소가

---

566) 김륵(金玏, 1540~1616) : 자는 희옥(希玉), 호는 백암(柏巖), 본관은 예안(禮安)이다. 박승임(朴承任), 황준량(黃俊良), 이황(李滉)의 문인. 1592년(선조 9) 문과에 급제, 승문원, 사헌부 등 여러 벼슬을 거쳐, 영월군수, 교리 등을 역임. 1592년 형조 참의로 임진왜란을 만나 영남 안집사(安集使)로 난리에 크게 공헌함. 이듬해 경상우도 관찰사, 이어 대사헌이 되어 시무 16조를 상소, 뒤에 형조 참판, 충청 관찰사, 안동 부사 등을 역임함. 시호는 매절(每節), 저서로 《백암집》이 있다.

567) 노선생 : 퇴계 이황.

568) 구세일록(九世逸錄) : 9세까지의 빠진 자취를 기록한 것.

569) 족중완의(族中完議) : 친족이 모여 상의할 수 있도록 만든 규약.

570) 구언(求言) : 임금이 신하의 직언(直言)을 구함.

올라가지 못함에 식자들이 애석해 하였다. 임자년(1612, 광해군 4) 8월 24일에 거처하던 본채 외정(外亭)에서 돌아가니 향년 71세였다. 이해 모일에 안동부 서쪽 도솔원 임좌(壬坐)[571] 언덕에 장사 지냈다. 공은 병조참의 아산(牙山) 장윤종(蔣胤宗)의 딸에게 장가들어 2남 2녀를 두었다. 맏아들 벽은 진사였고, 둘째 아들 지는 통정이었다. 맏딸은 설서 이립에게 시집갔고 둘째는 충의 박직에게 시집갔다. 진사는 2남 1녀를 두었다. 맏아들은 승사랑을 지낸 중효이며 둘째는 민효이다. 지는 아들이 없어 민효를 후사로 삼았는데 일찍 죽어 아들은 두지 못하였다. 딸은 충의 채극계에게 시집가서 아들을 두었는데 참봉 규하이다. 설서는 4남 1녀를 두었다. 맏아들은 영급이요, 다음은 영수인데 일찍 죽었다. 다음은 영계이고 그 다음은 영준이다. 딸은 이종에게 시집갔다. 박직은 딸 다섯을 두었는데 맏딸은 장용변에게, 다음은 권희에게, 다음은 김운한에게, 다음은 정담에게, 다음은 이창원에게 시집갔다. 공은 어려서부터 아버지를 잃고 가난하여 어려움이 많았으나 일찍 학문에 뜻을 둠으로써 타고난 바탕의 수미(粹美)함과 심지(心志)가 밝음을 아울러 갖추었으며 어버이를 섬기고 제사를 받듦에도 본마음 이외의 딴 마음으로써 한 바가 없었으며 형제간의 우애의 두텁고 또한 보통이 아니었다. 마음 씀에 있어서는 오직 아들 된 도로서 마땅히 효(孝)하고 아우 된 도로서 마땅히 공경하는 도를 알아서 이로써 미루어 나아갔으니 공의 배운 바는 마치 배와 수레가 물과 육지에 있는 것 같고 농부가 밭 갈고 씨 뿌리는 것 같다 할 것이거늘, 하물며 공의 얻은 바가 안으로는 퇴계 노선생이 문내(門內)의 족조(族祖)로서 공을 면려(勉勵)하여 타이른 것이 남과 매우 달랐고, 밖으로는 학봉 김 선생이 내형으로서 공을 규계하여 가르친 바가 동기들과도 간격이 없었으므로 가르침을 받아 변화한 것이 절로 일취월장하였음을 스스로도 몰랐음에랴. 집에 있을 때는 사이 뜨는 말을 함이 없었으며, 마을에서 처신할 때는 규율에 따라 행동하였으며, 고을을 다스릴 때는 사람들이 부모라고 호칭했으며, 일을 함에도 시작이 있고 또 끝을 아름답게 맺음하였으니 진정 군자인(君子人)이라 할 만하다. 공의 아우는 휘가 정백이며 자(子)는 여직이다. 기질이 강하고 엄중했으며 만년에는 배움을 좋아하여 이계(伊溪)의 권우(權宇), 오천(烏川)의 김해(金垓)와 금란지교(金蘭之交)를 맺는 등 장차 일을 크게 할 만하였다. 공이 늘 "내 아우의 재주와 학덕은 나에 비할 바가

---

571) 임좌 : 임방(壬方)을 등지고 있음(따라서 이것은 병방(丙方)을 향하는 뒷자리임)을 이름. 임방은 24방위의 하나로 정서북에서 북쪽으로 30도의 방의를 중심으로 한 좌우 15도의 각도 안이며, 병방은 역시 방위의 하나로 정남으로부터 동쪽으로 15도 되는 방위를 중심으로 한 좌우 15도의 각도 안을 말한다.

아니다."라고 하였는데 불행히도 나이 오십이 안 되어서 죽으니 아! 애석토다. 공의 손자인 중효가 가문의 명성을 쇠하지 않게 하고 선대(先代) 받듦에도 정성을 다하였다. 내가(이시명) 일찍부터 공을 모시었고 또 어머니의 가르침을 통해 익히 들은 것으로써 공의 행적을 잘 알 것이라 생각하여 험한 길을 넘어 위태로움도 무릅써가며 적막한 물가까지 나를 찾아와 이곳에 머물러 한마디 말을 청하므로 의(義)로써 감히 사양할 수가 없어서 오른쪽과 같이 듣고 본 바를 대략 써 보았다.

公諱庭檜字景直 其先眞寶人 始祖諱碩鄕吏 中生員 贈密直副使 子諱子修 麗末登第 討紅巾賊勳 封松安君 始移安東 子諱云侯軍器寺副正 子諱禎善山府使 子諱遇陽, 興陽, 繼陽 繼陽卽退陶先生之祖 遇陽仁同縣監 縣監有子諱哲孫承儀副尉 子諱壎副護軍 子諱演訓導 子諱希顏參奉 寔公之先考 自副正移居周村 先考娶義城金氏禮範之女 以壬寅十二月三十日 生公于周村里第 稟賦端毅 異於凡常 年甫省事 已敦孝悌之行 資旣近道 知過必改 雖甚嗜好 父母不欲則斷已之 不復萌於心 自幼立心類如此 及長受學于退陶老先生 服習惟謹 癸亥丁外憂 廬墓啜粥 喪祭節文 攷据文公家禮 親質老先生而行之 奉母至誠 與一弟五妹 同舍而居凡十數年 衣食耕穫 初無物我 戊辰大夫人以家貧親老勸之仕 時鄭藥圃, 具柏潭在朝 交口薦之 調修義副尉醫書習讀 陞承訓通德 戊寅遭內艱 癘氣仍熾 命弟妹出避 公獨處殯次 晨夕哭臨 自炊奉奠 日夜不懈 門長親友投書勸出 終不聽 竟至無事 人皆以爲神明之助 服闋與弟家居 時安東府有賊子之變 降而爲縣 辛巳公議于柳謙庵先生與安習讀夢說 上疏復號 鄕人快之 丙戌復進爲通禮院引儀 丁亥隨陳謝使入 上京 以償遠遊之抱 時以大明會典中我 朝宗系惡名二事 屢遣使臣辨誣 天朝許改正而未及頒降 是行也臨淵齋裵公爲陳謝正使 及辭朝 上命探會典頒降日期 裵公將行 難其從者 薦公佐行 旣朝 京 累呈禮部 禮部感其誠 遂許謄寫新成會典中本國項下改纂文字 至奉 皇勅還朝奏之 此裵公專對得體 而公實與有助焉 庚寅 宗廟裁 自 上逮訊守僕 其辭曰賈人梁承凱曩陪陳謝使赴京時 偸竊本司銀物 謀欲掩滅其跡 今此火患 未必非此人所爲 以故悉繫其時使臣 及陪行時正使裵公已卒 公被逮 及供書狀元士安以下皆惟懼失措 辭無倫脊 公剖析情實 辭直意明 上覽而是之 事得平 旣出圜 士安謝之曰非公吾等無地暴白 四月陞奉列大夫司醞署主簿 復陞奉正大夫爲司憲府監察 俄陞中訓階 錄光 國原從功臣 賜父母爵 是年松巢權公宇在邸遘痘 公調病八晝夜 殫竭心力 竟不起 無以爲喪 公出財求助 穠殮如禮以送之 辛卯 拜橫城縣監 因陞中直通訓階 旣到縣 見峽俗

貿貿 不知文學 選儒生于校宮 設鄉約 先以小大學 勉立心行己之方 每月朔月望會講以
爲常 間亦修繕武備 壬辰四月 聞倭寇陷州郡 馳報方伯 親封縣倉 率軍官李汝諧李汝翼
李㙫等 點視各軍 執戟者不過三十餘 乃馳向京城 至原州原州兵已遇賊而敗 至洪川洪
川兵亦潰 至春川南面地 始聞 鑾輿播越 未知 行在何地 痛哭向京城遙拜 還陣本縣 季公
送于本鄉 令倡起義旅 公整什伍授方畧 設伏嚴備 斬賊累級 器械牛馬多所追奪 悉予軍
士 且設疑兵於高山 以示衆盛 賊不敢肆 由是邑里保完 士民還集 癸巳至月 拜軍資監判
官 因事還鄉 去後民思公休 鑱德于石 丁酉西厓柳先生爲本道體察使 薦公爲義興假守
莅政未幾 義民悉詣借寇 仍 啓授眞守 新承亂離之餘 凋弊愈甚 公殫誠勞安 治績洽然
時 天兵南下 郡縣供億有不堪命 公上承下際 經劃纖悉 民不知有兵 戊戌以病辭歸 興亦
立石頌美 愛眞寶文巖山水 結茅居之 議建玉洞書院 後改鳳覽 以享退溪老先生 數年還
周村 柳先生退老居鄉 凡鄉間正俗立紀之事 必與公往復論定 倚公爲重 花府風憲賴以
維持 迄玆可觀 乙巳懷襄之變 本府大小松堤潰 府民將蕩析 柏巖金公爲府伯 擧公管其
事 董治底績 民至于今賴之 晚築書堂 扁之曰芝南 爲學徒隸業之所 朔望會講 隨材施教
曲有誘掖之方 寒岡鄭先生莅府 畫給土田 以爲養士之資 別立小亭 號曰松澗 燕居頤養
之室也 几案潔淨 人事簡靜 省察天人性命之際 討論今古興亡之蹟 逍遙游泳 不知年數
之將至 平居早起拜廟 奉先極誠敬 累世墓下各立祭土 以供四時之享 李氏自始祖以來
文蹟無徵 公奉老先生命 裒出家藏故紙 撰出九世逸蹟 以爲世傳 又立族中完議 令昏喪
有助 俾知親親之誼 己酉 上求言 公以散蔭老臣 不勝憂愛懇至 疏論六條 一曰振紀綱
二曰明法律 三曰修軍政 四曰均賦役 五曰擇人材 六曰定民居 所言皆謨國之良規救時
之急務 不顧忌諱 指陳剴切 竟寢不報 識者惜之 以壬子八月二十四日 終于正寢之外亭
享年七十一 以是年某日 葬于府西兜率院壬坐之原 公娶兵曹參議牙山蔣胤宗之女 生二
男二女 男長擘進士 次摯通政 女長適說書李芨 次適忠義朴稷 進士生二男一女 男長曾
孝承仕郎 次閔孝 摯無子 后閔孝而早夭無子 女適忠義蔡克稽有子奎夏參奉 說書生四
男一女 男長榮伋 次榮修早死 次榮係 次榮儁 女適李琮 朴稷生五女 長適張龍卜 次適權
嬉 次適金雲漢 次適鄭儋 次適李昌遠 公少孤貧多事 而嘗從事於學問 兼天質粹美 心志
開朗 事親奉祭 本心無他 友于之篤 亦非尋常 其處心也惟知子道之當孝 弟道之當悌 推
此以往 如公之學 若舟車之水陸 農夫之耕種也 況公之所得者 內而退溪老先生以門祖
勉戒公廻異他人 外而金鶴峯先生以內兄 規訓公無間同氣 薰陶變化 自不知日將而月就
居家而無間言 處鄉而綱紀擧 治邑而民號爺孃 事有其始 又令其終 眞所謂君子人者歟

公之弟諱庭柏字汝直 剛毅嚴重 晚而喜學 與伊溪權宇 烏川金垓爲結金蘭 將大有爲 公
常謂吾弟才德非我之比 不幸年未五十卒 吁其惜哉 公之孫曾孝不替家聲 奉先以誠 以
時明嘗陪侍公庭 且習聞慈氏之敎 必能言公之行 越險冒危 訪余于寂寞之濱 留宿而求
一言 義不敢辭 畧叙所聞見如右

石溪先生文集附錄 卷一

석계선생문집부록 권1

만사輓詞

사예 조정융
司藝曺挺融

멀리서 부친 만전(蠻牋)[572]이 낙동강 물가에 이르러	遠寄蠻牋到洛涯
근심되게도 나에게 만사를 짓게 하누나	慇懃徵我輓行詞
정분은 형제처럼 깊었으니 선대가 생각나지만	分深兄弟思先世
도로가 죽은 자 산 자로 격리되었으니 뒷날이 아득하기만 하네	路隔幽明杳後期
금일 북망산[573] 낙토로 가면	今日北邙爲樂土
영남의 숙유[574]될 이 뉘 있을 건가	宿儒南國更伊誰
고인의 서적들 아직 아무 탈 없이 남아 있는 바	古人書籍猶無恙
모든 사람들 앞 다투어 일컫길 아버지라 하네	輿望爭稱乃父兒

교리 김종일
校理金宗一

깊은 산골짜기에서 성현의 도를 찾으니 몸이 한가로웠고	深居求志身閒適
수(壽)를 누리고 자식들 많았으니 가도가 창성했네	壽考多男家道昌
세상의 청복 누가 이 같을 것이랴	淸福世間誰得似
산림 속에 또 곽분양[575]이 있었네	山林亦有郭汾陽

---

572) 만전(蠻牋) : 촉(蜀) 지방에서 나오는 시(詩), 여기서는 부고(訃告)로 쓰였다.
573) 북망산(北邙山) : 낙양(洛陽)의 북쪽에 있는 망산(邙山). 이곳은 한(漢)나라 이래로 유명한 묘지였기 때문에 무덤, 묘지의 뜻으로 쓰임.
574) 숙유(宿儒) : 명망 높은 유학자.

사간 홍여하
司諫洪汝河

거의 방공[576]의 은둔 때와 같이	絶似龐公隱遁時
돌밭떼기 삼무가 남아 있지 아니 함이 없고	石田三畝不無遺
모르겠도다 당시에 앞 언덕 밭갈이 할 때도	不知當日耕前隴
지금같이 백미[577]가 모두 몇 사람이었던지	幾箇如今摠白眉
보배로운 나무들 해마다 소매잡고 뒤따랐으니	寶樹年來執袂隨
어찌 자주 빛 지초 눈썹[578]을 알지 못할 것이랴만	如何不識紫芝眉
오늘 아침 병으로 누워 외로이 앓는다 하니	今朝臥疾孤綿漬
운산을 바라봄에 유독 슬퍼질 뿐이네	回首雲山獨悵悲

승지 김방걸
承旨金邦杰

대로가 동해에서 살아	大老居東海
그 명성 사방에 흘러넘치었네	聲名溢四方
문장은 반고(班固)[579]요	詞華斑太史

---

575) 곽분양(郭汾陽) : 당(唐)나라 현종의 천보 14년부터 9년간 계속한 안록산(安祿山)과 사사명(史思明)의 반란을 평정한 공으로 분양왕(汾陽王)에 봉해진 때 곽자의(郭子儀)를 말함. 곽자의는 당나라 명장(名將)이며 화주(華州) 사람이다. 현종(玄宗) 때에 삭방절도 우병마사(朔方節度 右兵馬使)가 되고 안사(安史)의 난을 평정하였으며 또 회흘(回紇)과 손잡고 토번(吐蕃)을 정벌하여 덕종(德宗) 때 상부(尙父)라는 호(號)가 내려지고 태위중서령(太尉中書令)에 이르렀는데, 이후 나라의 안위가 그에게 달려 있었던 것이 20년이나 되었음.

576) 방공(龐公) : 제갈량이 존경했던 동한(東漢) 말의 은사 방덕공(龐德公)을 가리킨다. 한 번도 도회지에 발을 들여놓지 않았다. 양양(襄陽)에서 농사짓고 살면서 형주자사(荊州刺史) 유표(劉表)의 간곡한 요청도 누차 거절하다가 뒤에 가족을 이끌고 녹문산(鹿門山)으로 들어가 약초를 캐며 생을 마쳤다.

577) 백미(白眉) : 여럿 가운데 뛰어난 이름. 촉한(蜀漢) 사람 마량(馬良)의 5형제가 모두 재명(才名)이 있었는데, 그 중에서도 마량이 가장 뛰어났던 바, 그의 눈썹이 흰 털이 섞여 동네 사람들이 "마씨 5형제 중에 흰 눈썹을 가진 마량이 가장 뛰어나다.[馬氏五常, 白眉最良, 五常은 5형제의 字 모두 常자가 들어 있었던 데서 표현된 말임.]"고 한 고사에서 나왔음.

578) 원문 자지미(紫芝眉 : 자줏빛 지초 눈썹)는 잘생긴 얼굴을 이름. 당나라 사람 원자지(元紫芝)의 얼굴이 썩 잘생겼다고 하는 고사에서 나온 말. 지미(芝眉) 지자(芝字)라고도 함.

579) 반고(班固) : 중국 후한(後漢) 초기의 역사가로, 학자. 합서성(陝西省) 함양인(咸陽人). 자는 맹견(孟堅),

지업은 동중서(董仲舒)[580]라　　　　　　　　　　　　　志業董賢良

뜨거운 더위 속에 봉새가 옮겨 날다 떨어졌고　　　　　炎海違鵬徙

산속 깊은 곳에 숨어 있던 호랑이 드러났네　　　　　　深山見虎藏

모범된 것은 교위 이응(李膺)[581]에 쌍벽이요　　　　　模楷雙校尉

오래도록 복을 누린 것은 분양(汾陽)에 짝 될 만하였네　壽福兩汾陽

소자(小子)는 일찍부터 북두로 우러러보았으며　　　　　小子曾瞻斗

지난해에 다행히 찾아뵈었네　　　　　　　　　　　　　前年幸拜牀

몸가짐은 산처럼 꼿꼿했고　　　　　　　　　　　　　　儀形山立立

타고난 기품은 바다처럼 넓었네　　　　　　　　　　　　器宇海汪汪

아들은 모두가 삼걸[582]이었고　　　　　　　　　　　　繼體皆三傑

백미인지라 최고인 마량(馬良)이었네　　　　　　　　　　白眉最馬常

용렬한 사람들 능히 얻은 바 있었으니　　　　　　　　　庸才充有得

본받을 만한 말은 오래도록 잊혀지질 않으리　　　　　　法語久難忘

누가 말했던가 사문에 재앙 들면　　　　　　　　　　　誰謂斯文厄

연이어 철인의 죽음 소식 전해진다고　　　　　　　　　連傳哲人亡

구원[583]에서 소생할 날 없으니　　　　　　　　　　　九原無起日

아버지 표(彪)의 유지를 받들어 20년 걸려 《한서(漢書)》를 완성하고, 뒤이어 백호통의(白虎通義)를 찬집하였다. 두헌(竇憲)이 흉노를 칠 때, 중호군(中護軍)으로 출전하였다가 패전하여 그 죄로 옥사하였다.

580) 동중서(董仲舒) : 중국 전한(前漢) 유학자인의 동중서를 말함. 호는 계암자(桂巖子), 일찍부터 《춘추공양전(春秋公羊傳)》을 공부하여 경제(景帝) 때 박사가 됨. 무제가 즉위하여 국가 부흥의 대책을 널리 구하자 현량책(賢良策)을 올려 신임을 받고 정책의 할정(割定)에 참여할 수 있는 기회를 얻었다. 이후 강도왕(江都王)의 재상으로 있으면서 유교의 국교화(國敎化)에 결정적 기여를 하여 많은 헌책(獻策)을 하였다. 저서로 《춘추번로(春秋繁露)》, 《동자문집(董子文集)》이 있음.

581) 이응 : 후한(後漢) 양성(襄城) 사람. 환제(桓帝) 때 사례교위(司隸校尉)가 되었음. 《후한서(後漢書)》 권97에 의하면 당시의 조정은 날로 문란하여 강기(綱紀)가 해이했는데 이응(李膺) 풍교(風敎)를 발휘하여 나라를 잘 다스려 나감으로써 그의 성명(聲名)이 절로 높아지게 되었고, 따라서 선비들 가운데서는 그의 얼굴을 본 사람들을 등용문(登龍門)이라 하기까지에 이를 정도로 유명해지게 되었으나, 그는 이후 환관들의 일에 연루되어 직책이 파면되었다가, 영제(靈帝) 때 다시 입조(入朝), 보무(寶武 : 後漢 사람)와 함께 이관(庭官)을 주살(誅殺)코자 모의하다 이 일이 실패로 돌아가자 피살되었음. 여기서는 석계가 남한산성의 치욕을 설욕하고자 했다가 이 일이 실패로 돌아가자 여생을 은거하여 산 것을 가리켜 말한다.

582) 삼걸(三傑) : 한(漢)나라, 소하, 장량, 한신.

583) 구원(九原) : 무덤을 이름. 이것은 전국시대 진(晉)나라 경대부(卿大夫)의 무덤이 구원(九原)에 있었던 데서 일컬어진 말임.

저승을 생각할 제 다만 눈물이 옷을 적시네　　　　　　　冥道秖沾裳

진사 김광원
進士金光遠

하늘이 문성[584]과 수성[585]을 내려 주었으니　　　　　天降文星與壽星

문(文)이 당대에 높았고 수(壽) 또한 누렸도다　　　　　文高當代壽期齡

부질없이 커다란 소리를 보내어 영남을 놀라게 한 바　空將大響驚南國

횡린[586]을 보내지도 않았는데 북명에서 변화를 하다니[587]　未遣橫鱗化北溟

해악에서 기이한 보배를 숨기고 산 지 그 몇 년이던가　海嶽幾年奇寶佚

화산에서 금일 노선께서 생을 멈추다니　　　　　　　花山今日老仙停

훌쩍 한번 날아가 버림에 향안을 찾을 제　　　　　　翩然一擧朝香案

아래로 집안을 살피니 뜰에 옥이 가득하더라　　　　　下視家中玉滿庭

별검 이채
別檢李埰

나의 선친과 경인년(1590, 선조 23)에 함께 태어나시어　與吾先子共庚寅

정분도 이전부터 그렇게 친하였도다　　　　　　　　分義從來自爾親

언행은 금세의 법도 되기에 족하고　　　　　　　　言行足爲今世準

문장은 옛사람의 티끌을 답습한 바 없도다　　　　　文章不襲古人塵

공의 집 뜰아래에 홰나무 세 그루 무성하고[588]　　晉公庭下三槐蔭

---

584) 문성(文星) : 일명 문창성(文昌星)이라 함. 북두칠성의 첫째 별. 학문을 맡은 별.

585) 수성(壽星) : 일명 노인성(老人星)이라 함. 수(壽)를 주관하는 별.

586) 횡린(橫鱗) : 북쪽 바다를 가로질러 노닌다는 곤어(鯤魚).

587) 석계의 죽음에 이름. 《장자》〈소요유(逍遙遊)편〉에 북쪽바다에 물고기가 있어 그 이름을 곤(鯤)이라고 하는데 그 크기가 몇 천리나 되는지 알지를 못한다. 그것이 변화해서 새가 되니 그 이름을 붕(鵬)이라 한다."(北冥有魚, 其名爲鯤, 鯤之大不知其幾千里也. 化而爲鳥, 其名爲鵬) 하였다.

588) 훌륭한 아들이 많음을 일컬음. 집 뜰아래의 홰나무 세 그루는 송나라 초기의 왕호(王祜)라는 사람과 관련된

기자(箕子)의 홍범구주[589] 중의 오복이 고르네[590]　　　箕範疇中五福均

산과 물로 멀리 막혀 상여 줄도 잡지 못하고　　　嶺海迢迢違相紼

오늘 만사를 지음에 슬픔이 배가 되네　　　緘辭此日倍傷神

김시임
金時任

수준도[591] 가운데서 첫째가는 사람이요.　　　壽俊圖中第一人

얼굴은 붉은 옥 같고 기운은 봄 같았네.　　　面如紅玉氣如春

일찍이 문장을 배워 알려진 명성 두터웠고,　　　早從詞學知名重

만년에는 인경[592]을 좋아하여 터득한 맛 참되었네　　　晩好麟經得味眞

말고삐를 잡은 이래로 즐거이 몸을 의지했건만,　　　執御由來欣有托

이제는 구슬을 찾으려 한들[593] 의지할 곳 없음이 슬프네　　　探珠從此痛無因

내 평생 쓸쓸해졌으니 장차 누굴 의지할 것이라　　　百年牢落將安做

거듭 사문을 생각하니 슬픔이 배가 되네　　　重爲斯文倍傷神

이야기에 나온다. 송나라 초, 지로주(知潞州)를 지낸 왕호는 당시의 실권자인 부언경(符彦卿)이 큰 명성을 이용하여 억누름에도 불구하고, 그는 오히려 사람들에게 '언경은 죄가 없다'라고 말하였다 한다. 이를 본 사람들은 '호(祜)에게는 음덕(陰德)이 있을 것이다.'라고 하였다. 일찍이 그는 뜰아래 홰나무 세 그루를 심으면서 '내 자손들 가운데 반드시 삼공(三公)(즉 재상)될 사람이 나올 것이다.'라고 하였는데, 마침내 둘째아들 단(旦)이 재상이 되었다고 한다.《송사(宋史)》권269, 《동도사략(東都事略)》권30)

589) 홍범구주(洪範九疇) : 홍범이란 '세상에 큰 규범'이란 뜻이다. 이 홍범에는 아홉 조목(九疇)이 있어 흔히 '홍범구주' 무왕(武王)은 은(殷)나라를 쳐부수자 주(紂)의 아들 무경(武庚)을 그 땅에 봉하여 은나라의 제사를 받들게 하였다. 그리고 주(周)나라로 기자(箕子)를 데리고 돌아와 천도(天道)를 물으니, 기자는 이 홍범을 지었다 한다.《서경(書經)》 주서(周書) 홍범(洪範))

590) 5복은 홍범구주 중의 아홉째에 나옴. 5복은 ①오래 사는 것 수(壽), ②부하게 되는 것 부(富), ③안락함(康寧), ④흉한 덕을 닦는 것(攸好德), ⑤늙음으로써 목숨을 마치는 것(老終命)이다.

591) 수준도(壽俊圖) : 장수한 준걸의 풍채를 그린 그림.

592) 인경(麟經) : 춘추(春秋)의 다른 이름.

593) 탐주(探珠) : 탐려획주(探驪獲珠), 검은 용의 턱 밑에 있는 귀중한 구슬을 찾아서 얻음.

참봉 금성미
參奉琴聖徽

천마의 정신 바다 학의 모습	天馬精神海鶴容
문장은 고운 비단 같고 글씨는 무지개 같았네	文如瑞錦筆如虹
방공의 은방에 빼어난 세 아들 얻었고	龐公盡室採三秀
순씨의 온 뜰엔 팔룡이 가득했네	荀氏滿庭趨八龍
병 없이 태평한 가운데 수를 누림이 마땅했건만,	無恙太中宜享壽
대로께서 갑자기 돌아가셨다니 무슨 말이냐	何言大老遽云終
만년의 집 옮겼음도 온통 환이 되고[594]	移家晚計渾成幻
유명 따라 새 언덕에 네 척 무덤 이루다니	遺命新阡四尺封

현감 권태시
縣監權泰時

심의[595]를 주고받은 이래	授受深衣後
사문은 실로 이 사람에게 달려 있었던 바	斯文實在玆
굳세고 방정함은 학력에서 말미암았음이요	剛方由學力
순수함은 타고난 바탕에서 비롯한 것이었네	純粹任天資
끝났도다 이제는 사문을 일으킬 수도 없고	已矣今難作
당시의 사람들 이 사람을 알지도 못했으니	時乎世莫知
수비산 은은한 일월은	首山殷日月
천고의 슬픔을 남겼네	千古有餘悲

---

594) 환(幻) : 덧없음, 이것은 석계가 여생을 거의 산림에서 보내다가 만년에 자손들의 장례가 걱정되어 안동 대명동으로 이거한 2년 만에 타계한 것을 가리켜서 말한다.

595) 심의(深衣) : 덕망 높은 유학자들의 웃옷. 여기서는 장흥효로부터 이시명이 심의를 받은 것을 상기하여 장흥효 이후 도학을 말한다.

좌랑 이유장
佐郞李惟樟

이곳 영남의 호사가들	自是南州豪士家
바로 순씨에 비교된다 했던 그 말 과장됨이 없건만	方諸荀氏語非誇
덕성[596]이 어젯밤에 그 빛을 감추었으니,	德星昨夜光芒晦
도참설에 뱀의 해에 현사(賢士)가 죽는다는 말[597]도 헛된 것이구나	緯說虛傳歲在蛇
이전부터 내가 공의 어진 아들들과 종유(從遊)한 이래	昔我從公賢子遊
법가의 규범을 넉넉히 볼 수 있었고	法家模範見優優
내 사랑방 드나든 지 십 년 그 사람 그리워 눈물 흘렸네	寢門十載思人淚
또 고당을 향해 한 웅큼 눈물이 흐르도다	又向高堂一掬流

교리 유세명
校理柳世鳴

작년부터 문하에 올랐으니 너무 늦었음이 한 되오나	昨歲登門恨太遲
못난 나를 이끌어 주심에 한 말씀을 주셨도다	提攜偏辱一言垂
지금 덕인(德人)을 생각한들 어디에서 알 것이랴	如今考德知何處
가을 하늘 바라봄에 절로 슬퍼지네	悵望秋天獨自悲

현감 김한벽
縣監金漢璧

스승의 말고삐 잡고 평생토록 즐겨 좇고자 했건만	得御平生喜
만사를 짓게 되다니 오늘이 슬프도다.	題詞此日悲
사람들 화정의 운둔에다 비겨 말하였고	人稱和靖隱

---

596) 덕성(德星) : 목성(木星). 목성이 있는 곳엔 복이 있다는 데서 이름. 현인(賢人)을 비유함.
597) 석계는 용(龍)과 사(蛇)의 해에 죽지 않았으므로 이렇게 말한 것이다. 석계의 몰년은 1674년(갑인년)이다.

나 또한 노중련(魯仲連)의 자태를 알았도다　　　　　　　我識魯連姿

덕이 많은 스승 이제 이 세상에 있지 아니하니　　　　　長德今無在

동네 사람들 다시금 누굴 의지하랴　　　　　　　　　　鄕邦更依誰

남긴 글 응당 상자에 가득하니　　　　　　　　　　　　遺文應滿篋

천년 뒤에 자운(漢나라 揚雄)과 함께 알게 되리라　　　千載子雲知

제문 김시임, 권자, 권심
祭文金時任權滋權涊等

아! 혼령이시여!　　　　　　　　　　　　　　　　　　　嗚呼惟靈

강직한 자질　　　　　　　　　　　　　　　　　　　　　剛毅之質

탁월한 재주를 타고나　　　　　　　　　　　　　　　　超卓之材

학문은 천인을 꿰뚫고　　　　　　　　　　　　　　　　學貫天人

지식은 고금을 비추었네　　　　　　　　　　　　　　　識照今古

가정에선 시례를 전수하고　　　　　　　　　　　　　　家傳詩禮

대대로 청빈을 일삼았던 바　　　　　　　　　　　　　世業淸寒

여가엔 문장을 공부하고　　　　　　　　　　　　　　　餘事文章

오로지 격치[598]에 마음 쏟았도다　　　　　　　　　　專心格致

사람들 말하길 세상에 쓰이었다면　　　　　　　　　　謂當用世

마땅히 크게 일을 했을 것이라 했건만　　　　　　　　大究厥施

명이 어긋나는 것을 생각이나 했으랴　　　　　　　　如何命遭

때를 못 만나게 될 줄을　　　　　　　　　　　　　　時不與會

포부를 펴지 못하고　　　　　　　　　　　　　　　　抱負不試

물러나 가정에서 학문을 강(講)하며　　　　　　　　退講于家

---

598) 격물치지(格物致知)의 준말로 중국 사서(四書)의 하나인 《대학》에 나오는 말. 격물(格物), 치지(致知), 성
　　의(誠意), 정심(正心), 수신(修身), 제가(齊家), 치국(治國), 평천하(平天下)의 8조목 중에서 처음 두 조목에
　　해당한다. 주자(朱子)는 그 뜻을 모든 사물의 이치를 끝까지 파고들어 가면 앎에 이른다는 성즉리설(性卽理說)
　　로 보았고, 왕양명은 사람의 참다운 양지를 얻기 위해서는 사람의 마음을 어둡게 하는 물욕을 물리쳐야 한다는
　　심즉리설(心卽理說)로 보았다.

역사와 경서를 연구한 바가	訂史稽經
더욱 넓고 넓었도다	益閎而博
한가롭고 가난한 삶이었으나	居閒守約
오직 의(義)를 따랐으며	惟義之安
뜰에 가득한 난옥들	蘭玉滿庭
그 재능 이어받았네	亦克承幹
서로 서로 논변을 하며	左右論辨
이런 즐거움 도도하였네	其樂陶陶
고사리를 캐며 수양산에 살았으니[599]	採薇首山
세상 사람들 그 누가 알았겠으랴.	世孰知我
띠풀 베어내어 솔숲에 집을 지으니	誅茅松院
선비들 의지할 곳 얻어	士得依歸
길이길이 기약하기를	永以爲期
어리석음을 깨치려고 생각했었네	庶擊蒙士
어찌 아름답지 않게도	云胡不淑
덕성을 갑자기 침몰케 했는가	德星遽淪
하늘이 사문(유학)에 재앙을 내렸으니	天厄斯文
이젠 끝났도다. 어떻게 하리	已矣何及
가만히 그 풍채를 생각건대	緬想風采
눈물이 강물처럼 떨어지나이다	有淚河傾
삼가 관(棺) 앞에 곡하며	伏哭柩前
변변찮은 음식을 드리오니	奉奠菲薄
밝고 밝으신 혼령이시여	靈若不昧
부디 오셔서 흠향하소서	庶幾來歆

---

599) 이것은 병자호란 후 영양 수비산에 은거하여 투철한 대명의리(對明義理)를 보인 석계의 절의(節義)를 중국 은(殷)나라의 절사(士)인 백이, 숙제에 비유한 것이다.

제문 호군 김규
祭文護軍金煃

오호라! 공은	嗚呼我公
강해의 큰 선비였도다	江海碩士
효우가 뛰어나고	孝友出天
재주와 덕이 겸비되었으며	才德全備
문사(文詞)가 성대하여	文詞藹蔚
묘령에 연방에 뽑히었도다	妙齡搴蓮
경당 선생을 모시고	陪侍敬堂
가르침을 받은 지 여러 해 되었던 바	講劘多年
스승 같고 벗 같음이	如師如友
주(朱)같고 황(黃) 같았으며[600]	若朱若黃
일원도 발[601]을 지어	一元圖跋
그 그윽한 빛 밝혔도다	闡發幽光
번화한 거리와 세속은	紫陌紅塵
사모하여 마음속에 둘 바가 아니니	匪我思存
청산녹수여	綠水青山
다만 나를 즐겁게 해 줄 것이다 하고는	聊樂我員
깊은 곳에 은둔하여	深居肥遯
산수를 벗 삼아 시를 읊으며	嘯咏丘園
신심을 수양하고	修養身心
아손들 가르쳤네	敎育兒孫
넉넉하도다 산수 속을 한가로이 노닒이여	優哉遊哉
영원토록 알려지지 않기를 바랐으며	永矢不告
빛나고 빛나도다. 일곱 아들들	煌煌七子

---

600) 스승과 제자 사이인 송(宋)나라 주희(朱熹)와 황간(黃榦)을 말함. 황간은 송(宋)나라 장계(長溪) 사람이며, 자는 상현(尚賢), 직학사(直學士)를 지냈음. 주희를 스승으로 받들었으며, 《오경강의(五經講義)》, 《사서기문(四書紀聞)》 등 저술이 매우 많음. 《송원학안(宋元學案)》 권69.

601) 경당 장흥효의 《일원소장도》에 대한 석계의 발문이 《경당집》 권2와 《석계집》 권3에 실려 있다.

한 사람 한 사람 모두가 규(圭)와 벽(璧)[602]이었네	一一圭璧
동천이 텅 빈 듯	洞天寥亮
넓은 곳에 거문고 소리 성대했고[603]	絃誦洋洋
그 명성 융성하게 퍼져나가	聲譽隆洽
마침내 임금의 귀에까지 들리었네	竟達吾王
전후로 내린 벼슬 임명	前後除書
그 은혜 부자에까지 미치었으며[604]	恩及父子
남들의 알아줌과 몰라줌에 상관치 아니하고	人知不知
자득하기를 한결같이 하였네	囂囂終始
만년에 이르러서는	迨其暮年
거처를 낙동강 북녘으로 옮겼던 바	遷居洛北
오두막 비바람을 맞았건만	三椽風雨
그 즐거움 변치 않았었네	不改其樂
마을 사람들 모여들 제	里閈坌集
이곳 얻은 것을 기뻐하여 둘러보네	喜得依仰
아! 용렬한 나는	嗟我譾劣
어려서부터 가르침을 받았었네	自少蒙奬
경당문하에 있으면서	敬堂門下
제월대[605]를 오를 제	霽月臺上
공을 모시고서 배우길 즐겨했으니	陪遊悅學
의(義)로는 스승과 학생 같았었네	義同師生

---

602) 천자가 公·侯·伯·子·男의 오등(五等)의 제후에게 봉작(封爵)의 증거로 주는 홀(笏). 규와 벽으로는 환규(桓圭)·신규(信圭)·궁규(躬圭)·곡벽(穀璧)·포벽(蒲璧)이다.

603) 선비들의 글 읽는 소리.

604) 이것은 공의 아들 이현일이 1689년(숙종 15)에 예조 참판이 됨에 공이 이 같은 작위로 증직이 되고, 또 1693년(숙종 19)에 이조 판서가 됨에 이 같은 작위로 증직된 것을 말함.

605) 제월대(霽月臺) : 이 대는 경당 장흥효가 광풍정(光風亭)에서 강학이 끝나면 제자들과 함께 올라 시를 외우며 호연(浩然)의 기상을 기르던 곳이다. 이 대(臺)를 '제월(霽月)'이라 한 것은 송나라 황정견(黃庭堅)이 주곽신(周郭頣)(호는 염계(濂溪), 태극에 이치를 깨달아 그것이 우주 만물의 총체 원리라 보았던 북송(北宋)의 대성리학자)의 인품을 형용하여 "가슴속의 맑고 깨끗함이 광풍제월(비 갠 뒤의 바람과 달이란 뜻으로 깨끗하고 맑은 마음을 비유하는 말) 같다."라 한 데서 취하였다. 이 시대의 소재지는 안동시 서후면 금계리이다.

중년에 받듦을 어긴 이래   中間違奉

세월만 자꾸 바뀌었거늘   歲月屢更

이제 다행히 말고삐 잡음을 얻어   今幸得御

다시 용문에 나를 맡길 수 있었네   龍門更托

연세 높을수록 덕 높은 그 모습   年高德卲

희뿌연 머리에 동안(童顔)의 그 풍채   皓髮孺色

높고도 높은 기상이요   巍巍氣像

늠름한 풍절이었네   凜凜風節

한가한 때를 살펴 왕래하면서   乘閒去來

가르침을 받으려고 머문 지 그 얼마였던가   幾留承誨

우스갯말로 나를 정성껏 가르칠 때면   笑語款款

그 덕망 우러르며 심취했었네   覿德心醉

평생토록 앞으로 멀리까지   百年在前

돌보아 주시리라 생각했건만   擬永周旋

어찌 생각했으랴 하루 저녁에   如何一夕

갑자기 신선되어 상천(上天)하실 줄을   遽爾上僊

우리들은 돌아갈 곳 잃었고   吾黨無歸

사림들 모두 슬퍼했네   士林咸嗟

망망한 천지 가운데서   茫茫天地

우두커니 서 슬픈 노래 부르니   獨立悲歌

평소의 그 모습을 생각건대   循念平昔

눈물이 넘쳐흐르네   有淚橫迸

면우산(眠牛山)의 한 모퉁이   眠牛一域

이곳은 공께서 평소 치명[606]한 곳이니   是公治命

혼령도 편히 잠들 수 있고   體魄所安

자손들 창성할 것이로다   子孫必昌

---

606) 치명(治命) : 부모가 병중에서 맑은 정신으로 남긴 유언. 반면에 정신이 흐려져서 골자 없이 하는 유언은
　　'난명(亂命)'이라 하여 반드시 지킬 필요가 없는 것으로 간주하였다.

통곡하며 영결을 하노니　　　　　　　　　　痛哭永訣

창자가 찢어지는 듯　　　　　　　　　　　　摧裂中腸

밝고 밝으신 혼령이시여　　　　　　　　　　不昧英靈

오셔서 이 술 한잔 드시옵소서　　　　　　　庶格玆觴

제문 권빈
祭文權贇

혼령이시여!　　　　　　　　　　　　　　　惟靈

범속(凡俗)을 벗어난 높은 인품　　　　　　　拔俗高標

세상에 걸출한 호걸풍　　　　　　　　　　　邁世豪英

시원한 마음에다　　　　　　　　　　　　　灑落胸襟

맑고 깨끗한 모습이었네　　　　　　　　　　爽然儀刑

지극한 보배는 쪼지 않아도　　　　　　　　　至寶不琢

아름다운 그릇이 절로 되듯이　　　　　　　　美器天成

입지(立志)하여 배운 바가 일찍 성취되어　　志學伊早

원대한 계획 또한 이미 컸었네　　　　　　　遠圖已宏

천리마가 장도에 오를 것을 생각하고　　　　驥懷長途

명검(名劍)이 숫돌에서 나오려 했던 바　　　劒發新硎

그 이름 연방에 올라　　　　　　　　　　　名登蓮榜

묘년에 빛나는 명성 떨쳤네　　　　　　　　妙年英聲

하지만 때가 뜻과 어긋나　　　　　　　　　時與志乖

나라 운수가 형통치를 못함에　　　　　　　邦運未亨

바다를 밟기를 마음속에 굳히고　　　　　　蹈海心堅

시대를 슬퍼하여 눈물 쏟았네　　　　　　　傷時淚橫

옥덩이를 안고서 전원에 돌아가　　　　　　抱璧歸來

물고기 새들과 함께하길 맹세하였으니　　　魚鳥是盟

그 절조 옥 같고　　　　　　　　　　　　　如玉其操

그 곧음 단단한 돌 같았네	介石其貞
혼미한 세도(世道)를 만나	立脚迷道
누추한 집에서 심지(心志)를 함양하며	養志茅衡
성현의 글에 침잠하여	沈潛典訓
연구하길 정미(精微)하게 했었네	討微硏精
산수를 좋아하는 병이 깊어	煙霞痼癖
산택에서 몸이 야위어갔던 바	山澤癯形
주렵607)은 만나지 못했으되	未遇周獵
백성들 기대하기를 목마른 듯이 했네	望渴蒼生
공께서는 이곳에서 종신토록 생을 보내려 했음인지	若將終身
호해와 더불어 산 지 그 몇 해였던가	湖海幾黃
전년 봄에 결사할 때	結社前春
은거할 곳 측량했었네	菟裘爰營
마을은 빛이 생동하고	鄕里光生
운림은 본래 자태를 드러냈네	雲林態呈
북창 높다란 곳에 누운 이	北牕高臥
진(晉)나라 백성이었네608)	晉代遺氓
날로 글을 짓기도 하고	日課鉛槧
때로는 술을 즐겨하기도 했으며	時自醉醒
만년에는 그 즐거움	餘年至樂
복희(伏羲)의 역(易)에다 두었었네	一部義經
지초(芝草) 섭생(攝生)으로 그 모습 학의 풍골이었고	餐芝鶴骨
햇빛의 들여 마심으로609) 수를 누렸으며	嚥日龜齡
선(善)을 쌓은 집에 복 받음이 많다 했거늘	善餘多慶

---

607) 주엽(周獵)은 주(周)나라 천자(天子)가 각 제후들을 찾아보는 것을 말함. 여기서의 '주렵을 입지 못하였다' 한 것은 석계가 벼슬길에 나가지 않음을 뜻한다.

608) 도연명이 더운 유월에 북창(北窓)에 시원하게 누워서 "희황(羲皇) 이전의 사람이다." 하였다. 희황은 태고 시대의 임금 복희씨를 말한다.

609) 연일(嚥日) 햇빛을 들이 마시는 양생(養生)인데, 신선은 수련(修鍊)할 때에 노을을 먹고 일광(日光)을 마신다고 하는 데서 나온 말임.

구슬나무들[610] 뜰에 가득했도다.	玉樹盈庭
사람들 가르침에 문전성시를 이뤘으니	敎成門闌
그 소문 조정까지 울리었고	聲動朝廷
오복[611]도 두루 갖추어져	五福可幷
팔룡들 우열을 가리기 어려웠네	八龍難兄
돌아보건대 졸렬한 내 모습	顧我譾劣
일찍부터 난초의 향기를 사모했던 바	夙慕蘭馨
사문에 한 번 나가	一造師門
비로소 한형주(韓荊州)를 알았고[612]	始邃識荊
가르침을 받음이 많았으니	多蒙剪拂
나를 붙들어 받쳐주신 것이 그 얼마였던가	幾許扶擎
사람들 말하길 공은 오래 살아	謂公遐筭
노팽[613]을 앞지를 것이라 했건만	可軼老彭
누가 생각했으랴 병이 한 번 들어	誰知一疾
갑자기 고래 등을 타게 될 줄을	遽至騎鯨
남극성 빛이 어둡고	南極晦彩
동벽성[614]도 그 맑은 빛 가라앉았네	東壁沈晶
혼령이시여 응당 신선되어	魂應上儒
하늘에 올라 신선 되어 떠나버리면	乘化而征
구순의 세월도	九旬光陰

---

610) 구슬나무[玉樹] : 용모가 빼어나고 재능이 탁월한 사람을 비유하여 일컫는 말. 여기서는 석계의 자제들을 가리킨다.

611) 《서경》〈홍범편〉에 오복이 나온다. "다섯 가지 복이라는 것은 첫째 오래 사는 것과, 둘째 부(富)하게 되는 것과, 셋째 안락함과, 넷째 훌륭한 덕을 닦는 것과, 다섯째 늙음으로서 목숨을 마치는 것이다.[五福 一曰壽, 二曰富, 三曰康寧, 四曰攸好德, 五曰考終命]" 하였다.

612) 원문의 식형(識荊)은 당(唐)나라 이백(李白)이 형주자사(荊州刺史) 한조종(韓朝宗)을 알게 되기를 바란다고 한 데서 나온 것으로, 여기서는 권윤(權贇)이 석계문하에 들어가 가르침을 받은 덕택으로 석계 선생을 만나 뵐 수 있었음을 기뻐한 것을 가리킨다.

613) 노팽 : 노자와 팽조(彭祖) 노자는 도가(道家)의 시조이며, 팽조는 신선의 이름이다. 팽조는 요임금의 신하로서 은나라 말년까지 800세를 살았다고 함. 전하여 사람의 장수를 이름.

614) 동벽성(東壁星) : 문장을 맡은 별의 이름으로 28수(宿)의 하나, 문학 또는 도서관을 이르는 말로도 쓰인다.

한갓 천고의 무덤이 된 채	千古佳城
찬 구름만 고령에 감돌고	雲寒古嶺
초목들만 무덤과 함께 잠잘 테지만	草宿新塋
목숨은 다하여 없어졌으되	歸盡者命
그 이름은 길이 남아 전하리라	不朽者名
아! 슬프도다.	嗚呼哀哉

제문 생원 조규
祭文生員趙頍

아! 나의 선자께서	惟我先子
일찍이 문하에 노닐었고	夙遊門屛
불초와 두 아이도	不肖兩兒
이어 구의615)하였네	相繼摳衣
골고루 유액을 받고	均蒙誘掖
이끌어주심616)을 입은 지 그 얼마였던가.	幾被提耳
의(義)로는 사제 간보다 중하였고	義重師生
은혜로는 부자와 같았네	恩猶父子
어려서 부모를 여의고 외로운 이 사람을	孤露伶俜
어버이 잃은 탄식에 슬픔만이 얽혀들 때	風樹纏悲
또한 전당을 믿고 의지했는바	尙賴鱣堂
그 법도 여전히 남아 있네	典刑猶在
안색을 살펴 모심은 비록 성글었지만	承顔雖濶
우러러 그 덕을 생각하니 그 모습 더욱 새롭건만	仰德彌新

---

615) 구의(摳衣) : 석계 문하에 나간 것을 이름. 《예기》〈전례(典禮) 上〉에, 다른 사람의 집 안쪽으로 들어갈 때는 "옷자락을 쳐들고 실내 구석을 따라 바른 걸음으로 가서 착석하고 응대(應對)를 조심성 있게 해야 한다. [摳衣趨遇 必愼唯諾]" 하였다.
616) 이끌어주심[提耳] : 제이면명(提耳面命)의 준말. 귀를 쥐고 얼굴을 맞대어 말한다는 뜻으로, 친절히 가르쳐 줌을 이름.

어찌 역책⁶¹⁷⁾을	何意易簀
또 오늘 하실 줄을 생각 했겠으랴	又在今辰
해가 용사⁶¹⁸⁾의 해도 아니건만	歲非龍蛇
세상을 떠나심을 어찌 이렇게도 바삐 했던가	仙馭何忙
영영 의귀처를 잃음에	永失依歸
하늘을 바라봐도 아득하고 아득하기만 했네	視天茫茫
오호통재라	嗚呼痛哉
어찌 말세에 태어나셨던가	生何季世
전궤⁶¹⁹⁾에 양보할 것이 없었는데	無讓前軌
처음부터 어찌 세상을 잊었으랴	初豈忘世
출처를 오직 의(義)로써 했나니	出處惟義
주(周)나라가 쇠함에 노담(老聃)이 떠나고	周衰聃去
진(秦)나라 황제를 노중련도 부끄러워했네	秦帝連耻
강도하던 석계는	石溪講道
문중자(文中子)의 용문⁶²⁰⁾이요⁶²¹⁾	文中龍門
그윽이 숨어 산 수양⁶²²⁾은	首陽幽棲
덕공의 녹문이었네⁶²³⁾	德公鹿門
보배로운 나무들 뜰에 가득하고	寶樹盈庭
그 덕성 천(天)에 해당했으며	德星應天
즐거움이 온 집에 충만하고	怡愉一堂

---

617) 역책(易簀) : 대자리를 바꿈. 즉 학덕 높은 사람의 죽음.

618) 용사(龍蛇) : 용과 뱀의 해에 현사(賢士)가 죽는 해라 함.

619) 전궤(前軌) : 전성(前聖)의 도.

620) 용문(龍門) : 왕통이 살던 곳.

621) 이것은 석계가 석보(石保)에서 후학을 가르친 것을 수(隋)나라 왕통(王通)이 용문(龍門)에서 후학을 가르치며 저술활동을 한 것에 비견하여 말한 것이다.

622) 수양(首陽) : 원래는 백이숙제의 수양산을 일컬음이나 여기서는 이시명이 은거한 영양, 수비산을 말함.

623) 후한 말(後漢末)의 은사(隱士). 현산(峴山) 남쪽에 살면서 성시(城市)에 출입한 일이 없었다. 유표(劉表)가 형주자사(荊州刺史)로 있으면서 불렀으나 굽히지 않았으며, 제갈량(諸葛亮)도 늘 찾아가 상하(床下)에서 절하였다. 얼마간은 제갈량의 찾아옴을 맞이했다가 후한 말에 처자를 데리고 녹문산(鹿門山)에 은거, 약초를 캐고 살았다.

삼락[624]을 모두 갖추었네	三樂俱存
어진 곳을 택하여 산	里仁是擇
그곳은 군자의 마을이요	君子之鄕
가마 타고 다닌	藍輿一出
그곳은 낙동강 물가였네	洛水之溵
삼경을 겨우 열자마자	三逕纔開
병이 갑자기 들어	一疾遽嬰
무담[625]이 무너지니	武擔之頹
지사들도 무너졌네	智士當之
처사가 집을 비웠으니	處士廬空
사문이 끝났도다	斯文已矣
세상엔 한자(韓子, 한유)가 없으니	世無韓子
그 누가 공의 바르고 빛나는 도를 밝히며	誰明貞曜
사람들 중에 백개[626]가 없으니	人非伯喈
그 누가 유도자[627]의 비문을 쓰리오	孰碑有道
낙동강 언덕의 새 묘역	洛皐新阡
형악에 묻히길 바라는 유언을 했으니[628]	衡嶽遺願
황량한 저 고산의	荒凉故山
원숭이와 학들은[629] 그 누가 돌볼 건가	猿鶴誰管

---

624) 《논어》에 있는 말로, 예악(禮樂)을 적당히 좋아하는 것, 사람의 착함을 좋아하는 것, 착한 벗이 많음을 좋아하는 것을 이른다.

625) 산 이름. 무담산은 사천성(泗川省) 성도현(成都縣) 성내(城內) 서북쪽에 있음. 양웅촉왕본기(揚雄蜀王本紀)에 의하면 이 산의 유래는 아래와 같다. 무도산장부(武都山丈夫)가 변화를 부리어 여자가 되었는데 얼굴이 매우 미색(美色)이었다. 무도산정기의 조화로 여자가 된 것인데, 촉왕(蜀王)이 맞이하여 왕비로 삼으니 그 형체가 없어졌다고 한다. 이에 병졸(兵卒)을 내어 이들로 하여금 무도산(武都山)의 흙을 지고 오게 하여(擔) 성도(成都) 성안에 묻게 했는데, 이런 연유에서 산의 명칭이 '무담(武擔)'이 되었다고 한다.

626) 동한(東漢) 때의 문인(文人). 서가(書家)인 채옹(蔡邕)의 자(字).

627) 유도자(有道者) : 석계를 가리킴.

628) "장사(葬事)는 대명동(현재 안동의 수동(壽洞)을 말함)을 벗어나서 하지 말라." 한 것을 이름.(본 문집의 대명동 유허비명에 보임.)

629) 주(周)나라 목왕(穆王)이 남정(南征)하였을 때 전군(全軍)의 군자(君子)는 원학(猿鶴)이 되고 소인(小人)은 사충(沙蟲)으로 화(化)한다고 말한 것에서 유래한다. 이후 사충은 전쟁터에서 죽은 군인 혹은 전사하여 재앙을

옛 생각에 지금 마음이 슬퍼져	感舊傷今
정은 넘쳐흐르고 말문이 막히는데	情溢辭澁
한잔 술을 올릴 제 눈물이 펑펑 쏟아지네	一盃千涕
혼령이시여! 부디 오셔서 흠향하소서	庶歆衷曲

제문 홍도익
祭文洪道翼

산하의 바른 기운 타고	山河氣正
소미성(少微星)[630] 정기를 모아	少微精鍾
경인년(1590)에 태어날 제	惟庚寅降
설월 같은 기품이었네	雪月襟期
고아한 학의 모습 신선의 자태	老鶴神姿
장자의 풍모를 지니고	長者風儀
도(道)를 향하는 마음 정성되고 신실하여	向道誠敦
경당문하에 노닐었네	遊敬堂門
공부함에 연원이 있었던 바	學有淵源
글을 널리 배워 예로써 단속했으며[631]	博文約禮
집에 들어서는 효도하고 나가서는 삼가며[632]	入孝出悌
당세에 그 이름 떨치었네	擅名當世
뜻은 백성을 위해 일하기 적절했고	志切君民
재주로는 나라를 다스릴 재능 지녔으니	才抱經綸
임금의 신하되기 마땅했고	宜作王臣

입은 민중을 의미한다.

630) 별이름 춘추합성도(春秋合誠圖)에서는 '소미(少微)는 처사의 자리'라고 했으며, 천관점(天官占)에서는 '일명 처사성'이라 한다 하였음.(索隱)

631) 원문의 박문약례(博文約禮)는 《논어》 안연편에서 공자가 "널리 공부를 하며 예법으로 몸단속을 하면 엇나가는 일이 없다.[博學於文 約之以禮 亦可以弗畔矣]"라고 한 데서 나온 말.

632) 원문의 입효출제(入孝出悌)는 《논어》 학이편에서 공자가 "제자(年少者)는 안에서는 효도하고 나가서는 어른을 공경해야 한다.[弟子入則孝 出則弟]"고 한 데서 나온 말.

그 이름 연방[633]에 높았었네	名高蓮榜
벼슬은 한 명(命)에 그쳤으나[634]	官止一命
받아들여지지 않았다 하여 어찌 마음 아프게 생각한 게 있으랴	不容何病
텅 빈 산속에 자취를 감추고	卷懷空谷
오직 유유자적하길 바랐었네	惟意自適
산수를 즐기어 노니는 가운데	陶陶其樂
규(圭)와 벽(璧)들 뜰에 가득했고	圭璧盈庭
오래 살고 건강했으니	壽考康寧
신명의 도운 바였네	得佑神明
오래도록 산수에 머물다	厭處海曲
만년에 새로 거처를 옮겼나니	晩來新卜
학산의 남녘 기슭	鶴山南麓
곧 숲이 깊고 골짜기 그윽한 곳이었네	林深谷邃
산 맑고 물 아름다운 곳에	山明水美
군자가 머물렀으니	君子攸止
돌이켜 보건대 소자는	顧余小子
지팡이와 짚신으로 스승을 모실 수 있었네	得陪杖屨
돌보아 사랑해 주시기를 매우 지극히 했고	眷愛偏至
세계 또한 이미 돈독했나니	世契旣篤
한결같이 이런 마음 어그러짐이 없이	終始莫逆
날 보살펴주길 골육같이 해주었네	視若骨肉
나의 외로운 처지를 불쌍히 여겨주고	憐我孤獨
나의 용렬함도 포용해 주었으며	容我屢劣
가르쳐주길 온통 정성으로 하여	敎誨兼切
당근과 채찍으로 인도해 주었네	道之將虖
철인께서 시들었으니	哲人斯萎

---

633) 연방(蓮榜) : 소과(小科) 즉 생원시, 진사시에 합격한 사람의 명부.

634) 이것은 석계가 병자호란 이듬해인 1637년(인조 15)에 재신(宰臣)의 천거로 육서랑(陸署郎)에 배수되었으나 나가지 아니한 것을 가리켜서 말하는 것이다.

후생들 의지할 곳 어디 있으랴　　　　　　　　　後生何依

바라보면 산처럼 높고　　　　　　　　　　　　望之山尊

다가서면 봄처럼 따사했는데　　　　　　　　　卽之春溫

마음의 눈으로 잊지 않길　　　　　　　　　　心目不諼

영원토록 하려했건만　　　　　　　　　　　　卽遠有期

그 음성 그 모습은 좇을 길 없어　　　　　　　音容莫追

내 마음 슬퍼지고　　　　　　　　　　　　　余懷則悲

이 정성 다해 망극해 하오니　　　　　　　　鄙誠罔極

여기 꿇어앉아 술을 올리오니　　　　　　　薦此洞酌

부디 오셔서 흠향하소서　　　　　　　　　庶幾來格

행장 行狀

본관은 월성(月城)인데 재령(載寧)으로 옮겨 봉(封)하였다.

증조(曾祖)는 애(璦)인데, 통정대부(通政大夫) 행 울진 현령 강릉진관병마절제도위(行蔚珍縣令江陵鎭管兵馬節制都尉)를 지냈다. 비(妣)는 숙부인(淑夫人) 백 씨(白氏)이다.

조(祖)는 은보(殷輔)인데, 창신교위(彰信校尉) 충무위 부사직(忠武衛副司直)을 지냈고, 통훈대부(通訓大夫) 사복시정(司僕寺正)에 추증되었다. 비는 증 숙인(淑人) 김 씨(金氏)와 증 숙인 이 씨(李氏)이다.

부(父)는 함(涵)인데, 통훈대부 행 의령 현감 진주진관병마절제도위(行宜寧縣監晉州鎭管兵馬節制都尉)를 지냈고, 통정대부 승정원 도승지 겸 경연 참찬관 춘추관 수찬관 예문관 직제학 상서원정(承政院都承旨兼經筵參贊官春秋館修撰官藝文館直提學尙瑞院正)에 추증되었다. 비(妃)는 증 숙부인 이 씨(李氏)이다.

공의 휘는 시명(時明)이고 자는 회숙(晦叔)이다. 선조(先祖)는 대개 월성에서 나왔다. 시조(始祖)는 알평(謁平)인데 신라의 개국공신(開國功臣)이다. 고려 때 휘 우칭(禹偁)이 재령군(載寧君)에 봉해졌기 때문에 지금의 관향(貫鄕)이 된 것이다. 신라와 고려 때부터 대대로 이름난 인물이 있어 보첩(譜牒)에 많이 보이는데 세대가 멀어 자세히 알 수 없다. 공으로부터 5대조 이상은 함안군(咸安郡) 모곡리(茅谷里)에서 살았는데, 고조(高祖) 휘(諱) 맹현(孟賢)이 경학(經學)과 아망(雅望)으로 일찍 임금의 총애를 받아, 조정에 들어가서는 문원(文苑)에 종사하고 밖에 나가서는 사절(使節)을 접대하였으며, 또 경사(京師)에 집을 하사받았다. 현령공(縣令公)인 종숙부(從叔父) 중현(仲賢)이 영해부(寧海府)에 수령으로 나갔다가 고을의 대성(大姓)인 진성 백 씨(眞城白氏)에게 장가들어 그곳에서 살았으므로 자손들이 마침내 영해 사람이 되었다.

　공은 만력(萬曆) 18년(1590, 선조 23) 11월 경자일에 영해부 인량리(仁良里)의 집에서 태어났다. 어려서부터 기절(氣節)이 출중하고 의(義)를 행하는 데 용맹하였다. 12~13세 때 벼슬살이하고 있는 승지공(承旨公)을 따라 경사에 있었는데, 일찍이 저자 근처에 있는 한적한 집을 빌려 그곳에서 독서를 하면서 새벽부터 저녁까지 조금도 게으르지 않자 유협배(遊俠輩) 십여 명이 찾아와 말하기를, "선비는 어떤 사람이기에 이 시끄러운 곳에 살면서 이렇게 부지런히 공부하는가." 하고, 소매 가득 복숭아를 담아 와 선물로 주고 갔다.

　정미년(1607, 선조 40)에 승지공이 의령현(宜寧縣)의 수령으로 나갔는데, 공의 나이 겨우 18세였으나 능히 자신을 가다듬고 지켜서 잠시도 아이들처럼 놀거나 방일(放逸)하지 않았다. 한번은 곽공 재우(郭公再祐)를 찾아갔는데 곽공이 감탄하며 말하기를, "내가 타향에 와서 벼슬하는 사람들의 자제들을 보건대, 앞 다투어 기녀를 끼고 술 마시며 놀음하지 않는 자가 없었는데, 지금 그대의 조행(操行)이 이와 같으니 남들보다 몇 단계는 높다고 하겠다." 하였다.

　하루는 승지공에게 아뢰기를, "대인께서는 오랫동안 벼슬하느라 밖에 계시고 소자는 다른 사람에게 구두(句讀) 떼는 것을 배워 조금 글을 지을 줄을 알기는 합니다만, 몸을 지키고 행동을 단속하는 방법에 어두우니 《소학(小學)》을 공부하여 하학(下學)의 기초를 세우겠습니다." 하니, 승지공이 기뻐하며 허락하였다. 이에 도굴산(闍窟山)에 들어가 종일토록 바르게 앉아 글을 읽으며 잠시도 쉬지 않았고, 사이사이에 《장자(莊子)》, 《초사(楚辭)》, 《춘추좌전(春秋左傳)》, 《국어(國語)》, 《사기(史記)》, 《한서(漢書)》를 초록(抄錄)하여 익혔는데, 이는 진부한 말을 없애서 글이 속되지 않도록 힘쓰기 위해서였다.

　이해에 광산 김씨(光山金氏) 집안에 장가들었는데, 검열(檢閱) 해(垓)의 따님이자 관찰사 연(緣)의 증손녀이다. 김씨는 대대로 선성(宣城)에 살았는데, 선성은 퇴옹(退翁)의 교화를 입어 오래된 가문과 남아 있는 풍속이 상당히 빈빈(彬彬)하였다. 공이 그곳에서 지내면서 날마다 보고 느끼며 견문을 넓힐 수 있었다. 임자년(1612, 광해군 4)에 성균관 유생이 되어 성균관에서 공부하였는데 이미 이름이 알려져 있었다. 갑인년(1614)에 부인 김 씨가 세상을 떠났고, 병진년(1616)에 안동 장 씨(安東張氏)를 재취로 맞았는데 경당(敬堂) 선생 흥효(興孝)의 따님이다. 경당공이 학봉(鶴峯)과 서애(西厓) 두 선생에게서 퇴계 문하의 심학(心學)을 전수받았는데, 뒷날 공의 가학(家學)이 여기에서부터 시작되었다.

만력 정사년(1617, 광해군 9)에 국론(國論)이 크게 변하여 공이 과거 공부를 그만두고 도학(道學) 공부를 하려 하였으나 어버이가 연로한 관계로 뜻대로 하지 못하였다. 계해년(1623, 인조 1)에 반정이 일어나 온 나라가 일신되자 공이 비로소 출신할 뜻을 두었다. 갑자년(1624)에 식년시(式年試)가 있었고 아울러 별과(別科)가 있었다. 고관(考官)이 종장(終場)에서 천지만물이 조화하는 변화에 대해서 물으니, 노사숙유(老師宿儒)라도 정신이 아뜩하고 깜짝 놀라서 답하기 어려운 것을 공은 붓에 먹을 묻혀 종이에 써내려 가는데 문장이 점 하나 더 찍을 것이 없었다. 날이 저물기 전에 글을 완성하였는데 증거가 폭넓고 정밀하며 문자가 전아(典雅)하여 온 시장(試場)의 사람들을 탄복시켰다. 시권(試券)을 개탁(開坼)하여 호명할 때 책문(策問)으로 뽑힌 사람은 공과 공을 따라 지은 한 사람뿐이었다.

참판 이공 명준(李公命俊)이 광해 때 야성(野城)의 책임을 맡고 있었는데, 인척이기 때문에 승지공에게 왕래하면서 공의 글에 대해 옛날 대가의 기풍이 있다고 감탄하였다. 공이 향공(鄕貢)으로 경사에 들어갔는데, 이때 우계(牛溪) 성혼(成渾)과 율곡(栗谷) 이이(李珥)를 문묘(文廟)에 종사(從祀)하는 의론이 막 시작되었다. 이명준이 공을 만나 말하기를, "나의 동료 33인 중에 30인은 과거에 급제하였고 나머지는 다른 경로로 벼슬하여 세상에서 유능하다고 한다. 그러나 그대의 적수는 없다. 그대가 지금 한마디 대답을 하면 한림(翰林)에 급제하는 것은 문제가 되지 않는다. 그대가 먼 지방의 한미한 선비로서 부모가 무양(無恙)할 때 상제(上第)에 뽑혀 현달한 벼슬에 오른다면 또한 좋지 않겠는가." 하자, 공이 대답하기를, "곤궁하고 현달하는 것은 명(命)에 달린 것이지 사람이 할 수 있는 것이 아닌데, 어찌 모르는 것을 억지로 안다고 할 수 있겠는가." 하니, 이명준이 실망하며 말하기를, "영남 사람들의 성격이 늘 이렇다." 하였다.

기사년(1629, 인조 7)에 잇달아 향시(鄕試)에 합격하였는데, 이때 고(故) 재상 용주(龍洲 조경(趙絅)) 조공(趙公)이 마침 시관(試官)으로 있으면서 공의 글을 모두 수석으로 뽑았다. 비록 회시(會試)에서는 낙방하였으나 당시에 명성이 자자하였다. 경사(京師)에 들어가자 우복(愚伏) 정 선생[鄭經世]이 이조 판서로 있으면서 공의 민첩한 재능을 아껴 말하기를, "공의 명성을 들은 지 오래인데 지금 다행히 만나게 되었다. 송 군 준길(宋君浚吉)이 나의 사위인데 지금 이곳에 있으면서 과거 공부를 하고 있으니 그대가 그와 교유하는 것이 어떻겠는가?" 하자, 공이 대답하기를, "선생께서는 유림(儒林)의 사표(師表)이고 동남(東南)의 영수(領袖)이시니 저희 소생들이 누군들 그 문하에 들어가기를 원치 않겠습니까. 그러나 지금 전형(銓衡)을 맡고 요직에 계시니 제가 감히 사위의 집에 들어가서 시문을 익혀 식자들의 웃음거리가 될 수 있겠습니까." 하니, 선생이 그 말을 옳게 여겨 억지로 붙들지 않았다. 천도(天道)가 좌선(左旋)하는 것을 논하면서 크게 칭찬하였고, 뒷날 경연(經筵)에서 상께 아뢰었다고 한다.

임신년(1632, 인조 10)에 외간(外艱)을 당하여 장사와 제사의 의식을 모두 주 문공(朱文公)의 《가례(家禮)》를 따르니 고을에서 모두 훌륭히 여겨 본받았다. 영해는 사실 바닷가라서 풍속이 사뭇 비루하여 혼례(婚禮), 상례(喪禮), 빈례(賓禮), 제례(祭禮)가 지리멸렬하고 법도가 없었는데, 공이 문헌이 있는 곳에 가서 주선하고 사우(師友)들과 강마(講磨)하는 가운데 도움을 받았던 것이다. 승지공이 미처 하지 못한 것들을 공이 일찍이 여쭈어 바로잡았고, 또 선조를 받들고 가정을 다스리는 규범을 상고하여 규정을 만들고 엄정히 법을 세워 대대로 제사를 주관하는 자에게 삼가 지켜 준행하게 하였다. 또 삭망(朔望), 절서(節序), 연음(宴飮)의 예를 더욱 중시하여 자제로 하여금 서열에 따라 존장에게 절하게 하였고, 그런 다음에는 경(經)을 가지고 논란하여 동이(同異)와 득실의 분변을 다하게 하였고, 또 시를 외고 글을 읽게 하여 듣고서 그 대의를 논의하기도 하였다. 비록 이사 다니고 곤궁한 때라 하더라도 이른 곳마다 모두 그렇게 하였다.

을해년(1635, 인조 13)에 대부인(大夫人) 때문에 억지로 과거에 응시하였는데, 이해 겨울에 낙방하여 고향으로 돌아왔다. 병자년(1636)에 왕이 청나라에 항복하자 공이 나라의 비상한 변고를 통탄하고 은거하려는 뜻이 있었으나 노모 때문에 그렇게 하지 못하였다. 정축년(1637) 겨울에 대부인을 모시고 승지공의 묘소 가까운 곳에 가서 살면서 마침내 다시는 벼슬할 생각을 두지 않았다. 이해에 재신(宰臣)의 천거로 능서랑(陵署郎)에 제수되었으나 나아가지 않고 한결같이 모친을 봉양하고 자신의 뜻을 구하는 것만 일삼았다. 무인년(1638) 봄에 고을 수령이 백성을 잔혹하게 다스려 백성들이 사방으로 흩어

져 온 경내가 텅 비는 지경에 이르렀는데, 관찰사가 공이 먼저 떠나서 백성들의 본보기
가 되었다고 하여 조정에 그 사실을 보고하였다. 이에 공이 체포되어 경사에 들어가
옥리(獄吏)에게 심문당하고 오라에 묶이는 욕을 당하기까지 하였으나 공은 태연히 원망
하지 않았다. 사람들이 이 일로 공을 훌륭하게 여기고, 마침 대신이 공의 억울함을 아
뢰어 풀려났다.

　경진년(1640, 인조 18) 봄에 읍령(泣嶺) 서쪽 석보촌(石保村)에 은거하였는데, 나무를
얽어 축대를 쌓고 띠를 엮어 지붕을 이었다. 이때 천재(天災)가 유행하여 흉년 들지 않
은 해가 없었고 잇달아 화재까지 발생하여 가산이 아무것도 남은 것이 없었다. 사는
집은 비바람을 막을 수 없고 쌀독이 자주 비어 휑하니 마음을 잡을 수 없었으나 항상
낯빛을 좋게 하여 대부인이 기쁨을 다하게 해 드렸으며, 때로 회포를 시로 지어 세상을
근심하고 시속을 걱정하는 뜻을 읊었다. 성인이 된 자식들에게는 항상 얼굴을 마주하
거나 편지를 보내 뜻을 세우고 학문을 하여 옛 성현의 뜻을 구하는 것을 일삼으라고
하였고, 아직 나이가 어린 자들에게는 또 반드시 집 안에 들어가서는 효도하고 밖에
나가서는 공손하도록 가르쳐 이치를 궁리하고 몸을 닦는 학문에 나아가게 하였으며,
비록 걸어가거나 응대할 때나 음식을 먹거나 의복을 입을 때에도 반드시 공손히 하도록
하였다.

　갑신년(1644, 인조 22)에 내간(內艱)을 당하여 인량리의 옛집으로 돌아갔다가 상제(喪
制)를 마치고 다시 석장(石庄)으로 돌아와서 몽학(蒙學)들을 가르치는 것 외에는 들판에
나가 농사짓는 즐거움으로 여유롭게 지냈다. 계사년(1653, 효종 4)에 석보촌이 여유롭고
한가로운 정취가 다소 부족하다고 하여 다시 영양현(英陽縣) 동북쪽에 있는 수비산(首比
山) 속으로 들어가서 유거기(幽居記)를 지어 뜻을 나타내었다. 이때부터 더욱 스스로
가다듬어 날마다 새벽에 일어나 세수하고 의관을 정제하고서 처자식을 대하였고, 늙었
다고 해서 조금도 게으르지 않고 늘 위 무공(衛武公)의 억계시(抑戒詩)[635]를 가지고 스스
로 경계하였다. 또 《주역(周易)》을 즐겨 읽어 날마다 과정(課程)을 두고 잠심하여 묵송

---

635) 위 무공(衛武公)의 억계시(抑戒詩) : 위(衛)나라 무공(武公)이 나이 95세가 되었는데도 자신을 경계하는 이
　〈억(抑)〉 시를 지어 사람을 시켜 날마다 곁에서 외게 하여 스스로를 경계하였다고 한다. 《시경(詩經)》 〈대아
　(大雅)〉

(默誦)하였고, 늘 '평소에 말을 신의 있게 하고 평소에 행실을 삼간다.[庸信庸謹]', '경(敬)과 의(義)가 정립(定立)되므로 그 덕이 고단(孤單)하지 않다.[敬義立而德不孤]', '말은 진실하게 하고 행실은 떳떳하게 한다.[言有物而動有常]', '언행은 천지를 움직이는 것이다.[言行所以動天地]' 등의 말을 후학에게 제시하여 권장하고 면려하였다.

　가솔이 겨우 30명이었는데 이르는 곳마다 반드시 토질을 살펴 남들이 버린 땅을 개간하여 힘써 농사지어 자급하였고, 세간사(世間事)를 벗어나 여유롭게 즐기기를 20년 동안 하였다. 일찍이 용주(龍洲) 조 상공(趙相公)이 편지를 보내 이르기를, "온 집안이 녹문(鹿門)에 은거했다[636]는 말을 옛날에 들었는데 지금 그 사람을 보았습니다. 또 순씨(荀氏)의 팔룡(八龍)[637]이 조석으로 시봉(侍奉)하면서 시례(詩禮)를 강습(講習)하고 있어 방덕공(龐德公)이 갖지 못한 것을 공은 가졌으니, 어찌 사람들은 기이하게 여기지만 하늘이 볼 때는 기이하지 않다는 것[638]이 아니겠습니까." 하였으니, 인정을 받은 것이 이와 같았다.

　임자년(1672, 현종 13) 여름에 현종대왕(顯宗大王)이 가뭄으로 인하여 구언(求言)하는 하교가 있자, 공이 곧 목욕재계하고 소장을 써서 경사에 있는 형의 아들에게 합문(閤門)에 나아가 바치게 하였다. 그 내용은 천도(天道)를 본받고 성학(聖學)을 돈독히 하며, 선임(選任)을 정밀히 하고 백성의 고통을 돌보며, 세자(世子)를 보양(輔養)하라는 것이었다. 상소가 올라갔으나 정원(政院)에서 본인이 직접 올린 것이 아니면 안 된다고 하면서

---

636) 온 …… 은거했다 : 후한(後漢) 방덕공(龐德公)의 고사를 가리킨다. 방덕공은 방공(龐公) 또는 방거사(龐居士)라고 부르기도 한다. 원래는 남군(南郡)의 양양(襄陽)에 살았는데, 형주 자사(荊州刺史) 유표(劉表)가 초빙하자 나아가지 않고 가솔을 모두 거느리고 녹문산(鹿門山)에 들어가 다시는 세상에 나오지 않았다. 《후한서(後漢書)》 권83 〈일민열전(逸民列傳)〉

637) 순씨(荀氏)의 팔룡(八龍) : 후한(後漢) 순숙(荀淑)의 여덟 아들인 순검(荀儉), 순곤(荀緄), 순정(荀靖), 순도(荀燾), 순왕(荀汪), 순상(荀爽), 순숙(荀肅), 순전(荀專)을 가리킨다. 이 여덟 사람이 모두 재덕(才德)이 출중하였기 때문에 당시에 팔룡(八龍)이라고 일컬었다. 《후한서》 권62 〈순숙열전(荀淑列傳)〉 뒷날 다른 사람의 재주 있는 자제를 일컫는 말로 쓰이게 되었다.

638) 사람들은 …… 것 : 자상호(子桑戶)가 죽었을 때 맹자반(孟子反)과 자금장(子琴張)이 시체 곁에서 노래를 불렀는데, 자공이 이에 대해 공자에게 질정하면서 기인(畸人)에 대해 묻자, 공자가 대답하기를, "기인이란 세속에서 볼 때는 기인이지만 하늘과는 부합되는 사람이다. 그러므로 하늘의 소인은 세속의 군자이고, 하늘의 군자는 세속의 소인이다." 하였다. 《장자》 〈대종사(大宗師)〉 여기에서 용주(龍洲)는 이현일의 부친이 벼슬하지 않고 은거한 일을 찬탄하는 말로 인용하였다.

받아 주지 않아 결국 임금에게 올려지지 못하였다.

처음에 공이 천하가 오랑캐 천지가 되어 상하의 질서가 무너졌다고 하여 자제들에게
과거 공부를 익히지 못하게 하면서 말하기를, "천지의 기운이 막히고 현인이 은거하였
으니, 이런 때에는 오직 깊은 산속에 들어가지 못하는 것을 근심해야 하니 어찌 너희들
에게 글재주를 익히고 글을 외워서 명성과 녹봉을 구하게 할 수 있겠는가. 오직 도를
독실하게 믿고 학문을 좋아하여 우리가 평소에 행했던 것을 흐리지 말아야 한다." 하였
는데, 이때에 와서 탄식하기를, "내가 일찍이 신도반(申屠蟠)[639]과 전자태(田子泰)[640]의
의리를 사모하여 산림에 들어가 자취를 없앨 뜻을 가지고 있었다. 이제 내가 늙어 죽을
때가 되었는데, 여러 자손들이 뒷날 반드시 금수와 같게 되고 대륜(大倫)을 어지럽히는
폐단이 있을 것이니, 내가 아직 무양(無恙)할 때 한시라도 빨리 세상으로 나가서 우리
자손들로 하여금 인자(仁者)와 현자(賢者)의 덕택을 받게 하는 것이 좋지 않겠는가." 하
고, 종족들과 의논하지 않고 짐을 꾸려 길을 떠나서 임자년 12월 초하루에 복주부(福州
府) 서쪽 도솔원(兜率院)으로 옮겼다.

처음 이사했을 때에는 한데서 지내고 먹을거리를 구하는 어려움이 바위 아래에서
지내고 나무 열매를 따 먹고 지내던 때보다 더 힘들었다. 그런데도 태연히 지내고 끝내
원망하고 후회하는 기색이 없자 복주의 사람들이 사모하고 존경하였고, 그 마을에 들
른 과객들이 모두들 옷깃을 가다듬고 납배의 예를 행하니, 공이 이들을 모두 예로써
대하고 좋은 말을 해 주었다. 장차 서재를 열고 벗들을 맞이하여 자제로 하여금 그들의
말을 듣고 그 의리를 연구하여 문장을 익히고 학문을 강할 수 있게 하려고 했는데,
불행히 병에 걸려 몇 달을 앓다가 갑인년(1674, 현종 15) 8월 20일 신해에 갑자기 세상을

---

639) 신도반(申屠蟠) : 중국 후한(後漢) 말의 학자·은자. 당고(黨錮)의 화를 피해 산속에 들어가 살면서 대장군
하진(何進)과 동탁(董卓) 등의 초빙을 물리치고 절조(節操)를 지키며 여생을 마침.
640) 전자태(田子泰) : 자태는 전주(田疇, 169~214)의 자이다. 삼국지, 위서, 전주전(田疇傳), 본래 유우의 막료
로 있었으며 유우의 명을 받아 장안의 헌제에게 사자로 파견되었으나, 유주에 도착하기 전에 유우가 공손찬에
게 살해당하자 유우의 묘를 찾아 눈물을 흘리며 곡을 했으며 제사를 지내고 떠났다. 이에 공손찬은 크게 노하
여 포상금을 걸고 전주를 사로잡았으나, 오히려 전주는 포악한 공손찬 앞에서 한치도 흔들리지 않고 의연했으
며 은근히 그를 비판하였다. 이후 전주는 산중에 은거하였고 원소는 그를 등용하기 위해 다섯 번이나 사신을
파견했다. 원소가 죽은 뒤 그의 아들 원상도 사신을 보냈으나 끝내 응하지 않았다. 조조가 원소를 멸하고 멀리
사막 지대까지 원정을 하였을 때 전주는 조조에게 기용되었다.

떠나셨다. 불초 소자가 땅을 치며 통곡하였으나 다시는 뵈올 수 없어 망극한 슬픔을 견딜 수 없으니, 아 애통하도다. 향년 85세였다.

　공은 자품이 호매(豪邁)하여 작은 의절(儀節)에 매이지 않으셨고, 효성스럽고 자애로 우며 어질고 후덕한 성품은 하늘에서 타고난 것이었다. 승지공이 병들어 오랫동안 누워 계셨는데 공이 시탕(侍湯)하면서 조금도 게을리 하지 않아 옷을 벗지 않고 화로 옆에서 밤을 새우기를 5년 동안이나 하였다. 병이 조금 나아져서도 반드시 닭이 울면 일어나 세수하고 빗질하고 의관을 갖추고서 문안하는 것 외에는 집안일을 처리하고 빈객을 접대하는 등 부친의 명으로 갈 곳이 없으면 하루도 부친의 곁을 떠난 적이 없었다. 부친이 돌아가신 뒤에 십여 년 동안 대부인을 섬기면서 대부인의 뜻을 어긴 적이 없었고, 과묵하고 자부심이 강하였으나 대부인 곁에서는 항상 흡족한 표정을 지었다. 두 형이 일찍 세상을 떠나 공이 여러 조카들을 보살폈는데 엄하게 가르치면서도 은혜를 다하였으니, 사람들이 하기 어려운 것이었다. 경당 선생이 만년에 부인을 잃었는데, 후사를 잇기 위해 60세에 재취하였다. 선생이 돌아가신 뒤에 남은 자녀가 아직 어렸는데 공이 거두어 살 수 있도록 해 주고 가르치고 혼인시켜 결국 가문을 일으키게 하였으니, 사람들이 모두 어려운 일이라고 하였다.

　공은 어려서부터 걸출하게 뛰어난 재주가 있었고 초서와 예서를 잘 썼으며 사장(詞章)에 능하였기 때문에 세속을 따라 공명을 세울 뜻을 두고 유자의 학문은 하려 하지 않을 듯하였다. 그러나 동자 때부터 스승의 가르침을 받지 않고도 능히 생각을 바꾸어 위기지학(爲己之學)을 하여 용모를 바르게 하고 행실을 삼가는 학문을 하였고, 장 선생을 만나서 학문을 하는 큰 도리를 듣고부터는 마음속으로 기뻐하고 도를 독실하게 믿었다. 비록 승지공이 오랫동안 병을 앓았기 때문에 강습하는 데 전념하지 못했지만 마침내 그 학문의 진수를 전하였으니, 그 정대광명(正大光明)한 뜻은 이미 자득하여 알고 있었던 것이다.

　경당 선생이 일찍이 묻기를, "건괘(乾卦)의 구이(九二)에서는 왜 성(誠)을 말하고, 곤괘(坤卦)의 육이(六二)에서는 왜 경(敬)을 말하였는가?"하자, 공이 대답하기를, "성(誠)이란 실(實)입니다. 건의 체(體)는 실이기 때문에 성을 말하였고, 경(敬)은 허(虛)하고

직(直)한 뜻이 있는데, 곤의 체가 허하기 때문에 경을 말한 것입니다." 하니, 선생이 깊이 칭찬하였다. 또 일찍이 묻기를, "군이 세상에 나가 쓰인다면 어떻게 하겠는가?" 하니, 대답하기를, "우선 임금의 잘못된 마음을 바로잡겠습니다." 하였다. 선생이 말하기를, "그 방법은 어떻게 하는 것인가?" 하니, 대답하기를, "임금을 인도하여 도(道)에 나아가게 하는 것뿐입니다." 하자, 선생이 빙그레 웃었다. 공이 돌아갈 때 말해 주기를, "성(性)은 도(道)의 체(體)이고, 도는 성의 용(用)이다. 크게는 천지(天地)와 작게는 미세한 사물까지 어느 것 하나도 이 도 가운데 갖추어지지 않은 것이 없다. 반드시 경(敬)을 하여 안을 곧게 해서 대본(大本)이 서게 하고, 의롭게 하여 밖을 바르게 해서 본체(本體)가 드러나게 해야 한다. 그렇게 하면 체와 용이 나에게 있고 하늘과 사람의 간격이 없어서 이치와 마음이 합치될 것이니, 이것이 덕을 닦고 도를 이루는 큰 단서이다." 하였다. 공이 그 말을 가슴에 새겨 삼가 지켜서 성명(性命)과 인의(仁義)의 설이 실추되지 않게 하였고, 공의 둘째 아들 휘일(徽逸)에 이르러 이에 의거해서 상고하고 연구하여 마침내 발명(發明)한 바가 있게 되었으니, 이 내력이 그 단서를 열었던 것이다.

젊었을 때에는 기상이 준엄하여 사람들이 모두 바라보고 두려워하였는데, 만년에는 온화하고 은혜로우며 관대하고 공평하려고 힘써서 언행에 조금이라도 잘못이 있어 곁에서 지적해 주면 비록 부인이나 아이의 말이라도 반드시 온화한 얼굴로 기꺼이 받아들이고 화를 내지 않았다. 사람과 사귈 때는 전혀 구차하지 않아서 자기와 취향이 다른 간사하고 아첨하며 잔단 부류를 보면 마음속으로 더럽게 여기고 면전에서 배척하였다. 또한 반드시 능력이 없는 사람을 불쌍히 여기고 부족한 사람을 가르쳤으며, 남의 곤궁한 사정을 보면 구휼하여 제대로 하지 못할까 염려하였고, 작은 혐의가 있다고 하여 꺼리지 않았다. 그를 사모하여 서로 왕래한 사람은 계암(溪巖) 김공 령(金公坽), 용주(龍洲) 조공 경(趙公絅), 처사(處士) 최공 철(崔公喆) 등 몇 사람뿐이었다.

시문을 지을 때는 옛날의 대가를 좇아 속되고 지저분한 내용이 섞이지 않았다. 그 시는 다듬고 꾸미지 않아도 체제가 엄정하고 격조와 기세가 맑고 굳세어 기이하고 난삽한 폐단이 없었고, 그 문은 우아하고 힘이 있으며 명백하고 간결하여 옛사람의 말을 따다 쓰지 않았다. 비록 시문을 짓더라도 청신하고 깨끗하여 전혀 세속의 진부하고 나약한 기운이 없어 당시의 동류(同流)들이 모두 탁월하여 미칠 수 없다고 하였지만,

공은 이것을 가지고 스스로 대단하다고 여긴 적이 없었다. 학자들과 말할 때에는 항상 부화(浮華)함을 억누르고 본원적이고 실질적인 데로 나아갈 수 있도록 힘썼는데, 일찍이 말하기를, "학자가 말을 충신(忠信)하게 하고 행동을 독경(篤敬)하게 하는 데 노력한다면 지나치거나 어긋나는 데 이르지 않을 것이다." 하였다. 비록 병들어 위독한 때라도 반드시 행동과 위의(威儀)의 법도로 자손들을 경계하고 엄하게 단속하여, 항상 뜻과 사업을 실추시키지 않도록 노력해서 대대로 가업을 전하게 하였다. 일생을 통틀어 말한다면 생사의 갈림길에서 정신이 어지럽지 않았고 후손들에게 교훈을 남긴 뜻이 능히 이와 같았다고 할 것이다. 유문(遺文) 약간 권이 집에 보관되어 있다.

7남 3녀를 두었는데, 장남 상일(尙逸)은 장릉 참봉(長陵參奉)을 지냈고, 둘째 휘일(徽逸)은 경기전 참봉(慶基殿參奉)을 지내고 유행(儒行)이 있었는데 공보다 2년 먼저 죽었고, 셋째 현일(玄逸)은 이조 참판을 지냈고, 넷째 숭일(崇逸)은 익위사세마(翊衛司洗馬)를 지냈고, 다섯째 정일(靖逸)과 여섯째 융일(隆逸)과 일곱째 운일(雲逸)도 일찍 죽었다. 장녀는 사인 여국헌(余國獻)에게 시집갔고, 둘째는 사인 김영(金碤)에게 시집갔고, 셋째는 사인 김이(金怡)에게 시집갔는데 모두 공보다 먼저 죽었다.

상일이 아들이 없어서 공이 융일의 아들 은(檼)을 후사로 삼도록 명하였다. 딸이 넷인데 정시현(鄭時鉉), 조옹(趙顒), 박서(朴湑), 이덕순(李德純)이 그 사위이다. 휘일도 아들이 없어 아우의 아들 의(檥)를 후사로 삼았다. 현일이 4남 3녀를 두었는데, 장남은 천(栴)이고, 둘째는 의(檥)이고, 셋째는 재(栽)이고, 넷째는 심(杺)이다. 장녀는 사인 김이현(金以鉉)에게 시집갔고, 둘째는 사인 홍억(洪億)에게 시집갔고, 막내는 사인 김대(金岱)에게 시집갔다. 숭일이 2남 1녀를 두었는데, 장남은 식(植)이고 둘째는 직(樴)이다. 딸은 생원 권두기(權斗紀)에게 시집갔다. 정일이 2남 2녀를 두었는데, 장남은 억(檍)이고, 둘째는 력(櫟)이다. 장녀는 사인 정후흥(鄭後興)에게 시집갔고, 막내는 아직 미혼이다. 융일이 6남 3녀를 두었는데, 장남이 바로 은(檼)이고, 둘째는 경(桱)이고, 셋째는 만(樠)이고, 넷째는 영(楧)이고, 나머지는 모두 어리다. 장녀는 사인 권동무(權東茂)에게 시집갔고, 둘째는 사인 김경렴(金景濂)에게 시집갔고, 막내는 아직 미혼이다. 운일이 1남 2녀를 두었는데, 아들은 수(檖)이다. 장녀는 사인 권진명(權震鳴)에게 시집갔고, 막내는 아직 미혼이다. 여국헌이 2남을 두었는데, 학기(學夔)와 학희(學羲)이다. 김이가

5남을 두었는데, 장남은 석만(錫萬)이고, 둘째는 석삼(錫三)이고, 셋째는 석진(錫晉)이고, 넷째는 석윤(錫胤)이고, 다섯째는 석범(錫範)이다. 천이 3남을 두었는데, 장남은 지후(之燁)이고, 나머지는 어리다. 의가 2남을 두었는데, 장남은 지익(之爆)이고, 나머지는 모두 어리다. 내외의 손과 증손을 합치면 모두 백여 명이다.

돌아가신 해 10월 을묘일에 복주부(福州府) 서쪽 20리에 있는 수동(壽洞)의 동북쪽 축좌미향(丑坐未向)의 언덕에 장사 지냈는데 유지(遺志)를 따른 것이다. 현일이 일찍이 조정에 벼슬하였기 때문에 가선대부 이조 참판에 추증되었고, 비 김 씨와 장 씨도 정부인에 추증되었다.

공이 일찍이 오랑캐가 천하를 차지하고 국치(國恥)를 씻지 못한 것을 항상 통한으로 여겨 때로 국정을 맡은 자들이 큰 계책을 세워 우리 임금의 원수를 갚지 못하는 데 대해 욕하면서 그 말이 지나친 줄을 깨닫지 못하였다. 운남(雲南)과 민절(閩浙)의 군사가 연합하여 북벌(北伐)한다는 보고를 들었으나 이미 병이 든 뒤였다. 일찍이 육무관(陸務觀, 陸游)의 '가제무망고내옹(家祭毋忘告乃翁)'이라는 시구[641]를 읊고 베개를 어루만지며 비분강개하여 말하였는데, 지금 와서 추모하니 골수에 사무치도록 통탄스러움을 어찌 차마 말하겠는가. 삼가 거듭 생각건대, 선군께서는 곧은 덕을 품부하여 직도(直道)를 굳게 지키셨으나 그 뜻을 펴지 못하고 돌아가셨다. 그런데 현일은 또 불초하니 유지(遺志)의 만에 하나도 드러내지 못할까 두려워 감히 그 평생의 의론과 행실 중에서 큰 것과 문벌(門閥) 및 세계(世系)의 대강을 기술하여 당세의 입언(立言)할 군자에게 묘갈명(墓碣銘)을 청하니, 불쌍히 여겨 살펴주기 바란다.

금상 17년 신미(1691) 2월 일에 고(孤) 가선대부 이조 참판 겸 세자시강원 찬선 성균관 좨주 현일은 피눈물을 흘리며 삼가 쓴다.

曾祖瑗通政大夫 行蔚珍縣令兼江陵鎭管兵馬節制都尉 妣淑夫人白氏 祖殷輔 贈通訓大夫司僕寺正 行彰信校尉忠武衛副司直 妣 贈淑人金氏 贈淑人李氏 父涵 贈通政大夫

承政院都承旨兼 經筵參贊官春秋館修撰官藝文館直提學尙瑞院正 行通訓大夫宜寧縣
監晉州鎭管兵馬節制都尉 妣 贈淑夫人李氏 公諱時明字晦叔 其先蓋出月城 始祖曰謁
平 爲新羅開國功臣 高麗時有諱禹偁封載寧君 故爲今貫 蓋自羅麗 代有聞人 斑斑見於
譜牒 世遠不可得以詳矣 自公五世以上 居咸安郡之茅谷里 高祖諱孟賢 以經學雅望 夙
膺 睿眷 入副文苑 出按使節 旣又賜第京師 縣令公從叔父仲賢出宰寧海府 因娶邑中大
姓眞城白氏而家焉 子孫遂爲寧人 公以 萬曆十八年十一月庚子 生于寧海府之仁良里第
自少倜儻有氣節 勇於服義 年十二三 從承旨公遊窟在京師 嘗僦一閒屋近市者 讀書其
間 晨夕不少懈 有游俠十餘輩來過日 措大是何人 居此鬧地 能勤苦如此 因以滿袖恬桃
爲餽而去 丁未歲承旨公出宰宜寧縣 公年幾冠 能刻勵自將 不屑爲子弟遊衍縱逸事 嘗
過郭公再佑 郭歎息謂曰吾觀窟遊家人 未嘗不以聲妓飮博相競 今君操尙如此 可謂高於
人數等矣 一日白承旨公曰大人久從窟在外 小子從人受句讀 稍解屬文而已 特昧夫持身
撿行之方 請從事小學書 以立下學之基 承旨公喜而許之 於是入闍窟山 危坐竟日 誦讀
不屑休 間取莊騷左國太史公班固書 抄綴而誦習之 要以去陳言 不俗其文爲務 是歲受
室于光山金氏之門 檢閱垓之女 觀察使緣之曾孫 金氏世居宣城 宣被退翁之化 其故家
遺俗 頗彬彬焉 公遊其間 日有觀感見聞之益 壬子補上舍生 遊太學已知名 甲寅夫人金
氏卒 丙辰再娶于安東張氏 實敬堂先生興孝之女 敬堂公得溪門心學之傳於鶴峯, 西厓
兩先生之門 公後來詩禮傳家之業 蓋自此始 萬曆丁巳間 國論大變 公欲輟擧從所好 以
親老不得自專 癸亥更化 率土拭目 公於是始有出身之意 甲子大比兼有別科 考官於終
場發問 以天地萬物造化之變 雖老師宿儒眩怔愕眙 難於其對 公濡毫臨紙 文不加點 日
未昳而篇已就 證據精博 文字典雅 歎服一場人 及坼號以策中選者獨公及踵公作者一人
而已 參判李公命俊 光海時責野城 以戚故往來承旨公所 嗟賞公文 以爲有古作者風 及
公以鄕貢入京 當是時 牛溪栗谷從祀之議方始 李見公謂曰吾同僑三十三人 三十人登第
其餘從他歧入仕 一時號爲能 然要之無爾敵也 君今一言相答 及第翰林不足得也 君以
遠方寒士 幸及尊堂無恙時 擢上第登顯仕 不亦善乎 公答曰窮通有命 非人之所能爲也
豈敢强其所不知以爲知 李憮然曰嶺南人性執每如此 己巳荐占鄕試 時故相龍洲趙公適
知擧 擢公文皆置首選 雖省試報罷 一時聲譽籍甚 其入京也 愚伏鄭先生方長天官 愛公
才敏 謂曰聞公聲稱久矣 今幸相見 宋君浚吉吾甥也 方在此間業擧子文 君盍與之遊乎
公答曰先生師表儒林 領袖東南 吾儕小生孰不願出門下 但今執銓衡居要地 某也其敢入
甥館做時文 爲有識者所嗤點乎 先生是其言不强留 論天道左旋 大加歡賞 後嘗達之 經

席云 壬申丁外艱 葬祭儀式 悉用文公家禮 鄉邦慕效之 寧實濱海 俗頗陋 婚喪賓祭 蔑裂

無章 公周旋文獻之邦 得於師友講磨之助 凡承旨公之所不暇及者 公已嘗稟白而釐正之

旣又考求奉先宜家之範 畫爲科條 嚴立章程 令承家主祭者謹守而遵行之 尤重朔望節序

宴飲之禮 令子弟以列拜尊丈訖 執經問難 以盡同異得失之辨 或命誦詩讀書而聽之 商

確其大義 雖遷徙困苦之餘 所至率以爲常 乙亥僶俛赴擧 以大夫人故 是冬下第還鄉 丙

子城下之盟 公痛念 宗國非常之變 有掛冠浮海之志 以母老不果 丁丑冬奉大夫人入居

承旨公墓下 遂不復有當世之念 是歲有宰臣薦 拜 陵署郎不起 一以奉親求志爲事 戊寅

春有邑大夫殘民之政 民至蒼黃四出 一境皆空 觀察使以公先去爲民望 上其事於 朝 公

於是被逮入京 至從何問縲絏之 辱於理廷棘寺之間 公處之怡然 無所怨尤 人亦以此多

之 會有大臣伸其枉 事得釋 庚辰春避地于泣嶺西石保村 因樹爲臺 結茅爲屋 當時天裁

流行 無歲不荒 續遇火 恐家資蕩然 所居不蔽風雨 簞瓢屢至空匱 曠然不以爲意 常存好

容顏 以盡大夫人之歡 有時遣懷詩章 以道憂時悶俗之意 諸子旣冠成人者 或面命或書

詔 未嘗不以立志向學求古聖賢爲事 其在童丱灑掃之列者 亦必教以入孝出弟 以進乎窮

理修身之學 雖步趨唯諾之際 飮食衣服之間 必令致其恪謹 甲申丁內艱 歸次仁良舊第

服闋復還石庄 課蒙訓學之外 田園阡陌之樂油油如也 歲癸巳以石保村少寬閒之趣 又移

于英陽縣東北首比山中 作幽居記以見志 自是益自惕勵 日晨興盥櫛衣冠 以對妻孥 不

以年老少懈 每擧衛武公抑戒詩以自警 又喜讀周易 潛心默誦 日有課程 每以庸信庸謹

敬義立而德不孤 言有物而動有常 言行所以動天地等語 擧似後學 以爲獎勵之地 家累

僅三十口 所至必相原濕墾遺利 力穡以自給 放懷塵埃之外 優遊寬樂之境 如是將二十

年 龍洲趙相公嘗貽書曰擧家隱鹿門 昔聞其語 今見其人 又有荀氏八龍 朝夕鯉庭 詩禮

講授 此德公之所無而公有之 庸非畸於人不畸於天者耶 其見推許如此 壬子夏 顯宗大

王有因旱求言之 敎 公卽沐浴拜疏 使兄子在京者詣閤門投進 蓋言體天道敦 聖學精選

任恤民隱 輔養 世子也 旣至 政院以爲非親呈不可 辭不受 遂不果上 始公以四海腥羶

冠屨倒置 不令諸子習擧子業曰 天地閉賢人隱 當此之時 惟恐入山之不深 豈可令若輩

操觚帖誦 以邀聲名利祿哉 惟當篤信好學 毋渝吾所履可也 至是歎曰吾早慕申屠蟠田子

春之義 有山林減跡之志 今老且死矣 念諸子諸孫 異時必有羣鳥獸亂人倫之弊 及吾無

恙時 早決遷喬之計 令吾子孫得漸仁賢之澤 不亦善乎 於是不謀於宗族 束裝啓行 以壬

子十二月初吉 卜遷于福州府西兜率院 遷移草創之際 露處艱食之虞 有甚於巖居木食之

苦 而處之晏然 無怨悔色 福之人士愛慕而尊敬之 東西行過其閭者 莫不摳衣斂袵而行

納拜之禮焉 公皆接之以禮而告之以言 將欲闢書齋延朋友 使諸子輩受其音旨 以敷陳其
義 以爲修文講學之地 不幸屬疾 累月彌留 以甲寅八月二十日辛亥 奄至大故 不肖遺孤
攀號擗踊 無所逮及 昊天罔極 嗚呼痛哉 享年八十五 公資稟豪邁 不拘小節 而孝慈仁厚
得之天性 承旨公寢疾彌留 公侍湯不少懈 不解衣 枕爐而達曙者首尾五年 病稍間 亦必
鷄鳴而起 盥櫛衣冠 省問起居外 幹理家務 接遇賓客 非親命有所之 則未嘗一日不在側
旣孤事大夫人十餘年 左右無違志 雖寡言自可 在大夫人側 常有款洽之容 兩兄俱早世
公撫視諸孤 嚴敎誨課而盡其恩 有人所難能者 敬堂先生晚遭伉儷之戚 以嗣續之故 年
六十而再娶 先生沒而孤子女方在髫齔 公收取而舍業之 敎誨昏嫁 卒能成立其門戶 人
皆以爲難 公少負不羈之才 善草隷能詞章 有需世立功名之志 其於儒者事 若不屑意 而
自爲童子時 不資師訓 能折節向裏 從事乎正容謹節之學 自見張先生得聞爲學大方 心
悅而篤信之 雖以承旨公沈綿疾恙之故 不得專意講貫 卒傳其學之奧 其正大光明之旨
固已自得而領會之矣 敬堂先生嘗發問曰乾九二 何以言誠 坤六二 何以言敬 公對曰誠
者實也 乾體實故言誠 敬有虛直之義 坤體虛故言敬 先生深加奬歎 又嘗問曰君出爲世
用則何以哉 對曰以格君心之非爲先 曰其道何由 曰引君當道而已 先生莞爾而笑 於其
歸也 贈之以言曰性者道之體也 道者性之用也 大而天地 小而事物細微 無一不具於此
道之中 必也敬以直內 使大本已立 義以方外 使本體呈露 則體用在我 天人無間 理與心
會 此修德凝道之大端也 公服膺而謹守之 使性命仁義之說 不墜在人 至公第二子徽逸
得以考據尋繹 卒能有所發明者 惟此來歷有以啓之也 早歲氣象嚴毅峻整 人皆望而畏之
迨其晚節 務以和惠寬平自將 言動之間 微有過差 有從傍陳戒者 雖婦人孺子之言 亦必
和顏虛受 不以爲忤 交際甚不苟 見人邪佞鬼瑣之流與己異趣者 則心鄙而面斥之 亦必
矜不能而敎不及 恤人之窮 急人之困 惟恐不及 不以小嫌有所避 就其所慕悅而往來相
聞者 溪巖金公坽, 龍洲趙公絅, 處士崔公喆數人而已 爲詩文追古作者 不以辛葷査滓雜
乎其間 其詩不自雕飾 而體製嚴整 格力淸壯 無奇澁險怪之弊 其文雅麗遒健 明白簡潔
不襲蹈前人語 雖發爲時文 亦淸新灑落 絶無世俗陳腐卑弱之氣 同時儕流皆以爲卓然不
可及 公未嘗以是而自多 與學者言 常以抑浮華就本實爲務 嘗曰學者從忠信篤敬上做工
則庶不至過差矣 雖至疾病危篤之際 亦必以動作威儀之則 警諸子諸孫 痛加繩檢 惓惓
以不墜志業 以世家學之傳 終始言之 其不亂於死生之際 而垂裕後昆之意 能如此云 有
遺文如干卷藏于家 有子男七人女三人 男長曰尙逸 長陵參奉 次曰徽逸 慶基殿參奉 有
儒行 先公二年卒 次曰玄逸吏曹參判 次曰嵩逸翊衛司洗馬 次曰靖逸 次曰隆逸 次曰雲

逸 亦早歿 女長適士人余國獻 次適士人金碤 次適士人金怡 皆先公歿 尙逸無子 公命隆
逸子橲後之 女四人鄭時鉉, 趙顒, 朴湑, 李德純其壻也 徽逸無子 以弟子襘爲後 玄逸有
四男三女 男長梴, 次襘, 次栽, 次枌 女長適士人金以鉉 次適士人洪億 季適士人金岱
嵩逸有二男一女 男長植, 次樴 女適生員權斗紀 靖逸有二男二女 男長檍 次櫟 女長適
士人鄭後興 季在室 隆逸有六男三女 男長卽櫶, 次桱, 次, 次栜 餘皆幼 女長適士人權
東茂 次適士人金景濂 季在室 雲逸有一男二女 男檖 女長適士人權震鳴 季在室 余國獻
有二男曰學夔, 學羲 金怡有五男 長曰錫萬, 次錫三, 錫晉, 錫胤, 錫範 梴有三男 長之
煇 餘幼 襘有二男長之煜 餘皆幼 內外孫曾男女幷百餘人 以卒之年十月乙卯 葬于福州
府西二十里壽洞東北丑坐未向之原 從遺志也 以玄逸嘗竊位于 朝 故推 恩贈嘉善大夫
吏曹參判 妣金氏張氏俱 贈貞夫人 公嘗以犂虜滔天 國恥未雪 居常痛恨 有時憤罵當國
柄用者之不能建大策以敵吾 君之愾 不自知其言之過也 及聞雲南閩浙之師 有連兵北伐
之報則已屬疾矣 嘗咏陸務觀家祭無忘告乃翁之句 撫枕慷慨而言之 至今追慕 痛貫心骨
尙忍言哉 重惟先君稟貞德秉直道 不得伸其志以歿 而如玄逸又無所肖似 恐無以顯揚遺
志之萬一 敢追述其平生論議行實之大者與門閥世系之梗槩 以請銘于當世立言之君子
伏惟幸哀而垂察焉

上之十七年辛未二月日 孤嘉善大夫吏曹參判兼 世子侍講院贊善成均館祭酒玄逸泣
血謹狀

묘지명墓誌銘

권해權瑎

　　현 임금(숙종)의 즉위한 지 15년(1689, 숙종 15)에 특진되어 현재 태재(太宰)[642]인 이공(李公)의 작위(爵位)가 소종백(小宗伯)[643]이었을 때, 마침내 임금의 은전(恩典)이 미루어 미치게 되어 돌아가신 아버지 석계공에게도 증직되어 소재(小宰)[644]가 되었다. 5년 뒤에 또 초배[645]되어, 이공의 작위가 우참찬에서 이어 현재의 관직(이조판서)과 같이 되었다. 이때 태재공이 감격하여 눈물을 흘리면서, 보잘것없는 나[瑎]에게 말하기를 '임금이 모(某)를 불초(不肖)하게 여기지 않으시고 지나친 총애로 벼슬을 내릴 제, 곧 드러내어 높여준 은택이 저승사람에게도 미치게 해주었으니 불초(不肖)의 복이었습니다. 돌아보건대 선인(先人)의 묘 앞의 나무들은 바야흐로 아름드리가 되려하는데 그윽하고 어두운 곳에 넣을 돌에는 여태껏 글이 없으니 기실 병필자(秉筆者)를 기다릴 뿐입니다. 오직 당신께서 한마디 말씀을 아낌없이 해주어 중요한 일을 해 달라' 하였다. 내 감히 글을 못한다고 사양할 수 없었다. 삼가 행장을 살피건대, 공은 휘가 시명이요, 자(字)는 회숙(晦叔)이며 석계는 별호이다. 상대(上代)에 이일평이 신라의 개국을 도와 원훈(元勳)이 된 이래 그 후손들은 더욱 창대(昌大)하였다. 고려대 휘 우칭(禹偁)은 시중(侍中)으로 재임시 재령에 식읍(食邑)되어 마침내 관향(貫鄕)이 되었다. 조선에 들어와서는 휘 맹현(孟賢)이 문학으로 성종 때 현달하여 벼슬이 부제학에 이르렀다. 이분이 낳은 애는 통정·울진현령을 지냈으며 이분이 낳은 휘 은보(殷輔)는 충무위 부사직을 지내고 승정원

---

642) 태재(太宰) : 주대(周代)의 육관(六官 : 天官, 地官, 春官, 夏官, 秋官, 冬官)의 하나인 천관(天官)의 장(長). 천하의 정무(政務)를 총리하며 궁중의 사무를 맡았음. 이는 조선조의 관계(官階) 중 이조판서에 해당함.

643) 소종백(小宗伯) : 주대(周代)의 춘관(春官)에 소속된 종백(宗伯) 아래의 관계명(官階名). 제사전례(祭祀典禮)를 관장함. 이는 조선조의 관계(官階) 중에 예조참판에 해당함.

644) 주대(周代)의 천관(天官)에 소속된 태재(太宰) 아래의 관계명(官階名). 궁중의 형벌 정령(政令)을 관장함. 이는 조선조의 관계(官階) 중에 이조 참판에 해당함.

645) 초배(超拜) : 정규의 등급을 뛰어서 벼슬이 주어짐.

좌승지에 증직되었다. 이분이 낳은 휘 함(涵)은 의령현감을 지냈으며 이조 참판에 증직
되었다. 공의 아버지이다. 부인은 정부인에 추증된 진성 이 씨인데 공을 영해부 인량리
에서 낳았다. 공은 어려서부터 척당(倜儻)⁶⁴⁶)하여 기절(氣節)이 있었으며 조금 성장해서
는 참판공의 의령임소에 따라가 더욱 스스로를 힘써 닦으며 법도대로 행신함으로써
자제로서 오만 방자한 일을 함이 없었다. 곽공 재우가 칭찬하기를 '이 사람은 나이 적음
에도 절조의 높음이 이 같으니 그 성취할 것은 가히 헤아릴 바가 아니다' 하였다. 하루
는 참판공에게 아뢰기를 '근래의 배우는 사람들은 하학(下學)을 버리고 천리(天理)를 담
론하는데, 저는 이를 매우 병폐로 여깁니다. 청컨대《소학》한 책을 배워 입신(立身)의
기초를 닦고자 합니다' 하였다. 참판공이 기뻐하여 허락을 해주자 마침내 서적을 가지
고 도굴산에 들어가 종일토록 꼿꼿이 앉아 글을 읽었다. 틈틈이 제자백가(諸子百家)의
말을 취하여 깊이 생각하고 깨달아서 옛 작자들의 추구한 법도를 얻었다. 때문에 글
지은 것은 씩씩하고 고아하여 기력(氣力)이 있었고 세속의 진부한 말은 없었다. 임자년
(1612, 광해군 4)에는 사마(司馬)에 뽑히어 태학(太學)에 유학하였는데, 모여든 과거 공부
하는 사람들 사이에서 명성이 절로 자자하였다. 그 후로 향시(鄕試)에 합격한 것은 한두
번이 아니었으나 대과(大科)에는 미치지 못하였다. 대저 공은 집이 가난하고 어버이가
연로(年老)하여 과거응시에 힘쓰지 아니할 수는 없었으나 좋아한 것은 아니었다. 병자
년(1636, 인조 14) 이후로는 개연(慨然)히 먼 곳으로 떠날 생각을 하고서 마침내 문을 닫고
밖을 나가지 않았다. 정축년(1637, 인조 15)에 재신(宰臣)의 천거로 능침랑(陵寢郞)에 제수
되었으나 나가지 않았다. 경진년(1640, 인조 18) 봄에 읍령의 서쪽으로 피하여 살았는데,
마을은 석보라 하고 시내는 석계(石溪)라 하였다. 이 가운데 집을 짓고 승지(勝地)에다
대를 만들어 아침저녁 즐겨 노닐면서 은자(隱者)로서의 삶을 살았다. 비록 담장이 바람
과 비를 막지 못하고 항아리에는 한 섬의 곡식도 저장된 것이 없었지만 이렇게 삶을
편안히 여기었다. 계사년(1653, 효종 4)에 영양현의 수비산 속으로 옮겨가서 살았는데
글로 유거(幽居)할 것을 기록하고 그 뜻을 나타내었다. 이후 거처하는 곳이 벽루(僻陋)함
에 자손들이 점점 성장하여 훗날 새나 짐승들과 함께 무리지어 살 걱정이 없을 수 없다
고 여겨 다시 복주의 도솔원으로 옮겨가 인현(仁賢)의 가르침을 입게 하였다. 이때 복주
의 대부(大夫), 유생들이 공의 덕을 사모하여 문(門)에 이르러서 의문 나는 곳을 묻는

---

646) 척당(倜儻) : 뜻이 크고 기개가 있음.

사람들이 발꿈치를 서로 이었는데 공이 예(禮)로써 맞이하여 정성껏 말해주지 아니함이 없었다. 공의 처음 부인은 김 씨(金氏)인데 검열 해(授)의 딸이다. 도산사우(陶山師友)들과 교유하며 흥기한 바가 많았다. 김 부인이 몰(沒)함에 다시 부인을 맞이했는데 경당 장흥효의 딸이다. 마침내 경당문하에 노닐게 되었는데 학문하는 방도를 들음이 더욱 많았다. 평소의 동정(動靜)에도 경이직내(敬以直內), 의이방외(義以方外)[647]로 덕을 기르고 도를 이루는 큰 근본으로 삼지 아니 함이 없었다. 대저 스승으로부터 배운 것을 가정에 전수하는 데도 이와 같이 하였다. 공은 만력 18년(1590, 선조 23) 11월 경자일에 출생하여 현종 15년(1674) 8월 신해일에 세상을 마쳤는데 향년 85세였다. 복주부 서쪽 수동의 축좌(丑坐) 언덕에 장사하였다. 김 부인은 영해 벽수리(碧水里)에 장사하였고 장 부인은 공과 같은 언덕에 장사하였는데 무덤은 다르다. 공은 집에 있을 때의 행위도 닦여져서 깨끗하였다. 부모를 섬김에 있어서는 아침 일찍 일어나 의관을 갖추고서 문안을 드렸으며 종일토록 곁을 떠나는 일이 없이 기쁜 얼굴로 부모의 얼굴빛을 좇아 순응하면서 그 마음을 즐겁게 해드리고 그 몸을 편안하게 해드리는 것으로써 공경을 다해 성심껏 봉양하였다. 병이 드심에 밤낮 곁에서 모시고 약을 해드리느라 띠를 풀지 못한 지가 수년이 되었으되 느슨한 얼굴빛을 띤 적이 없었다. 상사(喪事)를 치를 때는 내용과 형식을 둘 다 극진히 하였으며 함렴[648]과 매장(埋葬)의 예를 치를 땐, 반드시 정성과 미더움으로써 하였으며 더욱이 先祖를 받드는 예에는 삼감을 다하였다. 예경(禮經)에 근본하고 선유(先儒)의 설(說)을 참고하여 과조(科條)를 만들고, 틈틈이 사우(師友)들 사이에서 얻은 것을 보충하여 넣어 고금(古今)의 마땅한 예에 맞게 하였으니 즉 비록 속수가범(涑水家範)[649]이라도 이보다 나을 것이 없었다. 두 형님이 일찍 세상을 떠난 것을 슬퍼하여 그 자식들을 보살펴 인도해 줌에도 자기 소생의 자식들같이 간격 없이 대하여 모든 아이들을 성장시켜 자립할 수 있게 해주었다. 경당공이 만년에 다시 부인을 맞이했다가 죽음에 여러 자녀들은 어리고 의지할 데가 없었다. 공이 또한 그들을 거두어서 가르치고 길러 때에 맞게 시집장가를 보내어 주어 장 씨(張氏)의 제사를 쇠하

---

647) 《주역》〈문언전(文言傳) 坤卦 六二〉의 효(爻)에 "군자는 공경으로 내적면(內的面)을 정직하게 하고, 의리로 외적면(外的面)을 방정하게 한다.[君子敬以直內, 義以方外]" 하였다.

648) 함렴(含斂) : 무궁주(죽은 사람의 입속에 넣는 구슬)를 넣고 염습하는 것.

649) 속수가범은 송(宋)나라 사마광(司馬光)이 지은 그의 가문의 가훈인 것으로 생각되어짐. 사마광은 호를 속수선생(涑水先生)이라 하였는데, 이것은 그가 속수향(涑水鄕)에 살았다고 해서 붙여진 명칭이다. 그의 저작 중에서 가장 유명한 것은 《자치통감(資治通鑑)》이다.

지 않게 하니 사람들은 이로써 더욱 훌륭하게 생각하였다. 공은 기상이 엄의(嚴毅) 준정(峻整)했으며 남과 교제하는 데도 구차한 바가 없었다. 그 사람이 귀하고 현달할 진댄 비록 친척이라도 그의 문에 닿지 못하게 했으며 비록 현장자(賢長者)일진댄 그의 집에 머물게 하지 않았다. 사람들 중에서 선(善)하지 못한 사람을 보면 반드시 마음으로 비루하게 여겨 면전에서 물리치고는 조금도 용서함이 없었다. 그러나 남의 아름다운 것은 드러내주고 남의 곤궁한 것은 급히 여겨 자기 일보다 더 잘 처리해주었다. 이 때문에 어진 사람들은 그와 함께 지내기를 좋아했고 못난이들은 꺼려하였다. 평생에 서로 친하게 지낸 사람으로는 오직 계암 김령 용주 조경 처사 최철 몇 사람이었다. 애당초에 공은 재기(才氣)가 뛰어나 초서와 예서를 잘하고 문장에도 능하였으므로 공명을 세워 당시에 몸을 드러내고자 한 뜻이 있었으며, 중년에는 훌륭한 스승을 만나 의귀(依歸)함으로써 취사(取舍)의 도에 밝았으나 얼마 후 세상의 어지러움을 만남에 자취를 산림(山林)에 감추어 결신고도(潔身高蹈)[650]하였던바, 마침내 명리(名利) 밖에 뜻을 맡긴 채 탄탄한 길을 밟아 마음을 곧게 하고 은둔하여 마음을 너그럽게 했으며 그윽이 우거진 숲속에 살면서도 원망함이 없고 궁하게 살아도 고민함이 없었으니 공이야말로 이른바 옛 유일자(遺逸者)가 아니겠는가. 해가 지날수록 덕은 높았고 희고 흰 학 같은 머리 풍채에다 안색은 화사하였다. 여러 아들들이 늘어서서 모셨는데 난초와 옥이 뜰에 가득하였다. 더러는 의리를 강설(講說)하고, 더러는 시를 읊었는데, 공께서는 이를 베개에 기대어 들었으니 이런 즐거움을 거의 금(金), 석(石), 사(絲), 죽(竹)[651] 소리보다 더 낫게 생각했었도다. 마을 사람들 중에서 혹자는 공을 태구(太丘)[652]와 낭릉(朗陵)[653]에 비유하면서 '그의 학식이 더 낫다.' 하였고, 여러 아들의 충신(忠信)과 문행(文行)을 들어서도

---

650) 결신고도(潔身高蹈) : 몸을 깨끗이 하여 고상한 데 노닒.

651) 팔음(八音)에 속한 악기. 팔음은 쇠(金), 돌(石), 실(絲), 대(竹), 박(匏), 흙(土), 가죽(革), 나무(木)의 여덟 가지 재료로 만든 악기임. 《서경》〈순전(舜典)〉에 "3년 동안 온 세상에 음악소리가 끊어져 고요하였다.[三載四海 遏密八音]" 한 것이 있다.

652) 태구소장(太丘蘇長)을 지낸 후한(後漢) 사람 진식(陳寔)을 말함. 자는 중궁(仲弓), 항제(恒帝) 때 태구현장(太丘縣長)이 되었는데, 송사(訟事)를 판정함에 지극히 공정하였음. 양상군자(梁上君子 : 도둑)를 훈계한 고사로서 유명함. 난형난제(難兄難弟 : 우열을 가리기 어렵다고 하는 뜻)란 고사도 그의 말에서 비롯된 것이다.

653) 낭능후(朗陵候)를 지낸 후한 사람 구숙(荀淑)을 말함. 영음(潁陰) 사람. 박학다식했으며 당시의 명현(名賢)인 이고(李固), 이용(李庸) 등이 스승으로 받들었음. 현량과(賢良科)에 응시하면서 대책문(對策文)에 권귀(權貴)들을 풍자하였다고 하여 염녀(染女)의 배척을 받고 기접후(期接候)로 나갔는데, 일처리를 명쾌히 함에 신군(神君)이란 칭호를 받았음. 곧 벼슬을 버리고 고향에 돌아가 한가히 여생을 보냈는데, 영음령(潁陰令) 원강(苑康)은 순숙의 마을을 이름하기를 고양리(高陽里)라고 하였음.

또한 '어찌 기상(紀爽)⁶⁵⁴의 유(流)뿐이겠는가.' 하였다. 공은 장부(丈夫) 같은 아들 일곱
을 두었다. 맏이인 상일은 장릉참봉이었다. 다음 아들인 휘일은 경기전 참봉이었는데
유자의 품행이 있었으므로 영남 인사들의 소중히 여기는 바가 되었다. 공보다 앞서
죽었다. 다음은 현일인데 곧 태재공(太宰公)이다. 학행으로 나라의 부름을 받아 여러
차례 자리를 옮겨가 팔좌(八座)에 이르렀으니, 임금이 예우(禮遇)한 바의 인물이요, 조정
과 사림의 본보기가 된 사람이었다. 다음은 숭일인데 의령현감이었다. 다음은 정일이
며 그 다음은 융일이다. 다음은 운일인데 일찍 죽었다. 딸은 셋이다. 맏이는 여국현의
아내가 되고 그 다음은 김영, 김이의 아내가 되었다. 상일은 아들이 없었다. 공이 융일
의 아들 은(檼)을 후사로 삼게 하였다. 딸은 넷이다. 정시현, 조옹, 박서, 이덕순의 아내
가 되었다. 휘일도 아들이 없었다. 태재공의 아들 의(檥)가 후사가 되었다. 태재공은
아들 넷을 두었다. 천(梴), 의(檥), 재(栽), 심(杺)이다. 딸은 셋이다. 김이현, 홍억의 아내
가 되고 막내는 김대의 아내가 되었다. 숭일은 아들 둘을 두었다. 식(植)과 직(㮤)이다.
딸은 생원 권두기의 아내가 되었다. 정일은 아들 둘을 두었다. 억(檍)과 역(櫟)이다. 딸
은 둘이다. 정후흥의 아내가 되고 나머지는 미혼이다. 융일은 아들 여섯을 두었다. 은
(檼), 경(桱), 만(樠), 영(㮒), 삼(槮)이고 나머지는 어리다. 딸은 셋이다. 권동무, 김경렴
의 아내가 되고 나머지는 미혼이다. 운일은 아들이 수(檖)이다. 딸은 둘이다. 권진명,
정욱의 아내가 되었다. 내외의 손자 증손 남녀가 모두 백여 명이나 된다. 세상 사람들
은 대저 태재공이 귀하게 된 것으로 공을 알면서도, 태재의 어진 것을 모름은 기실
비롯함이 있다. 대저 공께서 가진 재주와 덕으로써 그 보답을 스스로가 먹지 않고 후손
에게 돌린 것을 오직 후손들이 밤낮없이 감히 경외(敬畏)하지 아니함이 없었기 때문이
다. 그 몸을 성취시켜 조정에 나아가 마침내 임금의 총애를 입음에 따라서 이전 사람의
감춰진 빛을 드러나게 하는 일은 또한 그 이치가 마땅한 것이다. 지은 바의 글은《석계
유고》두 권이 있는데 집에 소장되어 있다. 명(銘)은 아래와 같다.

---

654) 기상(紀爽) : 진식(陳寔)의 아들인 진기(陳紀)와 순숙의 아들인 가상(街爽)을 말함.
　　진기(陳紀) : 자(字)가 원방(元方)이며 아우 침(諶)과 함께 지덕인(至德人)으로 일컬어졌음. 지극한 효성이
있었고 저술한 것이 많았다. 중랑장(中郎將), 상서금(尚書令) 등을 지냈음.
　　구상(苟爽) : 어려서부터 배우기를 좋아해서 12세 때에 벌써《춘추시》,《논어》에 능통하였음. 태사두교(太
射杜喬)가 그를 보고 칭찬하기를, '남의 스승 될 만한 사람이다' 하였다. 경서(經書)에 탐닉했으며, 나라의 부
름에도 나가지 않았음. 저서로《예역시전(禮易詩傳)》,《상서정경(尚書正經)》,《춘추조례(春秋條例)》,《한어
(漢語)》,《공양문(公羊問)》등 백여 편이 있음.

아! 세운 것의 탁월함과	猗樹之卓
아! 쌓은 바의 두터운 것이	猗蓄之厚
그 몸에서 펴나지는 못했으나	不發于身
그 후손들에게서 펴났도다	而于其後
오직 두터운 것이 펴나와	惟厚之發
법도가 번성하게 늘어섰으니	式熾而蕃
믿지 못하겠다면	以爲不信
사문(斯文)에 물어 보시라	請質斯文

현 임금(숙종) 20년(1694) 2월 일.
가선대부 사헌부 대사헌 겸 동지경연사 예문관 제학 안동 권해가 씀.

今 上卽位之十五年 特進今太宰李公秩爲小宗伯 遂推 恩贈其考石溪公爲小宰 後五年又超李公秩爲右參贊 尋遷今官 加 贈其考如其官 於是太宰公感激涕泣而謂不佞瑎曰 上不以某不肖而過寵秩之 乃顯隆之渥 及於泉壤 不肖之幸也 顧先人之墓木且拱 而幽昧之石 迄無文也 其實有待 惟吾子母靳一言以爲重 瑎不敢以不文辭 謹按狀公諱時明 字晦叔 石溪其別號也 上世有李謁平者 佐新羅開國爲元勳 其後益昌大 高麗時有諱禹偁爲侍中 食采于載寧 遂以爲貫 至 本朝有諱孟賢 以文學顯 成廟世 官至副提學 是生瓔 通政蔚珍縣令 生諱殷輔忠武衛副司直 贈丞政院左承旨 生諱涵宜寧縣監 贈吏曹參判 是爲公考 配 贈貞夫人眞城李氏 生公于寧海府之仁良里 公少倜儻有氣節 稍長從參判公宜寧任所 益自飭循矩度 未嘗有子弟傲放事 郭公再佑稱之曰是子也年少 操尙如此 其成就不可量也 一日告于參判公曰近世學者 舍下學而談天理 兒甚病之 請從事小學一書 以爲立身之基 參判公喜而許之 遂攜書入閭窟山 終日危坐而讀之 間取諸子百家語 沈浸融貫 以求古作者軌範 以故其爲文 健雅有氣力 無世俗陳腐之語 壬子選司馬遊太學 已袞然有公車間聲 其後鄕擧得意者非一再 而大試輒不利 蓋公以家貧親老 不得不僶俛應擧 而非其好也 丙子以後慨然有長往之志 遂閉門不出 丁丑有宰臣薦 授 陵寢郎 不起 庚辰春辟地于泣嶺之西 村曰石保 溪曰石溪 築室其間而臺其勝 以朝夕考槃而薖軸焉 雖環堵不蔽風雨 飦石無儲 而處之晏如也 癸巳移卜于英陽縣首比山中 爲文識幽居以見志 後以所居僻陋而子孫漸長 不能無異日鳥獸同羣之戒 又遷于福州之兜率院 以

就仁賢之澤 於是福之薦紳章甫 慕公之德而造門質疑者踵相續 公靡不禮接而忠告之 公
初娶金氏檢閱垓之女 往來于陶山士友之間 而多有所興起 金夫人歿 繼娶張敬堂興孝之
女 遂遊敬堂之門 益聞爲學之方 其平居動靜 未嘗不以敬義直方爲修德凝道之大端 蓋
得之函丈而傳之於家庭者如此 公生於 萬曆十八年十一月庚子 卒於 顯宗十五年八月辛
亥 享年八十五 葬於福州府西壽洞坐丑之原 金夫人葬在寧海碧水里 張夫人與公葬同原
異穴 公內行修潔 事父母晨興冠服 省起居 終日不離側 怡愉承順 以樂其心安其體 恭敬
忠養之 有疾日夜侍湯藥 不解帶者數年而不色懈 居喪情文兩盡 洽含斂窆窆之禮 必誠
必信 尤致謹於奉先之儀 本之禮經 參之先儒之說 作爲科條 間以其所嘗得於師友之間
者補之 以合乎古今之宜 雖涑水家範 無以過之 痛兩兄之早世 撫其孤而誘掖之 無間己
出 令皆成立 敬堂公晚而繼娶 旣歿而諸子女幼無所歸 公又收而教育之 以時嫁娶 令無
替張氏之祀 人益以此多之 公氣像嚴毅峻整 於交際無所苟 苟其人貴顯 雖親戚不踵其
門 雖賢長者 不留其館 見人爲不善者 必心鄙而面斥之 不少假借 然成人之美 急人之困
甚於己 以故賢者樂與之遊 而不肖者忌之 其平生所相善 惟金溪巖㙉, 趙龍洲絅, 崔處
士喆數人而已 始公才氣超邁 善草隷能文章 有立功名顯當世之志 中歲得明師依歸 明
於取舍之分 旣而遭世亂 遁跡山林 潔身高蹈 肆志名利之外 履坦而貞 處遯而肥 幽鬱而
不怨 阨窮而無悶 則公所謂古之遺逸者非耶 及其年德益高 皤皤鶴髮 顔色敷腴 諸子列
侍 滿庭蘭玉 或講說義理 或歌詠詩什 公倚枕而聽之 其樂殆勝於金石絲竹 鄉人或以公
比之大丘朗陵 而其學識過之 卽諸子之忠信文行 又豈直紀爽之流而已哉 公有丈夫子七
人 長尙逸 長陵參奉 次徽逸 慶基殿參奉 有儒行 爲南士所重 前公卒 次玄逸卽太宰公
以學行徵 累遷至八座 爲 人主之所禮遇 朝廷士林之矜式 次嵩逸宜寧縣監 次靖逸 次隆
逸 次雲逸早歿 女三人 長適余國獻 次金碤, 金怡 尙逸無子 公命隆逸子檼後之 四女鄭
時鉉, 趙頵, 朴滑, 李德純 徽逸無子 以太宰子欀爲後 太宰四子梴, 欀, 栽, 杦 三女金以
鉉, 洪億, 季金岱 嵩逸二子植, 楲 女生員權斗紀 靖逸二子檍, 櫟 二女鄭後興 餘未字
隆逸六子檼, 桱, 樏, 栿, 槮 餘幼 三女權東茂, 金景濂 餘未字 雲逸子檖 二女權震鳴,
鄭頊 內外孫曾男女并百餘人 世蓋以太宰公貴和公 而不知太宰之賢 實有自也 夫以公
之才之德 不自食其報 而歸之後人 惟後人無夙夜無敢不敬畏 成于己以進于朝 卒能承
天之寵 發前人之潛光 亦其理宜也 所著有石溪遺藁二卷藏于家 銘曰

猗樹之卓 猗蓄之厚 不發於身 而于其後 惟厚之發 式熾而蕃 以爲不信 請質斯文

上之二十年二月 日 嘉善大夫司憲府大司憲兼同知 經筵事藝文館提學安東權瑎撰

묘갈명墓碣銘

　　공의 이름은 시명(時明)이요, 자(字)는 회숙(晦叔)이다. 경주 이씨는 신라의 개국 공신인 알평(謁平) 이래로 비로소 현달하였다. 고려조에 휘 우칭(禹偁)이 재령군에 봉해짐으로써 마침내 재령이 본적이 되었다. 고조인 휘 맹현(孟賢)은 광릉(光廣)조에 경학으로 현달하여 서울에 집이 하사되었다. 증조인 휘 애는 현령을 지냈으며 영해의 대성(大姓)인 진성 백 씨(眞城白氏)를 부인으로 맞이하였다. 이로 인해 영해에서 살았다. 조부인 휘 은보(殷輔)는 사직을 지냈으며 좌승지에 증직되었다. 아버지인 휘 함(涵)은 현감을 지냈고 이조 참판에 증직되었다. 어머니는 정부인에 추증된 이 씨(李氏)이다. 만력 18년(1590, 선조 23) 11월, 경자일에 공을 낳았다.

　　공은 어려서부터 척당(倜儻)하고 타고난 특이함이 있었으며, 기상이 얽매이는 바가 없어 당세(當世)에 절조를 드러냈으며, 서적 읽기를 좋아하여 의(義)로써 처신함을 잃지 않았다. 일찍이 참판공의 임소[655]인 의령에 따라 갔을 때는 공은 소년이었지만 그 자신을 단속하기를 스스로 힘써서 한 번도 밖에 나가 노는 일이 없었다. 망우당 곽공이 감탄해서 말하기를 '고을의 자제들은 놀고 방탕함이 많은데, 이 자제는 유독 그 몸을 지키기를 이같이 하니 범상한 선비는 아니다' 하였다. 하루는 공이 참판공에게 말하기를 "저는 어떤 사람을 좇아 글 짓는 것은 배웠습니다마는 돌이켜보건대 저의 몸과 마음을 다스리는 일은 잘하지 못합니다. 청컨대 《소학》을 통해 다스리고자 합니다." 하였다. 참판공이 기뻐하여 허락을 해주자 마침내 도굴산에 들어가서 《소학》을 읽어 환히 습득(習得)하는 동안에 제자백가(諸子百家)와 역사서 몇 권을 뽑아 읽으면서 글이 범속하거나 천하게 되지 않게 하길 힘썼다. 선성(宣城)으로 장가를 듦에 이르러서는 도산도학(陶山道學)의 가르침을 듣고자 뜻을 먼저 그곳으로 향하였다.

　　임자년(1612, 광해군 4)에는 진사에 뽑히었다. 이후 다시 경당 장공(張公)의 딸을 부인

---

655) 임소(任所) : 지방관원이 근무하는 직소(職所).

으로 맞이하였다. 장공(張公)은 일찍이 학봉, 서애를 좇아서 배운 행실이 독실한 선사(善士)이다. 공과 함께 경전의 뜻을 논의하기를 좋아하였는데, 마침내는 일찍이 두 선생을 좇아서 배운 것들을 모두 알려주었다. 공은 도가 담긴 그 말씀들을 전수받아 학문에 나아가길 더욱 열심히 하였다. 계해년(1623, 인조 1)의 인조반정을 맞아서는 공께서 말하기를 '시대가 맑아졌으니 과거공부를 할 만하다' 하였다. 이로부터 자주 향시에 합격하기를 높은 등급으로 하여 명성이 날로 널리 퍼짐으로써 서울에 파견되는 혜택을 받기에 이르렀다. 이 무렵 서울에서는 성혼(成渾), 이이(李珥)를 문묘(文廟)에 종사(從祀)해야 한다는 의론이 일고 있었으므로 바야흐로 사론(士論)을 모으고 있었다. 그 당시의 재신(宰臣)들 가운데서는 공과 친한 사람이 공을 끌어들이려고 사사로이 감언(甘言)하기를 '당신이 만약 한마디 말씀을 하여 당시의 의론에 따른다고 한다면, 높은 지위에 올라 귀한 벼슬도 곧장 차지할 수 있다'고 하였는데, 공께서는 산처럼 우뚝 버티어 그 말을 따르지 않고 끝내는 과거시험을 보지 않은 채 집으로 돌아갔다.

　우복(愚伏) 정 선생(鄭先生)이 이조(吏曹)의 장(長)으로 있을 때는 선생이 공을 만나보고 말하기를, '그대는 재학(才學)으로 이름이 영해간(嶺海間)에 드러난 사람인데 이제 그대를 만나보게 되어서 반갑네. 나의 사위 송준길(宋浚吉) 군이 이곳에 있는데, 그대가 그와 더불어 과거 공부할 생각은 없는가' 하였다. 공은 사양하면서 말하기를 '영외(嶺外)의 보잘것없는 저는 진실로 선생의 문하에 나가길 바라오나, 요즈음 선생께서는 전형(銓衡)을 맡고 계시니 선생의 사위를 좇아 교유한다면 곧은 선비들의 비웃음거리가 되지 않겠습니까?'라 하였다. 이 말을 듣고서 정 선생은 더욱 공을 어질다고 생각했으며, 이어 공과 함께 천도(天道)를 논하고서 칭탄(稱歎)하기를 그치지 않았다. 임신년(1632, 인조 10)에는 참판공의 상(喪)을 당하였다. 장례·제례를 한결같이 《주자가례》를 좇아 행하여 상사(喪事)를 마치니 마을 사람들조차 칭탄하여 본받는 바가 되었다. 병자년(1636, 인조 14)을 맞아서는 청나라 사람들이 조선을 탐내어 기(氣)를 빼앗아 감에 공께서는 수치를 느끼고 마침내 세상과는 뜻을 끊었다.

　정축년(1637, 인조 15)에는 모부인(母夫人)을 모시고 참판공의 묘 아래로 가서 살았다. 조정에서는 공의 행업(行業)을 듣고 강릉참봉으로 제수하였으나 나가지 않았다. 이듬해는 영해 수령의 패정(悖政)을 일삼는 바가 많아서 백성들이 놀라 흩어져 나가버림에 고을의 경내(境內)가 텅 비었었다. 순찰사가 공에게 의심을 두어 공을 먼저 떠나보내는 것이 백성들의 바라는 바라고 계(啓)를 올리었다. 공을 붙잡아 재판을 하였는데 공께서는 곤액(困厄)에 처했으되 그 실정만을 말할 뿐 얼굴에 근심스런 빛이 없었으므로 사람들은 다행한 일이라고 생각하였다. 마침내 대신(大臣)들에 의해 그 사건의 잘못되었음이 마땅하게 처리되어짐으로써 실로 아무런 일 없이 풀려났다. 경진년(1640, 인조 18)에는 영해부의 서쪽 석보 촌으로 옮겨가서 살았다. 갑신년(1644, 인조 22)에는 어머니 상을 당하여 옛 마을로 돌아갔다. 3년 상을 마치고는 석보로 돌아와서 살았는데 8년이 지난후, 또 영양 수비산 속으로 옮겨가 살면서《유거기》를 지었다. 이곳에서 20년을 산이후, 탄식하여 말하기를 '내, 이곳에서 세상을 피하여 산 것은 무릇 때를 그렇게 살도록 만난 것 때문이지만, 지금 내 나이도 다 끝나 가는데 내 자손들이 벽루(僻陋)한 곳의외진 곳에서 공부를 하게 된다면 몸을 떨쳐 일으킬 바가 없을 것이 아닌가' 하고는 마침내 떠날 것을 결행하여 안동부의 서쪽 도솔원으로 가서 살았다. 공은 무릇 세 번이나이사를 했고 집도 본디 가난했지만 이사를 가서 머문 곳은 온통 지붕도 가리지 못했으며 늘 행하는 일조차도 제대로 공급되지 않았으되 돌이켜 보건대 마음이 조용하고 욕심이 없어서 생계의 어려움을 근심하는 바가 없었다. 한결같이 몸을 다스리고 학문을닦는 것으로써 자제들을 가르치기를 일삼았으므로 영남의 선비들이 존경을 하였다. 이마을에서 산 지 3년 만에 병으로 세상을 마치니 나이가 85세였다. 죽은 해 10월 을묘일에 안동부의 서쪽에 있는 수동의 미향(未向) 언덕에 장사하였는데 이는 유지(遺志)에 따른 것이었다.

공은 행실이 바르고 부모를 잘 섬겼다. 참판공이 병이 들었을 때 공은 당신을 보살피느라 밤낮 옷 벗을 사이도 없이 화로를 머리맡에 둔 채 아침을 맞은 지 무릇 5년에병이 조금 나아졌다. 평소에도 반드시 아침 일찍이 일어나 문안드리기를 멀리한 적이없었으며 또 곁을 떠난 적이 없었다. 고아가 되어서는 몸소 집안의 수고로운 일까지맡았으며, 어머니를 받들어 모시기를 그 몸이 괴롭다고 하여 어머니를 소홀히 받든일이 없었다. 어려서부터 세상을 보필하고자 한 뜻이 있었으므로 공께서는 과거 응시를 하긴 했으나 등제(登第)에 미치지는 못하였다. 오랑캐의 요기(妖氣)가 미쳐서는 세상의 도가 그쳐짐에 과거 응시를 하지 않고 청렴하고 곤궁하게 살려는 뜻을 세우고서여러 아들들에게 말하기를 '천지가 닫혔으니 과거문을 익혀 성취하기를 구차히 구하려해서야 되겠느냐. 단지 독신호학(篤信好學)[656]하여 나의 순수함을 변치 않게 하는 것이

---

656)《논어》〈태백(泰伯)편〉에서 공자는 "굳게 믿어 배우기를 좋아하고, 죽음으로써 도를 높여라.[子曰篤信好學

마땅할 것이다' 하였으며, 또 늘 나라의 수치가 씻기지 않자 나라의 권세를 쥔 신하들이 큰 대책을 세우지 못한 것을 몹시 한탄하고 또한 그들을 힘써 꾸짖었던 바, 충의(忠義)를 언모(言貌)로 드러낼 제 비록 그 격렬함조차 몰랐으니 그의 마음속에 간직한 바를 가히 알 수 있을 것이다. 현종조(顯宗朝)에는 임금이 구언(求言)을 청하였다. 이때 공은 연로했으나 마음속의 품은 바를 그냥 둘 수 없어 상소문을 지어 말하기를, 천도(天道)를 체득할 것, 성학(聖學)을 배우기를 두터이 할 것, 인재의 선발과 그 맡김을 자세하게 할 것, 백성들의 고통을 다스릴 것, 세자를 보필하여 가르칠 것 등을 운운(云云)하였다. 이 상소문을 형의 아들로 하여금 대궐에 나아가 넣게 했는데, 승정원에서는 공이 직접 소를 가지고 온 것이 아니라 하여 물리치고 받지 않았다. 공께서는 깊은 산속에 살기를 오랫동안 하였으되 수신(修身), 강학(講學)하기를 더욱 독실하게 하였다. 늙음에 이르자 늘 '억(抑) 시를 외워 자신을 삼가 조심하였으며 역(易)을 읽기를 좋아하여 후학들을 대할 때면 문득 역(易) 가운데 있는 성현의 말씀인 '더욱 자신에게 절실히 하라' 한 것을 들어서, 그들을 극진하게 타일러 주며 인도하였다. 그리고 공은 혼례, 상례, 빈례, 제례에 해당하는 고금(古今)의 의품류(儀品類)들을 찾아서 모아 따로 가법(家法)으로 만들고서 후손들로 하여금 이를 삼가 지키어 행하게 하였다. 한가히 있을 때도 아내와 자식을 대할 때면 반드시 의관을 바르게 하여 용모를 느슨히 함이 없었다. 형의 아들을 어루만져서 가르치기를 그 자신의 아들같이 하였으며, 경당이 몰(沒)했을 때에 그 어린 아들도 공께서 거두어서 길러 문호를 넉넉하게 해주었다. 사람들 중에서 가난하고 위급한 처지에 있는 사람들에 대해서는 비록 재물을 기울게 하여 돕더라도 또한 근심하지 않았다. 성품이 엄하고 강하여서 사람들 중에 바르지 못한 이가 있음을 보면 반드시 면전에서 물리쳤으며 오직 그 자신에게 소홀히 하게 될까를 두려워하여 늙음에 이를수록 다시금 마음을 너그럽고도 온화하게 하였다. 무릇 언동(言動)에 과실이 있을 경우, 혹 바로잡아 주는 사람이 있으면 비록 아낙네의 말일지라도 반드시 듣고서 받아들이었다. 평생 동안 교유한 사람은 드물었지만 오직 계암 김령, 용주 조경, 처사 최철과는 우호(友好)가 있었다. 조공(趙公)은 일찍이 글을 주면서 공의 은풍(隱風)의 절조를 기리어 탁해 준 바가 있었다. 시(詩)와 문(文)을 지은 것은 격력(格力)을 지녔으므로 자질구레한 말이 없었다. 당시의 동료들은 모두들 공에게 '미칠 수 없다'고 하였지만, 그렇다고 해서 공

守死善導]" 하였다.

께서는 얼굴빛으로 드러내는 바가 없었다. 여러 아들들을 가르칠 때면 집 안에 들어서는 부모에게 효하고, 집 밖을 나가서는 어른을 공경하게 하였고 걸음걸이나 대답을 할 때도 조심하여 예하게 하였다. 매달 초하루와 보름날이면 자제들로 하여금 삭망절(朔望節)의 예를 행하게 하고 예(禮)가 끝나면 반드시 하루가 다할 때까지 어려운 곳을 묻게 해서 학문의 나아간 바를 살피곤 하였다. 병이 위중한 데 이르러서도 훈계한 것은 모두가 근신수학(謹愼修學)을 말한 것이었다. 비록 세상에 기용되어 쓰이지는 못하였지만 학문에 나아간 것이 지극하였으니 가히 뛰어난 하나의 경지를 이룬 사람이라 할 것이다. 전배(前配)는 광산 김 씨(光山金氏)인데 검열 해(垓)의 딸이다. 아들 하나 딸 하나를 두었다. 아들 상일은 참봉이었고 사위 여국헌은 선비였다. 계배(繼配)는 안동 장 씨이다. 아들 여섯 딸 둘을 두었다. 아들 휘일은 참봉이었고 학행이 있었다. 공보다 앞서 죽었다. 다음은 현일이다. 학행으로 나라의 부름을 받아 벼슬이 판서에 이르렀다. 다음은 숭일인데 현감이었다. 다음은 정일이며 다음은 융일, 그 다음은 운일이다. 모두 학문이 정연하였다. 사위인 김영, 김이는 모두 선비이다. 상일은 아들이 없었다. 융일의 아들 은(檼)을 아들로 삼았다. 사위는 정시현, 조옹. 박서, 이덕순이다. 휘일도 아들이 없었다. 현일의 아들 의(檥)를 아들로 삼았다. 현일은 아들이 넷이다. 전, 의, 재, 심이다. 사위는 김이현, 홍억, 김대이다. 숭일은 아들 둘, 딸 하나를 두었다. 아들은 식, 직이다. 사위는 생원 권두기이다. 정일은 아들 둘, 딸 둘을 두었다. 아들은 역, 삼이다. 사위는 권동무, 김경렴이며 나머지는 어리다. 운일은 아들 하나 딸 둘을 두었다. 아들은 수(橚)이다. 사위는 권진명, 정욱이다. 여국헌은 아들 둘을 두었다. 학기, 학희이다. 김이는 아들 다섯 딸 하나를 두었다. 아들은 석형 석삼, 석진, 석윤, 석범이다. 사위는 금홍벽이다. 전은 아들 하나를 두었다. 지후이다. 의는 아들 하나를 두었다. 지욱이다. 內外의 손자 증손 남녀가 백여 명이나 된다. 명(銘)은 아래와 같다.

　궁벽한 곳 찾아 자취를 감춘 이래, 절의를 지키고 학문을 닦아 후생들 열어 주었으니, 군자의 업(業)은 오랜 세월토록 그 두터움 더욱 드러나리라.

　현 임금(숙종) 20년(1694) 3월 일 자헌대부 예조 판서 겸 홍문관 대제학 예문관 대제학 지춘추관 성균관사 동지경연 세자좌부빈객 권유가 씀.

公諱時明字晦叔 慶州李氏 自新羅開國功臣謁平始顯 麗朝有諱禹偁封載寧君 遂籍載寧 高祖諱孟賢 光陵朝用經學顯 賜第漢京 曾祖諱璦縣令 娶寧海大姓眞城白氏 因家于寧 祖諱殷輔司直 贈左承旨 考諱涵縣監 贈吏曹參判 妣贈貞夫人李氏 萬曆十八年十一月庚子生公 少倜儻負奇氣 不局束效當世操 好讀書 處義不越 嘗從參判公之任宜寧 時公少年耳 能斂身自厲 不一出遨 忘憂堂郭公歎曰府縣家子多遨蕩 此子獨自守若是 非恒士也 一日公言參判公曰兒從人學爲文 顧無以善吾身心 請治小學書 參判公喜許之 遂入闍窟山讀小學 明習間 鈔誦子史數家 徹文不凡卑 及娶于宣城 聞陶山道學之敎 意首嚮之 壬子選進士 後再娶敬堂張公之女 張公嘗學于鶴峯, 西厓 篤行善士也 與公論經義而悅之 遂盡告所嘗得於二先生者 公旣受道言 益趨學 癸亥 長陵反正 公謂時淸可幾業也 自是屢中鄉解高等 聲名日廣 及受遣詣京 時議欲從祀牛栗於 文廟 方規翁士論 時宰有戚連公者欲鉤納公 私甘之曰子若一言借時議 巍第貴仕可立得 公峙不從 卒下第歸 愚伏鄭先生之長銓曹也 見公謂曰子以才學有名嶺海間 今而幸見子 吾家倩有宋君浚吉 方在此 子盍與之共爲擧子業 公謝曰嶺外賤士 固願出於先生之門 然時先生之秉銓衡 而從先生之壻遊 不乃爲貞士嗤耶 鄭先生益賢之 仍與之論天道 稱歎相屬 壬申丁參判公憂 葬祭一由家禮以竟喪 爲鄉里所稱法 丙子淸人得氣去 公耻之 遂絶意於世 丁丑奉母夫人 卽參判公墓下家焉 朝廷聞公行業 除 康陵參奉不就 其明年寧守多悖政 民駭散府境空虛 巡察使委疑於公 謂先去爲民倡 啓 逮公下理 公處卮 報其情而已 不知患於顏色 人多之 會大臣具得枉實 白出之 庚辰徙居于府西石保村 甲申丁母憂 歸舊里 旣三年復居石村 後八年又徙英陽首比山中 作幽居記 後二十年 歎曰吾居此爲辟世計 蓋節遇然也 今吾齒盡 吾子孫無乃坐僻陋孤學 無所發起之耶 遂決起行至安東府西兜率院居焉 公凡三徙 家素貧 遷徙去處 所止單露 恒事不逮給 顧泊然不以爲生難患心 一以飭身修學訓子弟爲 故嶺之士敬鄉之 居三年病終 壽八十五 卒之年十月乙卯 葬于安東府西壽洞向未之原 遺志也 公有質行 善事父母 參判公嘗有疾 公扶承左右 日夜不解衣 枕爐達朝者凡五年而疾損 平居必晨起省問 無越踰或離側 及孤躬執家苦而共養母 不以身窘而約親 少有佐世之意 應擧不卽第 及虜祲世道 輒不赴擧 以淸苦建志 謂諸子曰天地閉 其可習時文苟求遂乎 第宜篤信好學 毋渝我淳 則常痛恨 國耻未雪而柄臣不能建大策 或肆罵之 忠義發於言貌 雖失之激 其所守可知也 顯廟朝求言 時公年老 懷不能已 上疏言體天道敦 聖學精選任恤民隱輔養 世子之道 令兄子投進閤門 政院以公不躬奉疏來 卻不受 公久幽而修身講學益篤 旣耆常誦抑戒以自警 喜讀易 對後學輒擧易中聖言尤切己

者 諄諄訓誘 講求昏喪賓祭古今儀品 類別爲家法 令後謹守行之 燕居對妻子 必正衣冠
無惰容 撫敎兄子如己子 敬堂歿而其子幼 公收業之 令有門戶瞻 赴人窮急 雖傾匱亦不
恤 性峻毅 見人有不正 必面斥惟恐漫已 至老更寬和 凡言動之失 有或諫正 雖家人言
必聽受 平生罕交遊 獨與金溪巖垲, 趙龍洲絅, 崔處士喆友好 趙公嘗與書 贊道公隱操
云 爲詩文有格力 不爲碎細語 一時等輩皆自以爲不及 然不色能 敎諸子入孝出弟 步趨
唯諾謹 每朔望令子弟序禮畢 必極日問難 以觀其學 及疾革所敎戒 皆謹愼修學之道 雖
未嘗擧以於世 究極於學 而可謂立其方矣 前配光山金氏檢閱垓之女 生一男一女 男尙
逸參奉 壻余國獻士人 繼配安東張氏生六男二女 男徽逸參奉有學行 先公歿 次玄逸以
學行徵官至判書 次嵩逸縣監 次靖逸 次隆逸 次雲逸 咸循厥緖 壻金礒, 金怡皆士人 尙
逸無男 子隆逸子橓 壻鄭時鉉, 趙顗, 朴湑, 李德純 徽逸無子 子玄逸子㰊 玄逸四男㮨,
㰘, 栽, 柲 壻金以鉉, 洪億, 金岱 嵩逸二男一女 男植, 㯒 壻權斗紀生員 靖逸有二男二
女 男檍, 櫟 壻鄭後興 一女幼 隆逸有六男三女 男檼, 桱, 㭿, 㯐 壻權東茂, 金景濂
餘幼 雲逸有一男二女 男橩 壻權震鳴, 鄭頊 余國獻有二男學夒, 學羲 金怡有五男一女
男錫亨, 錫三, 錫晉, 錫胤, 錫範 壻琴弘璧 㮨有一男之焞 㰘有一男之燈 內外孫曾男女
百餘人 銘曰

冥竆而守 學而開其後 君子之業 久而益見其厚

上之二十年三月 日 資憲大夫禮曹判書兼弘文館大提學藝文館大提學, 知春秋館成均
館事, 同知 經筵世子左副賓客權愈撰

石溪先生文集附錄 卷二

석계선생문집부록 권2

🏛 부록附錄 🏛

대명동 유허비명[657]
大明洞遺墟碑銘

　복주(福州 : 안동의 古名)의 산에 휑하니 텅 빈 깊은 곳에 마을이 있는데, 이곳을 대명동(大明洞)[658]이라 한다. 누가 이곳에 살았던가. 석계(石溪) 이 징사(徵士)[659] 이분이다. 마을에 이 명칭이 있었던 이래로 여러 수백 년 동안 사람이 살지 아니한 때가 없었지만 그렇게 명칭을 붙인 사람이 있었음은 듣지 못하였다. 비로소 석계가 이곳에 와서 산 이래로 그 명칭대로 명칭을 붙였고 석계가 이곳에 산 것도 다른 어떤 것을 취하려한 것이 아니라 마을 명칭대로 그 명칭을 취하여 살고자 한 데 있었다. 가령 마을이 평소 유명하지 않은 마을일지라도 현자(賢者)가 살면 마땅히 드러나서 일컬어졌는데 하물며 대명동(大明洞)에 석계가 살았음에랴. 후대의 사람들 중에서 석계를 사모하는 사람이라면 그 마을 모습만을 사모하고 말 것이겠는가.

　석계는 휘가 시명(時明)이다. 어려서부터 뜻이 크고 기개가 있어 큰 절의가 있었으며 의(義)를 행하는 댄 과단성이 있었다. 성장해서는 더욱 분발함을 스스로 견지하였다.

　병자년(1636, 인조 14) 정축년(1637, 인조 15)을 당해서는 눈으로 갓과 바지가 거꾸로 됨을 보고 그 비분을 스스로 견딜 수 없어서 마침내 온 식구를 데리고 산속으로 들어갔다. 산속에 살면서 말하기를 '천지가 닫히고 현인(賢人)이 숨어버렸으니 오직 산속에 듦이 깊지 아니할까 두렵다' 하였다.

　이해에 천거에 의해 강릉(康陵)[660] 재랑(齋郞)[661]에 배수되었으나 사양하여 나가지 않

---

657) 대명동 유허(남은 터)의 비명(碑銘) : 안동군 풍산면 대명동(大明洞)에 있으며, 승정처사(崇禎處士) 석계 공 이시명이 병자호란 후 영양 군 수비(首比)에서 이곳 대명동으로 옮겨 산 유허에 세운 비이다.
658) 대명동(大明洞) : 중국 명나라를 뜻하는 마을 이름.
659) 징사(徵士) : 조정에서 부른 학덕이 높은 선비.

았다. 소를 올려 하성지치(下城之恥)⁶⁶²⁾를 극언(極言)하였는데 글의 뜻이 격렬하여 마침
내 올리지 못한 후, 이로부터 오직 《춘추》 및 병서(兵書)를 읽으며 은미한 뜻을 부쳐
내었다. 임경업⁶⁶³⁾ 장군과는 평소에 서로 사이가 좋았는데 일찍이 토복사(討復事)⁶⁶⁴⁾를
의론한 바가 있었다. 임(林)이 자리에서 일어나서 말하기를 "선생께서 말씀하신 것은
실로 나의 생각하는 바와 잘 맞습니다. 다만 혹 임금이 군사를 일으킨다면 내 마땅히
창을 잡고 앞장서 말을 달릴 것이오니 이 선생께서는 지휘를 해주시면 이것을 듣겠습니
다." 하였다.

갑신년(1644) 이후, 명나라가 멸망함에 이르러서는 가족들에게 이르기를 '일찍이 신
도반(申屠蟠) 전자춘(田子春)의 사람됨을 사모하여 산림(山林)에 자취를 감출 생각을 하
였다.' 하고는 마침내 영양(英陽) 수비산(首比山)으로 들어갔다. 대저 이름을 취하여 살
고 있는 곳을 편액하기를 '휴문(休問)'⁶⁶⁵⁾이라 하고 자(字)를 '자산(子山)'이라 했으며 유거
기(幽居記)를 지어 뜻을 드러내었다. 마을 선비들을 인솔하여 가서 영산원(英山院)⁶⁶⁶⁾을
세우고 이곳에 퇴계와 학봉 두 선생을 봉안(奉安)하였다. 매월 초하루 날이면 여러 유생
들을 모아서 사자(四子)⁶⁶⁷⁾와 《근사록(近思錄)》⁶⁶⁸⁾ 등 여러 서적을 가지고가 그 지결(旨訣)
을 가르쳤다. 틈틈이 배우는 사람들에게 말하기를 '우리 동방(조선)은 지금의 사태가
남송(南宋) 때의 것과 같다. 비록 운수가 다되어서 북쪽을 향해 대의(大義)를 다툴 수는

---

660) 강릉(康陵) : 조선 명종(明宗)과 인순왕후(仁順王后) 심씨(沈氏)의 능(陵). 서울 도봉구 공릉동에 있음.

661) 재랑(齋郞) : 묘(廟, 종묘), 사(社, 사직단), 전(殿, 대궐), 궁궐(宮闕) 및 각 능(陵)의 참봉.

662) 하성지치(下城之恥) : 인조가 남한산성에서 청나라에 굴복한 일. 성지맹과 같은 뜻.

663) 임경업(1594~1646) : 본관은 평택(平澤). 인조 때의 명장. 자는 영백(英伯), 호는 고송(孤松), 시호는 충민
(忠愍). 무과에 급제하여 병자호란 때 의주부윤(義州府伊)이 되어 청나라 군사를 국경에서 막으려 했으나 뜻
을 이루지 못하고, 뒤에 청나라에 포로가 되었다. 심기원(沈器遠)의 모반사건에 연루되었다는 혐의로 국내로
송환되어 장살(杖殺)되었다. 그의 무용담과 충의를 기린 작품으로 국문소설에 《임충신전(林忠臣傳)》과 《임장
군전(林將軍傳)이 전(傳)에는 이선(李選)의 《임장군전》과 이재(李栽)의 《장군경업전》 등이 있다.

664) 토복사(討復事) : 청나라를 토벌하여 복수하는 것.

665) 휴문(休問) : 묻지 말라.

666) 영산원(英山院) : 영산서당.

667) 사자(四子) : 사서(四書)를 말함.

668) 근사록(近思錄) : 송대(宋代)의 성리학자 주희(朱熹)와 여조겸(呂祖謙)의 공저. 여조겸이 주희를 방문하여
10여 일간 머무르면서 함께 주돈이(周敦頤), 정호(程顥), 정이(程頤), 장재(張載)의 어록(語錄)·문집 등을 읽
고, 초학자들을 위하여 그들 사상의 대체(大體) 가운데 학문을 다스리는 대강(大綱)과 인신(人身)에 매우 가까
운 것 622 조목을 뽑고 왕복 편지를 편집하여 14권으로 완성하고 '근사록'이라 불렀다. 책 이름은 《논어》 자장
(子張)편에 "널리 배우고 뜻을 돈독히 하며 절실하게 묻고 가까이 생각하면(切問而近思) 인(仁)은 그 가운데
있다."고 한 구절에서 따온 것이다.

없으나 후생(後生)들이 적을 토벌하여 복수하는 것이 지금의 급무임을 알지 아니해서는
안 될 것이다.' 하였다. 이어 소매 속에 넣어온 주자(朱子)의 무신봉사(戊申封事)를 꺼내
어서 이것을 낭독하기를 끝마친 후 문득 글을 덮고서 눈물을 흘리곤 하였다. 하루는
복주(福州)에 대명동(大明洞)이란 마을이 있다는 것을 듣고서 말하기를 '내 그곳에서 명
(命)을 마친다면 죽음이 마땅한 바가 될 것이다' 하고 마침내 그곳으로 가서 살았다.
날로 뜻을 함께하는 사람들과 도의(道義)를 강명(講明)했는데 통상 읊조려 펴낸 것은 모
두가 시대를 근심하고 세상을 고민한 뜻을 부쳐낸 것이었다. 읊은 시에서 '때는 정녕
맑은 가을, 귀뚜라미 소리 속밤이 길구나. 벽에 기댄 채 부질없이 천하사(天下事)를 생
각하노니, 옛 신주(神州)를 회복할 뜻있는 이 아무도 없다고 하였으며, 또 '천지는 넓고
넓어 정작 끝이 없고, 해와 달의 곧고 밝음은 옛 그대로인데, 누가 오랑캐 먼지를 보내
어 더러움을 일으켰는가. 남성일계(南城一計)[669]가 조선을 그르쳤도다.'라 하였다. 이어
서 운남(雲南) 민절(閩浙)[670]의 군사가 연합하여 북쪽 오랑캐를 정벌한다는 소식이 있음
을 들었다. 이때 선생은 병이 심하여 곧 숨이 끊어질 지경이었으나 자리에서 벌떡 일어
나 자제들에게 글을 써서 주면서 '집의 제사든 날 잊지 말고 너희 아비에게도 알리어라'
한 시구를 들어 주며 사후라도 이 소식을 알려주기를 부탁하였다. 이 밝은 마음이 한
실오라기 같은 목숨이 바야흐로 끊어질 때였음에도 어그러진 바가 없었으니 그 절의의
성함이 어떠했는가. 이러했기에 당시의 제현(諸賢)들이 쓴 만사에서는 모두 '서산(西山)
에서 아사(餓死)한 사람[671]', '동쪽 바다를 밟은 사람[672]', '북창 가에 매화를 벗한 사람[673]'
등에다 비유하여 그들과 같다고 하였다. 또 선배들의 지은 공안(公案)[674]에서도 '백세(百
世) 뒤에 묻는다 해도 그 학문의 높음과 연원(淵源)의 바름 같은 것은 한마디로서 그
대개(大槪)를 살필 수는 없다.' 하였다. 선생은 뛰어난 재주와 강하고 굳센 바탕으로서
일찍이 경당 장선생[675]을 스승으로 모시고 학문하는 평판을 들었다. 경당은 대저 두
문충공(文忠公)[676]의 학문을 좇아 퇴계 문하의 적통(嫡統)을 배워, 그 전수받은 것을 모두

---

669) 남성일계(南城一計) : 인조의 남한산성 굴욕사를 가리킴.
670) 민절(閩浙) : 복건성(福建省)과 절강성(浙江省).
671) 서산에서……사람 : 은나라 백이와 숙제를 말함.
672) 동쪽 바다를 밟은 사람 : 제(齊)나라 노중련(魯仲連).
673) 북창 가에……벗한 사람 : 동진(東晉)의 도연명(陶淵明).
674) 공안(公案) : 관(官)의 조서(調書).
675) 경당 장 선생 : 장흥효(張興孝)를 말함. 각주 238) 참조.

선생[石溪]에게 주었으므로 공의 언행동정(言行動靜)은 공경으로써 마음을 바르게 하고 의리로써 외부를 방정하게 하는 방도[677]에서 벗어난 것이 없었다. 그의 마음속에 채워 기른 것이 바르고 의리(義理)가 분명한 것도 결국은 절의상(節義上)에서 입각되어 나온 것인 바, 무릇 학문한 것을 근본으로 흘러나온 것이 아님이 없음인즉 나아가 사문(斯文)의 맥을 이을 수 있었던 것이다. 더욱이 이륜(彛倫)을 중시하였으므로 자손들은 그 학문을 서로 전수받아 모두가 대유(大儒)로 성취될 수 있었으며 울연(蔚然)히 이학(理學)의 명가(名家)가 될 수 있었다. 수백 년 동안 가르친 것은 《춘추》의 의(義)였고 높이 받든 것은 절의(節義)의 선비들이었으니, 어찌 산림(山林) 깊숙이 숨어 산 그 덕인(德人)을 모두 드러내어 밝히지 아니해서야 될 것인가. 또 선생의 고충(孤忠) 대절(大節)이 덮여서 드러나지 아니하니 지사(志士)들의 탄식하고 한탄함은 지금에 이르도록 끊임이 없는 것이다. 한편 듣고 본 것이 점점 오래되어지게 되면 사람들의 마음속에서 쉽게 잊혀지게 될 것이니 어찌 날로 세월이 멀어져 가면 날로 그 자취가 없어지지 않는다고 할 것이랴. 이 방면의 인사(人士)들은 이를 두려워하여 병자년 정축년 옛 갑자(甲子)가 돌아옴에 그 자취를 드러낼 것을 꾀하였다, 여러 인사들이 말하기를 '우리 동방에는 그 땅과 그 명칭이 서로 들어맞는 것을 취하여 서원과 사당을 세운 것이 한 둘이 아니다. 수양산의 고죽사(孤竹祠)[678], 남양(南陽)의 와룡사(臥龍祠)[679] 같은 것이 진실로 어찌 이 사람들의 한 자취가 이러한 곳에서 단지 집 위의 까마귀까지도 귀엽다는 뜻[680]만을 드러낸 것이었을 뿐이겠는가, 마는 더욱이 이 대명(大明)이란 마을에 석계가 산 곳은 그 사람과 땅이 서로 들어맞아 더욱 드러났으니, 이곳을 민몰(泯沒)되게 그냥 놓아두어서야 될 것

---

676) 두 문충공 : 김성일(金誠一)과 유성룡(柳成龍).

677) 공경으로서 …… 하는 방도 : 원문(原文)의 경의직방(敬義直方)은 《주역》 문언전(文言傳)의 곤괘(坤卦) 六二의를 풀이한 것 중의 "군자는 공경으로 내적 면을 정직하게 하고 의리로 외적 면을 방정하게 한다.[君子敬以直內 義以方外]" 한 데서 나온 것임.

678) 고죽사(孤竹祠) : 은나라 백이숙제의 사당.

679) 와룡사(臥龍祠) : 촉(蜀)나라 제갈량(諸葛亮)의 사당.

680) 이 사람들의 …… 귀엽다는 뜻 : 이 말은 '사람을 사랑한 나머지, 그 사람 집 지붕 위에 앉아 있는 까마귀까지 사랑한다.'는 뜻이다. 반(殷) 말기에 주나라 문왕(文王)은 포악무도한 주왕(紂王)을 쳐서 멸망시키려 강태공을 군사(軍師)로 삼아 부지런히 힘을 길렀지만 뜻을 이루지 못한 채 세상을 떠났다. 문왕이 죽자 그의 아들 무왕(武王)이 왕위를 계승하여 마침내 은나라를 멸망시키고 주왕(紂王)으로 하여금 자살게 만들었다. 무왕은 은나라를 멸망시킨 직후 강태공에게 은나라의 권신귀족을 어떻게 처리하면 좋겠는가 하고 물었다. 이때 강태공은 "신이 듣건대 한 사람을 사랑하면 그 지붕 위에 앉아 있는 까마귀마저 사랑하고(愛人者 兼其屋上之鳥), 한 사람을 미워하면 그의 종들마저 미워하게 된다고 합니다. 모두 죽여 버리는 것이 어떠한지요."라 하였다.

인가.' 하였다. 일찍이 듣건대 선생은 치명(治命)⁶⁸¹⁾ 때에 '장사(葬事)는 대명동(大明洞)을
벗어나서 하지 말라' 하였다 한다. 그런데 장례 때가 되어서 여러 아들들 중에는 고향
(영해)에 반장(返葬)⁶⁸²⁾고자 한 사람이 있었다. 그런데 선생이 볼기를 때리며 꾸짖는 꿈
을 꾸고는, 놀라 두려워하여 감히 그 명(命)을 어기지 않았다 한다. 아! 공이 당시에
살 때는 마을을 '대명(大明)'이라 했고 공이 죽어서는 '대명'이란 마을로 터를 남겼다.
이 터에 나타나 있는 것은 곧 이 비(碑)이다. 돌아보건대, 지금 '대명(大明)'이란 글자가
서적에 드러나 있는 것은 풀이 죽고 나무가 없어진 것같이, 또 반딧불이 말라죽고 좀
벌레가 죽은 것같이 되었지만, 유독 이 마을과 비만은 하늘과 땅을 따라 함께 없어질
것이요, 해와 달을 아울러 가져서 영원히 남아 전하기를 만겁(萬却)토록 할 것이다. 닳
지 않고 부스러지지 않을 것은 애오라지 이곳에 소재(所在)해 있기 때문인 것이다. 마을
에 터가 있고 터에 비(碑)가 있고 비(碑)에 글자가 있는 것은 이것은 큰 것인 것 같으면
도 아주 작은 것이고 작은 것인 것 같으면서도 아주 큰 것이니 후대 사람들 가운데서
느낌을 분명히 하여 경중(輕重)을 헤아리는 사람이라면 전적으로 마을, 터, 비, 글자에
두지 아니하고 '대명(大明)'에다 둘 것이다. 명(銘)은 아래와 같다.

　이전의 명나라가 성(盛)할 때는 한 수레 가득 서적이었는데, 이제 명나라가 망하자
남은 서적이 거의 없도다. 오직 신종(神宗)⁶⁸³⁾이 다시 만든 나라⁶⁸⁴⁾인 이곳에 대명처사의
유허(遺墟)가 있도다.

　정헌대부(正憲大夫) 수원부류수(水原府留守) 겸(兼) 총리사(摠理使) 한치응(韓致應) 지음.

福州之山 有呀然而深者曰大明洞 誰其居之 石溪李徵士是也 洞有此名屢數百年 未
嘗無居之者 亦未聞有名之者 始得石溪居之而名其名 石溪之居 亦無他取 因以名取焉
藉使洞素無名 賢者居地 宜有表稱 矧大明以石溪居之 後人之以慕石溪者慕其洞 容可
已乎 石溪諱時明 少倜儻有大節 勇於服義 長益激厲自持 當丙丁之會 目見冠裳倒置 則
悲憤不自勝 遂擧家入山中居之曰 天地閉 賢人隱 惟恐入山之不深 是歲用薦拜 康陵齋
郎 辭不赴 上疏極言下城之恥 辭旨激切 竟不報 自是惟讀春秋及兵書以寓微意 與林將

---

681) 치명(治命) : 사람이 병들지 않았을 때에 하는 말.
682) 반장(返葬) : 장사(葬事)를 고향이나 자기 집으로 옮겨다가 지냄.
683) 신종(神宗) : 중국 명나라의 제14대 임금. 재위 기간 1573~1619.
684) 다시 만든 나라 : 임진왜란 때 명나라가 조선에 원군(援軍)하여 왜적을 방어한 것을 가리킴.

軍慶業素相善 嘗議討復事 林起拜曰先生所言 實獲我心 幸或王于興師 則我當執殳前
驅 惟先生指揮是聽 及甲申後 明社淪陷 則謂家人曰吾嘗慕申屠蟠, 田子春爲人 有山林
滅跡之意 遂入英陽之首比山 蓋取山名也 扁其居曰西山草堂 因改名曰休問 字曰子山
作幽居記以見志 嘗倡率一鄕士 刱立英山院 奉退溪鶴峯二先生 每月朔會諸生 取四子
近思錄諸書 講論旨訣 間語學者曰吾東方今日事勢 如南宋時事 雖詘於氣數 不能北首
爭大義 而後生輩不可不知討復之爲今日急務也 因袖出朱子戊申封事 朗讀一過 輒掩卷
流涕 一日聞福州地有大明洞者曰 吾畢命於斯 死得其所 遂往居之 日與同志之士 講明
道義 其發於尋常吟詠者 皆憂時恐世之意 有曰居然時序已淸秋 蟋蟀聲中夜正脩 倚壁
空懷天下事 無人志復舊神州 又曰乾坤浩蕩大無邊 日月貞明自古然 誰遣胡塵生汚穢
南城一計誤朝鮮 屬聞雲南閩浙之師有連兵北伐之報 時先生疾㞃方奄奄 蹶然而起 書與
其弟 擧家祭無忘告乃翁之句以囑之 其炳然孤誠 不貳於一縷將絶之時 又何其偉也 是
以同時諸賢輓誄之作 皆以西山之餓 東海之蹈 北牕之臥 比以同之 先輩公案 可質百世
而若其學問之高 淵源之正 不可以一節槩之 先生以超卓之才剛毅之質 早師張敬堂先生
得聞爲學之大方 敬堂蓋嘗從兩文忠公學 得溪門之嫡傳 而以其所受者 悉授先生 言行
動靜 不出敬義直方之準則 惟其充養正而義理明 究竟立脚於節義分上 而蓋莫不本之於
學問中流出來 于以命脈斯文 增重彝倫 而暨子若孫 統緖相傳 俱成大儒 蔚然爲理學名
家 數百年間所講明者春秋之義 所崇奬者節烈之士 而獨奈山澤幽潛 未盡闡發 如先生
之孤忠大節 掩翳不章 志士之齎咨慨恨 式至今未已 而聞見寢舊 人心易狃 幾何不日遠
而日泯乎 一路人士 庸是之懼 乃於丙丁舊甲之回 圖所以表章之 僉議曰我東之取地名
相符 建院若廟者非一 若首陽之孤竹祠 南陽之臥龍祠 固何嘗伊人之一跡於此 而特出
愛屋烏之義 則況玆大明之洞 石溪攸居 而人與地相得益彰 是可泯沒而止乎 嘗聞先生
治命葬不出大明洞 及葬諸子中有欲返葬故山者 夢先生笞責之 驚懼不敢違云 噫公時居
之以其洞而爲大明 公之去之以大明而爲墟 墟之所表卽此碑也 顧今大明字之見於竹素
者 草亡木卒螢乾蠧死 而獨此洞此碑 接天壤而俱廢 幷日月而長懸 垂之萬劫 不磷不泐
者 賴有此在耳 洞而墟墟而碑碑而字者 此猶大之極小小之極大 後來之曠感而輕重者
不全在洞與墟與碑與字而在大明 銘曰

　昔 皇明盛 混一車書 而今陸沈 子遺靡餘 惟 神宗再造之邦 厥有大明處士遺墟

　正憲大夫水原府留守兼摠理使韓致應撰

수산유허비명[685]

首山遺墟碑銘

　백이는 상(商 : 殷)나라 주(周)나라 때 천하(天下)의 대로(大老)로서 천하의 대의를 지니고 수양산에 은둔했다가 명(命)을 마치었다. 이에 저 멀리 있는 수양산은 곧 영원한 강상(網常)[686]의 벼리되는 바가 되어 천하 가운데의 어떤 높은 뫼나, 산악도 여기에 비할 수가 없게 되었다. 석계 이 선생은 동해 가에서 태어나서 도(道)를 품고 덕(德)을 쌓아 일찍이 그 시대와 백성을 다스리려 한 뜻이 있었으니 또한 천하의 대로(大老)이었다. 그런데 나라가 병자(丙子)의 수치를 겪고 이어서 중국이 갑신(甲申)의 변(變)[687]을 당하자 천하가 더러워져 갓과 신이 전도됨에 과거 공부를 그치고 나라의 부름도 사양한 채 세상에서 숨어 떠나가기를 멀리하였다. 처음에는 석천(石川)[688]으로 피하여 들어갔다가 얼마 안 되어 영양 수비산(首比山)으로 옮겨갔다. 수비산은 서쪽에 일월산(日月山)이 이어져 있고, 동쪽에 검마산(劍磨山)이 잇달아 있는데, 이 가운데는 들판 하나가 펼쳐져 있다. 유경한광(幽蒬閒曠)[689]하여 진정 은자(隱者)의 서둔지(棲遁地)가 될 만하였다. 선생이 이곳을 좋아하여 살았는데 칠현자(七賢子)[690]가 함께 종유(從遊)하였다. 시와 예를 배우고 도의(道義)를 갈고 닦았다. 당시에 그를 아는 사람들은 '정공(鄭公)[691]'이라 일컫고 마을은 '고양리(高陽里)[692]'라 하였으며, 용주(龍洲) 조상공(起相公)[693]은 '녹문(鹿門)'이요 '이(鯉)의 뜰'이라 하여 축하를 하였다. 이것은 옛날의 은둔자들도 갖기 드문 것이었다.

---

685) 수산 유허의 비명 : 영양군 수비면 신원리에 있으며 석계 이시명이 이곳 수비에 은거하여 강학한 터에 세운 비이다.

686) 강상(網常) : 삼강(三綱)과 오상(五常)을 말함.

687) 변(變) : 유적(流賊) 이백성(李白成)이 경사(京師)를 공략함에 명(明)나라 의종(毅宗)이 순국한 일, 청(淸), 순치(順治) 원년이다.

688) 석천(石川) : 석보(石保).

689) 유경한광(幽蒬閒曠) : 깊고 아득하며 조용하고 넓음.

690) 칠현자(七賢子) : 상일·휘일·현일·숭일·정일·융일·운일을 말함.

691) 정공(鄭公) : 부공(部公)은 당태종(唐太宗) 때의 명신(名臣) 위미(魏微)를 말함. 공영달(孔穎達) 등이 주사(周史) 수사(隋史)를 찬술할 때 위징은 왕명을 받고 사서찬정(史書撰定)을 총괄하였다. 역사서가 완성되자 광록대부(光祿大夫)에 오르고 정국공(鄭國公)에 봉해졌음. 이러한 데서 그를 정공(鄭公)이라 한다. 직간(直諫)을 잘한 것으로 유명함.

692) 고양리(高陽里) : 후한 때 영음령(穎陰令) 원강(苑康)이 구숙(苟淑)의 사는 마을을 칭송하여 고양리라 하였음.

693) 조상공(起相公) : 조경(起絅)을 말함.

이러한 삶 속에서도 시대를 슬퍼하고 세상을 분통케 여긴 뜻을, 왕왕 오매가영(寤寐歌詠)[694]하는 가운데서 표출하기도 했는데, '남성(南城)에서의 한 번 그르침'이라 한 구(句)라든가 '신주(神州)가 회복 되지를 않는다.' 한 탄식 등은 강개하여 마음에 응어리진 것을 견디지 못하여 펴낸 것들이다. 대저 일월산의 우뚝 솟은 모습을 보고 저 나라의 강유(綱維)가 밝게 드러나기를 생각하고 또 검마산의 가파르게 솟은 모습을 보고 선비들의 글 읽는 소리가 끊어질까 원망을 하면서, 이곳에서 30년 세월을 보내면서 회포를 외로이 했던 것과 뜻을 견고히 했던 것을 한 구역 수산(首山)에 붙이었던 것이다. 나이가 점점 들어가자 비로소 자손들이 조수(鳥獸)와 무리지어 삶에 대륜(大倫)을 어지럽힐까를 걱정하여 영가(永嘉)의 도솔원(兜率院) 대명동(大明洞)으로 옮겨 갔고 이곳에서 생을 마치었다. 이로부터 수산(首山)에 있는 집은 마침내 터만 남았다. 한번 그 자취를 살펴서 그때를 논하건대, 그가 석천(石川)에 산 것은 정축년(1637) 하성지치(下城之恥) 이후였고, 수산(首山)에 들어간 것은 갑신년(1644) 옥사(屋社)[695] 이후였으며, 끝에 대명동으로 간 것은 영력(永曆)[696] 시기였다. 선생이 석천(石川)에서 쓴 것은 단지 수석(水石)을 유완(遊玩)한 것을 취한 것이며, 수산(首山)에서 쓴 것은 특히 학문을 하면서 목표와 규준을 두었던 것을 취한 것인데 이 두 곳에서 모두 서둔(棲遯)한 바의 연유를 말한 것은 없으니, 이것이 선생께서 그 뜻을 은미하게 한 것이었다. 이어 결신고도(潔身高蹈)하여 오직 '산림에 듦이 깊지 아니할까 두렵다' 하였으니 어찌 의(義)가 없고서야 이렇게 말할 수 있었겠는가. 우리나라가 명나라를 섬긴 지 3백 년에 하루아침에 사나운 오랑캐들에게 굴복을 당하여 온 나라의 강상(綱常)이 떨어지고 또 오랑캐들에 의해 중국도 주인이 바뀌어짐에 천하의 강상이 없어졌다. 선생은 온 세상이 모두 더러운 땅이 되었다고 생각하여 그 마음을 편케 하고자 한 구역 넓고 조용한 곳으로 피해 들어갔다.[697] 상사(喪事)를 마친 이후로는 '이곳도 또한 세속'이라 하고는 마침내 겹겹 산속 깊숙이 궁벽한 곳으로 들어갔는데 여기서 이륜(彝倫)을 잡고 의(義)를 행한 것은 강상(綱常)이었다. 그런데 저 천하가 회복되지를 아니하고 날만 저물어가니 여러 사람들과 떠나서 사는 그 자신이 돌아나가지를 못하여 도리어 윤상(倫常)에 해(害)를 끼칠까를 걱정

---

694) 오매가영(寤寐歌詠) : 자나 깨나 시를 읊음.

695) 옥사(屋社) : 명나라 멸망을 말함.

696) 영력(永曆) : 명나라의 마지막 황제인 영명왕(永明王)의 연호.

697) 한 구역……들어갔다 : 영양 석보에 들어간 것을 말함.

해서, 이곳에서 나가 높은 나무로 나아갔다.[698] 마침 이곳은 중국의 옛 이름과 들어맞아서 강상을 잡을 수 있었는데 선생은 이곳에서 생을 마감하였다. 이러하였음인즉, 이전의 석천도 또한 한 구역 수산(首山)이 되고 이후의 대명동(大明洞)도 또한 한 구역 수산(首山)이 되었으니 수산 의(義)는 천하의 강상을 잡은 곳이라 할 것이다. 선생이 은거하면서 산(山)에서 의(義)를 취한 바가 없다 하더라도 후일을 쫓아서 기다린다면 백이의 수양산이라 하지 아니할 수 있을 것인가. 백이도 강상을 잡고 수양산에 은둔했고, 선생 역시 강상을 잡고 수비산에 은둔하였으니 수비란 곧 수양산을 비유함인 것이다. 당시 인들의 만가(輓歌)에서 '수산(首山)에 은(殷)나라의 해와 달이 있으니 천고(千古)토록 못다 한 슬픔 남아 전하리라' 한 것은 대저 백이를 우러러 보는 것으로써 선생을 우러러 본 것이다. 다만 듣건대 수양산에는 사당을 지어 청성(淸聖)[699]에게 제사하고, 정자를 지어 '채미(採薇)'란 현판을 내걸었다 하니(여기서는 은나라를 정벌한 주나라 武王을 피해 수양산에 들어간 백이숙제가 주나라의 곡식을 먹지 않겠다고 결심하고 고사리를 캐어 먹고 살다 아사했던 그 절의를 현창하기 위한 뜻이 들어 있음) 중하(中夏)에서 이호(彝好)[700]를 돈독히 한 것은 숭상할 만하다. 지금 수비(首比)의 터는 덮이어 가려져 숲이 된 채 2백 년이나 되었다. 두메를 좋아하는 사람들과 그윽이 깊은 곳을 찾는 나그네들이 왕왕 이곳을 가리키며 배회를 하고 있으니, 드러내야 할 곳을 드러내지 못한 의리 면에서 보기엔 흠이 있다. 이에 7대손 아무개 등이 그 자취를 드러내야 한다고 생각을 하고 바야흐로 비(碑)를 만들어 각(閣)을 만들려고 할 때 8대손 수영(秀榮)이 나를(代鎭) 선생의 자취를 아는 사람이라 하여 참여시켜 이 일을 돕도록 함에 내 감히 사양할 수 없었다. 선생은 휘가 시명(時明)이요 자(字)는 회숙(晦叔), 호는 석계(石溪)이다. 문장과 덕업이 모두 칭찬하여 말할 만하고 그 대절(大節)은 앞에 기록한 바와 같다. 일곱 아들 중의 둘째인 존재[701]는 어려서부터 북쪽 야인(野人)을 쳐야 한다는 뜻을 품었고 셋째인 갈암[702]은 일찍이 사유(師儒)[703]로서 경악(經幄)[704]에 나아가, 북쪽을 향해 적개심을 나타낸 대(對)[705]를 올린 바

---

698) 이곳에서……나아갔다 : 수비에서 대명동으로 나간 것을 말함.

699) 청성(淸聖) : 백이·숙제를 지칭함.

700) 이호(彝好) : 시경(詩經) 대아(大雅) 증민(烝民)에 '백성들이 일정한 도를 지니어 아름다운 덕을 좋아한다.[民之秉彝 好是懿德]'에서 나온 것이다.

701) 존재(存齋) : 이휘일(李徽逸)의 호.

702) 갈암(葛庵) : 이현일(李玄逸)의 호.

703) 사유(師儒) : 성균관에 소속된 사성(司成)·박사(博士) 등을 두루 이르는 말.

있으니, 대저 그들의 가정에서 배운 것이 이러한 의(義)로써 드러난 것이 많았다. 명(銘)은 아래와 같다.

　오! 빛나도다. 대로(大老)께서 바닷가 두메에서 나시어 도와 덕을 쌓은 것으로써 명(明)나라를 오매불망(寤寐不忘)하였네. 미친 개 같은 저 북녘 오랑캐가 우리나라를 더럽히고, 마침내 적현(赤縣)[706]까지 멸망케 하여 황하(黃河)와 한수(漢水)도 물이 모이어 바다로 흐르질 못하였네. 선생께서 탄식하길 '내 어디로 갈 것인가' 하며 진취(進取)할 뜻을 닫고 나라의 부름에도 몸을 숨기었네. 비로소 절의를 돌처럼 굳게 지키어 오히려 산속에 듦이 깊지 아니할까 걱정을 하고 마음을 굳히어 거처를 옮겨 감에 수비산 숲을 향하였네. 일월산이 밝은 숲을 이루고 있고 검마산이 가로놓인 그곳은 텅 빈 듯 넓고 그윽하여 진정 고반(考槃)[707]으로 마땅했었네. 자손들 뜰에 가득했고 시(詩)와 예(禮)를 배워 매우 선량했으니, 인륜을 행하여 화락하고 도의를 즐겨 가난도 잊었었네. 때론 인간 세상에 대한 걱정으로 의기가 북받치어 한탄과 분개를 하면서 《춘추》를 읽어 회포를 드러낼 제, 그 명망 나라에 알려져서 그를 불렀었네. 하지만 묘당(廟堂)[708]에서 계책을 내지 못하여 산림(山林) 속으로 들어가, 30년 동안을 산수와 더불어 살면서, 영원히 이곳이 남에게 알려지길 바라지 않았네. 명(命)이 끝날 무렵에야 산골짝 깊은 곳에서 나와 마을 이름(大明洞)이 그의 마음에 들어맞는 바가 있어 이 마을과 함께 세월을 마치기로 했었네. 오호라! 선생께서 실로 강상을 잡은 것이 하늘을 버틸 듯 해를 들 듯했던 것은 이곳(수비산)에서였네. 그 이름을 그 자취에 비하여 보아도 오직 옛 수양산이었고, 절의로 탁월한 청성(淸聖)이 여기서도 빛나고 빛났었네. 3천 년 오랜 세월 뒤에 선생께서 이곳을 밟아 대의(大義)를 겸하여 잡았으니 그 이름 외람됨이 없었네. 높은 산을 우러러 보고 큰 길을 갔으니[709] 이 어찌 그 길을 향하여 가지 아니해서야 될 것인가. 이곳이 숲이 되어버렸지만 사람들 이곳을 가리켜 아는데 어그러짐이 없네. 떳떳한 도를 다한 바를 드러내어 옥돌에 새기노니, 삼가 우러러 완악(頑惡)한 이는 청렴

---

704) 경악(經幄) : 임금 앞에서 경서를 강론하는 자리.

705) 대(對) : 상소(上疏)의 한 문체. 임금의 하문에 대하여 의견을 진술하는 것.

706) 적현(赤縣) : 중국의 이칭. 여기서는 명나라를 이름.

707) 고반(考槃) : 은자의 은거지.

708) 묘당(廟堂) : 의정부(議政府)를 말하나, 여기서는 묘당 대신 영의정·좌의정·우의정을 가리킴.

709) 높은 산 …… 길을 갔으니 : 원문의 고산경행(高山景行)은 '높은 산과 큰 길'이란 뜻으로, 산은 사람이 우러러보고 길은 사람이 많이 다니므로 천하 만인에게 존경을 받는 사람의 비유로 쓰임.

케 되고 나약한 이는 뜻이 서게 되기를 바란다.

　승정 기원 후 4년 을축년(1865, 고종 2) 초가을 상순에 외후손(外後孫) 의성 김대진 씀.

　伯夷當商周之際 以天下之大老 秉天下之大義 隱於首陽山以終 於是首陽一髮 爲萬
古綱常之所紀 而天下之崇崗峻嶽 無與之比矣 石溪李先生起東海之上 懷道抱德 嘗有
當世君民之志 亦天下之大老也 及經 國家丙子之恥 繼値 中朝甲申之變 以天下腥穢冠
屨倒置 廢公車謝徵命 有遯世長往之志 始則避地于石川 猶未也 改卜于英之首比 首比
之山 西連日月 東接劒磨 而中開一坪 幽敻閒曠 眞碩人薖軸之地也 先生樂之 而七賢子
從焉 講授詩禮 切磨道義 當時知慕者 稱爲鄭公鄕高陽里 而龍洲趙相公有鹿門鯉庭之
賀 此則又從昔隱遯者之所罕有也 然而傷時憤世之意 往往出於寤寐歌詠之餘 而南城一
誤之句 神州不復之歎 有不勝其慷慨而輪困者 蓋瞻日嶽之卓立則思夫綱維之昭揭 覩劒
岫之嶕拔則望夫伊吾之蕩掃 而三十年孤懷壯志 寓在首山一區矣 及其年至日索 始以子
孫之羣鳥獸亂大倫爲戒 而遷于永嘉兜率院之大明洞以卒 自是而首山之居遂墟矣 試嘗
按蹟而論世 其卜石川 丁丑出城後也 其入首山 甲申屋社後也 其卒歸大明之洞 永曆終
號世也 先生之記石川 只取水石之供游翫 其記首山 特取學問之有標準 皆不言所以棲
遯之由 此則先生微其意耳 乃其潔身高蹈 惟恐入林之不深 則夫豈無義而爲之哉 我國
服事 明三百年 而一朝屈於强虜 一國之綱常隊去矣 虜而易主于中國 天下之綱常泯矣
先生以爲擧世皆腥土也 寧避於一區寬閒之地 旣則曰此地亦塵境也 遂入於萬山深僻之
中 是其所秉而爲義者綱常耳 及夫昊天不復而殘日將夕 則又懼其離羣不返 反害於倫常
而出就喬木 適符中天之舊號 蓋亦秉綱常而終焉者矣 然則前之石川 亦一首山 後之大
明洞 亦一首山 而首山之義 亦曰秉天下之綱常而已 先生之卜隱 未嘗取義於山 而由後
而等之 其不曰伯夷之首陽乎 伯夷秉綱常而隱于首陽 先生秉綱常而隱于首比 首比云者
其首陽之比乎 當時輓歌有云首山殷日月 千古有餘悲 蓋以所以仰伯夷者 仰先生也 第
聞首陽之山 廟祀淸聖 亭揭採薇 中夏之篤於彝好可尙也 今首比之墟 翳然蓁莽垂二百
年 善鄙之民 尋幽之客 往往指點而彷徨焉 其於微闡之義 或有闕矣 酒者諸仍孫某某等
思有以表其躅 將建碑而閣之 雲孫秀榮以岱鎭亦與聞先生之蹟 俾相其役 岱鎭不取辭
先生諱時明字晦叔 石溪號也 文章德業 俱有可述 而其大節如右 七子之二曰存齋 其少
也有笞兵朔野之志 三曰葛菴 嘗以師儒進 經幄 有北望慷慨之對 蓋其家庭所講受者 多
在此義云 銘曰

於鑠大老 挺于海邦 有蘊其蓄 寤寐 皇王 猘彼北虜 腥我大東 遂泯赤縣 河漢靡宗 先生曰唁 我安其適 縮袖進取 斂裳徵辟 始介于石 猶恐不深 周爰卜遷 于首之林 昭森日嶽 橫截劒巒 窈廓紺潔 允宜考槃 牪牪在庭 詩禮深純 倫彝有樂 道義不貧 人間何世 時復慨忼 秋壁放懷 天街聘望 廟堂無策 山林有逸 卅載邱樊 永矢不告 迨其畢命 乃出幽谷 洞號有符 與終光曆 於乎先生 實秉綱常 柱天擎日 于此一方 揆名比蹟 惟古首陽 有卓淸聖 于焉耿光 後三千載 先生此蹈 大義實幷 匪號是冒 山仰行行 曷不鄕往 惟是蓁莽 指認靡爽 載畫彝衷 表以珉刻 尙其肅顒 頑廉懦立

　　崇禎紀元後四乙丑孟秋上澣 外裔孫聞韶金岱鎭敬撰

석천서당기[710]
石川書堂記

　　울령(鬱嶺)의 서쪽 20리에 석병(石屛)이 우뚝 서 있는데, 물이 그 아래를 따라 흐르고 흰 돌이 하얗게 깔려 있다. 이 가운데 마을이 있으니 석보(石保)라 한다. 마을 뒤쪽에는 세 산기슭이 말안장 모양같이 모두가 돌로 얽혀 있다. 판서(判書)에 증직된 나의 외고조부께서는 이곳으로 몸을 피해 중록(中麓)에다 집을 짓고서 여러 아들들과 더불어 시(詩)와 예(禮)를 강토(講討)하기를 좋아하였는데 이에 따라 자호를 '석계'라 하였다. 무릇 돌이란 완연(頑然)히 한 물(物)에 지나지 않을 뿐이건만 공께서 돌을 취하여 뜻을 붙인 것은 무슨 까닭인가. 공은 어려서부터 뜻이 크고 기개가 있어 당세에 신하가 되어 나라를 다스릴 굳건한 계획을 하였었다. 그러나 때를 만남이 좋지를 않아 방향을 틀고자 아니해도 와르르 무너지게 되자 단단한 돌 같은 절조를 지키고자 이곳에 몸을 맡기어 '흐르는 물을 베고 돌로 양치질하는'[711] 흥을 붙였다. 고인(古人)들 중에서는 한 조각

---

710) 석천서당 : 석천서당은 영양군(英陽郡) 석보면(石保面) 원리리(院里里)에 있다. 석보는 옛날에 일명 석천(石川)이라 불리기도 하였다. 마을 앞에는 석벽(石壁)이 병풍같이 둘러져 있는 가운데 청천(淸川)이 흐르고 있다. 뒤에는 산이 세 겹을 이루어 그 낙맥에 낙기대(樂飢臺)·세심대(洗心臺)·동대(東臺)·서대(西臺)가 명승(名勝)을 이룬다.

711) 흐르는 …… 양치질하는 : 진(晉)나라 손초(孫楚)가 은거생활(隱居生活)을 하겠다는 말을 제(濟)에게 하면서, "돌을 베개 삼고 흐르는 물로 양치질한다.[枕石漱流]"고 말할 것을 잘못하여, "흐르는 물을 베고 돌로 양치질하겠다.[枕流漱石]"고 하였다. 이에 제가 조롱하기를 "어찌 흐르는 물을 베개로 삼고, 돌로 양치질하려는

돌에도 뜻을 붙일 수 있다 하여 또한 돌을 어른으로 호칭하여 절까지 했거늘, 하물며 공께서는 돌 기운의 느낌이 통하여 돌에다 그 덕을 비유하고 돌로 하여금 말이 있는 것으로 여겨 진정 지기(知己)를 만난 것 같이 생각하였음에랴. 얼마 후에 공은 수비(首比), 도솔(兜率)로 옮겨가 다시 돌아오지 아니하였다. 넷째 아들 항재선생(恒齋先生)[712]이 유허(遺墟)를 수리 복구하여 선대의 업을 계승하여 빛나게 하였는데 세심대(洗心臺)·낙기대(樂飢臺)[713] 등은 모두 그가 명칭을 붙이었던 것이다. 공이 몰(沒)하고 집이 퇴락한 지도 또한 70여 년이나 되었다. 자손들이 몇 개 기둥을 세우려고 계획하였으나 이루지를 못하였다. 임오년(1762)에 후손 천유(天牖) 이인훈(李仁壎) 옹이 이를 탄식하여 종중에 의론하고 재물을 모아 일을 시작하려 할 무렵, 현손(玄孫) 냉천공(冷泉公)[714]이 한양에서 내려와 옛터에 서당을 짓는 일에 대해 실제 그 의론을 주관하였다. 족제(族弟)인 징원(徵遠), 양원(揚遠), 동원(東遠), 선원(善遠)과 조카인 우일(宇一) 및 당신의 아들 우린(宇鏻)으로 하여금 이 일을 맡게 하여 동쪽 산기슭 해시(亥時)를 등진 방향의 언덕을 개척케 한 것이다. 경인년(1770) 9월에 일을 시작하여 신묘년(1771) 8월에 공사를 마쳤는데 집은 12기둥으로 지어졌고 당(堂)과 실(室)의 공간은 각기 반(半)씩으로 구성되었다. '석천서당'이란 현판을 내걸었는데 계(溪)를 천(川)으로 바꾼 것은 선공(先公)[715]의 자호한 것으로서 그 당(堂)을 감히 명칭할 수 없었기에 권학사(權學士)의 '감구(感舊)'란 시에서 취하여 쓴 명칭이다. 올 봄에 내가 냉천공을 찾아뵈었는데 그는 고향에 돌아와서 아우 거보(巨甫)[716]와 함께 서당에 들어가 홍범연의(洪範衍義)를 교감(校勘)하고 있었다. 냉천공이 나에게 말하기를 '우리는 이 일을 하는 데 이미 정성을 다했네, 자네도 진실로 우리

가.” 하니, 손초는 답하기를, “흐르는 물을 베개로 삼음은 세상 소리 들은 것이 더러워서 귀를 씻으려 함이요, 돌로 양치질함은 이[齒]를 매우 희게 하려는 것이다.” 하였다. (《진서(晉書)》〈손초전(孫楚傳)〉)

712) 항재선생(恒齋先生) : 이숭일(李嵩逸)을 말함.

713) 세심대(洗心臺)·낙기대(樂飢臺) : 이 대들은 모두 석보면 원리마을 앞 주남천(做南川) 언덕 위에 자리 잡고 있다.(이 밖에도 동대·서대가 있음) 옛날 항재(恒齋) 이숭일(李嵩逸)이 명명(命名)하여 대마다 암석에 글자를 새겼는데, 이 대들은 명인지사(名人志士)들의 유상지(遊賞地)가 되어왔다. 낙기대·세심대에 오르면 눈앞에 전개되는 30여 리 전방의 촌락과 굴곡진 산야를 일목요연하게 감상할 수 있는데, 이런 경관에서 받는 상쾌함이 배고픔도 잊고[樂飢], 마음을 씻게 한다[洗心]는 뜻에서 '낙기'·'세심'이라 이름 붙여졌다 한다. 항재의 종손 이맹호 씨가 1969년 가을에 세심대를 수축(修築)하였다.

714) 냉천공(冷泉公) : 이취원(李就遠)을 말함.

715) 선공(先公) : 석계(石溪) 이시명(李時明)을 말함.

716) 거보(巨甫) : 원문의 '亘'은 '巨'의 오자이다. 거보(巨甫)는 이주원(李周遠)의 자(字)이며, 이유원(李猷遠)의 아우이다.

가문에서 나온 사람이니 어찌 한마디 말을 하지 아니해서야 될 건가.' 하였다. 내 판서
공의 높은 풍모와 뛰어난 절의, 그리고 항재공의 경명행수(經明行修)[717]한 것이 모두 후
손들의 본보기가 될 만하고, 또 지금 그 옛터에 서당까지 지어져서 기거하던 곳과 산천
(山川)의 경관 등을 눈앞에서 만날 수 있게 되었는데 이들은 모두 당시의 누리고 쓰던
유적들이다. 대(臺)에 올라서는 공께서 지팡이를 짚고 걸어 올라가 쉬시던 것을 상상할
수 있었고 나무숲에 기대어서는, 수택(手澤)이 아직 남아있음을 어루만질 수 있었으니,
천지(天地)를 부앙(俯仰)하고 또 돌아보는 즈음에 황홀히 마치 내 스스로가 공의 안석과
신을 잡고 편안히 모시는 가운데 기침소리를 듣는 듯하였다. 시렁에 가득 차 있는 서적
들은 곧 송창운탑(松窓雲榻)과 함께했던 옛것이니 이들로써 궁리격치(窮理格致)의 공부
를 부지런히 하고 수신제가(修身齊家)의 공부를 성실히 하여 그 몸을 옥성(玉城)한다면
후일에 치국평천하(治國平天下)의 바탕이 될 것이다. 그러한즉 이들은 진실로 이전 날에
힘써 몸 닦은 바를 후손들에게 남겨준 바의 것인즉, 어찌 감히 아침저녁마다 더럽히지
아니할 바를 생각하지 아니해서야 되겠는가. 정성이 지극하면 쇠와 돌도 뚫을 것이니
오직 힘쓰고 힘써야 할 것이다. 못난 나 또한 마땅히 타산지석(他山之石)으로 삼을 것이
다. 또 내게는 거듭 느껴지는 바가 있다. 옛적 존재(存齋)·갈암(葛菴) 두 선생이 초당(草
堂)에서《홍범연의》를 상의하여 엮은 것이 실로 임진년(1652) 정월이었는데, 지금 이를
교감하는 일이 마침 한 돌(1772)째를 맞아 이뤄지니 일이 우연이 아님이 있는바 천유가
문득 古人이 된지라 굽어보고 우러러봄에 탄식이 일어나고 눈물이 난다.
　임진년(1772, 영조 48) 2월, 무인일에 외현손 한산 이상정 씀.

　鬱嶺之西二十里 有石屛屹立 有水循其下而白石齒齒 其中有村曰石保 村後三麓盤陀
而皆結以石 我外高王父 贈判書公辟地而卜于中麓 與諸子講詩禮自娛 因自號以石溪
夫石頑然一物耳 公之取以寄意焉何居 公少倜儻奇偉 蓋欲策名當世 以佐巖廊石畫之謨
而遭時不淑 不欲毀方而瓦合 則勵介石之操而託于此 以寓枕流漱石之興 古人有一片石
可意 猶號丈而爲之拜 矧公之氣感神交而於以比德焉 使石而有言 其必以爲知己之遇也
旣而公移卜于首比兜率而不復返矣 四子恒齋先生修復遺墟 嗣明先業 洗心樂飢諸臺 皆
其所命名也 公歿而屋廢且七十餘年 諸孫蓋欲規置數楹而不果成 歲壬午門孫仁壎天隔

---

717) 경명행수(經明行修) : 유교 고전에 바탕을 두어 건전한 교양과 인격을 갖춤.

甫 慨然議于宗盟 鳩財以經始 公之玄孫冷泉公自漢上來卜故墟 實主其議 俾族弟徵遠,
揚遠, 東遠, 善遠, 族子宇一及其子宇鏻幹其事 拓東麓負亥之原 始事于庚寅九月 落于
辛卯之八月 爲屋十二楹而堂室半之 揭之以石川書堂 溪之易以川也 不敢以先公之所自
號者名其堂 而取於權學士感舊詩也 今年春 余往謁于冷泉公 退而與其弟亘甫入書堂
校洪範衍義 冷泉公命余曰吾輩之爲此 旣殫心矣 子固我之自出 盍惠以一言焉 余惟判
書公之高風偉節 恒齋公之經明行修 皆可爲後孫之法 而今爲堂於其故墟 凡起居飮食山
川雲物之接於前者 皆當日享用之遺也 登臺而想杖屨之攸憩 倚樹而撫手澤之猶存 則俯
仰顧眄之際 怳若親操几舄 奉燕申而承謦欬 圖書之盈于庋者 卽松牎雲榻之舊物 孜孜
乎窮格之工 惓惓乎修齊之業 以玉成于身而基異日治平之業 則是固前日之飭躬而貽後
者 而敢不思所以蚤夜而無忝乎 誠之至而金石透 惟在勉之而已 而象之不肖 亦當備他
山之石矣 抑余重有感焉 昔存葛二先生議編衍義于草堂 實壬辰正月 而今校讐之役 適
丁周甲之歲月 事有不偶然者 而天糊忽已成古人矣 俯仰感欷 爲之流涕 壬辰二月戊寅
外玄孫韓山李象靖記

석천서당 중수기
石川書堂重修記

　광록(廣麓)[718] 한 구역은 곧 나의 선조인 석계 선생의 학술을 강의하고 토론하며 살던
유허(遺墟)이다. 7대조인 항재선생(恒齋先生)이 선대의 사업을 밝게 드러내어 이곳을 수
리 복구하여 수호하였는데 세심대(洗心臺)·낙기대(樂飢臺)·서대(西臺) 등의 여러 승지(勝
地)가 곧 그것이다. 이후로 선조의 후인(候人)된 사람들이 늘 몇 개의 기둥을 세우려고
하였으나 세월만 끌다가 이루지를 못하였다. 70여 년이 지난 후에 비로소 일가들이
함께 모여 의논하기를, '이곳이 황폐해지면 장차 장구유촉(杖屨遺躅)[719]을 가리켜 알 사
람이 없을 터이니 영원토록 추모할 일을 해야 한다'고 하여 마침내 공인(工人)을 부르고
물자를 모은 지 전후 1년 만에 당(堂)을 이룬 것이 무릇 당을 처음 세운 때이다. 당을

---

718) 광록(廣麓) : 경상북도 영양군 석보면 원리에 있는 산기슭.
719) 장구유촉(杖屨遺躅) : 지팡이를 짚고 신을 신고 다닌 그 남긴 자취.

처음 세운 십년(1771)으로부터 지금 주우를 하는 일에 이른 것도 마침 주갑(周甲)[720]에 나왔으니 진실로 우연이 아닌 것이다. 아! 산의 들보가 한번 무너짐에 옛 자취들은 점점 없어져 갔고, 오직 이 백년의 서당만이 우뚝 외로이 높이 있었다. 만약 이 당을 끝내 폐(廢)한 채로 수리하지 않고 비바람에 의해 무너지게 한다면 토규연맥(菟葵燕麥)[721]의 느낌을 일게 할 것이니, '고양(高陽) 옛 마을'이니, '녹문(鹿門)의 고풍(高風)'이니 하는 것도 이 터에서 쓸려져 나가 묘연(杳然)해지고 말 것인 즉, 거의 남긴 향취와 뿌려진 향기의 있는 바조차도 알지 못하게 될 것이다. 이에 이 지역 사람들이 의론을 일으키고 사림(士林)이 정성을 함께 모아주어 일을 시작할 수 있었는데, 몇 개월이 채 안 되어서 공사를 마칠 수 있었다. 당은 1개의 기둥으로 지어졌다. 서늘한 마루며 따뜻한 방이 각각 반반씩으로 되어있는데 옛 모습대로 지붕을 이었고 약간의 새로 지은 것이 보태어 졌다. 넓고 조용하며 밝게 트였으므로 매월 초하루 날에 현송(絃誦)을 하고, 혹은 화수회 때 시간을 단란히 보내는 데에 편리할 것이다. 이로써 대들보 올림을 칭송하노라. 산문(山門)에 빛나고 빛나니 泉石이 또한 이 때문에 그 자태를 더하고 구름 감도는 숲 또한 이 때문에 그 빛깔 생동하도다. 북쪽으로는 등운천(滕雲川)과 갈천(葛川)의 감췄다 폈다 하는 모습을 움켜잡아 볼 수 있도다. 나무평상과 도토리나무 껍질 등의 남은 모습도 흐릿하게 보이는 듯하고 솔숲 속 창문과 구름 속 의자 등의 옛 물건도 어렴풋이 남아있는 듯하니, 마치 조물주(造物主)가 몰래 보아두었다가 이곳을 만듦에 뜻을 둔 듯 했도다. 산의 뿌리와 물의 근원이 있는 곳에 이르면 맑은 물이 흐르고 하얀 돌이 고요히 깔려 있으며 산골 물이 비파소리를 내고 암석들이 병풍을 이룬 그런 승지(勝地)가 있는 데, 이들은 이미 대산 선생(大山先生)[722]의 기문(記文)[723] 가운데에 모두 표현되어져 있다. 그러나 산천(山川)은 경물(景物) 그대로 전해졌지만 대사(臺榭)[724]는 헐리었다 만들어

---

720) 주갑(周甲) : 60년을 말함. 즉, 1831년이 됨.

721) 토규연맥(菟葵燕麥) : 원문의 토규연맥은 유객무실(有客無實)함을 뜻함. 토사(兎絲 : 새삼 덩굴)·연맥(燕麥 : 귀리)과 뜻이 같음.

722) 대산 선생(大山先生) : 이상정(李象靖, 1711~1781)을 말함. 본관 한산(韓山). 자는 경문(景文). 외조부 이재 (李栽)의 문인. 문장과 율려(律呂)·산수(算數)에 능하였다. 20세 이후로는 성리학에 전념하여 《주자서절요》 와 《심경》, 《근사록》 등을 탐독하였다. 1735년(영조 11) 사마시를 거쳐 증광문과(增廣文科)에 병과로 급제, 지평(持平)·예조참의를 지내고, 형조참의에 올라 사직했다. 일찍부터 학문에 뜻을 두어 안동 대석산(大夕山) 기슭에 대산서당(大山書堂)을 짓고 이황(李滉)의 학통을 계승하여 성리학을 연구하는 한편 후진을 양성했다. 시호는 문경(文敬)이며, 저서로 《대산집》이 있음.

723) 기문 : 대산(大山) 이상정(李象靖)의 석천서당기를 말함.

졌다 하였다. 돌이켜 보건대 나의 선조께서 쌓고 쌓은 기업(基業)이 후손들에게 드리워져 넉넉한 것이 이렇게도 크니, 어찌 금일(今日)에 이르러서 더욱 삼가 힘써야 할 바가 없어서야 될 것인가. 《영모록서(永慕錄序)》에서 이른바, '아들로서 아들노릇 잘하고 손자로서 손자노릇 잘하기를 시종일관 시들지 않게 하고 영세토록 썩지 않게 해야 한다'고 하였듯이, 이렇게 한 이후라야 당구(堂構)[725]의 공이 있었다 할 것이다. 아! 백세 이후토록 이곳을 부앙저회(俯仰低徊)하면서, 이 당(堂)에 올라 여기서 글을 읽는 자가 영귀(詠歸)의 풍취를 움켜잡고, 인자(仁者) 지자(智者)의 좋아한 바를 체득한다면, 유훈(遺訓)을 펴고, 선조의 뜻을 계술(繼述)하는 바가 될 것이니 집만을 보수하고 옛 자취를 드러내는 뜻만으로 그치지는 않을 것이다.

　　신묘년(1831, 순조 31) 월 일 8세손 수영이 삼가 씀.

　　廣麓一區 卽我先祖石溪先生講道棲息之遺墟也 七世祖恒齋先生昭明先業 修復守護洗心樂飢西臺諸勝 卽其處也 自是爲先祖後人者 每擬規置數楹 而遷延未果矣 七十餘年 始克合謀宗黨 以爲此地荒蕪 將無以指認杖屨遺躅 而寓百歲之慕 遂募工鳩材 首尾一年而堂就 蓋堂之創建 肇自辛卯歲 而于今重修之擧 適出於周甲 良非偶然也 嗚呼 山檗一頹 往跡寢微 惟此百年書樹 兀然孤峙 若使是堂終廢不修 而爲風水之傾頹 興冤葵燕麥之感 則高陽古里鹿門高風 掃地而杳然 幾不知剩芬播馥之所在也 於是一方倡議士林齊誠 迨未幾箇月而工告訖 堂凡十四楹而凉軒燠室半之 仍舊修葺 稍增新制 寬開朗暢 便於月朔之絃誦花樹之團欒也 於是乎巨勝偉樑 輝暎山門 泉石若爲之增態 雲樹亦爲之動色 北望首陽劍磨之嵯峨 東挹騰雲葛川之包羅 木㯟橡皮之遺象怳惚 松楤雲榻之舊物依俙 若造物陰相有爲於營作也 至於山有根水有源 淸者動白者靜 而潤瑟巖屛之勝 已在大山先生記文中盡之矣 然而山川卽景物也 臺榭有毁成也 顧惟我先祖積累基業 垂裕後昆 有大於斯 豈非今日之尤可惕勵者乎 永慕錄序有曰子而能子孫而能孫 終始不替 永世無斁然後可謂有堂構之烈 噫俯仰低徊於百世之下 登是堂而誦是書者 挹詠歸之趣 體仁智之樂 則其所以發明遺訓 繼述先志者 不但止補綴棟宇旄表舊躅而已也 辛卯月 日 八世孫秀榮謹記

---

724) 대사(臺榭) : 대(臺)와 정자.

725) 당구(堂構) : 선조의 사업을 후손이 이어받음. 각주 491) 참조.

석천서당 상량문

石川書堂上梁文

온 가족이 녹문(鹿門)에 숨었던 곳이 아직 그 은거지로 남아 있고, 드러난 터에 빙옥(氷玉)[726]을 세운 것은 장수(藏修)[727]의 구역이 되었도다. 선조의 유촉을 드러내었으니 후생들은 비호해야 할 것이로다. 돌아보건대, 석계(石溪) 그 유지(遺址)는 무릇 금화(金華)[728]의 옛집과 부합되도다.

진(晉)나라 병화(兵火)를 당해[729] 몸을 보전하여 멀리 간 것은 삼가 남한산성 굴욕사를 부끄러워한 것이요, 주(周)나라로 가는 길, 돌아보며 깨달아 탄식한 것은 "누가 서쪽 주나라로 가서 그 나라의 좋은 소식을 마음에 품고 올 것인가."[730]를 뜻한 것이었도다.

태백산의 세 산기슭 갈래에 터를 잡은 이곳은 내병(內屛)[731] 외병(外屛)[732]이 에워싸 있는데, 동대(東臺) 서대(西臺) 중대(中臺)가 각기 땅의 형세에 따라 서 있고, 천년 이전의 신라 고려의 속어(俗語)에서 취하여 붙여진 시냇물 마을 이름이 옛 그대로 남아 있어 집의 이름, 정원 이름, 전장(田庄) 이름도 바뀌지 않은 마을 이름을 좇아 지은 것이

---

726) 빙옥(氷玉) : 얼음과 옥, 즉 맑고 깨끗한 집.

727) 장수(藏修) : 서적을 갖추어서 학문을 닦음.

728) 허겸(許謙)을 말한다. 원나라 김화인(金華人)이며 자는 익지(益之)이다. 소시(小時)부터 배움에 열중하였는데 김이상(金履祥) 문하에 출입하였다. 학문에 오묘한 경지를 두루 전하였으며 서적은 읽지 아니한 것이 없었다. 사람들이 사는 마을에 나가지 않은 지 40년이나 되었다. 공경(公卿)이 여러 차례 천거를 하였으나 결국은 나가지 아니하였다. 만년(晚年)에 사람들을 가르쳤는데 지성(至誠)을 다하여 몸과 마음을 모두 쏟으니 종유자(從遊者)가 천여 명이나 되었다. 만년에 백운산인(白雲山人)이라 자호했는데 세인(世人)들은 백운선생(白雲先生)이라 일컬었다. 시호는 문의(問議)이며 저서로《독서총설(讀書叢設)》,《시집전명물초(詩集傳名物鈔)》,《백운집(白雲集)》등이 있다.

729) 진(晉)나라 병화(兵火)를 당해 : 이는 남한산성 굴욕사 이후 줄곧 은둔의 길을 택했던 석계의 삶을, 동진(東晉)말에 도연명이 유유(劉裕) : 남송시대 송나라 무제. 처음에 진나라를 섬기다가, 뒤에 제위를 찬탈하였음)의 난을 만나 보다 철저히 은둔의 길을 걸었던 삶에다 비유하여 말한 것이다.

730) 누가 서쪽 …… 올 것인가 :《시경》회풍(檜風)의 비풍편(匪風篇)에 "바람이 몰아치는데 수레를 달리는 듯, 주(周)나라로 가는 길 돌아보니 마음 슬퍼지네. 회오리바람 속에 수레가 뒤흔들리듯 주나라로 가는 길 돌아보니 마음 아파지네. 누가 물고기를 삶을 때 가마솥에 물을 부을 건가. 누가 주나라로 갔다가 좋은 소식 갖고 올 건가.[匪風發兮 匪車偈兮 顧瞻周道 中心怛兮 匪風飄兮 匪車嘌兮 顧瞻周道 中心弔兮 誰能亨魚 懷之釜鬵 懷之好音]" 하였다. 회(檜)나라의 정치가 어지러워지자 회나라 사람이 회나라의 앞날을 걱정하고 주도(周道)의 쇠미함을 탄식한 것이다.(毛詩序略同) 윗글에서는 청(靑)에 의해 명나라가 멸망하는 것을 가리켜서 비유한 것인데, 이 속에는 명의 국운이 회복되기를 바라는 석계의 심정이 잘 나타나 있다.

731) 내병(內屛) : 안쪽의 병풍모양의 산.

732) 외병(外屛) : 바깥쪽의 병풍모양의 산.

었도다.

보통 사람과 다르고 하늘과 다르지 아니한 그분께서 아침저녁 팔룡(八龍)에게 시(詩)와 예(禮)를 가르쳤으며, 또 홀로 시를 읊고 노닐 제, 사그라지고 자라는 일원(一元)의 도(圖)를 즐겨 보았도다.

우뚝 솟은 산벽(山壁)과 메부리는 뜻이 커 세상을 벗어난 원대한 생각을 띤 듯하고, 살아 움직이는 시냇물과 긴 여울은 광대하여 근원을 찾아 오르는 참된 공부를 제공하는 듯했도다.

물과 나무숲이 숨기고 있으되 시냇물 서쪽은 생동하는 빛을 내고 그곳에 선비가 살았으되 영남사람들 군자(君子)라 불렀도다.

사적을 묻고 덕을 알고자 하는 사람들, 무릇 이곳저곳의 선비들 가운데서 그 얼마였으며, 바람 부는 곳에 집을 지은 것은 먼 곳 가까운 곳을 가리지 않고 귀인(貴人)을 멀리 하려한 것이었도다. 크게 성취한 이분은 떠났지만 사람들 덕 높은 이 집을 찾아 애도를 했고, 성품이 깨끗한 어진 사람이 돌아올 수는 없지만 그 땅은 효제(孝悌)의 마을로 남았도다.

영남의 학사들 글을 남겨 탄식하며 그 고풍(高風)을 부앙(俯仰)하였고, 목로(木老)[733] 선생은 만가에 슬픔을 붙여 그 높은 절개 찬양하였도다.

누가 알랴. 구름을 휘장 삼고 대숲을 병풍 삼아 지냈던 그 옛날의 붙였던 심회를, 상수리나무 껍질과 나무평상에 단지 《신거기영(新居起詠)》[734] 시만 남았도다. 항재(恒齋)가 계왕개래(繼往開來)를 위해 조그만 집을 짓고자 했으나 불행히도 중간에 그치어 터만 남았고, 묵와(默窩)[735]가 몇 개 서까래를 걸치려 했으나 한스럽게도 마음은 있었으되 이루지 못하였도다.

마경(馬卿)[736]이 이 세상에 있지 아니하니 한양(漢陽)에 구업(舊業)을 이어갈 사람 없음

---

733) 목로(木老) : 목재(木齋) 홍여하(洪汝河, 1621~1678)를 이름. 본관은 부림(缶林), 자는 백원(百源) 대사간 호(鎬)의 아들. 1654년(효종 5) 진사가 되고 이해 식년문과(式年文科)에 급제, 정언(正言)으로 있으면서 시사를 논하다가 반대파의 배척을 받아 고산도찰방(高山道察訪)으로 좌천되었다. 1658년 경성판관(鏡城判官)이 되고, 이듬해 남인으로 송시열(宋時烈)의 배척을 상소하여 1660년(현종 1) 황간(黃澗)에 유배 이듬해 풀려났으나 벼슬을 단념하고 고향에 돌아가 학문을 닦았다. 1674년 제2차 복상문제(服喪問題)로 서인이 실각하고 남인이 정권을 잡자 병조좌랑에 이어 사간(司諫)을 지냈다. 주자학에 밝아 당시 사림(士林)이 종사(宗師)로 일컬어졌다. 저서로 《목재집》이 있다.

734) 문집 권2 신거우음(新居偶吟).

735) 묵와(默窩) : 이환(李彦煥)의 호, 우계공(愚溪公) 시정(時亭)의 증손.

이 애석하고, 찬황(贊皇)[737]은 평천(平泉)[738]을 좇아 집을 지었건만 용문(龍門)[739]에 집 세울 날은 그 어느 때가 될 것이랴.

상사(喪事)로 사람들, 흩어지고 없어져 일을 등한시한 지도 금년 작년이 흘렀고 어떤 일들로 세상의 변화들이 생겨 날을 보낸 지도 4대(代), 5대가 되기에 이르렀도다.

어찌 천도가 끝내 돌아옴이 없겠으랴. 다행히 인사(人事)가 조금씩이나마 되어 갔도다.

담장을 연이어 사방에서 둘러 살게 되자 후손들 서너 집이 들어와 주었고 함께 상의하여 집을 지으려 하자 친족 수십 명이 의견을 함께해 주었도다.

남긴 향취는 끝내 없어지게 해서는 안 될 것이며 좋은 일은 도중에 그치게 돼서는 안 될 것이라 하고서, 어른 젊은이 할 것 없이 동참하여 돈을 모으고 곡식을 거두었으며, 먼 곳 가까운 곳에 사는 사람들에게도 자문을 구하여 기와를 모으고 물자를 마련했도다. 해를 재고 별을 잴 수 있는 곳, 즉 고택(故宅)의 왼쪽이며 산이 보이고 물이 보이

---

736) 마경(馬卿) : 명나라 임로(林盧)인 자는 경신(敬臣)이다. 호과급사(戶科給事)로 있으면서 내관(內官) 유근(劉瑾)의 불법을 탄핵함. 고을 원으로 나가 이름을 떨침. 계도(薊盜)가 창궐(猖獗)하자 이를 방어하는 데 계책을 잘 세움으로써 사람들마다 도적과 대항을 하다 죽음도 불사하니 명성이 하삭간(河朔間)에 진동(震動)했고 급기야 도적들도 감히 침범을 못하였다 한다. 또 경(卿)이 이전에 급사(給事)로 있을 때 첨도어사(僉都御史) 녕고(甯杲)의 이름을 관적(官籍)에서 빼버린 일이 있었다. 그러하자 고(杲)가 엄관(閹官)에게 뇌물을 주어 복관(復官)을 시켰다. 이 말을 듣고 경(卿)이 발끈하여 엄관에게 소매를 붙여 올리고서 "세상에 과연 사람이 없단 말인가. 차라리 노둔한 말을 기용하느니 나 같은 사람이 가(可)할 것이다. 복관(復官)시켜 그 사람으로 하여금 나라 일을 무너트리게 하려 하는가.[世果無人 寧用駑如卿者可也 可復令渠壞朝廷事邪]"하였다. 얼마 뒤에 경(卿)이 고를 원으로 부임하였다. 이에 고(杲)가 첨도어사(僉都御史) 순무진정(巡撫眞定)으로 있으면서 경(卿)을 중상(中傷)하려 했지만 그것이 간여될 리 없었다. 그리하여 경(卿)은 이름이 더욱 드러났고 벼슬도 여러 차례나 조운도어사(漕運都御史)를 지내었다.

737) 찬황(贊皇) : 당나라 이덕유(李德裕)를 이름. 길보(吉甫)의 아들이다. 찬황(贊皇) 사람이며 자는 문요(文饒)이다. 재주가 뛰어나고 대절(大節)이 있었다. 경종(敬宗) 때 절서관찰사(折西觀察使)를 지냈다. 이 당시 임금이 소인(小人)들과 친압(親押)하여 유락을 일삼음에 임금에게 단의(丹扆 : 천자가 제후를 대할 때에 뒤에 치는 붉은 머릿병풍) 육잠(六箴)을 올려 삼가 조심하게끔 일깨워 주었다. 문종 때는 배도(裴度)가 그에게 재상의 재능이 있다며 천거를 했는데 우승유(牛僧孺) 등의 시기를 받았다. 무종(武宗) 때는 회남절도사(淮南節度使)를 거쳐 재상이 되었다. 나라를 다스린 지 6년 만에 번진(蕃鎭)의 화(禍)를 그치게 하여 위권(威權)이 대단했고 위국공(衛國公)에 봉(封)해졌음.

738) 평천(平泉) : 현(縣)의 이름. 열하성(熱河省)에 속해 있고 승덕현(承德縣) 동쪽에 있다. 청(靑) 건륭시(乾隆時)에 평천주(平泉州)가 설치되어 직례성승덕부(直隸省承德府)에 소속되었다. 민국(民國) 2년에 현(縣)으로 변경되고 3년에 열하도(熱河道)에 소속되었다.

739) 용문(龍門) : 용문은 석계가 영양군 원리에 소재한 석천서당에서 후학 교육과 학문 활동을 한 것을, 중국 수나라의 王通이 용문에서 후학을 가르치며 저술 활동을 한 것에 비유한 것임. 따라서 용문은 원리의 석천서당을 가리킴.

는 곳, 즉 가구(佳丘)⁷⁴⁰⁾의 오른쪽이었도다.

십리나 되는 평평한 들판이 시계(視界)에 들었다 나갔다 하며 천 겹의 구름과 안개가 걷혔다 폈다 하도다.

붉게 새긴 큰 글자는 이미 왕년(往年)에 대(臺)에 기록되어져 있고, 푸른 물결 위의 고당(高堂)은 다시 오늘 저녁 정자로 높다랗게 지어지게 되도다.

옛 적을 생각건대 세월은 이미 얼마나 흘렀던가마는 돌이켜 보건대 계산(溪山)은 그 풍물(風物) 완연히 어제 같도다.

큰 기둥과 밋밋한 서까래가 이미 가지런해지고 이미 갖춰졌으니 선조의 향취를 드러냈을 뿐만 아니라, 한가한 창(窓)과 조용한 방의 모습 또한 뛰어나고 기세 있으니 후생들을 기대함 직했도다. 궁리 격물공부에 마음을 쏟아, 치국평천하의 방편이 되게 한다면, 석상(石上)에 뜻을 드러낸 아름다운 말을 체득할 것이요, 성현의 글을 읽고 아양금을 뜯는다면, 이 가운데 자득(自得)의 참된 즐거움을 좇을 수 있을 것이로다. 바람 없는 고요한 때는 마치 증점(曾點)을 사모하여 가을 산에 들어가 시 읊고 돌아오는 듯한 흥을 느낄 것이요, 맑은 물 짙은 숲에서는 황홀히 그분을 모시고 여름 정자에 앉아 흥취를 내듯 할 것이로다. 세모(歲暮)의 화로 향기 속에 도(道)의 진수를 맛본다 한 교훈을 읽는다면 삼여(三餘)⁷⁴¹⁾의 시간을 헛되이 보내지 않을 것이요, 새 봄에 술에 취하여 꿈을 꾸다 죽는다 한 잠언(箴言)을 받들어 읽는다면 모름지기 마음을 한결같이 하여 향상케 할 것이로다.

정성껏 공부를 더 하기를 아침마다 하고, 학습하기를 저녁마다 할 것이며, 예의 바르게 몸을 다스리고 마음을 단속할 것이로다.

왕철(往哲)의 남긴 터에서는 오히려 대(代)가 다르다는 느낌을 일으키겠지만 선인(先人)의 남긴 터에서는 황차(況次) 할아버지가 같다는 친함을 우리들이 느끼게 될 것이로다.

---

740) 가구(佳丘) : 영양군 석보면 원리에 있다. 이곳은 광산김씨(光山金氏)들이 많이 살던 마을이다. 이들 광산김씨 중에서 조선시대에 벼슬하여 가재(佳在)라는 당호(堂號)를 받은 이가 있었는데 그의 당호에서 마을 이름을 따 가두들 가두라고 불렀다. 또 이 마을의 앞산이 개가 드러누워 짖는 형상이라고 하여 개두들이라고도 불렀다 한다. 두들은 언덕이니 가두들은 가 언덕이요, 가는 가장자리이니 한자식 이름을 고집하지 않는다면 산기슭에 자리한 마을이란 풀이가 될 수 있다. 이를 한자식으로 바꾸어서 아름다운 가(佳) 자를 쓴 것으로 보인다.

741) 삼여(三餘) : 겨울(애의 나머지)과 밤(날의 나머지)과 음우(陰雨 : 때의 나머지)로서 학문을 하는 데 가장 좋은 세 가지 여가를 말함.

청전(靑氈)[742]을 보전하기를 세업(世業)으로 삼는다면 거의 선조를 잇고 닮기를 바랄수 있고 단혈(丹穴) 봉(五色鳥)이 나는 곳인데, 봉이 죽실(竹實)을 먹고 산다는 그 덕을[743]버림이 없다면 훌륭한 아들·훌륭한 손자 되길 바랄 수 있을 것이로다.

진실로 아름답고 진실로 완전한 그 모습, 이미 자형(子荊)의 지은 집[744]에 드러났으니참으로 축하하고 참으로 칭송하려면 어찌 장로(張老)의 헌언(獻言)이 없어서야 될 것이랴.[745] 그러므로 6바위의 노래를 불러 이로써 두 무지개 들보를 올리는 거사를 칭송하노라.

어영차, 들보를 동쪽으로 들어 올려라. 한줄기 화천(花川)이 눈 아래 흐르도다.물가의 어수리 꽃, 모래 위의 해당화는 내가 바라는 꽃이 아니니 뜰 앞에 아주 밝은붉은 꽃[746]은 꽃을 삼기를 바라도다.

어영차! 들보를 서쪽으로 들어 올려라. 우뚝 높이 자병(紫屛)은 사다리를 놓고도 오를수 없도다. 천추(千秋)토록 그 기상, 숙숙(肅肅)하련만 감히 어찌 한 조각 요기(妖氣)의흙비가 어둡게 할 것이랴.

어영차! 들보를 남쪽으로 들어 올려라. 물가의 초목들 무성한데 오래된 녹나무 푸르도다. 한 잎 물결 따라 어디로 가는가. 숭정비(崇禎碑) 아래 있는 와룡담(臥龍潭)으로

---

742) 청전(靑氈) : 천색의 모포. 여기서는 대대로 가문에 전하여 내려오는 물건이란 뜻.

743) 毛(터럭)는 덕(德)을 가리켜서 한 말이다.
《시경(詩經)》〈대아(大雅)〉증민편(烝民篇)에 "옛말에 이르기를 덕은 가볍게 터럭과 같으나 백성 중엔 드는이 적다하네. 내(吉甫)가 살펴본 바로는 중산보는 그것을 들었으니 그를 사랑한대도 도와줄 것이 없네. 임금님의 일에 결함이 있으면 중산보는 바로 그것을 보충하네.[人亦有言 德輶如毛 民鮮克擧之 我儀圖之 維仲山甫擧之 愛莫助之 袞職有闕 維仲山甫補之]"라 하였다.

744) 진(晉)나라 손초(孫楚)이다. 중도인(中都人)이며 자는 자형(子荊)이다. 재조(才藻)가 뛰어났으나 마을에서는 칭예(稱譽)가 없었다. 소시(少時)부터 은거의 뜻을 가졌다. 나이 40세에 처음 석포군사(石苞軍事)가 되었으나 이후 어떤 일로 석포(石苞)를 미워하다 낙직(落職)했다. 이로부터 은거하려고 마음을 굳히면서 제라는사람에게 말하기를, "흐르는 물을 베개 삼고 돌로 양치질 하겠다." 한 것으로 유명함. 여기서는 석보의 석천서당을 진나라 은자 손초의 거소(居所)에 비유한 것임.

745) 춘추(春秋)시대 진(晉)나라 대부(大夫)이다. 헌문자(獻文子)가 집을 다 짓자 장로(張老)는 "아름답도다. 고대(高大)한 모양이여, 아름답도다 광휘(光輝)를 발하도다. 여기서 노래하고 여기서 노래하고 여기서 곡(哭)도하누나. 임금의 일가는 모두 모였도다.[美哉輪焉 美哉奐焉 歌於斯 哭於斯 聚國族於斯]" 하여 집이 아름다운것을 기록하였다.(蓋因其美而譏之, 左氏 成公 18년, 襄公 3년) 그런데 위의 상량문은 석계 유허에 석천식당중수를 축하하기 위하여 쓴 글인데, 여기서 왜 '광로(光老)'를 인용하였는지 다소 의문이 든다.

746) 붉은 꽃 : 원문 대명홍(大明紅)은 명나라에 대한 견고한 의리를 보였던 석계의 의식을 비유하는 것임.

흘러가도다.

어영차! 들보를 북쪽으로 들어 올려라. 높도다. 저 주봉(注峰), 우뚝한 모양이 기이하도다. 요순시대의 구물(舊物)인양 그렇게 홀로 남아 회겁(灰劫)까지 가리라.

어영차! 들보를 위로 들어 올려라. 사람이 하늘에 부끄럽지 아니하려면 마음을 바르게 하고 함양해야 할 것이로다. 암실(暗室)에서도 마음을 속인다 함은 말하지도 마라. 우러러보건대, 별과 달이 숲에 임(臨)하여 밝도다.

어영차! 들보를 아래로 들어 올려라. 들에 빙 둘러 핀 난초 국화가 빼어나고도 질박하도다. 향기를 스스로 지키기를 바라건대 이같이 해야 할 것이니 유랑(遊郎)들의 시주(詩酒)의 모임은 배우지도 말 것이로다.

엎드려 바라건대 들보를 올린 후로는, 거문고를 타고 현송(絃誦)하니 귀에 성하고, 옷깃의 패옥(佩玉) 소리 당(堂)에 가득하게 되는 것이로다.

전형(典刑)을 본받는다면 경훈(經訓)과 가학(家學)을 욕되게 하지 않을 것이며 분적(墳籍)을 취하여 활용한다면 능히 선행(善行)과 가언(嘉言)을 체득할 것이로다.

산기슭 남긴 터에는 다시금 천축(千軸)의 성함을 볼 것이며 관중(關中)[747]의 경례(經禮)[748]도 팔대(八代)의 전하는 글에서 떨어뜨림이 없게 할 터[749]인즉, 한 구역 석보(石保) 마을은 만고토록 문헌의 고장으로 전해지리라.

擧家隱鹿門 尙留藚軸之地 表墟建冰玉 仍作藏修之區 先躅旣旋 後生攸庇 顧惟石溪 遺址 蓋符金華舊居 保晉甲而退征 竊耻南城之計 睠周道而寤懷 誰懷西歸之音 占三麓 太白之支裔而內屛外屛之拱圍 有東臺西臺中臺之各因地勢 取千年羅麗之俚諺而溪號 村號之仍舊 倣宅契園契庄契之不改 戶名畸人不畸天 朝夕八龍之講討詩禮 獨吟還獨去

---

747) 관중(關中) : 송나라 성리학자 장재가 살던 현서성을 말하는데, 여기서는 이 말이 석계가 살던 영양석보에 비유되었음.

748) 경례(經禮 : 대망(大網)이 되는 예(禮)《예기(禮記)》〈례기〉에서는 경례에 대하여 "예에는 큰 것이 있고 작은 것이 있으며, 드러난 것이 있고 미세한 것이 있다. 큰 것을 들어서 작게 해서도 안 되고 작은 것을 보태어 크게 해서도 안 되며, 드러난 것을 덮어도 안 되고 미세한 것을 큰 것으로 만들어서도 안 된다. 그러므로 경례 삼백(三百)의 이치는 한가지[誠敬]이다."라고 하였다. 경례는 관혼상제와 조근(朝覲)·회동(會同)의 예 등을 가리키는 경례삼백이 있다.

749) 팔대(八代)의……없게 할터 : 소동파(蘇東坡)가 지은 한창려(韓昌黎)의 비문에, "문장은 8대의 쇠한 것을 일으켰다.[文起八代之衰]"란 문구가 있다. 그것은 위진(魏晉) 이후 육조(六朝)시대에 문장이 쇠한 끝에 한창려의 문장이 나왔다는 말이다.

消長一元之翫樂圖書 竦壁聳岑 帶落落出世之遐想 活流長瀨 供浩浩溯源之眞工 干木
隱而西河爲之生光 彦方居而南鄉號以君子 詢事考德 凡幾東西之韋紳 嚮風造廬 亦越
遠邇之軒駟 康成一去 人帀通德之門 淸獻不歸 地餘孝悌之里 南谷學士之留題興欷 俛
仰高風 木老先生之唱薤寄哀 揄揚卓操 帳雲屛竹 誰知舊時寄懷 橡皮木牀 但留新居起
詠 恒齋之繼開小閣 不幸中廢成墟 默窩之擬置數椽 堪恨有意莫遂 馬卿之不在此世 愛
漢陽舊業之無人 贊皇之追營平泉 成龍門草樹之何日 喪憂散落 等閒過今年去年 事故
推遷 閱歷至四世五世 豈天道終無來復 幸人事稍有可爲 聯墻環居 孫支四三之復集 合
謀結社 族黨數十之同聲 遺芬不可以終湮 好事不可以中已 參小大而鳩金斂縠 吝近遠
而募瓦取財 日揆星量 爰卽故宅左側 山朝水謁 寔乃佳丘右顔 迎納十里平蕪 卷舒千重
雲霧 朱鑴大字 已誌臺於往年 蒼波高堂 復抗榭於今夕 感念疇曩 曾日月之幾何 顧瞻溪
山 宛風物之如昨 宏楹脩桷之旣整旣飭 匪直表於先芬 閒牕靜室之斯邁斯征 亦有望於
來者 致窮格工爲治平具 體石上見志之徽言 讀聖賢書彈我洋琴 追箇中自得之眞樂 無
風靜日 像慕秋山詠歸 新水密陰 悗陪夏亭遣興 誦歲暮爐香道腴之訓 莫虛度三餘寸光
擎新春醉生夢死之箴 會須要一意向上 拳拳乎朝益暮習 瞿瞿焉攝身檢心 往哲遺墟 猶
起異代之感 先人餘躅 矧我同祖之親 保世業於靑氈 庶幾克紹克肯 無棄毛於丹穴 願作
好子好孫 苟美苟完 旣見子荊之成室 善禱善頌 那無張老之獻言 肆唱六偉之歌 用贊雙
虹之擧 兒郎偉抛梁東 一帶花川眼底通 汀芷沙棠非我願 庭前欲樹大明紅 兒郎偉抛梁
西 卓立紫屛不可梯 氣像千秋長肅肅 肯敎一片氛霾迷 兒郎偉抛梁南 浦上童童靑老枏
一葉隨波何處向 崇禎碑下臥龍潭 兒郎偉抛梁北 節彼注峯奇矗矗 舊物唐虞爾獨存 不
隨灰劫任摧抑 兒郎偉抛梁上 人不愧天由直養 暗室莫言心可欺 仰看星月臨森朗 兒郎
偉抛梁下 繞庭蘭菊秀而野 馨香自守要如斯 莫學遊郎詩酒社 伏願上梁之後 絃誦盈耳
襟佩充堂 儀式典刑 無忝經訓家學 受用墳籍 克體善行嘉言 嶽麓遺丘 更覿千軸之盛 關
中經禮 不墜八世之傳 石縣一方 文獻萬古

시호를 청한 사적
詴謚事蹟

태학(성균관)에 알리는 글
通太學文

엎드려 생각건대 도(道)란 강기(綱紀)를 붙들고 명분을 세워주는 것보다 큰 것이 없고 일은 드러난 것을 은미하게 하고 그윽이 감추어진 것을 드러내어 밝혀주는 것보다 중요한 것이 없습니다. 그러므로 옛 군자들 가운데서 오(吳)나라로 망명한 태백(太伯)[750]이나, 은나라의 충신 백이(伯夷) 등은 반드시 그들을 드러내어 논렬(論列)했는데 이는 그 사람을 더 높이고 더 드러나게 하려 한 것이 아니라 특별히 드러내어 풍성(風聲)을 세워주는 바를 의(義)에서 그렇게 한 것입니다. 나라가 병자년(1636, 인조 14) 정축년(1937, 인조 15)을 당하였을 때 결신고도(潔身高蹈)하여 숫돌같이 명의(名義)를 닦고 닦은 사람은 한 사람 두 사람으로 헤아릴 수는 없사온데 그들의 우뚝한 큰 절의 같은 것을 한결같이 두터이 드러내 준다면 당세(當世)에는 윤리와 기강을 올바르게 하는 바가 있게 될 것이요. 후세에는 그 풍성(風聲)을 세워주는 바가 되게 될 것인 즉, 이에 우리의 숭정처사 석계 이공(李公)은 곧 그렇게 해 주어야 할 사람입니다. 공은 휘가 시명이요 자(字)는 회숙(晦叔)입니다. 퇴도(退陶)를 사숙(私淑)한 사람으로서 동남(東南) 사림(士林)의 의귀한 바가 되었으며 나라를 다스릴 뛰어난 능력을 안고서 뜻을 당대에 두었으면서도 안석동산(安石東山)[751]의 바람을 품은 지가 오래 되었습니다. 병자년에 남한산성이 와해되자

---

750) 태백(泰伯) : 주(周)나라 태왕(太王)의 맏아들로 차제(次第)는 중용(中雍) 소제(小弟)는 계력(季歷) 3형제였다. 태왕(太王)이 아직 은(殷)의 제후로 있을 때 계력(季歷)의 아들 창(周 文王)을 후계자로 삼고자 하자, 태왕(太王)의 뜻을 살핀 태백은 중용과 함께 남방인 오(吳)나라로 가 단발문신(斷髮文身)하고 왕위를 계력에게 물려주었다. 이에 대해 공자(孔子)도 "태백은 지극히 덕이 높은 사람이라 하겠다.[太伯 其可謂至德也已矣 論語 泰伯篇]"고 하여 태백을 지덕(至德)한 사람이라고 보았다. 말하자면 이것은 태백이 자기의 미덕을 남이 알지 못하게 행한 것을 칭송한 것임.

751) 안석동산(安石東山) : 원문은 안석(安席) 사안(謝安)의 자(字)이며 원문의 동산(東山 : 절강성(浙江省) 임안현(臨安縣) 서쪽에 있음)은 사안이 은거한 곳이다. 따라서 안석 동산은 사안이 동산에 은거한 것을 말한다.

개연(慨然)히 관(冠)을 걸고 바다에 뜨려한 뜻을 갖고 마침내 가족을 데리고 수비산 속으로 들어갔으니, 은근히 채미(採薇)의 의(義)에 비유될 만했으며, 갑신년(1644, 인조 22) 이후에는 대명동(大明洞)으로 거처를 옮기어 진령(榛苓)의 감회[752]를 붙이려 하였습니다. 조정에서는 능서랑(陵署郞)으로 불렀으나 나가지 아니하였습니다.

여러 아들에게 과거공부를 하지 말게 하면서 말하기를 '천지(天地)가 닫히고 현인(賢人)이 숨어버렸으니 이때를 당하여 어찌 문장을 짓고 시를 외는 것으로서 성명리록(聲名利祿, 명성을 얻고 녹을 취함)을 구해서야 되겠느냐. 오직 독신호학(篤信好學)하여 나의 지킬 바를 더럽히지 않는 것이 가(可)할 것이다.' 하였습니다. 이 때문에 그를 아는 사람들은 '온 가족이 녹문(鹿門)에 운둔한 것은 옛적에 들은 말인데 지금에도 그같이 한 사람 볼 수 있도다'라 하기도 하였습니다. 일찍이 오랑캐가 하늘에 넘칠 때 나라의 수치가 씻겨지지 않자 평소에도 통탄을 하며 시를 옮기를 '벽에 기댄 체 부질없이 천하사(天下事)를 생각하노니 사람들 중에 옛 신주(神州, 명나라)를 회복할 뜻 있는 이 아무도 없도다.'라고 하였습니다. 민절(閩浙)[753]의 군사가 연합하여 북벌(北伐)한다는 소식이 있을 때는 이미 병으로 누워 있었지만 육무관(陸務觀)의 시에 '집에 제사든 날 잊지 말고 너의 아비에게도 알리어라'[754]한 구(句)를 읊고는 베개를 어루만지며 시대를 걱정하다 생을 마쳤습니다. 이것이 그의 평생 동안의 그 스스로를 다스려 나간 대개(大槪) 무릇 한낱 포의(布衣)로서 천하의 대의(大義)를 짊어지고 만고(萬古)의 강상(綱常)을 맡아 우리 동방으로 하여금 강한(江漢)[755]의 생각을 백년토록 할 수 있게 길이 후세에 글을 남겼으니,

---

사안(謝安) : 동진(東晉) 중기의 명신(名臣), 벼슬하지 아니하고 동산(東山)에 들어가 은거하고 있다가 40세에 이르러 처음으로 관계에 나가서 환온(桓溫)의 사마(司馬)가 되고 마침내 태보(太保)에 이르렀음. 사후(死後)에 태부(太傅)로 추중(追贈)되었으므로 사태부(謝太傅)라 불리어짐. 여기서의 뜻은 석계가 병자호란 후 영양의 석보 및 수비(首比), 그리고 안동(安東) 도솔원(兜率院)으로 은거한 것을 가리킴.

752) 진령(榛苓)은 《시경》 패풍(邶風)의 간혜(簡兮)편에 들어있는 "산에는 개암나무, 진펄엔 감초[山有榛 隰有苓]"라 한 데서 나온 것이다. 이 시는 주나라 문왕(文王)이나 무왕(武王) 같은 성군(聖君)의 훌륭한 정치가 도래하기를 희구한 것이니, 진령(振鈴)의 감회는 곧 나라가 안정되기를 소망한 석계의 염원을 뜻함.

753) 민절(閩浙) : 복건성과 절강성.

754) 육유(陸遊)의 시 〈시아(示兒)〉 "死去元知萬事空, 但悲不見九州同 王師北定中原日, 家祭無忘告乃翁." 이 것은 석계가 그 자신의 사후(死後)일지라도 민절의 군사가 청나라를 공격한 그 결과를 알려달라 한 것을 가리켜서 한 말임.

755) 강한지사(江漢之思)는 《시경》 대아(大雅)의 〈강한(江漢)〉편에 들어있는 뜻을 말한다. 이 시는 주(周)나라 선왕(宣王)이 소목공(召穆公)에게 명(命)하여 회수(淮水) 남쪽의 오랑캐를 평정(平定)케 했던 선정(善政)과 소목공의 공로를 기린 것이다. 따라서 강한지사(江漢之思)는 청나라에 설욕코자 의분(義憤)을 토(吐)했던 석계의 배청의식(排淸意識)을 총칭하여 일컫는 것임.

이것이 어찌 한 때의 강개한 것과 힘써 명나라를 사모한 것으로만 얻은 것이라 하겠습니까. 정작 '바다를 밟는' 의(義)와 천고(千古)토록 한 수레바퀴(一輪)가 될 것이며, 홀로 그윽이 숨어산 절조도 그 몸을 숨기어 그 스스로를 닦는 바의 것보다 뛰어났건만 아직도 드러낼 것을 드러내 준 은전이 있지 아니했으니 이로써 일방(一方) 사림(士林)들은 억울히 여기는 바일 뿐 아니라 성조(聖朝)의 절의(節衣)를 숭장(崇獎)하는 도(道)에 있어서도 또한 흠전(欠典)됨을 면치 못하고 있습니다. 이에 이렇게 옛 갑자(甲子)가 다시 돌아옴에 붙여, 저희들이 바야흐로 소리를 함께 내어 소(疏)로써 호소를 하며 감추어져 숨겨진 덕을 펴내려 한 것이오니 엎드려 바라건대 집강(執綱)께서는 빠른 시일 안에 통문에 대한 회신을 내려주어 대사(大事)를 이를 수 있게 해준다면 참으로 매우 행복하겠나이다.

　　伏以道莫大於扶綱立名 事莫重於微顯闡幽 是以古之君子於吳泰伯伯夷之倫 必爲之表章而論列之 非欲使其人加尊而加顯也 所以旌別樹風之義則然也 國家丙丁之際 潔身高蹈 砥礪名義者 不一二計 而若其卓然大節 始終不渝 有以正綸綱於當世 樹風聲於後來者 迺我 崇禎處士石溪李公卽其人也 公諱時明字晦叔 以退陶私淑之人 東南士林之所依歸 而蘊抱經奇 志存當世 負安石東山之望者久矣 及丙子城解 慨然有掛冠浮海之志 遂攜家入首山中 竊比采薇之義 甲申以後 移居大明洞 以寅榛苓之感 朝廷徵以陵署郎不起 敎諸子不習擧子業曰 天地閉賢人隱 當此之時 豈可操觚帖誦 以邀聲名利祿 惟篤信好學 無滲吾所守可也 是以識者有擧家隱鹿門 昔聞其語 今見其人之語 嘗以犬羊滔天 國耻未雪 居嘗痛恨 有詩曰倚壁空懷天下事 無人志復舊神州 及聞閩浙之師 有連兵北伐之報 則已屬疾矣 詠陸務觀家祭無忘告乃翁之句 抒枕於悒以終 此其平生自靖之大槩也 夫以一介布衣 擔天下之大義 任萬古之綱常 使吾東方百年江漢之思 永有辭於後世 是豈一時慷慨勉慕而得 而直與蹈海之義 千古之一轍 獨其冥晦之操 過於韜養 尙未有表章旌別之典 非但爲一方士林之抑鬱 在 聖朝崇獎節義之道 亦不免爲欠典 屬玆舊甲之重回 生等方欲齊聲疏籲 以發幽潛之德 伏願執綱亟賜回通 俾完大事 千萬幸甚

태학이 통문⁷⁵⁶⁾에 답함
太學答通

오른쪽 통문에 회답하나이다. 알린 뜻은 삼가 살폈나이다. 엎드려 생각건대 숭정처사 석계 이공(李公)께서 병자년에 그 스스로를 다스려나간 의(義)는 강상(綱常)을 붙들어 세우고 완악(頑惡)한 자, 게으른 자(者) 격발·격려케 한 바가 있기에 지금 수백 년이 흘렀음에도 오히려 사람들로 하여금 공경심을 일게 하고 있습니다마는 그의 숨어 산 뜻이 오래도록 드러나지 아니했음을 애석히 여겨 여러 존장(尊長)께서 개연(慨然)히 탄식하여 소(疏)로써 호소하려고 생각한 그 거사는 마땅한 바입니다. 높이어 모실 분을 섬기는 중요한 일은 그 의(義)가 《춘추(春秋)》에도 들어있으니 저희들이 어찌 다른 의견이 있다 하겠습니까. 엎드려 바라건대 빨리 대대적인 의론을 모아서 풍성(風聲)을 세울 수 있게 한다면 정말 좋겠습니다.

右文爲回諭事 通意謹悉 伏以 崇禎處士石溪李公 丙子自靖之義 所以扶植綱常 激勵頑懦者 至今數百年 猶使人起敬 而惜其沈晦之志 久而不彰 宜僉尊慨然發歎 以爲疏籲之擧 事關尊衛 義在春秋 生等豈有異意 伏願亟擧大議 以樹風聲 幸甚

시호를 청하는 소. 진사 조홍복 지음
請諡疏 進士趙弘複製

엎드려 생각건대 나라가 인물을 배양하는 교화로는 어려운 일을 당하여 그 절의를 힘쓴 사람들을 많이 드러내주는 것에 있고, 열성(列聖)들이 인물을 표창하여 기리는 은혜와 충(忠)과 의(義)를 드러내준 은전(恩典)을 더욱 두터이 해주는 것에 있다. 병자년과 정축년 두 해는 우리 동방 억만 년 역사에서 임금의 신하들 중에 함께 부끄러워하고 분개한 바의 사람들을 위해 더욱 이같이 해주었습니다. 세월은 비록 오래 되었더라도 잊히지 않는 것은 춘추일통(春秋一統)⁷⁵⁷⁾의 의(義)이다. 옛 병자년이 다시 돌아오니 더욱

756) 통문(通文) : 여러 사람이 돌려보는 통지문.

간절해지는 것은 강수와 한수가 여러 번 꺾여 흘러가도 필경 동쪽 황해로 흘러든다(萬折
必東)는 뜻이니 결국은 본 뜻대로 나간다는 말입니다. 무릇 이 날을 맞이하여 존주대의
(尊周大義)[758]를 붙들고 사한(思漢)[759] 깊은 마음속에 붙인 사람들을 찾아서 가려내고 또
드러내주기를, 지금 네 번째 병자년에(1876, 고종 13) 이르러서 그 은혜를 갚는 은전으로
내렸으니 유감이 없습니다.

   아름답고도 아름다운 일입니다. 그러나 인물들을 드러내어 줌에 심상치 않은 은전을
순풍(順風)에 빠른 바람 불 듯 많이 드러낼 제, 세상에 드문 매우 특이하고 웅장한 자취
를 남긴 사람이 혹 초야의 가죽 띠와 베옷 입은 선비로 숨겨지는 일이 있다면 태사씨(太
史氏)의 암혈(巖穴)[760]의 슬픔[761]됨을 면치 못할 것인즉 그 같은 탁월한 절의와 고풍(高風)
을 끝내 민멸되게 하지 않으려면 정사(政事)를 맡은 조정에 있는 자가 반드시 그 행적을
듣기를 좋아하여 듣는 번거로움을 꺼려 말아야 하고 재야인도 또한 알리기를 즐겨하여
알림을 참월(僭越)된다고 혐오해서는 안 될 것입니다. 신 등이 가만히 엎드려 생각건대
이조판서에 증직된 고인(古人) 이시명은 우리나라의 일사(逸士)요 대명유신(大明遺臣)으
로서 학행, 풍절(風節)이 걸연(傑然)히 우뚝했건만 평생토록 본래의 뜻을 스스로 드러내
려 한 바가 없었으며 또 그 자손들이 궁벽한 먼 지방에 살고 있었기에 별도로 알릴
길이 없었으므로 지금까지 가려져 드러나지 못하였음을 신(臣) 등은 늘 슬퍼한 지가
오래되었습니다. 금일(今日) 아름다운 날을 맞아서 이언(邇言)을 살펴 주시길 다하여 공
의(公議)가 다 전달될 수 있게 하고자 이에 감히 시명(時明)에게 풍성(風聲)이 수립될 수
있게 해주어야 한다는 전말을 쓴 것으로써 우러러 성총(聖聰)을 더럽히게 되었는바 이
것을 성명(聖明)께서 받아들여 주시기를 엎드려 바라는 것입니다. 무릇 시명은 옛적 부

---

757) 춘추일통(春秋一統) : 일명 대일통사상(大一統思想). 국가를 지탱하는 요체로서 정치적·경제적·문화적 제
   도의 통일을 주장하는 사상. 《춘추공양전(春秋公羊傳)》의 첫머리에 "어찌 하여 왕정월(王正月)이라고 하였는
   가? 대일 통일이기 때문이다."라고 한 기사에서 유래된 개념으로 중국의 고대 사회에 있어서 종법의 근간이
   된 사상이다.
758) 존주대의(尊周大義) : 문화 중심국인 주나라를 존중하자는 논의인바, 이 시대의 주나라는 명(明)이라고 인
   식한 것임.
759) 사한(思漢) : 강한지사(江漢之思)를 말함. 따라서 이것은 오랑캐를 평정하려 한 생각을 뜻함과 같음.
760) 암혈(巖穴) : 암혈지사(巖穴之士 : 석굴(石窟) 속에서 사는 사람)의 준말.
761) 이것은 전한(前漢)의 사가(史家) 사마천이 무제(武帝) 때 흉노에게 항복한 이릉(李陵)을 변호하다가 무제의
   분노를 사서 궁형(宮刑)을 당하고, 이후 암혈지사로서 더욱 발분하여 20년에 걸쳐 130편이나 되는 거작(巨作)
   《사기》를 지은 것을 두고 말함인데, 여기서는 이런 거작을 낸 사마천이 있었으나 그가 무수한 세월을 암혈지
   사로 보낸 것을 연민하여 일컬은 표현이다.

제학(副提學) 신(臣) 맹현(孟賢)의 현손(玄孫)입니다. 어려서부터 기우(器宇)가 준위(俊偉)하고 재조와 학문이 뛰어났습니다. 약관(弱冠)에 사마시(司馬試)에 합격을 했는데 당시의 사람들은 훗날의 재상감이라고 기대를 했습니다. 자라면서 선정(先正) 신(臣) 문순공(文純公) 이황(李滉)의 재전문인(再傳門人)인 장흥효(張興孝) 문하에 나아가 배우면서 심학(心學)의 전하는 도를 듣고 더욱 그 스스로를 닦는 공부를 더하였습니다. 묘년(妙年)[762]에 들어서는 나아간 학문의 경지가 성하여 당시의 유종(儒宗)이 되었습니다. 또 문장공(文莊公) 신(臣) 정경세(鄭經世)는 일찍이 그와 함께 '절기가 잘못 운행되고 있다.'란 주제를 논하고서 크게 탄상(歎賞)을 한 바도 있었습니다. 병자호란 때는 남한선성이 포위되었다는 말을 듣고서 의병을 모아 적개(敵愾)를 떨치어 나라 일을 도와야겠다는 생각을 했었습니다마는 곧장 나라가 성하지맹(城下之盟)을 했다는 소식을 듣고는 분함과 수치심을 참지 못해 곧 가업을 그만 두고 탄식하기를 '천지가 닫히었으니 구차히 이름 구함이 가하랴.' 하고는 가족을 데리고 영양(英陽) 수비산(首比山)으로 들어가 스스로 수산거사(首山居士)라 호(號)하고 가만히 백이(伯夷)의 은풍(隱風)을 구하였습니다. 시에 읊기를, '천지(天地)는 넓고 넓어 정작 끝이 없고 해와 달의 곧고 맑음은 옛 그대로인데 누가 오랑캐 먼지를 보내어 더러움을 일으켰는가. 남성일계(南城一計)가 조선을 그르쳤도다.' 라고 하고는 마침내 진취에 뜻을 끊고서 오로지 강학(講學)을 일삼았습니다.

영양의 유생들을 인솔하여 거기서 영산서원(英山書院)[763]을 세우고 문순공(文純公) 신(臣) 이황(李滉)과 문충공(文忠公) 신 김성일(金誠一)을 봉안(奉安)했으며 학전(學田)과 노비들을 제공하여 배우는 사람들을 넉넉하게 해 주었습니다. 매월 초하루가 되면 여러 유생들을 모아서 사자(四子, 四書), 《심경(心經)》, 《근사록(近思錄)》 등의 서적을 통해 그 지결(指訣)을 가르쳤습니다. 틈틈이 배우는 사람들에게 말하기를 '우리 동방의 지금 사태는 남송(南宋) 때의 일과 우연히 들어맞는데 비록 시대의 운수에 눌리어 서쪽을 향해 대의(大義)를 다툴 수는 없지만 후생들은 토적복수(討賊復讐)함을 금일(今日)의 급무(急務)로 알지 아니 해서는 안 될 것이다.'고 하고서 소매 속에 넣어 온 주자봉사(朱子封

---

762) 묘년(妙年) : 20세 안팎의 젊은 나이.

763) 영산서원은 석계 이시명이 병자호란 후 영해에서 수비의 수양산 아래에 은거 중, 영산서당 당장(1655)으로 있으면서, 문풍 직작과 선비 양성에 뜻을 두고 마을의 사림과 함께 영산서당을 영선서원으로 개창(改創)한 바로 그 서원이다. 사서(四書)와 《근사록》 등이 강론되었다. 석계 이시명이 원장으로 재임하면서 배우는 사람들을 경학에 통달하게 하였으며, 강회는 날마다 있었음. 본 서원은 영양읍 현리에 있었는데, 건물은 전하지 않는다.

事)[764]를 꺼내어 낭독하기를 다 마친 후 글을 덮고서 눈물을 흘린 적이 여러 번이었습니다. 조정에서 그 이름을 듣고 침랑(寢郎)[765]으로 불렀으나 나가지 아니하였습니다. 이어 응지소(應旨疏)[766]를 올려 나라를 다스리고 적을 물리치는 책략을 극언(極言)했습니다. 그날로 《춘추(春秋)》와 병서(兵書)를 취하여 읽으면서 개연(慨然)히 북쪽을 향하여 오랑캐의 죄를 문책할 계획을 세웠습니다. 일찍이 충민공(忠愍公) 신(臣) 임경업(林慶業)이 있는 곳에 가서 함께 대의(大義)를 논토(論討)하였는데 경업이 일어나 절을 하면서 말하기를, '선생께서 말한 것은 한마디 한마디가 준칙에 들어맞습니다. 다행히 하늘도 진(秦)[767]을 싫어하니 임금께서 군사를 일으킨다면 창을 잡고 앞장서 말을 달리는 데 내가 그 임무를 감당할 것이요, 계책을 세우고 계획을 짜는 데는 선생의 생각을 한결같이 듣겠습니다.' 하였습니다. 이후 충민(忠愍)이 죽었다는 소식을 듣고는 늘 마음속에 아픔을 지녔었는데 시에 읊기를, '벽에 기댄 채 부질없이 세상사를 생각하노니 옛 신주(神州)를 회복할 뜻있는 이 아무도 없도다.'라고 하였습니다. 갑신년(1644, 인조 22)에 의종황제(毅宗皇帝)[768]가 사직(社稷)을 위해 순사(殉死)하였다는 소식을 듣고는 마침내 북쪽을 바라보며 오래도록 슬퍼한 후 말하기를, '해와 달이 어둡고 갓과 신이 전도되었도다. 돌아보건대, 사방의 이 천지에 장차 내 어디로 가랴' 하였습니다. 안동부(安東府)에 지명(地名)이 대명동(大明洞)이라 하는 곳이 있었습니다. 이곳은 황명(皇明) 옛 명칭과 우연히 일치했는데 백수고신(白首孤臣)[769]은 그가 죽을 마땅한 곳을 얻었다 하여 곧 수산(首山)에서 그곳으로 옮겨가 살았습니다. 문정공(文貞公) 신(臣) 김령(金坽)과 개절공(介節公) 신(臣) 홍우정(洪宇定)과는 교대로 서로 좇아 노닌 사람이었는데 사귄 벗들은 기절(氣節) 있는 선비들이었습니다. 대명초려(大明草廬)[770]라 편액하고 벽상(壁上)에 시(詩)를 읊기

---

764) 여기서 주자봉사(朱子封事)를 인용한 것은 그 내용 가운데 북송을 멸망시킨 금(金)나라에 대해 주전론(主戰論)을 편 주자의 주장이 들어 있기 때문이다. 주지하듯이 주자는 남송(南宋)조에 성리학을 집대성한 유학자이다. 그는 북송이 멸망한 지 3년 후에 태어났으며, 당시에는 금나라에 대한 치욕을 설욕하고 중원(中原)의 옛 땅을 회복하고자 하는 시대적 분위기가 팽배해 있었다. 이러한 시대적 분위기에, 더구나 대금주전론자(對金主戰論者)인 아버지의 영향을 강하게 받았던 그는 금나라에 대한 대결적이 자세를 견지하여, '한(漢) 민족의 주체성을 확립하고 화의(和議)를 배척하며 내치를 닦아 이적(夷狄)을 물리칠 것'을 말하였다.

765) 침랑(寢郎) : 종묘·능·원(園) 등에 딸린 영(令)이나 참봉을 이르는 말.

766) 응지소(應旨疏) : 임금의 명령에 응하여 올리는 소.

767) 진(秦) : 중국 진나라, 여기서는 청나라를 이름.

768) 의종황제(毅宗皇帝) : 명나라 제17대 임금. 재위 기간 1628~1644.

769) 백수고신(白首孤臣) : 백발의 외로운 신하.

770) 대명초려(大明草廬) : 대명처사(大明處士)의 띠풀 집이란 뜻.

를, '들판은 쓸쓸하고 날은 저문데, 북풍 속 눈 불어오니 온 산이 눈에 덥히네. 누가
알랴 백수(白首)의 이 늙은이의 슬픈 마음이, 멀리 요양(遼陽)의 압록강 강가에 가 있음
을.'이라 하였습니다. 죽음에 임박해서는 운남(雲南) 민절(閩浙)의 군사가 연합하여 북벌
(北伐)을 한다는 소식을 듣고는 육무관(陸務觀, 陸游)의 시에 '집에 제사든 날 잊지 말고
너의 아비에게도 알리어라.' 한 구(句)[771]를 읊고는 베개를 어루만지며 시대를 근심하였
습니다. 그리고 여러 아들에게 유언을 하면서 '장사(葬事)는 대명동(大明洞)을 벗어나서
하지 말라.' 했는데 그 정신이 참으로 비장하고 간절했습니다. 오호라! 절의가 사람의
마음속에 있음을 비록 이는 상도(常道)를 굳게 지킴을 지닌 사람이면 다 함께 갖는 것이
지만 그의 절의는 그와 같이 세운 바의 탁절(卓絶)함과 평소의 학문한 바의 공(功)에서
근본한 것입니다. 시명은 일찍이 사우(師友)들을 좇아 배워 성명(性命)·인의(仁義)의 설
(說) 및 주경(主敬)[772]과 사성(思誠)[773]의 공부 같은 것을 강관(講貫)하여 두루 통하지 아니
한 것이 없었습니다. 또 그의 문장은 임금의 치도를 크게 빛낼 수 있었고 기량(器量)은
한세상을 다스리기에 족하였습니다마는 한번 천하가 진(秦)나라 세상이 되자 재능을
거두어 감추고서 세상에 은둔하여 먼 곳에 노닐며 필부(匹夫)로서 화이(華夷)[774]의 구분
을 엄정히 하고 한 손으로 강상(綱常)의 중책을 맡고서 무너지는 물결 속에 숫돌 기둥이
되고 할 수 있었겠습니까. 이 무렵《춘추》를 읽으면서 존양(尊攘) 의(義)[775]를 밝히기를
급선무로 삼았으며 병서(兵書)를 읽으면서 기정(奇正)의 비결을 연구하길 익숙하게 하여
바야흐로 수양(睢陽)의 일전(一戰)을 하겠다는 결심도 하고[776] 기산(祈山)[777]의 임금 군대

---

771) 육유(陸遊)의 시 〈시아(示兒)〉 "死去元知萬事空, 但悲不見九州同 王師北定中原日, 家祭無忘告乃翁."

772) 주경(主敬) : 일에 전념함에 있어서 심신이 통일되거나 집중되는 경지. 敬에 전념함.

773) 사성(思誠) : 유가의 철학과 윤리학의 중요 개념으로 성실, 진실무망(眞實無妄), 정성 등과 같은 의미로 쓰
인다. 성(誠)을 생각함.

774) 주변 국가들에 대한 한족(漢族)의 인종적·지리적·정치적 우월주의를 가리키는 말. 중화사상(中華思想)이
라고도 한다. 옛날부터 한민족(漢民族)은 자국을 하(夏)·화(華)·중화(中華)·중주(中州)·중토(中土)·중국(中
國) 등의 용어로 호칭하면서 중국의 지리적으로 세계의 중심에 위치하며 문화적으로 가장 우수한 민족임을
자부하였다. 그리고 그 대립 개념으로서 사이(四夷) 즉 만이융적(蠻夷戎狄)의 존재를 상정함으로써, 우월한
중화에 대하여 사인은 그 주변의 동서남북에 위치하여 문화의 정도가 낮고 아직 천자의 덕화를 입을 수 없는
인종·토지를 의미한다.

775) 존양(尊攘) : 존왕양이(尊王攘夷)의 준말. 왕실(王室)을 존중하고, 이민족을 배척한다는 사상. 이 말을 처음
으로 사용한 것은 송대(宋代)의 유학자 손복(孫復)이지만 이 사상의 원형은《춘추(春秋)》에서도 찾아볼 수 있
다. 《춘추》에는 주(周)나라 왕실의 권위를 회복하고 그것을 통해 당시의 문화 간 사회기강을 바로잡으려는
의도가 내포되어 있는데, 그러한 명분론적 사고방식은 곧 존왕양이 사상이 제시될 수 있는 토대가 되었음.

776) 이것은 당(唐)나라 장순(張巡)이 당현종(唐玄宗) 후기(後期)에 안록산(安祿山)의 난(亂)이 일어나자 휴양성

가 출병(出兵)하게 힘쓰려 했으나 결국은 시대의 운수를 어찌할 수 없다고 시대 상황도 적합치를 않다고 생각하여, 단지 산 이름이 수양산(首陽山)과 들어맞고 마을 이름이 황명(皇明)과 들어맞는 곳(대명동)으로 가 이곳에서 명(命)을 마치고 이곳에서 뼈를 묻었습니다. 오랜 세월을 간직한 그 남은 터가 아직 미궐(薇蕨)의 청풍(淸風)으로 남아 있고, 한 구역 남은 그 언덕이 숭정처사(崇政處士)[778]의 해와 달로 보전되고 있는 바, 보통의 시를 읊조리는 길손의 이목(耳目)으로도 슬퍼하여 강개(慷慨)하지 아니 함이 없으며 은연(隱然)히 풍천(風泉)의 생각[779]과 진령(振鈴)의 감회가 남아 있어 죽음에 임박해서도 시를 외우며 거듭 부탁을 한 것은[780] 사람으로 하여금 눈물 나게 하고 마음을 찢게 하니 절의의 성함이 그 얼마입니까. 무릇 시명의 학문은 이같이 탁월했으니 생전에 받은 일명(一命)은 미미한 직함에 그쳤으며 죽은 후에 팔좌(八座)[781]에 오른 것을 예(例)에 따라 증직된 것이었습니다. 그의 고심한 탁절(卓絶)을 세상에 드러나게 하는 바가 없다면 시명(時明)에게 있어서는 진실로 덜고 더할 자도 없겠사오니 나라의 현충수의(顯忠酬義)[782]해야 할 은전에 입각하여 본다면 또한 흠이 될 것입니다. 신(臣) 등은 시명(時明)의

(睢陽城)에서 군사를 일으켜 적을 토벌한 것을 말한다. 이 당시 장순은 휴양태수(睢陽太守) 허원(許遠)과 더불어 성(城)을 굳게 지키며 적을 크게 격파하였다. 그러나 수양성을 고수한 지 몇 달 만에 구원병이 오지 않고 군량이 다 떨어져 위급한 상황을 맞았다. 임회절도사(臨淮節度使) 하란진명(賀蘭進明)에게 이를 알렸으나 그가 장순의 명성을 꺼려하여 돕지 않음으로써 마침내 성이 함락되고 장순은 죽임을 당하였다.《당서(唐書)》 권192) 여기서는 석계가 청나라에 포위된 남한산성을 향해 거의(擧義 : 의병을 일으킴) 출병하려고 결심했던 것을 말함.

777) 기산(祈山) : 미상(未詳). 문맥상으로 보아 기산(祈山)은 이 아래 육출(六出)[六軍(天子의 군대)의 出兵]이 있는 것으로 보아 수도(首都)가 있는 경기도로 파악됨.

778) 숭정처사(崇政處士) : 청태종 치하의 명나라 의종 때 연호 중원이 청나라로 주인이 바뀌었으나 조선은 청나라를 혐오하여 숭정 연호를 사용하였다. 숭정처사는 이러한 데서 나온 말임.

779) 이는 은자(隱者)의 깊은 은풍(隱風)을 느낄 수 있음을 말한다. 그 뜻은 맹교(孟郊)의 산중시(山中詩)에 "송백(松柏)은 추상(秋霜)의 절조 있으니 바람소리 샘물소리 속세 소리 없구나.[松柏有霜操 風泉無俗事]"라 한 것과 조당(曹唐)의 〈증남악풍처사시(贈南嶽馮處士詩)〉에 "백석(白石) 깔린 시냇가에 집 지으니, 바람소리 샘물소리 집에 가득 들려 유거(幽居隱者의 거처)에 어울리네.[白石溪邊自結蘆 風泉滿院稱幽居]"라 한 데서 잘 들어나고 있다.

780) 죽음에 임박하여 아들들에게 내가 죽은 뒤일지라도 민남, 민절의 군사가 청나라를 공격한 것에 대해 그 내용을 그의 제사 때를 맞아서 알려주기를 바랐던 것, 즉 대명의리(大明義理)가 투철했음을 두고두고 말한 것이다.

781) 팔좌 : 후 한대는 6조상서(曹尙書) 및 영(令)·복(僕)을 이름. 수(隋)·당대(唐代) 이후로는 영·복은 재상이라 일컫고, 육부상서(六部尙書, 吏·戶·禮·兵·刑·工)와 좌승(左丞)·우승(右丞)을 팔좌(八座)라 함. 여기서는 석계의 셋째 아들인 갈암 이현일의 작위가 이조판서에 이르자 이 같은 작위가 석계에게 그대로 증직된 것을 말한다.

782) 현충수의(顯忠酬義) : 충(忠)을 드러내고, 그 의(義)에 보답함.

살았던 마을에서 생장하여 시명(時明)의 나립완렴(懦立頑廉)⁷⁸³⁾의 기풍을 배워 왔습니다. 지금 수백 년의 오랜 세월이 지났지만 아직도 서쪽 주나라로 갔다가 물고기를 삶는데 큰 가마솥에 물을 부으려하고, 강물이 흘러 모이어 동쪽 황해로 흘러 들어감을 알려고 하니⁷⁸⁴⁾ 이것이 누구의 공(功)이겠습니까. 작년 병자년에 임금께서 나라를 거듭 새롭게 하려고 할 제, 그날의 절의가 표표(表表)하여 가히 기릴 만한 사람들 그 모두에게 포정(褒旌)의 은전을 내렸으니 유독 시명(時明)에게는 미치지 아니하였기에 이것을 신(臣) 등은 구구(區區)히 억울하게 생각하는 것입니다. 이에 감히 연명(聯名)한 유생들은 두려워 나아가지는 못하오나 임금님께 우러러 소(疏)를 올려 호소하오니, 엎드려 바라옵건대 임금께서는 굽어 추요(芻蕘)⁷⁸⁵⁾의 말도 살펴주시고, 아래로 조정대신에게 물으시어 특별히 이시명에게 숭장(崇獎) 포정(褒旌)의 명(命)과 시호를 내려주는 은전을 내리어 풍성(風聲)을 세울 수 있게 해주신다면 사문(斯文)에 행복이 될 것입니다.

伏以 國朝培養之化 多見於臨難辨節之人 列聖褒揚之 恩 尤篤於顯忠表義之 典 而丙丁兩年 尤是吾東方億萬年君臣之所共羞憤者也 歲月雖久而不忘春秋一統之義 舊甲重回而益切江漢萬折之誠 凡當日之扶大義於尊周 寅深誠於思漢者 靡不搜剔之顯揚之 迄今四丙子 而酬報之 典 罔有遺憾 猗歟休哉 然而旋褒不常之 恩 多出於順風疾呼之地 奇偉罕世之蹟 或晦於草野韋布之士 不免爲太史氏巖穴之悲 而若其卓節高風有不可終泯者 則在上者必樂聞而不憚其煩 在下者亦樂告而不嫌其僭矣 臣等竊伏惟故 贈吏曹判書臣李時明 以東國逸士 大明遺臣 學行風節 傑然卓立 平生本意 不肯自衒 又其子孫僻在遐土 無由上徹 而至于今翳然而不章 臣等之尋常慨然者久矣 式至今日 休邇言盡

---

783) 나립완렴(懦立頑廉) : 나약한 이를 일으켜 주고 완고한 이를 청렴케 함.
784) 이 표현은 《시경》 회풍(檜風)의 〈비풍(匪風)〉편의 "누가 물고기를 삶을 때(물고기를 삶음 : 옛날부터 나라 다스리는 일에 흔히 비유되었음) 가마솥에 물을 부을 건가. 누가 서쪽 周나라로 갔다가 좋은 소식 갖고 올 건가.[誰能亨魚 漑之釜鬵 誰將西歸 懷之好音]" 한 것을 변용한 문장이다. 〈비풍〉편은 회나라(周나라 동쪽에 위치) 사람이 정치가 어지러워지자 나라의 앞날을 걱정하여 읊은 것으로 회나라에 주나라의 도가 쇠미함을 탄식한 것이다. 위의 시구에서 보듯 시인은 누가 천자의 나라인 주나라로 가서 회나라를 바로 잡아 준다는 좋은 소식을 갖고 올 건가라 하여 회나라에 주나라의 도가 다시 살아나기를 간절히 소망하였다. 따라서 윗글(本註)에서의 비유하는 것은 청나라의 침입으로 혼란해진 조선 사회가 다시 안정을 되찾아 평화롭게 되기를 바란 석계의 염원, 그것을 가리킨다고 하겠다.
785) 꼴 베고 나무하는 무식한 사람 《시경》 대아편에 "옛 사람 말씀에 꼴 베고 나무하는 사람에게 일을 물으라.[先民有言 詢于芻蕘]" 하였다.

察 公議畢達 玆敢以時明樹立顚末 仰瀆 宸聽 伏惟 聖明垂納焉 夫時明 卽故副提學臣孟
賢之玄孫也 自少器宇俊偉 才學超邁 弱冠中司馬 時論以異日宰輔期之 及長從學於先
正臣文純公李滉再傳之門人張興孝 得聞心學之傳 益加自修之工 妙年造詣 蔚爲當世儒
宗 文莊公臣鄭經世嘗與論天道左旋 大加歎賞 及丙子之亂 聞南漢被圍 糾合義旅 有敵
愾勤 王之意 旋聞 國家爲城下之盟 不忍憤耻 卽輟擧業 歎曰天地閉矣 其可苟求名乎
因攜家入英陽之首比山 自號首山居士 竊取伯夷之隱 有詩曰乾坤浩蕩大無邊 日月貞明
自古然 誰遣胡塵生汚穢 南城一計誤朝鮮 遂絶意進取 專以講學爲事 倡率一鄕儒生 刱
立英山書院 奉安文純公臣李滉文忠公臣金誠一 自備學田臧獲 以瞻學者 月朔會諸生
取四子心經近思等書 講授旨訣 間語學者曰吾東方今日事勢 與南宋時事偶合 雖其壓於
氣數 不能西向以爭大義 後生輩不可不知討賊復讎之爲今日急務也 袖出朱子封事 朗讀
一遍 掩卷流涕者數矣 朝廷聞其名 以寢郞徵不起 因上應 旨疏 極言修攘之策 日取春秋
及兵書讀之 慨然有北向問罪之計 嘗往忠愍公臣林慶業所 共論討大義 慶業起拜曰先生
所言 節節中窾 幸天意厭秦 王于興師 執殳前驅 我當其任 籌度規畫 一聽先生 其後聞忠
愍死 常懷隱痛于心 賦詩曰倚壁空懷天下事 無人志復舊神州 甲申聞 毅宗皇帝殉社稷
遂北望長痛曰 日月晦矣 冠屨倒矣 顧瞻四方 將安適歸 安東府有地名大明洞者 此地與
皇朝舊號暗合 白首孤臣 得其死所矣 卽自首山移居焉 與文貞公臣金坽介節公臣洪宇定
迭相追遊 其取友皆氣節士也 扁以大明草廬 題詩壁上曰原野蕭條日色昏 朔風吹雪蔽羣
山 誰知白首忉忉意 遠在遼陽鴨水間 及臨歿聞雲南閩浙之師有連兵北伐之報 爲誦陸務
觀家祭無忘告乃翁之句 撫枕於悒 遺命諸子葬不出大明洞中 其意誠悲且苦矣 嗚呼 節
義之在人心 雖是秉彝之所同得 而若其樹立之卓絶 平日學問之功 爲其根本地也 時明
早從師友 其於性命仁義之說 主敬思誠之工 靡不講貫而灝通 又其文章足以賁餙 王猷
器量足以經綸一世 而一自天下帝秦 卷而懷之 遯世長往 以匹夫而嚴華夷之分 以隻手
而任綱常之重 砥柱於頹波 勁草於疾風 是豈無所本而然哉 於是乎讀春秋而先明乎尊攘
之義 講兵書而熟究乎奇正之訣 將欲決睢陽之一戰 辦祈山之六出 而畢竟無奈於氣數
不適於時勢 特取山名之符於首陽 洞號之合於 皇明 而畢命於斯 埋骨於斯 百年遺墟 尙
有薇蕨之淸風 一區殘壘 獨保 崇禎之日 而尋常吟詠之塗人耳目者 莫不悽愴忼慨 隱
然有風泉之思薆苔之感 至其屬纊之所諷誦而申托者 尤令人涕零而心裂 何其偉哉 夫以
時明之學問 若是卓越 而生前之一命 止於微卿 死後之八座 出於例 贈使其苦心卓節 無
以表白於世 在時明固不足損益 而以 朝家顯忠酬義之典 抑或爲欠闕矣 臣等生長於時

明衣履之鄕 講服乎時明廉立之風 至今數百年之久 而尙欲漑釜鬻於西歸 識朝宗於東流
者 是誰之功歟 昨歲丙子 聖感重新 凡於當日節義之表表可稱者 皆用 襃旌之典 而獨不
及於時明 此臣等之區區所抑鬱者也 玆敢聯名足 仰籲於絓纊之下 伏願 聖慈俯採蒭蕘
下詢廊廟 特降李時明 崇襃之命 易名之典 以樹風聲 以幸斯文焉

별첨 別添

수비유거기
首比幽居記

내 계사년(1653, 효종 4) 중춘(仲春)에 수비로 집을 옮기었다. 험난한 길을 지나 깊고 궁벽한 곳에 공이 몸을 맡겼던 바, 사방의 문은 모두 새들과 원숭이들의 노니는 길이었고 집은 가장 높은 곳이었다. 마치 허공(虛空)을 건너듯 넘어 들어갔는데 평야는 넓고 넓어서 벼농사를 짓고 조농사를 짓기에 알맞은 곳이었다. 언덕이 단정하고 두터웠고 수석(水石)이 맑고 기이했으며, 또 약초와 아름다운 채소류 등이 풍성하고 시냇물이 맑고 산의 기상이 온화하였으니 속경(俗境)은 아니었다. 단지 잘 알 수는 없지만 수비라고 이름한 것은 무슨 뜻인가. 우리나라에서 촌마을을 이름 지은 것은 모두가 비리(鄙俚)한데 이것은 또한 평상시에 쓰는 말에서 나온 것임이 의심이 없는 것이다. 그러나 그곳에 나아가서 보면 더러 사물을 본떠서 지은 것이 그곳과 우연히 일치되어 아름다운 뜻을 지닌 것이 있다. 만약 그윽이 깊고 은미한 곳을 군자가 드러내는 바가 없다면 그곳은 거의 모두 잡목 숲에 쓸쓸히 덮인 채 영원토록 묻힐 것이니 가히 탄식될 일이 아닌가.

이러한 곳은 원(元)이 있었던 이래로 자연히 그렇게 되어져 있던 것이긴 하지만, 그 몸을 참되게 닦는 사람 중에서 누가 그곳에 돌아가길 함께하여 산다면 성신의 도가 윤택하게 얼굴에 나타나게 될 것이다.

소체(小體)를 보면 비록 크고 작은 손과 발은 있으되 이들에게는 리(理)를 통하게 해서 운용케 하는 류(流)가 없다. 원(元)이란 것은 잘 자라게 한다는 것이다. 전(傳)에 이르기를 "성(聖)하고 현(賢)함, 귀하고 천함 등 그 차이가 있지만 만물은 무릇 대체(大體)이니 요임금, 순임금과 동류(同類)로다"라 하였는데 이 말을 어찌 불신(不信)할 것이랴. 수비란 것은 음양을 뜻하는 둥근 머리 모양인바, 비유컨대, 마치 도를 닦는 사람 중에서 아주 성인되지 못한 자들이 반드시 배움을 좇아 성인되려 한다면 그 일이 마침내 성인과 서로 닮게 되어 사람은 모두가 성인될 수 있음과 같은 것이다. 높은 곳에 오르고 자 하는 사람은 반드시 낮은 곳에서부터 시작해야 할 것이다. 원(元)이란 만물의 시초되는 것이요, 성인이란 천하만세(天下萬世)의 머리 되는 사람이며 병이호덕(秉彝好德)[786]은 그 몸을 사람 되게 하는 것이다.

보통 사람의 머리가 성인의 태백산, 영주(嶺州)[787] 같은 머리와 다르다. 하는 것은 또한 몸뚱이는 가졌으되 머리가 뛰어난 바가 비교될 수 없다는 것이니, 비(比)란 것은 성인과 더불어 품휘유형(品彙流形)이 같다는 것이다.

산이라고 해서 모든 산이 높은 것은 아니고 사람이라고 해서 모든 사람이 같은 것은 아니니 한 갈래로 분리될 수 없는 것이다. 이들에게서 태극(太極)을 찾는다면 절로 손 모양도 공손하게 발걸음도 삼가 조심하게 되어져서 맥락이 분포된 것에서는 어떤 물(物)에도 이런 용모가 드러나게 되지 아니하는 바가 없게 될 것이다.

높은 산의 북쪽에 있는 산을 도천산(到天山)이라 하고 남쪽에 있는 산을 검마산(劍磨山)이라 하고 일월산(日月山)이라 한다. 동쪽은 숲이 무성한데 그 가운데 있는 산 하나를 별신산(別新山)이라 한다. 아! 이런 등등으로 이름을 붙여 뜻을 붙인 것을 통해 그 도를 알 수 있으니 그 뜻은 실로 사람의 몸으로써 학(學)을 비유한 것과 같은 것이다.

이 글은 서적들이 떨어져 나간 데에서 얻은 것이다. 탈고(脫稿)에 미치지 못했을 뿐만 아니라 왕왕 빠진 것이 있어 문리(文理)를 이루지 못한 곳이 있으나 필체가 호건(豪健)하여 차마 마침내 없어지게 할 수 없었다. 이 때문에 아들들에게 말을 들려주어 두루마리를 만들게 해서 가보(家寶)로 삼게 한 것이다. 손자 재(栽) 삼가 기록함.

---

786) '民之秉彝 好是懿德' : 이는《시경》대아 蒸民편에 '백성들 일정한 도를 지니어 아름다운 덕을 좋아한다'라 한 데서 나온 말.

787) 영주(嶺州) : 산맥 이름인 바, 중국 호남성(湖南省)과 광동(廣東)·광서(廣西) 두 성의 경계에 있는 산이다. "령(嶺)의 남쪽에 고을이 70여 개가 있다.[嶺之南 其州七十]" 하였음.

【影印】
石溪先生文集

石溪先生文集卷一

辭

感春辭

庚寅歲去辛卯春至屈指吾年六十加二感天
時之易逝樂此身之無事嚴冬解而雪消雲物
新而景明曩余托於山中村石保以為名問遺
塩兮何代木已喬而為臺爛俗素狃於囂愚田半
在於崖畔山萬壑而屏立水二道而襟廻因亂
松而作亭累雲根而為臺境奥世而相遠烟風
廛而別有或登高而開襟官臨流而濺垢入幽

徑而實花坐石灘而吟楓聽綠陰之蟬鬧伴雪
夜之絲桐墮冠童而翼余住杖履於遠邇酒常
止於微醺詩不越乎言志懼遊浪之害心忽友
顧而催還孝堂兀其瀟灑標兩松而依山入余
處而樓息聊靜志而潑首抽壁上之圖書對卷
中之賢聖難言語之千萬究其理則一源恂為
學之要道莫明善之為先尋平坦之一路戒耆
止於捷徑志為則而毋懈期蓋棺而乃定苦今胡
老而作戒邊踰六而知化古固有此刻苦今在往
烏乎暴棄知小成之可鄙將大為而孜孜課小

子之灑掃巾壯兒之問學蹄登自埒而後先賈逐
風而凌軼斯天下之最樂縱富貴其不易僮猶
此而可久登無契乎斯文誓貞貞今而伊始幸不
愧於為歲夏來之東君也

賦

上居賦

古固有避世而善身兮余登自比於其人飢無
食寒無衣兮求(二字缺)寂寞之濱冀余離乎海宅
兮棲石溪者十有餘春余惟何人而猶可比數
兮屢致禍譴于拂亂此心神紛外轢而內潰兮逝

莫屬余之形身兮純愚而無解兮又何德之能
新時曖曖其將寵兮漫漫而未晨歲癸巳而
遷徙兮擇吉日兮良辰歷崎嶇而跋涉兮指首
比而催轄睆睆樂土而止息兮異桃源之避秦相
燥濕而播藝兮遭水旱而間梁百口之失天
兮樂喘呼而誰因拾橡實兮安貧尚窮困
熟薪斯猶足以不死兮聊任分而安貧尚
於釣海兮勢側陋於耕莘蠱何取於高尚兮
何有於王臣山可採兮嘉疏溪可網兮鮮鱗蒸
地氣之清淑兮產殊異之芝菌山劚磨而排兮

峯蔚然而爲鄰彼到于天與日月兮屹然特立異
羣山之嶒崷環三水而作人文而排均
知與泉之可樂兮覺乎天民爰有囿兮別
新兮若虎奔而龍巡首尾而屈莊兮完一丘
之臥輪扁是分於太白兮勢荔蒵勃而雲屯想造
物之有意兮終拋擲於荒榛莘余托而經始於
挨方位於洪鈞架數間之矮屋兮置徒屬之姚
姚懸一榻而藏書兮來遠邇之駿徒兮慕於
偶耕兮時不可乎間津修潔泉而盟洗兮東蒲
茅而爲茵邊聖賢而爲師兮追諸子而相親天

石溪先生文集卷一　三

降東于下民兮道不外乎人倫本良知之有則
兮孝莫先於黃椿推百行而不賈兮之天下而
經綸要惡在于在學兮學必講而後彬惟聖神
之格訓兮著方冊而諄諄日循兹而從事兮師
及弟兮咨詢外修飭而整衣兮內齊明而若醒
登坦途而疾驅兮駕高車於峴嶮兮可安兮
蒙兮樂不下於吹爾豈小成之可安兮期盛德
以動旻所可懼者鮮終兮事必慎於疾旬苟索
隱而行怪兮是君子之所嘆士之所以貴志兮
確乎立而無淪哀世人之爲道兮初不屈而求

伸詎存身之可間兮競蹈危而紛繽非吾力之
可及兮爲斯學而申申庶下學而上達兮且由
粗而入純一於敬而靡他兮苟非禮則勿循譬
瞻勇之赴敵千萬而擁盾湛玉壺之無累
兮查滓化而歸淳人皆棄而已取兮保厥美而
自珍自三代而有緒兮歷萬古而實眞必謹守
而不負兮勉吾心而登諶且臻所求此事之淡泊
尚何羨夫萬緒凤余聞於曾子兮彼以爵而吾
兮孰不笑余之艱辛然所求不在外而往內兮
仁時乘閒而出野兮視原田之町畇屬春日之

石溪先生文集卷二　四

載陽兮靄生意之氳氳石巀峰於鏡中兮松倒
影於溪潯風橫壁而晃晏兮波護盾而灂聞
林島之和音兮聽杜宇之哀唇引冠童而風浴
兮或詩酒之交陳仰高山而優遊兮竟誰主而
誰實知斯樂之不可以語人兮顧書石而無塵

禮者君之大柄賦　月課

天下至廣萬民至衆君於其上眇然孤拱苟無
物而統之吾知渙散而不能理紛紛焉智力兵
革之何所不可而固非聖王之所取者也必以
禮而爲國信乎人君之大柄不縕而維不威而

令幹轉元化默運精神觀之所以厚德履之所
以定民夫禮者在乾爲亨在性爲禮節文天理
儀則人事大而天下國家小而鄉黨州里日用
云爲莫不由之雖然物皆有表事孰無首風過
草偃形於影則躬行四勿發政御物其柄一操
導而禮易照則躬行四勿發政御物其柄一操
事皆迎刃至法天則地上衣下裳袞冕異制
圭組殊章尊卑不可抑而卑也賤不可僭而高也
名分一定等威難淆此則君之柄用於制度者
也及其五品之性人道之大親義序別惟信而

石溪先生文集卷一　五

可止慈止孝無所增減若忠若敬初非多寡均
秉彝於萬性洽和睦於九族其所以隆之殺之
各有分殊者何莫非天序之有秩此則君之柄
用於彝倫者也若乃齊明盛服做戒嚴肅周旋
中規折旋中矩聽於無聲洋洋如在本不忽而
於至誠此則君之柄用於宗廟者也且或考績
追遠民所仰而輻湊天神格而人鬼饗信有物
黜陟洞開明堂玉帛交錯鐘鼓鏗鏘在之若之
臣鄰前焉後焉戾辟珮琚鳴而中節贄敬將而
合則薄來厚往情義孚若帶礪無替疇敢侵犯

用敬規乎聖明
尚此經之不泯後豈無乎體行將大書而作箴
秖乍行於州間然講說而發揮繼周公之禮書
獨有取夫宋代闡大體於草野雖誠陳而不用
縱施用兮末耳徒貽譏於聚訟果何補於制治
雖餘聞之掇拾蓋所論者粗粗既莫足以云禮
周之文物誰來建漢唐而益渝不知禮爲何物
奚取膠舟楚澤溺苑之孤魂可哀旅泊秦關成
東遷僞下堂而見戾君及悖於臣威縱有柄而
治可知於同道上下無爲惟君之視何無禮於

石溪先生文集卷一　六

五悖哉而若帝唐虞所以雍熙所損益於三代
慨用柄之無多必有本而做底豈玉帛之云乎
能國歷觀古今幾箇聖哲余嘗味孔經之大訓
治之楨幹有柄若此何憚不爲從事於斯是爲
用而無礙納民物於陶甄登區區之文爲實爲
而方正此則君之柄用於家而國者也然後大柄
巳及物何難乎卒使家而國者也然天下舉均齊
此志而常欽入不知而已知寰妻而御于推
漏之暗對越上帝翼乎有臨然此身之無懈豎
此則君之柄用於會同者也遂至閨門之內室

海鷗不下賦月課

天機寓於自然在物我而無間卽謀蟬而絃急
釣近水而魚亂覩海鷗之不集悟此理之難昧
若有人兮海之上鶴冥棲而晦彩灰塵情於鸞
觸脫天鍼於發外旣與世乎長辭結知巳於沙
禽慣朝暮之顏而絶彼此之猜心屬芳洲之風
暖忘兩形而頡頏日復日兮相狎親豈啻乎馴
養固遊方之有異起嚴君之玩賞羈是於海
汀鷗巳疑其潛虧驚狙山之攫孤未動而色
斯震其裹而自誘若將集而復飛飄雪羽而遠

■ 石溪先生文集卷一 ■

七

舉懼繪弋之加我知有意之優胏故高翔而不
下噫微物之處身何厭心之似智得天性而知
保其神矣子炳昔與子而翱翔儻無心而無
迹伴江海之煙月任物表之契濶今忽有此機
關肯自往而徘徊察斯人之明哲欲賞觀之猶
來想斯人兮何許歎斯禽之明哲欲賞觀之猶
爾矧挾彈而操畢理隨寓而必然人可以而不
若哀窮海之鶺鴒帖藝火而自曖禍雖悔兮何
隙後斧銊之相隨明若火而自曖禍雖悔兮何
及仰先哲之知幾足不弈於關側宣注鴻而促

駕簡殲憤而不濟兆未現而巳燭危未至而先
去悲塵網於末路孰舊迅於籠裹海有鷗兮鷗
有羣吾與爾兮飛峙。

詩

五言絶句

偶吟

濯足清川水來凉碧巘松心專無外念雲物亦
閒窓

葛嶺秦關壯餘林蜀劍橫不曾經此路今日爲

題趙美伯 廷琨 草堂

君行。

嶺上口占

驟雨騰山外斜陽半有無長風一掃捲萬里天
心蘇。

英山途中作

西日露雲間秋山呈百態跨馬欲何之仙區應
我待。

■ 石溪先生文集卷二 ■

八

警學 二絶

萬物爲人難非人難學難須知不易意勉過覓
人關。

義理自分明聖賢復開示如何今世人耳目惟
名利。

詠雲
出自何方所離分幾處風須臾無一點天色古
今同。

落葉二絕
落葉堆山路初疑踏錦筵狂飆忽飄蕩鬧亂飛
江天。
遠樹清霜重輕風落葉紛菊庭晨掃淨頃刻燦
成文。

石溪先生文集卷一

題西山時習寮
數飛成翼員進學作其人賢聖無他道行之枉
日新。

山居
愛靜獨樓山厭煩仍謝客無營家自閒有教兒
時習。

雨中逢趙美伯
峽裏逢故人秋山正風雨相看不盡言僮僕催
歸路。
途中見野老園竹清茂駐馬看賞。

九

山下千竿竹森然碧玉林偶來成獨坐終日聽
寒琴。

秋日口占
馬行踏落葉蹄下秋風聲百里無人見幽禽隨
我鳴。

奉次南卓爾金一油油軒韻
闇君引退早歎君機事密窮通本在天行止吾
何必。
危險當順受橫慮增慧術世道眼前異非惟事
娟嫉。

石溪先生文集卷一

我拙棲空寰絕意閒得失安得同君軒吐此心
懷一。

餞月墠
有來喜成三臺當西南得庭虛松已暗佇立望
山極。

黃花逕
君子愛君子好向東籬栽暖節本無意秋澆方
自閒。

斑竹塢
怪底巴童語湘妃淚不消何論非與是愛此碧

十

千條。

雙梅壇

陽氣來無眹瓊葩獨巳知雙添和靖八千古共
禋期。

邀月臺

終古懸青天隨時行處有邀之似有情欲問還
無語。

七揪亭

新豐盛第宅花木仍成列養葉庇行客瀸根食
美實。

石溪先生文集卷一 （十一）

金溪感舊

鶴駕接靈芝金溪通洛水清源霽月懸千古心
無異。

坐榻

三伏除强半山川夜氣清林開茅屋靜無事如
蜻蜒。

七言絕句

秋懷二首

居然時序巳清秋蟋蟀聲中夜正脩倚壁空懷
天下事無人志復舊神州。

老去傷悲最素秋前途巳促意還脩縱然身落
窮山裏好放神恩歷九州

雨中逢科儒

盃路驅馳老少俱衣裳濕盡豪囊枯不知千百
羣英裏能說吾東禮義無。

歎時

時非痛哭哭何為賈子當時不量時若使此賢
逢此世刻心披目妣無知

有感

乾坤浩蕩大無邊日月貞明自古黙誰遣胡塵
生污穢南城一計誤朝鮮。

石溪先生文集卷二 （十二）

泣嶺途中逢雲霧晦塞

日月光華復幾時唐虞天地至今垂腥雲毒霧
怪蒙蔽安得長風一掃之。

池塘菊花盛開為賦一絕。

陶潛顏面伯夷心蘊抱馨香歲月渡自是天然
全物性怕逢詞客謾評吟。

望海

似天非天似水非水四邊環繞竟無歸厚坤載物
憑誰力一氣中間不停機。

嶺路馬上作

巖花已落綠陰成雨後溪肥石不聲惟有山禽
時一呼似愁春去惜殘英

第三兒五達年纔六歲在坐側偶言人
兩眉中斬狀似坤文語意若有來歷因
叩之乃云坎卦中連離卦中坼此數句
語亦自不凡因成一絶以期後日成就
五達幺逸 小字
雙肩狀取比坤初語不疑

物理無非偶與奇人惟不察寃知小兒識得

示學者

男兒生世貴藏身非貴菜身貴有倫大學書中
誠正法丁寧示我聖 眞

次頭都使君慎修 見寄

曾家五馬貴松間夏荷千金字不慳野性何知
窮達意年來只愛獨居閒

第二兒方草洪範衍義遂書一絶以示
之

千重綠樹擁幽居上有鳴禽下有魚欲識此中
眞簡樂第堂長日玩圖書

石溪先生文集卷一

十三

寄弟姪

春風回首海東天園竹庭梅稹共妍折馥枝根
鴈未易新蓊鳥我戴傳 宣城 金梅園亭子

亭遺梡洛事沈然草樹潑潑擁後前惜問主人
何處去碧波無語過廬川

過梡洛亭有感

溪臺偶吟

雲繞山亭水滿陂東風吹暖漾淸漪洞天潑處
無人到倒浸巖花一兩枝

次趙明府資韻

吳秀才 三省 讀大學

驚見楓紅照白頭秋風信馬興難收牛山何事
空垂淚㯻對黃花更着愁

博覽羣書不足誇潛心一冊是眞嘉聖經賢傳
無窮旨須向明胸仔細過

奉送池使君德海以正言還朝

鶡鴳乘風入紫薇滿林烏鵲盡恩歸此行正識
兼恩怨一郡將飢一國肥

次仙樓朱介臣丈梅竹八絶韻 弁序

頃以事往來貴縣登榭者至再而榭

石溪先生文集卷一

十四

目周覽識別花竹中宵苦無眛出
山壇則老樹脩竽環簷而立私心以
爲主人好事於物知所愛矣及還鄉
時一夢想滋奉八詠題目有契於和
靖八絕觀此足以知尊丈風致亦可
想任公之詩不凡恨不得置身於梅
竹之側陪杖屨對騷人音韻又作
句也今送拙吟旣欠騷人音韻又作
隔地懸空之語豈足發暗香清陰之
趣秘自爲毘尼之聲而已

石溪先生文集卷一　十五

凍渡何處見新春忽見開花若有神嵐秀山前
村色淨數枝皎潔向幽人
清宵月上斂村煙流馥風佳可憐從古評花
全取節不須吟賞嬋娟
三春光景各依依一樹瓊瑰半已稀爲報飛英
莫委玉餘香片片點吾衣
老樹清條數尺長開花結子綴名瑄不時耻八
自圍羹佳味應爲殷鼎嘗
好放兒孫占地抽匆生頭角未雲斜一夏長得
千尋節勢不冲空定不休

種竹成林境自寒萬竽森立響琅環誰言世上
無眞可與貞松作二難
炎炎火火轉空邊颯颯清陰灑局棋寄語安得
分餘爽均陰田中汗滴時
溪山到處雪霜淡翠色看來卻識心人號最靈
分善惡爾能無古夏無今

示弟姪暨姪孫
天人立道固一源大小雖殊理則默許大工夫
誰最功從來謹獨莫爲先

送羅同知　□甲　放還家鄉
藥石翻爲世所仇從新雛切只雁尢莫言廛謫
心金挫天賦剛膓老不柔

石溪先生文集卷一　十六

題趙渭得　廷璜　江閣
細雨濛濛帶多風坐來江閣興全濃主人莫恨
櫨無醉無限霜楓照甸紅

立春　癸巳
今逢六十四回春點檢平生愧爲人未蓋棺前
猶可力工夫只在日新新

過七星峯
峯排七點七星樣森直如飛鶴竦轡駐馬問山

知我否年來遯世已無名。

贈淳上人

山僧夜雨來相訪暑楊開襟爲暫聞說平生

山水跡忽忘衰老欲退遊。

贈別金明瑞漢璧

秋山十里後先行曲曲溪流入句清一夜茅齋

聯枕臥臨分不耐去雷情。

暮歸來路轉幽關巖邃遽使人愁茅廬何處

柴門掩雲麓盤回石水頭。

日暮歸來石溪途中作

〔石溪先生文集卷一〕 十七

鄭石門 藥邦幽居

桃源覓道古今殊避世居閒即一途滿壁圖書

懷寶策武陵曾有此人無。

餐松花

萬丈歧頭萬點金香風吹動滿園林摘來和得

甘泉椀塵世偸回物外心。

次高使君 用厚詠梅韻

冰雪爲魂玉爲骨疎枝乍出名園北新詩筆力

奪天工只是遺香盡形色。

和金以直

論小學之道孰能明養性非他在約情今日與君

溪亭秋興

清秋日午靜無風滿目雲山錦繡濃獨來獨吟

還獨去纖毫不起此心中。

李青松倪見訪

安石年來不出園松雲瀟灑絕塵煩詩仙愛此

幽居靜蔚雲溪橋夏駐轅。

病起書懷

山齋雨後月微明蟄動皆沉水有聲病起思親

心正苦杜鵑何事又多情。

甲辰元朝二絕

原野蕭條日色寒卿風吹雪蔽羣山誰知白首

忉忉志遠汪遼陽鴨水間。

頃年齋沐告皇天哲使身心善日遷數往計工

無分寸又逢新歲效吾忩。

書懷贈兒輩

得莫歡欣失莫悲世間榮悴易推移吾聞一善

爲長物勉汝兒孫好守持。

贈別趙秀才 頫顥 兄弟

〔石溪先生文集卷一〕 十八

秋山相訪意俱敦山楊清晨對語溫珍重相規

勤啓告古入方冊裕言存

夢見先君勉以詩書感而作

違棄晨昏卄載餘每懷風樹感何如今朝拜受

詩書敎顧復精靈不間於

送兩兒還鄉

兩兒衝雪共歸鄉獨立松亭別意長珍重一言

須記者知行二字是良方

元朝示諸兒孫

丙午元朝會子孫序行修禮氣嚴溫威儀棣棣

詩人詠惟德之將爾各敦

石溪先生文集卷一　十九

輓趙美伯

淡淡交情老夏溪首山沙洞好參尋幽棲未定

君先去獨向秋天淚不禁

贈白子安　庵

荒扉長掩雨過鋤身意慇懃訪我廬爲贈二言

規勉語工夫須用惜居諸

別趙秀才奉寄美伯　鳴卿賢契

小謝歸時憶大兄四風落葉倍離情相逢若問

滄洲子爲報秋來海上行

藏六寺次李敬伯　元直

古寺重尋歲暮時吟懷夏覺雪和詩黃昏默坐

禪堂上好窺山若有期

禪堂奉話幸同時況復山中遠寄詩珍重淸篇

能起我小菴觀月是佳期

會員祭补都事墓訖次李敬伯

勝會西山屬仲春天心潛闢看花新開樽何必

重茵設棄醉無妨坐野榛

苦屋漏

草屋虛疎不蔽風支離一夏雨淋濃十分二

石溪先生文集卷一　二十

無乾處渾室猶能避濕工

輓李進士孚伯　亨直

文如翻水筆如飛論爾之才古去非蓮蘂縈縈

鵬路斷雪山何處　彭長歸

輓趙獻卿　廷瓛

哀吾獻卿逝何歸寂寞萱庭閒彩衣忍說林泉

前日事松間舊宅看依俙

和白孝錫　東良　聯詩見寄

消息塵寰不問何春花秋葉記山家聯詩忍到

遺佳約要與同歌采蕨芽

輓柳名立

自子椿堂不得年金大夫入淚徹泉誰料皇天

重降禍凄涼家世婦兒傳。

病中苦熱喜聞雷聲。

炎炎當午氣如焚苦苦難過一日曛雷發數聲

風捲暑疎簷細雨看飛雲。

詠松

世代百年稱異壽雪山千仞見眞賓 此上下有逸句

再見火災

石溪先生文集卷一　三

回首連年厄我家信知天意不無何似憐道學

終難王故使泠切益琢磨。

輓重表兄鄭承㷔

縅惟堂忠烈翁能將隻手柱吾東子孫家業

今雲落誰道蒼天報施公 鄭之先公湛壬辰之變有熊時死節之事故首句及之。

觀魚臺

今古紛紛賞此臺清能賦詩濁含盃最憐牧老

詞中意奧旨能尋 戲二守來。

輓申處士

撫膺長呼陽兒兒歸何處兩無知書見峽裏

春風路去送人間不盡悲。

歲律將窮虛句故山弟既曇諸從孫 絕

非嗟老慚愧平生學未多。

里俗能存故事無追惟昔日我懷瘠遍知竹院

梅花下咸會諸親獨少吾。

六月初八天鳴繼以地震夏支離山陰屋壞

六月初旬天動時如何地震屋墻倒。

應難免直恐坤傾海國虛

石溪先生文集卷一　三

寄謝趙美伯土爐見贈

悵山為用世所資貴取銅銀富鐵為多謝故人

遺王器山家暖筆事優宂。

雨後暑退

山雨頻過暑氣輕羲和向夕水雲清蟲鳴蟬聒

俱難厭時物從來自變變。

謝朴陶窩 璿委任惠札二絕

幼少交遊共一鄉祇今相對賓渾霜相逢場半日

情何極歸路雲山意夏茫。

衰年向學古猶稀多賀吾君悟昨非古聖今賢

眷眷意終須理會透溪微。

贈朴子潤鎬　使獻其大庭

限水相望倍悵惆九秋風景近霜凋阿郎筆法

看何似往往長篇八舊驥。

石溪先生文集卷一　二十三

石溪先生文集卷一

石溪先生文集卷二

詩

五言四韻

溪臺口占

曠世空虛地如今我聿來屋因山木構臺傍水

雲開避日頻移席看花或置罍數年應夏勝時

菊又栽梅。

望海

一作海鄉別山居巳四年乘桴常繫念作楮巳

無緣暇日重來賞鷺波輕八篇遠憶円畫老無

由問碧天。

奉送崔戻　惠吉按節關東

選重求蘇蘋移風不大聲不必專一邑夏詩賞

三清四駕翩騰處千山道路縈他年楓嶽下定

紀名公名。

草堂吟

草屋當山臁畝間貧起低紫樓竣不補花竹散

無畦濯熱居空夏求蒙語欲磨丹心如皎燭兔

教事終迷。

次崔青松有淵韻

石溪先生文集卷二　一

壁開山水處百勢敵華堂問政人人悅聘詩字
字春惟應盡在我不必鄶鄕晝永官無事
軒甍稼桑。

馬上口占
朝辭仁里宅暮至石溪廬合眼暗經歷吽憧測
日車一身方征馬百慮已游魚熟路無旁曲吾
行莫嗟徐。

仙菴寺有感
窈窕富溪處雄蟠占上流經營曾幾許輪奐宛
千秋皓月今宵會黃翁舊蹟雷明春花發後竹
杖夏來游。

巳丑春帖
行年五十九今復六旬齊屈指息經歷回頭愧
品題不知斯已矣如覺可提撕敢告東君側從
今免噬臍。

奉別曹使君 文秀 罷歸關東 時曾公以城事見 聯疏彈頭及之。
承綸爲國器幸此小州專惠澤行需遠仁風且
冷邊惟知民可固不爲險徒堅得失終何有蓬
山待謫僊。

石溪先生文集卷三　　　二

峽裏誰相問麻衣草坐身秋山圍錦繡石瀨動
韶勻晚學難知味幽居稍識眞尋源自此始矣
不讓他人。

偶出松亭有懷

新居偶吟
草草開新築茅廬半椽皮山顏標一點石保號
何時似俗還非俗爲癡卻不癡木牀書數投
讀可忘飢。

英陽縣奉呈李使君兼示權學官 尚遠
峽擁英陽縣文殊太白根上流天險處中國陸
渾源康樂何曾到淵明欲置園姸風吹小雪呵
筆詠朝暾。

立春
溪峽逢春信離懷益悵然星行無謬誤世事已
乘顚告朝從何適書年昧所先花開又葉落今
古一皇天。

西山精舍
獨坐茅簷下春天散雨絲村花迷遠近江薺喜
差池物態無今古人情昧華夷將松爲益友風
雪誓無移。

石溪先生文集卷三　　　三

石溪先生文集卷二　四

夏日溪亭

觸熱行來苦憑軒午濯清池圓新水滿樹老密
陰成箇短雲烏帳庭虛竹作屏此中書史樂日
見古人情。

輓金司諫㱕

明能知事是習以炳民先覺洛新登　聖春山
尚隱賢寧嫌托病訴潑悔許身年湮渭存詩史
公心後代傳。

輓李睡隱弘祚

棄賦元洶美歷光籍外家牛刀曾少試鵬路坐
長蹉塵世常情息雲山託意遲前年分華約已
矣嗜煙霞。

輓白萬戶

襄卜新村宅風煙近吾鄰相從在晚節托契卽
姻親行年方七十兒齒始三春忽忽成存歿無
由問鬼神。

奉寄鄭石門 并序

鄭進士文得地於眞安之地內有臨
泉之幽外有石門之勝世塵旣遠人
跡罕到別一仙區也屋下又穿方塘

石溪先生文集卷二　五

四圍皆白石膩縞可愛池中累魚錯
列獸伏蠐蟠大而泉坐小猶拜踞稀
或橋緣近且躍至有同濫瀨之中孤
嶼點點與波出沒風恬月淡之際尤
見其比又置數間茅舍藏冠童讀書
琴樽几杖吾丈居之晨夕瞰臨以爲
樂其比西置小屋子有圖書棋局
時值旦乾則引泉灌池新種芙蕖方
盛養魚數隊池片令夷衍鋪以明沙
衣以莎可藉而坐散植杷菊桃柳
外樹萬松視池爲方八其內錯惸睡
盱莫辨其天作與人爲也吁流峙之
寓於物表者猶可見而知
得地中秘藏易如探囊而造作排置
酷似造化則非趉世曠智雯不能至
耳賊生一㝌系到見輒醒心而俗緣
於迫纏到遽還徒望之若神仙而已
輒念卑陋敢欵拊在恐重貼名區之
累也

富媼胚奇怪緘藏混關初探形由目力覷貽所

心虛池域天皆作。雲根獸錯居神功謝文餘異
事豈要譽。

送徽見遊鳳院

送汝往鳳院。嘉汝求友功。沿途春草生幾處雷
行躅河上有奇士志欲爲古學寄言相勉力於
道尋眞的。

輓尹統制備

吾居荊棘路幾度閱遷臣此老爲初見前功不
後人薇壇多少議他日是非眞旅櫬經南漢秋
魂尚恨春。

石溪先生文集卷三　　六

次城主前日韻

文章固多路里竟貴詩軀見外人知樸因心我
自通豐論輕薄體動則曲謨風餘緒能推廣生
民被惠功。

歸鄉有感

屈指後家日三年嶺外人地形分內外風氣異
冬春親故皆悠尙鄉間已變鄰園花依舊亶吳對
此暗傷神。

楮谷

楮谷流名古形文沒草萊偶眹時節會忽若鬼

神來巖石從何出池渠不日開登臨勞兩眼殘
月烏溠同。

輓黃道光　中允

海嶽精神聚庭堅有後身文章喧一世標格動
君美偏嗜味雪傷毒投閒曷得眞軒頹君又逝風
月屬誰人。

首山聯句

嘉客不期會山中記異事渢傾陽葵翟性汗竹
春秋羲臨日月南京暮衣冠左海淚斜詩成四
十字松柏感寒志亭

石溪先生文集卷二　　七

輓吳性源贊

英山固形勝浟氣釀諸英儀度非人態文詞得
古刑鄉園穎發望都府竟空名大室因同墓人
閒亦一榮。

七言四韻

偶成

點檢人間事變遷古今離合似風煙小邦文獻
三千歲中國君臣一萬年默數眞儒裵菌任迫
末善治不多傳分明性理皆中正天下滔滔自
作倔。

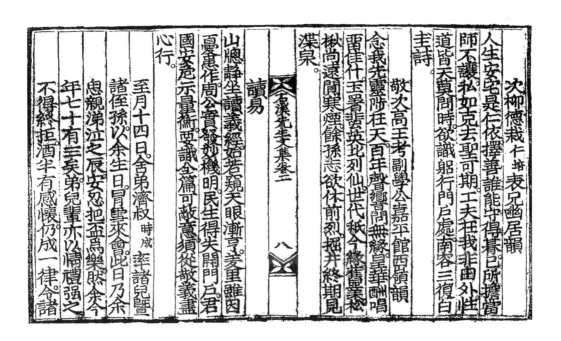

次柳德裁仁坤表兄幽居韻

人生安宅是仁依擇善誰能中得慕已所擔當
師不諼私如克去聖可期工夫在我非由外性
道皆天賦間時欲識躬行門戶處南容三復白
圭詩。

敬次高王考副學公嘉平館西韻韻

念我先靈陟往天百年聲響聞無稼皇華酬唱
曾佳什玉署非英论列仙世代紙今稼舊業松
楸向遠聞巽煙餘孫志欲休前烈栖井終期見
溧泉。

六　石溪先生文集卷二　八×

讀易

山總靜坐讀羲經始若窺天眼漸亨菱里雖因
憂患作周公實發幾機明民生得失開門戶君
國安危示量為識全篇可欽意須從敬義盡
心行。

至月十四日舍弟濟叔時成率諸兒暨
諸侄孫以余生日冒雪來會此日乃余
懸親涕泣之辰安忍把盃憲樂既余今
年七十有三吳弟兒輩亦以循禮強之
不得終拒酒半有感懷仍成一律令諸

兒悉次其意云。

晨興靚服坐茅簷斗覺曾襟夏靜專陽氣潛生
南至後雪山宛轉朔吹前秋聞天下容戎醜悶
見人心自聖賢且喚家僮樹一盞微成今日太
平年。

附伏次　　　　男尚逸

首比之陽屋數稼春堂棣樂俱專臺躔漸
改陽生後月魄將消萩望前孝弟成家而及
遠詩書居業是希賢吾家福慶知無極麟趾
蠢斯賦每年。

六　石溪先生文集卷二　九×

又　　　　男徽逸

題詩安得筆如稼慚愧年來業不專和氣滿
堂寒自戢斑衣聯被舞爭前天全二樂方欣
慶心做新工願學賢為賦短歌廣一關益虞
多祜自今年。

又　　　　男玄逸

寂寞心期慕采椽不圖箕額意還專靈臺青
許酉塵淟世變堪傷不後前荊樹朝朝交映
夢鯉庭事事要希賢塵堂夜久喧囂息歌曲
渾祈壽萬年。

又　男葛逸

蕭相曾爲沛邑宏才不鄙小官專當年名
往常人後異日功居汗馬前識務自慚非俊
傑匡時長恨乏英賢地堂風雲黃昏後夏窗
餘樽祝萬年。

又　男靖逸

疾殘書濟歎國無賢從知天道闔當關復覩
衣冠往幾年。

石溪先生文集卷二　十　男隆逸

此日開樽共小橡世間三樂一家專波慚學
古言違行且畏操心後戾前抱膝謾愁民有
恩居眾後波憂復往人前論詩自愧平生
拙談世差誇一日賢匣裏鈬寒有古劒此心
長照擖胡年。

又　男雲逸

紛紛飛雲打茅橡當夜開樽與夏重爲樂吾
壽席頓開此茆橡人間至樂一堂專當仁自
擬師無讓臨利誰稱馬不前陋卷沈潛顏氏
樂首山景仰伯夷賢流光荏苒知難再須者
工夫及壯年。

遊淸涼山

憶曾攜杖入淃山祇可瞻望不可攀峯立半天
巖欲晡瀑懸空谷地疑殘禪宮標紗非人世石
逕安集接雲端四十年來尋舊跡偶値春雨洗
山顏。

奉送李子使君　檉　罷歸故山

文章家世縉紳魁謫宦偏荒叔度來四境風煙
今晏晏二天仁扇自恢恢淸涼陪賞纏懷想陶
院佳期瞭草萊此去韓山一千里臨岐安得不
霑臆。

石溪先生文集卷二　十一

寄謝鄭東萊　恭濟　見贈

千古英雄起後哀手將黃卷掩還開有乘機會
謀旋左幸遇良途勢未來成敗只看時與數規
爲定繫德兼才就中別有全身法誰識巖光臥
釣臺。

次鄭敬吾　弑　恩川韻

心靜身閒地夏幽東阡南陌總丹丘人之不樂
余之樂徙所廱憂子所憂晴壁有雲山隱貝沙
川無石水安流天機察處潛酬酢只怕塵緣到
鶴洲。

題西山精舍

西山斷隴舊遺勞重起茅堂意甚遄出閭閻
同野寺平臨江海是仙鄉行身孰若言忠信進
學無如體直方休道吾家無愧石義經一部當
膏梁。

次韻黃時發

窮居長抱寂寥懷峽裏真誰知舊友來廿載悲歡
卻得問一塲談笑幸重開共憐霜鬢嘗俱衰謝獨
良風詩備怨哀謂是桃源且莫返崖楓溪菊興
難栽。

✕石溪先生文集卷三✕　　十二

李生時楊往學任疎巷板英門下寄呈
一律。

好放詩仙漢水邊白鷗閒對碧波前雙人眸易曠
萬千古一筆可窮天地先東海俱能勞夢廣
陵無路惜歸舡李生已作龍門士其往叨呈顧
識篇。

天街巷詠懷

一杯酒數曲歌青山白雲山日暮山僧詞客遍
近逢曲曲清流松數樹遲留盡日卻忘歸從此
直尋桃源路寄語世人莫縱跡會待王師平此

虜。

輓鄭石門

前年八月拜瑤池今歲重陽哭送詞人事須臾
風轉燭溪爐寂寞雨浸扉靈禛獨玩能覷好
語孤開且寓詩犬朴山頭雲月古想公精爽此
棲遲。

✕石溪先生文集卷二✕　　十三

輓呉善源渝

璞不遇和人視石杞非良匠知材師門早許
無雙主鄉曲終淪有用才蹤跡耻為椽史累裸
懷長向草堂開論詩珍重今宵愛存交情不
盡灰。

輓鄭敬吾

憶昔白蛇春暮月君來訪我石溪庄醉把揄鈞
與三歎仍放高音惠一章獻玉縱無知璞下唾
珠應有識奇楊照川別染今何似菊塢松壇跡
已荒。

奉別李而實之華 令兄還歸故山

禍福無端去復還兄能達理莫淒歎分憂百里
惟憑國知愛蒼生不愛官海曲存身非遠讁故
山舒翼百榮觀臨歧豈得無悲戀名在衰年再

遇難。

追次李敬伯前日壽席韻
向來宴集幸何多五老同筵亦足誇世事風翻
難定命存□燭轉奄移家重尋故里悲陳跡稠
坐虛堂照髮華賴有鄰翁詩起我兗篇老筆點
頹加。

贈朴六友 仲植朴三樂李直
堂名六友暨三樂借問所取云如何廉溪愛蓮
陶愛菊比我心德元無他因知至樂不在物其
所寫意俱淺退安得置身堂楹側細論窩昔相
礲磨。

扶病出外
一臥居然兩箇旬頭蓬面垢體枯貧溫屯老熱
熏心府閟候陰邪瞰本真痼定始知當病苦
蘇方覺百嘗辛今朝扶出殘扉外草樹連天四
絶人。

賦紫檀樹奉寄李敬伯。
檀木成陰蔽敲日光千金論價且誰當根穿曲砌
香裊石罅擁蟠柯客代林楓葉鮮丹妍意久春
花爛灼操難方主人酷愛常培護曾見青童漸

石溪先生文集卷二 十四

遠揚。

次李敬伯梅菊壇三友韻
孤根春存芳芳壇灑灑熙王陋霸桓靜壁陶樽
偷造化博山清曉炷名檀枝間燦燦候方暖臚
外凌凌雪尚寒聞道江城爭賦鶴獨吟東望興
徒曼。

輓表兄滄洲朴公 敦復
幼少從遊嚴府門知誰爲弟孰爲昆功名早八
袁安室時望優乘大史論鵬路方睽翻窓海牛
刀暫試臥丘園竹林新築工繞牛何事龍頭夏

石溪先生文集卷二 十五

上原。

輓問月堂吳公 克成
風儀成削文夫身生世堪爲可用人一縣功名
繞似夢六旬光景瞥春故山煙月餘樽酒韻
海輀車泣精神一弟二孤攀櫬路行人誰不爲
沾巾。

次吳善源思明臺韻
閒翁廬在碧山空案積圖書樂未窮開啟迎
東海月披襟長對北牕風庭前抽菊陵霜白牆
下開葵向日紅終老吟哦由慷慨千秋高節付

篇中

輓朴晦叔（姪）

才兼王謝命蹉跎。茅屋江村送歲華。花節眞城
舒阻戀雪冬英縣約羇阿蕭蕭白髮緣明蒙咄
咄玄談慨世訛與我同庚今遽逝人間獨立痛
難磨。

奉賀敬堂張先生晚得男子

天施元如宛庚旬探環不必證前身家休巳目
聞多祚稀慶還應籍八寅居易善生猶少歲商
瞿慶辭卻青春卽知繼絕有潑意照水尼珠登
足珍。

贈李學可曾孝

渭陽餘慕自難忘今奉阿孫喜又傷對說先休
能剖析及論人事儘精詳千迴雪路征驂遠三
月春天別意長珍重親親須熟講吾門從此盛
熏良。

輓崔訒齋（侃）

烏洛精英鍾吾賢才何萬也識何淵東山暫慰
蒼生望霜閣曾專白簡權出八軍中同范馬歸
來江上似蘇仙家人須記臨終語遺表應教用

石溪先生文集卷二　十六

漢年。

歲除日書懷示弟姪

汚疎生理晚夏愚托跡空虛影響孤故宅遺廬
馳夢想領原花樹阻追呼非關世態攻人短
願兒孫味道腴歲暮山家擁雪爐香掩卷撿
工夫。

輓朴陶窩

一生居靜對典墳移上南郊每閉門早有見聞
元淡冷冷晚加披閱夏收存荷花發後知秋爛梅
子圓時報日溫好過七十四歲月三公何敢化

輓權二恩堂（奐）

生吾兄也契墮肩詩酒逢場四十年別坐文能
今世隱松巢公是古之賢才名早許長楊傑功
業庸爲沛邑椽居矣庚辰同我伯客魂應與叙
重泉。

輓鄭如晦（焜）

託契先公事以兄因交賢胤到忘形川堂侍側
知範孝松壠居廬見至誠詩禮相傳名益顯雲
林可悅孫還輕年來弔哭君家輓入世何堪舊

石溪先生文集卷二　十七

友情。

乾南正卿悟

到老彌淡少日知不隨流輩外相推與人款曲
元無挾處世孤貞蓋有持一笑功名書劍老兩
家依戚子孫期如今遠爾成陳迹白首青眸夏
向誰。

五言長篇

遣躬

窮居百無賴悄悄病仍惱爲農饁三歲作屋火
丹燒人皆勸我遷不如還歸早我志不富貴頗

石溪先生文集卷二 十八

入澳高蹈禍福難容私後避豈能保雲山無俗
氣溪水澄如縞愛此夏留滯誰知腹猶飽佳人
不可期寂寞懷實鳳志夏蹉跎幽襟向誰告
探討大兒通義理小兒知灑掃日日課訓誥家
業不貴耗平治無別樣根基由此造此事歲計
蕭條數椽屋有樂良自好圖書積滿案禮容家
裕怡悅不知老雖無世間樂閒居與自到繞屋
松聲清滿庭秋月皓木榻粗排綴兒童步顚倒
猶勝地坐卑無彊藉以薰妻兒成列老夫居
當奧次第講前言景物時口號疏糲隨意足濁

酒聊自勞安此素貧賤終當不易操。

石溪吟

縹緲來何自派分泣嶺宗翻翔千仞鳳騰蹲九
雪龍斷酌無長短停均按地東剛柔分土石肥
沃可耕農毀屺知何代高松門孰封遺壚歷羅
麗佳事杳雲鴻文籍從誰考村名記老翁古今
相接潤造物本來公盤谷立歸李終南合臥種
擢家披凍雪拓地剪荊棘與廢元天數逢離信
鬼同人皆笑未計我自托孤蹤何異流離際無
妙草創中身同介立蒭心悖向年已不信居夷

石溪先生文集卷二 十九

戲空思關鄗功薰擷寧一器邪正本殊賢踽踽
悲行跡昭昭耿晚衷諛諧笑曼飄忽憶嵯峨
家業惟書卷行裝有竹筇只緣豈草老未出世
月作飧饔形勝常娛志塵煩不八鴟茲區多有
意到處占甚曾軒蕭臨家廬壞蟠護鬱慈天成
棲息麓臺烈避炎松對此詩膓館靈論囊臺空
雲雷常吐納谷水曾春衝未眼堂亭撟還惝矚
望通山川無語柱天地幾時終草人間世哀
哀塞外風愚民尚秉性微物亦知忠已矣何須

說無由得發豪幽貞安素分經籍好撥窮義理
昭前訓工夫務擴充仁山兼智永冠者又孩童
自邇皮之遠習飛行將沖日新枉爾勉天意不
吾聾參魯傳心法回愚得聖王莫須忌此事免
彼物來攻間斸心何一專精業乃崇華徒蠢
蠢吟美亦儌儌淨几安常對前言要貫融二三
吾黨子勉力作豪雄。

輓崔青松山輝

世分仍知已非惟骨肉情逢場常共戲皆詼義
同征戰藝才何雋登龍數未亨動名望处至恩

石溪先生文集卷二　二十

寵就中崇兩邑治方著三韓亂忽生邪堪聞主
辱不忍緩吾行列郡無男子諸營擁重兵間關
戎馬際穿貫疫瘟程一臥誰相問三春夢忽驚
雲臺像獨在没謝月空明春老無餘子蘭生折
一莛寧知人事易長歎鬼心獨巳矣無貝友烏
半視美瓊念君歸下壤得與面吾兒先後辭庭
痛丁寧握手嗚孤蹤兹子立百感夏叢奔大令
書中意將言涕自傾。

次諸兒雨中有感韻

丙寅炎氣歉數月雨不息黃流成巨浸襄陵勢

─────

搣嶽烏鵲藝兩趨馬牛戰四脚田家莫舉八四
鄰呼號急況當播百種束手望荒陌民事可
矜沾濕頭鷗鴨驕翔鵾鵾七澤因此
懼無陸顧吼海亦立傷有一老翁扶杖後興臺達
六合謀國職此輩夫意由茲失乾端日月星坤
維洪漲激緬憶壬辰事疇非　明帝力壯哉柳
下將死作遼東伯噫乎今之溺誰能濟民物余
感此翁言作詩效高適。

七言長篇

石溪先生文集卷二　二十二

奉謝猿谷山人柳德栽表兄

猿谷山人愛丘山晚歲下此開茅屋臨河之東
藥山北不淺不淺自幽僻塵翼不到境落寬松
月巖嚴雲亦奇絕軒牕瀟灑一事無坐臥長閒親
硯筆四序流遷物萬態八眼二皆搜搜可者
寄我盛篇什猿谷稜來枉我側木果之報何敢
遲發慚忽況又投贈大學箴足見儒先用意篤
如吾未逮夢覺闗敢論王道與天德雖瞭然覩
不可孤時讀箴文究旨設他時庶得對清案宜

休吟詩講此學。

奉次朴都事檜茂韻

憶託姻好往房川一時會合知有緣房川又有
君兄弟意氣劒佩閒縣遠圖期掃單于庭不
猒擬作蓬萊仙如君家世厚種積譬如掘井而
飲泉生逢　聖世出可爲不必華山窮獨眠風
塵忽驚時變易國經民瘁都錯顚朝紳分裂無
停時天下何人竊帝藩紛紛沒沒事無紀輕重
到頭誰稱皆懷勢力不相敵謀國畫是當時
賢復誰恥非急務姑息彌縫爲萬全聞道逸

石溪先生文集卷二　　二十一

樂處丘園晨鷹駿馬羅堂前紅顏白髮風骨殊
清詩妙筆人爭傳自笑吾生長貧賤父犁子鋤
披龍煙友朋勸我出求仕拑捭欲動心不貼輙
川山月動詩興盤谷甘泉心所憐仙山採藥定
願生願以少年追大年。

　　宴中卽事

姉氏今年八十五五與李也亦向八荆妻弟婦
俱過七五人同來父母宅奉侍鶴髮說舊事言
念先人淚滿臆跪進一觴祝萬歲天亦助之借
冬煖兒孫長少數十輩載列成行恭拜揖融融

此會信可樂文物聲華賁耳目念念不肯希世
德夏起欽社成一說人生所貴在禮義無義無
禮何能立嗚呼小子心勿忘孜孜行必篤

　　鞱柳歧峯復起

勵志初年學遠求田園晚節樂耕稼無心紫綬
紅塵競有味靑山白石游懿德和容人盡慕家
貧身屈自無憂滿庭藜藿皆珠玉盈室兒孫只
領頭杖屨時時尋野馥詩樽往往簇溪洲新齋
又回嚴邊等淸潤還縈砌下流萬卷詩書敎子
誦一區花樹悅親酬人間景福已專享身後佳
聲亦求書裒惻虛堂來哭處江山無主鎖悲秋

石溪先生文集卷二　　二十三

疏

論牛栗從祀疏　爲道內士林作○庚寅

臣竊以爲天下之道二是與非而已是非之心
人皆有之而得其眞者蓋寡是其眞是非其眞
非惟强其人以心而無復異議則公道立而世治隆
其或狥其私以爲公道拂於衆慮
而執守偏迫則趨向愼而國瓠病此古今之通
患而識者之漫憂也臣等竊伏閒館儒以故臣
李珥成渾可陞於文廟累疏陳請繼以有四學

之士連聲強聒不念分節必欲行其志而　殿
下仰體　先王之遺意且以　離明而照之不
可之　旨已斷於前後　批辭斯可以止矣而　聖
聰不料　聖明臨御已有此漸也屬茲大戚　聖
殿下方居諒闇當此之時　殿下之臣寅恊補
拾喻治道則陳堯舜　聖澤展布所蘊以槐如
也大學諸生亦玄沐浴
契周召為期他尚何求哉伏覩　殿下自往春
宮有志於正學及登寶位願治之誠如渴如飢

石溪先生文集卷二　三十四

雖周文之望道未見商湯之立賢無方何以加
此欲體　聖意者當絶去阿私一心供職同趨
於大中至正之域此實千古所未有之際會而
顧為不此之圖倡起不為之務以聚口咕嘗為
公議以逞私求勝為能事出則奔走徒鼓起
浮浪入以擁蔽日月競事欺誣臣等竊痛焉試
以李珥之事言之論者或以初年毀形為此
非許人遷善之道也凡人處世或迫於事故迷
於見聞終乃幡然所趨克正則何傷乎道惟以
學有正偽道有粹雜雖往百世之遠猶莫之達

也況近而可知者乎臣等就其文集中窺其言
論大致則其論理氣一段大有所不曉者昔
先正臣李滉嘗論理氣作為圖書進御　宣廟
又與奇大升往復辯難久乃得正而李珥指為
葛藤說詰譏其分析攻之不遺餘力且責奇大
升不守已見而屈於彼說至以十李珥七理氣之
辨出於李滉而非自劉說也乃朱子之言而其
原發自惠孟程張的有來歷一字不可加一字
不可減此乃聖賢相傳之旨諛也聖賢言行或

石溪先生文集卷二　三十五

有不同講說亦相小異而至於理氣性情細密
緊要處則莫不精察而明辨同歸而一致於此
有具則八千他歧矣學仁義而差者必為楊墨
善惡混性三品之見何以具哉人之善惡邪正
守心性而祐者必為佛說理氣而謬則其與
每由於理氣之分故先輩於精一執中之功未
嘗不致意焉若認氣為理滾同為說則凡發於
已而未善者亦謂理之當然而無矯揉省察之
工耶自欺而欺後學夫為心術之害也且觀其

辭氣無和平觀理之心有淩轢自多之意蓋澕
先賢一例吹毛摭此氣象雖所言或中其設
已先不好況幷與其言而不是者乎若使珥之
言爲是也則朱子李滉之言非也使朱子李滉
通謂之大賢則珥之學臣等亦得以容喙矣求
理未得舊習纏繞平生事業只是成就得一箇
禪字恐不可推此爲儒宗也如渾則其爲人
學術臣等尤所未領始之隱居高尚似若可取
而以出處榜槩論之其進無事則陰主陽掩
本朝已無可見之跡而世平無漸其退無端立乎

石溪先生文集卷三 二十六

有媚嫉自謀之智時厄主辱則退匿觀塑無襄
險不避之節平生行事不過如此則雖使此人
學如楊雄才懷苟況何所取哉彼二臣之行臣
等非敢掘撝幽隱不欲成其美也弟旣謂之賢
者而請人於孔子之庭則於賢者之道不得不
責備故爲此一說此登臣之賢也但臣之不幸
二臣之不幸也自古儒臣之當此禮者其道德
言行必百世以俟而無惑然後無愧於公議有
關於世敎今二臣者謂之近世名臣則可何敢
當云云之舉乎近年以來道學不明人私其好

入者附之出者奴之宵肖之藝十成八九而幸
賴 聖主洞燭不許僉臣等固知大聖人所
作爲尋常萬萬也渠等非不知其不可而
外託尊師之名內懷好勝之心摭紳章甫相爲
表裏盖樹其朋黨制衆口逐使正議墜廢君父
孤立甚者至於進士洪有孚之懷疏呌閽再
呈政院而政院終不受有孚之言雖無輕重
欲明時議之非公則登無一助於 殿下之聽
哉而一味關使不得接蓋渠等之意以爲
此疏一上則前日欺誣之跡因此呈露機且

石溪先生文集卷二 二十七

破故曲爲彌縫以實其言唱呼延臣 殿下之
耳目而不爲之耳目政院 殿下之喉舌而不
爲之喉舌以此揆之 殿下之朝廷體貌何如
也是非之正世治之隆若是而可期乎今茲之
舉斷在 宸衷渠等終無奈何然此習不除稿固
恐草野之言無路得達而設有欺負之臣等
於殿陛之間 殿下孰從而知之臣等疏賤據
知越俎有咎而愛君憂國之誠無間於漆室千
里封疏冀達 聖聰伏願 聖明垂察焉臣等
無任激切屏營之至

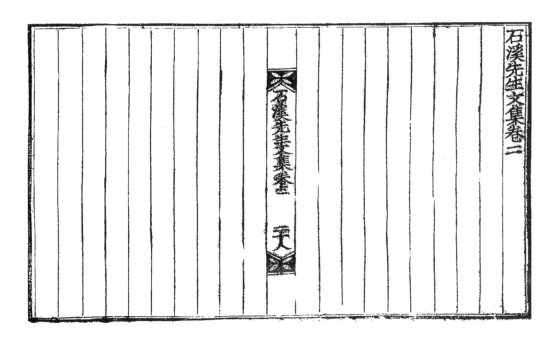

石溪先生文集卷三

書

與弟濟叔 甲寅

春寒彌甚雨雪頓下此時平安否吳三桂事冬
至便先來狀　啓草曾見之吳以五十萬直擣
崇禎皇帝第三子隱於西山與吳協合北京
城中將爲內應者甚衆淸人覺之開城殺戮幾
萬人云云淸國待朝鮮使臣極歎異於前日所
納之物盡不受淸人請兵於蒙人不許云此
皆狀　啓中語也花事滿山鄉思難禁東望邑

邑耳。

寄子尚逸

川石巖壁之間伴汝輩坐起瞻望都忘世間事
故莫是好事倏爾作別懷戀惘惘土生一世非
爲科名乎平生之志不可虛拋靜處一室俯讀仰
思期成大儒庶不負上天賦畀之意且當惺惺
之世欲隳踪於萬疊雲巃之間樂與往哲而同趣。

寄子尚逸

數日無書馳戀不已此處懂延耳汝之日課所

得果能向新乎日月易暮年齡漸多此時不力
卽爲自棄海方風俗少年若可爲及長滔滔
趨下亦可懼也且須斂跡讀書不可虛送光陰
九容九思之功亦不可忽坐起行出堅植徐綏
不可搖手指揮不可傾面嚮口此雖小節密
必戒昧後方做大君子威儀矣貿是修身正行
勉之勉之。

答子尙逸

再歷見書知好往莅杜門讀書之業婆娑恒
立志大銳則難久不銳不緩常堅定不稜且無

石溪先生文集卷三　二

自務自多之意謙與自牧動靜自念此爲變化
氣質之第一工夫也夫難持者人心不徒外爲
讀書而內守必堅日業之餘且取小學心經等
書以爲治心窒德之功而加
勉不得則百倍勿以才華爲恃且毋以聖賢爲
別人劃定不易而爲期然後方有所得
也若今日生心明日輒念忱苟且與世同波
則何望何望

寄子尙逸

嶺路一行得無事人歸耶此處依保個後此俱

有艱食之憂亦將何以爲之賤事之無可柰何
者亦須隨量處之不必勞勞損志也汝弟重咸
聚一處講說義文之易說得分明可善貪今以
後往來相會前習經書期透大義汝亦勿以年
晚醉退遂志刻課則德業必成矣讀書之法着
膝處皆可披卷不可掃盡人事方爲用工也日
夕竟惕勿令虛度光陰至可

寄子尙逸

秋序已盡顙淺浴楓丹九坐山中有懷千萬坐期
有爲忽迫頭自罷廬之歎我獨難堪長恨少時
失學不從先生長者之敎到今悔懊何可追耶
汝重戀吾此習於未老而加做則百今志須
不懈一於求道且遵主室家亦趣不徒嚴
肅柳下而與時推移平心淡量剛柔并濟眹後
家道竟成而自無負於先代之令名矣吾則已

石溪先生文集卷三　三

矣家室之威敗在汝之學業而汝亦當此感悔
今若浪遊不力後日改同老父之歎屬此感悔
之節能慨然自新吾豈爲輩欲從事於此事
量不浅汝之才亦豈安於小成而讓與別人
耶凡人志學非父兄之力所能强勤勉之勉之

答子尚逸

炎旱中學味安否頃見書有悔前日新之誓此
義甚貴其善可言今世之人務以博洽爲高元
無著實工夫此是爲人之學也何益於自家心
身中庸九經章下呂氏註嘗仔細着過否變化
氣質則愚者可進於明柔者可進於剛此言當
體味庶有歆矣汝之氣質不可不自知若不猛
肯而變化則老大之後幾不免爲尋常人誠可
懼也何不稍遲讀韓柳文先於經學念書逐字
做工以爲桑榆之地也言亦支離而愛之欲其

石溪先生文集卷三　四

賢父母之常情故臨書輒報耳。

寄子尚逸徽逸。

別來悵悵吾日風出來得無事耳又來奔走少
無著實之工吾儕所共懼者匕出乎人恒心一
散則前功盡棄奈何至於治心之際懲忿尤難
少小待僮僕之時色常勵言常怒久久成習則
其辟氣及於所敬之處是可痛肯者也雖日讀
聖經千言何益於自家心身此吾之平生所失
而勉汝等人於將來者也。

答子徽逸

書來知近況秋序入峽天氣霜凉邁此時節善
能無感金溪絃之後此事之屬杜汝兄弟征
邁之功窆各處懸遠又嬰憂故雖不
墜素志而謹磨則疏矣老父前頭八十不期
而自到老且柰何自無衛武憂道不憂老之功
回顧前去時月有若目鬼窟夜城來者可歎可
歎與童孫孺兒輩每語及一悶一悼耳道內朋
戚惟一以承雖居遠地聲勢相維不幸又逝
誰信誰賓不勝悲歎。

答子徽逸玄逸。

石溪先生文集卷三　五

近日陽春舒氣使人有棄舊開新之思汝輩
刻意於課學無復幼少習耳人生於世太悤悤
十五以前童孩無識五十以後漸覺衰憊其間
正治人事者有幾歲月偶披小學見柳仲塗朔
望堂下拜里粵命皇考訓戒令人竦動自開月
朝吾欲呼呂汝輩依故人所行修與儀訓望日
亦如之因講小學家禮以爲家法以助老父之
志爲之式也。

寄子徽逸玄逸。

一雨跨月消息無憑此時汝等學味如何峽裏

霧霾之苦不容說但所賴者方寸不開坐臥皆
閉且課蒙讀時與汝弟等論所聞見亦足慰憂
靠此消度其賾悶中庸見齊明盛服非禮不動
所以修身之疏云齊潔其心志整肅其衣服内外
交修之道也忽惕然竦警習習日早盥衣服靜坐
讀中庸章句數三板眼昏雖不詳小註尋見大
義亦少有得覺炎熱自愧睡魔不來已過四五
日猶爾凡心操則存放則倒者信矣夫禁見入
處兒湫終日而讀張生兄弟或講家禮或誦大
學此爲窮家之蓄積積此不已將爲不世之寶
是喜是喜。

石溪先生文集卷三　六

答子微逸萬逸。

溯風行邁終日爲念見書知無恙會讀事尤起
父母之望勿絶吟且禁浪話日勤課讀期有
下落時時散步松壇吟賞歡心無跡於此樂況
兄弟同心非但斷金自擬前程萬里之志其可
少緩乎望須汝輩頤養精神完護氣力卒究聖
學雖不大施於世極其造詣以逐繼開之業千
萬。

答孫穰

聞久病之餘今得少蘇爲慰日月如流秋序已
半追念之懷不可勝言葬禮淪貝欲從古儀可
尚可嘉但吾家自先世不能行此禮且汝家無
器具祕難辦成如何但汝欲體以入素志且汝
欲從古人之禮何可挽禁當量力審勢爲之首
今爲翰亦一大機會也。

序

送李生時揚歸住疏菴門下序

李生自廣陵來袖示余以疏菴詩文序記若賦
書若碑碣若干首延余乎昔所願見而不可得

石溪先生文集卷三　七

者謹受而卒業其文大者無不已小者極挭挭
如龍螭虎狼翕倏閃爍錯愕不敢視如威韶之
濩夔宣送奏令人欣然忘味吾然後知疏菴之
博於文而溪於理且古今人爲文章羹皆馳騁
於虛無高遠鮮能回頭折節於吾儒者力虞今
疎菴似若著眷於將來學者嗚呼斯道踈折遲
竟地祀復於吾疎菴見之斯人也非尋常從事
潤百以此也豈不偉哉豈不盛哉李生蓋疏菴
公所稱劉希慶之徒地位雖卑操行則不汚貞

簽千里益勵其志夫不入滄海不見魚龍之奇
不至窮洛不見百物之富李生遊於疎菴之門
即滄海窮洛矣有志者事竟成重以年力富
強其所以耳攜目染必異於人而尊所見信所
聞不惟師其人能師其道則大善矣余風慕疎
李生獲見其文章噫是亦幸矣常往來余因
氣山川相阻且千里迄今二十年不果能今
者猶少慰焉疎菴今住廣陵懍得一舸歸去承
一言而來則是又一大幸也李生又趨門下於
其歸不能無悵然且嘉生篤於從師粗叙所懷
以贈。

永慕錄序

自祖先而有子孫猶木之根而枝水之源而派
其氣之聯屬誠之一貫通無間於存凶雖百世如
一日此天理之當然而人情之所不能自已者
也是故先王制禮本人情節天理以爲法於天
下使事親奉先者生事之以禮葬祭之以禮賢
者不敢過不肖者不敢不及不徒其文而必以
其誠改欲孝其親不可以不知禮欲行其禮不

可以不知學苟能好學而崇禮崇禮而致慈事
存事凶歷不用極則祖先之精神聲響悅然接
乎耳目感於心而志洋洋乎如在其上如在其左
右豈特載義之見而已哉吾李氏系出月城中
移載寧出八羅麗軒晃煥爲三韓著姓六世
祖縣令公從叔父寧海往所娶邑中大姓白氏
而居之子孫之爲寧人始此祖考司直公將大
祖參議公少有才學蹟魁文科繼捷技英
祖副提學公以下再世居咸安皆桂焉高
試仕宦往京師卒葬楊州金臺山有子七人曾

家聲不幸病不仕先君崛起海邦聲華早振初
登庚子文科。宣廟以策語用壯命削之俄以
梧里相公薦烏金吾郎未幾宰烏寧居家奉
先以誠教子孫以孝悌忠信海邦初其賈買先
君道芝以禮俗文學從而化之者多至今鄉人
稱息之曰若無某爺吾其作何狀人其見慕如
此先妣李氏系出貞城退陶先生之族孫而鶴
峯金先生其內兄也性正直方嚴資仁慈惠賢
養子女儉其衣食嚴其教誨事上使下咸得其

道內外宗族無間言至申　先君棄世遺孤二人
奉侍慈闈毎以甘旨之供不繼爲憂則謂孤
等曰吾自幼失長寵家非繼爲吾食賴先之休
嘗食粱棄輔使令百須皆足奉君子餘五十
年生無所懶此外何望汝輩勿憂吾食淡虀餘
年所頋者子孫讀書講義綱説古人行實則輒
飢亦飽矣及聞讀書講義綱説古人行實則輒
欣然曰此吾少時所聞於某親某兄者某親即
退陶也某兄即鶴峯也歲甲申以天年下世享
年八十五是年九月某日奉附于　先君兆後嗚

石溪先生文集卷三　十

呼人無父母何怙何恃願念奉遺教承家業狀
持門戶之責在孤兄弟雖然不有以示之無
以激厲振作之於是收拾先世誌碣附以聞見
名之曰永慕錄夫永慕者謂其心存悠久不
懈益篤追感之懷怛切於未觀末聞之處惻怛
之情毎行於居位踐禮之時子而能子孫而能
孫終始不替永世無斁之義也噫古今天下誰
非父母之子誰無孝悌之性徒以世敎衰學不
講靈失本心鮮有人理能小學而大學知禮而踐
道其不往於學乎人能小學而大學知禮而踐

行使先王之道不墜地而荏人則將見一人與
一家一國與一國也故終始以禮與學言之惟
吾子孫勉思焉。

　　　送張若虛歸安興序

張生若虛以丙申歲校誣於入遠配於恭安郡
之安與因於無資不克以時來往今年冬島
將許以歸觀兹顏觀兄弟既喜且悲未久告
歸親族朋知相率而祖于道余執酒而言曰安
興絕島也若虛處主以處主配絕島豈云其
所夷考平素雁有惱慢而禍釁之緣如火斯烈

石溪先生文集卷三　十一

古人所謂出於命數者非歟此去安興千有餘
里過嶺南盡湖西跋涉山川出入險阻重以瘴
癘之浸霧露之毒使佩印綬衣孤裘者當之鮮
不色沮而心裂不能須臾堪也若虛之遇此也
囊無一錢跣跡孤危而不戚戚於色不懼懼於
心至則曰樂天知命無入而不自得乃君子之
所宜也於是敎授生徒示以禮讓託交名勝
聆其緒論則登白華而賞幽蘭陟孤嶼與觀
潮汐弔客死之魂賑無告之餐橫逆不較市利
不近以此操心礪行磨以歲月今其來也察其

言貌則已非前日之若虛異日所就安知不又
勝於今日也然則若虛之困窮非不幸也故於
其歸也不以悲而以慰者所以望若虛於道爾

禍不以惡福不必善然丈夫之遇患不以外物
而摧崩知兩無罪將王汝成數窮必通困極還
草草惜別懷之難勝丈夫之
兮邈矣安與辟世玄黃兮僅僕凌競送爾行之
兮錦江沈沈永襄長途兮雨雪瀟瀟溪計程幾許
亦厭往今何怪我送張君西海之島島嶺舊鬼

遂繼以詩其辭曰
亨式遍其返同我斯征。
　　族譜序

石溪先生文集卷三　十二

粵自曾王父來居海鄉洎不肖四易世環顧無
同宗之親雖見存者或在千里或在五六百里
之遠無因緣相接且吾生晚未不得見本氏世
譜常歎焉歲藏丙子秋乃人重光爲松羅察訪一
日來訪余叩世次出一冊乃載寧族譜也此
譜得於亂離聞見之餘雖不能盡無所憾其槩
見者頗說遠矣而喜其足矣閱家藏得先君
子所手錄私譜數日參考則所同者多所其者

少。噫本枝源派之自。親疏遠近之分。一開卷已
了然爲子孫者。孰不油然興感繼之以涕乎第
惟月城之族舊組遍滿而甲族代有其譜而
載寧之族自畠祖以來。別於月城子孫散處
中外襄或衰微重以兵火譜載寧者不傳以故
月城以後載寧以前代之後吾宗之一大欠事而
世系譜爵或有其實
先君子每嘗惘恨者也雖然吾所處偏僻其目
不廣安知有好子孫傳信舊譜博考史乘而
完譜而吾儔未之見耶此譜非出於一人之

石溪先生文集卷三　十三

手成於累世所輯亦可傳示於永久而與月城
之譜相爲表裏也遂證正謄寫卑宗姪守之
又以俟後人於無窮云。
崇禎九年丙子仲秋既望後孫時明謹叙。

　　石溪記
　　　記

溪舊無名余今以石名之蓋因村號石保而取
之也地之稱石保不知自何代始自古山水
號村巷雖雜以俚俗而各有指擬此亦安知爲
無限福地保全生人如石之固也余以所聞自

三韓迄于今閱幾世變而不曾有一賦經由此
路居者按堵良非其效與夫水之流遇石則淸
過沙而渾水而不言石懸在其爲奇也水之勝
以石石之白尤奇錯落礧磈棨兮齒齒環以淸
流聲觸鏗鏘可以坐可以枕可以漱可以磯溪
不可無石石不可無水淸者動白者靜動靜相
合是固自然之妙而人之遇斯境必有神會者
矣石溪之山卽泣嶺之支也泣嶺根出於太白
遙遙半千里爲新羅故都其西有山突起石峯
羅從其數十七名曰注山王峀縹渺雲煙常鎖

山之第一支地下爲英陽縣之南山與水俱下
西南盡於石溪之西五里許紫石削立爲外屛
第二支與第一支本同而中分蜿蟺扶輿磅礴
而下爲石溪之岡就其中凡爲三麓而余家其
中麓西者爲西臺東者爲東臺皆石崖天成有
古松楓櫟雜植其上雖無軒榭之美足以散步
嘯咏仰觀而俯察也西臺下舊有客館亦不知
何時肇置屋宇頹圮幾不能支院肆十餘戶守
之吾與之爲鄰焉家下麓斷處爲中臺名之曰
洗心取易繫義爲吾喫緊用工地耳自注山而

東轉西過靑眞之界若有心於顧復而忽來前
橫者乃溪南之紫巖爲內屛者也畫一端圓宛
對新屛坐臥可賞水自注山而下不能十里與
泣嶺而下者合勢於三臺之下潔淸渟泓有游
魚無數可網而得溪合羣流稍大過內屛而北
與第一支之水會於外屛之下西入于川川卽
日月下流也至此水勢雄悍虹布雷奔西流數
十餘里而達于洛自洛而泝于川自川而入于
溪自溪而竆于山山凡幾疊水凡幾重去者回
來者拱左盤右曲包羅百態造物者若有意於

營作也余以庚辰首春卜築于此草屋凡十餘
間半在山上俯臨十里斷地得破瓦遺礎其曾
爲官舍或爲閭人之居無疑而文籍無所考是
可恨也余手把瓦片默念古跡興廢之感安得
不愴然於懷噫碎瓦零甓猶有未泯者未聞一
人留得姓氏昔之居此者其無可傳之實乎抑
有之而文獻無徵耶是未可知已因竊思之山
川外物也宇宙古今也一爲寞然一爲忽焉人
爲最靈生能有無死而不朽斯實可傳可繼之
實而亦不可易而言之也余今伉拙畸蹤與世

抹搬取其不澈不淺樂有溪山之趣而居之若
其登臺而瞰水望山而看雲則有目者皆知可
樂非吾之所獨私也至於雲榻松牕讀聖賢書
彈峨洋琴窮格修齊王汝于成而爲他日治平
之具則非智者誰與講之旣記山水并見吾志
書子溪石上庚辰仲夏上澣石溪居士記

琴書軒記

世之人病所居僻陋則必就山水之奇勝者宏
其結搆麗以丹雘又擇美名以侈之此古今好
事而求其實則無有也朴君叔獻得地於閭閻
之中高而有遠望之勢閒而有物外之趣尋常
而奇汚賤而貴自得茲丘君朝往而夕忘歸焉
剝削圭角補葺殘敧凡鳥屋中堂而兩有夾室
東貯琴西藏書夫琴者天下之至聲而書者天
下之至寶也朴君弓馬家世氣度磊落似若不
屑於此而其心好之不啻若飢渴之於飲食間
一好書在某地則不遠千里而求之或倩人而
書之或傾貲而易之積成卷軸充溢棟宇非誠
好之篤安能致多如是哉雖然余觀今世之人
乃祖乃父勤勞收拾以貽其子孫子孫視之如

石溪先生文集卷三　十六

土榩弁髦或嬖妾而不收或慢藏而致毀惟麴
糵博奕之是事甚者或坼而覆壅左而覆罋是
則朴君之罪人也夫人之嗜好亦有清濁先後
之不同朴君之於琴書可謂得其清而知所先
矣由粗而精自外而達內安知異日磨礲乎
訓詁浸淸乎義理彬彬焉君子人耶不亦天誘
其衷將發於朴君之子孫無疑也樂之於物不
如樂之於心爲也豈若歸成於後昆是
則朴君之所不辭也一日朴君訪我於飛洞之
里趼諫未半請余名其堂余應之曰君之堂有
奧意有廓氣山水可也風月可也名之何所不
可而君有天下之至聲有天下之至寶外此何
求合而名之曰琴書軒不亦可乎昔鄭曼蒨皆
萬軸棲息其間姚樞鳴琴百泉以避世塵此皆
大丈夫一時之事而君則兼之於乎偉哉其視
積粟堆帛以自豪大者不有間乎而況暑退軒
池風襧自響乘酒微醺半釋麻衣左右之琴而
歌冠怡怡神而聽之非僻何自而生鄙吝何由
萌此畜琴藏書之効隱然使朴君日警月化於

石溪先生文集卷三　十七

無窮之中而不自知耳朴君勉乎哉余則遠往
嶺外不得時時登聽每因暮雲春樹而寄息焉
癸未七月日石溪居士記

永慕堂記

堂在鼈頂山下大田之洞幽邃窈窕與世逈隔
舊爲廢境崇禎壬申用卜者葬吾先君後十三
年甲申以先妣喪祔又四年丁亥營齋舍建置
經書第暨姪幹之越明年戊子工訖爲屋凡八
間堂居中兩夾有室前排四間直堂爲門左庵
廚以供祀事右榻房以庇賤者兩旁空處各置

石溪先生文集卷三　十八

門垣以固其捍衛以通其出入於是升堂而眺
臺宇森環立憑軒而聽澗水鏘鳴宛然別一乾坤
也所謂鼈頂其下有田數頃可耕作洞口
勢雄遠蘊蓄精佑其名矯首騰孥特立魁鉅氣
水皆淙下數十曾曲曲成泓潭潭上有巖松皆
可坐賞自大田至日池五里卽曾王父母葬山
南距篤村二十餘里卽曾王父母葬地三伏立
壠不甚復空艮可幸其堂成未有名余謂古人
護亦甚復伊邇仰惟先靈有所憑依子孫展掃守
有羹墻之慕此堂在堂域之側祭於斯齋宿於

斯名以永慕不亦可乎僉曰允哉余於是仍竊
有感焉夫孝者人倫之首百行之源羲舜之道
孝悌而已天下之人誰無所生天理民彝無間
於愚智而能子能孫曾有幾人若余則追恨何
及記曰立身顯親孝之終此余之所空心者
也噫雨露霜暑之感香火蒸芬之報人人所同
莫不共勉至其處心行已則輒自私其身或甘
心於不義或媟慢而無恥不知所以陷辱其身
者終歸於陷辱其父母亦獨何心以此推之人
者

石溪先生文集卷三　十九

子之欲終始其孝者豈徒思慕之而已必謹守
其身無所忝辱乃爲君子之孝也凡我子孫乃
居是堂者當何以爲則纏有惡念必曰吾心乃
父母之心安得以父母之心念夫惡乍有妄行
必曰吾身乃父母之身何敢以父母之身行乎
妄戰戰兢兢惟恐有墜則庶乎其可矣其各勉
之哉

笑窩記

守田鄭君厭居宏穩新搆小屋名之曰笑窩窩
者室之甚陋者也處甚陋之室笑則何意曾笑

乎人笑乎笑於面笑於心以面者與物相形其
用淺以心者有所自得其幾微人所不知而已
獨知之則其笑也往內不往外也鄭君世傳文
章之統操襞齊門半世無與歛迹而退入不充
而首礦德修於困窮村長於屈辱輾轉并沈餘
數十年矣自是謝紛華絕好專精乎古書得
味乎獨善蕭然於委屋萬事皆空方寸淵然
或具而雲飛或魚而淵沈斯實鄭君之樂而非
外膠濟恩冥察但有一笑運於無迹藏於自然
世入之所可測也雖默笑乃情之發而人所不

石溪先生文集卷三　二十

能無者古人云笑有爲笑鄭君之笑雖極玄密
亦豈無所爲耶李白著詩歷叙所笑意甚窄也
莊周齊物至以大噱言極誣矣求之於道不亦
遠乎鄭君之笑吾知之矣富貴名填人所共趨
而淡泊危苦由幼而建老斯之爲文者務
來色謗聲音而篤好古文佶屈是尚斯之笑也
求仕者戚促營營不得則熱中把道自珍以
居之斯之笑也暮年蓄養一此非他狂何嘐嘐
狷何踽踽保我天賦守我真默有會於心則俯
而嬉仰而悅如斯而已兼總衆趣裘以扁高而

鄭君之意初不欲露其微蘊余敢洩之而道其
一二焉得無重發一哂否寫間凡數間在峙右流
中有圖書數十卷園植杷菊寒梅得時則笑而
其德惟馨窩之名无信矣夫余則路遠志頹不
得伴笑於道窩之上竊想下風遼然而爲之記
癸巳仲秋上弦石溪居士記

大海堂黄先生鄉社奉安時記
歲甲午龍飛月朝箕城士友委送一書生踵門
而告曰將以今月十一日丁卯奉享大海黄先
生于鄉社之新廟子其莅之余竊惟先君子受

石溪先生文集卷三　二十一

業於先生小子亦承下風者也其敢後及期而
趨造焉則青襟滿齋濟濟可觀至事後嘱余以
記一言余起而言曰天下之不可泯者民彝也
凡有一善人倡之於前則必有興起者焉也
曰一家仁一國興仁善人之有關於鄉與國登
非偉歟先生挺生海邦有傑卓之才有超異之
識事父母則盡其孝處兄弟則極其友其他處
心行已落落磊磊有可以師範儒林拯濟生民
州郡薦拔　朝家嘉賞至有旋間之褒小邑之
試而詎足以盡先生之蘊展先生之器哉心與

世達誰知其德娑娑丘壟蘊抱而終遺風凜然
餘訓在人祭社之舉得見於今日則可見君子
之澤愈久而不忘也余又有一言後學之尊奉
先生誠則至矣禮亦備矣雖於今日之事豈徒
從事於揖讓威儀之間而已父老之志欲使一
鄉之人無老少貴賤入先生之庭者心先生之
心法先生之道凡有作爲必曰先生之蹟武
龍芳咸與雜新則足以慰先生陟降之靈而庶
無愧於建守尊尚之義矣學言先生有道幼則由
灑掃之節長而畫格致之學言必忠信行必篤

石溪先生文集卷三 二十

敬日新又新動遵古人照後可以保守彝倫希
蹤先生矣余以是勉夫諸君子甲午陽月上澣
李時明識。

靈隱亭記

趙君美伯三從其居卜等于靈穴池之陽安標
檥廲巖隙置亭其上編茅覆之以庇風雨名曰
靈隱蓋寓其避世求志之意也山麓自日月而
下首尾繚續道更有斷山斗立如建畫松方
茂鬱環山下空曠處岐澤彌迄其島亮顧其魚
鯉鰳池名無可徵或云兩岸中有穴湧出巖沸

潴滙淙沉或謂曰月之川舊由此地觸沙月衝
波大南人于夾山下流泣嶺之一支西來而過
大川始與沙月相連橫亘爲一崗歲久崖崩
濱豕爲今川自元塘以下沮洳濕居民葺堤
爲水田以食其利山活
水喜莫凾池中有菌苔盛植藕長花發則復作
圖書有筆硯而居焉余嘗往來過之八其室有
鱗呼酒而觴詠因囑余曰余幸有此而幽抱存
焉子其一言余謂趙君曰君遠世離俗隱則

石溪先生文集卷三 二十三

隱矣靈之義曾有貞念者否凡天下萬物皆有
靈至於人其靈爲最者以其有心性之全而養
之得其道也孟子曰養心莫善於寡欲欲甚矣
之忌也性眞而鑿心靈而昏皆欲之累也求
本清而土汨之鑑本明而垢蝕之土垢外物也
清明本體也不澄則已澄之則淸迄不磨則已
磨之則明復不可以土垢之污而棄其本原之
清明矣故子程子曰制之於外所以養其中也
制養之法當如禦仇敵嚴易旗固防城截斷路
頭淸我田野有覺天君大居而指使無時無處

不厝其極其效至於洞往而知來也然此乃吾
儒浮養積累之致豈如釋氏空心頓悟屢物寂
滅而已哉武公行年九十五作抑戒以自警其詩曰相枉
爾室不愧屋漏此言養其內也淑慎威儀維民
之則此言謹其外也武公生衰亂之世讀
道淇澳自警則作抑戒眞所謂聖人之徒也今
趙君不以年老而自畫或問於余故以養心之
說反復爲其於修建靈臺不爲無助也已亥九
月上弦首山居士記。

跋

敬堂先生一元消長圖後跋

先生嘗閱玉齋胡氏啟蒙通釋先天節氣圖疑
其位置分配有多寡疏密之不齊乃因朱子答
周模之意而及復參考遂推行爲十二圖蓋以
爲元有十二會歲有十二月日有十二辰寒暑
進退節氣升降序不可亂而數不可踰也夫自
復而乾起者六陽之月也自垢而坤者六陰之月
也陽長而陰消陰長而陽消消長有漸其消有
由迭爲消長互相交易無一息之停無一日之

〈石溪先生文集卷三〉　二四

問何嘗或疎而或密或多而或少乎用是慨然
中夜而思積數十年然後忽有契焉者輒依本
圖安會多著一圖閱四正卦不論以六十卦相
比而成圓輪二卦爲一日則六十卦爲三十日
逐月各置二節則十二重者二十四候會於
元係世於運歲月日辰以次而自然妙合而開
伏羲先天卦圖也自下六會則文王後天圖也其
位置有據變動不測不容人爲而自然妙合而開
卷而見十二萬九千六百年間變化無窮之跡。
呼其至合而名之曰一元消長圖圖既成而

〈石溪先生文集卷三〉　二五

先生尚慮有來畫盡者置諸座右而精思且欲爲
說以道其所以有志未就而終嗚呼痛哉家兒
微逸從先生葬于金溪得一本而藏之今年冬
始改畫而成帖粧訖請余說余則學素不講目
見尚云不逮況心見至微之理乎姑識之以爲
後來明者之先路云

書先君子贈微逸五倫說後

先君子暮年纏疾全謝外事唯日檢子孫日用
之行以微逸繞膝嬉戲有志于學取孟子所引舜
命契之辭使子時成特書以與之微逸奉而藏

之篋嘗今始發之嗚呼先君子棄世于今卅九
年矣追想遺音不勝痛泣微逸斯時年幼而學
蒙其爲人與否昧昧然而簡選至此此當凡庸
之所可及哉古今天下之爲家國天下之
天下矣故孟子贊舜之德曰察於
人倫大哉倫之於人也微逸妄體囑付之意學
而充之如有用汝者持以明之於彼可也庚戌
踏青後一日孤時明泣血謹書。

箴銘

《石溪先生文集卷三》　　三六

歲除自警箴幷序

嘗見吾敬堂先生每遇新歲輒作箴
以自警其日新之工晚而愈篤今余
年將七十年益高而學退將未免
醉生而蒙兹往息先生之至訓未
嘗不面頼而心愧今年元日兒童製
浚衣幅巾謂我服之此邃古之制也
服此宛有作新竦動之意故作此以
自警。

服古之衣學古之人齒雖歲駸德將日新勉思

企及從事求仁或怠不力有如新春。

自警銘

怒不可暴言不可易疑定沈默惟敬承事。

又

靜居不憒動行有度孝悌力餘方冊作所。

祝文

大海堂先生鄉社奉安文

顯惟先生挺出之英稟受既確撑儼亦方不由
師承特立獨行篤於孝友無間人言安妥示兒圖
念玆煕酉九泉聲贙微曲巷美聞。朝命屢奎惟

《石溪先生文集卷三》　　三七

恩社門逐卑專城斬試牛刀萬姓禑毋百里陶
陶久此非志投綬而家睠彼正明水美山佳躬
我耕農築我漁釣修內不櫟爲文則老視其親
與盡是周獻教以成就蔚有聲彥海邦一變伊
誰之功澤久不斬有興聞風可祭於社父老齊
聲工徒趨事廟宇新成涠吉備儀尨異有靈格佑
我來學求世無斁。

常享文

行由家興德薰于後惟昭厥臨以永保佑。

奉遷曾祖縣令公祖考司直公神主時

石溪先生文集卷三

自棄寢廟已歷年數權奉空廳安懷罪懼孫處
首比山水之鄉別業苟完有室有堂宏就孫處
陟降陟相依動靜視息何間何違道路雖險小車
儵安風日惜溫諸孫擁擧舍彼就此柱禮則照
行戒已具敢請奉遷。

告辭。

石溪先生文集卷三

二十六

石溪先生文集卷四

祭文

祈井水文

維年月日石溪居士祭于溪神而告之曰人非
水不活今吾適與山有素結廬成村六七年。
有井不潔或遠難致朝夕之汲由崖躋險一勺
之貯厥惟艱哉古有剌山而水湧引脉而泉發
蓋地中皆水隨感而動不無是理也新歲元日
灌水澡誠敢用酒幣神之澤有長其綆有脹
其瀹繞濫于觴洽于千百惠養佳士歌舞泉底

安知一區蒙泉終被三韓後世惟神去舊汚就
新鬱非爲人謀且爲神休亟注甘乳慰此喝渴

祭告高祖考副提學府君文

曾祖玄孫久曠情禮敬撰事由告以終始孫之
不肖來娶海鄉祖有一弟父蠢一兄三世駐此
親屬分散頃枉 宣廟父從京宦歲時金臺委
掃塋域及父老病聲問莫接人世須臾代序遞
易祀事流傳不肖當承向謀此擧雖患未能坐
違歲月罪懼當奉行意實超超不肖及
弟俱小前期絪念後禮邈矣墓山爰曁宗人謀

石溪先生文集卷四

一

議方復謂此廟寢又喻百年澤難已斬舊獲家遺
芬越險千里勞動歷安門議至此揆勢亦難謀
置祭田俾助餘祀禮歸苟簡事達追孝緘辭致
告益悲慕

祭敬堂先生文

嗚呼先生晚好古幼年獲師交遊河洛一路
無歧綢惟授受溪老的傳俯讀仰息造次承肩
自知魯得用工百千始事灑掃專精格致飢不
敢食寒不敢衣依歸雖零方冊往茲一室畜熱
屢空不真終始樂此登有爲求聖言密微初若

石溪先生文集卷四　二

難遍力久得門如日懸空谿照之後何索不達
言行相符表裏若合如有取法道學庶廣言或
及此戚默卑讓肥遯遠禍足知所養及其晚歲
有契義圖闓明本旨以開迷誣自言此功卌載
尚冀有得不謂已完天若假年想益耆言嗚呼
已矣大鋪我何亟家家此世夏誰知學當儒正脈
此其凶矣嗟我小子幸贅桑門下載豪砭頑日望
有成恩均父子溪當師生豈知壬申我惟天望
又未一年哀計之承身髭衰經詛卽喬走疾闞

待藥誃亦終阻平生此痛有誰知耆再碁已回
益切傷懷遺孤子子方苦飢寒縱爲獲養焉保
艱難見之膺慟想疚宛念奠菲先誠靈豈我厭
嗚呼痛哉

祭沙月趙公任文

嗚呼往荏慟洽余因事入古隱拜公於松竹園
畔時公蒼然已老成矣身顏八尺風彩豪秀顧
眄一聲廊軻甕博論事物河涇而海注躬行
孝友身亨而道肥有子滿庭列侍唯諾有酒盈
樽慷慨觸詠山林清福不讓于山陽家宅余

石溪先生文集卷四　三

賀公報厚之寃是而每過龍溪登高軒仍作忘
年之感不意今春伯公先逝秋又哭公遠近人
土咸曰英山二老凶矣登非斯世之運歟以公
之碓偉材豈施於發軔而長途遇躓卷懷緊
者似太虛少游之經世存身也屺律大志同
登山蹈海也暮年之二秩　恩寵貤先及嗣義
流俗而中州陸沈憤發詩歌者想伯夷仲連之
庄之百圍未凜周窮恤夐人生一世富貴是其
竆達何也榮辱何也時明自寫石保斷木爲亭
累石爲枕雖有冠童嘯詠之暇而地夾世塵聒

聰如鵾鵬復欲辟人於羣峯黔永之濱日與公
長醉不醒而世事多戲余未行而公先逝矣此
歲此行公得其死夫夏雖向古隱只與高亭美
酒之恩而已聞公之柩入于龍化而病未起躬
替男敬奠公其知乎否。

祭滄洲朴公文

惟靈崛起偏方振耀衰門頏昭其長霑肫而溫
自劬愛業于我嚴府不以舅視事之師父同遊
共隊內外兄弟出入相隨各求其藝兄於諸從
學先才超鵙塔名高龍門譽饒四八烏臺再試

石溪先生文集卷四
四

牛刀世路多齟齬人情忌興醉綬投閒杜門田舍
羨相高阜晉攝基肇經營鳩侶夙夕臨苾庶成
以落聊樂偃息云胡一疾遽至不淑或慮衰德
傷於課役比風所集海雪感朝虧采鄉失
楷鑒我於兄氏年齒差少隨分忘形最為知已
從試京鄉乖遠近甘苦兄出我虞始分弦天只憑
音書幾歡乖離兄或謝休我在嶺西爲道重阻
安得源源歲在青燒我遘終天室雖孔邇道阻
殤絕及乎服關投拜彼此之情今歲仲春忽又相奉龍湫
終歲耿想彼此之情今歲仲春忽又相奉龍湫

分手怊悵覺魂動寧料此席終焉永訣詩若知如此
豈忍遽出暮春晦方枉大田來接我夢有告
云云驚起說罷凶音已臻存沒之托豈非同心
徒生徒死世入古今兄旣無沒貽厥有址萱長
雄龍佳城洞美有去無返儀形永閟雪擁新阡
何忍仰止前月誶兒又哭吾兄驚腸易腐老淚
先傾魂應不昧鑒此衷誠。

祭趙獻卿

嗚呼獻卿之生若有期於世也以才則文可武
可以勇則十萬吾往不幸科路不利半世蹭蹬
時耶數耶夫或不自爲邪離旣凡才之成歲？
往於終末天若假年則離不大顯於時萱德慘
行定烏鄉邦之重族友之望而奪我斯速寶樹
其姜已矣白矣哀鄉邦之重族友于何屬望
昔已棄夫今奇於伯氏鳴卿而伯氏鳴卿顏姿
而兄白矣偏親常倚於獻卿而覓兒長辭呼兒
之痛天若崩而地將裂矣往他人耳目尚可驚
心而嗟嗟基知以孝子之心豈忍忍天地茫茫不知
登忍親存而子亡乎人世忽忍離倜倜而卻遠矣
精魂何處可托嗚呼獻卿今永逝矣一奠而誅。

石溪先生文集卷四
五

余懷蒼極嗚呼痛哉。

伯氏晴溪公招魂文

維萬曆四十四年歲次丙辰八月己亥朔二十
八日丙寅弟生員時明痛哭而招伯氏成均進
士之靈曰千里關山兄弟同行拜辭北堂月已
歸程悁悁旅館驚秋八月中旬實乃佳辰他鄉
感時倍覺悲辛到會方臨謂病偶愈揩日
且莫勞心家山晚菊相會其永慶壽知此疾竟至不瘳
可旋善牀同懷其羣其永慶壽知此疾竟至不瘳

石溪先生集卷四　六

祭伯氏文

客裏伯氏此痛誰識說別無語益增嗚塞痛哭
呼兄天地汒汒茫來時二人去何隻影父母倚閭
妻孥望迎二兒奔哭魂亦知否擧字天叫五內
欲割崩裂此地難可久槚魂雙親叩膺命兄衆
靈輀飯貝馬亦前驅魂兮歸來桑梓非遙抆淚
攬詞兄魂拜招

嗚呼痛哉吾兄弟初則四人壬子春仲氏沒於
赴試道中使吾伯氏抱尸而來嗚呼仲氏骨相
奇秀風度凝然肷忖搏扶搖摩九霄天胡奪於世

而年未蓂子遠爾天折積善無報竟為伯道之
孤魂一家之悲其無窮極也顧吾以期吾於
百歲之後而使吾宗祀其永振耀而門戶有所
扶持而又信夫天道之有徵於壽仁者參府自
吾兄之有此而至此天折耶嗚呼痛哉使積年
庚戌歲病渴幾危吾兄晝夜侍側躬調湯劑衣
不解帶食不眠遏于今七年干茲矣其積古孝
痾日至蘇恢孝者受非吾兄之孝乎雖古之孝
黃壽力冊而表表可稱者亦難如矣自此奉養
甘旨人條又以學問文章為事罷理益精文義
自達至於應擧之文不勞而能極其妙一年秋
七月既望臨弟辭北堂而觀國光先兄先出
扛花山與兄期遇於豐縣是七月十八日也其
弟出候路上薄暮始相見乃冒熱登道同榖
而霞同器而飱坐不異席行不離遠平素友于
之情往道无功行過昌嶺兄忽患氣疜症過渭
必泉父程行邁溫涼失節不曾以此為慮過一
二日氣轉甚困弟始憂之告兄而言曰熱病一
加不可以行時傴有謁聖進行之說一行催發
兄亦謂弟曰吾氣力尚强京城又近何可患此

石溪先生集卷四　七

微蟣不觀感羣子遠趣行八城八城之後調治
數日神色依舊登藝場著大篇文彩特敏精神
可見幾見庶為父母榮而世無知者至寶鳥
下雖賒浮榮得失嘗不足動吾兄之方寸而不
幸兄又遘疾矣離親千里久未返面日夜憂慮
黯照傷懷至流涕而吾曰妪生有命悲傷近燔
念可禁兄亦吞聲沾臆而兄病我病兄懷藏懷
惟恃吾兄狀貌氣像素知非夭折之人所慰之
疾亦非膏肓之難校未嘗不以此慰吾兄

石溪先生文集卷四　八

自慰也往京調養久未見復欲行不可行微匾
不可遲遲延累日不獲巳力疾旋駕二日行投
竹州府為見其倅覓方求藥物雷連四五日
忽憤仲秋佳節往來之際時日幾何客裏中
逢此令節思鄉之念憂病懷又增一倍秋氣
漸涼病候欲蘇則令弟輩或圍棋而傷觀或呼
顏而唱酬嗚呼痛哉誰謂精神如此病勢漸重
兩遽失兄於中道邪恨不得醫兄於此地又四
五月侯病復照後從容言邁也呼兄力
漸羸食飲日減中夜後起坐獨弟手泣且言曰吾

不得復拜病親吾不得復拜病親歎息重言終
始以不得觀病親為痛未嘗一言及妻子嗚嗚
不得語弟亦嗄咽而吾曰病如此重須小雷勿
行兄曰李君仲明可療吾病宜急往于李君聞
以此不敢迎兄之言扶病強行達于李叔之第
則病巳極矣元氣巳澌矣繞雞鳴馳到李君間
藥而來則氣息奄奄弟來不知矣就兄之手痛
泣而呼兄問兄所欲言則又不能接一言以為
忽溫照長逝兮弟永訣而終不得接一言以為
誌痛哉痛哉茫茫此懷尚忍言尚忍言兄弟

石溪先生文集卷四　九

人同作千里之行終失兄於道路之中痛哉痛
哉兄豈不壽由弟不能救耳早知如此豈忍使
吾兄輿疾登路以致意外無窮之變嗚兩月作
客寢則同衾行則同器而一朝兄歸
何處使弟獨行獨寢也抱兄之尸撫兄之體痛
哭呼號絕離數月不得致遊方之身於庭闈之
下而兄作他鄉之旅魂痛哉痛哉告父母以何
辭告兄家以何說對使痛哭對噎塞不能言及其
返櫬之日病親扶病痛哭叫噎而呼曰子來乎

不來乎生乎痍乎何葉我而遽先歸半嗚呼痛
哉不肖耆耋之何德天實愛之君子何罪天戮之吾
固知耆耋之無德天實愛之無信漠漠之無神豈非吾兄之修
正直以呂裁好仁義以速咎過人臨大事疑大疑
穎鳳成溫良純正又辨局過人臨大事疑大疑
從容不迫而如河淩下流又明於他藝況如醫藥
未嘗不優容常謂弟人不可無量當已寬人亦
卜筮無不遍焉見善人未嘗不樂就見惡人亦
大可也又常謂弟曰吾兄弟只有三人矣當相
與學古人敦家道以自成立且昌大先集也

石溪先生文集卷四
十

弟輩雖庸懦才智質萬不及吾兄亦嘗削去
粗率從事禮淺相與學聖賢之道以期終身行
之也今皆已矣終復何為雖有持者志亦絕矣
吾兄有二子已能學古書知繼先人之志吾當
教以吾所知幸其成立則吾兄為不殀矣寵哀
痛哉八兄之室衣冠依舊技兄之筆硯尚在
宛然如昨而諸幼滿室孀媛血泣見此增憶哀
慟然而慟兄人間此慟此慟其知邪其不知邪嗚呼明
日將葬吾兄於先壠之側自此幽明永隔靈神愈
漠此生何處復得見吾兄之面目乎一奠大哭

聲盡淚渴萬端哀臆書何能悉嗚呼吾兄庶幾
來聽嗚呼痛哉

祭仲氏愚溪公文 改葬時

維歲次丁酉十二月巳朔十五日癸未弟時
明謹代子高逸員以菲薄之奠祭于□仲氏處
士府君□娵朴氏之柩痛之菲薄哉祭于□仲氏
州有六香音空夢亦難接今幸再遇黃腸年
閉無路相見只增悲涕善地合葬栢愿靈晚窆
奠薄具庶希來格

石溪先生文集卷四
十一

祭□姪傅逸文

維崇禎十四年辛巳十月癸卯朔十三日乙卯
仲父時明以菲薄之奠祭汝□姪二郎之靈嗚
呼痛哉余忍妃汝而葬汝乎汝之生世能得幾
何年矣大凡人生而長長而老老而妃即人之
序考其親育其幼修其世亦人之願也今汝老
而妃乎其盡人之終乎白面玄髮少年人也奉養
庭闈子弟盡身也汝豈不欲久長於世而遽至於
此天奪子鬼殺乎何余仁而又哭汝理之難
使吾九十之親哭乎余二兄而又哭姪孝不能終
果若是歟嗚呼吾有二兄仲氏無子而早世吾

父母命汝后之伯氏年未四十客逝道中汝往
童穉之年哭泣驅馳斬期繞關兄嫂隔陰曾未
數年又遭仲嫂之喪禍敗連仍孤露零丁加以
汝之性稟純篤執喪頻固勢不得久將門祚無
恐其血氣外斁精神內耗汝雖於此時吾之兄
助使善者不雷耳自吾不求奉侍慈天余之兄
弟汝之兄弟四家環列與之同閭晨昏四人甘
旨不爲邑余欲目無見而耳不聞獨往孤棲結

石溪先生文集卷四　十二

嘗一日而相離丙子之年國不爲國戊寅之歲
屋於西山之外不忍輟汝而終不能自止離異
繞一年或一月而集或半月而面定省之餘論
學說古朝望馬習禮日月駕行同策升進期
以不隊乎儒業余汝子教汝余父事兩身一心
終無畦畛當就余戲之日吾亦卜地於茲計不
數年惟新是圖稍近門庭余安知此語已成陳迹忽忽幽
當肯來激而起之安知此語已成陳迹忽忽幽
明一年將盡斑衣之列汝席今空四人之所一
人何歸頃於春初汝自花山而來一宿再飯而
汝顏色渥盛儀度豐實余私喜曰有姪如此吾

家大事足以仗之與汝約毋氏初度往於三月
親候康恭時適花開前過數十年每度草率殊
爲落莫自今以後汝惟幹事汝其能之言訖而
別相送柴門曰從此亦往此別何久未幾三山
金甥過余西言曰汝臥疾數日痛勢頻苦余謂
偶爾失攝不遠當復不以爲憂俄見汝奴奔來
告急惙待晨而往汝已不能言矣汝見我至欲
一言慇懃不昧而喉舌難聲淚目相看有疾作
手勢痛哉痛哉命之云短夭則夭矣欲言莫言
誰識爾心汝知汝夭則不病之日何昧昧無一

石溪先生文集卷四　十三

語邪痛哉痛哉不言而逝重使余悶切若聞臨
絕音生者亦絕汝念此而忍莫掉之也或謂汝
所遇之疾疑是癘氣故殯之後門親四散安
樞空盧存往奴僕存沒不幸尚忍言尚忍言目
汝之凶襄事瓦解屋摧櫺瓦賢襄杖策雖遇催
辰勝景祇益悲湊無復有人世意矣汝之子有
四箇同者皆秀出可資若成立則汝尚不夭大
兒則守汝蹇付汝兄教之二者三者中當待明
年取來于此見汝之形嗣汝之業外此何望嗚
呼汝非人世人矣明日歸山無復影響汝知余

心慟乎無慟乎嗚呼痛哉。

祭宗姪莘逸文

嗟汝生之阨困兮又何未老而遽此長逝年甫
弱冠俱喪父毋零丁苦孤苦難保於人世賴我
父毋之顧育無異所生之勤斯藥物收儲兮詩調
其嗜欲況阿間氣力完支才敏涉書兮竟歸之天
不凡就不期汝以高孃嗟跎不售兮竟
祀事之克時務致餝乎祭器惟儀物之適完閒
善言而心悅見古禮則必爲是汝學力之所賦
塋園林竹樹屹屹涼夏以顧養奉宗祕以盡心修

石溪先生文集卷四　十四

亦見天賢之良美於世何求安此素履獵於山
而鉤於水採松葺而蕢竹筍兮呼憧僕而課農鉋
兒孫以經訓去歲菊節兮桂花擢榮播名蕢於
都甸蔗光華之專久登意好事之中關始汝
呻吟於床席謂是偶然之寒疾竟況綿而不起
痛人事之莫測寧所禀之止此坐我宗之無祥
慟子慟乎汝今舍我而何適已無及兮吾當語
汝以平昔生長至老出八一兄而吾年長汝八
歲相熟相同以情親則無叔姪也汝代兄而
與我服喪六年悲哀憂戚一體念形卽兄弟也

地窄勢礙自庚辰分畢嶺外石溪兮今八首此
道路險曲兮重隔百里輒汝窆勞我心腸首
冬三朝捲家槖而洼此擬與汝飮食而相將汝
自中末而復常況又賦受之堅剛毋念人必有
一妶兮吾先妶而吾弟炎之又其次者汝也家
葉之重閒族之統嶷（雖）一字汝而屬望天施倒錯兮
惰短不齊老耆全而壯者夭乎汝既八木而無
見何不夢我而相依青山一抔幽明永隔老我
獨立之慟汝其知否吾不久世泉壤爲期醱酒
醊汝而讀我哀文庶汝來聽而歆此薄菲。

石溪先生文集卷四　十五

祭從孫楷文

天道可常而人事不能必夫祖而有子子而有
孫世受家傳上者百餘歲中歲八九十下歲六
七十天下古今之所願欲老諸冊書可見此則
可常之天者也汝之祖父卽我伯兄才器鳳成
將大吾宗未四十而卒汝之父有堅剛骨像而
不得大年汝又勤學覓科雲路方亨而遽顧摧
折父祖孫三世相繼而夭歿此非人事之不能
必者乎吾李氏出八子羅麗聯翩乎本朝本支
昌茂簪組輝煥我曾祖肇開海鄉之宅建于汝

身忽已六易代矣我伯兄曁汝父子若克遐壽
尚老成無憖肯堂之可望門祚之有賴矣奚豈
有曾祖考祖考遹見遷禮適他孫之事
子伯兄不幸發世而謝汝又不幸方壯而棄
顧一世就有如吾門之寥乃自此宗祀之托矣
茲昧昧使勿稗之輩衞事瞳懷東頓而西頓白
首老我之痛寧有涯寧有涯哉嘗念汝之生
料老者尚全而哭汝父子於地下適山川遙遙風雲揔
後我八歲汝往妙齡吾死汝當奔走送豋
矣於乎汝乎捨此而何適山川遙遙風雲揔
也。

石溪先生文集卷四　十六

　丘墓文

箕城一曲有去無來病毋誰依羣劫何悷我且
寛老不得臨穴而致誄東望痛哭而已貪饞醋
未替子以醉兆生何間想汝聽我詞而悲我憫

　訓鍊院判官南公墓誌銘

吾伯父有二婿公其一也公與時明雖年不相
若業則同學能始終相熟未嘗一失色違言公
之没也其孤必大以余知其父事屢使諸銘曰
呼與公別未一年使余哭公而誌公墓人事之

不可恃如是邪謹按公諱懍字子寬英陽人上
祖諱敏以大唐按廉使航海而東羅王賜姓南
謚英毅食采于英陽遂以爲貫中世有諱洪輔
仕麗朝位三重大匡都僉議贊成事人　國朝
諱須登文選科知龍潭縣令始居靈海諱晨副
司直諱禰迪順副尉寔公高祖曾祖諱世虞以
行誼薦授　定陵參奉祖諱時俊通政大夫考
諱貟國內禁衞配淑人孫氏慶州望族諱忠義衞
瑩女以辛未十一月四日生公公先配載寧李
光玉女生一女早歿後配奉事朴鷹達女生一
男一女女李氏出者適趙廷琨生三男二女
適金爾達公幼端重不好嬉戲申十歲文藝已
就丁亥丁禁衞公憂持喪一遵家禮壬辰嘗蹈
夷亂與鄕里白公見龍南公義孫甲公活郎舊
身從事於忘蒙郭公義陣以勳功錄爲軍資
薄已亥登勸武科倒授重資判官辛未有大臣
薦陞訓鍊院判官無意仕進謝官歸家門有嘉
賓庭陳琴奕戱庶幾逍遙晚節年七十而遘疾
禎庚辰十九日癸亥也嗚呼人謂以恬靜未享

石溪先生文集卷四　十七

凡今處鄉鮮以名數胡餼摩高福且兼有態圖
鬱鬱君子攸藏垂示永世有昭斯章。

大耋可惜也以余觀之公之生以才則優於往
以行則辛於鄉以身則安以年則稀以產則恒
以子孫則皆可以堂攝何以人之所必不免者
烏公之不辛乎自其送終克從禮旣葬卽氏石
以要恣叙而銘之曰

先考通訓大夫行安陰縣監府君墓碣

葬先君翌年孤與李謀曰先君德與文安銘於
後顧世無本邑者誰肯任之旦事盡墓而羅登

石溪先生文集卷四
十八

若坦完而速用是輒冷陋裂譔次世系生敢身
比稱述代美斯古禮也謹按吾李氏本出月城
始祖謁平新羅開國元臣衣冠而世者快狹及
麗朝有爲捕位侍中親爲駙馬以故寵来子
載寧吾宗之貫是郡以此至元英工部尚書小
鳳上將軍曰善宗正入 本朝有諱午生介字
俱達官介智生孟賢於先君爲曾王父弱冠擢
占鬼科位至副提學皇祖諱瓚妣中武科歷四州
皆有續考諱殷輔副司直妣李氏系全義忠義
舜應之女全城君恕長之後先君以甲寅四月

乙亥生于仁良里第初有器度長能取學司直
公奏多疾侍側色常憂不解衣而調藥其暱親
書史中戊子生員遭世亂人相食財利者斗粟
易奴田先君歎曰當此時活一彘命不亦可子
見餓者舉販之仁愛之蘊類至則泉人至今頌之庚
調金泉道時新經賊禍至則職無大小惛盡
吾心而已料置歲餘完地泉人至今頌之庚
薦者烏禁府都事轉直長遷主簿丁未出監安
寧縣收務清恕吏畏民安己酉登科未幾賦

石溪先生文集卷四
十九

子中庭試 宣廟以策語用莊命巳之癸卯有

歸自此無意於世園田之樂悠悠也主申疾病
六月十六日終于正寢享年七十九以是年十
二月葬大田亥坐之山夫人李氏系眞城禾嘉
淑明得婦道甚生四男二女長李時淸進士次時
亨次時明生員次時成女長適金遇李適生員
朴安復嗚呼先君諱涵字養源如先君行法安
銘今不壹稱者以孤烏之文。

崇禎六年癸酉 月 日孤時明敬記。

水月趙公墓碣銘

公諱儆字子約系出漢陽良敬公涓之七世孫

高祖諱琮清河縣監曾祖諱亨琬　贈工曹參
議祖諱源　贈刑曹參判始居英陽考諱光仁
贈漢城府判尹聚廣州安氏　贈貞夫人以
萬曆庚午生公于元塘里第公早孤奉養祖母
嘗病思食江魚嘗冬覓魚非時公沿洄水涯心
切禱曰入父平日爲親誠切精靈若知必有所
烏忽見錦鱗躍在水上持以供病亦艮巳人以
佑禱所感有一姊一弟友愛甚篤居家淡泊無
營産好溪山遊嘗自娛人或勸公老職公辭曰
吾家世襲忠義足矣何必區區以洞五事爲戚
五嘗世襲忠義足矣何必區區以洞五事爲戚

石溪先生文集卷四　二十

甲申二月十四日以疾終于忠義精舍享年七
十五是年三月葬于□月山下七星峰亥坐之
原娶縣監朴孝長之女稟性仁孝處事勤備奉
祭饋賓窮無慍色壬辰八月一日葬代于此溪
壽八十八合葬于公墓有三男廷琨廷瑞廷璘
四女判官權克常南慶時金壬堅南以薰內外
孫曾不盡記時明與公之胤子廷琨相善仍得
交父子間最爲知公者銘曰
終古俗論爵以爲優賢達所尚惟德之求公潛
不市澹澹其修邈彼鯉谷太白之卯有田有菜

可耕而休斯而歿世孰闡其幽人兮亦有之沮溺
與遊。

禦海將軍都摠府經歷朴公墓碣銘

公諱功字叔獻務安人始祖進昇高麗曲酒典
酒生左僕射遷五世而至文昭封綿城君綿城
即務安別號朴氏之貫此邑始此八　本朝有
義龍兵部典書於公爲八代祖高祖諱之蒙
贈通政大夫司僕寺正自驪州娶寧海仍家焉
曾祖諱榮基　贈通政大夫工曹參議祖諱世
廉　贈兵曹判書行延日縣監考諱毅長　贈

石溪先生文集卷四　二十一

戶曹判書行慶尙左道兵馬節度使　贈三代
皆以判書公貴判書公當壬辰之亂始以慶州
判官陞府尹竭力效忠克復東都累增秩三領
嶺南兵馬爲中興名將聘禾川李氏之英之女
以甲午六月十六日辰時生公于東都鎭公幼
而雋嶷長有器度判書公堂弟進長軍資僉正
無子命公後之公移天推孝中　萬曆戊午武
科巳未爲宣傳官壬戌除會寧判官以便養換
慶州判遭公私憂不果行丙寅除都摠府都事
是年領兵赴西撫平加惠人悤其苦及還備邊

司名公八問邊務緩急公詳恭條陳且曰城守
之要有五以伏待勞秘吾此虛明整部伍愼巡
警修雍城是也今西鄙諸城正失此機聽者皆
是其言而竟不用丁卯有西寇犯
所部儼立軍門有朝士持白衣八者已已奔貞夫
拒不納人皆難之戊辰復拜經歷已已奔貞夫
人喪血泣申制公天性篤孝色養無違爽娶毅
其誠語及先人則輒淚下凡祭器必致美而藏
之粢盛蔬果之具亦各儲蓄惟祭時用之伯仲
俱早世與弟瑞友愛切至晚境移家相聚不忍

石溪先生文集卷四　二十二

仰而衣食者亦衆晚喜書籍聞有好書雖在某地
則傾財買之或倩而謄之經史子集外雖醫
琴書皆旁枝揷架幾數百千卷等一室名曰
雜書亦皆性豪不羈而樂聞禮義之說嘗抄冠婚
祭之儀令子弟遵行常恨不事文藝爲人所屈
自去官盡去弓矢之物不使兒子輩近之遺命
不以戎服襲尸公以丙申四月十二日終于道
洞之寓舍享年六十三娶籍安李瑒之女性
行柔嘉壼儀無錢子一人文約女三人長適李

微逸先公夭次適李玄逸李適成用夏文約有
子女皆幼李玄逸李適李旣葬公之胤子
集公行囑余撰次余執而言曰偶偈公之風矯
矯公之志能蓄而不邊譬則含章之樸也狂矯
之劍也斷則可剉廬則可試斷之磨之樸之使
已劒可預賣人見其樸也蝕也蝕之不剉不剉
知言或公之家世代有名將乎公生于衰季人
自奇不過爲抛林之杞梓塵沒於公生于衰季亦
公不早抱病而夭瞑之壽位闟帥動業也亦
難也至之沈淪狀軻空老於寂寞之野所謂有
才而無命者非公之謂歟爲可惜已遂爲銘

石溪先生文集卷四　二十三

日
物用而貴不用者下信辱出袴祝末別駕器非
自用操之柱彼莫人莫已惟數之致分外何希
晚癖琴書或唱五絃有怏千餘貼謀克新可光
其繼我作此文以諗來商

碣陰記

通政大夫掌隸院判決事約山堂趙公

公諱光義字景制系出漢陽國朝諡良敬諱涓
以佐命功封漢平府院君拜石議攺於公爲六

代祖曾祖諱琮淸河縣監 祖諱亨瑰 贈通政
大夫考諱源 贈嘉善大夫娶節將軍吳公渾之
女始居英陽公生嘉靖癸卯早孤奉大夫人盡
孝甫踰冠遭憂感踊禮葬葵公風姿峻整器識宏厚
壬申遷內禁衛苷內三廳必擇有門地才藝者
而甫踰冠遭憂感踊禮葬
故公被選焉 萬曆癸巳除軍餉監直長壬辰
後國用不瞻公慨然逐齊私曰
通政除掌隸院判決事堂曰約山晚年日婆庭
其中儲寘文以觴誄與兄判尹公聯昧遞老

石溪先生文集卷四

西

將以世翠屏高公稱之以東海二老以戊申六
月日終于家享年六十六葬縣東塔立洞千向
之山配英陽南氏蔚海將軍大鯤之女先公卒
葬與公同原生二男長健次禮寘員直長衡
室子侃伸健無子以弟次子廷璥爲后衡有二
子廷珩進士廷璥出后廷珩有三子顥頵廷
璥有二子長頵生員次顯劾

忠義衛蓮潭趙公碣陰記

公諱健字汝剛代系具判決事公碣文公自勉
篤志于學從權晦谷松卷兩老門下聞君子爲

學之要判決公嘗患痞與弟俟致養無不至戊
申遭憂一遵家禮服闋逐潛心書史訓誨後學
皆有成就屢人鄉貢竟不仕公生 萬曆庚午
歿以癸丑享年四十四娶英陽南氏無子以弟
次子廷璥爲后 南氏後公卅六年歿葬同原廷
璥娶進士鄭榮邦之女生二男二女長頵生
員娶主人權碩忠之女生三子次顯女長適郡
守朴網次李嵩逸餘劾

啓功郎禮寘寺直長壽隱趙公碣陰記

公諱佺字汝壽以 萬曆丙子生有氣槩卓事

石溪先生文集卷四

二五

武藝以鮮兄弟去之戊戌遭內艱盡制判決公
患痞侍側調藥餌不怠戊申丁憂伯氏又早歿
公獨持門戶 命子姪從師遠遊 知詩禮英縣
之蔚有文士實公私赤立用募助
軍餉以故授職 崇禎壬申終于正寢享年五
十七葬判決公曁伯氏墓後娶佐郎崔山立之
女生二男四女男長廷珩進士次廷璥出后女
長適李莘逸次適護軍柳檆士人柳樟
廷珩有三子二女廷璥有二子二女

先祖考副司直府君碣陰記

公諱殷輔字商卿其先慶州人新羅佐命功臣
謁平之後後世至禹佀門下侍中錫封載寧以
故有慶州載寧之分而實同系李氏出入羅麗
曁 本朝巨德後才比肩立世之稱華族者歸
馬考諱瑂仲父仲賢爲靈海府使公爲來肯府
有顯閥白元負因養而家之子孫居靈者自公
始中武科歷咸昌判蔚珍務安慶州通判皆有譽
祖諱孟賢早有文學二十五魁文科連捷擢英
試聲采藉甚位至副提學曾祖諱介智 贈戶
曹參判公以正德庚辰二月甲戌生于仁良里

石溪先生文集卷四　　三十二

第聰敏多藝中年病不仕歿以 萬曆庚辰享
年六十一以是年月日葬日池兒坐之原公初
娶安東金氏無後再娶全義李氏生二男三女
長光玉早歿無子有二女監司崔倪判官南憬
其壻也次涵進士再娶文科女長適本善道次
適李士敏李適武科朴應發皆有子女

行狀
　皇考通訓大夫行安寧縣監兼晉州鎮
　管兵馬節制都尉府君行狀

本貫月城移封載寧

石溪先生文集卷四　　二十七

曾祖孟賢通政大夫守黃海道觀察使
兼兵馬水軍節度使 妣淑夫人尹氏
祖瑗通政大夫行縣令兼江陵鎮
管兵馬節制都尉 妣淑夫人白氏
父殷輔彰信校尉忠武衛副司直 妣淑
人金氏妣人李氏
公諱涵字養源以嘉靖二十三年甲寅四月乙
亥生於靈海府仁良里第 萬曆戊子中生員
已亥用薦者調金泉道察訪庚子登文科旋見
拔癸卯除金吾郎轉司宰監直長陞豐儲倉主
簿丁未出監安寧縣乙酉再登科庚戌兼官歸
遂不仕享年七十九卒于正寢是 崇禎五年
六月十六日某甲也公生負偉器局遠大早
受業於大海先生黃公應淸之門文學詞章出
於輩流庚辰丁外艱廬墓終三年公以生長僻
隅少聞見之益從遊鶴峯金先生昆仲間得聞
君子立身行已之方退而私必放而行之辛卯
丁內艱哀敬備至終始不懈時值壬辰之亂仍
之以饑饉人至相食公雖在哀疚中
至此常慷慨揮泣日以濟活飢民爲事捐家廩
國事

拾椽實熟而載器有來乞者必館而哺之或豪
而送之遠近聞之襁負來歸者日目數百而
全活甚眾巡察使韓公孝純自安東領兵過員
寶軍士方缺食計不知所出公運米數十斛以
應其念韓公喜甚馳啟　行在日李某身往草
野念及國事榎不得達時　天兵壓境公私赤立
云云會道榎不得達時
以資軍餉公籌畫有方多所裨益體察使李公
元翼又公久勞於事欲登名刧籍公力辭而止
後李公還朝言公才可用以故有金泉之命

石溪先生文集卷四　　二八

泉當嶺南中道自經賊火公私凡百蕩柝無紀
公至則鳩料度一以撫羣起廢爲事上下責
應有緒流匸漸集人畜俱盛時天將覽游擊
鎮星州士卒縱暴軍關食益肆其悍不相望
皆逃匿游擊軍關食益肆其不能支罷吏民
州事公聞卽馳赴首名州中綱紀數人問致幣
之由公卽入見游擊撞手謝曰公若不言誰復爲我
言者因酌酒敘話公乃言曰此州守土之官畏

老爺之威凡有可稟不敢開喋自成阻隔致此
弊模請今以後軍實數餉料容曹一詳
定付諸本州使之依此施行則庶幾策應有經
政不煩而事可理矣游擊從之令左右造木牌
書將校幾人軍士幾名籲卒幾口戰馬幾匹
不必貸且引士夫之有知識者爲言國事孔棘
大小之民不可趑趄坐視之意於是州民競勸
按州籍閱視連負炎第攻拾有不用命者治之
日之內糧餽鬮藂多色支用幾許以付之公遂
盡力輸納府庫漸實物力稍集公一依牌目接

石溪先生文集卷四　　二九

待唐軍凡所支用視前日所費不能什之一而
無不贍足州境安然吏民視公如父母　天將
亦贊喜無已贈以朝衣藥籠倚子筆物以憲愛
慕之意至歷壬庚子歲舉以策語用莊命削之并罷職名一時搢紳咸稱
宛至歷壬庚子歲癸卯用大臣言爲禁府都事
以策語用莊命削之并罷職名一時搢紳咸稱
時讒撥多事之每委公幹理公祗事勤敏纖悉
制禁府事病之每委公幹理公祗事勤敏纖悉
無遺漏供職數載不一見責人以爲難乙巳遷
司宰監直長本司隸尙衣院每五日巳衙堂上反

臺官會坐視事本司有一痼瘝累經司員掩置
因循不敢更張一日公會公力陳其不可不變
通之意上官岻於故常不欲檢覈簿聲斥之公
徐又辨析其悉上官寵乃召該吏持券考覈一
如公所言上官乃慚謝公不畏小官遇事必盡
類如此丙午轉主簿丁未出守安寧縣縣經亂
未久事多草創公慷心疲精撫民以惠御吏以
嚴凡所施設務從寬厚不數年舍廩實而戶口
滋邑無鄕校先聖位版久託於蔀屋師生亦無
處所公悉名父老生徒謀度以建民不煩而事

☒石溪先生文集卷四　三十　☒

就緒廟宇堂室皆中制度曲僕需用量宜資給
簿牒之暇親往黌舍招集諸生講小學四書勉
以孝悌之道每月朔望率以為常自此交行之
士稍稍興起巳酉再登文科士大夫皆擬公展
布以慰輿望公既倦遊遂解綬而歸園有竹樹
松雲之勝道遙以自娛晚嬰沈痾積有歲
年文續道滕下之條常引分理遣未嘗亂其方
寸和顏婉語裕裕厭他也公娶眞城李氏封淑人
贈通政大夫希顏之女退陶先生之族孫也
淑人性孝謹莊事舅公及事大夫人未嘗一日

有違承接內外婣親恩意周洽教子孫御婢使
俱有法度後公十三年卒有子男四人女二人
男長時清成均進士先公卒次時亨宣教郎亦
蚤卒次時明宣教郎　明陵齋官次時亨宣教郎亦
郎女長適士人金週次適佐郎次兄子傳逸爲後
子男二人女三人金遇次適時明有子男七人女三人男
側室金萬應鄭延時亨無子以兄子傳逸爲後
爾聲次婆姪適郎朴安復時清有
長尚逸成均進士次微逸)　慶基殿參奉次云
逸次高逸次靖逸次隆逸次雲逸婿士人余國

☒石溪先生文集卷四　三十一　☒

獻·金碩金恂時成無子以微逸爲後莘逸有子
男一人女一人男日楷成均學諭皆士人李孝
潤傳逸有子男四人女一人男長构次秘次杭
次榕適士人金漢璧尚逸無子以弟子魂爲後
時鉉趙顯餘往室徽逸無子以弟子儀烏後玄
逸有子男三人女二人男長梴次即橫餘幼女
皆在室高逸有子男二人女一人皆幼靖逸有
子男一人幼隆逸有子男二人皆幼楷有子男
五人女一人男長之烇次之煜女在室內外孫
曾男女弁百餘人公天資孝慈通敏司直公寢

明狀。

先妣淑人眞城李氏行蹟

削云己亥六月　日男宣教郎　康陵參奉時

之表著者不敢贅一辭以待後來秉筆者夸筆
無一人存焉可以狀屬省用敢追述平生言行
喪衬府君捐館今二十有八年世代推遷先友
于寧海府西大田洞亥坐巳向之原後以先妣
其志以沒唁呼痛哉以至之年十二月某日塟
之受其賜哉不幸沈綿疾恙位不稱德不獲伸
也使其通達康寧展布所縕則豈徒[一縣一鄉]

石溪先生文集卷四　[三五]

至今寧人稱思不忘此實公平生日可見之延
後生講畫指晦多所成就寧之文廟實人始
不愛品題人物維持鄉持是道　　　勸傷
官處事用公廉嚴謹謹覆上下心及居鄉持是
之行施於吏治者亦皆練習勤敏無所舐淮當
先凡遇食喪實察必依倣禮式不爲沾野尙簡
違待孤甥喪而有恩教誨子孫以忠信儉約爲
念周給有人所難能者接鄰里臨其窮而斜其
終制喪大夫人亦如之兄嫂姉妹寡居貧之輕
疾彌留公船親湯劑晝夜不離側及喪廬墓以

明抑哀忍慈恐大傷府君之志歲壬申府君考
餘府君晚年抱痾不仕夫人奉養備至累遭喪
自儉勤衣不繒帛食不重肉恒務施與不存盈
外至于邑民之稱頌者䘏稱內贊之德及還益
從簡約銓門之內淡如也惟府君是式無毫髮干
服裯華美者輒不悅及其從府君見子縣邑也務
賑之不訃有無其奉身雖從曲鄰族之貧窶多糶
恭謹和順待人必忠厚款曲鄰族之貧窶多糶
行必依義方奉君子無違教子孫有法平居常
人皆感悅所全活甚多夫人稟性仁慈儉素制

石溪先生文集卷四　[三三]

至越月踰年而未嘗有戚薄之色或解衣之
哺之去必資粮而送之親戚之䖏家來托者
指口巧食夫人承府君之志列金鼎煬粥以
里無不稱其賢壬辰之亂重以饑饉流徙填巷
村九歲而孤奉母夫人孝與兄弟友未弁而又
失所恃二十二歲歸寧海之載寧李氏宗族鄰
兄弟也夫人以　嘉靖丁巳三月生于安東周
贈參判禮範之女夫人於鶴峯先生爲內外
祖諱演訓道孝諱希顏通政大夫妣義城金氏
夫人姓李氏其先眞寶人實退陶先生之同系

石溪先生文集卷四　　三四

終于家夫人年巳七十六哀毀以禮食素制
神明所佑享有期顧謙恭之念不懈始終仁恕
之德遍及奴僕常揭退溪先生鶴峯言行訓戒
子孫曰爾曹修身飭躬懋務為孝友和睦之行則
雖不富貴吾兒猶享之若有乖戾之事則雖祀
以是年亦不歆顧云夫人以甲申七月二日終
享年八十八其年月日葬于大田府君墓後。

眞寶縣監大海先生行狀

先生諱應淸字淸之平海人自號大海遠祖有
曰黃將軍佐新羅東討伐立大勳自是以下代
有偉人曾祖諱玉崇漢城判官祖諱輔坤成均
生員考諱塙通訓大夫星州牧使妣淑人金氏
以嘉靖甲申先生男生有異資才意雋邁
於學業不學而能中壬子司馬庚申秋有世
子入學之慶設科聚士先生入試圍見策題語
有不好意即投筆而出人謂有和靖之風旣而
慨曰男子事業豈專柱是遂專意於獨善之學
操履必正名節自砥　萬曆甲申。朝家收用
學行之士先生預焉。　授禮賓寺參奉辭不赴
又　除開城延恩殿參奉先生風聞朴淵之勝

石溪先生文集卷四　　三五

常願一往而觀之得聞是　命且為衝漫而行
到輒解歸甲午以掌范署別提　名之時新經
倭亂　大駕還自義州臣子之義不可終守介
石僅勉諭謝因上疏論時弊四條語極激切皆
可施用　上覽疏嘉納　命吏曹錄用之遂調
眞寶縣監怒以臨民瘡殘荒穢變為謳歌樂業之
地未二朞投綬而歸居正明里蕭然一室左右
圖書慢仰尋思與月川趙先生大菴朴先生友
善書尺往返詩章酬唱無間道路之遠先生嘗
寄一詩于趙先生有年同志同之語先
生事父母以孝遇兄弟以誠濫淸窒曹必以古
人為法供養甘旨不以家貧而有懈率由性眞
初無私偽遷丁內艱血泣啜粥廬墓終制居廬
時日一下家自嚴府不入內庭而返遭外憂禮
制如初前後六載居廬不用葷醬只啜糜粥至
行苦節篤動鄉黨雖古之小連大連何以加諸
又恩於宗族惠於鄉黨家徒四壁不以為意園
田之趣怡怡也先生厚自謙晦而杜家必聞前
後郡守用一鄉言續聞于方伯。　萬曆戊寅

石溪先生文集卷四　三六

表其閭屢以遺薦先生終焉不起教授生徒
之禮遠近來集舊無文獻俗習貿貿冠昏喪祭
之禮昧昧無解先生問難商確於大人長者凡
大小儀法前所未行者閒即施之遠近觀化習
俗曰攣使退僻之鄉得預禮義之方皆先生之
賜也至於箕城有志鄉堂有憲其品式條列皆
出先生之手規模詳悉辭義宏潤可爲世法輙
溪李相山海龍蛇謫居平海一見先生輙忘其
貴而敬之曰一往焉或間日而造談論竟夕而
忘返迻作正明村記以道先生之行義先生有三

子曰居一日有一日慶一日俊秀能文稱其家
兒而不幸早世又無嫡孫以次子子中美次子
鉉爲中健後嗣室子千一億一則有子方業文
有遺風焉嗚呼先生之道由孝悌而著大致有
堂堂不苟之美志節則見於授筆之日恬退則
淩於甄澡之行御家治邑人得以署卷懷而終老其誰知
其宏規大量則耿耿自守奇卷懷而終老其誰知
之其誰知之惜乎先生在世之日三子俱逝故
不能收拾遺稿閼焉無傳爲可歎已雖然君子
之言多乎哉先生之德與行國人服之鄉人慕

石溪先生文集卷四　三七

之芬芯之報求世無替與其區區於言語文字
孰若懿美之在人心口愈久而不忘也小子雖
未及門先君子受業於先生小子亦承下風者
也玆蒙諸儒之請悉所聞而歸之甲午冬十月
下幹

通訓大夫義興縣監松潤李公行狀

公諱庭檜字景直其先眞寶人始祖諱碩卿吏
中生員　贈密直副使子諱修　麗末登第討
紅巾賊動封松安君始移安東子諱雲屐軍器
寺副正子諱禛善山府使子諱遇陽與陽繼陽

繼陽卽退陶先生之祖遇陽仁同縣監縣有
道子諱哲孫承顏副尉子諱壤副護軍子諱演訓
村先考娶義城金氏禮範之女以壬寅十二月
三十日生公于周村里第稟賦端殻異於凡常
年甫當事已敦孝悌之行資旣近道知過必改
雖其嗜好父母不欲則斷已之不復萌於心自
幼立心類如此及長受學于退陶老先生服習
惟謹祭亥丁外憂廬墓歠粥變愛祭卽文發擧
公家禮親質老先生而行之奉母至誠與一弟

五妹同舍而居凡十數年衣食耕穫初無物我
戊辰大夫人以家貧親老勸之仕時鄭藥圃具
柏潭在朝交口薦之調修義副尉醫署書習陞
承訓通德戊寅遭內艱攜氣伤燬命弟妹出避
公獨處殯炎晨夕哭臨自炊奉奠日夜不懈門
長親友授書勸出終不聽竟至舉人皆以為
變降而為縣辛巳公議于神龕庵先生與安習
讀夢說上疏復號鄉人悵之丙戌復進為通禮
院引儀丁亥隨陳謝使入　上京以償遠遊之

石溪先生文集卷四　三八

抱時以大明會典中我　朝宗系惡名二事屢
遣使臣辨誣　天朝許改正而未及頒降是行
也臨淵齋裵公為陳謝正使及辭朝　上命探
會典頒降日期裵公將行難其從者薦公佐行
既朝　京東呈禮部感其誠遂許謄殯新
成會典中本國項下改纂文字至奉　皇勅還
朝奏之此裵公專對得體而公實與有助焉寅
寅　宗廟裁自　上建訊守僕其辭曰賈人梁
承凱暴陪陳謝使赴京時偷竊本司銀物謀欲
掩滅其跡今此火患未必非此人所為以故悉

繫其時使臣及陪行時正使裵公巳罪公被逮
及供書元士安以下皆惴惴失措辭無倫脊
公剖析情實辭直意明　上覽而是之事得平
既出圜土安謝之曰非公吾等無地暴白四月
陞奉列大夫司醞署主簿復陞奉正大夫為司
憲府監察俄以中訓階鋒光　國原從功臣
賜父母曾是年松巢權公宇狂邸邁公調病
公畫夜殫竭心力竟不起無以為養公出財求
助襚殮如禮以送之辛卯　拜橫城縣監因世
中直過訓階既到縣見峽俗買賀不知文學選

石溪先生文集卷四　三九

儒生于校宮設鄉約先以小大學勉立心行巳
之方每月朔月望會講以為常間亦修繕武備
壬辰四月朝倭冠陷州郡馳報方伯親封縣倉
辛軍官李汝諧李汝翼李樸等點視各軍執戰
者不過三十餘乃馳向京城至原州原州兵巳
遇賊而敗至洪川洪川兵亦潰至春川南面地
始聞　鑾輿播越未知　行枉何地痛哭向京
城遙還陳本縣李公送于本鄉令倡起義旅
公整什伍授方畧設伏嚴備斬賊累級器械牛
馬多所追棄志予軍士且設疑兵於高山以示

衆盛賊不敢肆由是邑里保完士民還集矣已

至月　拜軍資監翔官因事還鄉去後民恩公

休鑴德于石丁酉西厓柳先生爲本道體察使

薦公爲義與假守拉政未幾義民恭詣借冤仍

啓授眞守新承亂離之餘義愈其公彈誠

勞安治績洽然時　天兵南下郡縣供億有不

堪命公上承下際經劃纖悉民不知有兵戍

以病辭歸興亦立石頌美愛眞寶文嚴山水結

茅居之議建玉洞書院　鳳覽改　以享退溪老先生

數年還周村柳先生退老居鄉凡鄉間正俗立

石溪先生文集卷四　　四十

紀之事必與公往復論定倚公爲重花府風憲

賴以維持迄兹可觀乙巳懷襄之變本府大小

松堤淸府民將蕩析相嚴金公爲府伯舉公管

其事董治底績民至于今賴之晚等書堂屬之

曰之南爲學徒肄業多所郱望會講隨村施教

典有誘掖之方寒岡鄭先生拉府畫給土田以

爲養士之資別立小亭號曰松澗燕居養之

室也几案潔淨人事簡靜旨察天人性命之際

討論今古與巳之蹟逍遙游泳不知年數之將

至平居夙起拜廟奉先極誠敬累世墓下各立

祭土以供四時之享李氏自始祖以來文蹟無

徵公奉老先生命敎出家藏故紙撰出九世逸

蹟以爲世傳又立族中完議令貧衆有助俾知

親親之誼巳酉　上求言公以散陰老臣不勝

憂愛懇至疏論六條一曰振紀綱二曰明法律

三曰修軍政四曰均賦役五曰擇人材六曰定

民居所言皆誤國之良規救時之急務不顧忌

諱指陳剴切覬幾不報識者惜之以壬子八月

二十四日終于正寢之外亭享年七十一以是

年某日葬于府西塊莘院壬坐之原公娶岳曹

石溪先生文集卷四　　四十一

參議牙山蔣渢宗之女生二男二女男長肇進

士次摯通政女長適說書李並次適忠義朴檍

進士生二男一女男長曾孝承仕郎次閔孝摯

無子后閔孝而早夭無子女適忠義蔡克禔有

子奎夏參奉說書生四男一女男長榮俊次榮

修早妍次榮保次榮倜　女適李琮朴檍生五女

長適張龍卞次適權嬉次適金雲漢次適鄭儇

次適李昌遠公少孤貧多事而嘗從事於學問

兼天質粹美心志開朗事親奉祭本心無他友

于之篤亦非尋常其處心也惟知子道之當爲

弟道之當惕推此以往如公之學若毋曹之求
陸農夫之耕種也況公之所得者內而退溪者
先生以門祖勉戒公迥異他人外又金鶴峯先
告以內兄規訓公無間同氣薰陶蒸花自不知
日將而月就居家而無間言處鄉而綱紀繁治
邑而民號爺孃事有其始又令其終眞所謂君
子人者熟公之弟諱庭柏字汝直剛毅嚴晚

石溪先生文集卷四 四二

十卒呼其惜哉公之孫曾孝不替家聲奉先以
有焉公常謂吾弟才德非我之比不幸年未五
而喜學與伊溪權宇烏川金琢爲結金蘭將夫
誠以時明嘗陪侍公庭且習聞慈氏之教必能
言公之行越陵閭危訪余于寂寞之濱噩噩而
求一言義不敢辭畧敘所聞見如石。

石溪先生文集卷四

石溪先生文集附錄卷一

附錄

輓詞　　　　司藝曺挺融

遠寄鞶悅到洛湄慇懃徵我輓行詞分溪兄
息先世路隔幽明杳後期今日比邙烏樂土宿
儒南國夏伊誰古人書耕猶無愆興里爭稱乃
父兒。

又　　　　校理金宗一

浚居求志身閒適壽考多男家道昌淸福世間
誰得似山林亦有郭汾陽。

石溪先生文集附錄卷一 一

又　　　　司諫洪波河

絕似麗公隱遁時石田三畝不無遺不知當日
耘前隴幾笛如今摠白看。
寶樹年來執袚隨如何不識紫芝賀今朝臥疾
孤綿淸回首雲山獨悵悲。　　　承旨金邦杰

大老居東海聲名溢四方詞華斑太史志業董
賢良炎海達鵬徙浚山見虎藏模楷雙校尉壽
福兩汾陽小子曾瞻斗前年幸拜林儀形山立
立器宇海汪汪繼體皆三傑白首最馬常庸才

克有得法詩久難忘誰謂斯文尾連傳哲人匹

九原無起日冥道祇沾裳。

進士金光源

又

天降文星與壽星文高當民壽期齡空將大響
驚南國未遣橫鱗化北溟海嶽幾年奇寶秩花

山今日老仙停翩照一舉朝香案下視家中王

別檢李　垛

又

滿庭。

與吾先生文章不襲古人塵晉公庭下三槐陰蒼

今世誰文章不襲古人塵晉公庭下三槐陰蒼

石溪先生文集附錄卷一　二

又

傷神。

範疇中五福均領海迢迢達相絨絨辭此日倍

傷神。

又

金時任

壽佚圖中第一人面如紅玉氣如春旦從詞學
知名重晚好麟經得味眞執御由來欣有托撥
珠從此痛無因百年牢落將安微重爲斯文倍

傷神。

又

參奉琴聖徽

天馬精神海鶴容文如瑞錦筆如虹麗公畫堂
採三秀荀氏滿庭趨八龍無恙太中友享壽何

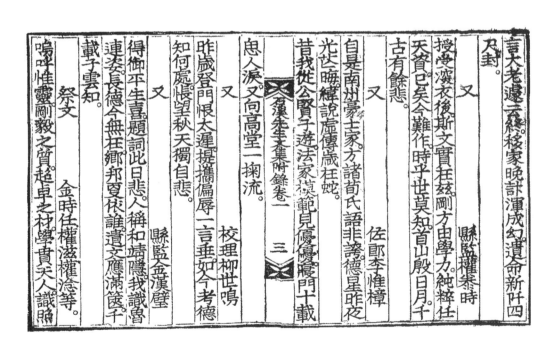

言大老邊六絲移家晚計渾成幻遺命新卜四
凡封

又

縣監權泰時

授學濱衣後斯文實在兹剛方由學力純粹任
天資已矣今難作時乎世莫知首山殷日月千
古有餘悲。

佐郎李惟樟

又

自是南州豪士家方諸荀氏語非誇德星昨夜
光芒晦緯說虛傳歲柱蛇。

昔我從公賢子遊法家模範見優優履門十載

恩人淚又向高堂一掬流。

校理柳世鳴

又

知何處悵望秋天獨自悲。
昨歲登門恨太遲提攜偏辱一言垂如今考德

縣監金漢璧

又

得御平生喜題詞此日悲人禍和靖隱我識魯
連安長德令無狂鄉邦夏依誰遺文應滿篋千
載子雲知。

祭文

金時任權滋權瀁等

嗚呼惟靈剛毅之質超卓之材學貫天人識照

今古家傳詩禮世業清寒餘事文章專心格致
謂當用世大究厥施如何命遭時不與會抱貞
不試退講于家訂史稽經益閎而博居守約
惟義之安蘭玉滿庭亦克承幹左右論辨甚樂
陶陶採薇首山世孰知我謀茅松院士得依歸
永以爲期庶擊蒙士云胡不淑德星遽淪天彝
斯文已矣何及緬想風采有淚河傾伏哭柩前
奉奠菲薄靈若不昧庶幾來歆

又

護軍金燁

嗚呼我公江海碩士孝友出天才德全備文詞

石溪先生文集附錄卷一　　四

葂蔚妙齡摹蓮陪侍敬堂講闢多年如師如友
若朱若黃一元圖跋闡發幽光紫陌紅塵罪我
恩存綠水青山聊樂我員澱居肥遯嚼嘍丘園
修養身心敎育兒孫優哉遊哉永矢不告煌煌
七子一圭璧洞天寥亮絃誦洋洋聲譽隆洽
竟達吾　王前後除書　恩及父子人知不知
賢賢毅始迨其暮年遷居落北三椽風雨不改
其樂里閭全集喜得依仰嗟我謏劣自少蒙獎
敬堂門下霽月臺上陪遊悅學義同師生中間
違奉歲月屢更夏今幸得御龍門夏托年高德邵

皓髮孺色魏魏氣像凜凜風飆乘閒去來幾雷
承海天語款款覿德心醉百年往前擬永周旋
如何一夕遽爾上僊吾黨無歸嗟茲泫泫
天地獨立悲歌循念平昔有淚橫迸眠牛一域
是公治命體魄所安子孫必昌痛哭永誌摧裂
中腸不昧英靈庶格茲觴

又

權贇

惟靈拔俗高標邁世豪英灑落留襟爽塏儀刑
至寶不琢美器天成志學伊早遠圖已宏驅懷

石溪先生文集附錄卷一　　五

長途劒發新硎名登蓮榻妙年英聲時與志乖
邦運未亨蹈海心堅傷時淚橫抱璧歸來魚鳥
是盈如玉其操介石貞立腳迷道養志茅簷
沈潛典訓討微研精煙霞痼癖山澤癯形未遇
周獵望渴蒼生若將終身雲林態呈北牕高臥晋代
菟裘爰營鄕里光生舌煸春氣結社前春
遺珉日課鈴槧時自醉醒餘年至樂一部義經
門闌聲動　朝廷五福可幷八龍難兄顧我謏
餐芝鶴骨饜日龜齡善餘多慶玉樹盈庭敎成
劣風慕蘭馨一造師門始遂識荊多蒙剪拂幾
許扶擎謂公退筆可軼老彭誰知一疾遽至拊驥

鯨南極晦彩東壁沈晶魂上僊乘化而往九
旬光陰千古佳城雲裹古嶺莫宿新堂歸畫者
命不朽者名嗚呼哀哉。

又

生員趙　頵

惟我先生凤遊門屏不肯兩兒相繼摳衣均蒙
誘掖幾被提耳義重師生恩猶父子孤露伶俜
風樹纏悲尚賴鱣堂典刑猶在承顏雖澗仰德
彌新何意易簀又在今辰歲非龍蛇仙馭何怏
永失依歸視天茫茫嗚呼痛哉生何李世無讓
前軌初豈忩世出處惟義閭衰聘去秦帝連耻

石溪講道文中龍門首陽幽棲德公鹿門寶樹
盈庭德皇應天恰愉一堂三樂俱存里仁是擇
君子之鄉藍輿一出洛水之淑三逕繚開一疾
遠與武擔之顏智士當之處士廬空斯文巳矣
世無韓子誰明貞曜人非伯喈乳就碑有道浴橐
新阡衡嶽遺顏荒凉故山猿鶴誰管感舊傷今
情溢辭澀一盃千涕庶歆東曲

洪道賁

又

山河氣正少微精鍾惟庚寅降雪月襟期老鶴
神姿長者風儀向道誠敦遊敬堂門學有淵源

石溪先生文集附錄卷一　六

博文約禮八考出悃擅名當世志切君民才抱
經綸夙作王臣名高蓮榜官止一命不容何病
卷懷哭谷惟意自適陶陶其樂圭璧盈庭壽考
康寧得佑神明厭處海曲晚來新卜鶴山南麓
林溪谷遠山明水美君子攸止顧余小子得陪
杖履眷愛偏至世契既篤始莫逆視若骨肉
憐我孤獨容我屬行為教誨兼切道之將厲心
斯羨後生何依望之山尊即之春溫心目不諼
即遠有期音容莫逆余懷則悲鄙誠罔極驚此
泂酌庶幾來格

行狀

本貫月城移封載寧。

曾祖瓊通政大夫行尉珍縣令兼
　江陵鎮管兵馬節制都尉妣淑
　夫人白氏

祖殷輔　贈通訓大夫司僕寺正
　行彰信校尉忠武衛副司直妣
　贈淑人金氏　贈淑人李氏

父涵　贈通政大夫丞政院都承
　旨兼　經筵參贊官春秋館修

石溪先生全集附錄卷二　七

摠官藝文館直提學尚瑞院正

行通訓大夫空寧縣監晉州鎮

管兵馬節制都尉姓姙　贈淑夫

人李氏

公諱時明字晦叔其先蓋出月城始祖曰謁平
為新羅開國功臣高麗時有諱禺偁封載寧君
故為今貫蓋自羅麗代有聞人班斑見於譜牒
世遠不可得以詳矣自公五世以上居咸安郡
之弟谷里高祖諱孟賢以經學雅里鳳雁　睿
養入副文苑出按使節旣又賜第京師縣令公

石溪先生文集附錄卷一　　八

從叔父仲賢出宰寧海府因娶邑中大姓直城
白氏而家焉子孫遂為寧人公以　萬曆十八
年十一月庚子生于寧海府之仁良里第自少
倜儻有氣節勇於服義年十二三從承旨公遊
窟柾京師嘗就一閒屋近市者讀書其閒晨夕
不少懈有游俠十餘輩來過日措大是何人居
此閒地能勤苦如此因以滿袖甜桃鳥餽而去
丁未歲承旨公出宰安寧縣公年餘討能刻勵
自將不輟焉子弟出遊衍縱逸事嘗過郭公再佑
郭歎恩謂曰吾觀宦遊家人未嘗不以聲妓飲

於是入閩竄山危坐竟日誦讀不輟休間取莊
從事小學書以立下學之基承員公喜而許之
騷左國太史公班固晉抄綴而誦習之要以去
陳言不俗其文務為歲貿孫室于光山金氏之
門檢閱塚之女觀察使綠之貿操金氏世居宣
城宣稜退翁之化故家遺稻嬪彬彬房公遊
其閒日有觀感聞之益壬子神上舍生遊太

石溪先生文集附錄卷一　　九

學已知名甲寅夫人金氏宰內辰再娶于安東
張氏實敬堂先生與孝之女敬堂公得溪門心
學之傳於鶴峯西厓兩先生之門公後來詩禮
傳家之業蓋自此始萬曆丁巳閒　國論大變
公欲斂華徙於所好以親老不得自專癸亥更化
幸士抵目公於是始有出身之意甲子大比兼
有別科考官於終場發問以天地萬物造化之
變雖老師宿儒恇惶眙瞪難於其對公濡毫臨
紙文不加點日采映而屬已就證擾精博文字
典雅歎服一塲人及坼號以策中選蓍獨公及

蹕公作者一人而已參判李公命俊光海時責
野城以職故往來承旨公所嗟賞公文以爲有
古作者風及公以鄉貢八京當是時牛溪栗谷
從祀之議方始李見公謂曰吾同儕三十三人
三十人登第其餘從他歧八仕一時號爲能熙
要之無爾敵也君今一言相答及第翰林不足
得也君以遠方寒士幸及尊堂無恙時擢上第
登顯仕不亦善乎公答曰寵遇有命非人之所
能爲也登第強甚所不知以爲知乎憮然曰
南人性執每如此已矣將占鄉試時故相龍洲

※ 石溪先生文集附錄卷一　十　※

趙公適知擧擢公文皆置首選雖省試報龍一
時聲譽噪甚其八京也愚伏鄭先生方長天官
愛公才敏謂曰聞公聲稱久矣今幸相見君
浚吉吾甥也方柱此問業擧子文君盍與之遊
乎公答曰先生師表儒林領袖東南吾儕小生
執不願出門下但今執銓衡居要地某也其敢
八甥館做時文爲有識者所唾點乎先生是其
言不強既頁論天道左旋大加歎賞後嘗達之
經席云壬申丁外艱葬祭儀式悉用文公家禮
鄉邦慕效之嘗實濱海俗頗陋婚喪實祭蔑裂

無算公周旋文獻之邦得於師及講磨之助心
承旨公之所不暇及者公已嘗稟白而釐正之
既又考求求志爲先宏家之範畫爲科條嚴立章程
令承家主祭者謹守而遵行之无重朝望立章序
宴飲之禮令子弟以列拜尊丈訖執經問難以
盡同異得失之辨或命誦詩讀書而聽之商確
其有義雖遷從困苦之餘所至率以爲常乙亥
僱僱赴擧以大夫人故是冬下第還鄉內子城
下之盟公痛念　宗國非常之變有掛冠浮海
之志以毋老不果丁丑冬奉大夫人八居承旨

※ 石溪先生文集附錄卷一　十二　※

公墓下遂不復有當世之念是歲有幸臣薦拜
陵署郎不起一以奉親求志爲事戊寅春有
邑大夫殘民之政民至著黃四出一境皆空觀
察使以公先夫爲民望上其事於　朝公於是
被逮八京至從何問繾綣之辱於理廷棘寺之
間公處之怡然無所怨九人亦以此多之曾有
大臣仰其枉事得釋庚辰春當時天戒流行無歲
保村因樹爲臺結茅爲屋避地于泣嶺西石
不荒續遇火恐家貧瀟然所居不蔽風雨簞瓢
屢至空匱曠然不以爲意常存好容顔以盡大

夫人之歡有時遣懷詩章以道憂悶俗之意
諸子旣冠成人者或面命或書詔未嘗不以立
志向學求古聖賢爲事其在童詔之烈者
亦必教以八孝出弟以進于窮理修身之學雖
甲申丁內艱歸大仁良舊第服闋復還石左課
蒙訓學之奸田園吁陌之樂油油如也歲食
以石保村少寬閒之趣又移于英陽縣東北首
比山中作幽居記以見志自是益自愓勵曰晨
興盥櫛衣冠以對妻孥不以年老少懈毋奉衛

溪先生文集附錄卷一　十二

武公抑戒詩以自警又喜讀周易潛心默誦曰
有課程毋以庸信庸謹敬義立而德不孤言有
物而動有常言行所以動天地等語與似後學
以爲獎勵劬勞孺以自給放懷塵埃之外優遊寬覽
之境如是將二十年龍洲趙相公嘗貽書旱舉
家隱鹿門昔聞其語今見其人又有荀氏八龍
朝又鯉庭詩講授此德公之所未無而公有之
庸非畸於人不畸於天者耶其見推許如此壬
子夏　顯宗大王有因早求言之　教公卽沐

浴拜疏使兄子柱京者詣閤門投進蓋言體天
道敦　聖學精選任恤民隱輔養　世子也旣
至政院以爲非親呈不可辭不受遂不果上始
公以令若童操觚帖誦以邀聲名利祿哉惟當
曰天地閉賢入隱冠僂倒置不令諸子習擧子業
登可令四海腥膻之時惟恐八山之不濯
申屠蟠田子春之義有山林滅跡之志今老且
茂矣念諸子諸孫其時必有羣鳥戰亂人倫之
弊及吾無恙時早安遷喬之計令吾子孫得漸

溪先生文集附錄卷一　十三

仁賢之澤不亦善乎於是不謀於宗族束裝啓
行以壬子十二月初吉卜遷于福州府西塊宰
院遷稅草劑之際露處艱食之虞有甚於嚴居
木食之苦而過其間者莫不撫衣歆社
慕而酉敬之東西行過其晏然無怨悔色福之人士愛
而行納拜之禮焉公皆接之以禮而告之以言
將欲闢書齋延朋友使諸子輩受其音旨以敎
陳其義以爲修文講學之地不幸癘疾累月彌
留以甲寅八月二十日辛亥奄至大故孤
孤攀號辯踊無所建及昊天罔極嗚呼痛哉享

年八十五公資禀豪邁不拘小節而孝慈仁厚
得之天性承言公寢疾彌留公侍湯不少懈不
解衣枕爐而達曙者首尾五年病稍間亦必鷄
鳴而起盥櫛衣冠省問起居外幹理家務接遇
賓客非親命有所之則未嘗一日不枉側既孤
事夫人十餘年左右無違志未嘗違
先生晚遭忧儷之戚
諸孤嚴教誨課而盡其恩有人所難能者敬堂
大夫人側常有款洽之容兩兄俱早世公撫視
聖先生没而孤子女方壯髫齓公收取而全業

石溪先生文集附錄卷一　十四

之教誨昏嫁莘能成立其門戶人皆以爲難公
少負不羈之才善章隸能詞章有需世立功名
之志其於儒者事君不屑意而爲童子時不
資師訓能折節向學大方心悅而篤信之雖以
承員公沈綿疾恙之故不得專意講實究傳其
學之奥其正大光明之首固已自得而領會之
見張先生嘗得聞高裏從事乎正容謹節之學有
矣敬堂先生嘗發問曰乾九二何以言誠坤六
二何以言敬公對曰誠者實也乾體實故言誠
故有虛道之義坤體虛故言敬先生淺加獎歎

又嘗問曰君出爲世用則何以哉對曰以格君
心之非爲先曰其道何由曰引君當道而已先
生莞爾而笑於其歸也贈之以言曰性者道之
體也道爾道者性之用也大而天地小而事物細微
無一不具於此心之中必也敬以直內使大本
已立義以方外使達道之大端而謹守之使
而謹守之使性命仁義之說不墜在我至公第
二子微逸得以考據尋繹
此來歷有以啓之也早歲氣象嚴毅整人皆

石溪先生文集附錄卷一　十五

望而畏之迨其晚節務以和惠寬平特言動
之間微有過差有從衡陳戒者雖婦人孺子之
言亦必和顏虛受不以爲忤交際甚不苟見人
邪佞覺瑣之流與已異趣者則心鄙而高斥之
亦必稀不能而教不及恤人之窮急人之困惟
恐不及不以小嫌有所避就其所慕悅而往來
相聞者溪嚴金公玲龍洲趙公綱處士崔公喆
數人而已爲詩文追古作者不以辛竒查雜
乎其間其詩不自雕飾而體製嚴整格力清壯
無竒澁險怪之弊其文雅麗遒健明白簡潔不

襲踏前人語。雖發爲時文。亦淸新灑落絕無世
俗陳腐冕弱之氣同時儕流皆以爲卓然不可
及公未嘗以是而自多與學者言常以抑浮華
就本實爲務嘗曰學者從忠信篤敬之際亦必以做工則
庶不至過差矣雖至疾病危篤之際亦必以
作威儀之則警諸子諸孫痛加繩檢惓惓以不
墜志業於世家學之傳終言之其不亂於妣
生之際而韮裕後昆之意能如此云有遺文如
干卷藏于家有子男七人女三人男長曰尚逸
長陵參奉次曰徽逸　慶基殿參奉　有儒行

☒漢先生文集附錄卷一　十六☒

先公二年卒次曰玄逸吏曹參判次曰嵩逸翊
衛司洗馬次曰靖逸次曰隆逸次曰雲逸亦早
殁女長適士人余國獻次適士人金碤次適士
人金怡皆先公殁尚逸無子命隆逸子橋後
之女四人鄭時鉉趙顯朴滉李德純其壻也徽
逸無子以弟子儀爲後玄逸有四男三女男長
栱次櫄女長適士人金代次女適士
人洪億季適士人金代嵩逸有二男一女男長
植次櫼女適生員權斗紀靖逸有二男二女男
長禧次櫟女長適士人鄭後與李杆室隆逸有

六男三女男長即橋次經次楊次檙餘皆幼女
長適士人權東茂次適士人金景濂李杆室雲
逸有一男二女男梗女長適士人權震嗚有五男長
室余國獻有一男二女男曰學曮學義蕎有三男長
曰錫萬次錫三錫晉錫胤錫範梃有三男長之
熀餘次樣有二男長之熀餘皆幼內外孫曾男
女幷百餘人以卒之年十月乙卯葬于福州府
西二十里壽洞東北丑坐未向之原從遺志也
以玄逸嘗竊位于　朝故推　恩贈嘉善大夫
吏曹參判妣金氏張氏俱　贈貞夫人公嘗以

☒漢先生文集附錄卷一　十七☒

犂虜滔天。國耻未雪居常痛恨有時慷慨嘗
國祸用者之不能建大策以敵吾　君之癃不
自知其言之過也。及聞雲南閩浙之師有連兵
北伐之報則已屬疾矣嘗咏陸務觀家祭無忘
告乃翁之句撫枕慷慨而言之至今追慕痛貫
心骨尚忍言哉董惟先君稟貞德秉直道不得
揚遺志之萬一致追述其平生論議行實之大
者與門關世系之複既以請銘于當世立言之
君子伏惟幸哀而韮察焉。

上之十七年辛未二月日孤嘉善大夫更曹參
判兼　世子侍講院贊善成均館祭酒玄逸泣
血謹狀

墓誌銘

今　上卽位之十五年特進今太宰李公秩爲
小宗伯遂推　恩贈其考石溪公爲小宰後五
年又超今公秩爲右參贊尋遷今官加　贈其
考如其官於是太宰公感激涕泣而謂不佞琚
曰　上不以某不肖而過罷秩之方顯隆之渥
及於泉壤不肖之幸也願先人之墓木且拱而

石溪先生文集附錄卷二　十八

幽昧之石迄無文也其實有待惟吾子毋靳一
言以爲重珞不敢以不文辭謹按狀公諱時明
字晦叔石溪其別號也上世有李謁平者係新
羅開國爲元勳其後益昌大高麗時有諱禹偁
爲侍中食采于載寧遂以爲貫至　本朝有諱
孟賢以文學顯　成廟世官至副提學是生瑓
通政院左承旨生諱殷輔忠武衛副司直　贈
丞政院左承旨生諱渭爲寧縣監　贈吏曹參
判是爲公考配　贈貞夫人眞城李氏生公于
寧海府之仁良里　公少倜儻有氣節稍長參

判公空寧任所益自飭循矩度未嘗有子弟傲
故事郭公拜佑稱之曰是子也年少操尚如此
其成就不可量也一日告于參判公曰近世學
舍下學而談天理兒甚病之請從事小學一
書以爲立身之基參判公喜而許之遂攜書入
閣窮山終日危坐而讀之間取諸子百家語沈
浸融貫以求古作者軌範以故其爲文健雅有
氣力無世俗陳腐之語壬子選司馬遊太學已
褒然有公車間聲其後鄉舉得意者非一再而
大試輒不利蓋公以家貧親老不得不僶俛應

石溪先生文集附錄卷二　十九

舉而非其好也丙子以後慨然有長往之志遂
開門不出丁丑有宰臣薦授　陵寢郎不起庚
辰春碎地于泣嶺之西村曰石溪築　室其間而臺其勝以朝夕考槃而蔽軒焉雖環
堵不蔽風雨飄石無儲而處之晏如也癸巳移
上于英陽縣首比山中爲文識幽居以見志後
以所居僻陋而子孫漸長不能無與日鳥對同
羣之戒又遷于福州之地睾院以就仁賢之澤
於是福之薦紳章甫翕然慕公之德而造門質疑者
踵相續公歷不禮接而忠告之公初聚夭金氏裔

閨壺之女往來于陶山士友之間而多有所與
起金夫人歿繼娶張敬堂興孝之女遂遊敬堂
之門益聞爲學之方其平居動靜未嘗不以敬
義直方爲修德凝道之大端蓋得之矣丈而傳
之於家庭者如此公生於 萬曆十八年十一
月庚子卒於 顯宗十五年八月辛亥享年八
十五葬於福州府西壽洞坐丑之原金夫人葬
往寧海碧永里張夫人與公合葬同塋異穴公內
行修潔事父母晨興冠服晨起居終日不離側
怡愉承順以樂其心安其體恭敬忠養之有疾

石溪先生文集附錄卷一 二十

日夜侍湯藥不解帶者數年而不色慽居憂情
文兩盡冶含歛窆穸之禮必誠必信无致謹於
奉先之儀本之禮經參之先儒之說作爲科條
問以其所嘗得於師友之間者補之以合乎古
今之宜雖涑水家範無以過之痛兩兄之早世
撫其孤而誘掖之無間已出令皆成立敬堂公
晚而繼娶旣歿而諸子女幼無所歸公又收而
教育之以時嫁娶令無替張氏之祀人益以此
多之公氣像嚴毅峻整於交際無所苟苟其人
貴顯雖親戚不踤其門雖賢長者不畏其館見

人爲不善者必心鄙而面斤之不少假借然成
人之美念人之困甚於已以故賢者樂與之遊
而不肖者忌其嚴其平生所相善惟金溪嚴拾趙
龍州絅雀處士喆數人而已始公才氣超邁捨善
草隷能文章有立功名顯當世之志中歲得明
師依歸明於取舍之分旣而遭世亂遯山林
潔身高蹈肆志名利之外優游坦而貞處遯而肥
幽鬱而不怨嗟窮而無悶則公所謂古之遺逸
者非耶及其年德益高贍晡鶴髮顏色敷腴諸
子列侍滿庭蘭玉或講說義理或歌詠詩什公

石溪先生文集附錄卷三 廿一

倚枕而聽之其樂殆勝於金石絲竹鄕人或以
公比之大丘朗陵而其學識過之卽諸子之忠
信文行豈直紀爽之流而已哉公有丈夫子
七人長尙逸 長陵參奉次徽逸 慶基殿參
奉有儒行爲南士所重前公卒次玄逸卽太宰
公以學行徵式累遷至八座爲 人主之所禮遇
朝廷士林之衿式次高逸寧縣監次靖逸次
隆逸次雲逸早歿女三人長適余國獻次金砅次
金恰尙逸無子公命隆逸子橒後之四女鄭時
鉉趙顯朴淊李德純徽逸無子以太宰子橒爲

後大宰四子挺橞栽杺三女金以鉉洪億李金
從嵩逸二子植機女生員權斗紀靖逸二子穛
櫟二女鄭後與餘未字隆逸六子檴檡柿櫢
餘劬三女權東茂金景濂餘未字雲逸子樑二
女權震鳴鄭頊內外孫曾男女弄百餘人世蓋
能承天之寵發前人之潛光亦其理亙也所著
有石溪遺藁二卷藏于家銘曰

⊗ 石溪先生集附錄卷一 ⊗　二五

後人無晷夜無敢不敬良成于已以進于朝卒
夫以公之才之德不自食其報而歸之後人惟
以大宰公貴公知公而不知大宰之賢實有自也
之發式熾而蕃以為不信請質斯文
猗樹之卓猗重之厚不發于身而于其後惟厚
上之二十年二月　日嘉善大夫司憲府大司
憲兼同知　經筵事藝文館提學安東權瑎撰

墓碣銘

公諱時明字晦叔慶州李氏自新羅開國功臣
謁平始顯麗朝有諱禺偁封載寧君遂籍載寧
高祖諱孟賢　光陵朝用經學顯　賜第漢京
曾祖諱瓊縣令取妻寧海大姓貫城白氏因家于
寧祖諱殷輔司直　贈左承旨考諱涵縣監

贈吏曹參判妣　贈員夫人李氏　萬曆十八
年十一月庚子生公少倜儻負奇氣不屑東欶
當世操好讀書處義不越嘗從參判公之任宓
宓時公少年耳能歛身自厲不一出遨忘憂堂
郭公歎曰府縣家子多遨蕩此子獨自守若是
非恒士也一日公言參判公曰兒從人學為文
遂入闓窟山讀小學明習間鈔誦子史數家微
顧無以善吾身心請治小學書參判公喜許之

⊗ 石溪先生集附錄卷一 ⊗　二五

嚮之壬子選進士後再娶敬堂張公之女張公
文不凡卑及娶于宣城聞陶山道學之教意首
自是屢中鄉解高等聲名曰廣及受遊詣京時
益趨學癸亥　長陵反正公謂時清可幾業也
當學于鶴峯西厓篤行善士也與公論經義而
悅之遂盡告所嘗得於二先生者公既受道言
議欲從祀牛栗於　文廟方規翕士論時宰有
戚連公者欲鉤納公私甘之曰子若一言惜時
謁魏第貴任可立得公時不從卒下第歸愚伏
鄭先生之長銓曹也見公謂曰子以才學有名
嶺海間今而幸見子吾家倩有宋君泌吉方枉
此子盍與之共為舉子業公謝曰嶺外賤士固

顧出於先生之門賑時先生之秉銓衡而從先
生之壻遊不乃爲貞士噫耶鄭先生益賢之仍
與之論天道稱歎壬申丁參判公憂韓察
一由家禮以竟喪爲鄕里所稱丁丑奉母夫人卽參
氣去公恥之遂絶意於世丙子淸入得
判公墓下家爲朝廷聞公行業除　康陵參奉
不就其明年寧守多恃政民駿散府境空虛恐
察使委疑往其情而已不知惠於顔色人多之會
大臣且得柾實自出之庚辰徙居于府西石保
公處尼報狂自謂先去爲民倡　啓運公下理

石溪先生文集附錄卷一　二五

村甲申丁母憂歸舊里既三年復居石村後八
年又從英陽首比山中作幽居記後二十年歎
曰吾居此爲辟陋世計盖節遇歎也今吾齒盡吾
子孫無乃坐辟陋孤學無所發起之耶遂凌起
行至安東府西塊峯院居焉公凡三徙家素貧
遷徙去處所止單露庭事不逮給顧泊然不以
爲生難惠心一以飭身修學訓子弟爲故嶺之
士敬鄕之居三年病終壽八十五卒之年十月
乙卯葬于安東府西壽洞向未之原遺志也公
有質行善事父母參判公嘗有疾公扶承左右

民隱輔養　世子之道令兄子授進閤門政院
之激其所守可知也　顯廟朝求言時公年老
懷不能已上疏言體天道敦
臣不能建大策或肆罵之忠義敗矣言貌雖失
信好學毋渝我言則常痛恨　國恥未雪而柄
諸子曰天地閒其道較之習時文苟求遂子弟安篤
不卽第及虞後世道較不赴擧以淸苦建志
共養毋不以身窘而約親少有佐世之意應擧
必晨起省閒無越除或離側及孤躬執家苦而

石溪先生文集附錄卷一　二五

以公不躬奉疏來卻不受公久幽而修身講學
益篤旣耆常誦抑戒以自警喜讀易對後學軌
舉易中聖言无切已者尋諍訓誘講求吝裏實
祭吉今儀品類別爲家法令後謹守行之燕居
對妻子必正衣冠無惰容撫教兄子如己子敬
堂殁而其子幼公收業之令有門戶膽赴人窘
急難傾貲亦不恤性峻毅見人有不正必面斥
惟恐漫已至老夏覽和凡言動之失有或諫正
雖家人言必聽受平生罕交遊獨與金溪嚴垍
趙龍州絅崔處士喆友好趙公嘗與畫贊道公

隱操云爲詩文有格力。不爲碎細語。一時等輩
皆目以爲不及然不色能教諸子八孝出弟步
趨唯諾謹謹毎朝望令子弟序禮異必極日問難
以觀其學及疾革所教戒皆謹愼修學之道雖
未嘗舉以於世究極於學而可謂立其方矣前
配光山金氏檢閱垵之女生一男一女。男尚逸
女男壻朱國獻士人繼配安東張氏生六男二
參奉壻金怡皆士人尚逸無男子
女男微逸參奉有學行先公歿玄玄逸以學行
徵官至判書次嵩逸縣監天靖逸次隆逸次雲
逸咸循原籍壻金碔金恰皆士人尚逸無男子

石溪先生文集附錄卷一　二六

隆逸子穢垧鄭時銘趙顯朴涓李德純微逸無
子玄逸子穢四男綖襃栽梸壻金以鉉生
洪億金氏出嵩逸二男一女。男植穢壻權斗紀生
員靖逸有二男二女。男穢櫟壻鄭後與一女幼
隆逸有六男三女。男穢經㯳祿摻壻權東芪金
景濂餘勿雲逸有一男二女。男穢壻權震鳴鄭
頃余國麕有二男學虁學義金恰有五男一女。
男錫亨錫三錫晉錫沇錫範壻琴弘壁梃有一
男之煃襪有一男之熤內外孫曾男女百餘人。
銘曰

冥窮而守學而開其後君子之業久而益見其
尊。
上之二十年三月 日資憲大夫禮曹判書兼
弘文館大提學藝文館大提學知春秋館成均
館事同知 經筵世子左副賓客權愈撰。

石溪先生文集附錄卷一　二七

石溪先生文集附錄卷一

石溪先生文集 附錄卷二

附錄

大明洞遺墟碑銘

福州之山有呀然而滃者曰大明洞誰其居之
石溪李徵士是也洞有此名屢數百年未嘗無
居之者亦未聞有名之者始得石溪居之而名
其名石溪之居亦無他取焉因以名取焉藉使洞
素無名賢者居之安有表稱匄大明以石溪居
之後人之以慕石溪者慕其洞容可已乎石溪
諱時明少倜儻有大節勇於服義長益厲自

石溪先生文集附錄卷二　一

持當丙丁之會目見冠裳倒置則悲憤不自勝
遂舉家入山中居之曰天地閉賢人隱惟恐入
山之不深是歲用薦拜　康陵齋郎辭不赴上
疏極言下城之恥辭旨激切竟不報自是惟讀
春秋及兵書以寓微意與林將軍慶業素相善
嘗議討復事林起拜曰先生所言實獲我心幸
或王子與師則我當執殳前驅惟先生指揮是
聽及甲申後　明社淪陷則謂家人曰吾嘗慕
申屠蟠田子春爲人有山林滅跡之意遂入英
陽之首比山蓋取山名也扁其居曰西山草堂

因改名曰休問字曰子山作幽居記以見志嘗
倡率一鄉士㫌立英山院奉退溪鶴峯二先生
每月朔會諸生取四子近思錄諸書壽講論旨詖
間語學者曰吾東方今日事勢如南宋時事雖
訕於氣數不能比首爭大義而後生輩不可不
知討復之爲今日急務也因袖出朱子戊申封
事朗讀一過輒掩卷流涕一日聞福州地有大
明洞者曰吾耳命於斯矣得其所遂往居之曰
與同志之士講明道義其發於尋常吟詠者皆
憂時慨世之意有曰居照時序已消秋蟋蟀聲

石溪先生文集附錄卷二　二

中夜正憺倚壁空懷天下事無人志復舊神州
又曰乾坤浩蕩大無邊日月貞明古然誰遣
胡塵生汚穢南城一訏誤朝鮮屬閩雲南閩浙
之師有連兵比伐之報時先生疾痼方奄奄蹟
然而起書與其弟舉家祭無忘告乃翁以
囑之其病然孤誠不懟於一縷將絕之時又何
其偉也是以同時諸賢輓誄之作皆以西山之
餓東海之蹈比聰之臥比以同之先輩公案可
質百世而若其尊學問之高淵源之正不可以一
節槩之先生以超卓之才剛毅之質早師張敬

堂先生得聞爲學之大方敬堂嘗從兩文忠
公學得溪門之嫡傳以其所受者恭授先生
言行動靜不出敬義直方之準則惟其充養正
而義理明究竟立脚於節義分上而蓋莫不本
之於學問中流出來于以命倫斯義所崇慕者
而賢子若孫統緒相傳明者春秋之義增重理學
名家數百年間所講明者俱成大儒蔚爲羽儀
節烈之士而獨秀山澤幽潛未盡闡志士之齎咨慨恨式至
之孤忠大節掩翳不章志士之齎咨慨恨式至
今未已而聞見寝舊人心易狃賤何不日遠而

石溪先生集附錄卷三　三

日泯乎一路人士庸是之懼乃於兩旁舊甲之
回圖所以表章之僉議曰我東之取地名相待
建院若廟者非一若首陽之孤竹祠南陽之臥
龍祠固何嘗伊人之一跡於此而特出爰屋爲
之義則況兹大明之洞石溪攸居而人與地相
得益彰是可泯没而止乎嘗聞先生治命者
出大明洞及葬諸子中有欲返葬故山者夢先
生管責之驚懼不敢違云噫公時居以其洞
即此爲大明公之去之以大明字之見於竹素者尚未
而爲大明公也顧今大明字之見於竹素者草以未

卒嫈乾毫苑而獨此洞此碑接天壤而俱廢伴
日月而長懸垂之萬刼不磷不泐者賴有此在
耳洞而壚壚而碑碑而字字者此猶大之極小小
之極大後來之曠感而輕重者不全枉洞與壚
之碑與字而枉大明處士遺壚餘惟
神宗盛湜一車書而今陸沈子遺麗
正憲大夫水原府留守兼摠理使韓致應撰
昔皇明盛湜一車書而

首山遺壚碑銘

伯夷當商周之際以天下之大老秉天下之大

石溪先生集附錄卷三　四

義隱於首陽山以終於是首陽一髮爲萬古綱
常之所紀而天下之崇尚峻獄無與之比矣石
溪李先生起東海之上懷道抱德嘗有當世君
民之志亦天下之大老也及經　國家丙子之
恥繼值　中朝甲申之變以天下腥穢冠履倒
置廢公車謝徵命有邁世長往之志始則避地
于石川猶未也攺卜于英之首比首比之山西
連日月東接劔磨而中開一坪幽闐眞碩
入邁軒之地也先生樂之而七賢子從焉講授
詩禮切磨道義當時知慕者稱爲鄭公鄕高陽

里而龍洲趙相公有鹿門鯉庭之賀此則又從
苷陰澅者之所罕有也然而傷時憤世之意往
往出於唔咮歌詠之餘而南城一誤之句神州
不復之歎有不勝其惟慨而輪困者蓋寓日撅
之卓立則愚夫綱維之昭揭赧赧以往首
望夫伊吾之蕩掃而三十年孤懷壯志寓焉
亂夫倫爲戒而遷于永喜嘉妣始率院之大明洞以
卒其是而首山之居遂墟矣試嘗按蹟而論世
山一區矣及其年至日宲始以子孫之羣眞默
其上石川丁丑出城後也其八首山甲申屋社

石溪先生文集附錄卷二　五

後也其卒歸大明之洞永曆終號世也先生之
記石川只取水石之供游翫其記首山特取學
問之有標準皆不言所以棲遯之由此則先生
微其意耳乃其潔身高蹈惟恐入林之不深則
夫豈無義而爲之哉我國服事
明三百年而
一朝屈於强虜一國之綱常隊夫矣
中國天下之綱常泯矣先生以爲擧世皆腥土
也盡避於一區寬閒之地既則曰此地亦塵境
也遂入於萬山澆僻之中是其所秉而爲義者
綱常其及夫昊天不復而殘日將夕則又懼其

離羣不返及室於倫常而出就吾木適符中夫
之舊號蓋亦秉綱常而終焉者多照則前之石
川亦一首山後之夫明洞亦一首山而首山之
義亦秉夫天下之綱常而已先生之卜隱未嘗
取義於山而由後而等之其不曰伯夷之首陽
乎伯夷東秉綱常而隱于首陽先生秉綱常而隱
于首山殷曰此云若其首陽之比子當時輒有
云首山殷曰此云若其有餘悲歎以仰伯夷
薇中夏之篤於森好可尚也「首比之墟翳然
者仰先生也第聞首陽之山廟祀清聖言揭採

石溪先生文集附錄卷二　六

蓋垂垂二百年善鄹之民尋幽之客往往指點
而彷徨焉其於微闡之義或有關矣迺者讀吾
孫某某華而思有以表其蹟將建碑而閣之雲仍
秀榮以氏嶺亦與聞先生之蹟相其文章德
不敢辭先生諱時明字晦叔石溪號也其文章德
業少也有可述而其大節如右七子之二曰栲齋
進　經惺有北望懀慨之對蓋其家庭所講受
其少也有答兵朝野之志三曰葛菴嘗以師儒
者多在此義云銘曰
於鑠大老挺于海邦有蘊其蓄窿窳　皇王褍

彼北膚腥我大東逐派赤縣河漢歷宗先生曰
嗚我安其適縞袖進取斂裳徵辟始介于石猶
恐不淺周爰卜遷于首之林昭昭日截橫截剡
竊窈鄒紺潔允空考槃桃往庭詩溪絪倫
蓋有樂道義不貧人間何世時復慨忼秋壁放
懷天街望廟堂無策山林有逸卅號有符與終光
歷於孑先生實秉綱常桂天擎百千此一方揆
矢不告迨其畢命乃出幽谷洞號是冒山仰行曷
名此蹟惟克昌陽有卓清聖于萬耿光後三千
載先生此晤大義實幷匪號是冒山仰行曷

石溪先生文集附錄卷二　七

不鄉往惟是慕恭指認歷變載盡纍東表以珉
刻尚其爾顯頑廉儒立
崇禎紀元後四乙丑孟秋上澣外裔孫聞韶金
岱鎮敬撰

石川書堂記

蔚嶺之西二十里有石屏屹立有水循其下而
白石齒齒其中有村曰石保村後三麓盤陀而
皆結以石我外高王父　贈判書曹公辟地而卜
于中麓與諸子講禮自娛因自號以石溪矢
石頑照一物其公之取以寄薔焉尚居公少倜

儻奇偉蓋欲策名當世以佐嚴廊石畫之護而
遭時不淑不欲毀方而尾合則勵介石之操而
託于此以寓枕流漱石之興石有一片石可
意酒號文而爲之拜刻公之氣感神交而於以
比德焉使石而有言其必以以爲知巳之遇也旣
而公沒下于首此妣地塗而不復返矣四子恒齋
先生修復遺墟嗣明先生業洗心樂飢諸孫臺皆其
所命名也公沒而屋廢且七十餘年諸孫蓋欲
規置數楹而不果成歲壬午門孫仁燾天牖雨
慨然議于宗盟鳩財以經始公之玄孫冷泉公

石溪先生文集附錄卷二　八

自漢上來卜故壚實主其議御族弟徵遠揚遠
東遠善遠族子宇一及其子宇鑽幹其事拓東
麓貞亥之原始事于庚寅九月落于辛卯之八
月爲屋十二楹而堂室半之搨之以石川書堂
溪之易以川也不敢以先公之所自號者名其
堂而取於權學士感舊詩也今年春余往謁于
冷泉公退而與其弟五甫八書堂校洪範行義
冷泉公命余曰吾輩之爲此旣殫心矣子固我
之自出盍惠以一言焉余惟判書公之高風偉
節頑廉齋公之經明行修皆可爲後孫之法而今

爲堂於其故墟凡起居飲食山川雲物之接於
前者皆當日享用之遺也登臺而想扶屨之彷
徨倚樹而撫無手澤之猶存則俯仰顧眄之際悅
若親操几烏奉申而承警教圖書之盈于庋
者卽松腮雲楊之舊物攷攷乎寵格之工惺惺
乎修齊之業以玉成于身而基異目治平之業
則是固前日之飭躬而貽後者而敢不思所以
桑夜而無怠乎誠之至而金石透惟在勉之而
已而象之不肖亦當備他山之石矣抑余看
感焉昔存萬二先生議編行義于草堂實壬辰

石溪先生文集附錄卷二　九

正月而今校讎之役適丁周甲之歲月事有不
偶然者而天牖忽已成古人矣俯仰感歎爲之
流涕壬辰二月戊寅外玄孫韓山李象靖記。

石川書堂重修記

廬麓一區卽我先祖石溪先生講道樓息之遺
墟也七世祖恒齋先生昭明先業修復守護泯
心樂飢西臺諸勝卽其處也自是爲先祖後人
者每擬規置數椽而遷延未果矣七十餘年始
克合謀宗黨以爲此地荒弗將無以指認杖屨
遺躅而寓百歲之慕遂募工鳩材首尾一年而

堂就蓋堂之創建肇自辛卯歲而于今重修之
擧適出於周甲良非偶然也嗚呼山樑一頹往
跡寢微惟此百年書榭几然孤峙若使是堂終
廢不修而爲風水之頹頹與兎葵燕麥之感則
高陽古里鹿門高風掃地而杳然幾不知剩焄
之仍舊修葺稍增新制實閔朗暢復於月朔之
幾箇月而工告訖堂凡十四楹而凉軒煥室平
慈誦花樹之團欒也於是乎互腸偉樑輝映山
門泉石若爲之增態雲樹亦爲之動色北望首

石溪先生文集附錄卷二　十

陽劒磨之嵯峨東抱騰雲葛川之邑羅木壯橡
皮之遺象悅怳松腮雲楊之舊物依俙若造物
陰相有爲於營作也至於山有根水有源清者
動白者靜而澗瑟巖屛之勝已枉大山先生記
文中盡之矣然而山川卽景物也臺榭有毁成
也顧惟我先祖積累基業垂裕後昆有大於斯
登非今日之无可慨勵者乎永慕錄序有曰可
而能子孫而能於營孫終始不替求未世無斁然後可
謂有堂搆之烈噫俯仰低徊於百世之下登是
堂而誦是書首扣諛歸之趣體仁智之樂則其

所以發明遺訓繼述先志者不但止補綴棟宇
旌表舊躅而已也辛卯　月　日八世孫秀榮
謹記

石川書堂上梁文　　玄孫周遠撰

石溪先生文集附錄卷三　十一

各因地勢取千年羅麗之拱圍有東臺西臺中臺之
支裔而內昇外昇之拱圍有
盥周道而慒懍誰懷西歸之音占三麓太白之
蓋符金華舊居保晉甲而遐征竊耻南城之計
藏修之區先躅既旌後生攸
學家隱鹿門尚雷過軸之地表堭建冰玉仍作
天朝夕八龍之講討詩禮獨吟遠獨去消長一
元之翫樂圖書疎辟發其市落羨出世之退想
活流長瀨供浩浩淵源之真工干木隱而西河
烏之生光彥方居而南鄉號以君子詞事考悌
凡幾東西之韋紳縉造廬風造亦越遠通之軒駟
之里南谷學士之雷題與紱俛仰高風木老先
庫成一夫人甲通德之門清獻不歸地餘孝悌
生之唱雜寄哀揄揚卓操帳雲屏竹誰知舊時
寄懷檼安禾妹促雷新君起諫桓齊之繼開小

閣不幸中歷成墟默窩之擬置數椽堪恨有意
莫遂馬卿之不柱此世愛漢陽舊業菜之無人贊
皇之閒過今年去年事故推遷閱歷至四世五世
等閒過道終無來復幸人事稍有可爲聯墻環居
孫支四三之復集合謀結社族黨數十之同聲
遺芬不可以終湮好事不可以中已參小大而
鳩金斂穀咨近遠而慕匪取財目揆星量爰卽
故宅左側山朝水謁寔乃佳五右顏迎納十里
平蕪卷舒千重雲霧朱鋪大字已誌臺於往年

石溪先生文集附錄卷三　十二

蒼波高堂復抗榭於今夕感念疇曩曾日月之
幾何顧瞻溪山宛風物之如昨宏樹情桷之既
整既飭匪直表於先芬閒隱靜室之斯邁斯征
亦有望於來者致窮格工爲治平具體石上見
志之徵言讀聖賢書彈我洋琴追簡中自得之
真樂無風靜日像慕秋山詠歸新水密陰悅陪
夏亭遣興誦歲暮鑪香道腴之訓莫慮度三餘
寸光擎筆朝益暮習瞿瞿焉攝身檢心往哲遺
拳拳乎朝益暮智之感先人餘躅知我同祖之親保世
猶起異代之感

業於壽檀幾克紹克肖無棄毛於丹穴顏作
好子好孫茍美茍完旣見子荆之成室禧善
頌耶無張老之獻言肆唱六偉之歌用贊雙虹
之舉耶我顏庭前欲樹大明紅兒郎偉拋梁東
棠非兒郎偉拋梁南浦上童青名柑一葉隨
立紫屏不可梯氣像千秋長爾霄名柑一葉隨
霙迷兒郎偉拋梁南浦龍潭兒郎偉拋梁北節
波何處向崇禎下臥唐虞爾獨存不隨灰刦任
彼注峯奇眞顧直顧舊物唐虞爾獨存不隨灰刦
攤抑兒郎偉拋梁上人不愧天由直養暗室莫

石溪先生文集附錄卷二　十三

言心可欺仰看星月臨森朗兒郎偉拋梁下繞
庭蘭菊秀而野馨香自守要如斯莫學遊郎詩
酒社伏願上梁之後絃誦盈耳襟佩弈堂儀式
典刑無忝經訓家學受用墳籍克禮善行嘉言
獄燒遺丘夏覩千軒之滋闊中經禮不墜八世
之傳石縣一方文獻萬古

請謚事蹟

通大學文

伏以道莫大於扶綱立名事莫重於微顯聞幽
是以古之君子於吳泰伯夷之偏必爲之表

章而論列之非欲使其人加尊而加顯也所以
旌別樹風之義則然也　國家丙丁之際潔身
高蹈砥礪名義者不一二計而若其卓然大節
始終不渝有以正綱於當世樹風聲於後來
者迺我　崇禎處士石溪李公卽其人也公諱
時明字晦叔以退陶私淑之人東南士林之所
依歸而蘊抱經奇志存當世負安石東山之望
者久矣及丙子城解慨然有掛冠浮海之志遂
攜家八首山中竊比采薇之義甲申以後移居
大明洞以寓樣羔之感　朝廷徵以陵署卽不

石溪先生文集附錄卷二　十四

起教諸子不習擧子業曰天地閉賢人隱當此
之時豈可操觚帖誦以邀聲名利祿惟篤信好
學無濁吾所守可也是以識者有與家隱鹿門
昔聞其說今見其人之語嘗以聲虞酒天　國
耻未雪居常痛恨有詩曰倚壁西懷天下事無
人復舊神州及聞浙之師有連兵北伐之
報則已屬疾矣詠陸務觀家祭無忘告乃翁之
句拊枕於怳以終此其平生自靖之大槪也夫
以一介布衣擔天下之大義任萬古之綱常使
吾東方百年江漢之魚永有辭於後世豈豈豆

時慷慨勉慕而得而直與蹈海之義千古之一
轍獨其贊晦之操過於輸者尚未有表章旌別
之典非俚爲一方士林之抑鬱往　聖朝崇獎
節義之道亦不免爲欠典屬茲舊曰之重回生
等方欲齊聲疏額以發幽潛之德伏願執綱政
賜回通俾完大事千萬幸甚

太學答通

右文爲回諭事通意謹悉伏以　崇頑愚士石
溪李子自靖之義所以扶植綱常激勵頑
懦者至矣數百年猶使人起敬而惜其沈晦之

志久而不彰安寂尊慷然發歎以爲疏額之舉
事關酉衛義在春秋生等豈有異意伏願俯察
大議以樹風聲幸甚

請謚疏
進士趙弘復製

伏以　國朝培養之化多見於臨難辨節之人
列聖褒揚之　恩尤篤於顯忠表義之　典
而丙丁兩年尤是吾東方億萬年君臣之所共
著憤者也歲月雖久而不忘春秋一統之義凡
甲重回而益切江漢萬折之誠伏於思漢者歷不按易之顯揚
義於尊周寓渡誠於思漢者歷不按易之顯揚

石溪先生文集附錄卷二　十五

之迄今四丙子而酬報之　典図有遺憾猗歟
休哉默而旌褒不常之　恩多出於順風疾呼
之地奇偉罕世之蹟或晦於草野韋布之士不
免爲太史氏嚴穴之悲而右其高節高風有榮
可終泯者也而荏上者必樂聞而不憚其煩枉下
者亦樂告而不嫌其僭矣臣等窈伏惟故　贈
孫僻之蕈常慷然者久矣式至今日休邁言盡
臣等之蕈常慷然者久矣式至今日休邁言盡
行風節傑然卓立平生本意不肯自衒又其子
吏曹判書臣李時明以東國逸士大明遺臣學
孫僻往遐土無由上徹而盍于今翳默而不章

察公議畢逞茲敢以時明樹立顚末仰賣　宸
聽伏惟　聖明亟納焉天時明郎故副提學臣
孟賢之玄孫也自少器宇俊偉才學超邁弱冠
中司馬時論以異曰宰輔期之及長從學於先
正臣文純公李滉毋傳之門人張與孝得聞心
學之傳益加自修之工妙年造詣蔚爲當世儒
宗文莊公臣鄭經世嘗與論天道左旋大加歎
賞及丙子之亂聞南漢被圍科合義旅有敵愾
勤　王之意旋聞　國家爲城下之盟不忍憤
耻卽輟擧業歎曰天地閉矣其可苟汲名乎因

石溪先生文集附錄卷二　十六

攜家入英陽之首比山自號首山居士竊取伯
夷之隱有詩曰乾坤浩蕩大無邊日月貞明自
古照誰遣胡塵生污穢南城一訐誤朝鮮逐絕
意進取專以講學爲事倡率一鄉儒生砌立英
自備學田臧獲以瞻學者月朔會諸生曰吾
山書院奉安文純公臣李滉文忠公臣金誠一
心經近思等書講授旨設問語學者曰吾東方
今日事勢與南宋時事偶合雖其麼於氣數不
能西向以爭大義後生輩不可不知討賊復歸
之爲今日志務也紬出朱子封事朗讀一遍掩

石溪先生文集附錄卷二　　十七

卷流涕者數矣朝廷聞其名以寢郎徵不起
囚上應首疏極言修攘之策日取春秋及兵
書讀之慨然有北向問罪之誌嘗住忠愍公
林慶業所共論討大義應業起拜曰先生所言
節節中蒙幸天意厭衆王于與師執爻前驅
我當其任籌度規畫一聽先生其後聞忠愍死
常懷隱痛于心賦詩曰倚壁空懷天下事無人
志復舊神州甲申聞毅宗皇帝殉社稷逐北
望長痛曰日月晦矣冠復倒矣顧瞻四方將安
適歸安東府有地名大明洞者此地與皇朝

舊號暗合自首孤臣得其歿所矣即自首山移
居焉與文貞公臣金玲介節公臣洪宇定迭相
追遊其取友比自氣節士也扁以大明草廬題詩
壁上曰原野蕭條保日色昏朝風吹雪蔽羣山誰
知白首忉忉意遠托遼陽鴨水間及臨歿聞家
南閭浙之師有連兵北伐之報烏誦陸務觀詩
祭無忘告乃翁之句撫枕以愊遺命諸子葬不
出大明洞中其意誠悲且苦矣嗚呼節義之在
人心雖是秉彝之所同得而若其樹立之卓絕
平日學問之功爲其根本地也時明早從師友

石溪先生文集附錄卷二　　十八

其於性命仁義之說主敬恩誠之工靡不講貫
而瀚通又其文章足以贍餘王敏器量足以
經綸一世而一自天下帝業卷而懷之遯世長
往以匹夫而嚴華夷之分以隻手而任綱常之
重砥柱於頹波躋華於燕草是豈無所本而然
哉於是乎讀春秋而先明乎尊攘之義講兵書
而熟究乎奇正之鼓將欲淩睢陽之一戰辨祈
山之六出而畢竟無奈於氣數不適於時勢特
取山名之符於首陽洞號之合於皇明而畢
命於斯埋骨於斯百年遺墟尚有薇蕨之清風

一區殘瓏攔保　崇禎之日月。而尋常吟諫之
塗入耳目者莫不悽愴慨隱然有風泉之思
萎苶之感至其屬纊之所諷誦而申托者无令
人涕零而心裂何其偉哉夫以時明之學問若
是卓越而生前之一命止於微啁妮後之八座
服乎時明廉立之風至今數百年之久而尚欲
出於例　贈使其苦心卓節無以表白於世柱
時明固不足損益而以　朝家顯忠酬義之典
抑或爲欠闕矣臣等生長於時明衣被之鄉講
誦釜鬵於西歸識朝宗於東流者是誰之功歟

石溪先生文集附錄卷二　一九

昨歲丙子。聖感重新凡於當日節義之表表
可稱者皆用　褒旌之典而獨不及於時明此
臣等之區區所抑鬱者也玆敢取聯名暴足御廊
於　柱纊之下伏願　聖慈俯採蒭蕘亟下諭廊
廟特降李時明　崇褒之命易名之典以樹風
聲以幸斯文焉。

石溪先生文集附錄卷二

遺墨

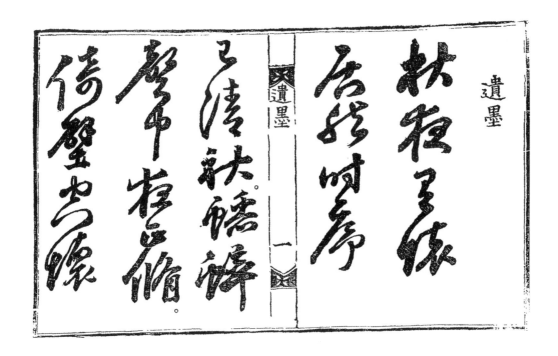

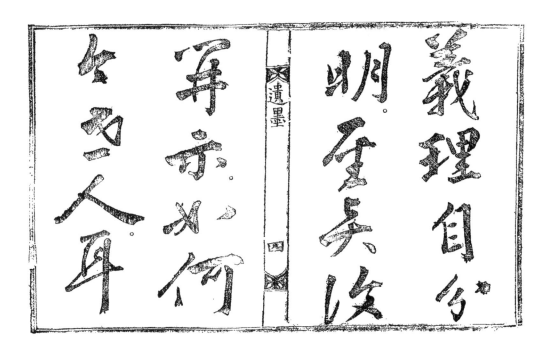

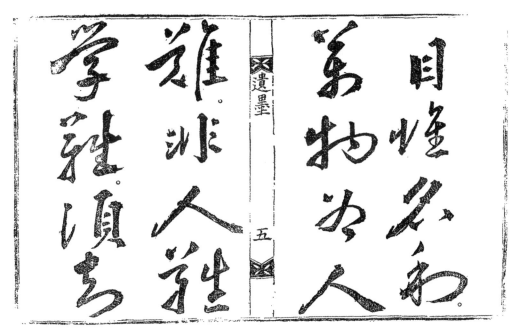

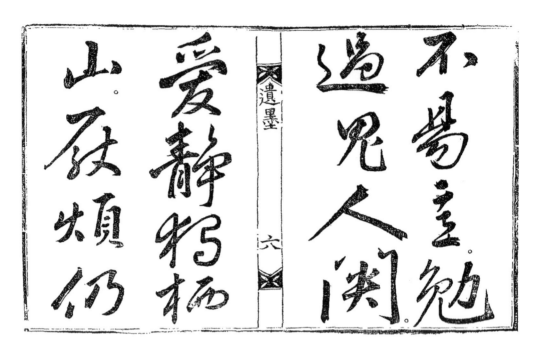

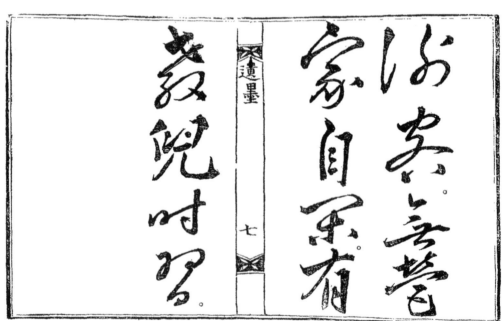

【影印】
石溪先生文集

여기서부터 영인본을 인쇄한 부분입니다. 이 부분부터 보시기 바랍니다.